执行主编 许结 徐宗文

中國賦學

啓功題簽

凤凰出版传媒集团
江蘇教育出版社
JIANGSU EDUCATION PUBLISHING HOUSE

图书在版编目(CIP)数据

中国赋学/许结,徐宗文主编. —南京:江苏教育出版社,2007.7

ISBN 978-7-5343-8200-0

Ⅰ.中… Ⅱ.①许…②徐… Ⅲ.赋—文学研究—中国—国际学术会议—文集 Ⅳ.I207.22-53

中国版本图书馆 CIP 数据核字(2007)第099094号

目　录

弁　言

龚克昌　许　结

赋之为体，班孟坚述“古诗之流”，“不歌而诵”，刘彦和谓“铺采摛文，体物写志”，诚哉斯言。盖诗以情胜，赋以文胜，大辂椎轮，后先颉颃，蔚然而成文学创作一大统绪。观其赋学渊承，则基于荀况《云》、《蚕》之作，达乎宋玉《风》、《钓》之篇，盛于汉魏，艳于六朝，规矩唐宋，变于宋元，承绪明清，恺泽旁流，千载传响。明其制，汉兴献赋之风，体国经野；唐行考赋之制，熔经铸典。而翰林馆试，书院课业，无不结缘诗赋，揽秀艺林。至于游心山水，酬志宴集，文府之精华，皆成楷模。辨其体，则骚赋承源灵均，发幽忧之情怀；散体隆起汉世，张光大之风徽；骈、律制度，行于唐宋之举士，循声而按律；欧、苏文赋，缘起古文之运动，破矩而逾规。述其类，或京殿苑猎，述行序志，并鸿裁之寰域，雅文之枢辖；或草区禽族，庶品杂类，又小制之区畛，奇巧之机要。论其艺，或典丽矞皇，觇英才辈出之盛；或清言吐属，观山水深其性情；或腻旨艳调，则风花粲其齿颊；或刻羽流商，如天籁遏响笙簧。所谓群玉之府，经纬胪列；元音钜制，接轸充箱。于是历代赋学理论，亦应运而生，嗣响而兴，于是有规矩之悬，为津筏之导；绳墨之设，乃管钥之授。

时运开新，赋学已成世界性学问，时彦贤达，共襄其事，云蒸霞蔚，又开新纪之盛况。考诸赋学研究，内涵丰富，前景广阔，胪述其要，略有四端：一是赋体渊久，曾开汉世一代之胜，研摩探索，自有文学与文体史价值。二是“赋兼才学”，史载考献之风，观其文化内涵，与时俱进，考论其要，复有文化史价值。三是“盛世作赋”，以弘扬时代风采，或研讨古赋，或创作今赋，于繁荣当代中国文化，尤多裨益。四是当今赋学，已成国际汉学分支，探究赋体价值，促进学术交流，亦具现实意义。

职是之故，全国赋学会创办《中国赋学》，汇海内外学者新见，付诸剞劂，以公同好，骎骎乎汗牛充栋，成大观焉。

祝贺《中国赋学》创刊

袁行霈

20世纪80年代初，我曾参加起草一份向国家教委提交的关于文学研究现状的调查报告，其中古代文学的部分是由我执笔的。在那份报告中，我讲到古代文学研究中有一些薄弱环节应当加强，例如汉赋、骈文、文言小说、北朝文学、明清诗文、近代文学等。二十多年以后，重新审视古代文学的研究现状，我高兴地看到这些领域的面貌都发生了很大的变化。

仅就汉赋以及赋学而言，研究的状况真可谓突飞猛进。正是在这样的基础上，才可能有《中国赋学》的出版。这份专门性刊物的出版又将反过来推动赋学的研究。

赋，可以说是中国特有的一种文体。赋在中国文人心目中的地位一向很高，我们看各家的别集，赋往往排在最前面。汉代有向帝王献赋的风气，所以赋体从一开始就与庙堂结下因缘，后来献赋成为一种传统，杜甫向唐玄宗所献的文章便是“三大礼赋”。赋体中的抒情小赋，可以用来自由地抒发个人的志向和感情，一般说来篇幅比诗歌长，可以淋漓尽致地挥洒，深受文人的喜爱，佳作层出不穷。在中国文学中，赋体是散文和诗歌这两种文体之外不可缺少的一种具有独立功能的文体。深入研究“赋”这种文体，对于深入理解中国文学乃至中国文化的特点，显然是很有帮助的。

赋的特点之一是铺张扬厉，过去常常认为这是不可取的，这种看法未免简单化了。作为文学描写的一种技巧本身,本无所谓好坏,要看怎样运用以及用在什么场合,用到什么程度。作家通过作赋,训练了铺张扬厉的技巧,进而可以丰富文学的联想力和想象力,也可以丰富辞藻,对提高文学创作的水平是有益的。正是因为有了赋的铺张扬厉,中国文学才增加了挥洒的空间,也才多了几分夸张美和装饰美。这种美在欧洲巴洛克风格的建筑和音乐中我们也可以看到,巴洛克风格的艺术无疑是一份宝贵的文化遗产。

赋虽然是铺张扬厉的,但其中包含着不少真实的成分,可以作为我们研究历代社会生活以及各方面制度的参考,在这方面还有相当大的余地可以进一步开发。例如汉赋中所描写的帝王生活、京城苑囿、郊祀田猎等等,都可以与出土资料和文献资料互证,得到很有价值的研究成果。

《中国赋学》出版,谨以上面这些话表示衷心的祝贺。

读赋感言

周勋初

20世纪刚刚过去。临当结尾之际，学术界兴起了一股百年回眸的热潮。各种刊物竞相刊布专题文字，总结各个学科在20世纪的成败得失，一些专业性很强的刊物还邀约本学科中的专家就许多不同的专题一一评述。读者或不难发现，在这总结中国古代文学各种文体的“对话”中，却很少看到回顾与展望有关“赋”体的文字。

中国进入20世纪80年代之后，犹如挣脱了枷锁的一只雄鹰，学术界乘改革开放的东风，在各个领域中掀起了展示新成果的热潮。古代文学领域中，各种文体的研究成果均有广阔的发表园地，有关诗、词、曲、小说的刊物很多。大诗人有专门研究的期刊，如李白研究、杜甫研究等。一些重要的著作也有专刊，如《文心雕龙研究》、《红楼梦研究》等。这些刊物，团结了本领域内的专家学者和广大爱好者，推动了研究与传播工作的蓬勃发展。

国人习称古代的文学系列为“汉赋”、“唐诗”、“宋词”、“元曲”、“明清小说”，为什么诗、词、曲、小说的研究显得轰轰烈烈，“赋”学领域中却相对地显得冷清，难以与其他文体的研究相并列呢？

归根到底，还是与“赋”这一文体的特殊性有关。

20世纪的中国，始终处在动荡之中，学术观点上的变化，迅疾而猛烈。这股发展潮流，大家称之为现代化进程。由于中国积弱，大家觉得应该引进西方的新观念，由是中国的传统文化不断受到冲击。而在这一引进国外新观念的过程中，学界实际上是在用西方的文学观来对中国的古代文学作出裁决，遵行的标准，实际上是西方的文学标准。

西洋文学源自希腊、罗马。他们向以诗歌、戏曲、小说为文学的主体，连散文都排斥在外，更不要说像“赋”这样极具民族特色的文体了。大家都感到难以评价，因此有人就称“赋”为文学中的“四不像”。

20世纪上叶，学界以为文学乃感情的产物，考察文学作品时，特别强调其中的感情要素，只是“汉赋”中的感情色彩似乎并不浓郁。

20世纪下叶，政界要人以为考察文学作品时首应注意作家对待人民的态度。“汉赋”作者似乎不太关怀“人民”的疾苦，更缺乏为人民抗争的精神，这样“汉赋”也就难以归为优秀的文化遗产。

中国文学史一开头有《诗经》、《楚辞》，内如《硕鼠》等篇，都可视做时代强音。魏晋以下，诗歌勃兴，每个朝代都可找到符合现代标准的作品。只有汉赋一体比较困难，不论从内容来看，还是从形式来看，都与当代思潮或正宗观念扞格难合。“赋”之难与诗、词、曲、小说并列，也就成了必然之势。

但话也得说回来，在这大势所趋的情况下，人们对赋体的特点却也增加了认识，有的学者指出赋之一体介于诗与文之间，亦即兼具诗歌与散文的特点，这样也就把赋和其他文体的不同之处与相合之处作了明晰的提示。

有人从文化的角度考察赋体，认识到中国古代最为推重博学与文辞兼擅的人物，故有“作赋须大才”之说，且有“一命为文人，便无足观”的看法。在这种观念的哺育下，中国历史上却也曾涌现出不少沉博绝丽的巨文。

“赋”这一种文体，难以使用西洋文学观念为之定位，处在当今时代，必然会给我们的研究工作带来很多困难；但这却又给我们另一启示，即赋之一体最能反映出中国文化的特点，它不同于其他文体，正好说明可供探讨的地方很多，我们可从不同方面去观察其内容与形式。大家似可扩大视野，不必按照现代文学的准则去要求古人。如此说来，则又可说赋的内涵比之其他文体更为丰富，赋学研究者自可从各种不同的角度去考察历朝历代各种各样的赋作。

尤可庆幸的是，古代文学研究领域内终于产生了专题的刊物《中国赋学》。可以预见，在这新辟的园地内，中国文学中的一朵奇葩——赋，必将展示其奇光异彩，吸引国内外诸多不持成见的文学喜好者去竞相发表新见。

从《七发》到《天子游猎赋》

——脱离上古文学传统，确立汉赋表现世界

谷口洋

枚乘《七发》是开创了汉大赋这一体式的作品，可以说是司马相如《天子游猎赋》的直接祖先；而枚乘与司马相如在梁孝王的宫廷互相交流，自古有“枚马”之称。但是枚、马文学也有不同之处：枚乘《七发》的背后还存在着古老的师承，司马相如的作品却看不到师承的痕迹。本人在第五届国际辞赋学学术研讨会上提出了这一观点①，但未能就具体作品提出“内证”。本文就《七发》与《天子游猎赋》进行具体考察，以补旧作之缺。

一、龙门之桐和景夷之台：《七发》所反映的古传说与典籍知识

《七发》中的吴客，为了治疗楚太子的忧郁病列举了七种东西，其一就是“天下之至悲”的音乐。但是，他所说的不是音乐本身所带来的

① 《“相如口吃而善著书”——试论西汉前期的辩论与文学》，2001年11月，福建，漳州师范大学。

情绪，而是作为琴的材料“龙门之桐”所生长之地的凄凉风景。

> 龙门之桐，高百尺而无枝。中郁结之轮囷，根扶疏以分离。上有千仞之峰，下临百丈之溪。湍流溯波，又澹淡之。其根半死半生，冬则烈风漂霰飞雪之所激也，夏则雷霆霹雳之所感也。朝则鹂黄鳱鴠鸣焉，暮则羁雌迷鸟宿焉。独鹄晨号乎其上，鹍鸡哀鸣翔乎其下。于是背秋涉冬，使琴挚斫斩以为琴，野茧之丝以为弦，孤子之钩以为隐，九寡之珥以为约。使师堂操《畅》，伯子牙为之歌。歌曰：“麦秀蔪兮雉朝飞，向虚壑兮背槁槐，依绝区兮临回溪。”飞鸟闻之，翕翼而不能去；野兽闻之，垂耳而不能行；蚑蟜蝼蚁闻之，拄喙而不能前。

龙门之琴，见于《周礼·春官·大司乐》。“凡乐……龙门之琴瑟，九德之歌，九磬之舞，于宗庙之中奏之，若乐九变，则人鬼可得而礼矣。”它是献给鬼神的神奇的乐器。可是其材料桐木，却是“半死半生”的怪木，令人想起《庄子·逍遥游》的樗木：“其大本臃肿而不中绳墨，其小枝卷曲而不中规矩，立之涂，匠者不顾。”龙门之如此凄凉虽不见于典籍，但《新语·资质》的下面一段可以参考：

> 夫楩柟豫章，天下之名木也，生于深山之中，产于溪谷之傍，立则为太山众木之宗，仆则为万世之用……及隘于山阪之阻，隔于九岘之堤，仆于嵬崔之山，顿于窅冥之溪，树蒙茏蔓延而无间，石崔嵬崭岩而不开，广者无舟车之通，狭者无步檐之蹊，商贾所不至，工匠所不窥，知者所不见，见者所不知，功弃而德亡，腐朽而枯伤，转于百仞之壑，惕然而独僵，当斯之时，不如道傍之枯杨。

《新语》的这一段显然根据于《庄子·逍遥游》或《庄子·山木》的

“不材之木”的故事，尽管其思想内容与《庄子》完全不同，而其文章用对仗与韵语，表现酷似于《七发》以及其他汉赋，可见出于共同的文化背景。

关于木器的形象，淮南王刘安的《屏风赋》也值得参考。该赋见于《古文苑》以及《初学记》、《艺文类聚》等类书，可靠性不无问题，但其内容与《七发》、《新语》非常相近。

> 维兹屏风，出自幽谷。根深枝茂，号为乔木。孤生陋弱，畏金强族。移根易土，委伏沟渎。飘飖殆危，靡安措足。思在蓬蒿，林有朴樕。然常无缘，悲愁酸毒。天启我心，遭遇徵禄……不逢仁人，永为枯木。

这样来看，我们可以推想《七发》这一段的背后存在着围绕幽谷怪木的古老的民间故事。而《七发》比《庄子》、《新语》、《屏风赋》等更保持原貌，因为在后三者文献中怪木变为人才的比喻，只有《七发》表现怪木本来的神奇色彩。

当然，《七发》的内容不一定全面地反映故事的原貌。琴挚（《论语》中的师挚）、师堂、伯子牙等乐师的名字显然是从各种古籍引进来的。由此我们可以总结《七发》这一段的写作态度：基本上保持古老传说的原貌，而加以典籍知识的粉饰。

这种态度也贯穿以后的段落。第二段模仿《招魂》、《大招》，罗列“天下之至美”的美食。但是所列举的美食却不见于《招魂》、《大招》以及《吕览・本味》等典籍，李善注《文选》对“山肤”、“安胡”、“薄耆”等皆云“未详”，或许出于特别的古传说。相反，厨师就是常见于文献而谁都知道的伊尹和易牙。

描绘“天下之至骏”的第三段比较简短，很难看出古老传说的痕迹。但末尾说“射千镒之重，争千里之逐”，李善引田忌与齐诸公子悬赏千金而进行赛马的故事（《史记・孙子吴起列传》），不知枚乘是用《史记》的本事还是根据其他传说。“于是伯乐相其前后，王良、造父为之御,秦缺、楼季为之右”这一节列举见于古文献的人名,与上两段的做法一致。

第四段值得注意。“既登景夷之台,南望荆山,北望汝海,左江右湖,其乐无有。于是使博辩之士,原本山川,极命草木,比物属事,离辞连类。”这一节令人想到《毛诗传》“登高能赋,可以为大夫”,而且详细得多,足以窥见“登高能赋”的原意。接着描绘宫室、池塘、园囿、餐饮、女乐之美,其体式完全与《招魂》一样。其描写也与《高唐赋》相似,如“阳鱼腾跃,奋翼振鳞”出于“鼋鼍鳣鲔,交积纵横,振鳞奋翼”,“女桑河柳,素叶紫茎”出于“绿叶紫裹,丹茎白蒂”,“苗松豫章,条上造天。梧桐并闾,极望成林。众芳芬郁,乱于五风。从容猗靡,消息阳阴”出于“榛林郁盛,葩华覆盖。双椅垂房,纠枝还会。徒靡澹淡,随波暗蔼。东西施翼,猗狔丰沛”等。可以说,这一段很忠实于《楚辞》的表现传统。而最后列出“先施、徵舒、阳文、段干、吴娃、闾娵、傅予之徒”等各国美女,强调其乐不限于楚国,而是“天下之靡丽皓侈广博之乐”。

二、云梦之猎与伍子之山:《七发》仍以上古文学传统为骨干

第五段渐入佳境,叙述“校猎之至壮”。

> 将为太子驯骐骥之马,驾飞转之舆,乘牡骏之乘。右夏服之劲箭,左乌嗥之雕弓。游涉乎云林,周驰乎兰泽,弭节乎江浔。掩青蘋,游清风,陶阳气,荡春心,逐狡兽,集轻禽。于是极犬马之才,困野兽之足,穷相御之智巧。恐虎豹,慑鸷鸟。逐马鸣镳,鱼跨麋角。履游麕兔,蹈践麖鹿,汗流沫坠,冤伏陵窘,无创而死者,固足充后乘矣。

这一段的描写非常生动，难怪楚太子“阳气见于眉宇之间，侵淫而上，几满大宅”。它又为后代狩猎赋所仿效，就司马相如的作品而言，有“楚王乃驾驯驳之驷，乘雕玉之舆，靡鱼须之桡旃，曳明月之珠旗，建干将之雄戟，左乌嗥之雕弓，右夏服之劲箭”，“案节未舒，即陵狡兽，辚邛邛，蹴距虚，轶野马而韢騊駼”（以上见于《子虚赋》），“徒车之所辚轹，乘骑之所蹂若，人民之所蹈藉，与其穷极倦觌，惊惮慑伏，不被创刃而死者，佗佗籍籍，填坑满谷，掩平弥泽”（《上林赋》）等。

其实这一段的背后也有古老的传承。比如“掩青蘋，游清风，陶阳气，荡春心”四句与《招魂·乱》“献岁发春兮汩吾南征，菉蘋齐叶兮白芷生……与王趋梦兮课后先，君王亲发兮惮青兕”关联很密切；《大招》也说“腾驾步游，猎春囿只”。可见春天在云梦打猎是上古楚文学中的一个传统表现，《七发》也袭用了它。

吴客见楚太子恢复了些生气，进一步说明狩猎的样子。“冥火薄天，兵车雷运。旍旗偃蹇，羽毛肃纷”的严肃气氛之下，“毅武孔猛，袒裼身薄”的勇敢的猎人们炫耀“诚必不悔，决绝以诺”的团结，以至于“高歌陈唱，万岁无斁”。打猎祈福是上古文学常见的观念，如《高唐赋》“九窍通郁，精神察滞，延年益寿千万岁”，《大招》“曼泽怡面，血气盛只。永宜厥身，保寿命只。室家盈廷，爵禄盛只”等，而这种观念在汉赋中是看不到的，可见其古老的性质。值得注意的是，《七发》这一段只叙述狩猎的样子，不再有根据典籍的粉饰。

第六段描绘“天下怪异诡观”的浙江潮，正是《七发》整篇中的最高潮。这一段有很明显的特点，就是多用叠字、叠韵、双声。

> 至则未见涛之形也，徒观水力之所到，则恤然足以骇矣。观其所驾轶者，所擢拔者，所扬汩者，所温汾者，所涤汔者，虽有心略辞给，固未能缕形其所由然也。怳兮忽兮，聊兮慄兮，混汩汩兮，忽兮慌兮，俶兮傥兮，浩瀇瀁兮，超旷旷兮。

最后七句的句式特别值得注意，它常见于楚系文献，用来赞美“道”或者“神”的神秘。

道之为物，惟恍惟忽。忽兮恍兮，其中有象；恍兮忽兮，其中有物。（《老子》二一，河上公本）①

芒乎忽乎，而无从出乎；忽乎芒乎，而无有象乎。（《庄子·至乐》）

忽兮怳兮，不可为象兮；怳兮忽兮，用不屈兮；幽兮冥兮，应无形兮；遂兮洞兮，不虚动兮。与刚柔卷舒兮，与阴阳俯仰兮。（《淮南子·原道训》）

其始出也，畤兮若松榯。其少进也，晰兮若姣姬。扬袂鄣日，而望所思。忽兮改容，偈兮若驾驷马，建羽旗。湫兮如风，凄兮如雨。风止雨霁，云无处所。……高矣显矣，临望远矣；广矣普矣，万物祖矣。（《高唐赋》）

茂矣美矣，诸好备矣；盛矣丽矣，难测究矣。（《神女赋》）

《老子》说“上善如水”，“天下莫柔弱于水，而攻坚强者莫之能胜”，宋玉所赋巫山神女是“旦为朝云，暮为行雨”，可见这一句式与水的形象有密切的关系。《七发》用此形容潮水，是根据楚文学这一表现传统的。

听到这个精彩的水的形象，楚太子不觉地说“善！”，而问“然则涛何气哉？”吴客回答：“不记也。然闻于师曰，似神而非者三。”我们在这里知道，《七发》最精彩、最关键的这一段根据古老的师承。那么这个祖传秘方是什么样的？

其始起也，洪淋淋焉，若白鹭之下翔。其少进也，浩浩溰溰，如素车白马帷盖之张。其波涌而云乱，扰扰焉如三

① 此章异文甚多，如景龙碑本作“道之为物，为恍为忽。忽恍中有象，恍忽中有物”。

军之腾装。其旁作而奔起也，飘飘焉如轻车之勒兵。六驾蛟龙，附从太白……有似勇壮之卒，突怒而无畏。蹈壁冲津，穷曲随隈，逾岸出追。遇者死，当者坏。

这里根本找不到"天下之至柔"的形象，却用"三军"、"轻车"、"勇壮之卒"等军队的比喻，"素车白马帷盖之张"、"六驾蛟龙"等也令人联想到帝王的出战。

初发乎或围之津涯，荄轸谷分。回翔青篾，衔枚檀桓。弭节伍子之山，通厉骨母之场。凌赤岸，彗扶桑，横奔似雷行。诚奋厥武，如振如怒。沌沌浑浑，状如奔马。混混庉庉，声如雷鼓。发怒庢沓，清升逾跇，侯波奋振，合战于藉藉之口。鸟不及飞，鱼不及回，兽不及走。

在这里，我们看到这个勇猛形象的由来——"伍子之山"与"胥母之场"①。东汉王充在《论衡·书虚》里介绍有关伍子胥与波涛的民间传说："吴王夫差杀伍子胥，煮之于镬，乃以鸱夷橐投之于江。子胥恚恨，驱水为涛，以溺杀人。今时会稽丹徒大江、钱塘浙江，皆立子胥之庙。盖欲慰其恨心，止其猛涛也。"大概西汉时伍子胥传说和吴地的水神信仰已经开始融合。"衔枚檀桓"、"鸟不及飞，鱼不及回，兽不及走"等表现见于《高唐赋》，也为汉代狩猎赋所袭用，但那些描绘的都是王的出猎，而这里描绘的是可怕的水神出游。《七发》并不是叙述水神传说，只是描绘水而已，但其形象得力于古老的传说，是无可置疑的。

直到最后第七段，出现了"天下要言妙道"，楚太子的病治好了。但第七段的内容却是无所谓的。"将为太子奏方术之士有资

① 《文选》李善注："《史记》曰：吴王杀子胥，投之于江。吴人立祠于江上，因名胥母山……《越绝书》曰：阖闾旦食鲴山，昼游于胥母。疑骨母，字之误也。"

略者，若庄周、魏牟、杨朱、墨翟、便蜎、詹何之伦，使之论天下之释微，理万物之是非；孔老览观，孟子持筹而筭之，万不失一。此亦天下要言妙道也，太子岂欲闻之乎？”这一段没什么内容，只是列举先秦哲学家的名字而已，根本比不上第五、第六段的丰富内容。

三、古传说与新知识：《七发》的主题和内容之间的矛盾

上面我们对《七发》吴客的说辞作一番分析，可以得出如下的结论：《七发》虽有典籍知识的粉饰，其主干部分仍然是以古老的民间传说为基础的。但是，《七发》的内容不止于此，我们还需要看一下《七发》整篇的结构。

吴客看楚太子“久耽安乐，日夜无极，邪气袭逆，中若结轖”，就说破其原因在于他自己的奢侈过度，而说：

> 故曰：纵耳目之欲，恣支体之安者，伤血脉之和。且夫出舆入辇，命曰蹷痿之机；洞房清宫，命曰寒热之媒；皓齿娥眉，命曰伐性之斧；甘脆肥脓，命曰腐肠之药……今如太子之病者，独宜世之君子，博见强识，承间语事，变度易意，常无离侧，以为羽翼。淹沉之乐，浩唐之心，遁佚之志，其奚由至哉！

先列举各种享受，最后建议让“世之君子”给他“承间语事”，可视为《七发》整篇的提纲。这一节偶杂韵语，但无韵部分居多。

如我们在上文看到，各段的内容根据某些古老的传承，而以韵文为主；但这一切都为楚太子的“仆病，未能也”一句话所否定。第六段的浙江潮多少有些效验，太子说：“善！然则涛何气哉？”他的病原来是“邪气袭逆，中若结轖”所致，由浙江潮的“气”应该可治

的；但结果不灵，他又来了句“仆病，未能也”。

这样来看，《七发》不仅批判贵族子弟的奢侈，同时否定古老的传说和古老的观念，也否定以韵文为主的古老的文体，宣布无韵散体“圣人辩士之言”的胜利。其实，以传说为背景的各种享受描写得很有活力，没有这种背景的“天下要言妙道”却只是罗列人名而已。不管枚乘的写作意图如何，我们不能否认《七发》文学上的妙处仍然在上古文学传统之上。

四、云梦泽的演变：《子虚赋》所开拓的新世界

司马相如《子虚赋》①与《高唐赋》同样取材于云梦之猎，作品的构造也基本一致，首先描绘云梦泽而准备楚王的登场。下面把两篇赋的有关部分比较一下。

《高唐赋》为了烘托高唐台“殊无物类之可仪比”的伟大面貌，十分强调神奇的景象。“巫山赫其无畴兮，道互折而曾累”的险峻山峰，“奔扬踊而相击兮，云兴声之霈霈”的猛烈水流，使得连猛兽鸷鸟也感觉恐怖：“虎豹豺兕，失气恐喙。雕鹗鹰鹞，飞扬伏窜，股战胁息，安敢妄挚。”连树枝飘摇的声音，也令人“感心动耳，回肠伤气”，“愁思无已，叹息垂泪”。与此相比，《子虚赋》没有如此带有情感的表现：

> 云梦者，方九百里，其中有山焉。其山则盘纡茀郁，隆崇嵂崒；岑岩参差，日月蔽亏；交错纠纷，上干青云；罢池陂陁，下属江河。其土则丹青赭垩，雌黄白坿，锡碧金银，众色炫耀，照烂龙鳞。其石则赤玉玫瑰，琳瑉琨珸，瑊玏玄

① 《天子游猎赋》，《文选》分为《子虚赋》、《上林赋》两篇。本文为了论述的方便，仍依《文选》用《子虚赋》、《上林赋》之称，只在指全篇时叫做《天子游猎赋》。

厉，碝石武夫。其东则有蕙圃衡兰，芷若射干，穹穷菖蒲，江离蘼芜，诸蔗猼且。其南则有平原广泽，登降陁靡，案衍坛曼，缘以大江，限以巫山。其高燥则生葴析苞荔，薜莎青薠；其埤湿则生藏莨蒹葭，东蔷雕胡，莲藕觚芦，菴闾轩芋，众物居之，不可胜图。

子虚所说的山岳是"日月蔽亏"，"上干青云"，但其形象并不具体，不如《高唐赋》对山的描写充满着神奇的气氛。"其山……其土……其石……"等叙述也比较呆板，虽说"臣之所见"，现实感却薄弱。后一半出现很多动植物，但它们的样子没有什么交代，只列举名字而已，而强调"众物居之，不可胜图"，如此物产之丰富。向来有很多人指出相如赋与《战国策》苏秦说辞之间的关联，这一段最显示这个特点。

舞台准备好了，下面就是楚王的狩猎。《高唐赋》的狩猎，只占着篇末的一小段而已，但其描写别具一格。楚王在"有方之士，羡门高溪"这些神仙的住处，首先举行"进纯牺，祷璇室。醮诸神，礼太一"的宗教仪式，然后才开始"传言羽猎，衔枚无声。弓弩不发，罘罕不倾"，如此非常严肃地狩猎，而很快地在"飞鸟未及起，走兽未及发"之间获得猎物。相如所写的狩猎根本没有这种宗教性，其描写多用"干将"、"乌嗥"、"阳子"、"纤阿"等传说中的武器与古人，以及"雷动"、"星流"等天象的比喻，不像现实的狩猎。

于是乃使专诸之伦，手格此兽。楚王乃驾驯驳之驷，乘雕玉之舆，靡鱼须之桡旃，曳明月之珠旗，建干将之雄戟，左乌嗥之雕弓，右夏服之劲箭；阳子骖乘，纤阿为御；案节未舒，即陵狡兽，蹸邛邛，辚距虚，轶野马而𬴂騊駼，乘遗风而射游骐；倏眒凄浰，雷动熛至，星流霆击，弓不虚发，中必决眦，洞胸达腋，绝乎心系，获若雨兽，揜草蔽地。

差别最大的是其次的一段。《高唐赋》说："王将欲往见，必称斋戒，差时择日。简舆玄服，建云旆，蜺为旌，翠为盖。风起雨止，千里而逝。盖发蒙，往自会。"狩猎结束以后，楚王把牺牲献给神女，亲自斋戒，才可以见到神女。与此相反，《子虚赋》中打了一番猎以后，就出现华丽姿态的"郑女曼姬"。

> 于是郑女曼姬，被阿锡，揄纻缟，杂纤罗，垂雾縠；襞积褰绉，纡徐委曲，郁桡溪谷；衯衯裶裶，扬袘恤削，蜚纤垂髾；扶舆猗靡，噏呷萃蔡；下靡兰蕙，上拂羽盖；错翡翠之威蕤，缪绕玉绥；缥乎忽忽，若神仙之仿佛。

偶杂"衯衯裶裶，扬袘恤削"，"扶舆猗靡，噏呷萃蔡"等联绵词，以及"缥乎忽忽，若神仙之仿佛"等描绘，很像宋玉《神女赋》的神女形象。

同样取材于云梦之猎，其意境与《高唐赋》如此迥异。有人或许说，司马相如只是描写楚王现实中的狩猎，并不是谈高唐神女的故事，其表现不同于宋玉也不足怪。其实，这两个不同的云梦之猎之间，就存在着辞赋脱胎于古老的表现传统，确立汉赋特色的新的表现这一过程。

云梦泽见于《尚书·禹贡》，又是《尔雅》十薮之一，自古以来以荆楚第一大泽出名。《左传·昭公三年》有"王以田江南之梦"的记载。至于云梦之猎与文学的关联，最早的就是《楚辞·招魂》的乱辞：

> 献岁发春兮汩吾南征，菉蘋齐叶兮白芷生。路贯庐江兮左长薄，倚沼畦瀛兮遥望博。青骊结驷兮齐千乘，悬火延起兮玄颜烝。步及骤处兮诱骋先，抑骛若通兮引车右还。与王趋梦兮课后先，君王亲发兮惮青兕。

描写云梦之猎的文字，《战国策·楚策一》安陵君的说辞中还有例子。

于是楚王游于云梦，结驷千乘，旌旗蔽日，野火之起也若云蜺，兕虎嗥之声若雷霆，有狂兕牂车依轮而至，王亲引弓而射，一发而殪。王抽旃旄而抑兕首，仰天而笑曰："乐矣，今日之游也。寡人万岁千秋之后，谁与乐此矣？"安陵君泣数行而进曰："臣入则编席，出则陪乘。大王万岁千秋之后，愿得以身试黄泉，蓐蝼蚁，又何如得此乐而乐之。"

《招魂》乱辞的狩猎形象位于《招魂》仪礼之后，正如《高唐赋》的狩猎位于楚王举行祭祀之后、见神女之前，表示狩猎形象带有此岸与彼岸的桥梁作用。在上古，王侯的狩猎是一种宗教行为。第一，猎获的鸟兽可用做宗教仪式的牺牲；而更重要的是，出猎这种行为本身也有宗教上的意义——出游于外界，经过斗争而获得猎物。它就是与异界的交流①。

相比之下，《战国策》的云梦之猎看起来没有什么宗教性。可是，楚王在快乐的狩猎当中，为何突然提起"万岁千秋之后"的话，安陵君为何"泣数行"而说"试黄泉，蓐蝼蚁"如此不吉利的话？关于这一点，《左传·襄公二十一年》的一段趣话表明古代人对山泽的某种观念："叔向之母妒叔虎之母美而不使（杜注：不使见叔向父），其子皆谏其母，其母曰：'深山大泽实生龙蛇，彼美，余惧其生龙蛇以祸女。'"山泽的确产生很多有用的动植物，但同时也是很可怕的地方。《左传·宣公十五年》晋伯宗引谚也有："高下在心，川泽纳污，山薮藏疾，瑾瑜匿瑕，国君含垢，天之道也"的话，杜注："山之有林薮，毒害者居之。"也反映同样的观念。《战国策》这一段也

① 拙文《试论早期辞赋中的神怪与悲哀——从"游行"主题看战国秦汉宗教情感的蜕变》，收于南京大学中文系主编：《辞赋文学论集》（第四届国际辞赋学学术研讨会论文集），102～111页，江苏教育出版社，1999。

可以如此看，它未尝没有表示狩猎行为与异界的关系。

到了《七发》，云梦之猎已经变成一种享受，异界的影子一点也没有，但我们在上文已指出的“掩青蘋，游清风。陶阳气，荡春心”四句与《招魂》乱辞的关系，就表示枚乘的文辞也仍然处于上古楚文学的古老的传统之中。直到司马相如把高唐台的神怪变成纵横家的说辞，把现实的祭礼变成空想的出猎，把巫山神女变成现世的美女，才把云梦之猎的形象与上古表现传统完全分开，作为现世的享受重新写出来了。

五、上林苑的无限扩大：《上林赋》引进各种新因素

《子虚赋》把云梦的故事变成楚王的享受，《上林赋》又把它变成汉帝上林苑的狩猎形象。子虚描写云梦从山开始，大概模仿《高唐赋》从高唐台开始；亡是公竟然从河流开始，这样做更好说明上林的广大，因为山只是一个地点，河流是有头有尾的线。而且杂以很多实际存在的地名，使描写更加具体，可以让读者汉武帝觉得更加亲近。

> 左苍梧，右西极，丹水更其南，紫渊径其北；终始霸浐，出入泾渭；酆鄗潦潏，纡余委蛇，经营乎其内，荡荡兮八川分流，相背而异态。东西南北，驰骛往来，出乎椒丘之阙，行乎洲淤之浦，径乎桂林之中，过乎泱莽之野。汩乎浑流，顺阿而下，赴隘陕之口。触穹石，激堆埼，沸乎暴怒，汹涌滂湃，滭浡滵汩，湢测泌㴸，横流逆折，转腾潎洌，澎濞沆瀣，穹隆云挠，蜿灗胶戾，逾波趋浥，莅莅下濑，批壧冲壅，奔扬滞沛，临坻注壑，瀺灂賈坠，湛湛隐隐，砰磅訇磕，潏潏淈淈，湁潗鼎沸，驰波跳沫，汩急漂疾，悠远长怀，寂漻无声，肆乎永归。

这一段的另一个特征是多用叠韵、双声的联绵词。司马相如以前的辞赋也用过不少联绵词，但未有如此集中地使用。而相如赋不少联绵词是前所未有的，甚至有“泮浡滵汩”、“湢测泌沛”等四字一组的，可见语言技术上有突破性的进步。

后面缕述离宫、果树的一节也有特色：

> 于是乎离宫别馆，弥山跨谷，高廊四注，重坐曲阁，华榱璧珰，辇道缅属，步櫩周流，长途中宿。夷峻筑堂，累台增成，岩突洞房，俯杳眇而无见，仰攀橑而扪天，奔星更于闺闼，宛虹拖于楯轩。青虬蚴蟉于东箱，象舆婉蝉于西清，灵圄燕于间观，偓佺之伦暴于南荣，醴泉涌于清室，通川过乎中庭……
>
> 于是乎卢橘夏孰，黄甘橙楱，枇杷橪柿，楟柰厚朴，梬枣杨梅，樱桃蒲陶，隐夫郁棣，榙㯳荔枝，罗乎后宫，列乎北园……垂条扶于，落英幡缅，纷容萧蔘，旖旎从风，浏莅卉吸，盖象金石之声，管籥之音。

离宫高楼的描写仿佛宋玉所赋的高唐台，但高唐的伟大“使人心动，无故自恐”，而上林苑没有如此的神秘气氛，却运用了“奔星”、“宛虹”等华美的词语塑造了“灵圄”、“偓佺”等神仙的形象。神仙在《高唐赋》也出现过，但在彼表现高唐的神秘气氛，在此只是上林的一种快乐而已。树枝飘摇的声音，在《高唐赋》是“感心动耳，回肠伤气”的，在《上林赋》却是“盖象金石之声，管籥之音”。《高唐赋》的神秘与悲哀已在《子虚赋》中完全被去掉，而在《上林赋》又为华丽的乐园形象所取代。加上《上林赋》列举很多物产，与大量的实际地名相结合，比《子虚赋》还要接近于纵横家的说辞。

尽管上林苑如此广大，汉朝天子一旦出猎还是要越过它，飞到天上世界去。

于是乎背秋涉冬，天子校猎。乘镂象，六玉虬，拖蜺旌，靡云旗，前皮轩，后道游；孙叔奉辔，卫公骖乘，扈从横行，出乎四校之中……然后浸淫促节，倏夐远去，流离轻禽，蹴履狡兽，辖白鹿，捷狡兔，轶赤电，遗光耀，追怪物，出宇宙。弯繁弱，满白羽，射游枭，栎蜚虡。择肉后发，先中命处，弦矢分，艺殪仆。然后扬节而上浮，陵惊风，历骇猋，乘虚无，与神俱。辚玄鹤，乱昆鸡，遒孔鸾，促鵕鸃，拂翳鸟，捎凤凰，捷鸳雏，掩焦明。

翱翔天上的形象在上古文学是很习见的，如《庄子·逍遥游》"夫列子御风而行"、《离骚》"驷玉虬以乘鹥兮，溘埃风余上征"等，其中一些文献更接近相如赋。

天子命驾八骏之乘，右服骅骝，而左绿耳，右骖赤骥，而左白义。天子主车，造父为御，囗囗为右。（**《穆天子传》卷四**）

若夫钳且、大丙之御也，除辔衔，去鞭弃策，车莫动而自举，马莫使而自走也。日行月动，星耀而玄运，电奔而鬼腾，进退屈伸，不见朕垠，故不招指，不咄叱，过归雁于碣石，轶鹍鸡于姑余，骋若飞，骛若绝，纵矢蹑风，追猋归忽，朝发榑桑，入日落棠。（**《淮南子·览冥训》**）

唐革（勒）与宋玉言御襄王前。唐革先禹（称）曰："人谓就（造）父登车嗛（揽）萃（辔），马汁（协）险（敛）正（整）齐，周（调）均不挚，步趋（下缺）"（**银雀山汉墓《唐勒》残简，第一八三简**）。

司马相如把它移植到出猎的场面，描绘出了理想的帝王形象。他又在狩猎之后写出"奏陶唐氏之舞，听葛天氏之歌，千人唱，万人和"、"巴俞宋蔡，淮南于遮，文成颠歌，族举递奏"的隆重的宴会，为这位理想皇帝增添了一些光彩。

而这位皇帝十分谨慎，在宴会上也挂念政治问题。

> 于是酒中乐酣，天子芒然而思，似若有亡，曰："嗟乎，此泰奢侈！……"于是乃解酒罢猎，而命有司曰："地可以垦辟，悉为农郊，以赡萌隶；隤墙填堑，使山泽之民得至焉。实陂池而勿禁，虚宫观而勿仞。发仓廪以振贫穷，补不足，恤鳏寡，存孤独。出德号，省刑罚，改制度，易服色，更正朔，与天下为始。"

这一段可能是配合诸子著作的记述而写成的。奢侈带来空虚，在《淮南子·原道训》有所谈及：

> 夫建钟鼓，列管弦，席旃茵，傅旄象，耳听朝歌北鄙靡靡之乐，齐靡曼之色，陈酒行觞，夜以继日，强弩弋高鸟，走犬逐狡兔，此其为乐也。炎炎赫赫，怵然若有所诱慕。解车休马，罢酒撤乐，而心忽然若有所丧，怅然若有所亡也。是何则？不以内乐外，而以外乐内。

司马相如虽然不大可能看《淮南子》，可是很可能在梁孝王的宫廷受过江淮地区诸子学说的影响①。

用三字句列举善政，《荀子》有例，尤其《成相》篇把它编成韵文。

> 选贤良，举笃敬，兴孝弟，收孤寡，补贫穷，如是，则庶人安政矣。（《荀子·王制》）
>
> 殷之日，安以静兵息民，慈爱百姓，辟田野，实仓廪，便

---

① 关于《淮南子》与汉赋的关系，参见拙文《关于淮南子的文辞》，《日本中国学会报》第四七集，东京，1995年版。

备用，安谨募选阅材伎之士。（《荀子·王制》）

请成相，言治方，君论有五约以明。君谨守之，下皆平正，国乃昌。臣下职，莫游食，务本节用财无极。事业听上，莫得相使一民力。守其业，足衣食，厚薄有等明爵服。利往卬上，莫得擅与，孰私得？（《荀子·成相》）

《楚辞·大招》中如下的表现可能也有关系：

察笃夭隐，孤寡存只。

魂兮归来，赏罚当只。名声若日，照四海只。德誉配天，万民理只。

魂兮归来，尚贤士只。发政献行，禁苛暴只。举杰压陛，诛讥罢只。

东方朔的《非有先生论》也有类似的表现：

于是吴王穆然，俯而深惟，仰而泣下交颐，曰："嗟乎！余国之不亡也，绵绵连连，殆哉，世之不绝也！"于是正明堂之朝，齐君臣之位，举贤才，布德惠，施仁义，赏有功。躬节俭，减后宫之费，损车马之用，放郑声，远佞人，省庖厨，去侈靡。卑宫馆，坏苑囿，填池堑，以予贫民无产业者。开内藏，振贫穷，存耆老，恤孤独，薄赋敛，省刑辟。

东方朔是相如的同时代人，但相如抄朔不大可能，因为《天子游猎赋》是相如来到汉朝宫廷就开始制作的。同时朔抄相如也不大可能，因为东方朔写的是"论"，其作法与诸子散文基本相同，不需特地模拟辞赋。最合理的解释是：东方朔、司马相如两人各自学习诸子散文的表现手法，东方朔直接模拟它而写出了一篇架空之论，司马相如则把它移植到辞赋这个不同的文学类型中。

经过上述分析，我们发现《上林赋》的狩猎形象是一种复杂的化合物。它引进纵横家的说辞、联绵词的语言技巧、翱翔天上的帝王形象、诸子散文中善政的记载等很多因素，给狩猎形象赋予了新的思想内涵。

六、《天子游猎赋》：汉赋新世界的确立

最后我们略谈《天子游猎赋》整篇的结构。在《子虚赋》的开头，子虚夸耀楚王的狩猎之前，给乌有先生介绍他亲自看见的齐王的狩猎："王驾车千乘，选徒万骑，田于海滨，列卒满泽，罘罔弥山。掩兔辚鹿，射麋脚麟。骛于盐浦，割鲜染轮。射中获多，矜而自功。"其表现与《七发》狩猎一段相似，充分表现出他们的强悍与粗暴。虽然只是一个片段，却不失为现实狩猎的生动描写。而最后子虚对乌有先生如此说："于是楚王乃登阳云之台，泊乎无为，澹乎自持，勺药之和具而后御之。不若大王终日驰骋而不下舆，脟割轮淬，自以为娱。臣窃观之，齐殆不如。"他的意思就是：齐王的狩猎毕竟是男性的粗暴的游戏，楚王的狩猎既勇猛又华美，令人"泊乎无为，澹乎自持"，因此楚王胜于齐王。

《子虚赋》的楚王在狩猎之后见到美女，这是我们在上文看到的。然后楚王陪她们去蕙园，竟然又开始狩猎，而后与她们泛舟池上。

> 于是乃相与獠于蕙圃，媻珊勃窣，上金堤，揜翡翠，射鵔鸃，微矰出，纤缴施，弋白鹄，连驾鹅，双鸧下，玄鹤加。怠而后发，游于清池；浮文鹢，扬桂枻，张翠帷，建羽盖，罔玳瑁，钓紫贝；摐金鼓，吹鸣籁，榜人歌，声流喝……于是楚王乃登阳云之台，泊乎无为，澹乎自持，勺药之和具而后御之。

打猎之后陪宫女泛舟池上，是汉代狩猎、京都赋的老一套，但

在相如以前的作品中却是看不到的，这大概是他的独创。先秦文献也有不少女性形象，但它原来可以与音乐、舞蹈相配合，不可能与狩猎相结合。宋玉《高唐赋》只说严肃的狩猎之后可以与神女见面，至于神女形象，则又写出另一篇《神女赋》。直到司马相如，才把美女的形象插在狩猎形象之中，以扩大狩猎赋的境界。

虽然如此，子虚说的只是楚王的悦乐而已，因此挨乌有先生的批评。从文体来看，子虚说的完全是赋体，乌有先生说的则是战国辩士似的无韵的散体。《子虚赋》与《七发》一样，显示辩论对于韵文的优越性，尽管其效果颇有问题。

在《上林赋》中，狩猎赋的境界又大大地扩大了。这里作一点补充，就是在最后天子反省的一段，用狩猎的比喻叙述善政：

> 于是历吉日以斋戒，袭朝衣，乘法驾，建华旗，鸣玉鸾，游乎六艺之囿，驺乎仁义之涂，览观春秋之林，射狸首，兼驺虞，弋玄鹤，舞干戚，载云罕，揜群雅，悲伐檀，乐乐胥；修容乎礼园，翱翔乎书圃。述易道，放怪兽；登明堂，坐清庙；恣群臣，奏得失。四海之内，靡不受获。

对司马相如来说，狩猎的形象只是表现的框架而已，按照要写的内容可以随便运用。如果说《七发》是保持传统的材料和做法而加以现代式装饰的工艺品，那么《天子游猎赋》——尤其是所谓《上林赋》部分，是只保持原来的外型而引进各种新材料和新技术的新型机器。

汉赋的渊源十分复杂，与《楚辞》、荀赋、诸子散文、纵横家说辞等都有关系。汉赋在各种因素融合之上成立，这是文学史家都公认的事实。其实，各个文体拥有各个传统，融合不同的文体而创造新文体并不是简单的事。枚乘既掌握战国辩论技术，又对上古楚文学的表现传统造诣很深；可是他所写的《七发》，与其说是这两个不同文体的融合，毋宁说是两个不同传统的并列。直到司马相如，吸收而消化先秦文学的各种因素，按照自己的写作意图自由地运用，创造出了新的统一体。《天子游猎赋》表明汉赋新世界的成立，宣布汉赋新世界的堂堂胜利。

当然，亡是公不仅是汉赋世界的代表人，而且是汉朝天子的代言人。他的胜利又意味着战国辩士的时代正式告终，尽管作者司马相如本人向往战国辩士。《天子游猎赋》扩大了辞赋的表现内容，确立了汉赋的新世界，这与“纵横家退为赋家”，成为“言语侍从之臣”是互相关联的。这一点在很大程度上决定了后代赋家思维的方向和汉赋发展的方向，可是它已在本文讨论范围之外了。

骋辞大赋第一篇

——论枚乘《梁王兔园赋》在赋史上的地位

赵逵夫

一、前人对《梁王兔园赋》的评价与原文残存的状况

学者们关于汉赋的论著中，谈到汉代骋辞大赋的发轫之作，一般都举枚乘的《七发》。《七发》虽然在体制上、语言上确实具有汉代骋辞大赋的特征，但并不以“赋”名，前人也不将其看作赋，后来之论文者专设“七体”①；到南北朝时期，这种以“七”名者可达数十卷②。《文心雕龙》将它放在《杂文》篇论述。《杂文》篇主要论“对问”之体，其中包括后人所说“设论”，兼及“连珠”，末尾则将各种不便归类的有韵无韵之文，皆归纳其中。明人吴讷的《文章辨体》、徐师曾的《文体明辨》中有“问对”，又有“七体”或“七”，其实“问对”可以包括“七体”，也可以包括“设论”。但由此也可以知道古人并不将《七发》看作赋。《文心雕龙·才略》中说：“汉室陆贾，首发奇采，

---

① 《昭明文选》专列“七”为一类。明吴讷《文章辨体》、徐师曾《文体明辨》皆有“七”或“七体”。《文体明辨》云：“七者，文章之一体也。”

② 谢灵运有《七集》十卷，卞景有《七林》十二卷，梁又有《七林》三十卷。汉晋时七体之作，可参傅玄《七谟序》。

赋《孟春》而撰《新语》，其辩之富矣。”①《诠赋》篇也说：“汉初词人，顺流而作：陆贾扣其端，贾谊振其绪，枚马同其风，王扬骋其势。”则汉赋最早之作是陆贾的《孟春赋》，但这篇赋并没有传下来，刘师培《论文杂记·八》定陆贾派为“骋辞大赋”，也只是推测。《汉书·艺文志》将陆贾同枚皋、朱建、严助等作为一类，而将枚乘、司马相如归在屈原一类，所以，其赋的体式究竟如何，尚不清楚。我认为，在目前所存的骋辞大赋中，枚乘的《梁王兔园赋》是时代最早、影响较大的作品。

《文心雕龙·诠赋》云：“观夫荀结隐语，事义自環；宋发巧谈，实始淫丽；枚乘《兔园》，举要以会新；相如《上林》，繁类以成艳；贾谊《鹏鸟》，致辨于情理……”在荀况《隐语》（见《荀子·赋篇》）及宋玉赋之后，即提到枚乘的《兔园赋》，其评价在司马相如《上林赋》之上，也比对贾谊《鹏鸟赋》的评价更侧重于艺术表现。

《兔园赋》今存于《古文苑》，但均残缺错讹，难以卒读。南宋章樵注《古文苑》，对此篇中不能明白者或强为之说，或回避不言，其中问题多未能解决。近人黄侃曾加以校释，附于其《文心雕龙札记》一书的《诠赋》篇之后（中华书局上海编辑所 1962 年 9 月正式出版）。范文澜《文心雕龙注》（人民文学出版社 1958 年 9 月）也附录于有关注中。然而，其中问题仍然不少，不仅原文结构体制难以推知，很多语句也不知究里。章樵于篇末注云：“乘有二书谏吴王濞，通亮正直，非词人比。是时梁王宫室逾制，出入警跸，使乘果为此赋，必有以规警之。详观其辞，始言苑囿之广，中言林木禽鸟之富，继以士女游观之乐，而终之以郊上采桑之妇人，略无一语及王，气象萧索。盖王薨乘死后其子皋所为，随所睹而笔之。史言皋诙笑，类俳倡，为赋疾而不工，后人传写误以为乘耳。”②章氏是将《兔园赋》作为完篇看的，故有此论。同时，他言该赋“气象萧索”，也并

① 引文据郭晋稀：《文心雕龙注译》，甘肃人民出版社，1982 年。

② 《四部丛刊》影印韩元吉本《古文苑》卷三。

不符合事实。

二、由对原文的恢复、校理看其体制与规模

为了尽可能了解该赋的原貌，认识它在中国赋史上的意义，我比照江淹《学梁王兔园赋》的篇幅和体制，在黄季刚先生校本的基础上对它作了进一步的校理。因费振刚、胡双宝、宗明华先生编《全汉赋》收录此篇，并第一次对它进行标点，校理中也牵扯到断句、标点的问题，且《全汉赋》一书易见，故文字以《全汉赋》所收为底本。〈　〉表示衍文，[　]补出脱文，讹误、假借之字后加(　)注出正字。缺文之句或字数可知者，以□代之。校理后的文字如下：

梁王兔园赋

(上缺)□□□□，修竹檀栾。夹池水，旋菟(兔)园；并驰道，临广衍。长〈冗〉故(阪)故(微)径于(兮)，昆仑貇(邈)观；相物芴(刎)焉(马)兮，有似(事)乎西山。西山隑隑，峁(岧)焉隗(嵬)隗(嵬)，巷(巷)嶅(路)娄(逶)嵃(迤)，崟(岖)岩(崖)绔(纡)〈嵷〉巍(隈)。䴕(骕)焉(马)暴熛(骠)，激扬尘埃。□□□□，□□□□。□□蛇龙，奏林薄竹。游风涌焉，秋风扬焉，满庶庶焉，纷纷纭纭，腾涌云乱；枝叶翚散，摩(麾)〈来〉幡幡焉。溪谷沙石，涸(洄)波沸日。湲浸(湲)〈疾〉东流，连(涟)焉辚(粼)辚(粼)。□□[柳]阴(荫)，发绪(絮)菲菲。訚訚〈讙讙扰〉昆(鹍)鸡，蝭(鹈)蛙(鹄)仓庚。密切(肌)相离，哀鸣其中。若乃附巢蹇鹫之傅(传)于列树也，榧榧若飞雪之重弗丽也。西望西山，山鹊野鸠；白鹭鹘桐(鸼)，鹯鹗鹞雕；守(水)狗戴胜，翡翠鸲鸽；巢枝穴藏，被塘临谷；声音相闻，啄尾离属。

翱翔群熙(嬉),交颈接翼。阘而未至,徐飞翋(飒)鹔(逻)。往来霞(狎)水,离散而合。疾疾纷纷,若尘埃之间白云也。予(求)之[乎]幽冥,究之乎无端。

于是晚春早夏,邯郸、裴国、易阳之容,丽人(衣)及(服)其(珥),燕饰〈子〉相与,杂沓而往款焉。

车马接轸相属,方轮错毂,接服何(触)骖,披衔迹蹶;自奋增绝,怵惕腾跃。水(有)意而未发(尽),因更阴(随)逐,心(思)相秩(佚)奔;隧林临河,怒气未竭,羽盖繇(繁)起,被以红沫,蒙蒙若□雨委雪。高冠扁(偏)焉,长剑闲焉,左挟弹焉,右执鞭焉。日移乐衰,游观西园。〈之芝〉芝成(盈)宫阙,枝叶荣茂。选择纯熟,挈取含苴(咀)。复取其次,顾赐从者。于是从容安步,斗鸡走兔,俯仰钓射,烹、熬、炮、炙,极乐到暮。

若〈乃〉夫〈郊〉采桑之妇〈人〉,袿裼错纡,连袖方路;摩眦(陀)长髮(发),便娟数顾。芳温(旬)往来,接(精)神〈连〉才结(接),已诺不分,缥(艳)并(艳)进靖(请)。傧(颦)笑连便,不可忍视也。于是妇人先称曰:"春阳生兮[草]萋萋,不才子兮□心哀。见嘉客兮不能归,桑萎[兮]蚕饥,中人望[兮]奈何!"(下缺)①

今据我作的校释本,对该赋体制、内容、艺术成就及真伪、写作时间等有关问题加以论述。

首先,关于此赋篇名,《古文苑》作《梁王菟园赋》,而《文心雕龙》作《兔园赋》,《西京杂记》卷二说到此园作"兔园"。按《艺文类聚》卷六五摘录几节,题作《梁王兔园赋》,江淹仿枚乘之作,也作

① 为便于排印和阅读的方便,此处只据校理后结果录出,错、讹改为本字,异体字改为正体,衍文径行删除,缺文径直补入。有关底本的情况及校勘理由,见《枚乘〈梁王兔园赋〉校议》,刊中华书局《文史》2004 年第四辑。

《梁王兔园赋》。则《文心雕龙》中提及篇名无“梁王”二字(“赋”字亦省),乃因行文骈偶的原因而省。“菟”当作“兔”。“菟”、“兔”二字古常通用,如《左传·昭公五年》提到的地名“菟氏”,《水经注》卷二十二作“兔氏”;《楚辞·天问》“而顾菟在腹”,洪兴祖《楚辞考异》曰:“菟一作兔”;《战国策·庄辛谏楚襄王》:“见菟而顾犬,未为晚也。”“菟”亦“兔”字之借。则赋名应作《梁王兔园赋》。

其次,我认为《古文苑》所载《兔园赋》并非全文。开头、结尾都有缺文。

先看开头:第一句“修竹檀栾”是一个四言句,下面紧接“夹池水,旋兔园;并驰道,临广衍”,是四个三言句。这四个三言句都是偶句押韵,韵属元部(这里所谈韵部,据罗常培、周祖谟《汉魏晋南北朝韵部演变研究》第一分册,科学出版社1958年11月第1版)。此前的那个四言句末一字也属元部,可见它也是押韵的。例之以后面的三言句,开头这个四言句前面还应有三个四言句,其中第二句末尾一字,也应为元部字。

除此之外,此前应该还有缺文。江淹有《学梁王兔园赋》是以四句骚体句式开头,然后是七个四言句。枚乘之作未必与之完全一样,但应大体相近;特别开头、结尾,为体现结构特点者,江淹仿作应与之大体一致。所以,我除了在“修竹檀栾”前加了“□□□□”补出其上句的位置外,在此前加了“上缺”两字。

再看赋的结尾。散体赋中通过虚拟人物之口而以楚歌入赋,成为传统。这最早应开始于屈原的《渔父》。屈原的《卜居》、《渔父》,实为先秦散体赋作品,只是不以赋名,与此后的问对、设论同类;以今日眼光看,应归入散体赋一类。《渔父》篇写渔父在听了诗人的一大篇议论之后“莞尔而笑,鼓枻而去”,还唱了一首歌,这就是楚歌《沧浪歌》(又见于《孟子·离娄下》)。宋玉的《登徒子好色赋》末尾有“丽女”的一段楚歌。司马相如的《美人赋》以后的傅毅《舞赋》等,直至宋代苏东坡的《赤壁赋》,都以楚歌入赋。一般散体赋在歌之后还有一点叙述文字以为结束,但江淹的《学梁王兔园赋》在“遂谣曰”、“报歌曰”各二句之后为“妃因别曰”歌四句，即结束。今存《兔园赋》歌末尾是“于是妇人先称曰”歌四句。由“先称曰”来看，其下至少尚有和歌一首，然后结束。

《子虚赋》在写齐王田猎“列卒满泽，罘网弥山。掩兔辚鹿，射麋脚麟，骛于盐浦，割鲜染轮”的景况之后，主要写云梦泽的形势、物产与楚王的田猎。大体上先写云梦泽的广大及地理形势、草木鸟兽，然后写田猎，然后是美女的游园，“于是乃相与獠于蕙圃……”过渡到结尾。

《上林赋》在开头之后，先写上林园的广大及地理形势、水族禽鸟，然后写山水草木，然后则周览，及于走兽、宫室、树木，然后天子校猎，下面说：“于是乎游戏懈怠，置酒乎颢天之台，张乐乎胶葛之宇……”写伴游的美女“色授魂与，心愉于侧”，再到结尾。

我们将《子虚赋》、《上林赋》同《兔园赋》相比，大体同一路数：题材、内容、结构方式都大体相近；衔接过渡之法也基本雷同；而且在一些场面、意象的表现上也看出其受《兔园赋》影响的迹象。

当然，《子虚》、《上林》是由两篇组成，这种结构方式有取于宋玉的《高唐》、《神女》，司马相如能将田猎的题材同《高唐》、《神女》的结构方式联系起来，也有可能受到《诗·小雅》中《车攻》、《吉日》这两篇前后相连的作品启发。但是，就《子虚》、《上林》各篇具体内容的构思来说，显然受了《兔园赋》的影响与启发。由此就可以看出枚乘《兔园赋》在汉代骋辞大赋题材上的开拓和结构方式上的创新意义。

三、《梁王兔园赋》语言上的特色

枚乘此赋虽残缺、错讹、脱衍、倒置的情况十分严重，但经过校理，从中还是可以看出其体制的宏伟，可以看出其在语言运用方面继承屈宋辞赋的艺术经验，进行新的探索而有所发展，显示出其作者高超的语言技巧。

以下从四个方面作简要阐述：

（一）骈偶句同散文句的完美结合。本篇骈句或三言，或四言，一般都押韵，带有先秦诗的句式特征。今存文字中写林中禽鸟一段和写游园、出猎两段，绝大部分为四言句，且基本上都押韵。散文句则在一段或一层意思的开头和结尾处，起领起、总括、收束，或承接、转折的作用。以韵文为体，以散句为框架，使语言活泼灵动而不板滞，且具有抑扬顿挫的节奏感。如写禽鸟的一组四言句，结尾说："疾疾纷纷，若尘埃之间白云也。求之乎幽冥，究之乎无端。""疾疾纷纷"一句承上仍作四言，总言禽鸟给人的印象，衔接自然；"若尘埃之间白云"则是用一种比喻来进一步形容其状态，以判断语气词"也"煞尾，整个句子为前一句的谓语，既自然，又有变化。此下又是两个五言骈偶句，但不押韵，使整段文字骈散的界线、押韵与不押韵的界线不是截然分明，简单衔接，而显得过渡自然，了无痕迹。这篇赋的语言琅琅上口，充满生气，又具抑扬顿挫之节奏，比起大体同时或稍迟的贾谊《鹏鸟赋》、东方朔《七谏》、王褒《九怀》、刘向《九叹》及邹阳《酒赋》、《几赋》等作品来，在严整之外，多了一点灵动之气。可以说，它继承屈原《卜居》、《渔父》，宋玉《高唐赋》、《神女赋》、《风赋》、《钓赋》等的语言风格，从而铸就了散体赋的语言传统。而此后的一些骋辞大赋却不顾叙事、描摹、抒情的实际效果，极力铺排堆砌，走向了自己的反面。

（二）重叠词、联绵词同结构紧密、贴切凝炼的词组结合运用，虚实相间，互为映照，产生了很好的表达效果。今存残段中的叠词有：陒陒、嵬嵬、庶庶、纷纷、纭纭、幡幡、湲湲、粼粼、菲菲、訚訚、栅栅、疾疾纷纷、蒙蒙、萋萋等；联绵词有：檀栾、逶迤、飒遝、杂沓、从容、摩陀、便娟、连便等。另外，其中也用了一些联绵词表示的鸟名和山名。由于这样，读起来或很有气势，或颇具抒情性，激发人的情感，调动读者阅读中再创造的能力。如"西山陒陒，岧焉嵬嵬，巷路逶迤，岖崖纡限”等，每个句子都很有暗示性，可以引起人的想象。“隑隑”是说“山”，则自然很高；“逶迤”是说“巷路”，则自然弯曲而漫长，等等。文中没有堆集很多联绵词或重叠词让人摸不着头脑，而是虚实结合：“实”以确定“虚”的意义方向，“虚”则利于读者根据自己的生活经验进行想象，以扩大对“实”想象的范围与程度。因为联绵词和一些重叠词的意义不精确，重点是要给人造成一种印象。司马相如的《子虚赋》、《上林赋》中也用了很多联绵词，但由于缺乏相应的词语观照，叫人觉得意思模糊，不知所云。如写美女的衣饰：“郁桡溪谷，衯衯裶裶，扬袘戌削，蜚襳垂髾，扶舆猗靡，翕呷萃蔡”等，写大水：“沉沉隐隐，砰磅訇磕。潏潏淈淈，湁潗鼎沸”等，都过于堆砌。学而过之，失其分寸，莫若故步之可行。《梁王兔园赋》中很少有集中用一串联绵词或重叠词的情况。只从骋辞大赋语言的方面说，司马相如在枚乘的基础上不是发展了而是后退了。

同时，《梁王兔园赋》中也很注意词语句子的搭配锤炼。如写到秋风吹起时的景象是：“腾涌云乱”，“枝叶翚散”，前者写云因风翻卷，后者写树的枝叶因风而乱舞，都极传神。写园中之禽鸟“声音相闻，啄尾离属。翱翔群嬉，交颈接翼”。因为生活在自己的乐园之中，自由自在，有的成群嬉戏，有的则全神贯注地梳理羽毛，所以同属之鸟到哪儿去了，也全不在乎。“交颈接翼”不仅写出鸟之多，也表现出它们的亲密和美。寥寥数字就画出一幅群鸟乐图。再如写车马之多：“接轸相属，方轮错毂，接服触骖。”也都简洁明了，又形象生动。“轸”即车后横木，“接轸”即一辆辆的车相连；“相属”，连属不断；“方轮”指车轮相并（方，并也）；“错毂”指并排而行的车毂交错，或前或后。前一句是从纵向说，后一句是从横向说，言路上车辆之多。下一句“接服触骖”，“接服”言车马相连，承上车队之长而言；“触骖”指两边的马互相摩擦碰靠，承上左右之拥挤而言。行文严密而有章法，可以说是文无冗句，句无冗字，甚见炼字之功。

（三）骈偶句同排比句的交错运用，使语言在整齐之中，又有变化。如“方轮错毂，接服触骖”；“夹池水，旋兔园”；“并驰道，临广衍”；“巷路逶迤，峻崖纡限”等，都是上下相对，语极工整。但本篇行文中很少大段此类句式者，总是同一些排比句交错使用。如在写兔园的地理形势之后，接“游风涌焉，秋风扬焉，满庶庶焉”三个句式结构相近的排比句；写狩猎结束之后接“高冠偏焉，长剑闲焉，左挟弹焉，右执鞭焉”四个句式相近的排比句，等等。排比句不似对偶句之严整，但又比散句更多显示出语言的布局之美，是介于骈偶句与散文句之间的一种语言表现形式，它使得每段夹在散文句之间的骈句灵活而有变化。

（四）韵脚与押韵方式方面的新探索。在《离骚》用韵的高超神妙的手法之外，另作探索，也达到出神入化的境地。《离骚》的用韵是适合于六言的骚体诗的，此则是适合于骈散结合的骋辞大赋的。《离骚》是整齐的偶句韵，同《诗经》中很多作品韵脚不固定的情况不同。《诗经》的用韵方式不适宜长篇的诗。固定的韵脚可以使读者产生一种对韵脚的期待，形成一种可以同读者心理产生共鸣的韵律，而偶句韵又使上下相连的两句变成一个句组，扩大了句子表现中的容量，也形成诗句的一种节奏。同时《离骚》在单句末带有泛声的语助词“兮”，实际上起着一种一韵到底的虚字韵的作用。所以《离骚》虽换韵频繁，而叫人不感到押韵的不连贯。另外，《离骚》押韵中常常在相邻的韵部间变来变去，如汤炳正先生所说，形成一种“渐变”，汤先生称之为“转韵”①；同换韵交错使用，加上根据情感表现的需要，有时是较长文字的连韵，有时则频繁换韵，使《离骚》的用韵在抒情效果方面达到了无以复加的高超境地。但是，枚乘根据散体赋形式的特点，使韵脚同句式的变化结合起来，也取得十分好的表达效果。

首先，常在一组韵脚字后带上相同的语助词，实际上便成了每

---

① 汤炳正：《屈赋语言的旋律美》，见《屈赋新探》，齐鲁书社，1984年2月第1版。

个韵脚有两个押韵的字。王力先生称之为“富韵”①。如“高冠偏焉,长剑闲焉,左挟弹焉,右执鞭焉”。此外,这篇赋中还常将重叠字用于韵脚(偶句之后两字),形成完全意义上的“富韵”。如“西山隑隑,岧嶤嵬嵬”(隑、嵬属脂部),“涟焉粼粼……发絮菲菲”(粼属真部,菲属脂部,西汉之时可以合韵,王褒《洞箫赋》、扬雄《少府箴》中俱有其例)等。

其次,将押韵同句式变化结合起来,但不是句群的句式一变,韵脚随着变化,而是做到很好的结合。比如“游风涌焉”以下三句,本是带有相同语助词的散文句,只是句式相同,形成排比关系,并不押韵。但作者在这三句之后接“纷纷纭纭,腾涌云乱;枝叶翚散,麾幡幡焉”四句,除第一句之外,句句押韵,并且与“焉”(元部)同韵,因而,很自然使“游风涌焉”三句句末的“焉”也成了这一组韵句的前奏,使韵脚的出现显得极其自然。末一句“麾幡幡焉”不仅是重叠词形成的富韵,并且带了同韵的语助词“焉”,既同前面的“游风涌焉”三句相应,也形成最突出的富韵形式以煞尾。作者在用韵方面体现出的高超手段,同样达到了出神入化的境地。

从上面谈到的四点说,《梁王兔园赋》虽然只存残篇,但在遣词造句上,真是“切韵之动,势若转圜”,达到很高的艺术水平。只这一点说前人给它以很高的评价,也不是没有原因的。应该说,它不仅是今日所见汉代以赋名篇的第一篇骋辞大赋,也是汉赋的一篇优秀作品。

四、《梁王兔园赋》的创作时间、背景与作者问题

枚乘,字叔,淮阴人,《汉书》中有传,而记载简略。据我考证,

① 王力:《诗经韵例·韵在句中的位置》,见《诗经韵读》,上海古籍出版社,1980年12月第1版。

他生于秦始皇末年或秦二世之时，约公元前210年前后；死于汉武帝建元元年，即公元前140年。他年轻时为吴王濞（公元前195年立，前154年被诛）郎中，因楚元王交（公元前201年立，前179年卒）之太子辟非（先楚元王而卒）有病，受吴王之命去探望，以所写广陵观潮的文字娱悦楚太子，时间大约在高后（公元前187—前180年在位）之时，当时枚乘尚不足30岁。文帝之时，吴王濞因为吴太子与皇太子饮博争道，皇太子提博局砸死吴太子，又运尸到吴地去葬，引起吴王濞的怨恨，此后便称疾不朝。此大约在文帝五年或六年。枚乘利用广陵观潮那一段文字写成《七发》，希图借以劝谏吴王，应在此后数年之中。[①]《四部丛刊》本《六臣注文选》李善注："乘事梁孝王，恐孝王反，故作《七发》以谏之。"以《七发》作于客梁孝王（公元前178年立，前144年卒）时，大误。作于梁孝王处的是《兔园赋》而不是《七发》。

枚乘在吴王濞谋为不轨阴谋较为明显时作《七发》，欲借谈养生而谈养身保命之理，但并未达到目的。大约在公元前161年有《谏吴王书》，"吴王不纳，乘等去而之梁，从孝王游"。汉景帝三年（公元前154年）吴王与六国谋反，景帝斩晁错以谢诸侯，此时枚乘"复说吴王"，今存有《重谏吴王书》（并见《汉书》卷五十一《枚乘传》）。吴楚之乱平定以后，枚乘因两谏吴王之书而知名，景帝召拜为弘农都尉，枚乘"不乐郡吏"，以病去官，复游梁。梁客皆善属辞赋，乘尤高。《兔园赋》即作于枚乘第二次游梁之时。

据《史记·梁孝王世家》，吴、楚、齐、赵七国反时，吴楚先击梁之棘壁之地，杀数万人。"梁孝王城守睢阳，而使韩安国、张羽等为大将军，以距吴楚。吴楚以梁为限，不敢过而西，与太尉亚夫等相距三月。"吴楚破，梁所破杀虏略与朝廷大体相当。梁孝王为窦太

① 关于枚乘生卒年、生平事迹与《七发》的创作背景的论述，参拙文《〈七发〉与枚乘生平新探》，《西北师大学报》1999年第1期，收入拙著《古典文献论丛》，中华书局，2003年7月出版。

后少子，又有如此大功，故朝廷赏赐不可胜计。“于是孝王筑东苑，方三百余里，广睢阳城七十里。大治宫室，为复道，自宫连属于平台三十余里。得赐天子旌旗，出从千乘万骑。东西驰猎，拟于天子。出言趩，入言警。招延四方豪杰，自山以东游说之士莫不毕至。”（《史记·梁孝王列传》；《汉书·文三王传》同）。可见梁孝王扩建苑囿是在景帝三年（公元前154年）平吴楚七国之乱以后。《西京杂记》卷二云：

梁孝王好营宫室苑囿之乐，作曜华之宫，筑兔园。园中有百灵山，山有肤寸石、落猿岩、栖龙岫，又有雁池，池间有鹤洲鸟渚。其诸宫观相连，延亘数十里，奇果异树、瑰禽怪兽毕备。王日与宫人宾客弋钓其中。

对于兔园的具体状况有所记述，并明确记载，兔园是在平定七国之乱以后所修。那么，《兔园赋》是枚乘第二次游梁时所写。枚乘大约在景帝三年末拜为弘农都尉，景帝四年（公元前153年）第二次游梁，景帝七年（公元前150年）十月梁孝王入朝，留于长安。十一月，朝廷废栗太子，窦太后欲以梁王为嗣，因大臣及袁盎等谏阻景帝，窦太后不再提此事，梁孝王也不敢再向窦太后提立嗣之事，遂归梁。同年夏（当时以十月为岁首），朝廷立胶东王刘彻为太子。梁孝王与羊胜、公孙诡等密谋暗刺袁盎，朝廷追查，羊胜、公孙诡自杀。景帝由此怨恨梁孝王，朝廷同梁孝王的矛盾明朗化。则枚乘之赋兔园应是在景帝七年十月以前；但兔园之初成规模至少应有一两年时间（有的建筑当为以后陆续补建），故《兔园赋》之作应在景帝六年（公元前151年）。

梁孝王武为景帝唯一的胞弟，又在平定七国之乱中立有大功，而且在其二十五年（景帝三年）入朝时，景帝与孝王饮，“从容言曰：‘千秋万岁后传于王。’”（《汉书·文三王传》）则其同朝廷之关系可知。所以在景帝七年刺袁盎事发之前，即使其“宫室逾制，出入警跸”,一般人也不会认为有什么不当,何况当时景帝与梁孝王二人的母亲窦太后还在世。因此,枚乘赋中即使有讽谏之意,也应是很含蓄的,而且仅局限于戒侈靡的范围之内。同时本文第二部分已经说过,今存《兔园赋》是残篇,其开头、当中、结尾部分都有缺失。原文在写完整个的田猎游园活动之后会不会在末尾寄以作者的讽谏之意,或者说会不会巧妙加以讽谏,很难说。看《七发》全篇不作正面劝说,而其中寄意之深,两千多年来学者们未得体会,即是明证。我认为,从枚乘的《七发》及他的《谏吴王书》、《重谏吴王书》看,他的作品不但不会纯粹铺排,做文字游戏,也不会只垂一个讽谏的尾巴,“劝百讽一”。以今所见文字中没有讽谏的内容而认为非枚乘所作,是轻率的。

章樵疑《兔园赋》为枚乘死后其子枚皋“随所睹而笔之”,后人传写误为枚乘之作。此说不但毫无根据,也与历史事实有所未合。《汉书·枚乘传》云:“孝王薨,乘归淮阴。”又云:

> 乘在梁时,取皋母为小妾。乘之东归也,皋母不肯随乘,乘怒,分皋数千钱,留与母居。年十七,上书梁共王,得召为郎。三年,为王使,与冗从争,见谗恶遇罪,家室没入。皋亡至长安。

枚皋年十七(古人计虚岁)上书梁共王以为郎,至十九岁获罪离开。《枚乘传》中言皋“不通经术,诙笑类俳倡”。虽然枚乘文识卓异,然此子乃老来小妻所生(据我考证,生枚皋时,乘年五十左右),夫妻俱加娇惯,大约也是个只知玩乐的少年,同贵族纨绔子弟比起来,也不过多一点钻营拍马的本事而已。乃父一走,梁共王立,即上书共王;亡至长安,遇赦,又上书新立的少年天子刘彻,可见其钻营的本事。这样的一个人,十八岁上下恐怕写不出《梁王兔园赋》这样题材、体式、结构上都有创新的骋辞大赋。如果说是后来所写,更不可能,他到汉武帝刘彻身边之后,大约不会不写武帝身边的事，反倒去夸耀诸侯王的苑囿。何况汉武帝力主加强中央集权，纠正汉初尾大不掉的状况，最讨厌诸侯王服饰、礼仪、宫室苑囿过制之事。从枚皋方面说，《汉书·枚乘传》说他“为赋颂，好嫚戏”，大约也只能作一点文字游戏之类的东西，不会有大的长进，也写不出《梁王兔园赋》这样的骋辞大赋。

《古文苑》和南朝刘勰《文心雕龙》、唐欧阳询等撰《艺文类聚》俱明载《梁王兔园赋》为枚乘所作，章樵据残篇而疑为枚皋所作，这是根本不可能的。

汉代文学中对宫廷的批评

康达维

汉代在许多方面都可说是文人官吏的黄金时代。自公元前1世纪起,汉代朝廷便开始邀请儒家学者入朝担任政治顾问与师傅。公元前136年,汉武帝建立了太学来监督五经(《诗》、《书》、《易》、《礼》、《春秋》)的教学及设立拔擢人才的考试制度。虽然有的学者极力推崇汉武帝对儒学的提倡,称之为“儒学的胜利”①,但是宫廷对学术的控制对儒家学者来说并不一定是好的。因为汉代的学者无法像从前的文人一样,可以自由地到各诸侯国的宫廷中寻找栖身之所,汉朝宫廷成为他们唯一赖以生存的地方。文人官吏已经无法独立生存,而他们也发现想要影响朝廷的政策也绝非易事。特别是在面对着一位强而有力、独断专行的统治者,身处于一个庞大而无情的官僚系统之中,文人的意见更未必受到欢迎。

在这种宫廷的气氛中,部分杰出的文人官吏因无法在朝廷中提出意见而感到颓丧。他们许多人在表达对朝廷的批评时,选择当时处于主导地位的文学体裁——赋为表达工具。当时在宫廷所创作的赋大部分是骋辞铺陈的大赋,用来赞颂大汉帝国的力量与辉

① 见 Homer H. Dubs,“The Victory of Han Confucianism”, *Journal of American Oriental Studies*(《美国东方研究期刊》),1938年,第58期,435～439页。

煌。然而很大部分的宫廷作家所创作的文学作品却对宫廷表达了不同的看法。虽然他们称颂汉朝的壮观,为汉朝的成就感到欣喜若狂,但一些具有改革之心的儒生却因汉朝偏离古代圣王的伦理与政治理想而发出严厉的批评。这些人深信自我道德的修养、教育和礼(礼仪和礼节)对社会的改善功能,他们遵守一种伦理的法度,这种法度在理论上不仅规范着个人的行为,同时也要求朝廷命官(包含皇帝在内)来遵守。从他们的角度来看,朝廷应该实行古代的理想来为天下百姓树立典范。这就是儒家学者匡衡(公元前36—公元30)上书中所蕴涵的思想:

> 孔子曰:"能以礼让为国乎,何有?"[1]朝廷者,天下之桢干也,公卿大夫相与循礼恭让,则民不争;好仁乐施,则下不暴;上义高节,则民兴行;宽柔和惠,则众相爱。四者,明王之所以不严而成化也。[2]

大部分有改革之心的儒家学者都与匡衡看法一致,认为"礼"(礼节)和"让"(礼让)是朝廷最应该加以支持培养的两个重要价值观。他们相信朝廷在婚姻、丧礼、葬礼和宗教礼仪方面都应该遵守既定的法规。从朝廷角度来看,这些法规制约着朝廷的各种事务。这些法规尤其可用来确定朝廷中的每个成员都能了解自己的地位和所应扮演的角色。只要每个成员都能按照自己所被分配的角色来执行义务,不逾越自己的权限,那么从朝廷到整个国家便都能大治了。此外,朝服也有所规定,宫殿和校猎的苑囿的形式和大小都有限制,使用各种礼器也有规定。其实这些思想在先秦哲学著作中就已存在,例如《荀子》:

---

① 见《论语》,卷4,第13。

② 《汉书》,卷81,3334页,北京:中华书局,1962年。

衣服有制，宫室有度，人徒有数，丧祭械用皆有等宜。声，则非雅声者举废；色，则凡非旧文者举息；械用，则凡非旧器者举毁。夫是之谓复古，是王者之制也。①

批评朝廷的汉代文人挑出他们认为违背古法的地方，其所关心之事如下：一、宫廷中对物质的过度追求；二、宫廷选择官吏不是根据才能，而是通过皇亲国戚的关系和喜爱的佞臣来选择；三、朝廷已转变为一个巨大无情、排斥异议的官僚系统；四、朝廷是一个充满危险和欺骗的地方；五、朝廷无法制止皇室的宠信的势力，特别是外戚的势力。

儒家文人已经逐渐对朝廷失去信心，扬雄（公元前53—公元18）就是一个很好的例子。扬雄是当时成帝（公元前32—前8年在位）宫中的首要诗人与学者。扬雄是蜀（今四川）人，在蜀地他就以辞赋闻名。在公元前12年，一位宫中的蜀地同乡在成帝面前朗诵了他的作品，扬雄模仿武帝时的大赋家司马相如的辞赋风格惟妙惟肖，成帝印象深刻，扬雄于是受邀入宫。虽然扬雄学问渊博，但他从未占据高位。他大部分的仕宦生涯都担任郎的低下职位。在这个位置上，扬雄的主要任务就是待诏写赋。

成帝并不是特别好的统治者，他在中国历史上以嗜酒、娱乐与好美色出名，而将国家大事交给自己母亲的亲戚——王氏家族。他也喜爱微服出巡，在家奴和侍卫陪伴下，到京城附近的郡县去看斗鸡赛马。②

扬雄宫廷诗人的名誉主要成就于他在公元前11年到公元前10年之间写的三篇赋：《甘泉赋》、《羽猎赋》和《长杨赋》。这些赋篇都是受诏而作的。皇室在甘泉宫祭祀汉代最高神太一，他因而受命作《甘泉赋》。汉成帝邀请扬雄参加祭典，并命他作赋以示庆祝。《羽猎赋》和《长杨赋》主

---

① 《荀子》，《四部备要》，卷5，5a～b页。

② 见《汉书》，卷10，316页；卷27下，1368页。

要是关于在上林苑举行的一场军事校阅。虽然扬雄受诏写赋,皇家也因此期待他能大力颂扬普通人难得一见的壮观,但是在这些赋中,他都插入了委婉的讽谏,对他认为是不正当或与古代道德标准不合的活动提出劝诫。这些赋序收在扬雄大约公元前2年写的《自序》中,他指出他作这些赋的目的是"讽",是用来责难这些壮观中的奢侈与炫耀。例如在《羽猎赋》的序中,扬雄将古代圣王合乎礼仪、正当的校猎和苑囿拿来与当时汉代的情况对比:

以为昔在二帝三王,宫馆台榭、沼池苑囿、林麓薮泽,财足以奉郊庙,御宾客,充庖厨而已,不夺百姓膏腴谷土桑柘之地。女有余布,男有余粟,国家殷富,上下交足,故甘露零其庭,醴泉流其唐,凤皇巢其树,黄龙游其沼,麒麟臻其囿,神爵栖其林。

昔者禹任益虞而上下和,草木茂;成汤好田而天下用足;文王囿百里,民以为尚小;齐宣王囿四十里,民以为大:裕民之与夺民也。

武帝广开上林,南至宜春、鼎胡、御宿、昆吾,旁南山而西,至长杨、五柞,北绕黄山,濒渭而东,周袤数百里。穿昆明池,象滇河,营建章、凤阙、神明、驳娑,渐台、太液,象海水,周流方丈、瀛洲、蓬莱。游观侈靡,穷妙极丽。虽颇割其三垂以赡齐民,然至羽猎、田车、戎马、器械、储偫、禁御所营,尚太奢丽夸诩,非尧、舜、成汤、文王三驱之意也。又恐后世复修前好,不折中以泉台,故聊因《校猎赋》以风。①

---

① 见《汉书》,卷87上,3540～3541页;《文选》,卷8,388～389页,上海古籍出版社,1986年。英译见 David Knechtges, trans. *Wen Xuan*,第二册,115～117页,Princeton: Princeton University Press, 1987。根据《春秋·文公十六年》,文公毁泉台。《公羊传》则严厉批评泉台被毁,其理由是既然泉台并非文公所建,他可以不住其中,而不可毁之。详见《公羊传注疏》,在《十三经注疏》卷14,16a页,东京:中文出版社,1972年。扬雄暗示既然成帝并未建造猎苑,他也不必毁之;但是他也不应该在那儿大肆游猎。

扬雄所以反对皇家校猎有下列几个理由：一、校猎本身只是一个劳民伤财的壮丽景观；二、校猎乃是为了达到三项功能，即提供祭祀用的干肉、娱乐宾客和供给皇帝御厨所用的肉，[1]而汉代的校猎违背了古代礼仪的准则；三、校猎对百姓而言是一种沉重的劳役和负担，对于住在皇家苑囿附近的农民而言更是艰辛，因为他们的田地经常被充公以扩充为猎苑之用。在《羽猎赋》中，扬雄将校猎刻画为一种极端奢华的行为，目的只在于物质的炫耀和对鸟兽的无端杀戮。赋中描写"禽殚中衰"之后，这些猎人撤退到一个大池塘边观赏文身之人与各种水中的鳞虫搏斗。这一段以鞭打洛水神女宓妃和向古代三位令人肃然起敬的朝廷大臣——屈原、彭咸和伍子胥献祭品作为总结。将这三位大夫相提并论是因为，他们都因君主不听他们的忠告而自杀成仁。屈原和彭咸传说都自溺身亡，而伍子胥的尸体则被抛入江中。在早期的文学中，宓妃经常被描写成一个代表肉欲的色情人物。因此鞭打宓妃和为三位大夫献祭是扬雄的一种委婉的暗示，即皇帝应该放弃感官的追求，特别是他对美女的欲望，并劝谏他应该将宫殿转化成一个充满贤能大臣，如屈原、彭咸和伍子胥的朝廷。在下列的段落里，扬雄简短地刻画了他想推荐给成帝的朝廷大臣的形象：

> 于兹乎鸿生巨儒，俄轩冕，杂衣裳。修唐典，匡雅颂，揖让于前。昭光振耀，蠁曶如神。[2]

此处扬雄描写的不是一个充斥着狂欢者、娱乐弄臣或是战士的朝廷，而是一个充满儒者的宫廷，他们穿着合乎礼节的朝服。这些儒者并非精通武艺，而是古代经典的大师。《唐典》是《尧典》的另一个称呼，是《书经》的第一章。而"雅"和"颂"则是《诗经》

① 见《礼记》，《四部备要》，卷 4，6b 页。

② 《汉书》，卷 87 上，3552 页；《文选》，卷 8，397 页。

中最典雅的部分。“修”和“匡”可能有双关的意义。“修唐典，匡雅颂”也可以理解为“发展尧唐的标准制度，在雅颂之中找到疗法”。他们的“揖让”符合强调文（与武相对）的礼仪。例如《荀子》就清楚地将“揖让”与文化和非军事的活动联系起来：“故乐者，出所以征诛也，入所以揖让也……出所以征诛，则莫不听从；入所以揖让，则莫不从服。”①

启用谨遵礼仪的人，朝廷才能够得到敌国部族的臣服。向汉王朝表示臣服进贡的国家的使者从大内宫中一直排列伸展到卢山（今蒙古南部）——匈奴单于王南面宫廷：

> 仁声惠于北狄，武谊动于南邻。是以旃裘之王，胡貉之长，移珍来享，抗手称臣。前入围口，后陈卢山。②

扬雄理想中的朝廷不再从事华丽奢侈的活动，也不再浪费公帑国库的资源来建造宏伟的宫殿和猎苑。如今朝廷：

> 奢云梦，侈孟诸。非章华，是灵台。罕徂离宫，而辍观游。土事不饰，木功不雕。③

“云梦”，古代楚王巨大的猎苑。“孟诸”是汉前宋国的猎苑名称。章华台是楚灵王（公元前540—前529年在位）建造的一个高塔。传统上这个塔和两个猎苑经常与奢侈和过度的物质炫耀联系在一起。与前三者不同的是灵台则相传是由周文王建造的。孟子称赞灵台，因为周文王与天下老百姓共享之。④ 在对周文王的赞美中同时隐含的是对汉代宫廷过度奢侈放纵的批评。对扬雄来说，

---

① 《荀子》，《四部备要》，卷14，1b页。
② 《汉书》，卷87上，3552页；《文选》，卷8，397页。
③ 《汉书》，卷87上，3553页；《文选》，卷8，398页。
④ 《孟子》，卷1上，2页。

理想的朝廷乃是汉文帝(公元前179—前157年在位)的宫廷,他在《长杨赋》里就称赞文王遵守朴素和节俭的法则:

逮至圣文,随风乘流,方垂意于至宁。躬服节俭,绨衣不敝,革鞜不穿。大厦不居,木器无文。于是后宫贱玳瑁而疏珠玑,却翡翠之饰,除雕琢之巧。恶丽靡而不近,斥芬芳而不御。①

扬雄厌恶他在宫中所观察到的过分的物质炫耀。他的《甘泉赋》前半段就包含了一段对甘泉宫的塔楼及厅堂极为精致而极度夸张的描写:

下阴潜以惨廪兮,上洪纷而相错。直峣峣以造天兮,厥高庆而不可乎弥度。平原唐其坛曼兮,列新雉于林薄。攒并闾与茇葀兮,纷被丽其亡鄂。崇丘陵之駊騀兮,深沟嵚岩而为谷。离离离宫般以相烛兮,封峦石关施靡乎延属。于是大夏云谲波诡,摧嶉而成观。仰挢首以高视兮,目冥眴而亡见。正浏滥以弘惝兮,指东西之漫漫。徒徊徊以徨徨兮,魂眇眇而昏乱。据轸轩而周流兮,忽坱圠而亡垠。翠玉树之青葱兮,璧马犀之瞵瑞。金人仡仡其承钟虡兮,嵌岩岩其龙鳞。扬光曜之燎烛兮,垂景炎之炘炘。配帝居之悬圃兮,象泰壹之威神。洪台崛其独出兮,撤北极之嶟嶟。列宿乃施于上荣兮,日月才经于柍桭。雷郁律于岩突兮,电倏忽于墙藩。鬼魅不能自逮兮,半长途而下颠。②

---

① 《汉书》,卷87下,3560页;《文选》,卷9,406~407页。英译见Knechtges, *Wen Xuan*,第二册,141~143页。

② 《汉书》87上,3525~3527页;《文选》,卷7,326页。英译见Knechtges, *Wen Xuan*,第二册,25~27页。

扬雄的夸饰从某一个层面上来看是对皇室荣华的歌颂。他描写的第一个塔是通天台，这是一个300英尺高的建筑。据说从塔顶可以看到坐落在南边300英里远的长安！封峦、石关则是比较小的瞭望楼，坐落在甘泉宫的东北方，可能是在甘泉苑里。这里所刻画的完全是一个富足和奢豪的景象。翠玉树可能是人工造的树，由玉做成的叶子和珊瑚做成的枝干。① 我所引用的"翠玉树之青葱兮，璧马犀之瞵瑞"可能有不同的读法。② 不管我们将这一句理解为描写珠宝装饰的动物形象，还是宫殿的墙上装饰着玛瑙和犀角，其效果是一样的，那就是：这些装饰都是极端奢侈和昂贵的。同样展现奢华的是"金人"——即是用来做钟虡的高大青铜人或甚至是黄金做成的雕像。有的学者认为它们是公元前120年从匈奴那儿夺取的佛教雕像。③ 甘泉宫是一座由天子建造与掌握的建筑物，将之比喻为最高神泰壹所居住的地方，即其神庙所在，与天子身份十分相配合。天神泰壹的所在可由悬圃进入，而后者是昆仑山的阊阖天门中最高的三座山峰之一。④ 对这些建筑物令人晕眩的过度描写是对皇家势力更进一步的礼赞。因此扬雄将通天台描写成高耸入天，甚至接触到日月星辰。连鬼魅都惊魂失色，不能爬上顶端，更证明皇帝的权力至高无上。

在下一个段落里，扬雄将其注意力转向皇帝本身，描写皇帝亲自经过主要大厅与其反思所见到的景色：

---

① 《艺文类聚》，卷83，1428页，引《汉武故事》，中华书局，1965年。

② 详见程大昌（1123～1195）：《雍录》，《古今逸史》，卷10，12a～b页。

③ 见 Shiratori Kurakichi，"On the Territory of the Hsiung-nu Prince Hsiu-t'u Wang and His Metal Statues for Heaven Worship"，*Memoirs of the Research Department of the Toyo Bunko* 5（1930）：1～77；Homer H. Dubs，"The 'Golden Man' of Former Han Times"，*T'oung Pao* 33（1937）：1～14，191～192；and James R. Ware，"Once More the 'Golden Man'"，*T'oung Pao* 34（1938）：174～178.

④ 《淮南子》，《四部备要》，卷4，2b～3a页。

曳红采之流离兮，飏翠气之宛延。袭琁室与倾宫兮，

若登高眇远，亡国肃乎临渊。①

璇室和倾宫的典故不太可能是赞美之辞，因为这些是著名暴君夏桀和商纣王所建的奢侈炫耀的宫殿。② 根据与扬雄同时代的人诠释，桀、纣的奢侈放纵是其朝代灭亡的直接原因。因此站在深渊边缘的形象清楚地是用来警告汉成帝沉溺在声色犬马中的危险，而间接地批评朝廷的物质炫耀，因为西汉自武帝以来的皇帝莫不醉心于奢侈之中。因此扬雄在《甘泉赋》序里对此也进行了评论：

> 甘泉本因秦离宫，既奢泰，而武帝复增通天、高光、迎风。宫外近则洪崖、旁皇、储胥、弩阹，远则石关、封峦、枝鹊、露寒、棠梨、师得，游观屈奇瑰玮，非木摩而不雕，墙涂而不画。周宣所考，般庚所迁，夏卑宫室，唐虞棌椽三等之制也。且为其已久矣，非成帝所造，欲谏则非时，欲默则不能已，故遂推而隆之，乃上比于帝室紫宫，若曰此非人力之所为，党鬼神可也。③

扬雄对于宫廷过度奢华的攻击根源于当时政治上的辩论。公元前 32 年，主要的大臣匡衡和张谭向成帝进谏将甘泉宫祭天典礼搬到京都的南郊。在一连串与此有关的上书中，匡衡批评甘泉宫的奢侈与宫内举行的典礼华而不实。虽然成帝听从劝告将祭天大典转移到京城郊区，但在公元前 11 年，他又恢复了甘泉宫的祭典。④ 扬雄因而写了《甘泉赋》来描绘这个景观。匡衡在一封上书

---

① 《汉书》，卷 87 上，3528 页；《文选》，卷 7，327 页；Tras. from Knechtges, *Wen Xuan*，第二册，29 页。

② 见《晏子春秋》，《四部备要》，卷 2，7b 页；《吕氏春秋》，卷 23，6b 页。两书都认为这两座建筑是夏桀所建。

③ 《汉书》，卷 87 上，3534～3535 页。

④ 见 Michael Loewe, "Kuang Heng and the Reform of Religious Practices", *Asia Major*, n. s., 17. 1(1971), 1～27; and *Crisis and Conflict in Han China*, 154～192, London: George Allen and Unwin, 1974).

中抱怨献给泰壹神的紫坛雕琢过度："坛有文章采镂黼黻之饰及玉、女乐、石坛、仙人祠、瘗鸾路、骍驹、寓龙马，不能得其象于古。"①扬雄提到关于甘泉宫礼仪建筑的过度装饰似乎与匡衡对宫中奢侈的批评遥相呼应。

在《甘泉赋》中，扬雄也对成帝的宠妃赵飞燕及其妹赵昭仪提出了委婉的讽刺。赵飞燕是一个舞姬，在成帝一次微服出巡时得到青睐。他最终选择了飞燕及其妹进入后宫。公元前16年，成帝将她立为皇后，不久也将其妹立为昭仪，是汉代妃子中最高的品阶。在扬雄写《甘泉赋》时，赵氏两姐妹在宫中都享有威势隆宠。皇帝替赵昭仪建了一个巨大的宫殿——昭阳舍，装饰着光亮的髹漆、金、玉和明珠翠羽。②

在其赋中，扬雄间接将笔锋指向赵氏姐妹，目的在描写皇帝到遥远的西北方昆仑山的想象之旅中，在那儿他遇见了神仙——西王母之后：

> 想西王母欣然而上寿兮，屏玉女而却宓妃。玉女亡所眺其清矑兮，宓妃曾不得施其蛾眉。方揽道德之精刚兮，侔神明与之为资。③

玉女是毛女的别称，她是太华山的女神。如前所述，宓妃在传统上代表了欲望。扬雄清楚地以这些女神来代表赵氏姊妹，因为在其《自序》中他有这样的评论：

> 又是时赵昭仪方大幸，每上甘泉，常法从，在属车间豹尾中。故雄聊盛言车骑之众，参丽之驾，非所以感动

① 《汉书》，卷25下，1256页。
② 《汉书》，卷97下，3989页。
③ 《汉书》，卷87上，3531页；《文选》，卷7，330页。

天地，逆釐三神。又言"屏玉女，却宓妃"，以微戒齐肃之事。

扬雄批评的重点是十分清楚的。根据其《自序》，他认为有女子列队于皇室的车骑之中是违背古礼的行为，因为古礼要求的是"齐肃之事"。汉朝儒家厌恶女子的思想由来已久，扬雄无疑支持这种主流思想，认为女子参与朝政将危及国家稳定，甚至导致朝代灭亡。在扬雄的时代，汉朝朝廷中一个重要的议题就是外戚的势力过度扩张。有数位杰出的朝臣曾经上书长篇大论，敦请皇帝削减皇后、妃妾及其家族的权力。这些上书都含有厌恶女子的思想，下列的例子是谷永(卒于公元前8年)公元前15年的上书，当时成帝命他解释东莱地方出现黑龙的含义[1]：

> 臣闻三代所以陨社稷丧宗庙者，皆由妇人与群恶沉湎于酒。《书》曰："乃用妇人之言，自绝于天"[2]；"四方之逋逃多罪，是宗是长，是信是使。"[3]《诗》云："燎之方阳，宁或灭之？赫赫宗周，褒姒灭之！"[4]《易》曰："濡其首，有孚失是。"秦所以二世十六年而亡者，养生泰奢，奉终泰厚也。二者陛下兼而有之，臣请略陈其效。
>
> 《易》曰："在中馈，无攸遂"[5]，言妇人不得与事也。《诗》曰："懿厥哲妇，为枭为鸱"；"匪降自天，生自妇人。"[6]建始、河平之际，许、班之贵，顷动前朝，熏灼四方，赏赐无量，空虚内臧，女宠至极，不可上矣；今之后起，天所不飨，

---

① 《汉书》，卷85，3459～3460页。
② 此段来自《书经·泰誓》逸失的篇章。
③ 见《书经·牧誓》。
④ 《毛诗》，第192首。
⑤ 见《周易》，第37卦("家人")，卷6，2页。
⑥ 《毛诗》，第264首。

什倍于前。废先帝法度，听用其言，官秩不当，纵释王诛，骄其亲属，假之威权，从横乱政，刺举之吏，莫敢奉宪。又以掖庭狱大为乱阱，榜箠瘠于炮烙，绝灭人命，主为赵、李[①]报德复怨。

扬雄批评的另一个宫廷中的活动就是以辞赋来作为一种娱乐。他是一位保守顽固的传统儒家学者，他相信所有写作的目的在于提供道德的教育。[②] 因此他认为赋最主要的功能是给朝廷提供劝谏。在其《自序》中，扬雄对辞赋作了一个评鉴，他认为赋不过是宫廷弄臣的玩笑罢了：

雄以为赋者，将以风也，必推类而言，极丽靡之辞，闳侈巨衍，竞于使人不能加也，既乃归之于正，然览者已过矣。往时武帝好神仙，相如上《大人赋》，欲以风，帝反缥缥有陵云之志。由是言之，赋劝而不止，明矣。又颇似俳优淳于髡、优孟之徒，非法度所存，贤人君子诗赋之正也，于是辍不复为。[③]

扬雄最终的结论是在一篇宫廷赋中提出劝诫是不可能的，他因此辍笔不写，而开始写公然反对朝廷的赋篇。其中一篇就是《解嘲》[④]。此篇以客人与扬雄本人的对话为架构。客人揶揄扬雄已在朝为官多年，却仍位沉下僚，而多年的心血却只有《太玄》一书——一本无法给他带来任何声誉或地位的哲学著作：

① 我认为李指的是李平，在汉成帝将她擢升为婕妤之后，将其姓改为卫。正如赵氏姐妹，她也出自寒门。见《汉书》，卷 97 下，3984 页。

② 关于扬雄对讽刺功能的看法，李锡镇有极佳的讨论，见《扬雄赋论初探——赋篇讽谏的功能及其语言策略》，收于《中国文学理论与批评论文集》，123～169 页，新文丰出版公司，1995 年。

③ 《汉书》，卷 87 下，3575 页。

④ 原文见《汉书》，卷 87 下，3565～3573 页；《文选》，卷 45，2005～2012 页。

然而位不过侍郎，擢才给事黄门。意者玄得毋尚白乎？何为官之拓落也？[1]

而扬雄的回答是，整个汉朝帝国的创造是对一个文人官吏而言利弊参半。在战国时代，一个有才能的人可以周游各国寻找能够重用自己的朝廷，但是自从帝国统一之后，学术的制度化随之而来，而文人官吏唯一的出路就是大汉王朝。此外，虽然皇家制度带来和平和秩序，同时带来的也是威权主义与恐怖统治。关于这一点扬雄评论道：

今大汉左东海，右渠搜，前番禺，后陶涂。[2] 东南一尉，西北一候。徽以纠墨，制以锁铁。[3]

扬雄将朝廷描写成一个巨大冷酷而充满危机的地方，职位越高，危险越大：

当涂者升青云，失路者委沟渠。旦握权则为卿相，夕失势则为匹夫。[4]

扬雄将朝廷比喻为雁凫聚集在岸边或岛上，成群结队，形单影只的鸟离开或者进入都不会引起注意。同样地，朝廷的官吏没有

① 《汉书》，卷 87 下，3566 页；《文选》，卷 45，2006 页。英译见 David R. Knechtges, *The Han shu Biography of Yang Xiong*（53*B. C.* —*A. D.*18），Occasional Paper No. 14，Center for Asian Studies，Arizona State University，47 页，Tempe，Arizona：Center for Asian Studies，1982。

② 渠搜是汉朝郡名，在今内蒙古中心；番禺就是现在的广东广州；陶涂在渔阳郡北边边境，今北京密云南。

③ 《汉书》，卷 87 下，3568 页；《文选》，卷 45，2007 页。英译见 Knechtges，*The Han Shu Biography of Yang Xiong*，47～50。

④ 《汉书》，卷 87 下，3568 页；《文选》，卷 45，2007 页。

一个是绝对必要的,个人的存在或消失都是不重要的。

> 譬若江湖之崖,渤澥之岛,乘雁集不为之多,双凫飞不为之少。①

在扬雄看来,在这样的朝廷中,多数人的意见和统一性决定一切,有谁胆敢提出自己的创见或者不同的意见都将遭到驱逐甚至处死:

> 当今县令不请士,郡守不迎师,群卿不揖客,将相不俯眉;言奇者见疑,行殊者得辟。是以欲谈者卷舌而同声,欲行者拟足而投迹。②

扬雄对宫廷负面的描绘可能与当时朝廷本身的变化有关。扬雄在《解嘲》中描写的不再是汉武帝那个强大而辉煌的朝廷,他写的是由一个少年皇帝——哀帝(公元前 6—前 2 年在位)主宰的,他实际上只是外戚权臣丁家和傅家的一个傀儡。哀帝也受到声名狼藉的董贤(卒于公元前 1 年)的影响,董贤是哀帝的娈童。③ 董贤替自己及家人获取高官厚禄,利用自己与皇帝亲密的关系得到奖赏,并为其党羽争取利益。这个时期朝廷的状况在谏议大夫鲍宣(卒于公元 1 年)的上书中描绘十分生动:

> 窃见孝成皇帝时,外亲持权,人人牵引所私以充塞朝廷,妨贤人路,浊乱天下,奢泰亡度,穷困百姓,是以日蚀且十,彗星四起。危亡之征,陛下所亲见也,今奈何反覆剧于前乎!朝臣亡有大儒骨鲠,白首耆艾,魁垒之士;论议通古今,喟然动众

① 《汉书》,卷 87 下,3568 页;《文选》,卷 45, 2008 页。

② 《汉书》,卷 87 下,3570 页;《文选》,卷 45, 2009 页。

③ 见《汉书》,卷 93, 3733～3740 页。

心，忧国如饥渴者，臣未见也。敦外亲小童及幸臣董贤等在公门省户下，陛下欲与此共承天地，安海内，甚难。今世俗谓不智者为能，谓智者为不能。

……请寄为奸，群小日进。国家空虚，用度不足。民流亡，去城郭，盗贼并起，吏为残贼，岁增于前。①

从他自己在朝廷的地位，扬雄十分清楚当时宫内的阴谋斗争及一个文人官吏想要和当权派斗争所面对的危险。他一再强调即使当权派的地位也是岌岌可危的，很快他们也要遭到悲剧的下场：

且吾闻之，炎炎者灭，隆隆者绝；观雷观火，为盈为实。天收其声，地藏其热。高明之家，鬼瞰其室。攫拏者亡，默默者存；位极者高危，自守者身全。②

扬雄总结他应该自朝政中抽身，因此他提倡一种冥想沉思的静谧主义，他称之为“太玄”。虽然他继续在宫中任官，但已经不再上朝，而将时间完全花在学术研究上，例如编纂方言字典、写哲学论文、教导精选的学生等等。实际上，他成为一个朝中隐士的例子，即一个在朝为官却拒绝进入政治辩论和斗争圈的人。③

有证据显示任职在汉成帝朝中时，扬雄将朝廷视为一个充满危机和诡诈之地，证据来自一篇短篇作品《酒箴》④。这是一篇讽刺性的寓言作品，假借一个酒客来批评“法度士”无法认清酒的美德。

---

① 《汉书》，卷 71，3087 页。

② 《汉书》，卷 87 下，3571 页；《文选》，卷 45，2009～2019 页。

③ 关于汉代朝中的隐逸思想，见 Aat Vervoorn, *Men of the Cliffs and Caves. The Development of the Chinese Eremitic Tradition to the End of the Han Dynasty*, 203～227, Hong Kong: The Chinese University Press, 1990。

④ 原文见《汉书》，卷 92，3712～3713 页。

现存的文本包含两部分，分别描写水瓶和鸱夷（皮制酒袋）。水瓶经常靠在墙边，而腹中含水不含酒，并且没有绳子拉不能移动。有一天绳子梗住，水瓶撞到砖上，跌入井底，骨肉碎成泥：

> 子犹瓶矣。观瓶之居，居井之眉，处高临深，动常近危。酒醪不入口，臧水满怀，不得左右，牵于纆徽。一旦叀碍，为瓽所輠，身提黄泉，骨肉为泥。

水瓶比不上皮酒袋鸱夷。鸱夷具有大酒瓶的容量，而且经常充满酒。它是“国器”，经常以皇家马车出入。同时它也能出入皇帝宫中，经营公家。酒客于是总结认为酒确实并无不良之处：

> 鸱夷滑稽，腹大如壶，尽日盛酒，人复借酤。常为国器，托于属车，出入两宫，经营公家。由是言之，酒何过乎！

《酒箴》很清楚地不只是为喝酒辩护，而是一篇讽刺之作，其中水瓶和鸱夷代表了两种截然不同的朝廷官吏。水瓶代表了安静、正经严肃的士人，经常注意限制自己的行为，不寻欢作乐，而且经常对危机保持高度警戒；但是尽管他有所预防，总有一天他的井绳要受到阻碍而掉到井底。而鸱夷相对地代表宫中参与寻欢作乐的人，只是一个逢迎阿谀、说谎欺诈的好酒之人。他为人“滑稽”是一语双关，同时表示酒器和聪明油滑。结果这样的人成为有权势的朝臣（“国器”就是一个双关语），有特权列席皇帝的随从，随之出入宫禁。他也能进出“两宫”，即皇帝与其后的居所。

这篇文章是一篇对西汉后期宫廷生活危机四伏的极佳评论，扬雄将朝廷描写成一个由像鸱夷酒袋这样的阿谀者和作乐者掌权的地方，正直之士根本没有机会与其竞争。无论如何保护自己，留在朝廷之中总要冒着生命的危险。扬雄对宫廷的批评在中古的欧洲文学中可以找到类似的例子。根据史蒂芬·贾格(Stephen Jaeger)

的述说，这些欧洲反对宫廷的文献是：

> 刻画了一个比地狱相差无几的宫廷图画。宫廷被比喻成海洋，而人在海上遭遇船难，也有时将之比喻为地狱。宫廷大臣被比喻为狗和蛇，或被称为寄生虫、背后插刀者和阿谀者，他们做事的唯一动机就是为了达成自己的野心，唯一的兴趣就是提升自己的地位或者借支持国王的空想来维持自己的地位。他们被称为嫉妒者、阴谋家和弄权者，在彬彬有礼与温和友好的外表下，深藏着心中的空虚和恶意。①

将宫廷描绘成危机四伏，寄生虫、诽谤和谄媚者聚集之地，这和中国后汉反对朝廷的文章很相似。拒绝接受官位的赵壹（约公元130—185）就是一个例子。他在短赋《刺世疾邪赋》里无情地攻击当时的朝廷，指控朝廷的权臣为谄媚者、舐痔者和与癞蛤蟆一样的奉承者，他们一同阴谋陷害忠良之士：

> 佞谄日炽，刚克消亡。舐痔结驷，正色徒行。妪媀名势，抚拍豪强。偃蹇反俗，立致咎殃。捷慑逐物，日富月昌。浑然同惑，孰温孰凉。邪夫显进，直士幽藏。②

赵壹公然说出朝廷种种祸害的来源，那就是皇帝的近身宠幸，这些人使皇帝忠言逆耳：

> 原斯瘼之攸兴，实执政之匪贤。女谒掩其视听兮，近

① C. Stephen Jaeger, *The Origins of Courtliness—Civilizing Trends and the Formation of Courtly Ideals*, 939～1210, 55页, Philadelphia: University of Pennsylvania Press, 1985.

② 《后汉书》，卷80下，2630页，中华书局，1963年。

习秉其威权。所好则钻皮出其毛羽,所恶则洗垢求其瘢痕。虽欲竭诚而尽忠,路绝崄而靡缘。九重既不可启,又群吠之狺狺。[1]

赵壹在这里所描述的甚至比扬雄所说的还要腐败,他当时所处的朝廷就是宦官、外戚与文人官吏互相斗争的中心。在这些斗争中,失败者就是文人官吏这个阶层。他们许多都遭到监禁,被折磨至死或在狱中饿死,也有一部分被处决。此处无法细说这些冲突,我提出这些史实来证明赵壹的评论不只是一种赋的铺陈,而是有历史根据的,在汉代和汉代以后有许多文献可以佐证。[2] 文人官吏对朝廷感到绝望所造成的其中一个主要结果,就是后汉时地方性的小宫廷的出现,而学者大批涌入。从这些朝廷中,涌现了新的思想和新的文学形式,改变了中国以后数百年的思想和文学。

---

① 《后汉书》,卷 80 下,2631 页。

② 关于赵壹赋的政治背景全面的文献整理,见龚克昌:《汉赋研究》,261～277 页,山东文艺出版社,1990 年。

试论赋体设辞问对之进程

简宗梧

一、前　言

《文心雕龙·诠赋》说："赋也者，受命于诗人，拓宇于《楚辞》也。于是荀况《礼》、《智》，宋玉《风》、《钓》，爰锡名号，与诗画境，六义附庸，蔚成大国。述客主以首引，极声貌以穷文，斯盖别诗之原始，命赋之厥初也。"①强调赋之所以为赋，有别于诗与楚辞而自成文类，"述客主以首引"的形式是它重要的指标，也应该是赋之所以为赋的必要条件。今见汉赋确实也是以设辞问对为大宗，章学诚也以它为赋体的主要特征②，可见赋与设辞问对之关系是十分密切的。但后来何以不再是必要条件？设辞问对的赋体是如何发展的？其人物如何从真有其人转成虚拟主客？后来何以又变成援用历史人物？风气何以转变？转折是否有其必然性？原是赋体最主要的特色又何以泯灭？事关设辞问对体的演化历程，宜有所疏解，乃不揣鄙陋，抒一得之见，敬请方家不吝指正。

① 刘勰：《文心雕龙》黄叔琳校本，卷2，134页，明伦出版社。

② 章学诚：《校雠通义内篇三·汉志诗赋第十五》："古之赋家者流，原本《诗》、《骚》，出入战国诸子；假设问对，《庄》、《列》寓言之遗也；恢廓声势，苏张纵横之体也；排比谐隐，《韩非·储说》之属；聚材征事，《吕览》类辑之义也。"见《文史通义》，604页，华世出版社，1980年。

二、先秦贵游赋多为优者与帝王对话的记录

前人或以为屈原《卜居》、《渔父》与宋玉诸赋，其作品以作者为主角，以第三者的口吻旁述，乃“后人依托之辞无疑”①，从文章体制演化的角度加以考察，赋之运用设辞问对，宜自汉始。②

其实，屈原与詹尹的对话写入《卜居》，与渔父的对话写入《渔父》，宋玉与楚襄王的对话写入诸赋，这犹如孟子与齐宣王、梁惠王的对话写入《孟子》，庄子与惠施等人的对话写入《庄子》，并不值得大惊小怪。至于宋玉诸赋称“楚襄王”，也一如《孟子》称齐宣王、梁惠王，也没什么好奇怪的。③

关于设辞问对，饶宗颐说：“战国时人著书惯用对话，近出土马王堆佚书，若《伊尹》、《九主》、《十大经》，无不如此，自是一时风气使然。”④

有关战国时人著书惯用对话，乃见诸辞赋，饶宗颐在《天问文体的源流》一文中，则引宋人洪迈之说再加以说明：

---

① 见游国恩：《游国恩学术论文集·宋玉大小言赋考》，205页，中华书局，1989年。其主张并见于其所著《楚辞概论》第四篇第一章，及《先秦文学》第十章，九思出版社，1978年。正如谭家健《唐勒赋残篇考释及其他》所说：宋玉赋“自清人崔述开始提出怀疑，本世纪二三十年代以后，陆侃如等进一步发挥，于是否定者渐多”。后来游国恩、詹安泰、刘大杰等在其文学史相关著作中，都认定宋玉诸作，唯有《九辩》一篇可信而已。

② 游国恩：《楚辞概论》第四篇第一章，229页，九思出版社，1978年。强调“从辞赋进化史上看来，这种散文赋在战国时是万万不能产生的”。

③ 游国恩：《楚辞概论》第四篇第一章，226～227页，强调“大凡本国人或本朝人说到本国或本朝的君主，绝对无须说出国名或朝名来，这个通则在辞赋里数见不鲜”。其实，战国时代与统一的朝代不可同日而语。游氏述此通则见于辞赋者，皆属汉代篇章。汉是统一的帝国，自没有称汉的必要。至于称庙号，或为后人所添入，或其书面化在顷襄王逝世之后。

④ 饶宗颐：《释主客——论文学与兵家言》，193页，收入《文辙——文学史论文集》(上)，台湾学生书店。饶宗颐还说：“‘客主’之名，原出兵家，继乃演而为赋体。”

> 这种问答文体在战国末期很是盛行。洪迈说："自屈原假渔父曰者问答之后，后人作者悉相规仿。"举《子虚》、《上林》等为例(《容斋五笔》卷七)，他的意思是指《卜居》(詹尹)和《渔父》两篇。这二篇的作者问题，由于《荀子·不苟篇》有"新浴者振其衣，新沐者弹其冠"，是抄袭自《渔父》的，而贾谊《吊屈原文》中"吁嗟默默，生之无故"，和《卜居》"吁嗟默默兮"语亦相同，足见二篇在荀卿、贾谊之前已存在，故王逸定为屈原所自作。①

近百年来屈原和宋玉被剥夺的赋篇著作权得以平反，主要是因为1972年4月在山东临沂银雀山西汉初年一号墓出土大批竹简，除发现《孙子兵法》、《孙膑兵法》等先秦古籍外，还发现唐勒赋的残简。1985年5月文物出版社出版的《银雀山汉墓竹简》第一册，称之为《唐勒宋玉论驭赋》，疑其为宋玉赋佚篇，当年10月中华书局出版的《古文字研究》第11辑，刊载罗福颐的《临沂汉简所见古籍概略》，称首简(0184号)背面上端有"唐革"二字，根据《诗·斯干》"如鸟斯革"，"革"字韩诗作"勒"的事实，释为唐勒。同年12月文物出版社出版吴九龙的《银雀山汉简释文》，附分类索引，则唐勒赋有26支简，计231个字。

由于新出土的唐勒赋，其体式与今传的宋玉诸赋相同，于是打破了"散文赋在战国时是万万不能产生"的迷思，为设辞问对的赋体研究展开新页。汤漳平《论唐勒赋残简》将吴九龙所录，选18简以意排序。谭家健《唐勒赋残篇考释及其他》(《文学遗产》1990年第2期)除考释残简文字外，还论其所呈现之思想与《淮南子·览冥训》最为近似，更从其形式参酌其他考古资料及先秦古籍。于是宋玉被剥夺的赋篇著作权得以平反，而屈原《卜居》、《渔父》两赋的著作权也就不应该轻易被削除。

---

① 饶宗颐：《天问文体的源流》，170页，收入《文辙——文学史论文集》，台湾学生书店。

屈原《卜居》、《渔父》二赋虽不在贵游之列，但以其雅好有韵的楚辞，于是以韵文写出对话，是很合理的。更何况依《左传》记载卜筮繇辞及古卜者之言，原本就有韵文化的倾向，[①]所以屈原以用韵的对话完成二赋，是可以理解的。

至于宋玉、唐勒、景差之流，暇豫事君[②]，所作诸赋，即青木正儿、王梦鸥先生所谓的贵游文学作品[③]。暇豫侍君的宫廷文士，其实就是战国时期的侯门清客。战国时期的侯门清客，不尽是贵族出身，而鸡鸣狗盗之流也混迹其中。他们是以言语技艺见长，以言语娱悦主上，主上畜之如俳倡，宋玉诸赋，与楚顷襄王的对话，其实无异于《史记·滑稽列传》中淳于髡与齐王的对话，应该都是实有其事，只是宋玉诸赋经整理而以赋为名，而为《文选》所收；至于淳于髡与齐王的对话，则经辗转流传，为《史记·滑稽列传》所存录而已。这些作品一如《论语》、《孟子》，不论是自己或弟子于事后追忆加以记录，或经过他人整理而成，都无损于作家著作权之归属。更

---

① 如《左传·僖公四年》卜骊姬为夫人，卜人述其繇曰："专之渝，攘公之羭。一薰一莸，十年尚犹有臭。"即是用韵的隐语，分别以"渝、羭""莸、臭"为韵的意图十分明显。又如《左传·僖公十五年》："初，晋献公筮嫁伯姬于秦，遇归妹之睽。史苏占之，曰：'不吉。其繇曰：士刲羊，亦无衁也；女承筐，亦无贶也。西邻责言，不可偿也。归妹之睽，犹无相也。震之离，亦离之震也。为雷为火，为嬴败姬；车说其輹，火焚其旗。不利行师，败于宗丘。归妹睽孤，寇张之弧；侄其从姑，六年其逋。逃归其国而弃其家，明年其死于高梁之虚。'"这段引用的"归妹"及"睽"卦爻辞，也完全是形象化的比拟，都可以说是隐语譬喻。《易·归妹》上六爻辞："女承筐，无实；士刲羊，无血；无攸利。"《易·睽》上九爻辞："睽孤，见豕负涂。载鬼一车，先张之弧，后说之弧，匪寇，婚媾，往遇雨则吉。"不但形象鲜明，而且诠释者可以引申的空间十分宽广，但前者没有明显的用韵。透过史苏的引述变造，先以"羊、衁、筐、贶、偿、相"古音阳部字为韵，次以"姬、旗、丘"古音之幽二部合韵；后者改以"孤、弧、姑、逋、虚"古音鱼部字为韵，使它几乎成为配合语意分段押韵的韵文。另外，如《左传·襄公二十五年》崔杼欲娶棠姜，"筮之，遇困之大过"，陈文子解读繇辞，并未用韵。可见使用韵文解读繇辞只是趋势，并非必要形式，或为巫者所乐用而已。

② "暇豫事君"一词，见于《国语·晋语二》，乃优施之语，谓悠闲逸乐以事君。马融《长笛赋》有"暇豫王孙"之句。刘勰《文心雕龙·杂文》谓"对问"、"七"与"连珠"为"文章之枝派，暇豫之末造"；《文心雕龙·杂文》谓汉昭及宣，"暇豫文会"。

③ 有关"贵游文学"一词之名义，见王梦鸥《贵游文学与六朝文体的演变》，收入《古典文学论探索》，122页，正中书局，1984年。

何况如《高唐赋》和《神女赋》之用韵，完全符合先秦用韵之律则，① 这都足以说明其著作权之不可轻易剥夺，其著作时代应该列之于先秦。

三、汉代宫廷赋是为口诵而写的书面创作

到了西汉武帝之世，朝廷又招徕了一批暇豫侍君的宫廷文士。但由于当时宫廷待诏的赋家众多，优言文学的生态有了改变。他们不太有机会与帝王即席对话，其赋都是"受诏"而作，赋家是以先写剧本式的书面创作方式进行，完成后奏之，由作者或由他人演诵之，② 所以赋作大多是以虚拟人物展开对话。

我们先看班固《两都赋序》所说明的西汉宫廷辞赋盛况：

> 或曰："赋者古诗之流也。"昔成康没而颂声寝，王泽竭而诗不作。大汉初定，日不暇给。至于武、宣之世，乃崇礼官，考文章，内设金马石渠之署，外兴乐府协律之事，以兴废继绝，润色鸿业。是以众庶悦豫，福应尤盛。《白麟》、《赤雁》、《芝房》、《宝鼎》之歌，荐于郊庙；神雀、五凤、甘露、黄龙之瑞，以为年纪。故言语侍从之臣，若司马相如、虞丘寿王、东方朔、枚皋、王褒、刘向之属，朝夕论思，日月献纳；而公卿大臣，御史大夫倪宽、太常孔臧、太中大夫董仲舒、宗正刘德、太子太傅萧望之等，时时间作。或以抒下情而通讽喻，或以宣上德而尽忠孝，雍容揄扬，著于后嗣，抑雅颂之亚也。故孝成之世，录而论之，盖奏御者千有

---

① 详见拙著《高唐赋撰成时代之商榷》、《神女赋探究》，收入《汉赋史论》，65～118页，东大图书公司，1993年。

② 据《汉书·严朱吾丘主父徐严终王贾传》，卷64下，谓王褒"之太子宫虞侍太子，朝夕诵读奇文及所自造作。疾平复，乃归。太子喜褒所为《甘泉》及《洞箫》颂，令后宫贵人左右皆诵读之"。可见奏献之赋，或自诵，或由后宫贵人左右诵之。再如司马相如与扬雄，《汉书》本传皆谓患"口吃"，但他们竟然是言语侍从的佼佼者，可见当时赋作由旁人诵之的几率较大。

余篇,而后大汉文章,炳焉与三代同风。[1]

所谓"言语侍从之臣",是被帝王网罗,以精求语言艺术为专业的赋家。在后人看来,他们或许肩负"兴废继绝,润色鸿业"的重责大任,班固也称许其作品"或以抒下情而通讽喻,或以宣上德而尽忠孝,雍容揄扬,著于后嗣,抑雅颂之亚也"。

其实在帝王心目中,他们可能只是一群卖弄口舌的俳优弄臣,所以《汉书·严助传》说:"(东方)朔、(枚)皋不根持论,上颇俳优畜之。"[2]《汉书·枚皋传》更明确地说:"皋不通经术,诙笑类俳倡,为赋颂,好嫚戏,以故得媟黩贵幸,比东方朔、郭舍人等。"枚皋也"言赋乃俳,见视如倡,自悔类倡也"。[3] 赋家也早已有如同俳倡的自觉。[4] 所以就其暇豫而言,基本精神和先秦是一致的。

刘勰《文心雕龙·时序》对西汉宫廷暇豫文会,精彩了语言艺术,造就了辞赋之盛,也作了精要的描述:

> 逮孝武崇儒,润色鸿业,礼乐增辉,辞藻竞骛:柏梁展朝讌之诗,金堤制恤民之咏,征枚乘以蒲轮,申主父以鼎食,擢公孙之对策,叹倪宽之拟奏,买臣负薪而衣锦,相如涤器而被绣,于是史迁寿王之徒,严终枚皋之属,应对固无方,篇章亦不匮,遗风余采,莫与比盛。越昭及宣,实继武绩,驰骋石渠,暇豫文会,集雕篆之轶材,发绮縠之高喻。于是王褒之伦,底禄待诏。自元暨成,降意图籍,美玉屑之谈,清金马之路,子云锐思于千首,子政雠校于六艺,亦已美矣。爰自汉室,迄至成哀,虽世渐百

---

① 严可均辑:《全上古三代秦汉三国六朝文·后汉文》,卷24,1、2页,日本京都:中文出版社。

② 《汉书·严朱吾丘主父徐严终王贾传》,卷64下,2775页,启业书局,1978年。

③ 本段所引两段文字,见《汉书·贾邹枚路传》,卷51,2366~2367页,启业书局。

④ 扬雄也有此自觉,所以愤而不为。详见《汉书·扬雄传》。

龄，辞人九变，而大抵所归，祖述楚辞，灵均余影，于是乎在。①

从这些文献，我们不难看出：赋晋升到宫廷场域，成为暇豫贵游的玩物，作品内容与语言趋于雅驯，是不可避免的趋势，这是不难理解的。加以纵横家之流②以及公卿大臣，也都争相入列，奏赋献赋之风大盛，赋的量变了，形质自然也变了。他们不再即席对话，连以"为文疾"著称的枚皋，其赋也都说是"受诏辄成"③。这种先写剧本式的书面创作方式，对辞赋作家而言，有比较充裕的时间，如"司马相如善为文而迟"④，不但被允许，还被标榜，所以汉赋就大量出现精心琢磨、"极声貌以穷文"的鸿篇巨制。更重要的一项改变，是奏献之赋不一定由作者亲自诵读，所以作赋时，便采取虚拟人物设辞问对，肆其发挥。

四、东汉以后文士赋的假设之辞

《文心雕龙·时序》说："自哀、平陵替，光武中兴，深怀图谶，颇略文华。"因为帝室侯门对文学的兴趣已产生改变，言语侍从到东汉就没落了。

光武借谶纬折服众人得以中兴，所以特重谶纬，一时公卿大夫莫不善于图谶纬。非议图谶，竟被斥为非圣非法，怒令处斩。明

---

① 刘勰：《文心雕龙》黄叔琳校本，卷8，672页，明伦出版社。

② 宫廷赋家，源自战国时的侯门清客，其与纵横家本来就难以截然划分。刘勰《文心雕龙·时序》也说："邹子以谈天飞誉，驺奭以雕龙驰响，屈平联藻于日月，宋玉交彩于风云。观其艳说，则笼罩雅颂。故知玮烨之奇意，出乎纵横之诡俗也。"（黄叔琳校本，卷8，672页）。入汉之后，由于统一，使纵横家之流失去他们施展才能的空间，于是不得不改其宗尚，一变而为赋家。武帝身边的赋家，不乏纵横家之流，连司马相如都是因仰慕蔺相如而命名。

③④ 见班固：《汉书·贾邹枚路传》，卷51，2367页，启业书局，1978年。

帝、章帝也祖述图纬，于是儒者争学，兼复附以妖言。那些著名的侯王能自作诗赋者，如东平宪王刘苍，也没有招揽言语侍从从事贵游的活动，能文之士失去了依附的对象。

章帝以后，都是母后临朝，幼主即位，权归女主，诚如《后汉书·后纪上》所说的，这些女主无不“委事父兄，贪孩童以久其政，抑明贤以专其威”①，都没有言语侍从这些以讽喻为能事的专业赋家的生存空间。所以《后汉书》虽立有《文苑传》，却很难找到一个充任言语侍从的专业赋家。②

宫廷暇豫赋没落了，大部分的赋不再是宫廷诵演的剧本，于是虚拟人物设辞问对不再是优先采择的体式，但这种体式并没有绝迹。其实一方面由于辞赋的熏染，另一方面也由于多元对话的确便于畅所欲言，所以西汉文人也早已开始以虚拟人物设辞问对的韵文来抒情自叙。如《文心雕龙·杂文》“对问”系列，东方朔《答客难》、扬雄《解嘲》，东汉以后更有班固《答宾戏》、崔骃《达旨》、张衡《应间》、崔实《客讥》、蔡邕《释诲》、郭璞《客傲》。其实同样押韵的设辞问对体，在西汉还有司马相如《难蜀父老》、王褒《四子讲德论》，也应该是同一系列。东汉时，甚至与暇豫贵游完全无涉的王充《论衡·自纪篇》，也都使用设辞问对的韵文体式，可见这种体式风靡之一斑。所以非宫廷暇豫的文士赋，仍见设辞问对的体式，只是人物大多转而借用历史人物而已。

顾炎武《日知录·假设之辞》说：

---

① 见范晔：《后汉书·后纪上》，卷10序，112页，影印武英殿版二十五史，德志出版社。

② 到灵帝时，才有乐松、贾护之徒，召集一些文人待制于鸿都门下，略具言语侍从的规模，但真正有名望的作家都因世乱而散居各地。刘勰《文心雕龙·时序》说：“降及灵帝，时好辞制，造羲皇之书，开鸿都之赋，而乐松之徒，招集浅陋，故杨赐号为驩兜，蔡邕比之俳优，其余风遗文，盖蔑如也。”（卷8，672页）。

> 古人为赋多假设之辞，序述往事，以为点缀，不必一一符同也。子虚、亡是公、乌有先生之文，已肇始于相如矣。后之作者，实祖此意。谢庄《月赋》：“陈王初丧，应、刘端忧多暇。”又曰：“抽毫进牍，以命仲宣。”按：王粲以建安二十一年从征吴，二十二年春，道病卒。徐、陈、应、刘，一时俱逝，亦是岁也。至明帝太和六年，植封陈王。岂可掎摭史传以议此赋之不合哉？庾信《枯树赋》既言殷仲文出为东阳太守，乃复有桓大司马，亦同此例。①

依顾炎武所述，六朝赋作借用历史人物的设辞问对，是承自司马相如子虚乌有的虚拟人物，假设人物对话的基本形式是没有改变的。只是赋不再由不特定人物演出，于是不再使用子虚乌有之类的虚拟之名，而直接假托历史人物之名，以肆其发挥而已。但这种设辞问对的形式，在辞赋之中已不再是大宗了。

五、结　论

由以上的论述，大体可以得到以下三点结论：

（一）赋体设辞问对可分三个阶段：先秦宫廷暇豫之赋，大多是朝廷口才便捷的优者，暇豫时戏谑逗趣或迂回讽喻的对话记录，是真有其人的言语侍从与帝王的对话，其赋作即使经过整理修饰，仍保留对问体的形式，并以其为大宗。到了西汉，由于宫廷待诏的赋家众多，不太有机会与帝王即席对话，其赋都是“受诏”而作，赋家是以先写剧本式的书面创作方式进行，所以更需要虚拟人物展开对话。从东汉到六朝，赋不再是口诵耳受的声音艺术，欣赏者阅读书面文字，但赋家仍有采“为主客之分而为对问之

① 见顾炎武：《日知录集释》，300页，续修四库全书本，上海古籍出版社，1995年。

体，以曼衍其辞”者，乃借古人代言。所以以虚拟人物展开对话，是剧本式写作的产物。当“述客主以首引，极声貌以穷文”的作品大量产生，这特征也就成为“别诗之原始，命赋之厥初”的充分条件了。①

（二）东汉以后，赋逐渐不再以宫廷暇豫的优言文学为大宗，不再是口诵耳受的声音艺术。随着口诵表演的式微，赋已成为案头文学，于是设辞问对的形式也就不再是它的充分条件而渐趋式微了。但设辞问对的韵文形式，既是多元对话的美文，可以微露主角畅所欲言，所以反而濡染到其他文类，拓展开来，使赋体杂文更见繁盛。

（三）游国恩认为“从辞赋进化史上看来，这种散文赋（梧按：即指问对体）在战国时是万万不能产生的”，许多学者以为是不刊之论，如今已因1972年4月在山东临沂银雀山西汉初年一号墓发现唐勒赋的残简而不攻自破。我们当以“战国时人著书惯用对话，近出土马王堆佚书，若《伊尹》、《九主》、《十大经》，无不如此，自是一时风气使然”的理解为基础，将宋玉赋的著作权还给宋玉。②宋玉诸赋与楚顷襄王的对话，一如《史记·滑稽列传》淳于髡与齐威王的对话，应该都是实有其事，只是宋玉与楚王的对话经整理而为《文选》所收，于是以赋为名而已。最后要在此强调：赋是口传文学演化为书面文学的津梁，了解优者口诵文学如何书面化的过程，不但是本文用来诠释设辞问对体演化的关键，也可能是让先秦文献中许多纷纷扰扰的问题得以拨云见日的利器。

---

① 因为还有像《洞箫赋》等，虽然也是宫廷暇豫之作，但采取一人独诵的形式，所以还不算是必要条件。

② 于《古文苑》所见诸篇，或许仍该暂时冻结。

司马相如《大人赋》献疑

万光治

《史记·司马相如列传》云:"天子既美《子虚》之事,相如见上好仙道,因曰:'上林之事未足美也,尚有靡者。臣尝为《大人赋》,未就,请具而奏之。'相如以为列仙之传居山泽间,形容甚臞,此非帝王之仙意也。乃遂就《大人赋》。其辞曰……相如既奏《大人之颂》,天子大悦,飘飘有凌云之气,似游天地之间意。"其传赞又云:"扬雄以为靡丽之赋,劝百讽一,犹驰骋郑卫之声,曲终而奏雅,不已亏乎?"(按:扬雄在司马迁之后,传赞语乃后人舛入。)

因有司马迁叙述而兼评价语在前,《大人赋》之"为讽反劝",遂成定谥。如《汉书·扬雄传》云:"雄以为赋者,将以风也,必推类而言,极丽靡之辞,宏侈巨衍,竞于使人不能加也。既乃归之于正,然览者已过矣。往时武帝好神仙,相如上《大人赋》欲以风,帝反飘飘有凌云之志。由是言之,赋劝而不止,明矣。又颇似淳于髡、优孟之徒,非法度所存、贤人君子诗赋之正也,于是辍不复为。"

汉世继司马迁、扬雄、班固之说者,犹有王充。其《论衡·谴告》云:"孝武皇帝好仙,司马长卿献《大人赋》,上乃仙仙有凌云之气。孝成皇帝好广宫室,扬子云上《甘泉颂》,妙称神怪,若曰非人力所能为,鬼神力乃可成。皇帝不觉,为之不止。长卿之赋如言仙无实效,子云之颂言奢有害,孝武岂有仙仙之气者?孝成岂有不觉之惑哉?然即天之不为他气以谴告人君,反顺人心以非应之,犹二子为赋颂，令两帝惑而不悟也。”

上述评说，一直影响到现代。凡批评汉赋“为讽反劝”者，大都引《大人赋》为证据；凡论及《大人赋》者，又无不以“为讽反劝”视之。

笔者近来细读《大人赋》全文并旁及相关材料，联系司马相如的写作动机及赋文主旨，对此说颇多疑惑。兹不辞浅陋，求正于方家。

一

先试作题解。《大人赋》中的“大人”，究属何指？按先秦而汉，有以大人为长者，如《史记·高祖本纪》记刘邦语云：“始大人常以臣无赖，不能治产业，不如仲力”；有指道德高尚、志行远大之人，如《孟子·告子》：“从其大体为大人，从其小体为小人”；又有以大人谓尊上者，如《易·乾》之“九五曰：飞龙在天，利见大人”。有学者以为，《易·乾》所谓“大人”，当指帝王。如《史记索隐》引张辑注谓“喻天子”；龚克昌《全汉赋评注·大人赋》注四引《易·乾》“飞龙”句云：“大人：指汉武帝。”《易·乾》有“利见大人”，“大人即指人君”。按西汉以前，称帝王或谓帝、王、天子，称国君或径谓大王，或王前冠以国号，尚无以大人称帝王者。古代以大人称谓帝王，始于晋唐。陆机《演连珠》之三：“大人基命，不擢才于后土。”《新唐书·陈子昂传》：“凡大人初制天下，必有凶乱叛逆之人为我驱除，以明天诛。”《易》往往以比喻或象征手法解卦爻，学者不应过分拘泥于字面意思。《易·乾·九五》孔颖达疏曰：“利见大人，以人事托之。”其释大人云：“虽非君位，而有君德，故天下众庶利见九五之大人。故先儒云，若夫子教于洙泗，利益天下，有人君之德，故称大人。”先儒既以孔子为大人，可见“飞龙在天，利见大人”中的大人，乃尊上者之泛称，其具体所指，当以所言人与事为转移。

细绎《大人赋》全文，笔者以为，相如所云大人，应指得道之人，与上述诸义皆无关涉。

在先秦道家著作中，“大”与道往往相提并论。《老子》第二十五章云：“有物混成，先天地生。寂兮寥兮！独立而不改，周行而不殆，可以为天下母。吾不知其名，字之曰道，强为之名曰大。”进而凡与道有关联者，多以大名之，如第二十八章：“大制无割。”第三十五章：“执大象，天下往。”第四十章：“大方无隅，大器晚成，大音希声，大象无形，道隐无名。”第四十五章：“大成若缺，其用不弊。”第五十三章：“大道甚夷，而民好径。”第六十五章：“玄德深矣远矣，与物反矣，然后乃至大顺。”按老子所云，道与大同义。在其哲学范畴内，大人自当谓得道之人。又《庄子·大宗师》：“夫藏舟于壑，藏山于泽，谓之固矣。然而夜半有力者负之而走，昧者不知也。藏大小有宜，犹有所遁。若夫藏天下于天下，而不得所遁，是恒物之大情也。”王先谦按云：“恒物之大情，犹言常物之通理。”常物之理，谓之大情，亦可谓之道。是得物之大情，亦可谓之得道。依理推之，得常物之理的人，自可谓之大人。故作为哲学概念的“大”，在老子与庄子均有同样的内涵。汉世以大人为得道者，并非始于司马相如。贾谊《鹏鸟赋》云：“大人不曲兮，意变齐同。”“至人遗物兮，独与道俱。”“真人恬漠兮，独与道息”，此“大人”与“至人”、“真人”相提并论，皆指得道之人。是知相如所谓大人，关乎老庄哲学，而非专指帝王。

《大人赋》中，尚有“真人”一词，应予辨析。赋中大人“悲世俗之迫隘”，乃“轻举以远游”。他以云为幡，以星为旗，以应龙、象舆为驾，以赤螭、青虬为骖，“载云气而上浮”。大人远游的最初目的，在于求仙。“邪绝少阳而登太阴兮，与真人乎相求。”这里所说的“真人”，当属后天修炼服药而成仙者。《太上四明玉经》云：“真仙之道，以耳目为主。淫色则目阖，广爱则耳闭。此二病从中来而外奔也，非复有他。今令其聪明益易耳，但不为之。当洗心绝念，放弃淫贪，所谓严其始矣。保利双阙，启彻九门，朝液泥丸，列为上真。视彻甚远，听于绝响，此真仙之高，不但明耳目而已。”又《天平经》云：“后学得道，各有品阶，至于指极，圣真仙人。”大人在向真人求取成仙之道后，按其指示部署众神，以五帝为先导，以仙人陵阳子明、王子侨、羡门高、岐伯等为侍从，以雷神雨师等为护卫，“遍览八纮而观四荒兮，朅渡九江而越五河”。按陵阳子明、王子侨、羡门高皆以修炼成仙。岐伯乃黄帝太医；“属岐伯使尚方”，意谓奉药以供修炼。上述人物，既属此类，则推荐他们为给大人引路的真人，他们应属后天修炼而成的仙人。

在仙人的指引下，大人历崇山，经九嶷，入帝宫，载玉女，登阆风，“低徊阴山翔以纡曲兮，吾乃今目睹西王母”。在古代仙道传说中，西王母亦属真人。《太平御览》卷六六一在“道部”将西王母归入“真人”一类。《集仙录》云：“王母者，龟山金母也。西华至精之气化而生金母。生而飞翔，处极阴元，位配西方。母养群品，所居宫阙在春山昆仑之圃，阆风之苑。”可见这位西王母乃精气所化，属先天而仙的真人。但就是这位西王母，“暠然白首戴胜而穴处兮，亦幸有三足乌为之使。必长生若此而不死兮，虽济万世不足以喜”。在司马相如看来，虽为先天而仙，其形劳苦如此，即使因此长生，也是很不可取的。

仙道之盛，始于道教；道教的兴起，又始于东汉。以上所引虽属东汉以来典籍，但道教的思想体系与修养方式却非一夕而成。事实上秦汉以来，仙道之事已成风气。神仙信仰乃巫文化遗存。汉世尚楚文化，楚文化巫风尤盛。观汉代史书，宫闱多巫蛊之事。宫廷尚且如此，民间可想而知。贾谊《惜誓》有云：“临中国之众人兮，托回飚乎尚羊。乃至少原之野兮，赤松、王乔皆在旁。……澹然而自乐兮，吸众气而翱翔。念我长生而久仙兮，不如反余之故乡。”严忌有《哀时命》云：“怊茫茫而无归兮，怅远望此旷野。下垂钓于溪谷兮，上要求于仙者。与赤松而结友兮，比王侨而为耦。”从司马相如到贾谊、严忌所云，皆可看出当时风气。秦皇、汉武的求仙之举，不过是在此大文化背景下的极端反映而已。

但司马相如对“真人”和“西王母”，却持不赞同的态度；赋中的大人对于人生显然还有更高层次的追求。

二

司马相如所追求的，是另一种真人的境界。《庄子·天下》称关尹、老聃为“古之博大真人”。这里的真人，与方术之士及后来道教所说的真人有所不同。《庄子·大宗师》于真人多有叙说，兹掇其要者，概述如下：

> 知天之所为，知人之所为者，至矣……且有真人，而后有真知。何谓真人？古之真人，不逆寡，不雄成，不谟士。若然者，过而弗悔，当而不自得也。若然者，登高不慄，入水不濡，入火不热，是知之能登假于道也若此……古之真人，不知说生，不知恶死；其出不䜣，其入不距；翛然而往，翛然而来而已矣……是之谓不以心捐道，不以人助天，是之谓真人。若然者，其心志，其容寂，其颡頯，凄然似秋，煖然似春，喜怒通四时，与物有宜，而莫知其极……故其好之也一，其弗好之也一。其一也一，其不一也一。其一，与天为徒；其不一，与人为徒。天与人不相胜也，是之谓真人。死生，命也；其有夜旦之常，天也。人之有所不得与，皆物之情也。

观庄子所言真人，同天人，齐万物，不言生死，与其《逍遥游》所言“至人”相同。《逍遥游》有云“至人无己”。无己即无我，无我即无物，无物即无所待。物我两忘，无生无死，何来修炼服食、妄求长生？故庄子所言真人、至人，与仙道所言“真人”，实有天壤之别。《史记正义》云：“三足乌，青鸟也，主为西王母取食。”西王母有三足乌可供使唤，依穴处而求长生，足以证明她尚有待于外物，而未能进入齐衡物我、无生无死的境界。《大人赋》中大人的追随真人只是过程，而非其追求的终极目的。

《大人赋》其下有言：

> 回车朅来兮，绝道不周，会食幽都。呼吸沆瀣兮餐朝霞，噍咀芝英兮叽琼华。嬐侵浔而高纵兮，纷鸿涌而上厉。贯列缺之倒景兮，涉丰隆之滂沛。骋游道而脩降兮，骛遗雾而远逝。迫区中之隘陕兮，舒节出乎北垠。遗屯骑于玄阙兮，轶先驱于寒门。

乍看此段所赋，与上面所言游仙并无二致；但认真领会，却有很大的不同。在这里，大人“遗屯骑”、“轶先驱”，彻底放弃诸神的护卫，完全进入了无待于物的境界。《汉书》颜师古注“轶”云：“轶，过也，音逸。”龚克昌《全汉赋评注》亦释“轶”为“逸”，谓“让前导奔驰到北极之门”。按“遗”与“轶”对举；“轶”通“佚”，《史记·五帝纪》赞曰：“书缺有间矣，其轶乃时时见于他说。”遗、轶皆有弃置之意。此云大人之行，无待于物，其主观精神乃能进入物我两忘、与道和光同尘的境界：

> 下峥嵘而无地兮，上寥廓而无天。视眩泯而无见兮，听惝恍而无闻。乘虚无而上遐兮，超无友而独存。

赋的前两句，写大人已超越时空，与道同体。《庄子·大宗师》云：“夫道……自本自根，未有天地，自古以固存；神鬼神帝，生天生地；在太极之先而不为高，在六极之下而不为深；先天地生而不为久，长于上古而不为老。”道无起点，亦无终点。天地于道，只是瞬间的存在。大人的无天无地，乃是超越了天地万象，与道翱翔而归于无穷。赋第三、四两句所写，乃是对得道者主观精神的描述。

《老子》第二十一章云："道之为物，惟恍惟忽。忽恍中有象，恍忽中有物。窈冥中有精，其精甚真，其中有信。"《庄子·德充符》云："夫道有情有信，无为无形，可传而不可受，可得而不可见。"以上所言，乃道的本体特征。人之主体只有泯灭感官与意识的活动，处于彻底虚静的状态，方能与道之本体相契合。故《老子》第十四章云："视之不见，名曰夷；听之不闻，名曰希；抟之不得，名曰微。此三者不可致诘，故混而为一。其上不皦，其下不昧。绳绳不可名，复归于无物。是谓无状之状，无物之象，是谓忽恍。迎之不见其首，随之不见其后。执古之道，以御今之有。以知古始，是谓道纪。"收视返听，澄怀观道，乃是大人此时此刻所达的境界。

赋的末两句，写的是以主观之虚无，契合道之虚无。龚著释"无友"云："意为块然独处，绝不结交朋友。"又云："友，一作'有'，似是。意为大人进入无闻无见的空虚之境，超越尘世而块然独处。"此注前者非，后者近似。按《庄子·齐物论》："是亦彼也，彼亦是也。……果且有彼是乎哉？果且无彼是乎哉？彼是莫得其偶，谓之道枢。"成玄英注云："偶，对。枢，要也。体乎彼此俱空，是非两幻，凝神独见，而无对于天下者，可谓会其玄极，得道枢要也。"据此，"无友"当释为"无偶"，亦即取消外物之异己状态。人与物的差别既不复存在，人与物的关系亦无复存在，人方能摆脱物我关系的羁绊，随化而往，从而获得《逍遥游》所标举的绝对精神自由。

由以上分析可知，《大人赋》所叙写的，应是大人由求仙而至得道的精神历程。现在需要解决的问题是，这个历程是司马相如写给自己的，还是写给汉武帝的。

三

姚鼐《古文辞类纂》云："(《大人赋》)末六句与《远游》语同。然屈子意在远去世之沉浊，故云'至清'而与太初为邻。长卿则谓帝若果能为仙人，即居此‘无闻’、‘无见’、‘无友’之地，亦胡乐乎此耶？与屈子语同而意别矣。”姚鼐所论，是建立在“讽谏”说基础上的。但是否还存在另一种可能呢？

《史记·太史公自序》云：“《子虚》之事，《大人》赋说，靡丽多夸，然其指风谏，归于无为。”由“风谏”二字，可见司马迁认为赋乃是为武帝而作。由“无为”二字，又可见司马迁承认《大人赋》不仅在讽劝武帝的求仙，他对赋文的旨归其实是有认识的。

嵇康有《圣贤高士传》三卷，录上古以来圣贤隐逸遁心遗名者凡 119 人集为传赞。传赞多有散佚。严可均《全三国文》辑录 52 传、5 赞，凡 61 人。其中《司马相如传赞》云：

> 长卿慢世，越礼自放。犊鼻居市，不耻其状。托疾避官，蔑此卿相。乃赋《大人》，超然莫尚。

自司马迁、扬雄、班固之论出，对《大人赋》的批评几乎众口一词。唯嵇康不仅与传统评价唱反调，而且把司马相如归入慢世越礼、遁心遗名一类。观《史记·司马相如列传》所载卓文君事及所云“相如……其进仕宦，未尝肯与公卿国家之事，称病闲居，不慕官爵”等语，嵇康所论并非毫无依据。嵇康认为司马相如著《大人赋》为的是抒发自己超然出世的情怀，亦非毫无道理。问题讨论到这里，有一条过去不太为人注意的材料就显得分外重要。按《史记·司马相如列传》云：“臣尝为《大人赋》，未就。”可知在司马相如献赋以前，曾有一个未完稿。只是这个未完稿是否预先为讽谏武帝求仙而作，司马迁未作任何暗示。由于缺乏相关的资料，解决这个问题只能靠推理。

司马相如《大人赋》作在汉武帝元朔四年（公元前 125 年）。在此之前，他曾三度为郎，两次使蜀。汉景帝前元七年（公元前 150 年），司马相如“以赀为郎”，为武骑常侍。会景帝不好辞赋，乃称病免官，游于梁。六年后，梁孝王卒，归蜀。武帝建元三年（公元前

138年)，司马相如奏《上林赋》，武帝以为郎。武帝的恩赐不过是使司马相如回到从前“以赀为郎”的地位。此后八年中，司马相如的活动，史书未见记载，大抵待诏而已，无所作为。

元光五年(公元前130年)，汉武帝在今贵州北部和四川南部设置夜郎郡。为进一步加强中央对西南地区的控制，以唐蒙为中郎将，修造由今四川宜宾经云南昭通、贵州咸宁到昆明的石门道，即当时称为西南夷道的南路。唐蒙“发巴蜀吏卒千人，郡又多为发转漕万余人，用兴法诛其渠帅，巴蜀民大惊恐”，逃亡与自杀者甚众，乃至民心浮动，谣言四起。为此，汉武帝派司马相如使蜀责备唐蒙，抚慰巴蜀父老。武帝的决定显然与司马相如的蜀人身份有关。

这是司马相如第一次实际参与的政治活动。他入蜀后除批评唐蒙，抚慰百姓外，还写了《谕巴蜀檄》这篇檄文，既承认朝廷官员举措不当，又对巴蜀父老晓之以大义，谕之以利害，更通过与中原人士的比较，批评了巴蜀父老的不良心态，可谓有理有节，恩威并重，起到了安抚人心的作用。不了解当时巴蜀的实际状况，是写不出这样文章来的。

司马相如回朝复命时，通往夜郎的南夷道已大致修好，唐蒙计划继续修筑西夷道。他花了两年的时间，征发民工数万，费钱以亿万计，死人无数。道路尚未修通，蜀中人士和朝中一些当权者又纷纷起来反对。司马相如上次使蜀，了解到巴蜀西边的邛、筰等部族的君长闻南夷道已经打通，很希望开通西夷道，借此臣服中央，加强与内地的联系。汉武帝举棋不定，乃征求司马相如的意见。相如云：“邛、筰、冉、駹者近蜀，道亦易通，秦时尝通为郡县，至汉兴而罢。今诚复通，为置郡县，愈于南夷。”上以为然。“乃拜相如为中郎将，建节往使……驰四乘之传，因巴蜀吏币物以赂西南夷。”相如至蜀，太守率下属郊外迎于道；县令背负弓矢，为其先驱；卓王孙亦与临邛诸公一道，献牛酒以交欢。“司马长卿便略定西夷，邛、筰、冉、駹、斯榆之君皆请为内臣，除边关，关益斥，西至沫、若水，南至牂柯为徼，通零关道，桥孙水，以通邛都。”

就在司马相如使蜀期间，蜀中父老依然反对修筑西南夷道，朝中也有大臣随声附和。司马相如怕汉武帝犹豫不决，作《难蜀父老》，借以坚定武帝的信心，同时也令人广为传播，晓谕蜀中父老。文章借蜀中耆老大夫、缙绅先生的27位弟子之口诘问使者，称通夜郎“三年于兹，而功不竟，士卒劳倦，万民不赡；今又接以西夷，百姓力屈，恐不能卒业”，且“仁者不以德来，强者不以力并”，“今割齐民以附夷狄，弊所恃以事无用，鄙人固陋，不识所谓”。相如对此，义正辞严：“必若所云，则是蜀不变服而巴不化俗也。”“盖世必有非常之人，然后有非常之事；有非常之事，然后有非常之功。非常者，固常人之所异也……及臻厥成，天下晏如也……且夫贤君之践位也，岂特委琐握龊，拘文牵俗，循诵习传，当世取悦云尔哉？……是以六合之内，八方之外，浸浔衍溢，怀生之物有不浸润于泽者，贤君耻之。今封疆之内，冠带之伦，咸获嘉祉，靡有阙遗矣。而夷狄殊俗之国，辽绝异党之地，舟舆不通，人迹罕至，政教未加，流风犹微……举踵思慕，若枯旱之望雨，盭夫为之垂涕，况乎上圣，又恶能已？”其下，司马相如又为汉武帝安抚与征讨四夷辩护，认为这才是偃息甲兵，远近一体，济民于溺，共享幸福的根本急务。“百姓虽劳，又恶可以已哉？”一席话说得诸大夫茫然若失，忘其本来之意，失其应对之辞，只是慨然长叹：“允哉汉德！此鄙人之所愿闻也！百姓虽怠，请以身先之。”

文景而至武帝，对于国家如何稳定边防、开拓疆土，朝中是有不少争议的。观司马相如的作为及文章，可见他对建设西南通道、移风易俗、发展西南的经济和文化、促进中国的政治统一，以及加强西南各民族和中原人民的团结，共同走向文明与富裕，有相当自觉的认识。两汉之世，入蜀道路极为艰险，宣帝时的王褒即死于奉使途中。司马相如历尽千辛万苦，两次入蜀，不辱使命，圆满处理好令汉武帝深感棘手的问题，尤可见他极具政治家的才干与知行合一的精神。而后来邛、筰、冉、駹、斯榆等纷纷向汉朝称臣，一些影响交通和通商的关卡被废，到邛、筰的道路从此畅通无阻，司马相如对此有卓越的贡献。汉代赋家，类同“俳优”；观司马相如的两次使蜀，其政治眼光和政治才干，是不当仅以赋家视之的。

对于司马相如的两次出使，汉武帝尽管深表满意，但在相如返回长安不久，他不仅不予褒奖，反以“受金”的罪名将他免职。这对于正处于巅峰状态的司马相如来说，无疑是一个巨大的打击。年余，司马相如复召为郎；元朔四年（公元前 125 年），拜孝文园令；但孝文园令官俸不过六百石，朝廷大事有衮衮诸公，相如不得与闻。其一生三次为郎，两次使蜀，有功无赏，反遭免官，有此经历，他对自己的政治命运不能不彻底绝望。

笔者由此作出一个大胆的推论：《大人赋》定稿前的未完稿是司马相如在极度失望的情况下，为自己寻求精神出路而写的。《大人赋》开篇云：“世有大人兮，在乎中州。宅弥万里兮，曾不足以少留。悲世俗之迫隘兮，朅轻举而远游。”此大人非指其他，乃是作者自己的写照。他孤独地伫立中州，虽有天广地阔，却举足偃蹇，无所容居。如此开篇，为《大人赋》定下基调：《大人赋》乃是一篇失意文人因世事多舛，将高蹈以远引的宣言。赋未定稿，因与汉武帝言及仙道之事，司马相如乃将此赋略作修改，聊以充做帝王的游仙之赋。由于赋中的主人公始终云里雾里，没有俯视过人间；赋的最后两句“乘虚亡而上遐兮，超无友而独存”，既可理解为出世者的宣言，也可理解为以寡人自居的天子的愿望，如此模棱两可的内容，不免造成后人的误读。

综观全文，《大人赋》不像为讽谏帝王而作的神仙赋，倒像是后来文人中常见的游仙而兼思玄之作。其所咏叹的由求仙而至得道，属典型的文人之思，而非帝王之思。

四

在《大人赋》以前，如这样的文人之思，已成为文学的传统主题。这个传统主题根植于古代知识分子的历史宿命，最常见的表现类型乃是“悲士不遇”。

屈原受谗被逐，因有《离骚》。贾谊自伤身世，先后作《吊屈原文》、《鹏鸟赋》、《惜誓》。严忌游于梁孝王之门，梁孝王卒，无枝可依，作《哀时命》以终。与司马相如同时或稍后者尚有董仲舒《士不遇赋》、司马迁《悲士不遇赋》。以上作品，已有较为固定的模式。它们就文体而言，大抵属于骚体；就内容而言，无外吊古伤今；就风格而言，皆属低回悱恻一类；就构思而言，又大都具有游仙的形式，从而构成“悲士不遇”的作品系列。不同的是，因作者身世性格的差异，其归宿各有特点。如《离骚》的主人公在仙界的辗转求索，最终还是回到诗人不得不予关怀的现实；《鹏鸟赋》、《惜誓》嫉世浑浊而归于“知命不忧”，“远浊世而自藏”；《哀时命》反复悲叹自己“生不遘时”，“恐终不永年”；董仲舒悲士不遇的归宿，在于“返身于素业”，“正心而归一善”；司马迁悲士不遇的归宿，在于“无造福先，无触祸始。委之自然，终归一矣”。

就司马相如的遭际而言，其《大人赋》亦当属“悲士不遇”一类。然而比较起来，《大人赋》却最少牢骚语，而更近庄玄，更显达观。“悲士不遇”的主题所以在司马相如那里发生偏移，因素应是多方面的。司马相如“慢世”、“越礼”的性格，两次入蜀的政治经历，对武帝“刻薄寡恩”的切身认识，晚年较为优裕的生活条件，以及令他极为痛苦的消渴之疾，都可能使他能较为彻底地从“悲士不遇”的哀叹中摆脱出来，而写出像《大人赋》这样洒脱达观的作品来。可以这样说，《大人赋》是汉代第一篇从“悲士不遇”作品系列中游离出来的游仙而兼思玄的作品。其后扬雄《太玄赋》、张衡《思玄赋》以及汉末至魏晋的游仙诗赋，均可以从中看到《大人赋》的影子。而与司马相如堪称异代知己的阮籍，其《大人先生传》与《大人赋》更是一脉相承。这位大人先生“以应变顺和，天地为家；运去势隤，魁然独存。自以为能足与造化推移，故默探道德，不与世同之”。他“飘飘于天地之外，与造化为友。朝飡阳谷，夕饮西海，将变化迁易,与道周始”。其所周游之规模、气势,颇与《大人赋》相类。所不同者,由于有魏晋之际特殊的政治与思想背景,阮籍在文章中对礼法之士有十分激烈的批判,对老庄思想有更为深入的发挥。可以这样说,从传统的“悲士不遇”主题中游离出来的《大人赋》,与汉末、魏晋以游仙、思玄为主题的文学又形成一个新的传统。这个文学传统的特点在于,它力求摆脱知识分子的历史宿命,企图以老庄的自然哲学实现对现实社会的超越,从而使主体在精神世界获得解放与自由。以此而论,对司马相如及其《大人赋》应有新的审视和新的评价。

最后还要讨论一个问题,作为本文的余论。按司马相如作《大人赋》在元朔四年(公元前125年),其时,司马迁20岁左右,尚在江南等地漫游。司马迁继父职任太史令在元封三年(公元前108年);太初元年(公元前104年)与落下闳等完成“太初历”。此后,司马迁承父志著《史记》,其间距司马相如作《大人赋》大约有二十一年。刘知幾《史通·序传》云:“司马相如始以自叙为传,然其所叙者,但记自少及长立身行事而已。”又《史通·杂记》云:“马卿为自叙传,具在其集中。子长因录斯篇,即为列传。班氏仍旧,曾无改夺。”如果《史记》所载汉武帝读《大人赋》之后的反应来自司马相如自叙传的原文,其所云“飘飘有凌云之气,似游天地之间意”也只是司马相如的观察所得。武帝的心理反应倘不诉诸言辞,旁人很难有准确的把握;但如果司马迁仅据口传耳闻作此记载,则其准确的程度,更要大打折扣。所以,因《史记》所载“飘飘有凌云之气,似游天地之间意”而造成对《大人赋》的“误读”,可能性是完全存在的。

造成对《大人赋》的误读,还可能有其他原因。

第一,《史记·孝武本纪》乃截取《史记·封禅书》而成,而《封禅书》所记,皆武帝求仙受骗的闹剧。其实帝王求仙,不自武帝始。武帝自践位以来,雄才大略,所在多有,《史记》不将它们载入《孝武本纪》,而宁愿以“互见法”分散到其他人物传记。故读《孝武本纪》、《封禅书》给人的感受是武帝一生不做大事,只在求仙。《史记》何以有此现象，非本文所论，但违背了《史记》通例的做法，客观上也不免造成对《大人赋》的误读：武帝求仙，冥顽不灵；《大人赋》“为讽反劝”，因成定论。

第二，即使承认武帝“飘飘有凌云之气，似游天地之间意”一句话为可靠，仍不足以证明武帝对《大人赋》有“误读”之嫌，更不能以此为司马相如赋“为讽反劝”的证据。“凌云气，游天地”云云，一方面可见《大人赋》所具有的艺术感染力，另一方面也未尝不可见出武帝当时的某种心态。事实上，作为帝王，其生活与心境并不比常人轻松。观武帝践位以来，其所面临的严峻事态不在少数，如窦、田之争，伐闽越之役，水旱虫灾不断，匈奴数次入侵等等。何况武帝历来被史家视为“多欲政治”的代表人物。欲望愈多，则压力愈大，短暂的解脱心理，不能没有。观其后所作的《秋风辞》：“箫鼓鸣兮发棹歌，欢乐极兮哀情多。少壮几时兮奈老何！”无可抵抗的生命衰老过程也是被号称为“万岁”的帝王不能不面对的现实。从武帝之赞赏《大人赋》，到曹操写作《游仙诗》，都反映出这类人物内心的压力和矛盾，以及由此而生出渴求解脱的心理欲求。故汉武帝的感慨，亦可解为因《大人赋》而产生的共鸣，非为至死不悟也。

盛览、张叔从司马相如受学说辨析

房　锐

在明代,关于叶榆(今云南大理北)人盛览从司马相如受学的说法在大理地区广为流传。据目前所知,万历《云南通志》最早记载了这一说法。该书卷一《地理志第一》云:元封二年(公元前109年),"以中郎将司马相如持节开越嶲,按道侯韩说开益州,授经教学,今云南有古汉学基"。注云:"见《南中志》。"同卷又云:"元封二年,使司马相如入西夷,冉、駹、叶榆之君皆请为内臣,士人盛览从相如学,归授乡人,文教之开始此。"同书卷一一《人物志第七》"盛览"注云:

> 字长通,叶榆人。学于司马相如,所著有《赋心》四卷。有司马相如答书云:"词赋者,合纂组以成文,列锦绣而为质,一经一纬,一宫一商,此赋之迹也。赋家之心,包括宇宙,总览人物,斯乃得之于内,不可得而传。"(《古今书尺》)①

万历《云南通志》的纂修者为大理进士李元阳。自从他把盛览从司马相如受学的说法采入书中后,此说便成为不少学者的共识②。如清田雯《古欢堂集》卷二四《万行草诗序》称:"汉司马相如

① 《云南通志》卷十五《艺文志第十》云:"汉《赋心》十卷。"注云:"盛览著。"

② 据王珏先生《西汉时期云南的文化建设》介绍,已故云南著名学者方国瑜先生曾对万历《云南通志》中的三条史料有所辨析(《云南师范大学学报》哲学社会科学版,1998年第5期)。文中转述的部分内容对笔者撰写此文颇有启发。

曾西至滇，授经于盛览。”天启《滇志》卷一四《人物志之一》“盛览”注云：“字长通，叶榆人。从学于司马相如。所著有《赋心》四卷。”谢肇淛《滇略》卷七《事略》云：元封二年，“以中郎将司马相如持节开越嶲，按道侯韩说开益州，授经教学”。同书卷六《献略》云：

> 汉盛览，字长通，叶榆人也。学于司马相如，所著有《赋心》四卷。尝问相如以作赋。相如答曰：“合纂组以成文，列锦绣而为质，一经一纬，一宫一商，此赋之迹也。赋家之心，包括宇宙，总览人物，斯乃得之于内，不可得而传。”览乃作《合组歌》、《列锦赋》而退，终身不复言赋。

按：万历《云南通志》等书的说法存在着明显的漏洞，本文试从以下几个方面进行辨析：

其一，关于司马相如出使西夷的时间。

《史记》卷一一六《西南夷列传》载：“蜀人司马相如亦言西夷邛、筰可置郡。使相如以郎中将往喻，皆如南夷，为置一都尉，十余县，属蜀。”同书卷一一七《司马相如列传》载：司马相如“建节往使，副使王然于、壶充国、吕越人驰四乘之传，因巴蜀吏币物以赂西夷。……司马长卿便略定西夷，邛、筰、冉、駹、斯榆之君皆请为内臣。除边关，关益斥，西至沫、若水，南至牂牁为徼，通零关道，桥孙水以通邛都”。传中录有相如“故乃关沫、若，徼牂牁，镂零山，梁孙原。创道德之涂，垂仁义之统”之语。从相如“汉兴七十有八载，德茂存乎六世”之语，可知他出使西夷的时间约为汉武帝元光六年（公元前129年）。

常璩《华阳国志》卷四《南中志》当是万历《云南通志》“授经教学”说的重要依据之一。但该书称“相如持节开越嶲，按道侯韩说开益州”，并未提及“授经教学”一事。司马相如卒于汉武帝元狩六年（公元前117年），而越嶲郡于武帝元鼎六年（公元前111年）方才设置。因此，相如根本不可能“持节开越嶲”，更不可能在此“授经教学”。益州于元封二年(公元前109年)置郡,此郡是否为韩说所开,韩说是否“授经教学”,《史记》、《汉书》并无记载。据《华阳国志》卷四《南中志》载,东汉章帝时,蜀郡人王阜担任益州太守,在滇池一带“始兴文学,渐迁其俗”。所谓“古汉学基”,或许为东汉时官学的遗址。

应该指出,司马相如于元光六年出使西夷时,叶榆地区尚是“徼外”。元封二年,叶榆置县,此时司马相如辞世已达八年之久。因此,“士人盛览从相如学,归授乡人,文教之开始此”等说法的可靠性亦值得怀疑。

其二,关于盛览的来历。

盛览之名,最早见于《西京杂记》。旧题刘歆撰、葛洪辑《西京杂记》卷二“百日成赋”最早记载了盛览向司马相如学赋的逸事:

> 司马相如为《上林》、《子虚》赋,意思萧散,不复与外事相关,控引天地,错综古今,忽然如睡,焕然而兴,几百日而后成。其友人盛览,字长通,牂牁名士,尝问以作赋。相如曰:“合纂组以成文,列锦绣而为质,一经一纬,一宫一商,此赋之迹也。赋家之心,包括宇宙,总览人物,斯乃得之于内,不可得而传。”览乃作《合组歌》、《列锦赋》而退,终身不复敢言作赋之心矣。

王文才先生《两汉蜀学考》据此认为:“相如遗教南中,确有其事。”①

《西京杂记》是一部记述西汉帝王后妃、公侯将相、方士文人等逸事的志人小说,内容涉及宫室制度、风俗习惯、衣饰器物等方面,带有一定的怪异色彩。葛洪《西京杂记跋》云:

> 洪家世有刘子骏《汉书》一百卷,无首尾、题目,但以甲

① 四川师范大学五十年学术集粹编委会:《四川师范大学五十年学术集粹》,第35页,四川人民出版社,2002年。

乙丙丁纪其卷数，先公传之。歆欲撰《汉书》，编录汉事，未得缔构而亡，故书无宗本，止杂记而已，失前后之次，无事类之辨。后好事者以意次第之，始甲终癸为十帙，帙十卷，合为百卷。洪家具有其书，试以此记考校班固所作，殆是全取刘书，有小异同耳。并固所不取，不过二万许言。今钞出为二卷，名曰《西京杂记》，以裨《汉书》之阙尔。

关于《西京杂记》的作者，众说纷纭。程章灿先生在余嘉锡《四库提要辨证》卷一七《西京杂记》的基础上，进一步指出：此书“实际上是葛洪利用汉晋以来流传的稗史野乘、百家短书钞撮编集而成的，故意假刘歆《汉书》以自重，以今托古，以野史杂记托之正史，可谓双重假托，其用心不可谓不灵巧，其手段不可谓不精密”[①]。而历史上究竟有无盛览其人，由于史料阙如，今天已很难说清。

又，《西京杂记》称盛览为司马相如的友人，牂牁名士。据《资治通鉴》卷二〇《汉纪十二》武帝元鼎六年记载，牂牁郡于武帝元鼎六年设置，治所在故且兰（今贵州省贵阳市附近，一说今贵州省凯里市西北），辖境约为今贵州省大部、广西壮族自治区西北部和云南省东部。牂牁置郡，距司马相如去世已有六年时间。因此，所谓“牂牁名士”盛览与司马相如的关系值得怀疑[②]。万历《云南通志》等“公然”把“牂牁名士”盛览附会为叶榆人，其说之真实性可想而知。

---

① 程章灿：《〈西京杂记〉的作者》，《中国文化》，96页，1994年第1期。

② 一些古代贵州学者把《西京杂记》的记载当作信史，并加以发挥，今人多受其影响。如唐建荣先生在《儒学在贵州民族地区古代社会的传播与影响》中说：“盛览，字长通，西汉（武）帝时的‘牂牁名士’。当时，全国著名的儒家学者、辞赋家司马相如奉命通西南夷，盛览投师门下，虚心向司马相如学习。司马相如将作辞赋心得告诉他说：‘合纂组以成文，列锦绣以为质，一经一纬，一宫一商，此赋之迹也。赋家之心，包括宇宙，总览人物，斯乃得之于内，不可得而传。’盛览得到名师教诲后，通过自己刻苦钻研，写出了《合组歌》、《列锦赋》等优秀作品。盛览还从司马相如那里学到了儒家重视教育、培养人才的思想，学成归里后，积极从事教育，传播儒学，并与邻近贵州的其他地区进行文化交流。邵远平的《续宏简录》云：‘司马相如入西南夷，士人盛览从学，归以授其乡人，文教始开。’”（《贵州民族研究》，2002年第1期，第121页）

其三，关于《赋心》及其作者。

万历《云南通志》、《滇略》等称盛览作过《赋心》。民国《大理县志》卷三一《艺文部六》“邑人著述之书”条亦云：“《赋心》四卷，汉盛览撰。”

应该指出，《西京杂记》之“百日成赋”条，是一段很重要的作赋经验之谈。明人王世贞在《艺苑卮言》卷一中指出：“作赋之法，已尽长卿数语。”文中的“赋之迹”与“赋之心”是两个赋学概念。“赋之迹”讲赋的形式，要求赋既要有锦绣一样的美质，又要讲究排比、交错以及音韵和谐；“赋之心”讲的则是创作心态，强调想象力的重要和恢弘非凡的气概①。万历《云南通志》等的说法显然属于附会。

还需提及的是，直到现在，一些学者头脑中仍然存在着模糊的认识。如何贵荣先生认为《赋心》四卷的作者为司马相如。他在《大理乡土文化的教育价值述略》中称：“汉武帝元狩年间，叶榆人盛览闻司马相如至若水，亲负笈途行两百余里前往受经，并向司马相如请教作赋的方法。得司马相如赠予的《赋心》四卷及作赋方法。盛览回归大理后著有《合组歌》、《列锦赋》两篇。”②

在盛览受学司马相如说流传的同时，云南地区还流传着叶榆人张叔受学司马相如、后归教乡人的说法。民国《大理县志》卷二七《艺文部三》中收录有明人高崶《云南进士登科考序》及《乡贤祠记》两文。前文云：“汉张叔，叶榆人，从司马相如授经，归教于乡，文献之传始此。”后文云：“大理郡学有祠，始于郡守祁门汪公标……大理，古梁州域，汉置郡建学，张叔从司马相如授经，归教乡人，而乡献自此始。”供奉有乡贤张叔像的大理乡贤祠建于明宪宗成化年间(1465—1487)，由大理知府汪标主持修建。由此可知，张叔从司马相如受学、后归教乡人的说法，在大理乡贤祠建立之前，即在明代前期便已在大理地区流传开来。

---

① 李大明：《相如辞赋与楚辞》，《巴蜀文化研究》(第一期)，103页，巴蜀书社，2004年。

② 《大理师专学报》，2000年第2期，12页。

万历《云南通志》卷一一《人物志第七》"张叔"注云：

叶榆人，天资颖出，过目成诵。俗不知书，叔每疾之，思变其俗。元狩间，闻司马相如至若水造梁，遂负笈往，从之授经，归教乡人。(《太平御览》)

《滇略》卷六《献略》云：

同时有张叔者，天资颖出，过目成诵。俗不知书，叔每疾之，思变其俗。元狩间，闻相如至若水造梁，距叶榆二百余里。叔负笈往，从之受经，归以教乡人。

天启《滇志》卷一四《人物志》之一、乾隆《云南通志》卷二十一之一《人物》、《大清一统志》卷三七八《大理府》亦持此说。

按：《太平御览》仅有一条史料与汉人张叔有关。该书卷二六〇《职官部·良太守上》引《汉书》云：

文翁，庐江人也。少好学，景帝末年，为蜀郡太守，仁爱好教化。见蜀地僻陋有蛮夷风，文翁欲诱进之，乃选郡县小吏开敏有才者张叔等十余人亲自饬厉，遣诣京师受业。蜀地学于京师者比齐鲁焉。

此条史料其实与万历《云南通志》的说法大有异同之处。

实际上，张叔从司马相如受经说极有可能是滇人根据蜀郡张叔的事迹虚构出来的。《汉书》卷八九《文翁传》载：

文翁，庐江舒人也。少好学，通《春秋》，以郡县吏察举。景帝末，为蜀郡守，仁爱好教化。见蜀地辟陋有蛮夷风，文翁欲诱进之，乃选郡县小吏开敏有材者张叔等十余人亲自饬厉，遣诣京师，受业博士，或学律令。减省少府用度，买刀布蜀物；赍计吏以遗博士。数岁，蜀生皆成就还归，文翁以为右职，用次察举，官有至郡守刺史者。

《华阳国志》卷三《蜀志》载：

（文翁）遣隽士张叔等十八人东诣博士，受七经①，还以教授……孝武帝皆征入叔等为博士。叔明天文、灾异，始作《春秋章句》，官至侍中、扬州刺史。

同书卷一〇上《先贤士女总赞》（上）载：

张宽，字叔文，成都人也。蜀承秦后，质文刻野，太守文翁遣宽诣博士东受七经，还以教授，于是蜀学比于齐鲁，巴、汉亦化之……帝感悟，以为扬州刺史。

此条之“张宽”，显然就是前两条所说的“张叔”。

成都人张叔是被文翁派遣赴京师受业者中唯一留下姓名的小吏。后世所谓叶榆人张叔从司马相如受经、归教乡人的说法极有可能是受《汉书》、《华阳国志》启发虚构出来的。民国《大理县志》卷一二《人物志》“乡贤”条“张叔”注称：

孝文末年，文翁为蜀郡守，选郡县小吏开敏有才者十余人诣京师，受业博士。数岁，皆成就，还以教授。学徒鳞萃，蜀学比于齐鲁。文翁以为右职。孝武时征入为博士。叔明天文灾异，始作《春秋章句》。官至侍中、扬州刺史。

① “七经”之说始于东汉，此处称“七经”，有误。

与叔同学之十余人，亦有至郡守、刺史者。

同书卷三—《艺文部六》“邑人著述之书”条称：“《春秋章句》，汉张叔撰。”这两条材料显然系删减《汉书》、《华阳国志》而成。又同书卷三《建设部》云：“汉武帝元光五年，以司马相如持节入西彝，至若水，叶榆人张叔、盛览往从受学，归教乡人。”

应该指出，《汉书》、《华阳国志》对张叔的记载虽然简略，但其籍贯、身份是清楚的，而经过后人的“篡改”，张叔的面目反而扑朔迷离，令人困惑了。徐嘉瑞先生在《大理古代文化史稿》中指出：“常志、班书，均谓诣博士受业，而滇考之张叔，谓受经于相如，不知是否一人？或同名张叔，一为蜀人，一为叶榆人欤？”[①]王文才先生在《两汉蜀学考》中指出：“不知是滇中以蜀人张叔为叶榆人，从学相如，或叶榆果别有传经之张叔，则难明矣。”[②]《新纂云南通志》卷一八八辨析道：

> 案滇之张叔，非文翁所选之张叔也。前明李修《云南通志》及《滇略》……皆载之，是必有所据。而道光《通志》乃采《文翁传》及《华阳国志》之张叔，以为滇之张叔，误矣……夫蜀选之郡县小吏，又曰蜀生，曰蜀学，此张叔明明蜀人矣，牵涉而为滇之张叔可乎？

令人惊讶的是，当今一些学者把《汉书》、《华阳国志》及《云南通志》等书的说法“嫁接”起来，为自己的观点服务。如徐大珍、奚明两位先生在《官办教育第一人——西汉教育家文翁略考》中指出：“张叔经文翁慧眼识其才，‘成就还归，以为右职’。而他虽忙于政务，仍然谦虚上进，向司马相如求教经学。从‘归

① 徐嘉瑞著、李家瑞校：《大理古代文化史稿》，48页，中华书局，1978年。

② 《四川师范大学五十年学术集粹》，35页。

教乡子弟'看，张叔已经继承了文翁的志向，官办教育后继有人。"①何贵荣先生在《大理乡土文化的教育价值述略》中指出："大理民族文化源远流长。白族是善于吸取周边各种文化以促进自己进步的开放型民族。早在汉文帝末年，叶榆人张叔'天资颖出，过目成诵。俗不知书，叔每疾之，思变其俗'，与十余人接受蜀郡太守文翁的选拔，'诣京师受业博士，数岁，皆成就，还与教授'。大理地区文化教育因而得到发展，被誉为'比于齐鲁'。"②这种兼采众说，把传说与史实混淆起来为己所用的做法，实不足取。

可以肯定地说，万历《云南通志》等典籍所载盛览、张叔的史料均非信史，其真实性是值得怀疑的。遗憾的是，《中国名人大辞典》、《云南民族教育发展概况》等书均引用了这些史料。邓敏文先生《中国南方民族文学关系史》在引用这些史料的基础上，进而指出："秦汉时期的'蜀'囊括'牂牁'、'叶榆'等西南夷聚居之地。我们虽不知'牂牁名士'为何地何族人，也不知盛览、张叔等人是不是少数民族，但从他们'尝问以作赋'的情景可以断定：司马相如已将'汉赋'这种用汉文创作的文学体裁介绍到'牂牁'或'叶榆'地区，并受到当地人的赏识。"③张丽剑先生在《明代大理白族地区汉文化传播的主要途径之一——儒学教育》中称："司马相如为汉代著名的文学家和汉儒，盛览、张叔前往求学，归而教之，客观上促进了儒学在大理白族地区的传播。"④有的学者据此得出了一些似是而非的结论。如禹志云先生在《佛教与大理白族文学》中认为："关于张叔和盛览二人的文字记载，也散见于冯苏的《滇考》及《大理府志》、《华阳国志·蜀志》中。张叔没有留下著述，但他是一个教育家；盛览主要有《赋心》四卷。只可惜由于汉代至南诏时间久远而漫长，加之其间多兵乱，这一时期的文人作品大都已佚。"⑤张茀先生在

① 《滁州师专学报》，2001年第1期，66～67页。

② 《大理师专学报》，2000年第2期，12页。

③ 邓敏文：《中国南方民族文学关系史》(中)，171页，民族出版社，2001年。

④ 《云南教育学院学报》，1999年第1期，38页。

⑤ 《云南师范大学学报》(哲学社会科学版)，2002年第4期，71页。

《云南方言与云南文化》讲授纲要(上)中认为:"师从司马相如学习的盛览和张叔,从姓名上看可能是在汉代设立益州以前进入洱海地区的汉人后裔(尤中先生认为是僰人,见《中国西南民族史》,80页)。如果这段记载可靠的话,那么在汉武帝征服滇国以前,洱海地区便已有人主动向内地人学习汉族典籍了。"①

乾隆《云南通志》卷七《学校》云:"滇南建学,肇自汉时。张、盛受业长卿,尹、许执经中土,滇之文风,由此渐启。"事实上,在司马相如生活的时代,叶榆等地属于"巴蜀西南外蛮夷"②,汉文化程度较低,是很难产生出像张叔、盛览这样的才学之士的。尽管随着时间的推移,云南地区的汉文化水平有所提高,但总的说来,由于民族、历史、地理环境等方面的差异,该地区文化教育事业的发展是比较缓慢的。元、明两代,云南地区与中央政府的关系空前紧密,文化教育事业日趋发达,汉化速度亦明显加快。康熙《云南府志》卷二一《艺文六》所录刘让《重修呈贡县文庙记》云:"汉唐以来,学校罕闻。"范承勋《改建云南省城府县学宫碑记》云:"云南有学,始于汉章帝元和二年,其说存,其地未可深考。自汉以下,历时兴替,亦未有定所。追元而建置始可考焉。至于有明,人文之盛,竞于中土,咸曰学校为之也。"应该说,这一说法是比较符合云南文化教育的实际情况的。

在新的历史条件下,部分学者为洗清"南荒西徼原不生才"③的耻辱,着手为云南文化教育事业寻找开创者,以进一步发扬光大云南文化。据史载,王阜是云南文教事业的开创者,但后人对此并不满意。他们把目光上移,终于锁定了曾出使西夷的大文豪司马相如。"自司马相如西至沫水,汉文教遂入南中"④,相如顺理成章地成为传播先进文化、开创云南文教事业的先驱者。张叔乃蜀人,史

---

① 《玉溪师专学报》(社会科学版),1996年第1期,11页。

② 司马迁:《史记》,卷116,《西南夷列传》,中华书局,2000年。

③ 王思训:《征刻滇诗启》,转引自李世泽:《高举滇云文化大旗的人们——从王思训〈征刻滇诗启〉到赵藩的〈云南丛书〉》,《大理师专学报》,2000年第1期,69页。

④ 《大理古代文化史稿》,229页。

载甚明。盛览是小说中的人物，历史上有无其人，尚难断言。但为了“弥补”西汉时期云南文化教育史上的“空白”，一些学者便把张叔、盛览“网罗”进来，重新加以塑造，两人因得到司马相如的“真传”而身价百倍。《滇略》卷五《绩略》称：“相如至若水，叶榆人张叔、盛览等皆往受学，文献于是乎始。”冯苏《滇考》卷下《滇南科目》称：“夫滇与闽、粤，皆开自汉武帝。其时盛览、张叔已从司马长卿学赋、受经。”乾隆《云南通志》卷二十一之一《人物》称：“览与张叔开迤西文章之始。”著名诗人赵藩在《仿元遗山论诗绝句论滇诗六十首》（其一）中，不无自豪地写道：“古诗之流厥有赋，赋家之心靡不赅。西汉词章溯初祖，长通亲受马卿来。”①应该指出，虽然盛览、张叔从司马相如受学说并不属实，但由此可以看出古代云南人民对中原文化的异常倾慕，对儒家学说的高度认同，尤其是对司马相如的文才及其开发西南夷的历史功绩的充分肯定。正如王珏先生《西汉时期云南的文化建设》所说：“由于司马相如在经营‘西南夷’中的作用及他在文化事业上的造诣，云南许多地方的民间传说中把司马相如视为当地文教事业开创者。”②

事实上，古代巴蜀对云南地区文化教育事业的影响是全国其他任何地区所不能比拟的，盛览、张叔从司马相如受学说，亦是云南人民对巴蜀士人在传播以儒家文化为主的汉文化方面所作出的巨大贡献的深刻体认。从这一方面来讲，此说法又在一定程度上反映了历史的真实，具有一定的认识价值。

---

① 在云南，还流传着司马迁在滇西讲学的传说。民国《大理县志》卷三《建设部》云：“汉元封元年，中郎将司马迁奉使南略邛、筰、昆明，立讲台于叶榆。《滇云历年传》：‘滇云讲学之始，或曰司马迁以武事西征，略涉滇境，何暇学问、谈经？且司马迁亦不系道学之人。旧《志》虽有司马讲台，恐属附会。故今《志》删之耳。窃以为不然，司马氏未仕时，亦曾讲业齐鲁，观孔子之遗风。今得位行政，怀远宣化，尤当施教于殊方，以被文德于无外。况昆明乃今丽江旧通安州地，自邛、筰至昆明，必经叶榆，又先已有受经学赋如张、盛二子之产于是乡，此可一变至道之邦也。则其讲学之遗基，有令人低徊留之而不能去者，尚何疑其虚诞而削其迹乎？’”

② 《云南师范大学学报》（哲学社会科学版），1998年第5期，55页。

汉代游艺赋初探

黄水云

一、前　　言

游艺，就是游戏的艺术，是各种游戏和娱乐活动的总称，是人们以游戏取乐、休闲遣兴的一种精神文化活动。中国是世界上的文明古国，曾为人类文明作出卓越的贡献。中国文化在世界文化史上有着重要的地位，因为任何古老文明都是祖先长期奋斗、积累的成果。我们的祖先在渔樵耕读之余，创造并纵情于各种游戏。有出奇制胜的围棋、象棋，有驰骋角逐的蹴鞠、马球，有高深莫测的魔术、幻术，有技能特殊的杂耍技艺，有古朴文雅的投壶，有搏击长空的风筝，有百舟竞渡的龙舟，还有激烈悲壮的斗禽……这些都是古人闲暇时不可缺少的游戏活动。游戏是一种与人类关系非常密切的文化现象，即使它只是一种娱乐性的活动，也具有重要的文化价值和社会意义。

在文学作品中，有很多关于游艺的记载，而辞赋中亦有不少娱乐游艺题材，它们是赋家们自觉开拓的新题型，更是文化史中的珍贵宝藏。马积高说："辞赋是我国古代文学中之一体，研究辞赋，自然必须研究它同其他文体乃至政治、经济、文化等的关系，但主要是研究辞赋创作和理论。”[①]既是研究辞赋创作，那么从辞赋篇章中探索游艺类型，再将辞赋中之游艺类型与文化史料相互结合，透过游艺赋篇的研讨，不仅呈现出游艺的时代特点，亦能反映游艺对人类文化史的特殊贡献。

本论文主要以汉代游艺赋篇为研究主题，不仅探讨其创作成因，而且探讨其游艺内容，以赋篇之分析解读为基础，结合文化史料的考察，对游艺赋类型之特色加以陈述，并论述汉代游艺赋篇对后世之影响。

二、游艺赋创作成因之探讨

汉代是世界上国力强盛的封建帝国，经济的繁荣为汉代游艺艺术发展提供了肥沃的土壤，而国家的统一、中外民族的交流，使游艺艺术的发展有着广泛而坚实的基础。从史籍和考古资料看，汉代的游艺艺术受西域各国，特别是大秦的影响最为显著。由于秦王朝的统一，先秦时期分散于诸侯国和少数民族地区的各类表演艺术，莫不集中于中央王朝。如《史记·秦始皇本纪》载：

> 秦每破诸侯，写放其宫室，作之咸阳北阪上……所得诸侯美人钟鼓，以充入之。[②]

又《史记·李斯列传》说秦二世曾在甘泉宫：

---

① 马积高：《历代辞赋研究史料概述》，1页，中华书局，2001年。

② 《史记》，卷6，《秦始皇本纪》第六，239页，鼎文出版社，1987年。

是时二世在甘泉，亦作角抵优俳之观。①

《说苑·反质》亦云：

妇女倡优，数巨万人；钟鼓之乐，流漫无穷，而天下愈竭。②

可见民间技艺集中于宫廷表演。汉承秦一统之局面，国力增强，社会经济稳定发展，为百戏的盛行奠定了深厚的物质基础。秦汉之际，神仙方术盛行，对神仙境界的追求导致许多模拟性质的化装节目，如鱼龙曼延、总会仙倡等，因而壮大了百戏的演出队伍。此外，丝绸之路促进了中西文化交流，西域的杂技、幻术东来，大大丰富了中原百戏的内容。而为了显示汉帝国的富庶广大与勇武强悍，朝廷往往将角抵奇戏搬上外交舞台，招待外国使臣，借以伸张国威。③

根据文献记载，西周王朝每年冬季农闲时都要举行“讲武”之礼，此时周天子必亲率百官前往。“讲武”之礼中有角力、御马、射箭、投掷、跳高和跳远等竞技比赛活动，目的是为了训练和提高将士们的战斗能力，却间接促进了民间竞技活动的发展和传播。

如果说西周到春秋战国这几百年是我国第一个重视民间游戏和竞技流传过程的历史时期，那么汉代则是民间游戏与竞技不断发生、发展、流传的历史时期。汉在亡秦灭楚之后，统一了疆域，经文、景时期的休养生息，到了汉武帝时天下殷富，财力有余，国势空前强大，人民生活较前代大为安定，这为民间游戏与竞技娱乐的发生发展提供了有利的条件。从文化环境来看，先秦时代的荆楚文

---

① 《史记》，卷87，《李斯列传》第二十七，2559页，鼎文出版社，1987年。

② 《说苑》，卷20，《反质》，四库丛刊初编子部，上海商务印书馆，缩印平湖葛氏传朴堂藏明钞本。

③ 袁行霈主编：《中华文明之光》，1～3页，三联书店，1999年。

化圈、巴蜀文化圈、齐鲁文化圈、吴越文化圈、中原文化圈、北方文化圈、秦文化圈等，在汉代已开始逐步融合，而各地的民间游戏与竞技活动也相互进行横向传播，互相吸收渗透。此外，科学与迷信之盛行，天文与历法之发展，阴阳五行与天人感应之融合，神话之流行，以至荆楚文化圈之巫术活动在汉代扩大盛行，使得季节性的民间游戏更为普及。两汉"百戏"之表演，促使了游戏与竞技的发展，如春秋战国时期的寻橦（爬竿），到了汉代更加技巧化，出现了"额上顶竿"、"掌托竿"、"戏车高橦"等竞技表演形式。此外，走索竞技、乌获扛鼎、骑驴驰射、马戏等活动，也以鲜明的时代特色展现在人们面前。[①]

赋作为一种介乎诗歌和散文间的综合性文体，非诗文的形象、理趣、意境所能概括，其表现功能与诗文亦迥异，刘勰《文心雕龙·诠赋》：

> 若夫京殿苑猎，述行序志，并体国经野，义尚光大……至于草区禽族，庶品杂类，则触兴致情，因变取会，拟诸形容，则言务纤密；象其物宜，则理贵侧附；斯又小制之区畛，奇巧之机要也。[②]

意谓赋的取材，无论是京邑、宫殿，还是描绘苑囿、畋猎，甚至记述远行的经历，均能规划国都的体制，营度郊野的经界；陈说义理时，更重视光华盛大的规模。至于草木花卉、禽兽昆虫、诸多器皿和各种物类，赋家们皆能触物兴情，引发情怀。因缘事物的变化，取合感情的兴会。拟度事物的形态容貌，在词句上则务求纤细绵密，表象事物，说理则重视逼真切合。这种短篇小制与长篇大赋是有分别的，不过体裁新奇，辞句巧丽，则是辞赋写作的要诀。崔瑗《河间相张平子碑》论张衡："数术穷天地，制作侔造化。瑰辞丽

---

① 郭泮溪：《中国民间游戏与竞技》，273～277页，三联书店，1996年。

② 王更生：《文心雕龙读本》上篇，144页，文史哲出版社，1997年。

说，奇技伟艺，磊落焕炳，与神合契。”（《全后汉文》卷四十五）由此可见辞赋的创作题材极为广泛。而赋家之才学与禀赋，亦可从奇技伟艺的滋养中，创作出类型相异的游艺赋篇。刘熙载《艺概·赋概》云“赋兼才学”，又云“赋取穷物之变”[1]。“穷物”二字包蕴极广，从赋家的创作中，天文、科技、自然、生物、语言、地理、历史、建筑、美学、心理、宗教等知识的综合运用，实非任何一种文体可比。因此赋家对万事万物的观照，更能体现出赋体内容的多元性；赋家的情感意志，才华学识，几乎是通过对事物的摹写，达到表层和深层结构相统一的宏大境界。[2]李重华《贞一斋诗说》云：“赋为敷陈其事而直言之，尚是浅解。须知化工之妙处，全在随物赋形。故自屈宋以来，体物作文，名之曰赋。”[3]正因辞赋具有随物赋形之妙，所以文学中之任何题材、主题、形象、意境无不兼蓄，达到了凡事皆可入赋，凡物无不可作赋的地步。游戏既是游艺民俗中最常见、最普遍、最有趣的娱乐活动，赋家们乃以此为描写对象，展现出游艺活动中的不同风貌。

三、汉代游艺赋篇游艺类型之探讨

汉武帝时，上林苑的平乐馆曾举行规模盛大的宫廷演出，平乐馆后更名为平乐观，据《汉书·西域传》载：“（汉宣帝）自临平乐观，会匈奴使者、外国君长大角抵，设乐而遣之。”[4]百戏乃汉帝国招待国宾的重要演出，是一项最具代表性，最能显示国家表演水准的艺术形式。根据《后汉书·礼仪志》和《宋书·乐志》可知，东汉每年正旦在德阳殿举行的盛大朝贺仪式中，往往加入大规模的百戏演

① 刘熙载：《艺概·赋概》，136页，金枫出版社，1998年。
② 许结：《中国赋学历史与批评》，7～13页，江苏教育出版社，2001年。
③ 李重华：《贞一斋诗说》，1187页，录自丁仲祜编订《清诗话》，1977年。
④ 《汉书》，卷96下，《西域传》第六十六下，3905页，鼎文书局，1986年。

出，当时百戏演出的盛况，可从李尤《平乐观赋》和张衡《西京赋》窥见一斑。李尤，字伯仁，广汉雒（今四川广汉县）人，现存《函谷关赋》、《辟雍赋》、《德阳殿赋》、《平乐观赋》、《东观赋》，都为颂圣之制。张衡，字平子，南阳郡西鄂县（今河南南阳市北）人，现存《温泉赋》、《南都赋》、《二京赋》、《思玄赋》、《归田赋》、《周天大象赋》等七篇和《羽猎赋》等五个片段，还有不以赋名而实为赋体的《应间》、《七辨》两篇。可惜李尤《德阳殿赋》残佚，难以窥知百戏内容；而李尤《平乐观赋》和张衡《西京赋》虽非游艺专题之介绍，其内容却涉及了百戏之概况，可谓游艺赋之首创。此外，司马相如《子虚赋》、《上林赋》，扬雄《羽猎赋》、《长杨赋》，张衡《羽猎赋》等，不乏叙写诸侯畋猎、游戏娱乐的侈艳和壮观内容，而刘向《围棋赋》，马融《围棋赋》、《樗蒲赋》和边韶《塞赋》等博弈游戏，则描绘了棋的形式与活动。为清楚呈现汉代游艺赋作之内容，试分述如下。

（一）百戏

“百戏”是汉代杂技艺术的统称，它广泛流行于民间，与俳优歌舞杂奏、民间俗乐合称为散乐。据《旧唐书·乐志》：

> 散乐者，非部伍之声，俳优歌舞杂奏。汉天子临轩设乐，舍利兽从西方来，戏于殿前，激水成比目鱼，跳跃嗽水，作雾翳日，化成黄龙，长八丈，出水游戏，辉耀日光。绳系两柱，相去数丈，二倡女对舞绳上，切肩而不倾。如是杂变，总名百戏。[①]

由此可知，汉代百戏的表演项目，如象人化装舍利兽的表演、幻术和杂技表演等，可说十分丰富。从李尤《平乐观赋》中亦可看出部分表演项目，如云：

---

① 《旧唐书》，卷29，《志》第九《音乐》二，1072页，鼎文书局，1985年。

方曲既设，秘戏连叙。逍遥俯仰，节以鞀鼓。戏车高橦，驰骋百马，连翩九仞，离合上下。或以驰骋，覆车颠倒。乌获扛鼎，千钧若羽。吞刃吐火，燕跃乌跱。陵高履索，踊跃旋舞。飞丸跳剑，沸渭回扰。巴渝隈一，逾肩相受。有仙驾雀，其形蚴虬。骑驴驰射，狐兔惊走。侏儒巨人，戏谑为耦。禽鹿六驳，白象朱首。鱼龙曼延，崼埏山阜，龟螭蟾蜍，挈琴鼓缶。(《全后汉文》卷五十)

这些杂耍技艺的名目，在张衡《西京赋》中更有详细之记载：

大驾幸乎平乐，张甲乙而袭翠被。攒珍宝之玩好，纷瑰丽以奓靡。临迥望之广场，呈角抵之妙戏。乌获扛鼎，都卢寻橦。冲狭燕濯，胸突铦锋。跳丸剑之挥霍，走索上而相逢。华岳峨峨，冈峦参差。神木灵草，朱实离离。总会仙倡，戏豹舞罴。白虎鼓瑟，苍龙吹篪。女娥坐而长歌，声清扬而蜲蛇。洪涯立而指挥，被毛羽之襳襹。度曲未终，云起雪飞。初若飘飘，后遂霏霏。复陆重阁，转石成雷。礔砺激而增响，磅礚象乎天威。巨兽百寻，是为曼延。神山崔巍，欻从背见。熊虎升而拏攫，猿狖超而高援。怪兽陆梁，大雀踆踆。白象行孕，垂鼻辚囷。海鳞变而成龙，状蜿蜿以蝹蝹。含利颬颬，化为仙车。骊驾四鹿，芝盖九葩。蟾蜍与龟，水人弄蛇。奇幻倏忽，易貌分形。吞刀吐火，云雾杳冥。画地成川，流渭通泾。东海黄公，赤刀粤祝。冀厌白虎，卒不能救。挟邪作蛊，于是不售。尔乃建戏车，树修旃。侲僮程材，上下翩翻。突倒投而跟絓，譬陨绝而复联。百马同辔，骋足并驰。橦末之伎，态不可弥。弯弓射乎西羌，又顾发乎鲜卑。(《全后汉文》卷五十二)

若根据以上赋作内容，再佐以文献资料，则汉代百戏内容约可分为以下数项：

1. 角抵妙戏

角抵，亦作角牴，是我国古代一种竞技类游艺活动，属于徒手搏斗的范围，是人类自身防卫手段的发展与提高。梁代任昉《述异记》言角抵之戏起源于黄帝、蚩尤之战，而秦汉角抵是由战国时代的武备训练而来，据《汉书·刑法志》云：

> 春秋之后，灭弱吞小，并为战国，稍增讲武之礼，以为戏乐，用相夸视，而秦更名角抵，先王之礼没于淫乐中矣。①

又据《文献通考》云，广义之角抵"盖杂技之总称"。又云："角者，角其伎也。两两相当，角力、角技艺射御也。"《文献通考》载有"角力戏"，其云："壮士裸袒相搏而角胜负，每群戏既毕，左右军擂大鼓而引之，岂亦古者习武而变欤？"②可见广义的角抵，乃指汉代百戏；狭义的角抵，就是摔跤或角力。张衡《西京赋》"呈角抵之妙戏"，应为狭义之角抵，因角抵表演后，又伴有其他杂技幻术之演出。

据《史记·李斯列传》载："是时（秦）二世在甘泉，作角抵优俳之观。"《集解》引应劭曰："战国之时，稍增讲武之礼，以为戏乐，用相夸视，而秦更名曰角抵。角者，角材也。抵者，相抵触也。"③可见原为"讲武之礼"的竞技，战国以后成为"戏乐"。又据《汉书·武帝》载，汉武帝元封三年（公元前108年）春和元封六年（公元前105年）夏，分别在长安进行了两次大规模角抵表演，第一次"三百里内

---

① 《汉书》，卷23，《刑法志》第三，1085页。又本文所引《全汉文》皆录自杨家骆主编《全上古三代秦汉三国六朝文》，世界书局，1982年。

② 《文献通考》，卷147，《乐》二〇《散乐百戏·角力戏》，1288页，台北：新兴书局，1958年。

③ 《史记》，卷87，《李斯列传》第二十七。

皆观”，第二次也有许多京师百姓聚观。[①]可见角抵游戏深为秦汉人所喜爱。由于角抵游戏亦伴有其他幻术表演，因此成了上层社会的娱乐项目，也是普通百姓的娱乐活动。如《汉武故事》载：

> 未央庭中设角牴戏，享外国（招待外国人看），三百里内皆观。角牴者，六国（指楚齐燕韩魏赵）所造也。秦并天下，兼而增广之。汉兴虽罢，然犹不能绝，至上（皇帝）复采用之。并四夷之乐，杂以奇幻，有若鬼神……其云、雨、雷、电，无异于真；划地为川，聚石为山，倏忽变化，无所不为。

由此可知秦代以前就有角抵杂技，汉武帝以角抵戏接待来华的西域人；东汉顺帝时，外国国王来朝，朝廷也安排了角抵表演，目的是想透过角抵的凶猛强悍，向外国耀武扬威。[②]可见角抵戏经过春秋战国到秦代的孕育，至汉代已蓬勃发展，是国家大规模的杂技百戏表演节目之一。

2. 举重表演

扛鼎就是举起大锅子，属于举重表演项目，是一种力量的锻炼。据《史记·秦本记》载，战国时期秦武王“有力好戏”，力士任鄙、乌获、孟说均在秦国位居高官，武王本人则在与孟说举鼎较力中折腿而亡。[③]举鼎已由练力逐渐成为人们欣赏的娱乐活动，更是汉代宫廷百戏中为人注目的娱乐项目。

李尤《平乐观赋》：“乌获扛鼎，千钧若羽。”又张衡《西京赋》：“乌获扛鼎。”皆以乌获扛鼎展示体力，而成为社会娱乐表演的一种游艺形式。东晋左思《吴都赋》：“里燕巷饮，飞觞举白，翘关扛鼎，

① 《汉书》，卷6，《武帝纪》第六，194、198页。

② 彭卫、杨振红著：《中国风俗通史——秦汉卷》，679页，上海文艺出版社，2002年。

③ 《史记》，卷5，《秦本记》第五，209页。

弁射壶搏。”李善《文选注》说：“翘关扛鼎，皆逞壮力之劲，能招门开也。”①又《宋书·乐志》：“魏晋讫江左，犹有夏育扛鼎。”②可见壮士逞力的游艺表演，不仅长安有，江左的吴都也有；不仅汉代有，甚至自魏晋直至今日，举重之器具更是多样，表演更是精彩。

3. 爬竿表演

都卢寻橦，即橦技，意即爬竿游艺。“都卢”为南阳之国名，“寻橦”指爬长竿，《国语·晋语》中有所谓的“侏儒扶卢”，可见春秋时期就有小矮人攀缘矛戟之柄的技艺。汉代橦技相当流行，根据汉画有三种表演方式：一是将竿固定于地上爬至竿顶献技；二是移动式的扛竿表演；三是将长竿固定于马车上表演，即演员不仅要承受马车奔驰时的颠簸，同时在高竿上得做出各种动作，难度虽高，但演出者的技巧却更为娴熟。李尤《平乐观赋》：“戏车高橦，驰骋百马，连翩九仞，离合上下。或以驰骋，覆车颠倒。”又张衡《西京赋》：“都卢寻橦……尔乃建戏车，树修旃。侲僮程材，上下翩翻。突倒投而跟絓，譬陨绝而复联。百马同辔，骋足并驰。橦末之伎，态不可弥。弯弓射乎西羌，又顾发乎鲜卑。”李尤所谓“驰骋百马”、“覆车颠倒”，张衡所谓“百马同辔”、“弯弓”等表演，都是在马车上表演缘竿的绝技。③由于汉代爬竿已有深厚的功底和技术水平，因此魏晋以后，表演者不仅具有高难度的技巧动作，其形式也更加多样化了。

4. 气功表演

冲狭，即钻刀圈；燕濯，即飞燕点水；胸突铦锋，即胸碰尖利的刀锋，此皆属气功表演。相传汉代的冲狭是由燕戏发展而来，表演者以鸟羽装扮成燕子状。④张衡《西京赋》：“冲狭燕濯，胸突铦锋。”

---

① 参阅《文选》，90页，艺文印书馆，1979年。翘关就是举起城门上的大木门闩。

② 《宋书》，卷19，《志》第九，《乐》一，546页，鼎文书局，1987年。

③ 崔乐泉：《忘忧清乐——古代游艺文化》，36～38页，江苏古籍出版社，2001年。

④ 据说禹帝有一辅臣名伯益，本为燕身，能钻天入云，驯鸟兽，被称为“百虫将军”。春秋战国时，宋国有一燕戏能手，能冲穿越跃有如飞燕。参阅《文渊阁四库全书》电子版，经部·礼类·周礼之属，《礼说》卷12。

张铣注："狭，以草为环，插刃四边，伎人跃入其中，胸突刀上，如燕之飞濯水也。"可见钻圈是以燕濯技巧为特征，圆圈以草茎和树枝编制而成。表演者身着羽装，钻圈轻盈如燕子点水一般。而薛综注云："卷簟席，以矛插其中，伎儿以身投，从中过。燕濯，以盘水置前，坐其后，踊身张手跳前，以足偶节逾水，复却坐，如燕之浴也。"又据《吴趋风土录》载，胸突铦锋，即是取所佩刀，令人尽力刺其腹，刀摧腹皤，谓之弄刀。薛综将"冲狭"、"燕濯"、"胸突铦锋"视为三种不同节目，我以为这些都是气功表演。南阳汉墓出土的石刻《冲狭图》，就再现了当时冲狭表演的场景。隋唐以后出现的钻刀门，或在圆门四周插尖刀，或在门边上加火，动作更为惊险。①

5. 手技表演

跳丸、弄剑是属于手技类游艺，是一种用手熟练而巧妙地要弄、抛接各种物体的技巧表演。跳丸也称为"弄丸"，《庄子·徐无鬼》记载了春秋、战国时期的弄丸技艺高手宜僚，可见弄丸游艺在先秦时期就已出现。到了汉代，跳丸技艺已经从单纯用手抛接发展到兼用臂、肩、臀、膝等人体其他部位，不仅难度增加，表演花样也增多了。而弄剑应是秦汉时期出现的新杂技，是在跳丸的基础上增加发展而来。②《论衡·累害》："弄丸剑之倡，手指不知也。"③描述的正是杂技艺人手上的精妙功夫。

李尤《平乐观赋》："飞丸跳剑，沸渭回扰。"又张衡《西京赋》："跳丸剑之挥霍。"所谓"飞丸跳剑"、"跳丸剑"，即抛丸掷剑，将剑和丸抛掷在空中，以手承接，不能落地。"沸渭回扰"、"挥霍"④，则描述了演员表演时上下来回、身体放开、快而有序、活泼奔放的气势。据汉石墓画像资料可知，最精彩的跳丸剑场面是艺人将三柄剑抛向空中，又

---

① 朗延芝，罗青：《中国古代杂技》，48页，山东教育出版社，1997年。

② 《礼说》，卷12，21页。

③ 《论衡》，卷1，《累害》第二，四部丛刊初编子部，上海商务印书馆缩印，明通津草堂刊本。

④ 《文选》据薛综注："挥霍，谓丸剑之形也。"48页。

有十一个丸从手中和足上抛起。[1]这种要弄游艺，讲究的是抛接物体的数量、花色变换的巧妙，以及抛接物的不同形状和大小差异。历经不同时代，在出奇翻新的表演中，道具增多，技巧更加高超。

6. 绳索表演

走索，又称高絙、踏索舞絙、戏绳等，意即在高空悬索上行走跳舞。走索之戏不见于先秦古籍。《汉书·西域传》载乌秅国"县度者，石山也，溪谷不通，以绳相引而度云"[2]。《水经注》记："所谓罽宾之境，有盘石之隥，道狭尺余，行者骑步相持，絙桥相引二十许里。"[3]走索之戏或因此演变而来。又《法苑珠林》卷六引王玄策《西国行传》云："王使显庆四年至，婆栗阇国国王为汉人设五女戏……又做绳伎，腾虚绳上，著履而掷，手弄三仗刀楯枪等。"[4]可见西域流传走索之戏。

又据《旧唐书》记东汉元旦时，艺人在宫中表演走索之戏："以两大丝绳系两柱头，相去数丈，两倡女对舞，行于绳上，相逢切肩而不倾。"[5]山东沂南画像石绘有两女子手持物品在细索上相对行走，中间有一女子作倒立表演，而绳索下插有四柄长剑，不仅场面更增惊险，艺人之技艺也更显精湛。如李尤《平乐观赋》："陵高履索，踊跃旋舞。"张衡《西京赋》："走索上而相逢。"或在绳索上跳舞，或在绳索上对走，技巧颇为精湛。

7. 幻术表演

汉代幻术是百戏艺术中的重要内容，西汉以来上层社会称之为幻术，近代则称之为魔术。据张衡《西京赋》载，汉代幻术大抵有"鱼龙曼延"、"易貌分形"、"吞刀吐火"、"画地成川"等，如《西京赋》："巨兽百寻，是为曼延。神山崔巍，欻从背见。熊虎升而拏攫，

---

① 山东省博物馆：《山东安丘汉画像石墓发掘简报》，《文物》，1964年第4期。
② 《汉书》，卷96上，《西域传》第六十六上。
③ 参阅《文渊阁四库全书》电子版，史部·地理类·河渠之属，《水经注》卷一。
④ 参阅《文渊阁四库全书》电子版，子部·释家类·《法苑珠林》卷六。
⑤ 《旧唐书》，卷29，《志》第九"音乐"二，1072页。

猿狖超而高援。怪兽陆梁，大雀踆踆。白象行孕，垂鼻辚囷。海鳞变而成龙，状蜿蜿以蝹蝹。含(舍)利飏飏，化为仙车。骊驾四鹿，芝盖九葩。蟾蜍与龟，水人弄蛇。奇幻倏忽，易貌分形。吞刀吐火，云雾杳冥。画地成川，流渭通泾。”在象人之戏表演后，就是曼延之戏。[①]巨大无比的怪兽一登场，背后就出现了崔巍的神山，山上有熊虎搏持，猿狖追逐攀登，还有怪兽、大雀、白象等。接着从东方来了一条大鱼，很快幻化成一条游龙。然后又出现一只能吐黄金的“舍利”瑞兽，突然之间又变幻成由四鹿并驾，以灵芝为车盖，具有九葩之彩的仙车。随之又出现蟾蜍、乌龟，还有水人弄蛇等技艺表演。这种种变幻都是在刹那间完成，接着才表演“易貌分形”、“吞刀吐火”、“云雾杳冥”、“画地成川”[②]等各种奇异幻术。由张衡《西京赋》中神仙境界、神仙人物、仙禽神兽等表演可知，幻术表演除了反映当时国力强盛，中外交通的开辟外，亦与当时流行的神仙思想、方士、神仙家有密切的关系。[③]

8. 兽戏表演

汉代百戏中兽戏占有相当的比例，从搏兽、戏兽、拟兽到马戏表演等，人与动物都成了汉代百戏主要的表演素材之一。

搏兽，即人与猛兽搏斗。如司马相如《子虚赋》记载一勇士专诸徒手搏击野兽：

> 其上则有赤猿蠼蝚，鹓雏孔鸾，腾远射干；其下则有白虎玄豹，蟃蜒貙豻，兕象野犀，穷奇獌狿。于是乎乃使专诸之伦，手格此兽。(《全汉文》卷二十一)

---

① 据《汉书》，卷 96 下，3929～3930 页，《西域传》第六十六下赞注：“曼延者，即张衡《西京赋》所云‘巨兽百寻，是为曼延’者也。鱼龙者，为舍利之兽，先戏于庭极，毕乃入殿前激水，化成比目鱼，跳跃漱水，作雾障日，毕，化成黄龙八丈，出水敖戏于庭，炫耀日光。《西京赋》云：‘海鳞变而成龙’，即为此色也。”

② 《旧唐书》与《宋书》皆描写了后汉正月旦，天子临德阳殿受朝贺时的百戏表演。

③ 萧亢达：《汉代乐舞百戏艺术研究》，313 页，文物出版社，1991 年。

又《上林赋》对天子校猎的描写，不仅写出了种类繁多的射猎对象，也写出了搏兽的不同手段，如云：

纵猎者，江河为阹，泰山为橹。车骑雷起，殷天动地。先后陆离，离散别追……箭不苟害，解脰陷脑；弓不虚发，应声而倒。（《全汉文》卷二十一）

而张衡《西京赋》对大力士围捕怪兽的姿态，描写更见生动传神，如云：

乃使中黄之士，育获之俦，朱鬒鬣髽，植发如竿。袒裼戟手，奎踽盘桓。鼻赤象，圈巨狿。摣狒猬，批窳狻。（《全后汉文》卷五十二）

又根据《汉书·扬雄传下》：

上将大夸胡人以多禽兽，秋，命右扶风发民入南山，西自褒斜，东至弘农，南驱汉中，张罗网罝罘，捕熊罴豪猪虎豹狖玃狐菟麋鹿，载以槛车，输长阳射熊馆。以网为周阹，从（纵）禽兽其中，令胡人手搏之，自取其获，上亲临观焉。是时，农民不得收敛。①

由此可知，皇室宫苑广蓄异兽，以增声势。而汉成帝时建长杨射熊馆，提倡胡人徒搏之戏，正是以斗兽为乐，将畋猎转变为一种嬉戏游艺活动。人类既是以智与力驯服猛兽，便逐渐积累戏兽经验，进而训练驯化的技能，从而有马戏与弄蛇等表演。如李尤《平乐观

① 李建民：《中国古代游艺史——乐舞百戏与社会生活之研究》，121页，东大图书有限公司，1993年。

赋》:"驰骋百马",张衡《西京赋》:"百马同辔,骋足并驰",正是以马竞技,展现驰逐的本领。又张衡《西京赋》:"水人弄蛇,奇幻倏忽。"可见操蛇、御蛇亦成了汉代百戏的表演项目。

9. 象人之戏

所谓"象人",是指装扮动物、各类神仙、人物之戏。作为娱乐活动的象人之戏,大抵在秦汉时期才广泛流行,张衡《西京赋》叙述平乐观前的百戏演出,便有:"华岳峨峨,冈峦参差。神木灵草,朱实离离。总会仙倡,戏豹舞罴。白虎鼓瑟,苍龙吹篪。女娥坐而长歌,声清扬而蜲蛇。洪涯立而指挥,被毛羽之襳襹。"这些豹、罴、白虎、苍龙,就是由"象人"装扮表演的。据李善注,"女娥"是指唐尧之女,娥皇和女英;"洪涯"是三皇时代的伎人,"女娥"和"洪涯"都是由"倡家托作之",亦即由乐人化妆扮演,不仅有美妙的歌声,华丽的羽衣装扮更增添了神仙境界。此外,《西京赋》又载:"东海黄公,赤刀粤祝。冀厌白虎,卒不能救。挟邪作蛊,于是不售。""东海黄公"是汉代著名的角抵戏,它集乔装动物戏、人物戏和幻术表演于一体,并有人虎相斗的"角抵"表演,据《西京杂记》载:

> 有东海人黄公,少时为术,能制蛇御虎。佩赤金刀,以绛缯束发,立兴云雾,坐成山河。及衰老,气力羸惫,饮酒过度,不能复行其术。秦末有白虎见于东海,黄公乃以赤刀往厌之。术既不行,遂为虎所杀。三辅人俗用以为戏,汉帝亦取以为角抵之戏焉。①

由此可见,这出"东海黄公"角抵戏,已具有完整的故事情节。扮演"黄公"者,必须戴绛色绸子束发的假面,手持赤金刀,一直演到黄公最后因衰老被虎所杀。可见"象人之戏"为求逼真,在乔装人物

① 《西京杂记》卷上,《丛书集成新编》,112册,78页,新文丰出版公司,1986年。

表演时,多从故事内容出发,因此"东海黄公"此一"象人之戏"可以说在中国戏剧发展史上有着相当重要的地位。[1]

(二) 畋猎游戏

有关先秦两汉之杂耍技艺虽无赋篇作专题介绍,但却不乏两汉赋家对畋猎游戏之探讨。事实上,汉代的畋猎仍有练武之意,但不少皇帝王侯以及官僚地主,却是以驰逐野兽、臂鹰走犬为欢乐之事。汉赋中有不少篇章是描写皇帝和王侯畋猎的场面,如司马相如《天子游猎赋》(《子虚赋》、《上林赋》),即叙写诸侯、天子的苑囿、畋猎、游戏娱乐的侈艳和壮观,曲折地反映了汉帝国的政治、文化与经济之繁荣发展。其中对王者畋猎的描写,如《子虚赋》:

> 子虚曰:"可。王车驾千乘,选徒万骑,畋于海滨。列卒满泽,罘网弥山。掩兔辚鹿,射麋脚麟。骛于盐浦,割鲜染轮。射中获多,矜而自功……"然在诸侯之位,不敢言游戏之乐,苑囿之大。(《全汉文》卷二十一)

作者先述楚使子虚被乌有先生问及参加齐王畋猎之乐时,只是重复回答齐王的话,并把楚国云梦泽之大和楚王畋猎之盛夸耀了一番;乌有先生则批评他不称楚王之德厚,而盛推云梦以为高,奢言云梦而显侈靡,同时也夸说了齐国的地大物博,力图折服子虚。至于《上林赋》则写亡是公听完子虚与乌有先生谈话后,批评他们"不务明君臣之义,正诸侯之礼,徒事争游戏之乐,苑囿之大",并以天子游猎盛况压倒齐、楚,对帝王贵族的过分奢侈也作了委婉讽劝。两篇赋中皆论及游戏,如《子虚赋》:"不敢言游戏之乐",《上林赋》:"徒事争游戏之乐"、"于是乎游戏懈怠"等,可见畋猎乃汉代皇帝王侯游戏之主要娱乐之一。

扬雄《羽猎赋》是专写狩猎的散体赋,此赋作于汉成帝永始四

---

① 《西京杂记》卷上,344~346 页。

年(公元前 13 年),据赋序云:“其十二月羽猎,雄从。”虽然是一篇描写汉成帝畋猎的赋,却流露出作者对天子极度奢侈的不满和揭露。写猎事云:“东西南北,骋耆奔欲。拖苍豨,跋犀犛,蹶浮麋……”在猎杀陆上动物后,又写击杀水中动物之情形,如云:“相与集于靖冥之馆,以临珍池。”然后再写“使文身之技,水格鳞虫”,狩猎者潜行水底,搏击鳞虫,表演了精彩的水嬉活动。张衡《西京赋》:“于是命舟牧,为水嬉……摘漻澥,搜川渎,布九罭,设罜麗,摷鲲鲕,殄水族。蘧藕拔,蜃蛤剥。逞欲畋鮁,效获麑麇。”其中水嬉之戏包括泛舟、引櫂而歌、拾贝、捕杀鱼兽等,其捕杀鱼兽正是畋猎的表现。而扬雄《长杨赋》亦写汉成帝为了向胡人夸耀皇家花园圈养的野兽之多,即命令农民入终南山捕捉野兽,放入长杨宫的射熊馆,让胡人进入馆中猎捕搏杀,成帝借此观赏胡人搏兽以取乐。此外班固《两都赋》、张衡《二京赋》、《羽猎赋》等,亦可说明畋猎乃帝王娱乐游戏之一。

(三) 博弈游戏

博弈意指博戏和棋戏[①]。博戏多存贪求物欲、幸胜牟利的功利性;棋戏则在于锻炼思维、陶冶性情的教育性,它们是中国古代传统游艺文化的重要组成部分。博戏包括六博、双陆、樗蒲、骰戏、打马等靠机运的游戏;棋戏则包括围棋、象棋、弹棋和塞戏等凭智力的棋艺。[②]然而因游戏娱乐的扭曲,乃至高雅的下棋娱乐也不能排除赌博的成分。[③]观辞赋中最早以围棋为赋作主题者为汉代刘向和马融,然而刘向《围棋赋》仅存四句,因此马融《围棋赋》可说是现存

---

① 王符:《潜夫论》,卷 3,《浮侈》第十二,说中国某些帝王官僚置国政民事于不顾,整日以游遨博弈为事。“博”在先秦典籍中写作“簙”,《说文》:“簙,局戏也。六箸十二棋也。古者乌曹(夏桀的臣子)作簙。”又《说文》:“弈,围棋也。”《方言》:“围棋,自关东齐鲁之间谓之弈。”又班固《弈旨》:“北方之人谓棋为弈。”

② 文渊阁四库全书电子版,经部·礼类·周礼之属,《礼说》,卷 12,160 页。

③ 张仁善:《中国古代民间娱乐》,41 页,商务印书馆,1996 年。书中将中国古代博弈分为两大类:一类为博弈,即下棋,另一类为赌博。

最早描写围棋的赋篇。作者谓围棋之弈有如战场，进而解说棋道、分析棋法。如云：

> 略观围棋兮，法于用兵。三尺之局兮，为战斗场。陈聚士卒兮，两敌相当。拙者无功兮，弱者先亡……道狭敌众兮，情无远行。棋多无策兮，如聚群羊。（《全后汉文》卷十八）

可见围棋讲求争夺地盘，围死敌人，一局棋便是一场“纸上谈兵”的模拟战争。所谓“当食不食，反受其殃”，只有“深念远虑”，才能“胜乃可必”，简直可视为最佳棋谱。马融才华出众，博通古今，除了《围棋赋》外，亦作《樗蒲赋》：

> 昔有玄通先生，游于京都。道德既备，好此樗蒲。伯阳入戎，以斯消忧。枰则素旃紫罽，出乎西邻，缘以缋绣，紩以绮文。杯则摇木之干，出自昆山。矢则蓝田之石，卞和所工，含精玉润，不细不洪。马则玄犀象牙，是磋是砻。杯为上将，木为君副，齿为号令，马为翼距，筹为策动，矢法卒数。于是芬葩贵戚，公侯之俦，坐华榱之高殿，临激水之清流。排五木，散九齿，勒良马，取道里。是以战无常胜，时有逼遂，临敌攘围，事在将帅。见利电发，纷纶滂沸，精诚一叫，十卢九雉，磊落踸踔，并来猥至，先名所射，应声粉溃，胜贵欢悦，负者沉悴。（《全后汉文》卷十八）

作者对樗蒲之制作、博具、材料出处、玩法等都作了说明。樗蒲游戏采用五木掷采行棋，齿采的变化多种多样。据说早期的樗蒲系由六博转化而来，六博戏主要包括的博具有：枰，即樗蒲盘，以供行棋；杯，即杯子，以供掷彩；齿，即博齿，系因五个枣核形木块组成，上面刻有卢雉等彩名，共有九种；矢，相当于秦汉时期的箅箸，以供人们计算齿彩的多少；马，相当于六博的棋子，以供在樗蒲盘上行走争道；筹，即赌注。从上面所引资料得知此种博具极为富丽，玩法亦相当繁复，显然是达官贵族、闲雅文士的专利品。而樗蒲在印度已有两千年以上的历史，关于此类的骰子和棋盘结合的游戏，在印度史料中有详细的记载。因秦汉的六博和樗蒲游戏与印度极为相似，或可推论樗蒲戏源于西印度。①

至于赋作中最早创作《弹棋赋》的是汉末蔡邕，可惜此赋已散佚，仅存残句，如云：

> 荣华灼烁，萼不韡韡。于是列象，雕华逞丽；丰腹敛边，中隐四企；轻利调博，易使驰骋；然后举掣，兵棋夸惊，或风飘波动，若飞若浮，不迟不疾，如行如留，放一弊六，功无与俦。
>
> 夫张局陈棋，取法武备。因嬉戏以肄业，托欢娱以讲事。设兹文石，其夷如砥；采若锦缋，平若停水；肌理光泽，滑不可屡；承色行巧，据险用智。(《全后汉文》卷六十九)

作者介绍棋盘形状，所谓"丰腹敛边，中隐四企"，意即中间高，四周低，四角微隆。而其游戏方法，多取法武备，意即仿效兵法之道。弹棋之戏主要讲究用巧运智，而非欺诈，故《太平御览》卷七五五引《弹棋经后序》说："弹棋者，雅戏也。"②然而秦汉时，弹棋与六博、格五等并称，同为博具；直到秦汉以后，弹棋仍带赌彩，如徐广《弹棋经》中便有如何运用弹棋进行赌博的内容。

此外，塞戏是春秋战国时期兴起的一种棋类游戏。《庄子·骈拇》："问谷奚事，则博塞以游。"清人郭庆藩疏《庄子·骈拇》："行五道而投琼曰博，不投琼曰塞。"意即塞戏不投琼(箸、骰子等)，只行棋，是典型的棋类游戏。塞戏在汉代又称"格五"，如西

---

① 萧梅花、郭双林：《中国赌博史》，40 页，文津出版社，1996 年。

② 《太平御览》，卷 755，3481 页，台湾商务印书馆，1992 年。

汉时吾丘寿王因善于格五而待诏宫中，东汉贵族梁冀也精于塞棋①，可见塞棋在两汉时期颇具影响。“塞”即古博塞之戏，《说苑》曰：“行棋相塞，谓之塞也。”②此种棋类游戏，共十二枚棋子，六黑六白，二人对弈。关于塞戏，东汉边韶《塞赋》有详细的描述。

《塞赋》篇幅短小，以四字为句，殆受马融《围棋赋》和《樗蒲赋》的影响。此赋前有序，说博塞虽然是一种供消遣的游戏，但却包含有无穷的奥妙，所以作文以赞。赋文可分三段，首段自“始作塞者”至“上古所耽也”，指出博塞如同古代的土鼓、块枹等乐器，虽形体质朴，材料简陋，但给人带来的乐趣却很大。第二段自“然本其规模”至“坤德顺也”，简要叙述塞棋的制作形式、规模、行棋方式及象征意味，如制作形式：“制作有式，四道交正，时之则也。”是说棋局仿四时而绘为方形，局道垂直相交，因此行棋时才能正直。所谓“行必正直，合道中也。趋隅方折，礼之容也。迭往迭来，刚柔通也。周则复始，乾行健也。局平以正，坤德顺也”。作者论及棋子时，更以音乐上的十二律解释塞棋为什么设置十二个棋子，每人六枚，就像八卦中重画的六爻一样。又以阴阳的宇宙观解释何以分十二棋为红、白两种颜色。行棋时忽兴忽亡，犹如太阳昼出夜入，月亮夜明昼暗一样。所谓“棋有十二，律吕极也。人操厥半，六爻列也。赤白色者，分阴阳也。乍亡乍存，象日月也”。末段自“然则塞之为义”至“为法式焉”，赞美了塞的盛大广博，无所不包。作者认为博塞象征着天地日月阴阳仁义，借塞以寄意，以小喻大，企图挽救东汉王朝的衰败和儒家经典的沦落。总之，作者写了塞的制作材料、规模

---

① 《汉书》，卷64上，2794页，《吾丘寿王传》说吾丘寿王“年少，以善格五召待诏”。又《后汉书》，卷34，1178页，《梁统列传》第二十四载梁冀“少为贵戚，逸游自恣，性嗜酒，能挽满、弹棋、格五、六博、蹴鞠、意钱之戏，又好臂鹰走狗，骋马斗鸡”。鼎文书局，1987年。

② 《说苑》，卷20，《反质》，四库丛刊初编子部，上海商务印书馆，缩印平湖葛氏传朴堂藏明钞本。

式样、行走规则和象征意义。他从儒家立场出发，对塞的存在作了种种合乎儒家经义的解释，可谓用心良苦。[①]《塞赋》在塞的制作规模和行棋方法等方面，可谓提供了重要的史料。塞戏到唐代又叫“蹙戎”（或写作“蹙融”），而行棋方式亦略有不同。到了明清，民间仍流行蹙融，明代谢肇淛《五杂俎》和清代翟灏《通俗篇》均有记载塞戏的行棋方法，与今日流行的跳棋游戏颇为相似。[②]

四、汉代游艺赋对后世之影响

汉代是我国国力强盛、文化发达的封建帝国，也是一个以汉族为主体的多民族统一国家，更是百戏艺术继承传统，吸收外来技艺基础，得到较大发展的时期。因此，游艺活动成了文人创作的题材，在汉代辞赋中便记载了我国最早、最真实、最生动的游艺活动。而由李尤《平乐观赋》和张衡《西京赋》可知，两汉时期的统治者喜欢举办规模较大的百戏表演活动，百戏的流传与演变，更使后代文人以游艺为歌咏题材进行创作。为说明游艺赋作对后代之影响，试分述如下：

（一）百戏游艺赋之影响

赋作中写百戏杂技始自东汉李尤《平乐观赋》和张衡《西京赋》，其中虽仅呈现百戏的概括，却是最早描写百戏游艺之赋篇。六朝以后，对百戏游艺之描写已集中于专赋一项，其具体、细致而生动的描绘，莫不以汉代游艺赋为滋养之成分。有关杂技角抵的起源和演变，在辞赋中虽无详细的记载，然《南齐书·乐志》中却以

---

① 霍松林主编：《辞赋大辞典》，638 页，江苏古籍出版社，1996 年；又参阅龚克昌：《中国辞赋研究》，938 页，山东大学出版社，2003 年。

② 《文渊阁四库全书》电子版，《礼说》，卷 12，180 页。

《西京赋》为初始之说：

> 角抵、象形、杂伎，历代相承有也，其增损源起，事不可详。大略汉世张衡《西京赋》是其始也；魏世则事见陈思王乐府《宴乐篇》；晋世则见傅玄《元正篇》、《朝会赋》；江左咸和中，罢紫鹿、跂行、鳖食、笮鼠、齐王卷衣、绝倒、五案等伎，中朝所无，见《起居注》，并莫知其所由也。太元中，苻坚败后，得关中檐橦胡伎，进太乐，今或有存亡，案此则可知矣。①

汉代角抵戏，到了唐代，有周缄《角抵赋》(《全唐文》卷九五四)明确以“用拳”称角抵，可见角抵仍然流行。

举重表演是一种练力的游艺形式，《西京赋》中有“乌获扛鼎”的表演项目，东晋左思《吴都赋》：“里燕巷饮，飞觞举白，翘关扛鼎，拚射壶搏。”李善《文选注》：“翘关扛鼎，皆逞壮士之力也。”可见两汉时代长安有扛鼎之举重表演，两晋时代的吴都也有。由唐宋至明清，举重游艺仍广泛地在民间开展。

爬竿表演，到了唐代，有王邕《勤政楼花竿赋》、梁涉《长竿赋》、张处金②《透橦童儿赋》和金厚载《都卢寻橦赋》等，对高空竿技的表演，不仅描绘细致逼真，更能给人美的感受。歌咏竿技之诗如唐代王建《寻橦歌》、顾况《险竿歌》、柳曾《险竿行》、无名氏《都卢缘橦歌》等，其中对缘竿技艺的描写，大多可以从汉代爬竿技艺中找到渊源。

汉代“跳丸飞剑”之手技表演，在隋代有跳丸技，如薛道衡《和许给事善心戏场转韵诗》：“纵横既跃剑，挥霍复跳丸”，明显受到《西京赋》“跳丸剑之挥霍”所影响。又梁代有跳铃，唐代有弄玉、舞

---

① 《南齐书》，卷11，《志》第三，54页，中华书局，1959年。

② 《文苑英华》卷82及《全唐文》卷234作张处金，《历代赋汇》卷104作阙名。

剑，而白居易《立部伎诗》："舞双剑，跳七丸。"舞剑、跳丸已分开表演。因此唐代《裴将军剑舞赋》描写裴将军能掷剑入云，高达数十丈，令围观者无不悚栗。而刘言史《观绳技诗》："两边丸剑渐相迎，侧身交步何轻盈"，已将跳丸、飞剑与绳技相互结合，作一综合性表演。宋代有跳弄花鼓槌等，表演颇为精彩。又清代董以宁《席上看丸歌》，对一丸未落复一丸的手技功夫，描写亦颇生动。

又如绳技表演，到了唐代，有胡嘉隐《绳伎赋》和张处金《楼下观绳伎赋》等，对绳技艺人来无影、去无踪的表演情景描写得更是传神。诗歌中咏绳技之诗，有唐刘言史《观绳技诗》。汉代幻术表演中亦有"吞刀吐火"项目，唐代王棨《吞刀吐火赋》则道出了此幻术有如神变般之奇妙。

总之，汉代百戏经隋唐至两宋时期，更是历演不衰，且种类愈来愈多。据《旧唐书·音乐志二》载有关隋唐百戏有：舞盘伎、长跻伎、跳剑伎、吞剑伎、舞轮伎、透飞梯伎、高絙伎、缘竿伎、猕猴缘竿伎、弄碗珠伎、丹珠伎等。又马端临《文献通考》卷147《乐考》记载：

> 宋朝杂乐百戏，有踏球、蹴球、踏跻、藏挟、杂旋、弄枪、鋺瓶、龊剑、踏索、寻橦、筋斗、拗腰、透剑门、飞弹丸、女伎、百戏之类，皆隶左右军而散居，每大飨宴，宣徽院按籍召之。

凡此所列百戏应是部分举例，其实际内容理当更多，如《东京梦华录》卷七便记载了魔术和驯化动物表演等。到了明、清时期，百戏游艺更是丰富，清人李声振于康熙中叶编纂的《百戏竹枝词》，记录了京城中许多流行的杂技游艺形式，像舞索、刀山、飞刀、弄丸、坛技、吞剑、吞火、飞钱等，每种技法都有身怀绝技的艺人在民间进行表演，深受百姓欢迎。①因此，先秦汉代百戏游艺可说是后代游艺之源头，而汉代百戏游艺赋，

① 林永匡、袁立泽著：《中国风俗通史——清代卷》，478页，上海文艺出版社，2001年。

其传承性的影响功能实不容忽视。

（二）畋猎游艺赋之影响

在社会生活中，游艺活动通常是人们精神风貌最直接的写照。汉代尚武的风气弥漫于社会中，其阳刚劲健之气，正是春秋战国长期战争影响下的余波。因此多数贵族投入狩猎游戏中，他们从与猛兽的逐杀中得到极大的精神享受。古代的畋猎，是军事大典，也是将士们的综合演习。秦汉时期，已逐渐成了帝王和贵族们的娱乐活动。魏晋时期，由于边境游牧民族相继徙入中原地区，使得畋猎（即打猎、骑马、射箭等）活动更加活跃起来。事实上，汉代的畋猎仍有练武之意，但有不少皇帝王侯以及官僚地主却是以驰逐野兽、臂鹰走犬为欢乐之事。[①]汉赋中有不少篇章是描写皇帝和王侯畋猎的场面，如班固《东都赋》："千乘雷起，万骑纷纭。元戎竟野，戈铤彗云。羽旄扫霓，旌旗拂天……由基发射，范氏施御。弦不睼禽，辔不诡遇；飞者未及翔，走者未及去。"（《全后汉文》卷二十四）描写了射者和御者高超的技术，似乎含蕴赏心之乐事。

汉代以后，畋猎逐渐成为帝王穷奢极侈的豪华娱乐，建安时期甚至成了贵族文学娱乐游戏的口实。观建安时期以畋猎为主的赋作有八篇：曹丕《校猎赋》，曹植《射雉赋》，王粲《羽猎赋》，陈琳《武猎赋》，刘桢《大阅赋》，应玚《西狩赋》、《驰射赋》、《校猎赋》。其中有五篇是同题竞采之作。[②]赋作中虽说明了畋猎是不可或缺的作战演习，但实际上是贵族文学进行游戏的娱乐活动。如应玚《驰射赋》："阳春嘉日，讲肆余暇，将逍遥于郊野，聊娱游于骋射。"（《全后汉文》卷

---

① 徐州师院汉文化研究所编：《汉文化研究论丛》，175页，中国社会科学出版社，1993年。

② 《古文苑》卷七王粲《羽猎赋》章樵注引挚虞《文章流别论》："建安中，魏文帝从武帝出猎，赋。命陈琳、王粲、应玚、刘桢并作。琳为《武猎》，粲为《羽猎》，玚为《西狩》，桢为《大阅》，凡此各有所长，粲其最也。"参阅王云五主编：《古文苑》，卷七，169～170页，商务印书馆，1937年。

四十二)则已明白说出“娱乐游戏”之主题。此外曹植《射雉赋》(仅存三句),成公绥《射兔赋》,夏侯湛《缴弹赋》、《猎兔赋》,夏侯淳《驰射赋》,潘岳《射雉赋》,曹毗《马射赋》,魏收《南狩赋》(佚),庾信《三月三日华林园马射赋》等,皆说明了文士们喜射飞禽,以此为娱。

原始畋猎,主要的武器工具是石球和弓箭,但渐渐地射箭技术趋于成熟,进而演化为游戏形式之一,甚至成了竞赛项目。白居易《射中正鹄赋》描写每年一度之秋季演武比赛,透过竞射场面的描写,宣扬了竞射之意。而元稹《观兵部马射赋》则通过观看马射,描述驰射选才,勇士们如何施展高超技艺。如云:“措杯于肘,十得其九。”射箭时将一杯水置于胳膊肘上,十次有九次能射中。文中运用大量的典故和比喻等修辞方法,极力描写射箭技艺。事实上,畋猎本为古代帝王之主要娱乐,唐代亦然。如李白《大猎赋》写皇帝出猎之盛景;而常衮《春蒐赋》、路季登《皇帝东狩一箭射双兔赋》、陆贽《圣人苑中射落双雁赋》、裴度《三驱赋》、可频瑜《畋获非熊赋》、李咸《田获三狐赋》、阙名《开三面网赋》等,或讲武军事,或宣扬德威,然却蕴涵了畋游之乐和射艺之妙,其铺陈畋猎壮阔之场面,又何异于司马相如、扬雄等畋猎之作,凡此皆说明畋猎乃古人取乐游艺之妙方。此外,元代为畋猎设置围场,明代亦设立皇家猎场,清代更不乏狩猎之习俗,畋猎活动已成为宫廷贵族的娱乐活动,而畋猎游艺赋之记载,更验证了畋猎此一游艺活动之普及。

(三)博弈游艺赋之影响

博弈游戏包括了樗蒲、围棋和弹棋,马融有《樗蒲赋》,樗蒲是由六博演变而来的一种掷彩行棋局戏,盛行于魏晋南北朝。其用具最初有盘、杯、矢、马四种:盘即棋枰;杯相当于骰盆;矢即五木,也就是后来的骰子;马是棋子。游戏时按照所掷彩数行棋,后来,樗蒲简化为只用五木掷彩赌胜,到了唐代,五木又被骰子取代,以“古法”玩樗蒲者少,因早期的矢是用樗木制作,所以称这种游戏为“樗蒲”。樗蒲游戏较为简易,又带有较强的赌博性质,到隋唐五代仍然流行不衰，颇受欢迎。唐天宝十四年（公元755年）岑参路过玉门关，参加了玉门军将的聚会，侍酒美女的樗蒲游戏给他留下了深刻的印象，乃写下《玉门关盖将军歌》，又如郑嵎《津阳门诗》则描绘了唐玄宗以樗蒲遣兴的情景。在樗蒲游戏的影响下，薛恁《戏樗蒲头赋》亦反映了此一游艺现象。

弹棋是西汉末始行的一种古代棋戏，赋作中最早创作《弹棋赋》的是汉末蔡邕，此赋虽已散佚，内容却对弹棋游戏多所介绍。至魏晋，由于弹棋再度兴起，故《弹棋赋》又纷纷出现。王粲、丁廙、曹丕、傅玄、夏侯淳皆有此作，此外还有梁简文帝萧纲的《弹棋论》、萧绎的《谢东宫赐弹棋局启》，唐代李白、杜甫、白居易、柳宗元等都写过有关弹棋的诗赋文章。唐代亦多弹棋之赋作，如唐代卢谕《弹棋赋》、张廷珪《弹棋赋》、阎伯玙《弹棋局赋》、吴大江《棋赋》等，到了宋代，因象棋特别兴盛，弹棋之著法乃从此失传。

东汉班固撰写的《弈旨》，是我国现存最古最原始的围棋理论文献，而马融幼承班固师教，也爱好围棋，因此撰写《围棋赋》。《围棋赋》全篇解说棋道与棋法，内容丰富，因此魏晋南北朝的围棋赋作与理论，便是在东汉班固《弈旨》和马融《围棋赋》的基础上，有了进一步的发展。①魏晋南北朝时代，王粲、曹摅、刘恢、梁武帝萧衍、西梁宣帝萧詧等都作有《围棋赋》，其中如晋曹摅《围棋赋序》，便追溯汉代围棋之创作情况，序云：

> 昔班固造《弈旨》之论，马融有《围棋》之赋，拟军政以为本，引兵家以为喻。盖宣尼之所以称美，而君子之所以游虑也。既好其事，而壮其辞。聊因翰墨，述而赋焉。（《全晋文》，卷107）

此外，如敦煌写本《棋经》和梁武帝《围棋赋》，其中论述了围棋的意

① 徐家亮：《中国古代棋艺》，35页，台湾商务印书馆，1996年。

义、著法和战理等，莫不受到马融《围棋赋》的影响。

五、结　论

游艺的发达，通常能反映一个时代的政治稳定或社会富庶情况，因为游艺的本质，正是人类性情的抒发。李尤《平乐观赋》乃受诏之作，其描写角抵百戏意在歌颂当时之王朝；而张衡《西京赋》，写了西京的角抵百戏，意在讽刺天子之奢侈，两者在无意中都为我们留下了一份珍贵的游艺史料，为古代杂技游艺提供了最佳的资料佐证。

观《平乐观赋》与《西京赋》中的百戏，神仙与珍禽异兽的表演，所谓“总会仙倡”、“有仙驾雀，其形蚴虬”；又有神山等布景，如云“华岳峨峨，冈峦参差，神木灵草，朱实离离”，这些正表现了汉人对神仙世界的向往与追求；那鱼龙曼延之戏，舞动着各式各样的水族怪兽遨游于神山之间。可见汉代百戏的内容，上自神仙，下自人间及各种精灵鬼怪、动物，人神杂处，百物交错，形成了一个混合着神话、现实与历史的游艺世界。琳琅满目的杂技游艺，除了文献画像资料外，辞赋中对百戏的描写不仅提供了翔实的资料，而且对百戏的技术层面，不论是技巧或道具，皆为后世戏曲或戏剧奠定了良好的基础。①此外，汉代帝王莫不喜爱畋猎游艺，畋猎已成了汉大赋的主题之一，如枚乘《七发》，孔臧《格虎赋》，司马相如《天了游猎赋》，扬雄《羽猎赋》、《长杨赋》，班固《两都赋》，张衡《二京赋》等，都不乏对帝王畋猎之描写，赋家对帝王纵情畋猎，大都进行了委婉的劝诫，而借由赋家对畋猎现象的描写，可知畋猎乃帝王贵族游艺形式之一。六朝以后，文士们对畋猎及射箭技艺的描写，更普遍反映了畋猎游艺赋之影响。

汉代百戏游艺，节目丰富，娱乐性与表演性都很强。而各种棋

---

① 李建民：《中国古代游艺史——乐舞百戏与社会生活之研究》，261～266页。

类巧艺等娱乐游戏更逐渐成为帝王贵族的休闲活动。事实上，就中国的博戏而言，自有其漫长的发展史，其形式名称亦多有不同。如最早称六博，之后演变为樗蒲、骰戏、采选、双陆、打马、骨牌、马吊、麻将等。不论在何种时代，出现哪种博戏，总有许多人喜爱它，上者借此休闲娱乐，下者以此呼卢喝雉。[①]难怪唐代诗人郑谷《永日有怀诗》云："能消永日是樗蒲。"对于各项游艺，后世诗词曲文中皆不乏生动的描绘，然辞赋气势之宏大，描绘更显精彩。

新时代诞生新文学，新文学反映新时代，借由赋家对汉代现实生活的描绘，更凸显大汉帝国的文明与昌盛。观六朝以后出现的一些以单项杂技或游艺为主题的赋作，当源自汉代游艺赋此一原始母题。汉代游艺赋不仅扩大了汉赋的题材，也为游艺杂技史的研究提供了更为翔实的资料，而且更富技巧性和观赏性。它不仅在赋史上具有开创的意义，对了解汉代游艺文化的发展状况更是功不可没。

---

① 龚斌：《中国人的休闲》，167页，汉欣文化事业有限公司出版，1999年。

扬 雄 论

康金声

扬雄是西汉后期成都人，有汉一代辞赋大家，是司马相如之后汉代最杰出的辞赋家之一。他对汉赋发展的贡献很大，今归纳为如下几项。

首先，扬雄饶富魄力地打通了诗经、楚辞、汉赋的壁垒，将它们的语言形式、表达方式融会统一在辞赋创作之中，成为各体兼擅、诸式备于一身的辞赋大家。我们知道，《诗经》是以四言句为主的上古诗体，楚辞以六言加“兮”字的句式为主，标准的“汉赋”则多是散体句式。国风与楚辞长于抒情，大雅与颂诗长于叙事，散体赋以铺陈描写见长。到了扬雄，则不仅以《诗经》式的四言句写咏物赋，而且以骚体句式写说理赋和抒情赋，还主要以散体句式创作叙事赋。具体来说，他不仅以四言句咏物，写了短小精悍的《酒箴》，而且用四言句叙事、对话，表达复杂的情节，完成了篇幅较长的诗体咏物之作《逐贫赋》。他不仅继承屈赋，反其意而用，写了表面上责怪屈原，实则为其鸣不平，兼抒个人愤懑的《反骚》，还改造了长于抒情的骚体，用讲“忧喜共门”、“吉凶同域”、“执玄静”、“不拘挛”哲理的《太玄赋》。至于他的散体大赋《羽猎》、《长杨》、《甘泉》、《河东》等，则主要用散文句式，并兼用骚句，造成错落有致的综合型辞赋语言。可以说，扬雄在西汉后期大赋已形成 100 多年以后，杂用《诗经》、楚辞和汉赋等不同体式，创作了面目各别的说理赋、咏物赋、叙事赋和抒情赋(还有辩难赋，下详)等各种辞赋,是一个集文体之大成并颇有创新精神的人物。

其次,扬雄继承并强化了司马相如创立的以讽喻服务政教的方法,将此方法扩充到郊祀、愤世等题材领域,使讽喻成为汉赋思想的命脉。众所周知,“讽喻”说虽首见于《两都赋序》,但创立者却是西汉前期的司马相如,他在《子虚》、《上林》赋中以十分委婉的手法,通过颂美,向汉武帝进献了抑止奢侈、与民咸休,通过修明儒术使汉家“德隆于三皇,功羡于五帝”的政治方略。这既是《子虚》、《上林》二赋的思想命脉,也成了其后各种大赋表述政见、服务皇朝的通用手法。如班固《两都赋》以讽喻法表述了反侈丽、循礼度的政治见解;张衡的《二京赋》则向朝廷献上制奢即俭、不可“勦民以媮乐”的思想。班、张二人的大赋同属“京都”题材,在他们之前,西汉后期的扬雄就已将讽喻方法熟练地用之于别的题材了。如他的《长杨》、《羽猎》二赋仍与司马相如一样是畋猎题材,但其《甘泉》、《河东》二赋,便是郊祀题材了。《甘泉赋》写汉成帝甘泉祭祀求嗣,却以颂美皇家宫观云谲波诡、鬼斧神工的口气暗寓讥弹,就是批评其过分役使人民,可能招致怨恨与祸灾。《河东赋》写汉皇至河东汾阴祭祀后土,作者特意在赋文中安排了皇帝乘车安步、周流容与、在河东眺览一段,颂美汉天子“勤大禹于龙门”,“喜虞氏之所耕”,并“瞰帝唐”,“眽隆周”,“秽南巢”而“易豳岐”。显然是建议汉皇继承大禹、尧舜精神,以西周先君为榜样,努力奋斗,避免夏桀之流的暴君那样的下场。最后则讽示汉朝要“函夏”,即能够包举强盛期的夏朝的功业,并要“轶五帝”、“蹑三皇”,把汉帝国推向伟大光荣的顶峰。表述作者身世落魄、颇有厌世情绪的《逐贫赋》也有讽喻政教的内容。如“贫”在被逐时的一段话就是:“昔我乃祖,宣其明德,克佐帝尧,誓为典则。土阶茅茨,匪雕匪饰。爰及季世,纵其昏惑,饕餮之徒,贪富苟得……瑶台琼榭,室屋崇高;流酒为池,积肉为峭。”以“贫”的口吻讲述了对淳朴古帝的崇仰和对后代君主荒淫作风的痛恨批判。至于扬雄写畋猎题材的作品,则一遵司马相如的旧式,自觉地运用讽喻手法表述了政见。如《羽猎赋》所述“创道德之囿,弘仁义之虞”,“加劳三皇,勖勤五帝”,“立君臣之节,崇贤圣之业”;《长杨赋》标举的“奉太尊之烈,遵文武之度。

复三王之田，反五帝之虞”；“延光于将来，比荣乎往号”等思想，同司马相如在《上林赋》里讽喻的“游于六艺之圃，驰骛乎仁义之涂”，“德隆于三皇而功羡于五帝”就如出一辙。而扬雄也确实将政教讽喻推广到其他题材上了。可见，在汉赋的发展史上，扬雄是继司马相如之后的一个重要开拓者。

再次，扬雄不仅将讽喻方式程式化，而且首先发现并批评了讽喻目的与讽喻效果的矛盾。

据《汉书·扬雄传》的记载，扬雄是爱好辞赋并十分认真地想要运用辞赋对政教施加影响的。他写《甘泉赋》时，就是想通过献赋把讽意布达成帝，写《河东赋》，也是为了劝勉成帝力学尧舜及殷周明君。写《羽猎赋》是想“因校猎以风（讽）”，写《长杨赋》也是如此。[①] 但经过事实的教育，他终于明白了作赋的效果是“劝而不止”（即想要讽谏，结果却起了勉励的作用，难以使受赋者停止某种活动）的，并进而弄清了辞赋“欲讽反劝”的原因是：“将以风也，必推类而言，极丽靡之辞，闳侈巨衍，竞于使人不能加也，既乃归之于正，然览者已过矣。”即辞赋的创作程式与创作目的之间难以调和。他虽然从文体方面找到了一个非本质的原因，但却始终没有弄明白封建帝王和辞赋家的地位悬绝，目的远不一致，以及儒家理论仅仅是帝国的理论装饰这样一些最根本的原因。皇朝帝王一手遮天，为满足自己的享乐可以采取任何手段，赋家只不过是他蓄养的弄臣而已，并不是与帝王地位相去未远的治国大臣；而且，汉代的封建统治者虽然标榜儒学，以之为治国的理论依据，但他们真正感兴趣的儒学内容却是君臣名分，君权神授，君为万邦之主、不容任何势力挑战等内容，至于与民同乐、民为邦本乃至古圣先贤亲民爱民因使国家长治久安等内容，只不过是一种粉饰统治的利器，只用以做一种点缀和理论装潢罢了，因而并不认真履行。书生气十足的扬雄却以为帝王一定心怀天下、从谏如流，故而十分认真地将赋

---

① 均见《汉书》，卷 87，《扬雄传》。

的创作当作治国大事对待。他碰了钉子以后“辍不复为”了，却没有觅得矫弊的良方良药，反而在“仿依”经史方面用力，其作《太玄》、作《法言》，写《训纂》、写《州箴》等努力，仍然是在修正补充经典上用力；而实际上，问题出在并不认真实践经典的帝王身上。惜乎，扬雄始终没有探索到改善封建政治的有效门径！

最后，扬雄首次将大赋的铺陈手法与东方朔完成的诘难方式结合，奠定了设论赋的写作格局。问难驳诘之法创始于先秦，《战国策》、《韩诗外传》中多有例文①，司马相如在《子虚》、《上林》赋里借鉴这种方式结构文章，自后汉大赋多予采用，成为通例。但不以问难驳诘为外壳，使设论辩难的问题与文章主题相一致的写作方式却创自东方朔。他的《答客难》就是这样的代表作品。《昭明文选》将它另立为“设论”一类，但实际上它是散体赋，确系赋之一体。这类赋作历朝历代多有制作，其写作程式（以主客问难反驳的方法表现士大夫的连蹇不遇，发泄愤懑不平）是东方朔基本创成，后经扬雄充实改造才最后定型的。

比如《答客难》讲说战国时社会条件有利于士子发挥其才智能力，只说其时“并为十二国，未有雌雄”；到扬雄写《解嘲》时就针对此一内容进行铺陈了：

> 故士或自盛以橐，或凿坯以遁。是以邹衍以颉颃而取世资，孟轲虽连蹇，犹为万乘师。

又如《答客难》讲说汉帝国建立以后天下大治，士子难以发挥其治国才能，只说“圣帝流德，天下震慑”，“天下平均，合为一家”等一般情况；到扬雄写《解嘲》时，同样的内容，就铺陈得十分充分了：

> 今大汉左东海，右渠搜，前番禺，后椒涂，东南一尉，西北一候。徽以纠墨，制以锧铁，散以礼乐，风以诗书，旷以

---

① 参见拙作《汉赋纵横》之《论汉赋的议论》。

岁月，结以倚庐……家家自以为稷契，人人自以为皋陶……五尺童子，羞比晏婴与夷吾。

尤其是《答客难》总结古时候士子发达是由于“遇其时”，只用了三个字；但到扬雄创作《解嘲》时，于此就运用许多历史典故，并申说他们或得“当”，或合“时”，或“适”逢其会，或恰“得”机遇，或所施相“宜”的情形，并从反面设定了“怪”、“惑”、“乖”、“狂”种种情形，谓违背时运，必然受累。从而表明了“时移世易”，古今不同，不能盲目地引古轻今的看法。

综上所述，我们可以看出：扬雄是司马相如之后汉代最伟大的辞赋作家，是他充实了大赋的创作，进一步提高了辞赋的地位，对汉赋的程式化施加了重大影响，也从理论上探究了汉赋的缺陷。虽然囿于身份与时代，他没有找到解决汉赋创作与其政教目的矛盾的良好方法，但却作过一些有益的探索，启发我们去深思。可以说，他是一个有才情、有思想、有发现、有贡献的卓越的文学家。

论班氏赋作的历史成就及特色

徐宗文

两汉文学家族中赋学成就最高者无疑应属班氏。班氏一门以班固为核心，包括其祖姑班婕妤、其父班彪、其妹班昭，形成了一个跨越两朝、历时百年的辞赋创作团体，而且成绩斐然，影响深远。因此，系统研究一下班氏赋作的成就与特色，重点揭示其比前人创作所提供的新的历史内容，从而对其作出比较准确、深刻的理解与把握，这无论是对认识班氏自身的赋作，还是对两汉之际辞赋创作的变迁，都具有十分重要的意义。

为了深入探讨班氏的辞赋创作，根据“知人论世”的研究原理，本文先从文学的层面简述一下他们所处的时代背景，同时勾勒一下班氏的家族历史。

时运交移，质文代变，此古今一理也。自高祖建立刘汉，运承秦皇燔书之毒，刘邦虽然尚武戏儒，然《大风》、《鸿鹄》之歌，亦天纵之英作也；逮及孝武，罢黜百家，独尊儒术，而《秋风》之辞、《瓠子》之诗，皆得楚辞之神韵。降及宣成，实继武绩，润色鸿业，辞藻竞骛。流风所及，于是枚乘《七发》之作，相如《子虚》之赋，王褒《洞箫》之颂，扬雄《甘泉》之辞，或写田猎车马，或写宫室苑囿，或写音乐美女。但是“爰自汉室，迄至成哀，虽世渐百龄，辞人九变，而大抵所归，祖述楚辞，灵均余影，于是乎在”（刘勰《文心雕龙·时序》）。自光武中兴，深怀图谶，颇略文华。及明帝叠耀，崇爱儒术，肄礼璧堂，讲文虎观，于是“群才稍改前辙，华实所附，斟酌经辞，盖历政讲聚，故渐靡儒风者也”（同上）。由“祖述楚辞”到“斟酌经辞”，这是两汉辞赋创作的大体变化；而这中间，班氏的赋作实起到关键的枢纽作用。

班氏一门世代奉儒守官，人人博古通经，行止皆依儒家规范。班固的曾祖父班况、祖父班稚先后仕于西汉成帝、哀帝朝，颇有政声。祖姑即成帝婕妤，有后宫贤德，甚得太后和成帝称赞。父班彪“唯圣人之道然后尽心焉”，才高而好著述，父党扬雄以下莫不造门问学。班固更是正统儒家人物，同时又是一位通才，“年九岁，能属文诵诗赋，及长，遂博贯载籍，九流百家之言，无不穷究。所学无常师，不为章句，举大义而已。性宽和容众，不以才能高人①，诸儒以此慕之”（范晔《后汉书·班固列传》）。其妹班昭，据《后汉书·列女传》载：博学高才，有节行法度，和帝数召入宫，令皇后、贵人师事焉，号曰“大家”。固修《汉书》不终，大家续之。每有贡献异物，辄诏为作赋颂。后汉大儒马融亦曾受业于大家。

班氏赋作，正是在此时代和家族背景之下，对前代辞赋之作有所创新和发展，亦有所规范，从而形成了自己鲜明的特色和风格。

一、开拓了新的写作领域

班氏之前的西汉赋作，如相如、扬雄等人之赋，虽亦不乏变化，但从总体倾向而言，大多祖述屈宋、影写楚辞，内容和题材变化不大，已如上述。但是，到了班氏一门，则有重大开拓，真正做到了

---

① 此话未必当真。曹丕《典论·论文》云：“文人相轻，自古而然。傅毅之于班固，伯仲之间耳，而固小之，与弟超书曰：‘武仲以能属文为兰台令史，下笔不能自休。’”此以才能高人之证也。

"拓宇于楚辞",一反既往陈陈相因的习俗,给人以耳目一新的感觉。

(一)首开"京都"赋的写作,其体制自足冠代。班固首作《两都赋》,载于《后汉书》本传,《文选》按《子虚》、《上林》体制,将其一分为二,名之曰《西都赋》、《东都赋》,列为卷篇。《两都》之作,使赋作题材发生了翻天覆地的变化,从此"京都"赋便一发而不可收,从张衡《二京赋》、左思《三都赋》,一直到明清时代的《南京赋》、《北京赋》等,顺流而下,至千载而不绝。班固之前,曾有扬雄作《蜀都赋》,但一般认为只是寻常都市赋之作,并非严格意义上的"京都"赋,且写作目的亦非为"体国经野,义尚光大"(刘勰《文心雕龙·诠赋》)。班固之前,还有一篇杜笃的《论都赋》,名虽为"赋",实重在"论";虽亦有夸写西都(廱)之地理形胜之笔,然终处陪衬地位,赋家重在述史论今,以讽喻主上,并未正面对"京都"作铺张扬厉的叙述,更谈不上开创体制。班固的《两都赋》则不同,说其"首开"者,不仅在客观上翻新了写作题材,比之楚辞和前人之作诚为一大创举,而且在主观上也有意识地将其作为一种体制来构建,并且取得足冠后代的成就。东汉中兴以后,建都西京还是东京,一时成为朝野议论的焦点。杜笃上《论都赋》,主张继续经营西京。此议未被光武帝采纳,相反朝廷却在东京修起宫室,浚缮城隍。虽然东汉建都洛阳已成定局,但事情并未就此结束,时隔20年左右,西京士大夫仍未罢议,关中耆老犹望朝廷西顾。"固感前世相如、寿王、东方之徒,造构文辞,终以讽劝,乃上《两都赋》,盛称洛邑制度之美,以折西宾淫侈之论"(《后汉书·班固列传》)。但是,《两都》之作,固有时代原因,而针对杜笃《论都》之意十分明显,以其持论正与之相反故也。清人何焯云:"此赋(指《两都赋》)盖因杜笃《论都》而作。笃谓'存不忘亡,安不忘危。虽有仁义,犹设城池',盖以都洛,尚非永图,特以葭萌不柔,未遑论都,国家不忘西都也。故特作后赋,折以法度。"(《义门读书记》)赋分两部分。赋家集中全力,以"京都"为描写对象:前篇"盛称长安旧制","极其眩曜,主于讽刺,所谓'抒下情而通讽喻也'";后篇"折以法度,主于揄扬,所谓'宣上德而尽忠孝也'"(同上)。两部分"客主以首引",连贯而下,一气呵成,犹如《子虚》、《上林》,完全融为一体。虽然"辞藻不如相如,其体制自足冠代"(同上)。可见,无论是题材还是规模形制,"京都"赋的创作,实属班氏赋作的一大历史贡献。

(二)拓宽了"述(纪)行"赋的写作内容,深化了此类赋的创作意义。以"述行"为内容的赋作,班彪有《北征赋》,班昭有《东征赋》,并载《文选》,列为"纪行上"。《文选》虽未载刘歆《遂初赋》,但"述行"之作实始于刘歆。然而,班氏"述行"之赋,确又大大拓宽了其写作内容,并且深化了其创作意义。刘歆《遂初赋》之作,据《汉书》本传载:歆好《左氏春秋》,欲立于学官,时诸儒不听,乃移书太常博士,责让深切,为朝廷大臣非疾,求出为河内太守。又因宗室之故,转徙五原。当时朝政已多荒失,歆以议论见排,志意不得。徙官途中,经历故晋之域,"感今思古,遂作斯赋,以叹征事而寄己意"。赋作叙述旅途所见,借古讽今,讥刺时政,具有一定的批判性。但是,由于赋家被迫离京,志意不得,因而赋中更多个人感慨,寄以己之恩怨。如:"亹美不必为偶兮,时有差而不相及。虽韫宝而求贾兮,嗟千载其焉合。昔仲尼之淑圣兮,竟隘穷乎蔡陈。彼屈原之贞专兮,卒放沉于湘渊。何方直之难容兮,柳下黜而三辱。蘧瑗抑而再奔兮,岂材知之不足?扬蛾眉而见妒兮,固丑女之情也。曲木恶直绳兮,亦小人之诚也。"赋家自比古代圣贤,怨方直之难容,悲怀才而见妒。班彪之《北征赋》和班昭之《东征赋》则有所不同。《文选》李善注引挚虞《文章流别论》曰:"更始时,班彪避难凉州,发长安,至安定,作《北征赋》也。"《文选》李善注引《大家集》曰:"子穀,为陈留长,大家随至官,作《东征赋》。""《流别论》曰:发洛至陈留,述所经历也。"两赋亦为"述行"之作,亦写途中所见,亦有感古思今之意,此其所同也;然而比较《遂初赋》,班氏之作不仅内容有所拓展,而且并不囿于一己之私情,较少个人感喟,较多生民多故之叹,显示出赋作不同凡响的意义。例如前赋曰:"越安定以容与兮，遵长城之漫漫。剧蒙公之疲民兮，为强秦乎筑怨。舍高亥之切忧兮，事蛮狄之辽患。不耀德以绥远，顾厚固而缮藩。首身分而不寤兮，犹数功而辞愆。何夫子之妄说兮，孰云地脉而生残……跻高平而周览，望山谷之嵯峨。野萧条以莽荡，迥千里而无家……揽余涕以于邑兮，哀生民之多故。夫何阴曀之不阳兮，嗟久失其平度。谅时运之所为兮，永伊郁其谁诉。”赋中批评蒙恬之劳民伤财，为暴秦而“筑怨”，也不知修仁德以服远人；见着原野萧条、千里无家的凄凉景象，赋家不禁泪流满面，于邑失声。后赋之“乱”曰：“先君行止，则有作兮；虽其不敏，敢不法兮。”可见班昭的《东征赋》是效法其父的作品的。从其具体内容来看，赋写“到长垣之境界，察农野之居民。睹蒲城之丘墟兮，生荆棘之榛榛。惕觉寤而顾问兮，想子路之威神。卫人嘉其勇义兮，讫于今而称云。蘧氏在城之东南兮，民亦尚其丘坟。唯令德为不朽兮，身既没而名存。惟经典之所美兮，贵道德与仁贤”，其着眼点亦在关心民生疾苦，关注民心之向背。总之，班氏的“述行”赋作能够在一定程度上表现出比较可贵的以人为本、以民为本的思想，显示了赋家开阔的胸襟与气度，从而光大和深化了此类辞赋创作的意义。

另外班彪尚有《览海赋》与《冀州赋》，此亦可视为述行、游览之作；然皆为残篇，难睹全貌。《览海赋》虽以“览海”为名，但现存篇章直接写海者不多。赋写“余有事于淮浦，览沧海之茫茫。悟仲尼之乘桴，聊从容而遂行”。以下写览海之所见，多为海上神仙与传说，譬如“松乔”、“王母”、“韩众”、“岐伯”与“天阍”、“阊阖”、“紫宫”、“太一”之类，意义似不甚大。然此赋为文学史上首篇写海之作，对后来木华《海赋》等有一定启发作用。写海而涉及游仙内容，在游仙中表达自己“愿结旅而自托，因离世而高游”的志趣，不仅拓宽了述行赋的内容，也对后来的游仙诗产生了影响。《冀州赋》曰“夫何事于冀州，聊托公以游居。历九土而观风，亦惭人之所虞。遂发轸于京洛，临孟津而北厉”，则显系述行之作；且从下文看，一如《北征赋》之作法，历述征途中之所见所闻，而后抒写个人之感慨。此赋有"遂发轸于京洛"一句,联系其传记所述行迹及赋作具体内容来看,可能作于刘氏已经重取天下之后,彪"后数应三公之召。仕不为禄,所如不合"(《汉书·叙传》)。此或为"数召"、"所如"中之一次所作。赋中多有"嘉孝武之乾乾"的内容,歌颂汉家功德,以今日之眼光看,思想价值则远不如《北征赋》。

(三)另辟蹊径,更新了"叙志"赋写作的内容和程式。班氏的叙志(或称"言志")类赋作主要有班固的《幽通赋》和《答宾戏》。《幽通赋》是班固的一篇"少作"[①],从《汉书·叙传》可以看出大约作于其20岁时,然而却是他自我欣赏,以至载于自传中的一篇作品。此赋以其用典过多、语言艰涩,研究者向来少有问津;或有所论,亦是贬多褒少[②]。其实,从赋文自身来细加探究,这不仅是班固的一篇创新之作,也是赋史上的一篇奇特之作。赋作无论是内容还是体制,都对前代之作具有推陈出新的意义。正如何焯所评:"班孟坚《幽通赋》,此文不减贾谊、扬雄。"(《义门读书记》)

《幽通》之作,按其自序说,是用来"致命遂志"(《汉书·叙传》)的。《汉书》颜师古注引刘德曰:"致,极也。陈吉凶性命,遂明己之意。""己之意"者何?《文选》李善注:"赋云'觌幽人之仿佛',然幽通,谓与神遇也。"然则"与神遇",当可"明己之意"也。赋云:"魂茕茕与神交兮,精诚发于宵寐。梦登山而迥眺兮,觌幽人之仿佛……

① 郭维森、许结《中国辞赋发展史》(江苏教育出版社,1996年):"'纷屯亶与蹇连兮,何艰多而智寡'二句,似言其因修史而贾祸……谨慎小心,不敢触及当时。言己因私修国史,被捕系狱事,只用笼统语言一笔带过。"是则以为《幽通赋》作于班固撰修《汉书》之后。然据《汉书·叙传》载:"有子曰固,弱冠而孤,作《幽通之赋》,以致命遂志。"此明言弱冠而作是赋。又《后汉书·班固列传》载:"永平初,东平王苍以至戚为骠骑将军辅政,开东阁,延英雄。时固始弱冠,奏记说苍曰……苍纳之。"此知班固弱冠之年,当在永平初。由是推知此赋当作于永平初年。《班固列传》在"苍纳之"后又记曰:"父彪卒,归乡里。固以彪所续前史未详,乃潜精研思,欲就其业。既而有人上书显宗,告固私改作国史者,有诏下郡,收固系京兆狱,尽取其家书。"以此可见,《幽通赋》似应作于班固修撰《汉书》之前,内容当不涉及修史问题。

② 马积高《赋史》(上海古籍出版社,1987年):"它(《幽通赋》)基本上是杂集各种历史事实,以说明人应修道以俟命的道理,枯燥而无情趣。"

既谇尔以吉象兮，又申之以炯戒：盍孟晋以迨群兮？辰倏忽其不再。”“与神遇”的结果是：神劝诫自己“何不勉进而及群，时早得进用，日月倏忽，将复过去”（李善注引曹大家语）；《汉书》注引服虔曰“何不早进仕以及辈也”？师古曰“言时疾过，不再来也”。总之，要及时进仕，以免错失时机。然而作者对神的训导却抱有自己的态度：“承灵训其虚徐兮，伫盘桓而且俟，惟天地之无穷兮，鲜生民之脢在。纷屯亶与蹇连兮，何艰多而智寡！上圣寤而后拔兮，岂群黎之所御！”他狐疑不已，决定“仕不急进”，因而采取了“俟”的态度，即从容地等待机会。因为他“明白”：“凶吉性命”皆由天定，不可强为。以下赋作即通过“上圣”与“群黎”一系列例子的对比，反复说明“变化故而相诡兮，孰云豫其终始”，“道悠长而世短兮，敻冥默而不周，胥仍物而鬼諏兮，乃穷宙而达幽”，“道混成而自然兮，术同原而分流。神先心以定命兮，命随行以消息。斡流迁其不济兮，故遭罹而羸缩”等等道理。虽然如此，但是“观天罔之纮覆兮，实棐谌而相顺，谟先圣之大繇兮，亦从德而助信”，按《汉书》颜师古注的解说，就是“天道惟诚是辅，惟顺是助”，“若能谋圣人之大道，有德者必为同志所依，履信者必获他人之助”。因此，他坚信“精通灵而感物兮，神动气而入微”，并举“养游睇而猿号兮，李虎发而石开”为例，进一步说明“非精诚其焉通兮，苟无实其孰信！操末技犹必然兮，矧湛躬于道真”。于是他感到还是要进德、修道、履信，故而愿意“登孔、颢而上下兮，纬群龙之所经，朝贞观而夕化兮，犹喧己而遗形，若胤彭而偕老兮，诉来哲而通情”。一个约20岁的人，一个有着根深蒂固儒家思想的人，竟把人生的进退升降看得如此淡泊，竟有这般超脱之情志，简直有点不可思议。然而，联系当时的社会历史现实及其父班彪的言传身教来分析，就觉得毫不奇怪。一方面班固之作《幽通》时，天下已经重归刘氏，国家对人才政策已有调整，绝非动荡时代可以凭一技一策干政者可比；另一方面“班彪以通儒上才，倾侧危乱之间，行不逾方，言不失正，仕不急进，贞不违人，敷文华以纬国典，守贱薄而无闷容。彼将以世运未弘，非所谓贱焉耻乎？何其守道恬淡之笃也！”(《后汉书·班彪列传》)范晔之“史评”，可见其立身行事之一斑。由此可见，班固的《幽通》之作，表达的虽是个人的思想，但实质上却与其所处的时代及其家庭(主要是父亲)的影响密切相关。

《答宾戏》从体制和结构上看，基本上类同于东方朔的《答客难》、扬雄的《解嘲》，艺术水准也与前人之作不相上下，只是文采可能比《客难》、《解嘲》更华美一点。关于这一点，刘勰《文心雕龙·杂文》有比较确切的评价：“班固《宾戏》，含懿采之华……虽迭相祖述，然属篇之高者也。”但是，这篇赋作的内容及其所表达的思想却与东方、扬雄之作颇不相类。范晔解说：“固自以二世才术，位不过郎，感东方朔、扬雄自论，以不遭苏、张、范、蔡之时，作《宾戏》以自通焉。”(《后汉书·班固列传》)似乎完全是祖述、模仿之作，但我以为，这种解释并不符合此作的原意，而应根据《汉书·叙传》的记载去理解，这才更为切合原作的本意。首先，班固“永平中为郎”，未为不遇。“自为郎后，遂见亲近”，“及肃宗雅好文章，固愈得幸。数入读书禁中，或连日继夜。每行巡狩，辄献上赋颂。朝廷有大议，使难问公卿，辩论于前，赏赐恩宠甚渥……后迁玄武司马。天子会诸儒讲论《五经》，作《白虎通德论》，令固撰集其事”。文中的“亲近”、“愈得幸”、“赏赐恩宠甚渥”等，都是出于史实记载和作者亲身感受，怎么能说不遇呢？其次，班固写作《宾戏》的动机恰恰在反东方朔、扬子云之意而为之。“永平中为郎，典校秘书，专笃志于博学，以著述为业。或讥以无功，又感东方朔、扬雄自谕以不遭苏、张、范、蔡之时，曾不折之以正道，明君子之所守，故聊复应焉”。因为前两家之作，“自谕以不遭苏、张、范、蔡之时，曾不折之以正道，明君子之所守”，所以才“聊复应焉”。第三，范晔之解错在误读了《叙传》，故引文发生差错，句读与原作不同。《叙传》作“又感东方朔、扬雄自谕以不遭苏、张、范、蔡之时……”，此“自谕以不遭”云云，主语乃东方朔、扬子云也；《后汉书》本传作“感东方朔、扬雄自谕，以不遭苏、张、范、蔡之时”，在“以”前断句，则“以不遭”云云，其主语成了班固自己。如此，岂能不发生误解？第四，我们再从文本出发，研究三家之作的具体内容，也可明显地看出：

《客难》、《解嘲》之作，表面上也自宽自解，实际上是真的在发牢骚；相反，《宾戏》却能“折之以正道，明君子之所守”，真的是自宽自解，实际上并不见牢骚。例如：《客难》云：“彼一时也，此一时也，岂可同哉……今则不然。圣帝流德，天下震慑，诸侯宾服，连四海之外以为带，安于覆盂。天下平均，合为一家。动发举事，犹运之掌，贤与不肖，何以异哉？遵天之道，顺地之理，物无不得其所。故绥之则安，动之则苦；尊之则为将，卑之则为虏；抗之则在青云之上，抑之则在深泉之下；用之则为虎，不用则为鼠。虽欲尽节效情，安知前后？”《解嘲》云：“夫上世之士，或解缚而相，或释褐而傅；或倚夷门而笑，或横江潭而渔；或七十说而不遇，或立谈间而封侯；或枉千乘于陋巷，或拥帚彗而先驱。是以士颇得信其舌而奋其笔，窒隙蹈瑕而无所诎也。当今县令不请士，郡守不迎师，群卿不揖客，将相不俯眉。言奇者见疑，行殊者得辟。是以欲谈者宛舌而固声，欲行者拟足而投迹。乡使上世之士处乎今，策非甲科，行非孝廉，举非方正，独可抗疏，时道是非，高得待诏，下触闻罢，又安得青紫？”都有生不逢时、怀才不遇的满腔怨愤，都有借古讽今、隐含着对现实的深切批判之意，差别只在前者正话反说，略显委婉，后者两相对比，语意直露，如此而已。而《宾戏》则不然。首先从历史发展的角度，把那些战国游说之徒，商鞅、李斯之伦，直斥之为“衰周之凶人”，并认为这些挟术奋时而起的人，“皆蹑风云之会，履颠沛之势，据徼乘邪以求一日之富贵，朝为荣华，夕而焦瘁，福不盈眦，祸溢于世”，未若“仲尼抗浮云之志，孟轲养浩然之气”也；接着正面歌颂大汉威德，说明“处皇世而论战国，耀所闻而疑所觌”的荒谬；其次列举上古之士如殷说、周望、齐宁、汉良等，“皆俟命而神交，匪词言之所信，故能建必然之策，展无穷之勋”；又举近者陆子、董生、刘向、扬雄等人，“皆及时君之门闱，究先圣之壸奥，婆娑乎术艺之场，休息乎篇籍之囿，以全其质而发其文，用纳乎圣德，列炳于后人，斯非其亚与”！“若乃夷抗行于首阳，惠降志于辱仕，颜耽乐于箪瓢，孔终篇于西狩，声盈塞于天渊，真吾徒之师表也”，极力称颂那些俟命而建奇功和静心修道守德之先圣，并奉其为师表。最后依据“壹阴壹阳，天地之方；乃文乃质，王道之纲；有同有异，圣哲之常”历史辩证发展的进程及和氏之璧、随侯之珠终究会吐英精、流夜光的事实，很自信地认为，自己就像一条应龙，迟早会作飞天之举。因此，他现在只需“密尔自娱于斯文”即可。在这里，我们实在看不出赋家的“牢骚”，也感觉不到其中的不平之气；相反，有的是自我宽解、自我激励，从而让读者真切地明白了赋家所守之“正道”。

需要着重指出的是，班固在《答宾戏》中激赏俟命而建奇功的人物和所表白的君子应守之“正道”与其在《幽通赋》中所表达的“修道俟命”的观点，从其实质性来说是一心无二的。由此可见，作为封建正统文人的班固，从青年到成年，对所信奉的儒家思想是坚守不变、一以贯之的。更有意思的是，我们还发现班昭在其《东征赋》中也表达了同样的观点：“乱曰……贵贱贫富，不可求兮。正身履道，以俟时兮。修短之运，愚智同兮。靖恭委命，唯吉凶兮。敬慎无怠，思嗛约兮。清静少欲，师公绰兮。”从班彪的“仕不急进”、“守道恬淡”到班固兄妹正身修道、以俟时命，班氏的思想和志趣真是一脉相承。刘勰在《文心雕龙·杂文》中曾对以《客难》、《解嘲》为代表的一类文章的主旨予以概括说：“原兹文之设，乃发愤以表志。身挫凭乎道胜，时屯寄于情泰，莫不渊岳其心，麟凤其采，此立本之大要也。”熟读《宾戏》，细加体味，作者并无“发愤”之意、“身挫”之感、“时屯”之忧，其采虽“麟凤”，其心不“渊岳”，主旨却属例外，显然并非“祖述”。嘻，从范晔到刘勰，皆未把握此篇真义，古人读书亦有不精不熟之过也！

（四）“抒情”赋深得风人之旨，显示一门之长。班氏的抒情赋最有代表性的是班婕妤的《自悼赋》和《捣素赋》[①]。两赋全用骚体写成，正适合于抒情之需要。据《汉书·外戚传》载：班婕妤于成帝

① 关于《捣素赋》的作者，学术界有不同看法，或以为是六朝人拟作。明人陈山毓《赋略·绪言》：“李善云：《捣素赋》疑非婕妤之文。杨用脩曰：《文选》注疑《捣素赋》非婕妤之作，盖卓见也。此赋六朝拟作无疑，然亦是徐、庾之极笔。”然自宋朱熹以下，至元祝尧、清刘熙载皆以为婕妤所作。笔者以为：以赋文文字与风格鉴之，其经六朝人改窜或有之，以为必后人拟作则证据不足。盖其一如《木兰诗》，虽是六朝人之作，然亦有唐人好事者窜人之诗句也。

初即位时被选入宫，始为少使，蛾而大幸，为婕妤，居增成舍。成帝游于后庭，尝欲与共载，婕妤辞曰："观古图画，圣贤之君皆有名臣在侧，三代末主乃有嬖女，今欲同辇，得无近似之乎？"上善其言而止。太后闻之，亦加褒扬。婕妤常诵《诗》及《窈窕》、《德象》、《女师》之篇，每进见上疏，依则古礼。后遭赵飞燕之谮，婕妤失宠。恐久见危，自求供养太后于长信宫。"婕妤退处东宫，作赋自悼伤。"《自悼赋》显然有自传性质，其叙写内容可与正史相参证。赋先写自己得充后庭的心情，再叙善于自律的行为，接着表白自己的心愿："奉共养于东宫兮，托长信之末流；共洒扫于帷幄兮，永终死以为期。愿归骨于山足兮，依松柏之余休。"其中有意隐去了被诬告、遭幽禁的一段史实，正显示出"怨而不怒"的风人之旨。赋末"重曰"一段，侧重于抒写被幽禁后的内心感受，情深意切，更见自悼之意："潜玄宫兮幽以清，应门闭兮禁闼扃。华殿尘兮玉阶苔，中庭萋兮绿草生。广室阴兮帷幄暗，房栊虚兮风泠泠。感帏裳兮发红罗，纷綷縩兮纨素声。神眇眇兮密靓处，君不御兮谁为荣？俯视兮丹墀，思君兮履綦。仰视兮云屋，双涕兮横流。顾左右兮和颜，酌羽觞兮销忧。惟人生兮一世，忽一过兮若浮。已独享兮高明，处生民兮极休。勉虞精兮极乐，与福禄兮无期。《绿衣》兮《白华》，自古兮有之。"首以浓墨绘景，用显思君之情；继之直抒胸臆，极述思君之痛；再引《绿衣》、《白华》之诗，以"申后"自比，故作超脱之解，尤见塞渊、温淑之德。祝尧《古赋辨体》曰："重曰以上，赋也；重曰以下，且兴且风。晦翁云：其情虽出于幽怨，而能引分以自安，援古以自慰，和平中正，终不过于哀伤，其德性之美，学问之力，有过人者。呜哉！"陈山毓《赋略·绪言》引黄勉之曰："婕妤抱雎鸠、鸡鸣之贤，而遘会弗淑，不冠宫仪，侧充嫔舍。故睿才闺学，蕴菀幽沉。及飞燕擅宠，潜鸾自保，宣之赋歌，怨音清结，颇得托讽之轨。"

《捣素赋》应该也是班婕妤退居长信宫后所作，与《自悼赋》可视为姊妹篇。赋借"捣素"为题材，先铺叙捣素的时空背景，接着描写捣素女的温丽动人："若乃盼睐生姿，动容多制，弱态含羞，妖风靡丽。皎若明魄之升崖，焕若荷华之昭晰。调铅无以玉其貌，凝朱不能异其唇。胜云霞之迩日，似桃李之向春。红黛相媚，绮组流光，笑笑移妍，步步生芳。两靥如点，双目如张，颓肌柔液，音性闲良。”再写捣素之声的无比动听：“于是投香杵，扣玟砧，择鸾声，争凤音。梧因虚而调远，柱由贞而响沉，散繁轻而浮捷，节疏亮而清深。含笙总筑，比玉兼金。不埙不篪，匪瑟匪琴。或旅环而纾郁，或相参而不杂，或将往而中还，或已离而复合。翔鸿为之徘徊，落英为之飒沓。调非常律，声无定本。任落手之参差，从风飚之远近。或连跃而更投，或暂舒而长卷。清寡鸾之命群，哀离鹤之归晚。苟是时也，钟期改听，伯牙弛琴。桑间绝响，濮上传音。萧史编管以拟吹，周王调笙以象吟。”最后写正值“窈窕姝妙之年”的捣素女的深切感受。此赋显然有赋家的寄托：写捣素女之悦目，正反映了自己的端庄美丽；写捣素声之悦耳，或寄以自己的技艺才能；尤其是所谓捣素女的感受，则更见自己悲苦的遭遇与心境，读之令人一捧同情的泪水：“若乃窈窕姝妙之年，幽闲贞专之性，符皎日之心，甘首疾之病，歌《采绿》之章，发《东山》之咏……怀百忧之盈抱，空千里兮饮泪。侈长袖于妍袂，缀半月于兰襟。表纤手于微缝，庶见迹而知心。计修路之遐夐，怨芳菲之易泄。书既封而重题，笥已缄而更结，惭行客而无言，还空房而掩咽。”《采绿》、《东山》皆为《诗经》篇章，或叙“离合之情”（崔述《读风偶识》），或写“妇人思夫，期逝不至也”（方玉润《〈诗经〉原始》）。捣素女的歌咏，止寄托着婕妤自家的身世遭际；而赋中所叙捣素女对征夫的离别之思，实际亦隐含着赋家与成帝的一段真情历史，尤其是“书既封而重题，笥已缄而更结，惭行客而无言，还空房而掩咽”四句，写尽了班婕妤被废后的忧愁幽思、彷徨凄苦的心绪，并且启发了唐代张籍的才思，吟出了“洛阳城里见秋风，欲作家书意万重。复恐匆匆说不尽，行人临发又开封”的名诗，千古流传。祝尧《古赋辨体》评此赋曰：“此虽赋也，而末后一段，辞旨缜密，意思缠绵，真有‘发乎情，止乎礼义’之风也。”刘熙载《艺概·赋概》亦曰：“班婕妤《捣素赋》怨而不怒，兼有'塞渊、温惠、淑慎'六字之长,可谓深得风人之旨。"其实,不仅是班婕妤的抒情赋,即使是班氏的其他赋作,如班彪父女的"述行"赋和班固的"言志"赋,均有婉而多讽、温柔敦厚的风人之意,由此而显示出一门之长。

二、变化了辞赋创作的主旨

辞赋创作向来以"受命于诗人"、弘扬古诗传统为依归。扬雄谓"诗人之赋丽以则,辞人之赋丽以淫",班氏的创作则将"诗人之赋"推向了极端,并且一切以"则"为准的,即一切以古诗的"法度"、"法则"为根据,使辞赋创作的主旨发生了朝着具有单一化、绝对性方向发展的变化。

(一)讽颂结合,以颂为主。班氏的辞赋创作虽然也讲究继承古诗的"讽喻"传统,如班固在《两都赋序》中就宣传过"抒下情而通讽喻"的观点,并且在其创作实践中亦确乎注意到了这一点;但是,他们的创作主旨更多地表现在"颂"上,甚至有以颂代讽的倾向。与前代赋家比较而言,"屈兼言志、讽谏,马、扬则讽谏为多,至于班、张则揄扬之意胜,讽谏之意鲜矣"(刘熙载《艺概·赋概》)。刘氏的看法非常确切地道出了班氏创作主旨的特色。

那么,班氏的赋作在"颂"的主旨上具体地表现在哪些方面呢?

一是光扬大汉,极力维护封建政权。

班固有一篇颂汉的名作《典引》,《文选》载其叙曰:永平十七年,明帝读《史记·秦始皇本纪》,因司马迁著书成一家之言,扬名后世,至以身陷刑之故,反微文讥刺,贬损当世,故而有感而发,以为司马迁"非谊士也",不如司马相如,虽然"洿行无节,但有浮华之辞,不周于用",然而临终之时,"竟得颂述功德,言封禅事",认为这可以为"忠臣效也","贤迁远矣"!班固"常伏刻诵圣论",且思"相如《封禅》,靡而不典,扬雄《美新》,典而亡实。然皆游扬后世,垂为旧式”，因此，他尽管感到才不及前人，还是“不胜区区，窃作《典引》一篇，虽不足雍容明盛万分之一，犹启发愤满，觉悟童蒙，光扬大汉，轶声前代”。从其序言，我们不仅可知班固写作《典引》的直接原因，而且还知其写作《典引》的真正目的：“光扬大汉，轶声前代。”其实，不仅是《典引》，班氏所有的作品，都自始至终地贯彻了这一创作主旨。具体地讲，又可分为三个方面：

(1) 汉承天命，运绍唐基——颂政基。大汉之有天下，并不是偶然的，无论是赤帝子高祖的斩白蛇而取天下，还是光武帝刘秀“握乾符，阐坤珍，披皇图，稽帝文”(《东都赋》)而致中兴，都是承天命而为之，并且从五德终始说的角度解释，汉为火德，运绍唐尧。班彪的《王命论》，说一千道一万，其中心意思就是“汉从尧德，有灵命之符，王者兴祚，非诈力所致”。班氏的赋作，首先歌颂的就是此点，其中最典型的还是要算班固的《典引》。其文云：“赫赫圣汉，巍巍唐基。溯测其源，乃先孕虞育夏，甄殷陶周，然后宣二祖之重光，袭四宗之缉熙。神灵日照，光被六幽。仁风翔乎海表，威灵行乎鬼区。匿亡回而不泯，微胡琐而不颐。故夫显定三才昭登之绩，匪尧不兴；铺闻遗策在下之训，匪汉不弘厥道。至于经纬乾坤，出入三光，外运浑元，内沾豪芒，性类循理，品物咸亨，其已久矣。”李善注引蔡邕曰：“《典引》者，篇名也。典者，常也法也；引者，伸也长也。《尚书》疏：尧之常法，谓之《尧典》。汉绍其绪，伸而长之也。”在班氏看来，汉受天命，继唐统，续尧基，为唐尧之血脉正宗。因此“唐哉皇哉，皇哉唐哉”！意思是说：“谁能竟此道，唯唐尧与汉，汉与唐尧而已。”(李善注语)将大汉看作是唐尧的正统嫡裔，有天命之符，这样，光扬大汉的目的就能从根本上达到了。

(2) 德臣列辟，功君百王——颂政绩。班氏的赋作极力歌颂当代统治者的文治武功，仁政圣绩。例如《两都赋》之后篇《东都赋》，一反前篇《西都赋》“盛称长安旧制”和“主于讽刺”的基调，折之以法度，借东都主人之口，极力推崇大汉盛德，尤其是光武帝兴废继绝的开国之功和汉明帝崇礼修德的仁爱之政。如盛称光武帝的功业曰“斯乃虙羲氏之所以基皇德也”，“斯乃轩辕氏之所以开帝功也”，“斯乃汤武之所以昭王业也”，“有殷宗中兴之则焉”，“有周成隆平之制焉”，“同符乎高祖”，“允恭乎孝文”，“仪炳乎世宗”，把东汉帝王与儒家崇拜的伏羲、轩辕、汤武、殷宗、周成这些远古理想之君和西汉高祖、孝文、武帝等相提并论，足见其主于揄扬和“宣上德而尽忠孝”的作赋用意。又如班固的《宾戏》，前面说过表面是模仿《客难》、《解嘲》等牢骚之作的作品，但实质上却一反常规，“折之以正道”，又回到了宣扬大汉功德的老路子上去：“方今大汉洒扫群秽，夷险芟荒，廓帝纮，恢皇纲，基隆于羲、农，规广于黄、唐。其君天下也，炎之如日，威之如神，函之如海，养之如春。是以六合之内，莫不同源共流，沐浴玄德，禀卬太和，枝附叶著，譬犹草木之殖山林，鸟兽之毓川泽，得气者蕃滋，失时者苓落，参天地而施化，岂云人事之厚薄哉？”把大汉与“羲、农”、“黄、唐”等量齐观，可见其歌颂的主旨。再如《典引》云：“盛哉！皇家帝世，德臣列辟，功君百王，荣镜宇宙，尊无与抗……陛下仰监唐典，中述祖则，俯蹈宗轨。躬奉天经，惇睦辨章之化洽，巡靖黎蒸，怀保鳏寡之惠浃。燔瘗县沈，肃祇群神之礼备。是以来仪集羽族于观魏，肉角驯毛宗于外囿，扰缁文皓质于郊，升黄辉采鳞于沼。甘露宵零于丰草，三足轩翥于茂树。若乃嘉谷灵草，奇兽神禽，应图合谍，穷祥极瑞者，朝夕坰牧，日月邦畿，卓荦乎方州，洋溢乎要荒。”由上可见，把汉与上古圣王（如伏羲、神农、黄帝、唐尧、汤武、殷宗、周成等）的功德相提并论，甚至认为“基隆于羲、农，规广于黄、唐”，因而“德臣列辟，功君百王”，就是班固赋作颂汉的永久不变的基调，也是班氏赋作的共同特色。

（3）体元立制，继天而作——颂政体。班氏的赋作极力歌颂汉家制度，尤其是东汉的典章制度。《东都赋》的主要内容是写东都主人对西都宾语以“建武之理，永平之事”。所谓“建武之理，永平之事”，集中表现为东汉的“仁圣之事”、“帝王之道”，就是东汉的“法度”。赋中歌颂光武帝“体元立制，继天而作。系唐统，接汉绪，茂育群生，恢复疆宇，勋兼乎在昔，事勤乎三五”；又谓建武之元，分州土，立市朝，龚行天罚，应天顺人，迁都改邑，克己复礼，宪章稽古。“至于永平之际，重熙而累洽，盛三雍之上仪，修衮龙之法服，敷洪藻，信景铄，扬世庙，正予乐。人神之和允洽，群臣之序既肃。乃动大路，遵皇衢，省方巡狩，穷览万国之有无，考声教之所被，散皇明以烛幽。然后增周旧，修洛邑，翩翩巍巍，显显翼翼，光汉京于诸夏，总八方而为之极。是以皇城之内，宫室光明，阙庭神丽，奢不可逾，俭不能侈。外则因原野以作苑，顺流泉而为沼，发蘋藻以潜鱼，丰圃草以毓兽。制同乎梁驺，义合乎灵囿。”通过长篇大论地语说建武之理和永平之事，最终作一归结，批评西都宾“徒习秦阿房之造天，而不知京洛之有制也；识函谷之可关，而不知王者之无外也”。随后，赋作笔锋一转，正面描写西都宾听后的表现：“主人之辞未终，西都宾矍然失容，逡巡降阶，惵然意下，捧手欲辞。主人曰：‘复位，今将喻子五篇之诗。’宾既卒业，乃称曰：‘美哉乎斯诗！义正乎扬雄，事实乎相如，非唯主人之好学，盖乃遭遇乎斯时也。小子狂简，不知所裁，既闻正道，请终身诵之。’”用西都宾折服于东都主人宣扬“法度”的宏论的具体描写，达到歌颂汉家制度的目的，可谓神来之笔，点睛破壁。

二是崇儒尊孔，全力宣扬正统思想。

有汉一代，自西汉武帝奉行“罢黜百家，独尊儒术”以后，儒家思想就逐渐成为统治思想。东汉以后，从光武到明帝再到章帝，更是对儒家思想大力尊崇推行。《后汉书·儒林列传》载：“建武五年，乃修起太学……中元元年，初建三雍。明帝即位，亲行其礼……飨射礼毕，帝正坐自讲，诸儒执经问难于前，冠带缙绅之人，圜桥门而观听者盖亿万计……济济乎，洋洋乎，盛于永平矣！”[①]在

① 《后汉书·儒林列传》还详细记载了后汉历代帝、后崇儒尊经的史实，如“建初中，大会诸儒于白虎观，考详同异，连月乃罢。肃宗亲临称制，如石渠故事，顾命史臣，著为通义。又诏高才生受《古文尚书》、《毛诗》、《穀梁》、《左氏春秋》，虽不立学官，然皆擢高第为讲郎，给事近署，所以网罗遗逸，博存众家”。又如记载孝和、邓后、顺帝、梁太后、灵帝重视儒学、正定五经的历史，文繁不录。

这种情况下，世代奉儒守官的班氏，更是将其赋作作为宣传儒家正统思想的工具。具体表现有三：

（1）贬抑百家，独崇儒学。班固在《答宾戏》中直斥法家人物商鞅、李斯为"衰周之凶人"，批评纵横家鲁连、虞卿"因势合变，偶时之会……乖忤而不可通"，嘲笑杂家人物吕不韦"行诈以贾国"，"秦货既贵，厥宗亦隧"，排斥百家的立场极为鲜明。又如他的《幽通赋》，全文虽然孔老思想一并宣扬，但对老庄学说还是保留了一定的批判意识，如"洞参差其纷错兮，斯众兆之所惑。周、贾荡而贡愤兮，齐死生与祸福，抗爽言以矫情兮，信畏牺而忌服"。《文选》李善注引曹大家语曰："庄周、贾谊，有好智之才，而不以圣人为法，溃乱于善恶，遂为放荡之辞。"可见贬抑的意思非常明显。唯独对孔子思想则全面予以称颂，从而显示出其赋作在宣传统治阶级的统治思想上的特点。如针对庄周、贾谊"口是心非"的"矫情"之行为，赋作接着说："所贵圣人之至论兮，顺天性而断谊。物有欲而不居兮，亦有恶而不避。守孔约而不贰兮，乃辅德而无累。"又如其"乱曰"："天造中昧，立性命兮，复心弘道，惟贤圣兮。浑元运物，流不处兮，保身遗名，民之表兮。舍身取谊，亦道用兮，忧伤夭物，忝莫痛兮！昊尔太素，曷渝色兮？尚粤其几，沦神域兮！"这些都反映了班氏赋作中的尊孔崇儒思想。

（2）按《经》校德，依圣立义。既然独尊儒术，那么一切以儒家思想为价值判断和是非衡量的标准也就是情理之中的事了。班固在修《汉书》时，就秉承其父的思想批评过司马迁"是非颇缪于圣人，论大道则先黄老而后六经，序游侠则退处士而进奸雄，述货殖则崇势利而羞贫贱"（《汉书·司马迁传》）；他的《汉书》的取舍往往以儒家之经为参照系数，以圣人的是非为是非。这一思想，在他的赋论和赋作里也得到充分反映。如他对《离骚》的评价，就完全以是否合乎经义所载为依据："今若屈原，露才扬己，竞乎危国群小之间，以离谗贼。然数责怀王，怨恶椒、兰，愁神苦思，强非其人，忿怼不容，沉江而死，亦贬絜狂狷景行之士。多称昆仑、冥婚、宓妃虚无之语，皆非法度之政、经义所载。”（《离骚序》）正因为这样，他的赋作也大力宣扬按《经》校德、依圣立义的思想。《东都赋》曰“案《六经》而校德，妙古昔而论功”，表达的就是这一观点。又借东都主人之口反问西都宾曰：“游侠逾侈，犯义侵礼，孰与同履法度，翼翼济济也？”反映的也是对“是非颇缪于圣人”的不同立场。又如写游猎，强调要“顺时节而搜狩，简车徒以讲武，则必临之以《王制》，考之以《风》、《雅》。历《驺虞》，览《驷驖》，嘉《车攻》，采《吉日》，礼官正仪，乘舆乃出”，出猎亦必守于礼仪，临之《王制》。《王制》为儒家经典《礼记》中的一篇，其中记载着古代天子、诸侯出猎的古制，如谓天子无事，每年可于春、秋、冬田猎三次；另外儒家典籍《左传》等亦有春搜、夏苗、秋猎、冬狩等说法。这些田猎，皆须于农隙之时简车马，习射御，讲武事。如果“田不以礼，曰暴天物”。班固赋作中宣扬的正是这些按《经》校德、依圣立义的观点。

（3）讲武耀威，修文修德。两汉一代，国家始终受到北方匈奴的侵扰，武备一直是朝廷大事，故统治者往往依照古制，借春搜秋猎来训练部队，耀武扬威，这就是《西都赋》所写“奋泰武乎上囿，因兹以威戎夸狄，耀威灵而讲武事”。同样是狩猎，《两都赋》所写重点却不一样。《西都赋》侧重了“讲武扬威”，如“命荆州使起鸟，诏梁野而驱兽……罘罔连纮，笼山络野，列卒周匝，星罗云布。于是乘舆备法驾，帅群臣，披飞廉，入苑门。遂绕酆镐，历上兰。六师发胄，百兽骇殚，震震爚爚，雷奔电激，草木涂地，山渊反覆”，写尽田猎之声威与气势：“尔乃期门佽飞，列刃钻鍭，要趹追踪。鸟惊触丝，兽骇值锋。机不虚掎，弦不再控。矢无单杀，中必叠双。飑飑纷纷，矰缴相缠，风毛雨血，洒野蔽天。平原赤，勇士厉，猿狖失木，豺狼慑窜……于是天子乃登属玉之馆，历长杨之榭，览山川之体势，观三军之杀获。原野萧条，目极四裔，禽相镇厌，兽相枕藉。然后收禽会众，论功赐胙”，极陈杀获之众多，真个是腥风血雨，触目惊心。而《东都赋》却在“讲武耀威”的同时强调“修文修德”。如写“乐不极般，杀不尽物。马踠余足，士怒未泄。先驱复路，属车案节”，娱乐、猎杀亦讲度与仁。于是“目中夏而布德，瞰四裔而抗棱。西荡河源，东澹海漘，北动幽崖，南趯朱垠。殊方别区，界绝而不邻。自孝武所不能征，孝宣所不能臣，莫不陆詟水慄，奔走而来宾。遂绥哀牢，开永昌，春王三月，会同汉京。是日也，天子受四海之图籍，膺万国之贡珍。内抚诸夏，外接百蛮”，这就是讲“远人不服，则修文德以来之；既来之，则安之”。于是“圣上睹万方之欢娱，久沐浴于膏泽，惧其侈心之将萌，而怠于东作也，乃申旧章，下明诏，命有司，班宪度，昭节俭，示大素。去后宫之丽饰，损乘舆之服御。抑工商之淫业，兴农桑之上务。遂令海内弃末而反本，背伪而归真……于是百姓涤瑕荡秽而镜至清，形神寂寞，耳目不营，嗜欲之原灭，廉正之心生，莫不优游而自得，玉润而金声。是以四海之内，学校如林，庠序盈门，献酬交错，俎豆莘莘，下舞上歌，蹈德咏仁。登降饫宴之礼既毕，因相与嗟叹玄德，谠言弘说。咸含和而吐气，颂曰：‘盛哉乎斯世！’”虽然已经游猎尽兴，还照样不忘宣扬儒家的恭俭仁政、修文修德思想。有比较才有鉴别，通过对同一文章同一事件描写的剖析，可以鲜明地看出其赋作宣传讲武耀威、修文修德这一思想的特色。

（二）华实相副，实用为先。班氏作赋亦注意辞藻华美，不排斥文辞“丽”的外在形式。例如：班固在《离骚序》中曾充分肯定《离骚》之文“弘博丽雅，为辞赋宗”，并且指出“后世莫不斟酌其英华，则象其从容。自宋玉、唐勒、景差之徒，汉兴，枚乘、司马相如、刘向、扬雄，骋极文辞，好而悲之，自谓不能及也。虽非明智之器，可谓妙才者也”。这一段话，最明显地反映了他对辞赋的华丽要求。但是，在华与实两方面，他们的赋作更多注重的是实用的功能与功用，很少有那种华而不实、不周于用的创作。

班氏赋作的“实用”性，主要表现在以下三点：

一是为时为事而作，为统治阶级的现实政治服务。如《两都赋》之作，就有很强的针对性、实用性，它因时代需要而作，具有明显的为现实政治服务的目的，这从其《序》中即可见其用意：“臣窃见海内清平，朝廷无事，京师修宫室，浚城隍，起苑囿，以备制度。西土耆老，咸怀怨思，冀上之眷顾，而盛称长安旧制，有陋雒（洛）邑之议。故臣作《两都赋》，以极众人之所眩曜，折以今之法度。”由于极力歌颂洛邑制度之美，从而折服了那些个“抒怀旧之蓄念，发思古之幽情”的西都宾的淫侈之论，起到了为维护统治者建都洛阳的决策而大造舆论的功效。又如《典引》，从其序文中亦可看出，也完全是为了迎合汉明帝“颂述功德”的心理需要而写作的。

二是补时救弊，为统治阶级提供历史借鉴作用。班氏的赋作在“润色鸿业”的同时，往往也比较注意对社会弊端的揭露和对黑暗历史的批判。例如班彪的《北征赋》、班昭的《东征赋》都有感古思今之喟，前文已述，不再赘说。又如班固的《东都赋》：“往者王莽作逆，汉祚中缺，天人致诛，六合相灭。于时之乱，生人几亡，鬼神泯绝；壑无完柩，郛罔遗室。原野厌人之肉，川谷流人之血。秦项之灾，犹不克半；书契以来，未之或纪。”这些所谓黑暗的历史，对东汉统治者而言，其实是刚刚发生的可以眼见的现实。赋作对之作大胆而深刻的揭露，目的是借古讽今，以警示统治者，从而达到补救时弊，为统治阶级提供历史的借鉴作用。

三是具有博物多识、通达古今的功用。班氏的赋作与其他赋家的作品一样，都具有博物多识的特点。如班彪的《北征赋》、班昭的《东征赋》、班固的《幽通赋》等，都写了大量的历史人物和事件。班昭的《针缕赋》、《大雀赋》、《蝉赋》，班固的《竹扇赋》、《白绮扇赋》等，则对鸟兽虫鱼加以铺叙，这些都是赋作的共同特色。如班昭的《大雀赋》是因为“大家同产兄、西域都护定远侯班超献大雀，诏令大家作赋”。赋写“生昆仑之灵丘”的大雀，“同小名而大异，乃凤凰之匹畴。怀有德而归义，故翔万里而来游”，无疑具有开阔眼界、增长识见的作用。尤其值得一说的是班固的《幽通赋》和《两都赋》。前篇几乎是一字一人，一句一史，才思显得极为细密。如“上圣寤而后拔兮，岂群黎之所御！昔卫叔之御昆兮，昆为寇而丧予。管弯弧欲毙雠兮，雠作后而成己……雍造怨而先赏兮，丁繇惠而被戮；栗取吊于逌吉兮，王膺庆于所戚。畔回穴其若兹兮，北叟颇识其倚伏。单治里而外凋兮，张修襮而内逼，聿中和为庶几兮，颜与冉又不得。溺招路以从己兮，谓孔氏犹未可，安慆慆而不萉兮，卒陨身乎世祸”。刘勰《文心雕龙·体性》曰：班固“裁密而思靡”。“裁”通“才”，“靡”即“细”，评价极为确切。① 后篇分别盛称“长安旧制”和“洛邑制度之美”，对西汉的帝都建制和东汉的典章法度的大量叙写，都是此前任何一家赋作所不曾有和不可比的。例如写西京京城的建设，“肇自高而终平，世增饰以崇丽，历十二之延祚，故穷奢而极侈”，写城中宫室建筑的“体象乎天地，经纬乎阴阳，据坤灵之正位，放太紫之圆方”，写京畿四野的地理形势，写田猎之游娱壮观等，都具有博物多识的功用。又如写东京“建武之理，永平之事”，以及“仁圣之事”、“帝王之道”等等，所有这些更能大大扩充读者通达古今的知识，此最为他人赋作所不可企及。

三、翻新了风格与规范了体制

与“影写楚辞”者相比，班氏虽然也比较注重辞赋的“瑰丽”特色，但却不赞成楚辞所固有的另一艺术风格——“虚无诡异”。班固曾批评《离骚》“多称昆仑、冥婚、宓妃虚无之语，皆非法度之政、经义所载”(《离骚序》)。他从儒家文学理念出发，大力倡导真实、尔雅、典正的写作主张，并在此基础上进一步强调规范。为此，班氏的赋作在艺术风格上比较前人的众作又有以下三点新的展示：

（一）摒弃夸张，注重真实之美。班氏的赋作受儒家文学思想

① 班固的《答宾戏》也是如此。如前举例句“若乃夷抗行于首阳”云云，又如“若乃牙、旷清耳于管弦”、“良、乐轶能于相驭”、“和、鹊发精于针石，研、桑心计于无垠”等等，皆为一字一人，一人一史。此可见实为其赋作的共同特色。

的影响，不事夸张，反对谲怪之谈、虚无之语，极其注意内容的真实性。赋作在反映历史与描写现实方面，其真实性与历史著作几无差别。关于这一点，刘勰的论述已为我们揭示了端倪。他在《文心雕龙·通变》篇中说“夸张声貌，则汉初已极；自兹厥后，循环相因”，以下遍举枚乘、相如、扬雄、张衡、马融诸家，而不及班固，就说明班固的赋作在这一方面与他人是不同的。班固自己亦曾在一系列论述中强调了“真实”的重要性。例如在《两都赋》中通过具体描写，借西都宾之口称曰“美哉乎斯诗！义正乎扬雄，事实乎相如”，赞美“事实”的意义；在《典引》中则严肃批评“扬雄《美新》，典而无实”。从这些对前代赋作的评价态度中，可以明显地看出班固对真实的要求。而班氏的赋作，则亦鲜明地反映出这一特色。如《西都赋》对西京地理位置的叙述，对四郊形势的描写，基本都是按照实际情形进行的记录；而对城中宫室尤其是正殿建筑的描述，则可以说大多是依据有关文献的记载所进行的简单的剥离和剪贴。如“其宫室也……于是左墄右平，重轩三阶，闺房周通，门闼洞开，列钟虡于中庭，立金人于端闱，乃增崖而衡阈，临峻路而启扉。徇以离殿别寝，承以崇台闲馆，焕若列星，紫宫是环。清凉宣温，神仙年长，金华玉堂，白虎麒麟，区宇若兹，不可殚论……后宫则有掖庭椒房，后妃之室，合欢增成，安处常宁，茝若椒风，披香发越，兰林蕙草，鸳鸯飞翔之列。昭阳特盛，隆乎孝成……自未央而连桂宫，北弥明光而亘长乐，凌墱道而超西墉，混建章而连外属，设璧门之凤阙，上觚棱而栖金雀。内则别风之嶕峣，眇丽巧而竦擢。张千门而立万户，顺阴阳以开阖。尔乃正殿崔巍，层构厥高。临乎未央，经骀荡而出馺娑，洞枍诣与天梁，上反宇以盖戴，激日景而纳光”。赋中所描写的这些宫殿及其构造，根据《文选》李善注所引，几乎都出自《史记》、《汉书》，后来的《三辅黄图》、《三辅旧事》、《三辅故事》等书所载亦与之相同。至于“大禄、石渠，典籍之府”，“承明、金马，著作之庭”，更是此前各类史书中反复加以记载的，其可信性更高。可以这么说，赋作的真实性，到了班固这里，已经被发挥到极致；尤其是京都赋自身写作的严肃性及其所包含的史料价值，几乎已被后来人当作正史来引用了。[①]左思的《三都赋》，秉承班固“事实”的创作思想，将文学的“赋”当作文献的“谱”来作，强调无一字无来历，则事实上已经销蚀了文学自身的属性与价值，变成了一种不可习取的偏激行为。

（二）斟酌经辞，显示尔雅深厚之美。刘勰将东汉辞赋的特色概括为“斟酌经辞”。应该说，这一概括没有说出其全部特色，因为具体情况要比此点丰富复杂得多；但是，作为一种基调、一种主要的或基本的倾向，确实具有历史的合理性。而形成这一特色的枢纽人物，却是班氏、崔氏家族。[②] 刘勰在《文心雕龙·体性》中曾指出班固文学的主要特色：“孟坚雅懿，故裁密而思靡。”黄侃注：“《后汉书·班固传》：‘及长，遂博贯载籍，九流百家之言无不穷究。性宽和容众，不以才能高人。’此雅懿之征。”其实，从本文开头所引文献证实，雅懿不仅为班固所独有，实班氏所共有。雅懿者何？典雅醇美之谓也。“典雅者，镕式经诰，方轨儒门者也”（《文心雕龙·体性》）。“雅与奇反”（同前），雅的反面是奇，奇则诡异，而班氏赋作的特色及所长，正在反奇归雅，反对无傍无依、无根无据，归于“经义所载”。例如班彪的《北征赋》：“乱曰：夫子固穷，游艺文兮。乐以忘忧，惟圣贤兮。达人从事，有仪则兮。行止屈申，与时息兮。君子履信，无不居兮。虽之蛮貊，何忧惧兮。”这一段话，不仅总体上体现了“征圣”的思想，而且从行文来看，亦几乎句句表现出“宗经”的特色。文中称引了《诗经》、《周易》、《论语》、《孔子家语》等儒家经典以及《庄子》等书，有些话，如“夫子固穷”、“游艺文兮”、“乐以忘忧”等，直接从《论语》翻出，斟酌经辞的特色极为明显。又如刘勰谓“孟坚《两都》，明绚以雅赡”（《文心雕龙·诠赋》）。所谓“明绚”，就是亮丽，“雅赡”，就是尔雅深厚。可见《两都赋》在引用经典方面最具特色。限于篇幅，我们仅举一段文字为例：“于是庭实千品，旨酒万钟，列金罍，班玉觞，嘉珍御，太牢飨。尔乃食举雍彻，太师奏乐，陈金石，布丝竹，钟鼓铿锵，管弦烨煜。抗五声，极六律，歌九功，舞

① 请参阅何沛雄：《〈两都赋〉和〈二京赋〉的历史价值》，《文史哲》，1990年第5期。
② 参见徐宗文：《崔为文宗　世禅雕龙》，载《文学遗产》，1998年第4期。

八佾，韶武备，泰古毕。四夷间奏，德广所及，僸佅兜离，罔不具集。万乐备，百礼暨，皇欢浃，群臣醉，降烟煴，调元气，然后撞钟告罢，百寮遂退。”这里虽然仅仅写的是朝廷宴享的场面，侧重于对庆酒祭乐过程的描绘，但是却使我们看到：一方面这个宴享活动及程序，完全符合古代的礼仪，符合经义所载，而这也正是班固着力歌颂并且需要读者明白的内容；另一方面，从行文来看，这些文字都出于儒家典籍的记载，包括“三礼”和《诗经》、《尚书》、《左传》、《论语》以及《礼乐志》等。对于班固的创作，刘熙载在《艺概·文概》中予以概括说：“班孟坚文，宗仰在董生、匡、刘诸家，虽气味已是东京，然尔雅深厚，其所长也。”刘氏所评价的虽然侧重于《汉书》，但是我认为同样适用于班固及班氏的辞赋创作。正如刘勰所论：“至于崔、班、张、蔡，遂捃摭经史，华实布濩，因书立功，皆后人之范式也。”(《文心雕龙·事类》)

（三）规范体制（裁），显示典正之美。班氏的赋作，不独在艺术风格上有新的开拓，在体制和体裁上亦有创新，所不同的是，体制的创新往往是建立在规范的基础上，在规范中创新。如《幽通赋》虽是一篇“叙志”之作，却是叙志作品中的“新体”。赋不同于“抒情”、“讽谏”之作，视之前人，可谓一新；叙志而又不以“志”名（如崔篆有《慰志赋》、冯衍有《显志赋》等），可谓再新；不以志名，又不取《解嘲》、《客难》之型，可谓三新。这样的创新之作，也显示出一定的独特性以及创作的艰难性。班固以后，只有敢于薄陋他的张衡写有《思玄赋》，但亦属模仿而已。除此以外，几无继响。又如《典引》，从赋作的体制看，视之前人是创新，但更是规范之后的创新。“固又作《典引》篇，述叙汉德。以为相如《封禅》，靡而不典，扬雄《美新》，典而不实，盖自谓得其致焉”(《后汉书·班固列传》)。所谓“自谓得其致”，就是自以为题材符合要求，体裁合乎标准。《典引》主要是叙述汉德的，因此，它与纪禅一类的文体相同，要求内容真实，语言雅懿。而此前的相如、扬雄之作，或则靡而不典，虽然语言华丽却不合文体规则；或则典而不实，虽然文体符合标准内容却不够真实，不该“美新”而“美”之，皆有偏颇。唯独《典引》，能去其弊而扬其长，使之成为一篇符合要求与标准的典范之作。“及扬雄《剧秦》，班固《典引》，事非镌石，而体因纪禅……《典引》所叙，雅有懿乎，历鉴前作，能执厥中，其致义会文，斐然余巧。故称《封禅》丽而不典，《剧秦》典而不实。岂非追观易为明，循势易为力欤？”（刘勰《文心雕龙·封禅》）《典引》之所以“雅有懿”，乃在于“历鉴前作，能执厥中”。由此可见，班氏的赋作在体制或体裁上，一方面能够注意规范化，另一方面又能够坚持创新，从而显示了典雅中正之美。

明人张溥在《汉魏六朝百三家集题辞》中评班固赋作曰：“《两都》仿《上林》，《宾戏》拟《客难》，《典引》居《封禅》、《美新》之间，大体取象前型，制以心极。”“取象前型”，谓之模仿继承；“制以心极”，谓别出机杼，开拓创新。前者指形式体制，后者指题材立意。毫无疑问，张氏的评价极为中肯确切！需要强调的是，他的这一评价，其实应该包括班氏的所有赋作。

班氏的赋作特色鲜明，其成就亦具历史性地位。何以如此呢？原因固有多种，如已见上述之时代历史因素、家族文化背景之作用等，但是，核心与其文学思想（主要是班固赋论）密切相关。我们仔细检讨一下班固赋论，发现其观点与班氏赋作特色如出一辙。可以说，班固的赋论既是对前人（尤其包括班氏及自己）赋作实践的概括和总结，同时也成了自己具体创作实践的指导理论，赋论与赋作二者表现了高度的一致性。

“赋者，古诗之流也。”（《两都赋序》）这是班固赋论的基础和核心问题，其余赋论大抵围绕这一中心观点展开。赋为古诗之流，既道出了赋与古诗之传承关系，赋为古诗之嫡裔，从而在文体上否定了前人（如扬雄等）否定辞赋的思想①，为辞赋争得了一席正统之

① 扬雄《法言·吾子》：“或问：‘吾子少而好赋？’曰：‘然。童子雕虫篆刻。’俄而曰：‘壮夫不为也。’”“或曰：‘赋可以讽乎？’曰：‘讽乎！讽则已，不已，吾恐不免于劝也。’”班固《汉书·扬雄传》：“雄以为赋者，将以风也，必推类而言，极丽靡之辞，闳侈巨衍，竞于使人不能加也，既乃归之于正，然览者已过矣……由是言之，赋劝而不止，明矣。又颇似俳优淳于髡、优孟之徒，非法度所存，贤人君子诗赋之正也，于是辍不复为。”

地；更重要的是，也为辞赋的创作规定了法度，即无论是形式还是内容，都要符合古诗的精神和要求，符合以诗教为代表的儒家文学思想。

那么，古诗的法度、要求有哪些具体的标准呢？从班固的赋论中大致可以概括为以下三点：

(1)“抒下情而通讽喻”。这是班固赋论强调坚持古诗法度与要求的重点之一。

讽喻，这是古诗的传统功用。从孔子论诗的“兴观群怨”(怨，即“怨刺上政”)，到汉人《毛诗序》的“上以风化下，下以风刺上”，都说明了这一点。班固既然认为赋乃古诗之流，则必主张它的讽谏功用。为此，他有一系列的论述。例如：他在《离骚赞序》中称赞《离骚》“上陈尧、舜、禹、汤、文王之法，下言羿、浇、桀、纣之失，以风怀王”，就非常清楚地表明了他对辞赋作品中具有讽谏意义的积极态度。又如：“大儒孙卿及楚臣屈原离谗忧国，皆作赋以风，咸有恻隐古诗之义。其后宋玉、唐勒，汉兴枚乘、司马相如，下及扬子云，竞为侈丽闳衍之辞，没其风喻之义。是以扬子悔之，曰：‘诗人之赋丽以则，辞人之赋丽以淫。如孔氏之门人用赋也，则贾谊登堂，相如入室矣，如其不用何！’”(《汉书·艺文志》)这一褒一贬，也鲜明地反映了他对赋作的讽谏要求。

他不仅在理论上坚持赋作的讽谏主张，而且在自己的创作实践中亦身体力行，尽可能地体现赋作的讽谏特色。如《两都赋》之《西都赋》盛称长安旧制，写其地理形胜、山川险要、封畿富庶、都市繁华、宫室崇峨，以及天子田猎之壮观、士女游乐之欢快等等，目的虽为《东都赋》作铺垫，但在本篇亦有“主于讽刺”的特色及作用，其意在“兼戒后王，勿效西京末造之侈”(《义门读书记》)。其他如《答宾戏》以及班氏的“述行”赋等，虽然程度不同，都有借古讽今的意义。

(2)“宣上德而尽忠孝”。这是班固赋论强调坚持古诗法度与要求的又一重点，而且是重中之重。比较而言，如果说班固赋论的“讽谏”说是以总结前人的赋作实践为主，那么“颂德”说则以揭示自己的创作特色为主；如果说班固赋论的“讽谏”说已与他的前辈有所不同，具体地说，比起司马迁、扬雄等人来已有所倒退，或者说更加回归古诗的传统，那么在“颂德”说这一方面，便是度越前古了。这是他的赋学理论最核心的问题，也是他的赋作实践他的理论最完美、最成功的地方，因而也是他的赋作用力最勤、最超越前人的所在。

班固在《两都赋序》中强调赋应“宣上德而尽忠孝，雍容揄扬，著于后嗣，抑亦《雅》、《颂》之亚也”，并指出“武、宣之世，乃崇礼官，考文章，内设金马石渠之署，外兴乐府协律之事，以兴废继绝，润色鸿业。是以众庶悦豫，福应尤盛……故言语侍从之臣，若司马相如、虞丘寿王、东方朔、枚皋、王褒、刘向之属，朝夕论思，日月献纳；而公卿大臣御史大夫倪宽、太常孔臧、太中大夫董仲舒、宗正刘德、太子太傅萧望之等，时时间作……故孝成之世，论而录之，盖奏御者千有余篇，而后大汉之文章，炳焉与三代同风”。提出这一理论，摆出这些事实，中心意思就是一条：辞赋作品必须“颂德”。

赋的歌功颂德，在他的创作中已经走上了极端，几乎篇篇见到颂词，听到颂声。代表作是《两都赋》之《东都赋》和《典引》等。需要着重指出的是，赋作自觉的大规模“颂德”所为是从他这里“导夫先路”的，并且在客观上形成了新的评价标准，摒弃了既往以“讽谏”为唯一准的的成见，从而开辟了一条历代相沿的以“颂”代“赋”的传统。“马融之《广成》、《上林》，雅而似赋，何弄文而失质乎？”(《文心雕龙·颂赞》)明明是赋，偏以颂名，难怪彦和要感到惊讶。然由此正可见颂在赋家中之影响。

(3) 真实与实用的功能。这也是班固赋论强调坚持古诗传统的要求之一。班固并不排斥赋作外在形式和语言的闳衍巨丽，他的这些论点，在评价屈原的《离骚》等一系列赋作时得到充分的体现。但是，在内容与形式方面，班固赋论中强调得更多的是赋作内容的真实与实用的要求。如：“文艳用寡，子虚乌有，寓言淫丽，托风终始，多识博物，有可观采，蔚为辞宗，赋颂之首。”(《汉书·叙传》)这一段话,一方面全面评价了司马相如赋作的特色及其为之作传的动因,另一方面又集中反映了班固的赋学理论和思想。在这里,班固至少提出了四种观点:辞赋的语言和形式必须艳丽;辞赋内容不可子虚乌有;辞赋必能多识博物;辞赋应该有寓意,可观采,能够托风终始。而这四点中,强调得最多的还是辞赋的真实性和实用性。又如:"仲尼称:'材难,不其然与!'自孔子后,缀文之士众矣,唯孟轲、孙况、董仲舒、司马迁、刘向、扬雄,此数公者,皆博物洽闻,通达古今,其言有补于世。传曰:'圣人不出,其间必有命世者焉。'岂近是乎!"(《汉书·楚元王传赞》)此处突出讲为人为文应能博物多闻、通达古今,尤其是"其言有补于世",更加显示出他对辞赋等文学作品的实用功能的要求。

班固的赋学理论,与传统儒家的文学思想基本上是一致的,从总的倾向看是实用的,从发展的观点看则是保守的;但是他的具体的创作实践,却在更加回归儒家传统思想的过程中表现出独有的特色,从而显示出特定的意义和价值,其中最为突出的反映在赋作的歌颂功能上,并将其推上了高峰。这一点,甚至可以说是前不见古人,后不见来者。"赋者,古诗之流也。""颂者,美圣德之形容也。"这两点,在班固的赋作中得到了最为充分的体现。

从京都赋到田园诗

——对诗赋文学创作传统的思考

许 结

中国古代文人创作源起楚汉辞赋，继兴魏晋五言诗歌，从而构成先唐文学以诗赋为中心的文学创作传统。在此长达数百年的诗赋文学创作形成时期，公元1世纪以班固为代表的赋家创制了“京都赋”文学系列，公元4世纪末以陶渊明为代表的诗人创制了“田园诗”文学系列，引人注目，以至后世文学批评家奉汉京都赋为赋之正宗，陶公田园诗为诗之圭臬，视为两座艺术高峰。而从京都赋到田园诗的创作史迹，看二者分别呈现的城市与乡村两大文学传统，似有待发其隐蕴。

一、从诗赋承变看两大文学传统的形成

文学作品反映城市建设与农耕劳作的情形，早在《诗经》中已多记述。如《大雅·绵》写古公亶父迁都周原“筑之登登”、“作庙翼翼”、“百堵皆兴”、“乃立皋门，皋门有伉，乃立应门，应门将将”；《大雅·文王有声》写周文王作邑于丰“筑城伊淢，作丰伊匹”、“王公伊濯，维丰之垣”，即述周人建城之事。而写农事者尤多，如《臣工》、

《噫嘻》、《丰年》、《载芟》、《良耜》、《七月》等，其中《周颂·丰年》写周初农业丰收景象“丰年多黍多稌，亦有高廪，万亿及秭”、《噫嘻》写盛大的劳动场面“亦服尔耕，十千维耦”，亦甚真切。但此仅限简述，缺少文学性描绘，因为独立的城市或乡村文学决定于城市建设的发展和私有化农业经济的形成，是“自秦汉后，言语废而文章盛”①的产物，京都赋与田园诗堪称应运而生的创作范式。

然而，从《诗经》的相关记述到独立的文学形式，为何先有京都赋而后有田园诗？二者之间有何联系？解答这一问题，首先应从诗、赋承变着眼，考察赋体文学的独立。在中国文学史上，赋是最初有署名权的文人创作，其虽滥觞战国而盛于两汉，却与《诗》有不解之缘。如《汉书·艺文志》引刘向《别录》：“《传》曰：‘不歌而诵谓之赋，登高能赋可以为大夫。’言感物造端，材知深美，可与图事，故可以列为大夫。”又，班固《两都赋序》：“或曰：赋者，古诗之流也。”至刘勰《文心雕龙·诠赋》分述“诗有六义，其二曰赋”，“登高能赋，可为大夫”，而谓“刘向明不歌而颂，班固称古诗之流”，已兼含赋“用”与赋“体”之义。其实，考刘、班旧说，赋与《诗》的关联并不重在赋体“直陈其事”之“铺陈”特征，而是追述先秦采诗、诵诗的政教意义，其言赋源于诗，实在周朝行人之官“用诗”与“能赋”。对此，刘师培《论文杂记》认为：“诗赋之学，亦出于行人之官……夫交接邻国，揖让喻志，咸为行人之专司。行人之术，流为纵横家。”章炳麟《国故论衡·辨诗》也说“纵横家者赋之本”，源在“古者诵诗三百，足以专对”，而至汉世“纵横既黜，然后退为赋家”。由此，我们可以对赋的起源及其创作提出两点思考：其一，《诗》三百篇有民间风诗、宫廷雅乐与庙堂颂歌，虽然汉人提出的王朝“采诗”之说已受到清儒的质疑而无定论②，然从前述之“用诗”与“能赋”来看，皆归

① 参见康有为：《教学通议·言语》，刘梦溪主编《中国现代学术经典·康有为卷》，99页，河北教育出版社，1996年。

② 清儒质疑汉人“采诗说”者甚多，代表之说有崔述《读风偶识》，卷2，《通论十三国风》。

属王朝政教范畴，尽管其中有民歌，也是经周太师整理而成的。这决定了“文学”之用首先在宫廷，周“诗”如此，汉“赋”亦如此。其二，从文学发展看行人赋诗到汉人作赋，表现了由言语之用到文章之学的演变。这又可归纳为两条线索：一是由孔子“言语”一科到纵横家，再到汉赋，共同旨趣在于擅长辞令且臻娴雅；二是由行人职守到纵横家流，贤人失志赋（屈原、贾谊等）再到汉大赋创作，完成了从赋诗言志到作赋言志的历史转换。

刘勰《文心雕龙·诠赋》说“殷人辑颂，楚人理赋，斯并鸿裁之寰域，雅文之枢辖也”，汉人赋创作则“京殿苑猎，述行序志，并体国经野，义尚光大”，其间从楚人理赋到汉廷文人大赋有由“贤人失志”到“体国经野”的转化，但系属宫廷文学，诚为一致。缘此，元人祝尧编《古赋辨体》时指出：“古今言赋，自骚之外，咸以两汉为古。”其在为司马相如《子虚》、《上林》两赋作“题解”中有段推崇之辞：

> 铺叙之赋，固将进士大夫于台阁……须将此两赋及扬子云《甘泉》、《河东》、《羽猎》、《长杨》，班孟坚《两都》，潘安仁《籍田》，李太白《明堂》、《大猎》，宋子京《圜丘》，张文潜《大礼庆成》等赋并看……一扫山林草野之气习，全仿冠冕佩玉之步骤。取天地百神之奇怪，使其词夸；取风云山川之形态，使其词媚；取鸟兽草木之名物，使其词赡；取金璧彩缯之容色，使其词藻；取宫室城阙之制度，使其词壮。①

其说将宫廷台阁之文与赋体铺张扬厉特色结合起来，中有未发之隐，即以京都为中心的大一统帝国思想。有鉴于此，汉代居职宫廷的侍从文人创作京都赋以彰显当代的都市文明，则是顺理成章之事。对此，班固《两都赋序》曾述西汉献赋制度云：“言语侍从之臣

① 祝尧：《古赋辨体》，卷3，《两汉体上》，《文渊阁四库全书》本。

若司马相如、虞丘寿王、东方朔、枚皋、王褒、刘向之属，朝夕论思，日月献纳……或以抒下情而通讽喻，或以宣上德而尽忠孝，雍容揄扬，著于后嗣，抑亦《雅》、《颂》之亚也。故孝成之世，论而录之，盖奏御者千有余篇，而后大汉之文章，炳焉与三代同风。”与汉廷文人赋相比，汉诗以无名氏乐府歌诗为主，文人诗寥寥无几，不足称道。据《汉书·礼乐志》载：“至武帝定郊祀之礼……乃立乐府，采诗夜诵，有赵、代、秦、楚之讴。以李延年为协律都尉，多举司马相如等数十人，造为诗赋，略论律吕，以合八音之调，作十九章之歌。”就制度言，汉廷采诗与献赋意义相同；而从文学史来看，汉廷采诗制扼制了文人诗的兴起，汉代文人赋的一枝独秀又形成对文人诗的掩压，诚如钟嵘《诗品序》所说：“词赋竞爽，而吟咏靡闻。”

从钟嵘所言汉世“吟咏靡闻”到刘勰《文心雕龙·明诗》论建安之初“五言腾跃”，有段文学史的演进过程，其间既有诗的崛兴与赋的衍化，也有从庙堂文学向山林文学的变移。如果考察其文化背景，这一始于东汉中后期的变化，略有三方面原因：一是以京都为中心的汉帝国政治的衰落，使整个文化再次陷于“礼失而求诸野”的境地，游离于朝廷中心的文学创作亦渐次兴起。二是随着秦汉以后土地私有化进程的发展，特别是东汉王朝实赖世家大族而建立[①]，至东汉时期地主庄园经济已基本成熟，士大夫也出现或居朝或居野的生存状态，文人创作中农耕情形与田园情趣的增多与此相关。三是自东汉以降宫廷文学侍从地位的下降，文人出现居朝而思野或“解甲归田”的心绪，以至被京都大赋扫去的“山林草野之习气”得以回归，文人个性化诗歌创作的崛兴、田园文学的萌生，标明了这一走向。而从京都赋到田园诗的文学史变移过程中，又有两个问题值得注意。

首先是仕、隐问题在文学作品中的反映。有关仕与隐在先秦典

---

① 参见余英时：《士与中国文化》之五，《东汉政权之建立与士族大姓之关系》，上海人民出版社，1987年。

籍中即有记载，但用文学作品来表达，或以文学方式阐发其思想情境，则出现在汉代，尤其是从西汉初淮南小山的《招隐士》到东汉后期张衡的《归田赋》，显现出汉人历时性的演变心迹。可以说，自《招隐士》出，汉代以赋为代表的文学基本是“进士大夫于台阁”的工具，文学功用亦即班固所言“抒下情而通讽喻”与“宣上德而尽忠孝”。因为当时士人的入仕热情是与帝国强盛的政治局面相契，京都赋正是此情境与心态的映示。当然，即使居盛汉之世的文士也不乏游离于仕途的幽怨情怀，在汉武帝时赋坛出现的以董仲舒为代表的“士不遇”创作系列即为例证。而大赋作手，如被称为“汉赋四大家”的马、扬、班、张，在创制京都、游猎类赋的同时，也创作了诸如《长门》、《反骚》、《幽通》、《思玄》等以抒泄幽怨情怀。只是这类幽怨之情仍属“宫怨”性质，并没有真正脱离朝政的隐逸描写。到东汉中后期帝国政治窳败的情境中始出现变化，张衡虽然终生未隐，但其《归田赋》对游心山水、归趣田园的企盼，已启导了一种个性化的隐逸文学倾向。继此之后，魏晋之世赋坛诸如“归田”、“逸民”、“嘉遁”、“闲居”类题材及作品的大量出现，实与山水、田园诗的兴起共时同趣。

其次是诗、赋创作的交互问题。随着东汉帝国的衰败，作为帝国文化代表的京都大赋在整体意义上的失落，致使汉末赋坛出现大赋解构而小赋兴盛的局面，亦即“赋的诗化”。考察中古赋的诗化，主要表现在内涵抒情化、结构小品化、语言浅易化、韵律严密化与构思意境化，而论其要，则在抒情小赋的大量出现，形成与文人诗创作的交互。对此，日人稻畑耕一郎《赋的小品化初探》举张衡《归田》、王粲《登楼》、向秀《思旧》诸赋指称：“赋的表现基点已从囊括宇宙、鸟瞰世界，转为以表现者自我为出发点感受到的天地。赋的表现形式，也就因而得以更多地抒发个人内心的细腻的感情。”①基于这种具时代特征的创作实践，陆机《遂初赋序》论赋“声为情变”，已与钟嵘《诗品序》论诗“摇荡性情”得到理论的统一。而魏晋

① 详见《杭州大学学报》，1980年第2期、第3期陈植锷中译文。

时代赋与诗中有关山水、田园的描绘，也正是以个人内心情感为出发点的。只是赋的抒情多属“诗化”的结果，所以从表现个性情感来看更宜诗体，山水、田园诗以其艺术成就对相类赋的掩压，决定其是继京都赋以后的又一文学高标。

二、京都赋与城市文学传统

治文学史者习言城市文学兴起于唐宋以后，戏剧、小说为其代表。倘原史论古，都市文明的兴起实与铺采摛文的赋体文学结下不解之缘，汉代京都大赋的崛兴以及历时两千余年的都邑赋(含京都与地方城市)的创作，形象地展示了中国古代都市文明的演变与发展。

据萧统《文选》分类，首选赋，赋分十五类，首“京都”，京都赋首选班固《两都赋》与张衡《二京赋》，以示典范。在“京都”类之外，属“游猎”、“郊祀”、“宫殿”题材的如司马相如《子虚》、《上林》，扬雄《羽猎》、《长杨》、《河东》，王延寿《鲁灵光殿》，何晏《景福殿》等，亦属京都文化范畴。除京都外，汉赋创作如扬雄《蜀都》、张衡《南都》，又开启描写地方都会文明的先河。至清初陈元龙奉敕编纂《历代赋汇》，“正编”载录历代“都邑”赋10卷计70篇，“补遗”又录2卷计13篇，可谓洋洋大观。而论京都，则继班、张以后有如晋左思《三都》，唐李庾《两都》，宋周邦彦《汴都》，元黄文仲《大都》，明金幼牧《皇都大一统》、顾起元《帝京》、陈敬宗《北京》、桑悦《两都》，清乾隆帝《盛京》[1]诸赋；论地方都市，则继扬、张以后有如魏徐幹《齐都》、刘桢《鲁都》，晋庾阐《扬都》，宋王十朋《会稽风俗》，元赵孟頫《吴兴》，明黄佐《粤会》，清褚邦庆《常州》[2]、程先甲《金陵》[3]诸赋，

① 《盛京赋》见载《御制文初集》，卷23；《皇清文颖》，卷首18。

② 《常州赋》今见光绪四年重刊本。

③ 《金陵赋》有光绪二十三年傅春官刊本与《千一斋全书》本。

形成以城市为描写对象的文学传统。

探究京都赋的出现，首在都市文明的发展。考古代都城建设，可分三阶段：一是“三代”都城建设，由原始而渐具规模，如夏之阳城、商之殷等，尚属大型聚落。自周文王定都沣水西岸之丰（今陕西户县东），武王迁东岸之镐（今长安县西南），到周平王东迁洛（雒）邑（今河南洛阳），已如《汲冢周书·作雒解》载“城方千七百二十丈，郛方七百里”，有王城（城）、外城（郛），规模较为宏大。但就管理制度言，周天子所在之“王城”权力并不覆盖全国广大农业经济区域，所以古史学家称为“城市国家”①。二是春秋战国时期诸侯争霸，各王国逾制建宫造城，如鲁之曲阜，齐之临淄，晋之新田，赵之邯郸，魏之安邑与楚之郢都等，皆壮丽宏伟。这种缘于诸侯国强大而形成的诸多新权力中心，一方面显现出新的中心都市文明，为秦汉以后京都文化奠定了基础，一方面又因诸都并兴的区域广泛性，都市文明自然由三代单一的“王城”扩展到地方的“都城”，同样开启了秦汉以后京城以外的都市文明。三是自秦汉大一统帝国形成，帝都建设与制度始告完备，如秦之咸阳、西汉之长安、东汉之洛阳、六朝之建康（今南京）、唐之长安、北宋之东京（开封）、南宋之临安（今杭州）、元之大都与明清之北京，无疑成为各时代的政治文化中心。②但值得一提的是，秦汉以后帝都与三代“王城”有一很大不同点在于其权力与文明已覆盖全国的农业经济区，郡县制的实施及完成决定了京都文化的中心地位。同时，“秦于六国故都，多为郡治”③，如临淄、邯郸、阳翟、寿春等皆郡治所在，表明了地方都市及区域文明的形成。而围绕这三个阶段，对都市文明的表述也可分三个层面，即一是田野考古遗址及实物的发现（如夏、商、周三代王城遗址及文明实物）；二是古史的记述（如甲骨卜辞对“殷”的记

① 侯外庐：《中国古代社会史论》，138页，河北教育出版社，2000年。

② 参见方以智：《通雅》，卷17，《古都》；顾炎武：《历代帝王宅京记》。

③ 王国维：《观堂集林》，卷12，史林四《秦郡考》，534页，中华书局，1959年。

录,《尚书·洛诰》对周平王都“洛”的记录,《战国策·齐策》对齐临淄城的记述等);三是文学作品的描写,汉代京都赋为代表的都邑赋当属最早实例。

从创作内涵来看,京都与地方都邑赋以描写都市文明为主,其思想宗旨是通过以京都为中心的描写以展现大一统帝国的文化风貌。无名氏《三辅黄图原序》言汉武帝建都“盖骋其邪心以夸天下”;清初申涵光《乔布衣诗引》论京都文学“京师者,诗之薮泽也。如贡税然,四方所产,梯航而集于上国……众技毕陈,而精者出矣”;汪由敦题乾隆《盛京赋》跋语云“函宇宙,综古今,炳典谟,熔图籍”,皆具拓张雄夸之意。而纵观古今都邑赋的具体描写,其相同处则突出于以下几方面。

(一)城市建设,包括建都环境、都市沿革、市区街衢、宫室建筑等。如班固《西都赋》开篇即描述汉之西都长安的地理位置及历史沿革:

> 汉之西都,在于雍州,实曰长安。左据函谷二崤之阻,表以太华终南之山;右界褒斜陇首之险,带以洪河泾渭之川。众流之隈,汧涌其西。华实之毛,则九州之上腴焉;防御之阻,则天地之隩区焉。是故横被六合,三成帝畿,周以龙兴,秦以虎视。及至大汉受命而都之也,仰悟东井之精,俯协河图之灵。奉春建策,留侯演成。天人合应,以发皇明,乃眷西顾,实惟作京。

继对京畿环境的描绘与对建都历史的考察,如述都城规模“建金城而万雉,呀周池而成渊,披三条之广路,立十二之通门”;述城区繁华“街衢洞达,闾阎且千,九市开场,货别隧分。人不得顾,车不得旋,阗城溢郭,旁流百廛”;述市中人物“都人士女,殊异乎五方。游士拟于公侯,列肆侈于姬姜。乡曲豪举,游侠之雄,节慕原尝,名亚春陵,连交合众,骋骛乎其中”。然后落笔“宸居”之“宫室”,或“左城右平，重轩三阶”，或“崇台闲馆，焕若列星”，或“增盘崔嵬，登降炤烂”，“殊形诡制，每各异观”。历代赋家撰宫室赋如刘歆《甘泉宫》、卞兰《许昌宫》、李华《含元殿》、黄佐《乾清宫》、高盖《华萼楼》、李白《明堂》、杨宗瑞《辟雍》等，对宫室建筑的细致刻画，均属都邑赋的描写范围。

（二）宗教礼仪，是京都赋描写的中心内容，这与其产生于汉武帝时崇礼重祀以建构其帝国宗教的文化政策相关，故赋中亦多天子郊祀大礼与朝会大典的绘饰。试观班固《东都赋》有关“元会礼”的一段描写：

> 春王三朝，会同汉京。是日也，天子受四海之图籍，膺万国之贡珍，内抚诸夏，外绥百蛮。尔乃盛礼兴乐，供帐置乎云龙之庭，陈百寮而赞群后，究皇仪而展帝容。于是庭实千品，旨酒万钟，列金罍，班玉觞，嘉珍御，太牢飨。尔乃食举雍彻，太师奏乐。陈金石，布丝竹，钟鼓铿鍧，管弦烨煜。抗五声，极六律，歌九功，舞八佾，韶武备，泰古毕。四夷间奏，德广所及，僸佅兜离，罔不具集。

写在京城举行的天子宾礼朝会，以表达帝国宾服四海的政治胸襟。这类描写的独立成篇，则有“典礼”类如傅玄的《朝会》、穆寂的《南蛮北狄同日朝见》、文彦博的《诸侯春入贡》、邓耽的《郊祀》、范镇的《大报天》等；又有“蒐狩”类如司马相如的《天子游猎》、扬雄的《长杨》、李白的《大猎》、裴度的《三驱》等赋，均属京城活动范围内的描绘。

（三）商业贸易，是都邑赋的重要描写内容。城市乃商业会聚之地，而古代文学中最早有关商业贸易的描写应是都邑赋，并形成以商业文明为重要内涵的传统。如扬雄《蜀都赋》写蜀产工艺时已着笔“东西鳞集，南北并凑，驰逐相逢，周流往来，方辕齐毂，隐轸幽輵”的市廛，而左思《三都赋》写蜀都则更多商贸描绘：

亚以少城，接乎其西，市廛所会，万商之渊。列隧百重，罗肆巨千。贿货山积，纤丽星繁。都人士女，袨服靓妆。贾贸墆鬻，舛错纵横。异物崛诡，奇于八方。布有橦华，面有桄榔。邛杖传节于大夏之邑，蒟酱流味于番禺之乡。舆辇杂沓，冠带混并，累毂叠迹，叛衍相倾。喧哗鼎沸，则哤聒宇宙；嚣尘张天，则埃壒曜灵。阛阓之里，伎巧之家，百室离房，机杼相和。贝锦斐成，濯色江波。黄润比筒，籝金所过。

录此一节，已可见货物丰盛、商贾富足、市廛热闹之景象。北宋神宗时周邦彦献《汴都赋》，“以一赋而得三朝之眷”①，赋中有关“顾中国之阛阓，丛赀币而为市”一段描绘，即以集市贸易之繁荣颂美京都之盛。而清末江宁文士程先甲撰《金陵赋》，其中写城内景象与商业繁华云：“观夫四境之内，隧廛缍猎，衢术荡平，人烟滃地，市声沸天。颁颁斌斌，挂辖驾肩。闬闳栉比，邸舍相承。华夷错糅，主客因仍。侨寓更代，冠盖椴兴……染人濯丝，麇至凫趋。机声轧轧，比舍喧阗。万家篝火，世业相传。商贾云集，于此懋迁。”突出的正是清代以江宁织造业为龙头产业的商贸情形。

（四）物产风俗，彰显的是京都赋的博物之象。王延寿《鲁灵光殿赋》有云“物以赋显，事以颂宣”，正因赋的“体物”功能，京都赋家尝以写物产风俗而显其审美趣味。区分而论，京都赋所显之物多有异邦所献的“珍奇罗生”之宝物，以显帝京声威气象。如班固《西都赋》描写京畿拥有之物：

其中乃有九真之麟，大宛之马，黄支之犀，条支之鸟。逾昆仑，越巨海，殊方异类，至于三万里。

---

① 《宋史·文苑传》载：周邦彦“初游京师，献《汴都赋》万余言，神宗异之，命侍臣读于迩英阁”。又，《清真先生文集序》：“以一赋而得三朝之眷，儒生之荣莫加焉。”按：三朝指神宗、哲宗、徽宗。

《文选》李善注："《汉书》宣帝诏曰：九真献奇兽。晋灼《汉书注》曰：驹形，麟色，牛角。又《武帝纪》曰：贰师将军广利斩大宛王首，获汗血马。又曰：黄支自三万里贡生犀。又曰：条支国临西海，有大鸟卵如瓮。"又吕向注"逾昆仑，越巨海"云："逾越，过也。三万里，言所从来远也。"据《后汉书·西域传》载：汉和帝时，甘英出行西域，经安息、条支直抵波斯湾，所见"皆前世所不至，山经所未详，莫不备其风土，使具珍怪"。可知赋中所写，皆有史料佐证。这种描写"贡物"之赋，在汉代尚有咏物之作，如班昭《大雀赋》、王逸《荔枝赋》、朱穆《郁金赋》、祢衡《鹦鹉赋》等，反映的均是以京都为中心的朝贡体系。比较而言，地方都邑赋则偏于描写地方物产与风俗。如刘邵《赵都赋》云："其珍玩服物，则昆山美玉，玄珠曲环，轻绡启缯，织纩绨纨。其器用良马，则六弓四弩，绿沉黄间，堂嵠鱼肠，丁零角端……"又如王观《扬州赋》云："琼花吐英，芍药矜芳，媚灵宇以敷秀，覆修亭而舞香。"至于王十朋《会稽风俗赋》，通篇夸耀会稽物产之厚，风俗之美，皆具地方特色。

（五）游艺表演，是城市文化一重要内涵，反映于文学作品则有着由宫廷到民间的转移，即汉、唐时代京都赋多表现于宫廷游乐，而随着唐、宋时代"瓦舍"的兴盛，民间游艺亦进入赋域。在汉京都赋中，天子游乐观艺多与朝会等庆典相关，如张衡《西京赋》描写"平乐观"百戏表演就极为生动：

> 大驾幸乎平乐，张甲乙而袭翠被。攒珍宝之玩好，纷瑰丽之奓靡。临迥望之广场，程角抵之妙戏。乌获扛鼎，都卢寻橦。冲狭燕濯，胸突铦锋。跳丸剑之挥霍，走索上而相逢。华岳峨峨，冈峦参差；神木灵草，朱实离离。总会仙倡，戏豹舞罴；白虎鼓瑟，苍龙吹篪。女娥坐而长歌，声清畅而蜲蛇。洪涯立而指麾，被毛羽之襳褷。度曲未终，云起雪飞。初若飘飘，后遂霏霏。复陆重阁，转石成雷。礔砺激而增响，磅礚象乎天威。巨兽百寻，是为曼延。神山崔巍，欻从背见。熊虎升

而挐攫，猿狖超而高援。怪兽陆梁，大雀踆踆。白象行孕，垂鼻辚囷。海鳞变而成龙，状蜿蜿以蝹蝹。舍利颬颬，化为仙车。骊驾四鹿，芝盖九葩。蟾蜍与龟，水人弄蛇。奇幻倏忽，易貌分形。吞刀吐火，云雾杳冥。画地成川，流渭通泾。东海黄公，赤刀粤祝；冀厌白虎，卒不能救；挟邪作蛊，于是不售。尔乃建戏车，树修旃。侲僮程材，上下翩翻，突倒投而跟絓，譬陨绝而复联。百马同辔，骋足并驰。

列述"举重"、"爬竿"、"钻刀圈"、"翻筋斗"、"气功"、"手技"、"走索"、"化装歌舞"、"幻术"、"多幕歌舞"、"魔术"、"驯兽"、"马戏"等节目①，精彩纷呈。同类专题赋如汉李尤的《平乐观》，唐郑锡的《正月一日含元殿观百兽率舞》、钱起的《千秋节勤政楼下观舞马》诸赋，皆宫廷游乐的具体描写。比较而言，如明顾起元《元夕赋》所写"街填巷咽"、高道素《上元赋》所写"狡童蛊子，逸女艳姬"，"招朋命侣，约伴偕行"，所述皆市民节日游乐，具有更广泛的意义。

以京都为主体的历代都邑赋创作，真实记载了城市的建设、发展与变迁，成为一大文学传统，千年不祧。《明史·文苑传》载桑悦居京师，"见高丽使臣市本朝《两都赋》，无有，以为耻，遂赋之"，赋写"北都"（北京）、"南都"（金陵）形胜，售殊方，振国威，成一时美谈。如果说古人珍重京都大赋，主要是突出帝国政治和由此建构的庞大"羁縻"②，则今人研读历代都邑赋，其所描述的城市物质文明以及由此保留的城市文化记忆，尤足珍贵。

三、田园诗与乡村文学传统

诗歌反映农业社会，源自上古歌谣与《诗》三百篇，然以独立

① 参见叶大兵：《中国百戏史话》，浙江人民出版社，1985年。

② 详见许结：《论汉代京都赋与亚欧文化交流》，《贵州大学学报》，2003年第1期。

的、自觉的审美眼光看待田园风光与躬耕生活，将诗人的心灵融入田园生活而创造出田园意境，则始于东晋，陶渊明为第一位田园诗人。对陶诗成就，当时评价未显，如刘勰《文心雕龙·明诗》论“公宴”、“仙道”、“玄言”、“山水”，或美其“情必极貌而写物，辞必穷力而追新”，却未及田园诗。钟嵘《诗品》列叙陶诗，仅谓“风华清靡，岂直为田家语耶！古今隐逸诗人之宗也”。在诗史意义上，对陶诗价值的发现，则在宋人。陈正敏《遁斋诗话》记云：

> 六一居士推重陶渊明《归去来》，以为江左高文，当世莫及。涪翁云：“颜谢之诗，可谓不遗炉锤之功矣；然渊明之墙数仞，而不能窥也。”东坡晚年，尤喜渊明诗，在儋耳遂尽和其诗。荆公在金陵，作诗多用渊明诗中事，至有四韵全使渊明诗者。又尝言诗有奇绝不可得之语，如“结庐在人境，而无车马喧。问君何能尔，心远地自偏”。

纵观诗史，唐人仿陶，已胜六朝，然唐人所爱，多在陶诗，而至宋人所爱，则兼取陶诗之朴茂奇绝与陶公之人格品性[①]。所以东坡评陶诗有谓“陶渊明意不在诗，诗以寄其意耳”，故读陶诗“未可于文字精粗间求之”[②]。宋人尊陶，兼涉哲学、艺术、诗学等多重因素，倘归复于诗歌创作本身，则不难看到宋人发现陶渊明的过程，也就是重新发现田园诗价值的结果，同为继东晋以后，宋代是田园诗创作的又一高峰，这恰与宋人力拒将陶诗混同一般“隐逸”诗相关[③]，是其“和陶”心态的真实反映。

在诗歌领域中，田园诗的审美价值最突出地表现于和平宁静的农耕乐趣和自适自得的个性情感。而探讨其形成之因，即在古代

① 参见钱钟书：《谈艺录》“陶渊明诗显晦”条，88～93页，中华书局，1984年。

② 晁补之：《鸡肋集》，卷33，引东坡语。

③ 参见胡晓明：《中国诗学之精神》，江西人民出版社，1991年。

诗歌创作广泛反映农业文明的背景下，为何至东晋始出现成熟的田园诗？对此问题，可参照前述京都赋的兴衰加以说明。

首先，从文学制度来看，汉代“采诗”制度的衰落与文人诗的兴起相关，这是田园诗形成与独立的前提。汉以前的诗歌创作，基本统合于王朝“制礼作乐”的制度，要在观政教得失。从《周礼》载“乐官”掌乐教及《礼记·王制》载“天子五年一巡狩……命太师陈风以观民风”，到汉武帝“立乐府”之制，其间又贯穿着采诗及用诗问题。对此又可区分为二：一是汉人追叙前朝“采诗”制度，如刘歆《答扬雄书》谓“三代、周、秦，轩车使者、遒人使者，以岁八月巡路，求代语、童谣、歌戏”；《公羊传·宣公十五年》何休注：“使民间采诗，乡移于邑，邑移于国，国以闻于天子。故王者不出牖户，尽知天下。”二是汉代立乐府采诗之制，即汉初设“太乐”与“乐府”，至武帝更制，如《汉书·礼乐志》载：“乃立乐府，采诗夜诵，有赵、代、秦、楚之讴。以李延年为协律都尉，多举司马相如等数十人造为诗赋”；《艺文志》载：“自孝武立乐府而采歌谣……观风俗，知薄厚”；《武帝纪》赞曰：“兴太学，修郊祀，改正朔，定历数，协音律，作诗乐，建封坛，礼百神，绍周后，号令文章，焕焉可述。”可见武帝立乐府与兴郊礼、定官制、置协律都尉及造为诗赋等并举，实属以京都为中心之帝国文化的构建。在此文化及文学制度中，文士没有个性抒发的余地，而作为展示诗人心灵自由的山水、田园诗作，更缺乏生存土壤。虽然从两《汉书》所载自武帝至汉末风俗使者“行使”情形，汉世采诗制可谓贯彻始终，但自西汉末哀帝“罢乐府”[①]，到东汉乐府诗基本归属于仪式文学，其作为一代制度伴随王朝政治已遘衰难挽，东汉具有个性化色彩的文人五言诗的出现，正是诗歌逐渐脱离王朝“采诗”制度的结果。

这样也就牵涉到另一层面，即从文人角色地位看文人诗及田园诗的产生。署名文人始自楚、汉宫廷赋家，属宫廷言语侍从，自武

① 详载《汉书·礼乐志》。

帝尊礼制、立乐府，有名赋家又多隶属礼职或是在皇帝身边随侍行礼的官员，与制礼作乐的制度紧密相关。①也正因赋家供职朝廷的地位，所以在西汉“独尊儒术”的文化氛围中，赋家自然依附儒家（礼家）而兴盛，他们的“得意”是将其智慧与文采融织于京都文化的构建，其“失意”也是“士不遇”类的宫廷之怨。而到东汉明、章之后，言语侍从地位明显下降，至汉末灵帝时虽然还召集文士待制鸿都门下，但有名望的作家多因世乱而散居各地，所以简宗梧认为“《后汉书》虽立有文苑传，却很难找到一个是充任言语侍从的专业赋家”②。这就是说，缘于言语侍从没落，文士地位下降，在野寒士与地方文人的创作方始大量出现，魏晋以降题材微细之小赋的兴出，文人五言诗的崛兴，标志了文人角色的转换。作为具有独立的生存意识和审美意识的田园诗，自属在野文人创作，且与当时已形成的庄园经济相关，有强烈的个性化色彩与自适情趣。

再者，从文学创作层面看，京都赋擅长物态堆砌与田园诗的野趣勾画，固然决定于审美对象之不同，倘若落实了创作思维与方法，其对物态或情境所作对象化的描绘，二者又有相通之处与变移之迹。可以说京都赋家对都市文明的客观描述，不仅扩大了创作视域，而且更重要的是采取了对象化的描写方法。如果说在《诗经》、《楚辞》里的景物只是其表达内容的手段，则汉大赋对京都文明、狩猎场景、礼典仪式、游艺表演的摹绘，显然已具有独立的景物描写意义，因为即使赋家的物态描写尝归于“比德”，其在整个赋篇中也仅是“曲终奏雅”而已。迨至东汉以降，一批文人小品赋的创作在淡褪赋的“比德”作用后更专注于一景一物，兴发情趣，且与文人五言诗中景物描写的独立同步。而从京都赋到田园诗，可以明显看到汉大赋景物描写对魏晋诗赋文学创作的影响，最突出者有

① 详见许结：《汉赋与礼学》，收载苏瑞隆等编《21世纪汉魏六朝文学新视角：康达维教授花甲纪念论文集》，59页，文津出版社，2003年。

② 简宗梧：《汉赋史论》，214页，台湾东大图书公司，1993年。

三:一曰咏物,即从汉大赋对物态的描写到魏晋大量的独立的咏物诗、赋的出现;二曰公宴,即从汉大赋对游宴的描写到魏晋大量的独立的游宴赋与公宴诗的出现;三曰山水,即从汉大赋对山水景观的描写到魏晋大量的独立的山水诗、赋的出现,无不彰显其演进轨迹。合此三者,可以说对陶渊明为代表的田园诗的出现具有重要的先导意义。而从宏观上来说,京都赋对都市文明作对象化描绘与田园诗对农耕文明作对象化描绘,方法之相承与对象之相异,颇耐人寻味。

与京都赋描写都市文明不同,田园诗以展示农耕文明为主,故以陶诗为中心观照历代田园诗,其创作内涵又突出表现于以下方面:

(一)田野之景。田园诗以描写旷野风光、茅舍村落见长,诗人寄情田园生活的"野趣"应是田园诗的形象和灵魂。试观陶渊明《归园田居》五首之四:

久去山泽游,浪莽林野娱。试携子侄辈,披榛步荒墟。徘徊丘陇间,依依昔人居;井灶有遗处,桑竹残朽株。借问采薪者,此人皆焉如?薪者向我言:死殁无复余。"一世异朝市",此语真不虚!人生似幻化,终当归空无。

全诗虽有放荡旷达的"玄思",但其山泽之景、林野之娱,归于"一世异朝市",实乃天机活泼,田园妙旨。陶诗中此类景象甚多,如"蔼蔼堂前林,中夏贮清阴;凯风因时来,回飚开我襟"(《和郭主簿》二首之一),"孟夏草木长,绕屋树扶疏;众鸟欣有托,吾亦爱吾庐"(《读〈山海经〉》十三首之一),其景与情,皆眼之所触,信手得来,故有"渊明诗所不可及者,冲澹深粹,出于自然,若曾用力学,然后知渊明诗非著力之所能及"[1]之说。继此,历代田园诗作虽各有胜意,

① 魏庆之编:《诗人玉屑》,卷13,引《龟山语录》。

但描写田野景境，自成传统。如唐人王绩《野望》“树树皆秋色，山山唯落晖”；孟浩然《过故人庄》“绿树村边合，青山郭外斜”；宋人王禹偁《村行》“棠梨叶落胭脂色，荞麦花开白雪香”，皆由野景而生野趣。

（二）农耕之乐。田园诗与一般游园游宴、山水景候诗的不同，在于反映诗人寄情田园、躬耕陇亩的真实感受，是源于农耕生活的一种快适。在陶诗中，反映农耕之乐处最多，这也是田园诗的生命支柱。如其《归园田居》之二：“时复墟曲中，披草共往来；相见无杂言，但道桑麻长。”又之三：“种豆南山下，草盛豆苗稀；晨兴理荒秽，带月荷锄归。”由此可见，诗人尝欲效仿古时隐居耕田者，所谓“遥遥沮溺心，千载乃相关”，但并非仅处心于贫苦的自律，而是“但愿长如此，躬耕非所叹”（《庚戌岁九月中于西田获早稻》）的身心的宁静与收获的愉悦。再观《癸卯岁始春怀古田舍》二首之二有云：

> 秉耒欢时务，解颜劝农人。平畴交远风，良苗亦怀新；虽未量岁功，即事多所欣。耕种有时息，行者无问津。日入相与归，壶浆劳近邻。长吟掩柴门，聊为陇亩民。

诗写农耕景象，淳朴真率。胡仔《苕溪渔隐丛话·前集》卷3记东坡云：“‘平畴交远风，良苗亦怀新。’非古之耦耕植杖者不能道此语，非予之世农，亦不能识此语之妙也。”张表臣《珊瑚钩诗话》卷1引东坡语后复云：“仆居中陶，稼穑是力。秋夏之交，稍旱得雨，雨余徐步，清风猎猎，禾黍竞秀，濯尘埃而泛新绿，乃悟渊明之句善体物也。”古代“乡约”，尝以“劝课农桑”为要则，此源自农业社会“衣食之道，必始于耕织”（《淮南子·主术训》），“百亩之田，勿夺其时”（《孟子·梁惠王上》）的耕织文明。田园诗人讴歌耕织，深嵌着“一分耕耘一分收获”的务实精神。如范成大《秋日田园杂兴》（其八）所云“新筑场泥镜面平，家家打稻趁霜晴。笑歌声里轻雷动，一夜连枷响到明”，王庭珪《二月二日出郊》所云“烟村南北黄鹂语，麦陇高低紫燕飞。谁似田家知此乐，呼儿吹笛跨牛背”，皆能于闲淡恬静的意境中使人感受到平常而切实的农耕乐趣。

（三）隐逸之趣。虽然宋人不赞成钟嵘奉陶渊明为“古今隐逸诗人之宗”，但古来田居与隐逸自有不解之缘。区别而论，如果说以陶渊明为代表的田园诗人笔下的隐逸趣味与此前古之高人野隐有何不同，我以为是淡化了那种僻壤荒莽，而代之以脱离朝市喧嚣、官场烦扰以及名缰利锁的一份宁静。返观汉武帝时代，尊儒崇礼，文治武功，以构建大国气象，士人受其激发，多趋经世致用之途，故有淮南小山《招隐士》之作。在其文中，“野隐”之情景是“坱兮轧，山曲岪，心淹留兮恫慌忽。罔兮沕，憭兮栗，虎豹穴，丛薄深林兮人上慄”，一派凄清荒漠、险恶恐怖之状。与之不同，田园诗兴起于汉京都文化衰变之后，陶渊明意欲摆脱官场名利而归趣田园，所以有“山泽久见招，胡事乃踌躇”（《和刘柴桑》）的喟叹，而他所言田园隐逸之趣，又是何等安闲怡适！其《饮酒》之五云：“结庐在人境，而无车马喧。问君何能尔？心远地向偏。采菊东篱下，悠然见南山；山气日夕佳，飞鸟相与还。此中有真意，欲辨已忘言。”昔人评鉴此诗，以为通篇佳处在“心远”二字，因为隐逸之心必闲放逸之情，此固陶渊明归园田居之妙旨，然观其“人境”一语，陶诗所表现的农耕之乐，实已渗融于中，这又是其隐居的深层意蕴。唐子西《语录》谓：“唐人有诗云：‘山僧不解数甲子，一叶落知天下秋。’及观元亮诗云：‘虽无纪历志，四时自成岁。’便觉唐人费力。”[①]此言晋、唐诗意之高低，未辨一般野隐僻处与田园诗人耕隐之乐的差别。宋人发现陶诗，则寄意于此，陆游《小园》诗云：“小园烟草接邻家，桑柘阴阴一径斜。卧读陶诗未终卷，又乘微雨去锄瓜。”千载契翕，深会耕隐之意。

（四）景候之序。古之诗史，自魏晋以降山水、田园诗兴，而多景候描写，如春可乐、秋可哀等情感描写日增，皆以强烈的春秋代

① 胡仔编：《苕溪渔隐丛话·前集》，卷3引。

序之感对应时所生之物的关怀，而深契于季节性大陆气候的农耕文明。身处田园，四时成岁，授时植耕，尤为诗人所关注。如陶渊明《和郭主簿》二首之二“和泽周三春，清凉素节秋”的春秋代序，《和胡西曹示顾贼曹》中“蕤宾五月中，清朝起南飔……感物愿及时，每恨靡所挥。悠悠待秋稼，寥落将赊迟”的时令感伤，以及“秉耒欢时务，解颜劝农人”的躬耕情怀，无不通过景候的描写抒发心意。由于田园诗人着意农时，贴近自然，故于景候代序极为敏感，范成大所作“四时田园杂兴”组诗最为典型。如《春日田园杂兴》“土膏欲动雨频催，万草千花一饷开。舍后荒畦犹绿秀，邻家鞭笋过墙来”，显示出诗人寄心田园应时而作的感动。再如清人姚鼐《山行》“布谷飞飞劝早耕，舂锄扑扑趁春晴。千层石树通行路，一带山田放水声”，黎简《小园》“秋村黄叶满，一半入斜阳。幽竹如人静，寒花为我芳”，一写春耕之景，一写秋闲之情，或飞动，或幽静，皆非置身朝市喧嚣者所能感受与体悟到的。

（五）自适之情。宋人对陶诗“采菊东篱下，悠然见南山”句追赏玩味者多，如东坡云“采菊之次，偶然见山，初不用意，而景与意会，故可喜也”；蔡宽夫《诗话》云“此其闲远自得之意，直若超然邈出宇宙之外”。[①]所言“景与意会”、“自得之意”，即诗人心灵摆脱物欲羁缚，由闲适而自适的田园情境。田园诗的自适之情固然来自一种自然天趣，但也不乏由“虚室绝尘想”的自我约制而达到的“复得返自然”的境界。陶渊明《归园田居》五首之一就是将天趣自然与心灵自由融合一体的范例：

少无适俗韵，性本爱丘山。误落尘网中，一去十三年[②]。羁鸟恋旧林，池鱼思故渊。开荒南野际，守拙归园田。方宅十余亩，草屋八九间，榆柳荫后檐，桃李罗堂前。

① 以上均引录自《苕溪渔隐丛话·前集》，卷3。

② 原作“三十年”，此据王瑶编注：《陶渊明集》，27页，人民文学出版社，1983年。

暧暧远人村，依依墟里烟；狗吠深巷中，鸡鸣桑树巅。户庭无尘杂，虚室有余闲。久在樊笼里，复得返自然。

对照作者在《感士不遇赋》中所言“密网裁而鱼骇，宏罗制而鸟惊；彼达人之善觉，乃逃禄而归耕……拥孤襟以毕岁，谢良价于朝市”，可见诗人的乡居自适之情同样是摆脱朝市喧嚣与诱惑而得到的静穆、安宁。继陶诗之后，诗家无论归隐与否，凡写田园诗皆无不追寻这种宁静的自适情氛。如储光羲《田家杂兴》云：“众人耻贫贱，相与尚膏腴。我情既浩荡，所乐在畋渔。山泽时晦冥，归家暂闲居。满园种葵藿，绕屋树桑榆。禽雀知我闲，翔集依我庐。所愿在优游，州县莫相呼。日与南山老，兀然倾一壶。”又叶绍翁《田家三咏》之一：“织篱为界编红槿，排石成桥接断塍。野老生涯差省事，一间茅屋两池菱。”或自写偶居田园，或描写田家生活，诗人自适自达，于中可见。

江少虞《事实类苑》卷四十引《西清诗话》：“陶渊明意趣真古，清淡之宗，诗家视渊明犹孔门视伯夷也。”此意出《孟子·万章下》：“伯夷，圣之清者也。”考查陶诗及历代田园诗，其中虽不乏哀惜民生的凄凉凋敝景象，然恬美静穆的田居生活与清幽淡雅的闲适情趣，则是田园诗人共同的生存向往和精神寄托。而解读陶渊明为代表的田园诗创作之“清淡”，其间包括的田野之景、农耕之乐、隐逸之趣、景候之序及自适之情等丰富内涵，实与班、张为代表的京都赋创作之“繁缛”划出疆界，凸现的是农耕文明与乡村文学传统。

四、诗赋创作与两大文学传统的审美差异

文学是以心灵去把握时代、表达思想，研究文学则宜通过作品去认识其文化背景与文人心态。章学诚《文史通义·诗教》论及历代文人“情深于诗、骚”时提出“廊庙”（魏阙）与“山林”（江湖）两端，

即通过文人的生存处境追慕其对诗、骚传统的接受，并反映中国文学的二元特征，即盛世与衰世、入世与隐遁、颂赞与讽刺、雍和与谲僻、华贵与清奇等等。宋吴处厚《青箱杂记》卷五论文有两等云："有山林草野之文，有朝廷台阁之文。山林草野之文，则其气枯槁憔悴，乃道不得行，著书立言者之所尚也。朝廷台阁之文，则其气温润丰缛，乃得位于时，演纶视草者之所尚也。"清汪琬论诗亦云二体："铺扬德伐，磊落而华赡者，台阁之诗也；徘徊景光，雕琢而纤巧者，山林之诗也。舂容翱翔，泽于大雅者，台阁之诗也；悲呼愤慨，邻于怨诽者，山林之诗也。"[①]这种以达而在朝、穷而在野的生存处境展示两种文学创作审美形式，以折映两者之不同的文化思想，同样适应于对京都赋与田园诗的认识。换言之，京都赋即朝廷台阁之文，田园诗多山林草野气象，只是在讨论二者审美差异的时候，还应关注文体学理论的支撑，即诗赋异体。

吴乔《围炉诗话》卷一云："大抵文章实做则有尽，虚做则无穷。《雅》、《颂》多赋，是实做；《风》、《骚》多比兴，是虚做。唐诗多宗《风》、《骚》，所以灵妙。"此属论诗尊唐之价值判断，本无文体意义，然从诗、赋作为文体经楚、汉而分镳立异来看，此语间亦含文体的差异。从《诗》三百到汉大赋的发展演进，前人论述已多，如潘德舆《养一斋李杜诗话》卷三说"自《三百篇》一变为辞，再变为赋"，是客观的历时性描述；康熙帝御制《历代赋汇序》说"赋者，六义之一也。风雅颂兴赋比六者，而赋居兴比之中，盖其敷陈事理、抒写物情，兴比不能并焉，故赋之于诗功尤为独多。由是以来，兴比不能单行，而赋遂继诗之后，卓然自见于世"，是赋体独立价值的发现。班固《两都赋序》曾言汉赋"或以抒下情而通讽喻，或以宣上德而尽忠孝"，实取风人之旨与雅颂之意。然落实于产生汉赋的历史背景，风人之旨与当时乐府制度相关，而在创作实践中只是"曲终奏雅"，其作用实偏于雅颂之意。吴乔所说"《雅》、《颂》多赋，是实写"，颇

① 汪琬：《尧峰文钞》，卷29，《张青琱诗集序》，《四部丛刊》本。

有启发意义。论汉大赋创作，又与“颂”渊系最深。考“颂”体肇始《诗》之三《颂》，衍递至汉而有两大流向，一为庙堂歌辞，如《郊祀歌》；一流向赋域，如王褒《甘泉颂》、班固《窦将军北征颂》皆或称赋即是。推而广之，班固所言赋“宣上德而尽忠孝”即与“百官颂上”意同，《毛诗大序》称“颂者，美盛德之形容，以其成功告于神明者也”，则喻示了其中的政教性质。倘作比较，周“颂”为娱神祭祀之曲，汉“赋”为体物写志之文，然“颂”的形容盛德与告谕神明的特征，则在大赋的描述中得以再现。再作区别，《诗》之“三颂”讴歌庙祭，颂赞“族神”，重在祖先神主；赋家笔下的京都盛况、祭天祀典则是汉天子礼制的真实写照，其讴歌郊祭，礼赞“天神”，重在大一统帝国政治。所以在文学史的意义上，汉赋是最早描绘天子礼制及帝国政教的文学创作样式。正因如此，以京都题材为代表的汉大赋始以廊庙朝市文学即帝都气象、雄肆风格与体物特征被奉为“正宗”。这一创作实例又极明确地体现了汉大赋形成期“霸王道杂之”①的时代精神，即内涵儒、法学理。平章儒、法思想，皆以积极入世为要务，而大赋作手的创作经历与内涵，又无不张扬而致用于朝市，并成为京都赋的创作传统。所以“献赋”干禄，并不限于汉世，如杜甫“献三大礼赋”，周邦彦上《汴都赋》，即为典例。他如明黄裳“十岁随父入官，为京都赋，奕奕动人，谙诸边形势，有用世之志”②，清汤斌《应诏御试恭纪四十韵》云“争著京都赋，竞裁羽猎篇”③，均以京都赋应合用世志。

由于京都赋以雄张的气势描写帝国强盛，赋家多持一种国家观念，而且在文学创作内容方面产生了如法家的“法后王”的进化观，与传统文学观之追慕诗、骚精神的复古意识不侔。司马相如写《子虚》、《上林》赋，假托“子虚”、“乌有”、“亡是公”以代表楚、齐之地与天子之都，并以“亡是公”压倒“子虚”、“乌有”，已奠定了大赋崇当

---

① 详见《汉书·元帝纪》。

② 孙奇逢：《中州人物考》，卷八《补遗》，“刘太仆进”条附，《文渊阁四库全书》本。

③ 汤斌：《汤子遗书》，卷10，《文渊阁四库全书》本。

世圣王的思想基础。班固《两都》、傅毅《洛都》与张衡《二京》,尊东都之制,晋左思作《三都赋》,《序》中陋马、扬、班、张之作"于义则虚而无征";唐李白作《大鹏》、《大猎》二赋,对汉晋前贤或"鄙心陋之",或谓"龌龊之甚"[①];宋杨侃作《皇畿赋》取制班、张,意在崇"大宋畿甸之美,政化之始";元黄文仲《大都赋》开篇即云"窃惟大元之盛,两汉万不及也"[②],掩压前朝,一脉相承,取盛世作赋之意。当然,在王霸儒法之间,赋家因多出于礼官,故其创作宗旨又往往归于王道政治,即儒门文治思想。因此,赋家所显之物,多京都"珍奇罗生"的物质文明,所宣之事,则又在治国平天下的"王道"理想。由此思路看司马相如《上林》、扬雄《长杨》,其赋中刻画天子尚武游猎之后,又无不终以"德音",以至万邦异国"莫不跻足抗首,请献厥珍"(《长杨赋》)。张衡赋颂扬"方今圣上同天号于帝皇,掩四海而为家,富有之业,莫我大也"(《西京赋》),旨趣却在"文德既昭,武节是宣"(《东京赋》)。所以在京都赋中,篇幅最多的描写正是围绕王道政治的宫室制度和礼节仪典,这才是汉大赋的文学传统与美学价值。

与赋体不同,诗主比兴,重意而轻词,重情而轻物,山林野趣,田园牧歌,最宜适情任真之旨。昔人云"诗以意为主,文词次之"(刘攽《中山诗话》),"人之为诗,要有野意"[③],"兴在有意无意之间,比亦不容雕刻"(王夫之《薑斋诗话》卷上),"诗者,性情之所发"(宋荦《漫堂说诗》),"诗肠须曲,诗思须痴,诗趣须灵"(冒春荣《葚原诗说》卷一),皆由诗体论及诗艺。落实到田园诗,如张谦宜《絸斋诗谈》卷四评陶诗"《劝农》词淡而意浓,此最是难学处",赵翼《瓯北诗话》卷四评白居易诗"香山诗恬淡闲适之趣,多得之于陶、韦",李纲亦谓"因读陶渊明归田园诗,嘉其词旨平淡高远"[④],均追慕其

---

① 分见李白:《大鹏赋序》、《大猎赋序》。

② 分别引自陈云龙编:《历代赋汇》,卷34、卷35,148、150页,江苏古籍出版社、上海书店影印本。

③ 《诗人玉屑》,卷6,引《休斋诗话》。

④ 李纲:《梁谿集》,卷12,《和陶渊明归田园居六首并序》。

性情意趣，无不印合诗体本质。自宋人重新发现陶渊明，东坡始和陶诗，形成一种“和陶”情结，倘解析内涵，正是与京都赋创作思想迥异的隐处自得、任情自适的创作情境。元人王恽《和渊明归田园诗序》称其创作乃“城居嚣杂，会心者少”，因而和之，以为精神寄托。吴宽撰《亡弟原辉墓志铭》，追念其弟“筑室田间为农隐计……时举杯歌晋唐人田园诗以自乐”，均可见田园诗与自得自乐的关系。由于田园诗人的任真与自适，所以与京都赋家重雄张的国家观念不同，他们更企盼一种内敛的家园意识，以远离朝市繁华的野趣陶养独立的自我精神，寻求心灵的休憩。陶渊明的“此事真复乐，聊用忘华簪”(《和郭主簿》)、“长吟掩柴门，聊为陇亩民”(《癸卯岁始春怀古田舍》)，王维的“田夫荷锄至，相见语依依；即此羡闲逸，怅然吟式微”(《渭川田家》)，周密的“羡他无事双蝴蝶，烂醉东风野草花”(《野步》)，无不寄意田园，怡然自乐。“所谓诗，如空谷幽兰，不求赏识者”(吴乔《围炉诗话》卷一)，对照田园诗人的自乐情怀，实与京都赋家汲汲用世之心别若霄壤。魏了翁评陶诗有“以物观物，而不牵于物”①语，是由说陶开悟，深原诗心之法，实与赋体“体物浏亮”的风格殊异。陆游《老学庵笔记》评陶有云“渊明之诗皆适然寓意于物而不留意于物”，意在借诗明理，但其奉陶诗为高标，实内含了对田园诗寓意于物而不着相物态的褒扬。

再从田园诗创作观其学理，如果说京都赋多儒、法精神，则田园诗人更近于道、禅意趣。罗根泽《陶渊明的生平、思想及其作品的现实主义与艺术价值》一文曾以陶公《桃花源记并诗》为例，说明其源于老子“小国寡民”和《庄子·在宥篇》所述的“素朴而民性得矣”的“至德之世”②。而读陶诗“久在樊笼里，复得返自然”，“此中有真意，欲辨已忘言”等语意，又显然与道家任真的生存情怀与艺术思维默契。由于任真，故重“清”，自《老子》云“天得一以清”到后

① 魏了翁：《鹤山集》，卷52，《费元甫注陶靖节诗序》。

② 引自《罗根泽古典文学论文集》，307页，上海古籍出版社，1985年。

世道教重“三清”,“清”为道家人生哲学的高标或一种虚心应物的处世态度;而清熊士鹏说“诗,清物也,勿嚣而杂,勿昏而浊,勿粗而肤,勿冗而散”[①],论诗之本质,与之契合。清苏时学论唐人田园诗之“才清”时也说:“夫清岂易言哉?孟子论圣人,而独以清许伯夷,则自伯夷之外,其真清者有几人耶?今言诗之清者,必曰王孟韦柳,然自王孟韦柳之外,其真清者有几人耶?”[②]如果对照前引《西清诗话》所言“诗家视渊明犹孔门视伯夷”的说法,可见渊源所自。昔人以禅喻诗,谓“诗心何以传?所证自同禅”(齐己《寄郑谷郎中》),要在“不可言说的言说”与“悟入”[③],故尝以弃象得神与雕章琢句评定诗之优劣。与陶诗相比,王维田园诗更多禅悦之趣。如《鹿柴》诗:“空山不见人,但闻人语响。返景入深林,复照青苔上。”又《山居秋暝》:“空山新雨后,天气晚来秋。明月松间照,清泉石上流。竹喧归浣女,莲动下渔舟。随意春芳歇,王孙自可留。”诗中意象均在若有若无、若即若离之间,入于圆融化境。王士禛评王维《山居秋暝》诗“字字入禅”,颇具慧眼。当然,田园诗不同于隐逸诗,田园诗的旨趣在于根植农耕,体验劳动,有儒家淑世悯农的情怀,但与京都赋比较,则有内圣(修身养性)与外王(治国平天下)之别。同样,与京都赋家盛世作赋,崇当代文明不同,田园诗人因回归朴野,追求宁静的现实与心灵之家园,常排斥当代文明(尤其是都市商业文明),形成一种向慕往古的意念,这又与文学复古者以诗、骚为准的思想相通。缘此,在田园诗领域,陶诗被奉为不可超越的高标。如沈德潜《说诗晬语》云:“陶诗胸次浩然,其中有一段渊深朴茂不可到处。唐人祖述者,王右丞有其清腴,孟山人有其闲远,储太祝有其朴实,韦左司有其冲和,柳仪曹有其峻洁,皆学焉而得其性之所近。”他如蔡正孙《诗林广记》卷一记载黄庭坚云:“东坡在扬州

① 熊士鹏:《鹄山小隐文集》,卷5,《贺昉汀嵇麓集序》。

② 苏时学:《爻山笔话》,卷12,同治三年广州刊本。

③ 参见蒋寅:《古典诗学的现代诠释》,中华书局,2003年。

《和饮酒诗》，只是如己所作。至惠州《和田园诗》，乃与渊明无异”；王士禛《古夫于亭杂录》卷四记载清初十数家“诗余”，其中唯“曹讲学顾庵（尔堪）南谿词冲澹如陶靖节田园诗”，可谓一灯相传，同此心态。

自汉代赋由蕞尔小邦而蔚然大国，“诗赋各有体制”（谢榛《四溟诗话》卷四），判然有别。陆机《文赋》谓“诗缘情而绮靡，赋体物而浏亮”，以“缘情”与“体物”分立其旨，已为信谳。如刘熙载《艺概·赋概》云“赋起于情事杂沓，诗不能驭，故为赋以铺陈之……赋别于诗者，诗辞情少而声情多，赋声情少而辞情多”，刘咸炘《文学述林·文变论》谓“铺陈物色固有宜赋不宜诗者”，皆其传响。如果再以京都赋与田园诗为个案作进一步思考，则不难看出二者之所以代表诗、赋两体之高标，正与其典型反映赋与诗的体类特征相关。

第一，从语言学角度来看，京都赋最擅修辞，因为赋是一种典型的修辞艺术。读京都赋，不仅要注意赋的“口诵”效果，更应重视其因体物特征而必需的文词修饰作用。所以刘勰《文心雕龙·丽辞》云：“自扬马张蔡，崇盛丽辞，如宋画吴冶，刻形镂法。”与之不同，田园诗崇尚平淡远逸，以取意造境为高，咏物而倡不说破之法，故无须雕镂刻画，这也同诗体本质相关。如姜夔《白石道人诗说》论诗有“四种高妙”，其中“自然高妙”在于“剥落文采，知其妙而不知其所以妙”；钱泳《履园谭诗·总论》说“诗之为道，如草木之花，逢时而开，全是天工，并非人力”，追源诗本，正契合于田园诗的意境。

第二，从创作论来看，京都赋以描述见长，代表了赋的描绘性文体特征。昔人论“赋”，如刘熙《释名》曰“敷布其义谓之赋”，成公绥《天地赋序》曰“赋者，贵能分理赋物”，刘勰《文心雕龙·诠赋》曰“赋者，铺也；铺采摛文，体物写志”，王芑孙《读赋卮言·审体》曰“诗有清虚之赏，赋唯博丽为能”，皆明其义。读京都大赋，无论直陈铺叙，抑或虚构夸张，通篇描绘，殊无二致。诗的创作则不同，要在去形达神，化实为虚，诚如王士禛评点盛唐诗作谓“色相俱空，政如羚羊挂角，无迹可寻，画家所谓逸品是也”①。而钟嵘《诗品》评陶诗“文体省净”，贺裳《载酒园诗话》说“作田园诗，宜于朴直，其曲折顿挫在转落处，用意不穷便佳，不在雕饰字句”，已明辨田园诗妙处在虚处出神，不在实物描绘。

第三，从空间艺术来看，京都赋表现出一种内涵丰缛充实的结构美，田园诗表现出一种内涵简妙空灵的意境美，这也是诗、赋体异的一大表征。分析京都大赋内涵，无论客观性描绘，还是主观性描绘，也无论静态描绘，还是动态描绘，都以描写展示繁缛的体物特征和宏大的叙事结构为其明显之艺术形态，这在班、张对两京所作经纬交织、符采相胜的全方位描写中可以得到印证。《西京杂记》引司马相如《答盛览问作赋》论“赋迹”谓“合纂组以成文，列锦绣而为质，一经一纬，一宫一商”，可谓经验之谈。而田园诗重在造意之妙，在平淡、含蓄、疏野，所以《韵语阳秋》引王安石评陶诗“奇绝不可及”；《诗人玉屑》引《后湖集》评王维诗语有“蝉蜕尘埃之中，浮游万物之表”；又引《吕氏童蒙训》评孟浩然诗“自然高远”，诸如此类，皆重高逸奇崛，非平整宏大的框架结构所能限囿的。

第四，诗、赋创作都重才学，而相比之下，诗多才情，赋多才学。究其原因，在于赋的博物知类，诗的灵妙趣味。刘熙载《艺概·赋概》谓“赋兼才学”，并引《汉书·艺文志》“感物造端，材智深美”，《北史·魏收传》“会须作赋，始成大才士”；论赋“才”，引扬雄“能读赋千首，则善为之”；论赋“学”，得出“才弱者往往能为诗，不能为赋”的结论。而京都赋特色，就在恢廓声势，征材聚事，以至袁枚《历代赋话序》说“古无志书，又无类书，是以《三都》、《两京》欲叙风土物产之美……必加穷搜博采，精心致思之功”。其实，即使魏晋以降志书、类书出现，京都类大赋创作仍长盛未衰，因为盛世作赋

① 王士禛：《分甘余话》，引自《带经堂诗话》，卷3，《入神类》，71页，人民文学出版社，1982年。

已成传统，征材聚事实为赋功。解读博物知类的赋文，显然与重神韵性灵，以“不落言筌”为高的诗歌不同，尤其是与历代评述陶、王、孟、韦等人田园诗“冲淡高远”、“得天趣”、“以奇趣为宗”、“得野人趣”的意旨迥异。追返其本，又在赋以体物为宗，京都赋最为显著，诗以缘情取意，田园诗尤得其境。

中国古代文化以农业经济为主，但却不可忽略两千年来城市文明的发展。《管子·八观》论政，其中包括“大城建设”、“国邑宫室”与“行其田野”、“行其山泽”，整合城乡，并无分途。然大政之中，或城或乡，又有分职，自存差异。从文学创作反映政治文化来看，宦游朝市，居行乡里，亦无轩轾，然从诗、赋题材与旨意论其分职，或亦有别，这正是本文所言，中国古典诗歌一大创作主潮是“田园诗”，寄托着千古文人对农耕文明与家园温馨的向往；而作为赋体文学主潮的都市赋，则显然更具有城市文化与商业文明的特征。

汉魏六朝调笑戏谑类俗赋

伏俊琏

先秦时期,俳优说笑话,常借与他人争辩展开。这是俳优侏儒对民间争奇斗胜技艺的继承。汉代有的赋家,滑稽诙谐,当时的人就将他们视同倡优,如枚皋、东方朔、王褒等。他们都以诙谐风趣的韵文娱人,其娱人的工具、方式与倡优颇为相似。这类韵文大都以调笑戏谑为其本色,以论辩为其形式,实际上属于俗赋的范畴。

《汉书·东方朔传》载东方朔的《剧对武帝》:

上以朔口谐辞给,好作问之。尝问朔曰:"先生视朕如何主也?"朔对曰:"自唐虞之隆,成康之际,未足以喻当世。臣伏观陛下功德,陈五帝之上,在三王之右。非若此而已,诚得天下贤士,公卿在位咸得其人矣。譬若以周邵为丞相,孔丘为御史大夫,太公为将军,毕公高拾遗于后,弁严子为卫尉,皋陶为大理,后稷为司农,伊尹为少府,子赣使外国,颜闵为博士,子夏为太常,益为右扶风,季路为执金吾,契为鸿胪,龙逢为宗正,伯夷为京兆,管仲为冯翊,鲁般为将作,仲山甫为光禄,申伯为太仆,延陵季子为水衡,百里奚为典属国,柳下惠为大长秋,史鱼为司直,蘧伯玉为太傅,孔父为詹事,孙叔敖为诸侯相,子产为郡守,王庆忌为期门,夏育为鼎官,羿为

旄头，宋万为式道候。”上乃大笑。（《汉书》，中华书局标点本，2860页）

把历史上的名臣按其能力集合于武帝朝，真可谓“公卿在位咸得其人矣”。但我们从这里感受到的是颂德与嘲谑参半，武帝的“大笑”则是真心和无可奈何并存。王褒有《圣主得贤臣颂》，东方朔此篇，可谓另一风格的“圣主得贤臣颂”。姚鼐《古文辞类纂·辞赋类序》说：“辞赋固当有韵，然古人亦有无韵者，以义在托讽，亦谓之赋耳。”东方朔的《剧对武帝》，正是这类无韵之俗赋。

《东方朔传》记载东方朔与郭舍人在汉武帝面前因为射覆而相互调笑的一段，则是更为典型的对问体调侃赋：

> 时有幸倡郭舍人，滑稽不穷，常侍左右，曰：“朔狂，幸中耳，非至数也。臣愿令朔复射，朔中之，臣榜百，不能中，臣赐帛。”乃覆树上寄生，令朔射之。朔曰：“是窭薮也。”舍人曰：“果知朔不能中也。”朔曰：“生肉为脍，乾肉为脯；著树为寄生，盆下为窭薮。”上令倡监榜舍人，舍人不胜痛，呼謈。朔笑之曰：“咄！口无毛，声謷謷，尻益高。”舍人恚曰：“朔擅诋欺天子从官，当弃市。”上问朔：“何故诋之？”对曰：“臣非敢诋之，乃与为隐耳。”上曰：“隐云何？”朔曰：“夫口无毛者，狗窦也；声謷謷者，鸟哺鷇也；尻益高者，鹤俯啄也。”舍人不服，因曰：“臣愿复问朔隐语，不知，亦当榜。”即妄为谐语曰：“令壶龃，老柏途，伊优亚，狋吽牙，何谓也？”朔曰：“令者，命也。壶者，所以盛也。龃者，齿不正也。老者，人所敬也。柏者，鬼之廷也。途者，渐洳径也。伊优亚者，辞未定也。狋吽牙者，两犬争也。”舍人所问，朔应声辄对，变诈锋出，莫能穷者，左右大惊。（《汉书》，中华书局标点本，2844页）

日本学者清水茂认为：“这件事，《汉书》当然认为事实，但是如果东方朔和郭舍人预先秘密地通情合作的话，可以说是一幕喜剧。演员有两个，一个是生，一个是丑，互相问答，双方的对白都押韵，认为原始的戏剧。那么东方朔的‘赋的变种’《答客难》，别人扮客问他也可以。”[①]清水氏的说法是富有启发性的。

这段话，当然是班固记载的，但记载的依据，可能是东方朔自己的作品。《汉书·东方朔传》这篇文章，其中有几个完整的段落，如戏弄侏儒一段、射覆一段、与郭舍人争辩一段，与本传所引《上书求仕》、《答客难》在风格上很相近，都以调笑诙谐为其特色。东方朔其人，《汉书》本传即说他是“滑稽之雄”，“其事浮浅，行于众庶，童儿牧竖莫不眩耀，而后世好事者因取奇言怪语附着之朔”。班氏又称刘向言：“少时数问长老贤人通于事及朔时者，皆曰：朔口谐辩，不能持论，喜为庸人诵说，故令后世多传闻者。”扬雄《法言·渊骞篇》也说“世称东方生之盛也，言不纯师，行不纯表，其流风遗书，蔑如也”，“非夷尚荣，首阳为拙，柱下为工，饱食安坐，以仕易农，依隐玩世，诡时不逢”。所以，当时东方朔本人的滑稽诙谐的“韵诵体”文章和以东方朔为主或客的“诵说”体文章肯定很多。据逯钦立考证，《汉书·东方朔传》主要是根据《东方朔别传》改写而成[②]；而《东方朔别传》则是西汉武帝后期至元、成之际的人根据东方朔本人或他人以东方朔为主创作的滑稽诙谐的“韵诵体”文章改编而成。因而，《汉书·东方朔传》中相对独立的那些段落，都是东方朔本人或以东方朔为主人的滑稽诙谐的“韵诵体”杂赋。

刘知幾《史通·杂说上》曰：“《汉书·东方朔传》委琐烦碎，不类诸篇。且不述其亡殁岁时及子孙继嗣，正与《司马相如》、《司马迁》、《扬雄》传相类。寻其传体，必曼倩之自叙也。但班氏脱略，故世莫之知。”

---

① 清水茂：《辞赋与戏剧》，《辞赋文学论集》，54页，江苏教育出版社，1999年。

② 逯钦立：《汉诗别录》，《汉魏六朝文学论集》，陕西人民出版社，1984年。今为逯氏再补充一条证据：《史记·滑稽列传》附褚少孙补充的六件事情中就有东方朔的记载，与史传互有同异；褚氏自言为郎时，“好读外家传语”，外家传语，即别传之流。那么《东方朔别传》，褚少孙已经看到了。

按子玄之说，史籍无考，《汉书叙传》也没有说明，但他已经看出本传是根据东方朔自己的作品写成，却是极有眼光的。不过，与其说是曼倩之自叙，不如说是依据东方朔自己的文章联缀改编而成。《艺文类聚》卷二十三录有东方朔的《诫子》，其实是一首诗，所以沈德潜《古诗源》遂名为《诫子诗》；而《汉书・东方朔传赞》就是取《诫子诗》中的六句而成。可见班氏作朔传，是大量利用了东方朔自己的作品的①。欧天发先生说："朔给侏儒，及对上问一段；射覆于下守宫之辞；又以时天下侈靡趋末，朔戒帝淫侈，'对曰'一段，皆韵语及整齐句法。凡此盖本东方朔所遗之篇什，叙述而为传文者。然则史传中隐括传主之篇什以入传，虽传中不明显言之，亦得视为本属独立之一篇。"②

西汉戏谑调侃的对问体俗赋还有汉武帝时期的《柏梁联句》：

日月星辰和四时。（帝）
骖驾驷马从梁来。（梁王）
郡国士马羽林材。（大司马）
总领天下诚难治。（丞相）
和抚四夷不易哉。（大将军）
刀笔之吏臣执之。（御史大夫）
撞钟伐鼓声中诗。（太常）
宗室广大日益滋。（宗正）
周卫交戟禁不时。（卫尉）
总领从官柏梁台。（光禄勋）
平理请谳决嫌疑。（廷尉）
修饰舆马待驾来。（太仆）
郡国吏功差次之。（大鸿胪）

① 参见伏俊琏《从〈汉书・东方朔传〉谈史家据本人文章改写本传》，《西北成人教育学报》，2001年第4期。

② 欧天发：《赋与说唱文学之关系》，台湾1995年主办"国科会中文学门专题研究计划成果发表研讨会"论文，33页。

乘舆御物主治之。(少府)
陈粟万石扬以箕。(大司农)
徼道宫下随讨治。(执金吾)
三辅盗贼天下危。(左冯翊)
盗阻南山为民灾。(右扶风)
外家公主不可治。(京兆尹)
椒房率更领其材。(詹事)
蛮夷朝贺常会期。(典属国)
柱枅欂栌相枝持。(大匠)
枇杷橘栗桃李梅。(太官令)
走狗逐兔张罘罳。(上林令)
啮妃女唇甘如饴。(郭舍人)
迫窘诘屈几穷哉。(东方朔)

首先须说明《柏梁联句》的真伪问题。《先秦汉魏晋南北朝诗》引《东方朔别传》曰:“孝武元封三年,作柏梁台。诏群臣二千石有能为七言者,乃得上坐。”《艺文类聚》、《古文苑》并载此诗。任昉《文章缘起》曰:“七言诗自汉武帝柏梁殿联句始。”颜延之《庭告》云:“柏梁以来,继作非一,所纂至七言而已。”《文心雕龙·明诗篇》:“孝武爱文,柏梁列韵”,“联句共韵,则柏梁余制”。是则晋宋以来,学术界对《柏梁联句》深信不疑。顾炎武《日知录》卷二十一以此篇序文及所记载的官名人名考之于史,多不相符,便断为后人拟作。近现代学者多信顾氏之说,如汪辟疆说:“顾说取证史文,断为后人拟作,其说可信。”①罗根泽称“顾亭林这一篇考正文字,精当异常,不容不信。”②1945 年,逯钦立著《汉诗别录》一文③,考证最早著录

① 《汉魏诗选按语》,见《汪辟疆文集》,159 页,上海古籍出版社,1988 年。

② 《七言诗之起源及其成熟》,见《罗根泽古典文学论文集》,176 页,上海古典文学出版社,1985 年。

③ 见逯钦立:《魏晋南北朝文学论集》,1～108 页,陕西人民出版社,1984 年。

《柏梁联句》的《东方朔别传》写成于西汉后期,《汉书·东方朔传》多本此书。而"《东方朔别传》既系西京之旧记,其中又鲜后之所增益,则此《柏梁台诗》自为当时所传之篇,年代官名记载之不合,并不足以否定其时代性"。在《先秦汉魏晋南北朝诗》中,逯先生又说:"顾炎武《日知录》据史汉纪传年表,辨此诗年代官人皆相牴牾,因定为后世依托。然考《汉书·武帝纪》,于建元六年即出大司农一官名,与此牴牾相同。吾人如信班书,不得独疑此诗。"1948年,游国恩先生作《柏梁台诗考证》①,对顾炎武的考证进行了全面检讨,认为序文及所注官名人名都是后人追记,所以顾氏所否定的理由都不能成立;但游先生的目的不是为了证明《柏梁台诗》之不伪,而是举新证以斥其伪。他的结论是:柏梁联句的时代大抵也不会早于魏晋之世。

我们认为,逯钦立先生、游国恩先生否定顾炎武推断的考证是可信的,但游先生提出的"新证"并不足以否定《柏梁联句》的真实性②。

《柏梁联句》全用七言句,七言是西汉时期民间应用很广的歌诀性应用文体;但是在正统文人眼中,"七言"不能称为诗,《后汉书·东平宪王苍传》、《张衡传》、《崔瑗传》、《崔寔传》、《杜笃传》、《马融传》等皆诗、赋、七言并列,可见七言不在诗歌之列③。七言不属于诗,根本原因是它的民间歌诀性质,西晋傅玄在《拟张衡四愁诗序》中说:"张平子作《四愁诗》,体小而俗,七言类也。"可见直到晋代,人们对七言的认识还是如此。傅玄是一个通俗文学家,连他都认为七言是"体小而俗",那么在一般人心目中,"七言"一定是"俗体"无疑了。

最高统治集团用俗体七言联句,说明他们只是用来调侃逗乐。汉武帝作柏梁台,"诏群臣二千石有能为七言者,乃得上坐",这和

① 见《游国恩学术论文集》,352～379页,中华书局,1989年。

② 说见伏俊琏《柏梁台诗再考证》。

③ 参看吴承仕:《七言不名诗》,刊《国学丛编》第一期第三册《检斋读书记》;余冠英:《七言诗起源新论》,收入《汉魏六朝诗论丛》,上海古典文学出版社,1956年。

当年楚襄王在阳云之台上要唐勒、景差、宋玉赋大言小言,优胜者上坐赏赐的情形是一样的。所以《柏梁联句》从性质上来讲是一篇谐谑游戏之作,尤其是最后两句,放荡无礼,可谓至极矣。"优人无邮",郭舍人、东方朔才有如此的大胆。不仅这些句子是如此,就是丞相说的"总领天下诚难治",大将军说的"和抚四夷不易哉",京兆尹说的"外家公主不可治"等语无不含有滑稽调侃的意味。如果把这些句子同《汉书·东方朔传》上所记载的东方朔的射覆词相比较,其语言风格大体一致。余冠英先生说:"从文辞和体制看,这诗可能产生在西汉时。至于郭舍人和东方朔的谐谑,有人以为有失君臣的体统,因而疑及这篇诗。其实这并不成为问题,一则这两人的身份本是弄臣倡优,说诨亵的话并不为奇。二则七言诗在当时尚为不登大雅之体,如柏梁联句果有其事,不过是以'打油'笑乐而已。我以为这些谐谑成分倒可增加这篇诗的可信程度。"①还要补充的一点是,自古以来,统治阶级都是比较卑俗的。一般说来,既富且贵者在文化趣味、审美情调方面与其说接近于士阶层,不如说更趋近于听任本能、尊重直观的百姓大众。"小说九百,本自虞初"(张衡《西京赋》),宫廷秘书一直收藏甚富的这一类读物,不过是低俗浅陋的口传文学的书面转写罢了。所以从皇帝到丞相、将军,他们宴饮柏梁台,互相调侃打戏,喜好这种卑俗谐谑的文学游戏,也就一点不奇怪了。

扬雄的《都酒赋》,也是一篇嘲戏性的客主论辩体俗赋:

> 子犹瓶矣!观瓶之居,居井之眉。处高临深,动常近危。酒醪不入口,臧水满怀。不得左右,牵于纆徽。一旦叀碍,为瓽所轠。身提黄泉,骨肉为泥。自用如此,不如鸱夷。鸱夷滑稽,腹大如壶。尽日盛酒,人复借酤。常为国

① 余冠英:《七言诗起源新论》,《汉魏六朝诗论丛》,150页,上海古典文学出版社,1956年。

器，托于属车。出入两宫，经营公家。由是言之，酒何过乎？(《汉书》，中华书局标点本，3712 页)

此赋见于《汉书·游侠陈遵传》，也见于《北堂书钞》、《艺文类聚》、《初学记》。《陈遵传》中此赋题目作《酒箴》，《北堂书钞》作《都酒赋》，《艺文类聚》、《初学记》皆作《酒赋》。据《陈遵传》，"其文为酒客难法度士"，可知内容是设为"瓶"(汲水用)与"鸱夷"(盛酒用)相争，亦即酒客与法度士相辩难，《汉书》仅录其中一段。根据这段，则法度士曾指责酒客为"鸱夷"，故酒客驳辩时云："自用如此，不如鸱夷"，并吹嘘自己"尽日盛酒，人复借酤。常为国器，托于属车。出入两宫，经营公家"。关于这篇赋的体制，有两点需要说明：第一，此类争胜文字通行格式，尚有一平章其事者，故赋题当作"都酒赋"，"都酒"为大的盛酒器物。赋中是"瓶"与"鸱夷"相争，"酒"、"水"并未作为作品中的人物(拟人)，故不当名"酒赋"，柳宗元作《瓶赋》而不名"水赋"，亦一证也。第二，此赋属于滑稽、诙谐文体一类，借鸱夷、水瓶之争，表现"酒客难法度士"的内容。从末尾两句看，这段文字显然是有针对性的辩驳。故疑原赋应为对话体俗赋。其语言通俗，风格诙谐，也是证据。[①]曹植《酒赋序》云："余览扬雄《酒赋》，辞甚瑰玮，颇戏而不雅。"曹植就认为扬雄的《酒赋》是戏而不雅的俗赋。

唐柳宗元有《瓶赋》，是根据扬雄的《酒赋》回答鸱夷的指责，他指出："鸱夷蒙鸿，罍罋相追。谄诱吉士，喜悦依随。井喙倒腹，斟酌更持。味不苦口，昏至莫知。颓然纵傲，与乱为期。视白成黑，颠倒妍媸。己虽自售，人或以危。败众亡国，流连不归。"而被鸱夷指责为"处高临深，动常近危"的瓶，则是"钩深挹洁，淡泊是师。和齐五味，宁除渴饥。不甘不坏，久而莫遗。清白可鉴，终不媚私。利泽广大，孰能去之？绠绝身破，何足怨咨！功成事遂，复于土泥。归根返初，无虑无思。何必巧

① 参见赵逵夫为《中国古代文学名篇选读·酒赋》所写的导语，南开大学出版社，2001 年。

曲，徽觊一时”。这是对一种高尚人格的赞扬，远远超出扬雄原赋中“法度士”的精神境界。敦煌本《茶酒论》中，酒与茶互相辩难调侃，争高斗胜，更多的带有扬雄《都酒赋》的格调，其间血缘关系一目了然。可以看出民间俗赋与文人创作杂赋的区别。

扬雄的《都酒赋》以拟人的手法，用代言体的形式，让“瓶”与“鸱夷”相争辩难，各自夸耀自己的神通广大，揭发对方的缺点和无能，也许这是一场宫廷中的俳优戏表演。监酒官或酒司仅在先秦时就已存在，而且有一套完整的程式，《周礼》天官有“酒正”，《仪礼》涉及饮酒礼仪者更多，我们看《史记·滑稽列传》所录淳于髡《谏饮长夜》，就知道“法度士”的威严，而俳优侏儒往往可以把这种庄严的场面儿戏化。敦煌唐写本中有一篇《叶净能诗》的话本，其中有酒翁化道士而与唐玄宗嬉戏一则，当然它是为了突现叶净能的道法高超，但从一个侧面反映了朝廷中“酒戏”的盛行。我们知道，敦煌话本中的叶净能是一个“箭垛”式人物，在他身上集中了众多前代道士的故事，那么装扮酒翁嬉戏完全有可能是从汉代以来就有的宫廷游戏。汉代宫廷中有大量的俳优侏儒，而身长三尺、腹大数围的侏儒本身就是一只逼真的“鸱夷”；那么扬雄的《都酒赋》就是对这种宫廷俳优戏的记录和改编。据现代学者研究，汉代宫廷中确实存在代言体的戏剧表演①，而人扮演动物的表演在《汉书》等史籍中有明

① 《史记·滑稽列传》所载孙叔敖之事，任半塘就以为是一出戏剧演出：“‘庄王置酒’以下，至‘不足为也’，皆述戏剧，庄王乃剧中之庄王”；“‘归与妇计’，‘三日复来’，‘因歌为对’种种，皆是剧中情节。下文‘于是庄王谢优孟’，方是真庄王”（《唐戏弄》，329页，上海古籍出版社，1984年）。赵逵夫《我国最早的歌舞剧〈公莫舞〉演出脚本研究》（《中华文史论丛》，1987年第1期）与《三场歌舞剧〈公莫舞〉与汉武帝时代的社会现实》（《西北师大学报》，1992年第5期）二文对《宋书·乐志》所载《公莫舞》歌辞进行了深入研究，弄清并恢复了人物对白、舞蹈术语、唱词说明、基本内容等戏剧脚本的原貌，证明《公莫舞》是代言体形式的戏剧脚本，并考证了该剧反映的是汉武帝时马邑设伏与塞瓠子河决口前后的事情，这个剧本至迟是西汉末期的作品。至于张衡《西京赋》中描写的《东海黄公》，各种戏剧史、舞蹈史几乎都认为是一出戏剧表演，不仅有舞蹈动作，而且有对白。

确记载[1]。因此,《都酒赋》作为演出的脚本是完全可能的。

扬雄其人,《汉书》本传说他"默而好深湛之思,清静亡为",但他作文却有一大特点,这就是摹仿。仿《周易》作《太玄》,仿《论语》作《法言》,仿《仓颉》作《训纂》,仿《虞箴》作《州箴》,"摭《离骚》文而反之",名之《反离骚》,"又旁《惜诵》以下至《怀沙》一卷,名曰《畔牢骚》",仿东方朔《答客难》作《解嘲》,仿司马相如而作四赋[2],仿民间驱傩文而作《逐贫赋》,那么他摹仿宫廷侏儒的表演而作《都酒赋》,就完全是在情理之中了。

东汉时,有所谓"鸿都门学"[3]。《后汉书·杨赐传》说:"鸿都门下,招会群小,造作赋说,以虫篆小技见宠于时。"他们的作品,《蔡邕传》说"熹陈方俗闾里小事","连偶俗语,有类俳优;或窃成文,虚冒名氏",清俞正燮《癸巳存稿》卷十四"科场书"条引用了这段话,解释说"是汉时有连偶捷录",即用俗语编成的对句。《汉志·小说

---

① 《汉书·盖宽饶传》记载,一次在平恩侯许伯搬了新宅的庆贺宴会上,"酒酣乐作,长信少府檀长卿起舞,为《沐猴与狗斗》,坐皆大笑"。沐猴,就是猕猴,此舞显然是模仿动物的表演。汉代百戏非常盛行,其中有装扮成各种动物昆虫的。张衡《西京赋》记载:"总会仙倡,戏豹舞罴。白虎鼓瑟,苍龙吹篪。"薛综注:"仙倡,伪作假形,谓如神也。罴豹熊虎,皆为假头。"又云:"巨兽百寻,是为曼延。神山崔巍,欻从背见。熊虎升而拏攫,猨狖超而高援。怪兽陆梁,大雀踆踆。白象行孕,垂鼻辚囷。海鳞变而成龙,状蜿蜿以蝹蝹。"薛综注:"作大兽,长八十丈,所谓蛇龙曼延也。欻之言忽也。所作大兽从东来,当观楼前,背上忽然出神山,正崔巍也。熊虎猨狖,皆伪作也。拏攫,相搏持也。怪兽陆梁,大雀踆踆,皆伪所作也。陆梁,东西倡佯也。踆踆,大雀容也。伪作大白象,从东方来,当观前,行且乳,鼻正踆踆。海鳞,大海鱼也。初作大鱼,从东方来,当观前,而变作龙。蜿蜿、蝹蝹,龙形貌也。"这种"伪托假形"的"禽兽六畜昆虫"戏,在出土的汉代画像石、画像砖及其他墓葬壁画中也有反映。

② 《汉书·扬雄传赞》:"其意欲求文章成名于后世,以为经莫大于《易》,故作《太玄》;传莫大于《论语》,作《法言》;史篇莫善于《仓颉》,作《训纂》;箴莫善于《虞箴》,作《州箴》;赋莫深于《离骚》,反而广之;辞莫丽于相如,作四赋:皆斟酌其本,相与放依而驰骋云。"

③ 学术界都认为"鸿都门学"始于灵帝时,此说恐不确。张彦远《历代名画记·叙画之兴废》云:"汉明雅好丹青,别开画室,又创立鸿都学以集奇艺,天下之艺云集。"是则鸿都门学早在明帝时已经创立。不过到汉末,"鸿都门下,招会群小,造作赋说,以虫篆小技,见宠于时",风格更为卑下。而且《名画记》的这条材料还启发我们,"熹陈方俗闾里小事"、"连偶俗语,有类俳优"的"鸿都门"诵说完全有可能是按照图画讲述故事的。

家》颜注引如淳曰:“今世亦谓偶语为稗。”“偶语”就是前文所说的“连偶俗语”,即用俗语对口争辩。那么,“鸿都门下”所作的“赋说”正是这种客主论难杂赋。王利器先生也说:“余谓敦煌写本的杂赋,当即鸿都文学所献之赋之流余韵也。”①

东汉以来,在统治者的倡导下,“论难”逐渐变成一种竞技技艺②。三国魏刘邵《人物志》有《材理》一章,刘氏所谓“材理”,主要指的是通过言谈论辩探讨人的才能。可见谈论辩难在当时人的才能诸因素中所占的地位。在评品人物和清谈之风的影响下,“论难”风气又逐渐演变成盛行于朝野上下的嘲谑之习。《抱朴子·疾谬》篇曾尖锐地抨击过这种风气:

> 世故继有,礼教渐颓,敬让莫崇,傲慢成俗。俦类饮会,或蹲或踞,暑夏之月,露首袒体。盛务唯在摴蒱弹棋,所论极于声色之间,举足不离绮繻纨绔之侧,游步不去势利酒客之门。不闻清谈讲道之言,专以丑辞嘲弄为先……嘲戏之谈,或上及祖考,或下逮妇女。往者务其必深焉,报者恐其不重焉。倡之者不虑见答之后患,和之者耻于言轻之不塞。以不应者为拙劣,以先止者为负败。(中华书局《新编诸子集成》本,601页)

所谓“往者”、“报者”,就是指论难的客主双方。在这种文化氛围中,客主论难类俗赋的诙谐风格,就更为恣肆。根据现存史料来看,这种嘲谑风气以江东为盛:

> 西(蜀)使张奉于权前列尚书阚泽姓名以嘲泽,泽不能

① 《王利器学述》,85页,浙江人民出版社,1999年。

② 《后汉书》,卷109,《戴凭传》:戴氏正旦朝贺,“(光武)帝令群臣能说经者,更相难诘,义有不通,辄夺其席以益通者,凭遂重坐五十余席”。

答。(薛)综下行酒,因劝酒曰:"蜀者何也?有犬为独,无犬为蜀,横目苟身,虫入其腹。"奉曰:"不当复列君吴邪?"综应声曰:"无口为天,有口为吴。君临万邦,天子之都。"于是众坐皆喜笑,而奉无以对。(《吴志》,卷八,《薛综传》,中华书局标点本,1250页)

权尝飨蜀使费祎,先逆敕群臣:"使至,伏食勿起。"祎至,权为辍食,而群下不起。祎啁之曰:"凤凰来翔,麒麟吐哺。驴骡无知,伏食如故。"恪答曰:"爰植梧桐,以待凤凰。有何燕雀,自称来翔?何不弹射,使还故乡。"祎停食饼,索笔作《麦赋》。恪亦请笔作《磨赋》,咸称善焉。(《吴志》,卷十九,裴注引《诸葛恪别传》,中华书局标点本,1430页)

薛综嘲张奉一则,裴注引《江表传》说是诸葛恪嘲费祎,这说明当时这类嘲谑性故事广为流传,可以附会到不同的名人身上,不必过于考实。这类作品,内容近于谐隐,可以看作是短篇体物赋①。费祎和诸葛恪经过一番口诵交锋后,意犹未尽,又借助于笔来作赋。其《麦赋》、《磨赋》,实际上是采用一物降一物的方法,"麦"在"磨"中,即变得粉身碎骨,"麦"之所以会变成人人喜爱的面食,就是因为"磨"的功劳。这种形式源于宋玉、唐勒等人的《大言》、《小言》等赋,敦煌俗赋《茶酒论》中"茶"与"酒"各自论其功劳之大,最后由"水"出面评说作结,也是这一类的流变。

费祎的《麦赋》和诸葛恪的《磨赋》今皆不传,但大致也是体物赋,西晋束皙有一篇《饼赋》,应当与之相似。饼赋写到汤饼的制作过程,有云:"火盛汤涌,猛气蒸作。攘衣振掌,握搦拊搏。面弥离于指端,手萦回而交错。纷纷驳驳,星分雹落。"实为描写古代厨人劳动的珍贵资料。这类赋即兴而成,语言通俗,当时就认为是俗

① 刘季高:《东汉三国时期的谈论》就认为是短赋,144页,上海古籍出版社,1999年。

赋，如《晋书·束皙传》说："（皙）尝为《劝农》及《饼》诸赋，文颇鄙俗，时人薄之。"梁吴均有《饼说》，也是一篇写饼的俗赋：

宋公至长安，得姚泓时故太官丞程季者，了了人也。公曰："今日之食，何者最先？"季曰："仲秋御景，离蝉欲静，燮燮晓风，凄凄夜冷，臣当此景，唯能说饼。"公曰："善。"季乃称曰："安定噎鸠之麦，洛阳董德之磨，河东长若之葱，陇西舐背之犊，枹罕赤髓之羊，张掖北门之豉。然以银屑，煎以金铫。洞庭负霜之橘，仇池连蒂之椒。调以济北之盐，锉以新丰之鸡。细如华山之玉屑，白如梁甫之银泥。既闻香而口闷，亦见色而心迷。"公曰："善。"（《全梁文》，卷六十，商务印书馆标点本，660页）

束皙、吴均所写的"饼"，不是我们现在所说的大饼之属，俞正燮《癸巳存稿》卷十说："乃今之圪搭汤或片儿汤。"但是根据束皙赋中所列举的"豚耳、狗舌之属"、"曼头宜设"、"惟牢丸乎"等，则六朝人以"饼"为面食之总称。①

纯粹以调侃娱乐为主的俗赋，在整个六朝不绝如缕。晋傅玄有《大言赋》，今残存数句："要佩六气，首戴天文"，"驾五行"。其子傅咸有《小语赋》，则保留较为完整：

楚襄王登阳云之台，景差、唐勒、宋玉侍。王曰："能为小语者处上位。"景差曰："幺蔑之子，形难为象。晨登蚁垤，薄暮不上。朝炊半粒，昼复得酿。烹一小虱，饱于乡党。"唐勒曰："攀蚊髯，附蚋翼，我自谓重彼不极。邂逅有急相切逼，窜入针孔以自匿。"宋玉曰："折薜足以为擢，舫粒糠而为舟。将远游以遐览，越蝉溺以横浮。若涉海之无

① 见钱钟书：《管锥编》，1168页，中华书局，1979年。

涯，惧湮没于洪流。弥数旬而汔济，陟虮虱之崇丘。未升半而九息，何时达乎杪头。”（《全晋文》，卷五十一，商务印书馆标点本，528 页）

完全是模仿宋玉赋的形式。齐梁时，昭明太子萧统曾和他的文学侍从一起作“大言”、“细言”诗以游戏，《艺文类聚》卷十九有记载：

昭明太子《大言诗》曰：“观修鲲其若辙鲋，视沧海之如滥觞。经二仪而跼蹐，跨六合以翱翔。”又《细言诗》：“坐卧邻空尘，凭附蟭螟翼。越咫尺而三秋，度毫厘而九息。”

殷钧《大言应令诗》曰：“噫气为风，挥汗成雨。聊灼戴山龟，欲持探遂古。”又《细言应令诗》曰：“泛舟毛滴海，为政蜗牛国。逍遥轻尘上，指辰问南北。”

王规《大言应令诗》曰：“俯身望日入，下视见星罗。嘘八风而为气，吹四海而扬波。”又《细言应令诗》曰：“针锋于焉止息，发杪可以翱翔。蚊眉深而易阻，蚁目旷而难航。”

王锡《大言应令诗》曰：“欲游五岳，迫不得申。杖千里之木，鲙横海之鳞。”又《细言应令诗》曰：“冥冥蔼蔼，离朱不辨其实。步蜗角而三伏，经针孔而千日。”

张缵《大言应令诗》曰：“河流既渴，日月俱腾。罝罗微物，动落云鹏。”又《细言应令诗》曰：“邀游蚁目辨轻尘，蚊睫成宇虱如轮。”

沈约《大言应令诗》曰：“隘此大泛庭，方知九陔局。穷天岂弥指，尽地不容足。”又《细言应令诗》曰：“开馆尺棰余，筑榭微尘里。蜗角列州县，毫端建朝市。”

（《艺文类聚》，上海古籍出版社标点本，346 页）

《艺文类聚》虽录作诗，但从其句式看，毋宁当作赋。其形式同宋玉、唐勒、景差等人各自作大言、小言赋是一样的，从其题名“应令”看，与汉武帝时的柏梁联句更为接近。

晋宋文人遇事调笑，以相取胜，虽不以赋名，实际上也是客主类俗赋。《世说新语》中，这类材料不少。

> 刘伶病酒，渴甚，从妇求酒。妇捐酒毁器，涕泣谏曰：“君饮太过，非摄生之道，必宜断之。”伶曰：“甚善。我不能自禁，唯当祝鬼神自誓断之耳。便可具酒肉。”妇曰：“敬闻命。”供酒肉于神前，请伶祝誓。伶跪而祝曰：“天生刘伶，以酒为名，一饮一斛，五斗解酲。妇人之言，慎不可听。”便引酒进肉，隗然已醉矣。(《任诞》)
>
> 荀鸣鹤、陆士龙二人未相识，俱会张茂先坐。张令共语，以其并有大才，可勿作常语。陆举手曰：“云间陆士龙。”荀答曰：“日下荀鸣鹤。”陆曰：“既开青云，睹白雉，何不张尔弓，布尔矢？”荀答曰：“本谓云龙骙骙，定是山鹿野麋，兽弱弩强，是以发迟。”张乃抚掌大笑。(《排调》)
>
> 桓南郡与殷荆州语次，因共作了语。顾恺之曰：“火烧平原无遗燎。”桓曰：“白布缠棺竖旒旐。”殷曰：“投鱼深渊放飞鸟。”次复作危语。桓曰：“矛头淅米剑头炊。”殷曰：“百岁老翁攀枯枝。”顾曰：“井上辘轳卧婴儿。”殷有一参军在坐，云：“盲人骑瞎马，夜半临深池。”殷曰：“咄咄逼人。”仲堪眇目故也。(《排调》)

所引三则故事，客主对问基本用韵语。第一段刘伶的祝辞本身就是一篇俗赋。第二段云“勿作常语”，就是明确要求以大言争奇斗胜。第三段曰“了语”，曰“危语”，就是以游戏之言互相角逐，与庄子的“卮言”、宋玉以来的大言、小言赋同类；而以韵文联句，又是对汉武帝“柏梁台联句”的继承。这些段落，与其说是对名士言行的记录，不如说是假托名士的创作。因而同一件事情，就有不同的名士所为的记载①,这种异说,不必刻意考实。所以正史或采用这些故事入传(如上引第三段就被《晋书·顾恺之传》采入),就受到刘知幾以来诸多史学家的批评②。

六朝时期,这种调侃性的客主俗赋不绝如缕,《搜神记》、《启颜录》等小说体杂著中都包含有数量甚夥的近于俗赋的作品。如敦煌本《启颜录》有一条云:"徐之才又尝宴人客,时有卢元明在座,戏弄之才姓云:'徐字乃未入人。'之才即嘲元明姓卢字曰:'安壬为虐,在丘为虚(虚字俗体虍下加丘),生男成虏,配马成驴。'元明默然。"《太平广记》所收八卷《诙谐》、五卷《嘲诮》类小说中,就保存了大量汉魏六朝的嘲谑性俗赋。这些作品,纯以取笑为乐,很难谈得上教化意义。

---

① 如《排调篇》:"王文度、范荣期俱为简文所要,范年大而位小,王年小而位大。将前,更相推在前,既移久,王遂在范后。王因谓曰:'簸之扬之,糠秕在前。'范曰:'洮之汰之,沙砾在后。'"刘孝标注:"一说是孙绰、习凿齿言。"按《晋书·孙绰传》作孙、习二人语,与一说同。

② 刘知幾《史通·杂说上》:"近见皇家所撰《晋史》,其所采亦是短部小书,省功易阅者,若《语林》、《世说》、《搜神记》、《幽明录》之类是也。如曹、干两氏《纪》,孙、檀二《阳秋》,则皆不之取。"

曹植《洛神赋》的时空美学探析

朱雅琪

与其他建安文士相同，曹植除了以诗歌闻名外，亦有许多赋的创作。曹植现存的赋作有四十余首之多，其中，以他自身与传说中的宓妃在洛水之滨相遇、才子丽人产生情爱互动为主题的《洛神赋》是相当著名的一篇，乃是他生命晚期最重要的文学代表作品。这篇传诵千古的美赋，历来虽多以爱情赋视之（例如《昭明文选》即将之归类为“情赋”），或视为曹植哀怜自身美才之作，但一如赋作题目“洛神”——以“洛水”作为神灵及情爱故事启动之源，显然具有时空面向的意蕴，值得进一步地探究。本文即希望就《洛神赋》所具有的丰富时空美学作一研究，除了初探《洛神赋》所架构的时空结构与内涵外，亦将就其所具有的生命探询深义作一追溯。

一、《洛神赋》创作的生命探询深义：困顿烦殆中的主体漂泊及其超现实解脱

1. 困顿烦殆主体的漂泊生命与孤独心灵——政治争斗下“才情个体”的存在焦虑

一如曹植在赋作开始的前文所示，《洛神赋》是他于黄初四年

(公元223年)入京朝觐皇帝后[1],返回封地时在偃师一带洛水之滨所发生的故事,乃是曹植晚期的作品,充分反映了他生命后期因际遇转变而形成的独特心态结构。曹植早年虽以意气风发、慷慨豪迈著称,但随着兄弟之间争竞权位斗争的展开,屡受政争之苦的他却日益显露出失群而落寞的困境。

曹操于建安二十五年(公元220年,该年曹丕承袭魏王,改元延康,并于十月篡汉,改国号为魏,为黄初元年)去世,可说是曹植悲惨日子的开始。时年29岁的曹植不仅失去了继承王位的机会,而且在曹丕的诏令下,离开了长年习居的邺城而前往临淄"就藩",从此开始了流放、漂泊的命运。综观史册,曹丕对曹植是相当猜忌、歧视的[2],有几次甚至达到了被杀的地步[3],以至于曹植在黄初五年(公元224年)要连上三表,将从前曹操所赐的铠甲、银鞍,以及自己所养的骏马皆上缴朝廷,以表忠诚。等到明帝在位,曹植先于太和元年(公元227年)被徙封浚义,次年又还封雍丘,到了太和三年(公元229年)底则被改封到较富庶却离京师更远的东阿,太和六年(公元232年)最终病死之前又被徙封陈王。[4]可见,明帝虽曾对曹植在生活上略予优待,但却绝不愿其参与政治,猜忌之心可谓依然未消。在此状况下,曹植虽然屡屡求用,然终其一生在政治上却始终未能得志。诚如景蜀慧在《魏晋诗人与政治》中所言:"从本质上论,曹植在曹氏集团中的不得志是必然的。这种情况的深刻根源,就在于抱儒学政治理想又具诗人气质的曹植,根本不能适

① 曹植《洛神赋》中所写之日期为黄初三年,但考之史册,则为黄初四年,当是曹植笔误。

② 根据《通鉴》魏文帝黄初三年所载,曹氏诸王在当时的地位虽然极其低下,但仍有郡王之封号,而曹植因被视为待罪之臣,只有县王之名号。

③ 根据史传,直到曹丕于黄初七年(公元226年)病逝洛阳前,曹植曾几度入罪,几至到了被杀的地步。例如在曹植离邺的隔年(黄初二年),临淄的监国使者就曾上奏曹植酒醉劫胁使者,使其几乎被杀。

④ 见傅亚庶:《三曹诗文全集译注》,附录《三曹年表》,1072~1117页,长春:吉林文史出版社,1997年;林瑞翰:《魏晋南北朝史》,96页,五南图书出版公司,1990年。

应其父兄及整个曹氏集团的那种思想政治氛围，也不符合曹氏取人的两大标准。”①

除了政治上的迫害、有志难申以外，兄弟手足亲情的破灭亦为曹植带来了无比的痛苦。前述政治上的猜忌、排挤就是直接来自于亲兄长曹丕及亲子侄曹叡所为。对此曹植虽表现出了一定的忠恕精神，但却不能没有感慨。事实上，从曹丕即位后，由于禁止诸王之间相互往来与通信，曹植与母姐兄弟间的联系就几近于断绝。②平心而论，自黄初之后，曹植无异是一个失群的人。由于随时有“监国使者”的监视，他不仅被禁锢于特定的封地，更被剥夺了亲人间的联系。这种隔绝，更因为阮瑀、王粲、徐幹、陈琳、应玚与刘桢等一干志同道合文友的相继去世而愈显凄凉。且当时的曹植由

① 景蜀慧：《魏晋诗人与政治》，45页，文津出版社，1991年。事实上，曹植内心向往的政治理想，始终是纯粹以儒家色彩为本的仁德之政。他在《惟汉行》中说道：“三光照八极，天道甚著明。为人立君长，欲以遂其生。行仁章以瑞，变故诫骄盈。神高而听卑，报若响应声。明主敬细微，三季瞢天经。二皇称至化，盛哉唐虞庭。禹汤继厥德，周亦致太平。在昔怀帝京，日昃不敢宁。济济在公朝，万载驰其名。”曹植请求躬行仁义的理想施政风格，自是与曹氏为了统治之需而重视刑名法术的思想作为格格不入。当时曹植以其诗人温厚的感性，对汉室被篡其实抱持着同情的态度，而这显然违背了曹操与曹丕一向以利益得失为主要考量的政治作风；另一方面，曹植偏爱辞藻、注重交游的个性，显与魏武以降不尚浮华的选才标准大相径庭。更何况，曹植曾经卷进了魏王世子争立的风波，这就注定了他被排除在真实政治运作之外的命运。因而曹植心中是充满了痛苦与埋怨的。《怨歌行》即充分展露他受到排挤的愤懑之情：“为君既不易，为臣良独难。忠信事不显，乃有见疑患。周公佐成王，金縢功不刊。推心辅王室，二叔反流言。待罪居东国，泫涕常流连。”

② 黄初四年（公元223年）曹植徙封雍丘，同时奉准入朝觐见之时，虽曾“入见清河长公主，欲因主谢”（《三国志·陈思王植传》注引《魏略》），但却也因此而险些罹祸。更令人悲伤的是，在留京期间，与曹植手足之情最为亲笃的任城王曹彰竟暴疾身亡（一说为曹丕所毒害，如《世说新语·尤悔》：“魏文帝忌弟任城王骁壮，因在卞太后阁共围棋，并啖枣。文帝以毒置诸枣蒂中，自选可食者而进，王弗悟，遂杂进之。既中毒，太后索水救之。帝预敕左右毁瓶罐，太后徒跣趋井，无以汲。须臾，遂卒。”）；而到了当年七月诸王归藩之际，有司又借口“二王归藩，道路宜异宿止”（曹植《赠白马王彪》之《序》），不令其与白马王曹彪同行东归。曹植因感与亲手足之间“离别永无会，执手将何时？”（曹植《赠白马王彪》七首之七）的悲惨命运，于是遂“愤”（曹植《赠白马王彪》之《序》）而作成《赠白马王彪》的诗篇。自此，终曹丕在位之际，曹植不复有入朝与母姐兄弟会面的机会。参见傅亚庶：《三曹诗文全集译注》附录《三曹年表》，1072～1117页，吉林文史出版社，1997年。

于僻处下国，与文学界已然失去了联系，因而更显得孤伶。他不仅悲伤于文友的凋零，同时也感慨于共同理想的随风飘逝。①

综上所述，曹植生命晚期所经历的是一段因流放、隔绝而滋生极度孤独感的过程。政治上的挫折、手足之情的破灭、文坛交游的相继凋零以及空间上的孤立，将他抛掷于绝对孤独的生命情境之中。他虽然不减年少时建功立业的热情，如《杂诗七首》之五便说道："闲居非吾志，甘心赴国忧。"并于太和年间写下了《薤露行》这首为人传诵的诗篇：

> 天地无穷极，阴阳转相因。人居一世间，忽若风吹尘。愿得展功勤，输力于明君。怀此王佐才，慷慨独不群。鳞介尊神龙，走兽宗麒麟。虫兽犹知德，何况于士人。孔氏删诗书，王业粲已分。骋我径寸翰，流藻垂华芬。

然而，他的内心深处却是充满了焦虑的，是对现实与理想的落差充满了疑惑的。于是他借由《求自试表》及《求通亲亲表》表露了这种心情：

---

① 早在建安十七年(公元212年)，建安七子中的阮瑀即已逝世；建安二十二年，由于"疠气流行"(曹植《说疫气》)，王粲、徐幹、陈琳、应玚与刘桢等在一时之间相继去世；二十三年，另一重要的诗人繁钦亦撒手人寰；二十四年曹植的知心好友杨修因"前后漏泄言教，交关诸侯"(《三国志·陈思王植传》注引《典略》)之罪名而被曹操所杀；建安二十五年(亦即魏黄初元年，公元220年)，曹植的另两位密友丁廙与丁仪兄弟被曹丕所杀；而到了黄初二年，曾与曹植纵谈道、艺的才士邯郸淳亦已去世。一系列知名文人的相继凋零，直接造成了黄初、太和之际文坛的衰敝。不仅文学创作低落，文人士风与人格理想亦因而转变，建安文士承继于汉末士人的弘道济世理想可说是完全消逝了，取而代之的则是逐渐服膺于皇权政治的瑟缩作风，不见有实践政治抱负的凌云豪气。当时的曹植由于僻处下国，与文学界失去联系，因而愈发显得孤伶。他不仅悲伤于文友的凋零，同时也感慨于共同理想的随风飘逝。这种状况对曹植本身的创作虽然有深化沉淀的助力，然而文坛却因为没有曹植的直接参与而少了一位精神上的导师，以至于在曹植的诗歌逐渐超越、升华并凝结成千锤百炼的艺术结晶的同时，整个文坛的创作却愈发变得肤浅而因袭了。以此观之，曹植后期的创作是具有相当独特的个体特质的，截然不同于当时的一般流俗。见钱志熙：《魏晋诗歌艺术原论》，159～160页，北京大学出版社，1993年；李建中：《魏晋文学与魏晋人格》，53页，湖北教育出版社，1998年。

今臣无德可述，无功可纪，若此终年，无益国朝，将挂风人彼己之讥。是以上惭玄冕，俯愧朱绂……如微才弗试，没世无闻，徒荣其躯，而丰其体，生无益于世，死无损于数，虚荷上位，而忝重禄。禽息鸟视，终于白首，此徒圈牢之养物，非臣之所志也。①

每四节之会，块然独处，左右惟仆隶，所对惟妻子，高谈无所与陈，发议无所与展，未尝不闻乐而拊心，临觞而叹息也。臣伏以为犬马之诚不能动人，譬人之诚不能动天，崩城陨霜，臣初信之，以臣心况，徒虚语耳！②

显然，曹植的生命已蒙上了一层悲剧性的色彩，不仅是孤独而已，而是对于生存以及生命发展无以为继的深刻担忧。这是一个在困顿烦殆中亟欲寻求生命解脱的漂泊主体。外在客观、巨大的现实，化为一层层磨难的经验，早已无情地压制了个体生命的抒发，终而导致了曹植的落寞黯然与豪情不再。为了解决现实与理想间充满了落差的疑惑与焦虑，身受儒学熏陶的他虽曾转向老庄，但显然未曾找到永恒的出路。③他在两种哲学互相搏击之下，反而

① 曹植《求自试表》，作于太和二年，曹植时年37岁。

② 曹植《求通亲亲表》，作于太和五年，曹植时年40岁。

③ 曹植曾经在思想上转向了老庄，以求得解脱。于《释愁文》中，他即塑造了一个老庄哲学化身的“玄灵先生”，希望借由向他诉苦的过程而解除内心中挥之不去的忧愁。曹植在向玄灵先生诉说了“愁之为物”后，玄灵回答道：“予徒辨子之愁形，未知子愁何由而生，我独为子言其发矣。今大道既隐，子生末季，沉溺流俗，眩惑名位，濯缨弹冠，咨诹荣贵。坐不安席，食不终味，遑遑汲汲，或憔或悴。所鬻者名，所拘者利，良由华薄，凋损正气。吾将赠子以无为之药，给子以澹泊之方，刺子以玄虚之针，灸子以淳朴之方，安子以恢廓之宇，坐子以寂寞之床。使王乔与子遨游而逝，黄公与子咏歌而行，庄子与子具养神之馔，老聃与子致爱性之方。趣遐路以栖迹，乘轻云以高翔。于是精骇意散，改心回趣。愿纳至言，仰崇玄度，众愁忽然，不辞而去。”玄灵先生给予曹植的药方是道家的“无为”、“澹泊”、“玄虚”、“淳朴”、“恢廓”、“寂寞”。在此，曹植一改他在早年《七启》中借由“镜机子”所展露的奋进态度，转而导向了对于老庄哲学以及王乔、黄公等神仙遨游之境的向往。以此观之，早年不信鬼神的曹植曾在后期作了不少的游仙诗(例如《桂之树行》、《飞龙篇》等)，并在诸如《箜篌引》中出现“生存华屋处，零落归山丘。先民谁不死，知命复何忧”之类达观的诗句，是一点也不令人意外的。因为受到现实挫折的他，是必须从儒学之外去寻求某种精神满足的。

造成了更多的自我怀疑与不平静。①

2. 沉忧积愤、怨而不怒:文学作为文人进行内心探索并寻求人生出路的场域

曹植生命晚期忧思百结的孤独心态,不难在他诗歌及抒情小赋等文学创作中看出。事实上,文学即是他抒发心理焦虑、探索人生的重要出路,并呈显了他最为深刻而感人的审美意识。②与邺下时期相较,曹植后期的创作明显地具有转向内心的特色。虽然这些创作仍具有委婉地揭发现实黑暗的社会作用,但主要乃是文人心理焦虑的抒发。换句话说,文学不再是透过公谦戏游以发露才情的中介,而是文人借之以进行内心探索并寻求人生出路的场域。在这样的心理探寻中,曹植最终虽无法弭平现实与理想的鸿沟以获得永久的平静,却在此过程中积淀了最为深刻而震撼人心的美学意识。

综而观之,曹植晚期文学创作中所呈现出的乃是一种沉忧积愤但却怨而不怒的特殊美感。面对着兄长的不平等待遇,他虽能秉持着对儒家人伦之礼的坚持而力行忠恕之道,然而自觉待罪的心态却使他产生了怨极而哀的生命根本质问,从而镜照出一种对于外在网罗无力反抗的悲剧美感。在一切难以理解的情况下,他只得转向相信心灵主体精微的力量,体现了神会般的审美经验。这

① 他在生命最后几年中所作的《临观赋》即透露了这种心态:"叹东山之愬勤,歌式微以诉归。进无路以效公,退无隐以营私。俯无鳞以游遁,仰无翼以翻飞。"诚如景蜀慧所说:"由于曹植内心里儒家积极有为的人生哲学沾溉既深,其气质又多思善感,执著缠绵,所以当时那种尚未经玄学大师糅合改造的老庄哲学,并未使曹植真正获得安慰感,反而与他固有的努力进取的周孔遗教形成冲突,产生了更深的矛盾与困惑。……这样,曹植精神上所承受的,除了外界的压力之外,更有因两种哲学的相互搏击而造成的自我怀疑,自我批判,连环百结,不能自解,心态极为痛苦复杂。"引自景蜀慧:《魏晋诗人与政治》,56～57页,文津出版社,1991年。

② 曹植后半生以追求心灵及思想平衡为主的生命基调,亦促使了他往文学方面的大力发展,而且无形中构成了他文学观的改变。从上引的《薤露行》一诗中不难窥知,早年在《答杨德祖书》中将文学视为小道的曹植,后期已有日渐重视文学的趋势。"孔氏删诗书,王业粲已分。骋我径寸翰,流藻垂华芬"等话语所透露的,乃是其对文学的极端重视。对他而言,文章翰藻与立德立功一样重要,是达到人生三不朽中不可或缺的一环。

是一种审美主体驰骋心灵力量，透过想象的翅膀以安顿受创心灵的审美方式。借之，曹植一方面楬橥了“美女”、“佳人”、“仙境”等所具有的瑰丽美质，以及男女欢会所具有的“和”、“谐”审美理想；另一方面也倾泻了他对于“苍蝇”、“鸱枭”、“豺狼”、“蝙蝠”、“奸佞”等具有阴森、晦暗、丑陋性质之物的厌恶。而相应着上述审美意识的转变，他后期的赋作展现了一种独特的美学风格。借由类似《楚辞》般将“忧”与“游”加以结合的浪漫书写方式，他已经将表现的重心由外在转向内心。他虽只以传统的题材与意象入赋，但却具有丰富的人文理想与深厚的历史关怀。而配合着主观性生动意象的大量使用，以及实境与虚境的交互叠合，在在营造出了一种空灵恍惚、神思超逸的色彩。他虽相当重视辞藻，却不流于艰涩、隐晦，而是从民间乐府层出不穷的形式创新中汲取了创作的源头活水，从而赋予了诗赋真情流露的自然本色。

3. 超现实神会的瑰丽美感：《洛神赋》创作的自我救济与认肯

曹植晚期的文学创作，除透过《赠白马王彪》等篇章陈述了对于“苍蝇”、“鸱枭”等阴森晦暗事物的厌恶之外，同时也借由《美女篇》等对比地营造出了对于美好事物的向往与颂扬。其中，脍炙人口的《洛神赋》可说是最为突出的一篇抒情创作。

《洛神赋》以赋的形式出现，除了具有比诗歌更容易描写事物形象与姿态的功能外，更有着与诗歌不同的情感抒发作用。相较于五言诗歌，曹植的赋作显然具有更为婉转的情感抒发效果。他的赋作并不同于传统纯粹以客观铺排、堆砌雕琢为主的汉赋，而是篇幅较短，主要取材自日常生活，以抒发主观的情感为主，世人因而称之为抒情小赋，扮演了探索与抒发文人心灵特殊际遇的重要角色。

曹植对于汉赋的体裁变革，显然有助于他对赋作之中瑰丽美质的铺陈与掌握。《洛神赋》中对于洛神之美的细腻描述，辞彩流丽，可谓达到了化境，具体呈现出曹植对于美女典型的极致歌颂：

其形也，翩若惊鸿，婉若游龙。荣曜秋菊，华茂春松。仿佛兮若轻云之蔽月，飘飖兮若流风之回雪。远而望之，皎若太阳升朝霞；迫而察之，灼若芙蕖出渌波。秾纤得衷，修短合度。肩若削成，腰如约素。延颈秀项，皓质呈露。芳泽无加，铅华弗御。云髻峨峨，修眉联娟。丹唇外朗，皓齿内鲜，明眸善睐，靥辅承权。瑰姿艳逸，仪静体闲。柔情绰态，媚于语言。奇服旷世，骨像应图。披罗衣之璀粲兮，珥瑶碧之华琚。戴金翠之首饰，缀明珠以耀躯。践远游之文履，曳雾绡之轻裾。微幽兰之芳蔼兮，步踟蹰于山隅。

如此艳丽的美女典型，不管是出自于宋玉神话中对巫山神女情影的想望，还是出自于自我哀怜下对君子样态的影射，莫不显露出对于人间美好理想的一线希望。尽管，这瑰丽的美终将因为情爱的未能成局而宣告幻灭，但在神人交会之际，却依稀晃漾了凄恻的美感。可以这么说，曹植熔铸了神话的题材，通过了梦幻般境界的建构，为自己营造了一个美好情爱可以在其中驰骋的空间。这是一个透过想象所创造出来的超现实时空，其看似处于现实之中，但却又不在现实之中，提供了曹植心灵暂时歇息的所在。充满了超现实光景的《洛神赋》，像是个在黑暗漂泊中升起的光明永恒之境，曹植为他自己找到了暂离困顿与烦忧的空隙。在其中，孤独的主体虽不能完全解脱漂泊的命运，却在与神女交会的瑰丽经验中，领略了美学作为个体生命自我救济与认肯的终极作用。

二、洛水之畔的时间凝定：《洛神赋》的时间反抗

《洛神赋》作为曹植抒情小赋创作的典型，为其后期流离孤独的生涯提供了一处心灵暂时可以歇憩的所在。而这超现实时空的建构乃是借由对时间的反抗而展开的，是透过对洛水之滨时间的

凝定所营造而出的，直接呈现出了一种时空停留在真实与虚幻之间的效果。现分析如下：

赋作开始，曹植主要以一个看似清醒的说故事者身份交代了己身创作《洛神赋》的缘由：

> 黄初三年，余朝京师，还济洛川。古人有言，斯水之神，名曰宓妃。感宋玉对楚王神女之事，遂作斯赋。

这是一段叙述者逐渐沉浸于入京朝觐等尘封往事的历程，在真实时空的推移下，往事看似与叙述者有了隔阂，却被技巧地透过了回忆书写的动作而拉回到咫尺之遥。在回忆的过程中，曹植不仅援引、穿插了来自古人与宋玉等遥远时空的神话与传说，增添了回忆动作本身迂回缓慢的性质，同时也借由移情作用而将自身从原先困顿的时空抛掷到了其所建构的另一时空。可以这么说，透过回忆，曹植拨开了层层现实障碍的浓雾，不仅让时间倒流，回到了所谓的“黄初三年”，同时也停滞了时间，让其留在“余朝京师，还济洛川”的这段时间。这种透过回忆将时间拉离当下真实场景的时空经营，光阴与水景在被回忆所带入的场景的初步交会，具体透露了回忆时空所蕴涵的迷蒙晃漾特质。

这无疑是对时间的倒退与停格，在有如休止符般突然停滞的书写动作中，象征的是对真实世界中时间永远向前、事物永远由荣而枯的无言反抗。是以，曹植在真实的时间中虽曾经历了入宫朝觐文帝、清河长公主而险些罹祸的过程，也曾目睹曹彰身亡、兄弟无缘相聚的惨状，但在《洛神赋》中，这些经历都不见了。曹植只选择了其在洛水之滨这段最美好时光来进行书写，其只是“言归东藩”的漫漫长路中的一小段历程。显然，曹植是以特殊书写时间的经营来进行他对众多不愉快事物的刻意“忽略”与“遗忘”，书写时间的放大或涂销，具体呈现了曹植对于其所经历之现实经验的好恶：

余从京域，言归东藩。背伊阙，越轘辕，经通谷，陵景山。日既西倾，车殆马烦。尔乃税驾乎蘅皋，秣驷乎芝田，容与乎阳林，流眄乎洛川。

曹植对其来到洛水之滨过程的描写，除了点出其在流放生涯中“车殆马烦”的具体处境外，更将时间压缩到了“日既西倾”——光线虽然绚丽却行将幽微暗淡的高潮时刻。而在此时光就要再产生变化的最后时刻，曹植终得以暂时地歇马停息，以悠然的方式徜徉于芝田与阳林之间，以流动的目光，展开与洛水的邂逅。在此，光阴与水景可说是再度地交会了，而且各自被赋予了极度幽微与流动的本质，从而深刻地点出了回忆时光的迷蒙晃漾特质。

有必要加以说明的是，在这有如休止符般迷蒙的时光中，时间容或有所推移，但总是跟不上真实时间客观前进的速度，其总是走不过黄昏而进入黑夜的临界点，然而，在真实时间中，其仅是一个极为短暂的时刻。吊诡的是，时间虽然被停留、凝滞了，却反而获得了无穷的力量，因为晃漾迷蒙的时间停滞在“日既西倾”与“尚未黑暗”两条临界线的挤压下，看似短暂，然而在状似梦境般神思冥想的催发下，却积蕴了曹植对生命理想追求的美好企望。曹植对其在洛水之滨“睹一丽人”的具体描述即是最好的说明：

于是精移神骇，忽焉思散。俯则未察，仰以殊观，睹一丽人，于岩之畔。乃援御者而告之曰：“尔有觌于彼者乎？彼何人斯？若此之艳也！”御者对曰：“臣闻河洛之神，名曰宓妃。然则君王所见，无乃是乎？其状若何？臣愿闻之。”

从这段文字可看出，曹植是个叙述者、故事中的行动者，同时也是个梦想者。吊诡的是，在“精移神骇，忽焉思散”的状态下，他虽然借由神思冥想而梦见了洛神的存在，但旋即又希望透过与御者间的对话而客观地证明洛神的存在（这时他又变成是个对话者、叙述者的角色,不过不同于上一层的叙述者)。徘徊在回忆与冥想之间,游移在虚构(恍惚、直接参与)与纪实(清晰、旁观诉说)之间,《洛神赋》于是成为一个在时间停滞的凝结点中透过书写时空的来回交错与堆叠而逐渐地将空间加以开显的故事。奇情与挚爱、理想与希望,皆在这被挤压的时间停滞点中被渐次地酝酿与渲染,终至膨胀、凝结成一个多层、复杂而迷离恍惚的世界。借由将时间停滞点的加以放大,曹植不仅为读者拉开了一幕美女水神与波涛云影互相映照的滨水天地,同时也以赋的书写方式展开了一段静与动、永恒与流逝相互辩证的喁喁对话。

三、动、静的时间经营绵延了空间的奇诡与迷蒙

综观《洛神赋》描述曹植进入幻境后的篇章,其实是充满了静与动的经营的,直接对应了时间的停滞与流动,而这一方面延绵了曹植际遇所具有的奇情特质,同时凸显了回忆空间的迷蒙晃漾效果。首先,曹植回答御者时对洛神体态、神韵的描绘,即是在以"动"为先,而后入"静",最终又回复到"动"的顺序下所进行的。

> 其形也,翩若惊鸿,婉若游龙。荣曜秋菊,华茂春松。仿佛兮若轻云之蔽月,飘飖兮若流风之回雪。远而望之,皎若太阳升朝霞;迫而察之,灼若芙蕖出渌波。
>
> 秾纤得衷,修短合度。肩若削成,腰如约素。延颈秀项,皓质呈露。芳泽无加,铅华弗御。云髻峨峨,修眉联娟。丹唇外朗,皓齿内鲜,明眸善睐,靥辅承权。瑰姿艳逸,仪静体闲。柔情绰态,媚于语言。奇服旷世,骨像应图。
>
> 披罗衣之璀粲兮,珥瑶碧之华琚。戴金翠之首饰,缀明珠以耀躯。践远游之文履,曳雾绡之轻裾。微幽兰之芳

蔼兮，步踟蹰于山隅。

从上列的三段文辞可知，曹植虽曾出现对洛神动态的观察（例如第一段及第三段），然而这“动”不是很快地被收摄、凝固在最灿烂的一刻（例如第一段），而只是呈现出一种微动的状态（例如第三段），因而曹植对洛神的形容主要呈现出的是一种在仪静体闲当中荡漾出的瑰艳效果。然而，就在洛神以“闲静”、缓步踟蹰的形影昂然浮现之际，曹植却又忽而改变语气，赋予她以倏忽迅捷的动作，给人出乎意料的莫名惊叹：

> 于是忽焉纵体，以遨以嬉。左倚采旄，右荫桂旗。攘皓腕于神浒兮，采湍濑之玄芝。

曹植透过了动、静两者的交相对话，一方面烘托出了洛神极度娴静，但又充满了瞬间动能的神丽姿影，另一方面也为时间已经被停滞的想象空间激荡起一丝灵动的氛围。

动与静的经营不仅见于对洛神形貌样态的描绘，同时更见于曹植与洛神间相互感应的过程。有感于洛神的形神之美，曹植打从心里发出了对她的爱慕、邀约与颂扬：

> 余情悦其淑美兮，心振荡而不怡。无良媒以接欢兮，托微波而通辞。愿诚素之先达兮，解玉佩以要之。

曹植对洛神的感应先是从内心中的振荡与惊叹开始的，其虽未形诸表面，情绪却是澎湃而高亢的。于是在没有良媒以接欢的情况下，便托付了微微波动的洛水以传达情意，并以解下玉佩的实际动作对洛灵作出了爱情的探问。在此，洛水显然也为曹植的心灵律动而生波了。从内心的激动到自然的变动，再到身体的行动，构出了一条时间韵律的线，其在曹植的嗟然惊叹中突然静止，形成了一

种张力的高潮,为洛神的回应留下了等待的空间。对此,洛神显然已有所感,于是便以颇为期待的坚定姿态回应了曹植的邀约:

> 嗟佳人之信修,羌习礼而明诗。抗琼珶以和余兮,指潜渊而为期。

曹植借由琼珶及潜渊两样具有明亮及深邃特质的物质,将时间的行进推至了瞬间永恒的高潮,在此,人虽有动作,但空间仿佛是静止的,以便等待着美好事物的来临。然而,就在看似即将要有美好结局之际,曹植却突然退却了,心里的游移交缠着神话中不堪的经验,让他最终收敛了神色,以自制之举止回应洛神的盟誓。

> 执眷眷之款实兮,惧斯灵之我欺。感交甫之弃言兮,怅犹豫而狐疑。收和颜而静志兮,申礼防以自持。

曹植显然借由书写时间的拉长,凸显了在心理空间中的犹豫与挣扎,并借由外在自制举止所展露出来的矜持与静定,对比地凸显了内外的矛盾。

有意思的是,就在这种不如预期发展,甚至近乎凝滞的静止空间中,曹植再一次赋予了洛神行动的能量。先是在焦躁、不解与失望中所展露的徙倚徬徨与哀厉长吟,然后则呼唤众仙一起戏游水滨,共同嗟叹了佳人终不得比翼而飞的遗憾:

> 于是洛灵感焉,徙倚徬徨,神光离合,乍阴乍阳。竦轻躯以鹤立,若将飞而未翔。践椒涂之郁烈,步蘅薄而流芳。超长吟以永慕兮,声哀厉而弥长。
>
> 尔乃众灵杂遝,命俦啸侣,或戏清流,或翔神渚,或采明珠,或拾翠羽。从南湘之二妃,携汉滨之游女。叹匏瓜之无匹兮,咏牵牛之独处。

从洛神对曹植的“自持”有所“感焉”后，不仅自身的姿态举止有明显的变化，就连造化自然也参上了一角，因而共同凝聚出一处“神光离合，乍阴乍阳”的踟蹰空间。而借由如此铺陈，曹植终于进一步烘托出了洛神“动无常则”、“进止难期”的飘忽姿态：

> 扬轻袿之猗靡兮，翳修袖以延伫。体迅飞凫，飘忽若神，陵波微步，罗袜生尘。动无常则，若危若安。进止难期，若往若还。

在曹植的形容中，洛神伫立在水上，一会迎着风，扬起衣袖以目视前方，一会则如迅鸟、如神祇般飘忽地飞翔，或在水波上轻灵地移动，连罗袜也沾染了纤尘。这是一种在极静中涵蕴极动，并在极动中收摄极静的典型。

而就在外在大自然仍处于“神光离合，乍阴乍阳”的境况时，曹植已令洛神再度从飘忽陵波的动态中停息，逐渐收摄心神，呈现出“转眄流精，光润玉颜。含辞未吐，气若幽兰”的状态。至此，洛神虽仍飘忽，但与外在的风波相较，显然已展露出一个相对静止的姿态。她在逆风中微微地颤动，在陵波中微微地起伏，呈现出一幅出世绝尘的美感，曹植叹道：“华容婀娜，令我忘餐”。在此，外在的风云水波虽在流变，但由于洛神在轻颤中所展露出的静定，竟使得整体空间也收摄在一种无言而延绵的静定之中，构成了无限的张力。

然而，就在这个时间已然凝结，而且要无限绵延下去的当口，曹植却又将其破坏了。先是屏翳、川后、冯夷与女娲众神纷纷有所动作，为洛神的下一步行动营造了一个风波绥静，但鼓乐清歌随之而起的环境：

> 于是屏翳收风，川后静波。冯夷鸣鼓，女娲清歌。

透过众神的动作，原先来自大自然的流变、波动停止了，取而代之的则是人文的乐声，铺排出了洛神行将离去时以文鱼、玉鸾、六龙、云车、鲸鲵与水禽为护驾、前导的壮盛光景：

> 腾文鱼以警乘，鸣玉鸾以偕逝。六龙俨其齐首，载云车之容裔，鲸鲵踊而夹毂，水禽翔而为卫。

至此，洛神的离去已属必然，但在“越北沚”、“过南冈”的动态过程中却又转过了洁白的颈项，依依不舍地含情回首张望，并启动朱唇诉说了人神终不能交往相恋的亘古遗憾：

> 于是，越北沚，过南冈，纡素领，回清阳，动朱唇以徐言，陈交接之大纲。恨人神之道殊兮，怨盛年之莫当。抗罗袂以掩涕兮，泪流襟之浪浪。悼良会之永绝兮，哀一逝而异乡。无微情以效爱兮，献江南之明珰。虽潜处于太阴，长寄心于君王。

曹植显然借由书写时间延迟了离别的光景，就在又一次时间停留的当口，塑造了离别的空间高潮，让洛神在将去未去的时刻中，以“抗罗袂以掩涕兮”及“泪流襟之浪浪”等情感流露的大动作宣泄了她的哀恨，俾以烘托出良会行将永绝、彼此将分处异乡的不愿，以及在此不愿中情爱、思念却将无尽延续的逆反效果。趁着时间被放大的短暂时刻，曹植借由“哀一逝而异乡”的预言延伸出了超出两人当时处境的另一个时空——一个洛神远去后行将回返的太阴之处，并借此铺陈未来空间以拉开与当下间距离的书写动作，反衬了情爱将会永恒延绵的奇情效果。然而，就在永恒的挚情犹在延绵、回旋之际，曹植却突如其来地让梦境从他的眼前消失了：

> 忽不悟其所舍，怅神霄而蔽光。

借由洛神的消失，透过光彩的黯然，书写者曹植极其突然地关闭了他借由神思而曾经游走的时空幻境，为黑夜已将到来营造临界的张力。有意思的是，即将到来的黑夜，一方面虽使人想起了现实中曹植几近萧索悲凉的怅然处境，另一方面也衬出日将西倾的时光中，前一刻还存在的至为绚丽的记忆空间。由此观之，曹植虽然从虚幻返回真实，但仍然不舍地留恋着曾经经历的水滨幻境。动与静时空的交错，对于水滨光阴的运用，让其延绵了内心中深刻的情感，也让其辩证地展现出了一处动静相互涵摄、有如水光虚泛的迷蒙世界。

四、迎风延伫：飘飖凝滞中永恒滟映的瑰丽神光

如前所述，书写者曹植以光线受到遮蔽而关掉了奇幻的想象世界，并回到了看似进入黑夜的现实旅程。可见，光线的运用对曹植营造不同的时空是相当重要的。事实上，不仅与洛神互动盟誓的奇幻世界的结束是以光线的明暗作为分野，此一世界的开启与进入，光线亦扮演了相当关键的角色。从“日既西倾”起，曹植即以属于黄昏绚烂的特殊光照，配合着恍惚的神思，不仅为奇想行将进入的世界营造出一片幽微迷蒙的氛围，而且在瞬间打亮了洛神的艳丽本质。

等到进入超现实的奇幻世界后，承续着先前黄昏光彩所造成的情境，曹植虽曾一度间杂了“轻云蔽月”的朦胧效果，但他更使用了如朝霞、如雪、如灼火般鲜明的光线以描述洛神之形容与姿态，从而造成了一种空间因洛神之光照而极度朗耀璀璨的效果：

> 荣曜秋菊，华茂春松。仿佛兮若轻云之蔽月，飘飖兮若流风之回雪。远而望之，皎若太阳升朝霞；迫而察之，灼若芙蕖出渌波。

此外，配合着光照，曹植更使用了绿、丹、朱、金、翠、玄与珠、玉等相关颜色、质地以增添洛神的光华，具体地呈现出一种瑰艳的美质。值得一提的是，如此明丽瑰艳之美，更因为洛神所在周遭被光线穿透风云的照射，而显得奇诡绚丽。"神光离合，乍阴乍阳"的自然气象与鲜朗、明媚之美女的交相映照，让曹植借由神思进入的超现实时空，充满了变化万千的景况。

这种"神光离合"下的超现实美感形成，除了突如其来的神秘光照是重要原因外，若没有风、云、雾、雪等大自然变化所聚成之"气"的襄助，当不易产生"乍阴乍阳"的神秘效果。综观洛神出现后的景象，曹植其实是使用了相当多与"气"有关的事物以进行对洛神及其所在时空的形容。例如："仿佛兮若轻云之蔽月"，"飘飖兮若流风之回雪"，"曳雾绡之轻裾"与"扬轻袿之猗靡兮"等。其甚至蕴涵了某种香味的播散，例如"微幽兰之芳蔼兮"、"践椒涂之郁烈"、"步蘅薄而流芳"与"气若幽兰"等，因而为洛神及其所在之世界增添了"芳泽"，可说透过嗅觉，甚至味觉而直接拉近了我们对于洛神及其所在空间明丽瑰艳之美的具体感受。

这些与"气"有关的词句配合了诸如"翩若惊鸿，婉若游龙"等有关速度的形容，虽直接联系了对于自然造物乃至于时间本身"流动"、"变迁"与"易逝"的想象，但也透过了如"转眄流精"的表述，呈现了对于"精神"升华的企盼。事实上，也只有透过风、气的反衬，曹植方能在时间流变的境遇中，勾勒出永恒精神的可贵，并凸显出对其维护的不易。曹植笔下"飘忽若神"、"陵波微步"但又总是"翳修袖以延伫"的洛神，连同其所在的空间，即是这一理念最好的形象化代表。换言之，借由始终灵动地飘凌在水上，并且迎着风气而延伫的洛神，曹植为自身及后人勾勒出了一幅理想中至美的空间图像。这美，似真似幻，不仅象征着美艳至极的洛神本身随时是可能为风所吹逝的，即连周遭空间的仿佛飘飖，也总是造成了一种与现实隔离之感，愈发凸显了这永恒追求所需的坚毅与不易。

至此，吾人终于可以理解曹植为何要选在洛水之滨来展开他与洛神的邂逅故事了。洛水作为古人传说中宓妃故事的滋生之地固是表面明显的原因，但恐怕另有深意。

首先，不管就实质的物理现象，还是就中国文化传统的意识认知而言，“气”与“水”本就是相滋相生之物，时而湍流波动，时而平和静止的洛川提供了诸多“气”、“水”的孕育与周生，成了“神光离合，乍阴乍阳”等种种恍惚、迷蒙，甚至神秘境遇得以一再形构的重要源泉。

其次，洛水在这里扮演了传递情爱（“托微波而通辞”）、坚定情爱（“指潜渊而为期”），甚至宣泄情爱失落之感（“抗罗袂以掩涕兮，泪流襟之浪浪”）的象征角色。不管是“微波”，还是“潜渊”，皆以其特殊的样态而被曹植赋予了一定象征（微波：既美又不真实；潜渊：既永恒又不可期待），连同洛神本身的涕泣与泪水（洛神出自洛水，其涕泣与泪水自亦出自洛水），共同衬托出一个丰富的情爱世界。

最后，洛水在曹植的书写中，其实已被提升到“水”的超越性层次，成了支撑整体世界开显的实存依据：一来，文中“陵波微步”前后数段的文字，说明了洛神其实是依赖着洛水而存在的。因为，若没有洛水在下，自没有洛神飘凌在其上，涵纳了所有样态的洛水于是成了洛神之美出现的自然前提。二来，曹植借由“屏翳收风”与“川后静波”，更暗寓了洛川平和静照的可能。在此，洛水虽非终然无波，但已逐渐接近一水镜的典型，具有映现世界的潜质。或可这么说，借由洛水，曹植其实在洛神所在的空间下方，偷偷地置放了一面可以映照世界本质的神秘之镜。之所以说其神秘，乃因其虽是镜子，却非绝然平静，因为洛水仍有生波之时；而其所欲映现的主要世界，多半时刻恐怕更是气水萦绕，呈现出一幅迷离惝恍的景况。而就在两者各自处在平静及朦胧变化状态的前提下，水镜所映照出来的世界其实亦是处于变化之中。在其中，迎风延伫而象征着永恒美好理想的洛神，虽曾清晰而光朗地现出了瑰艳的华容，但很快即为迷蒙的景象逐渐遮掩了轮廓，可说间接地反映了曹植拥抱乌托邦的艰辛心路历程。

五、踟蹰迷蒙的瑰艳美学

借由洛水，曹植悄悄地映射出洛神所在时空的迷蒙奇艳特质，风波静止的水在神光离合的照射下，有如镜子般，反映出了此一奇想空间凝结在纪实与虚幻间的特质，衬托出理想美境的可贵及脆弱。这是一个瞬间的永恒，借由“日既西倾”后的遭遇，曹植虽以相当长的书写时空叙说了这段情爱不得结局、美好事物只能藏于心底的过程，然而，一旦梦醒，则理想势必受到挑战，而黑夜也终须来临。

只是在这种境况下，曹植舍得回返归程吗？舍得就此放弃对于永恒美景的追求吗？站在梦境已然关闭的洛水之滨，处于时间已然跨入那黑夜界线的当口，曾经领略过天地间至美经验的曹植显然是充满了不舍的心情。于是，即便是背对河岸走下了高陵，准备踏上面对现实的归程，但想象的驰骋，却仍要一再地向后反溯着洛川的流水，追怀着已经真正归属于梦境的过往：

> 于是背下陵高，足往神留，遗情想象，顾望怀愁。冀灵体之复形，御轻舟而上溯。浮长川而忘返，思绵绵而增慕。

心怀忧愁的曹植显然知道梦境已去，但他却一再地冀望着洛灵的复形，心系的正是曾经在洛水之滨以轻盈之姿迎风延伫的婀娜华容。于是，书写者曹植以再回忆的方式让故事中的曹植回到了梦境，因而更加添增了爱慕之情。在此，洛水发挥了其精神上回溯的本质，而且在曹植想象扁舟的催动下，成了承载梦境的最后凭借。然而，要以梦境去追索曾经在另一梦境中出现的真实美景毕竟是极为虚幻的。在彻夜辗转的挣扎、追寻而不可得的哀凉状态下，故事中的曹植也只能再度命令仆夫就驾，策马而踏上回归就藩的现实旅程：

> 夜耿耿而不寐，沾繁霜而至曙。命仆夫而就驾，吾将归乎东路。揽騑辔以抗策，怅盘桓而不能去。

可想而知，这一策马回归的过程是如此充满了不甘、不舍与不忍的，难怪曹植要发出“怅盘桓而不能去”的叹息。一如曹植在文章中曾以“竦轻躯以鹤立，若将飞而未翔”描写洛神，这段引文中的“将”字再度地强调了这种即将发生而尚未发生的景况，时间在此停滞了，而且充满了张力的高潮，表现出了曹植希望反抗并延滞时空的最大愿望与努力。

事实上，曹植的身体容或不得不归返封地以履行职务，然其心态上却仍是百般不愿意的。而就《洛神赋》整个篇章来看，则甚至连这身体的归返也被延迟了：不仅故事中的曹植一再地“怅盘桓而不能去”，整个叙述也停留在“黄初三年”这个时间点中，未尝跳出回忆而回到曹植作为一个叙述者的真实时空。《洛神赋》的书写于是成了一个延伫的美学，在一再踟蹰的停留中抗拒着时间的流动，并维系着永恒美境的存在。曹植虽已知并道出梦境已然破灭，但仍在行将重新启程前一再借着回顾、想象，细心地保守着随时可能幻灭的乌托邦，呵护着一个奇美至极的永恒瞬间。而在这书写时空一再踟蹰、延伫的过程中，曹植其实也以洛神陵波微步、迎风延伫的绝丽美姿反射了自己。这一在神光离合照耀下所凸显的自身倩影，虽如梦境般可能随时遭遇幻灭的打击，却也映现出一种超越于人世之外、出尘绝俗的瑰艳美质。

葛洪与辞赋

——以其创作中的辞赋化倾向为中心

王　琳　郭　勇

葛洪，东晋丹阳句容(今江苏句容)人，自号“抱朴子”，是我国道教代表人物之一，最新一次国外排名“对中国文化最具影响的100个人物”中名列前40位。其在文学史上的地位可与郭璞相当，在《晋书》中，他与郭璞同传；徐公持先生所著《魏晋文学史》也将他与郭璞共设一章，并评价他为晋代散文大家。葛洪一生著述丰富，众体兼擅，各类作品共计700余卷，其现存作品，以子书《抱朴子》内篇、外篇为代表。汉魏以来辞赋的发展和渗透，使葛洪的子书具有明显的辞赋化倾向。本文从其辞赋观和创作上的辞赋化特征两方面考察，其中以后者为主。

一、葛洪的辞赋观：尚大求美

后人对葛洪在文学理论和文学批评史上的地位评价较高，王运熙、杨明《魏晋南北朝文学批评史》“东晋”一章，首列葛洪；郭绍虞、朱东润、张少康、罗宗强等文学批评史家亦为葛洪专设章节，并给予较高的评价。葛洪的文学思想，散见于《抱朴子外篇》(以下不标即为《外篇》)中的《辞义》、《尚博》、《勖学》、《循本》、《喻蔽》、《博喻》、《广譬》、《刺骄》、《钧世》、《文行》诸篇。总体上看,其文学思想有传统的一面,更有进步的一面。受儒家诗教影响,葛洪主张文德并重,推崇文学的社会功用;同时,受前代思想家、文学家创作的激发,他又提出"今胜于古"、"古质今妍"、"文贵丰赡"等先进主张。他把文人、艺人定义为:"摛锐藻以立言,辞炳蔚而清允者,文人也","创机巧以济用,总音数而并精者,艺人也"(《行品》)。葛洪关于美学文学和文体的论述,说明他的文学观念是杂文艺观,多以子论、散文体裁为主,亦兼及辞赋。他对辞赋的理解是气壮辞艳,富赡华美,而辞赋家则要学博才大。

(一)主丽、艳

受王充、张华、陆机、潘岳等人的影响,葛洪持文学发展观,充分肯定文学作品趋于雕饰、艳丽的趋向。他认为文学就像世间万物一样,是不断前进的,文学的这种发展进步突出的表现就是雕饰、艳丽。《钧世》云:"若舟车之代步涉,文墨之改结绳,诸后作而善于前事,其功业相次千万者,不可复缕举也。世人皆知之快于曩矣,何以独文章不及古邪?"此处反问,可见其信念之坚定。他还进一步指出:"且夫古者事事醇素,今则莫不雕饰,时移世改,理自然也。至于罽锦丽而且坚,未可谓之减于蓑衣;辎軿妍而又牢,未可谓之不及椎车也。"用比喻和类推的方法提出了他的美学观、文学观,即今胜于古、古质今妍。这种观念,"既道出了文学艺术发展史上的一般规律,也体现了西晋以来文坛尚丽的主流风气"①。他对辞赋的认识是富壮和艳丽。《钧世》篇云:"并美祭祀,而《清庙》、《云汉》之辞,何如郭氏《南郊》之艳乎?等称征伐,而《出车》、《六月》之作,何如陈琳《武军》之壮乎?"《辞义》篇云:"繁华暐晔,则并七曜之高丽。"徐公持先生以为这与张华、陆机、潘岳等人的观点、

① 徐公持:《魏晋文学史》,504页,人民文学出版社,1999年。

文风相继承；张少康先生亦指出这是对曹丕之“丽”、陆机之“艳”理论的发展。其实，葛洪辞赋观有他自己的哲学渊源，可远溯先秦时代《周易》、《老子》、《庄子》求变化的思想和荀子、韩非重人为、主后知、讲进化的思想。

丽，则需雕饰。因为持文学发展观，所以他说“同广乐于桑间，均龙章于素质”是“可悲可慨”（《百家》）的。而丽，与素相对，来自文饰、技巧。《勖学》曰：“虽云色白，匪染弗丽……故瑶华不琢，则耀夜之景不发；丹青不治，则纯钩之劲不就。”“粉黛至则西施以加丽，而宿瘤以藏丑”，“本实一类，此以饰贵，彼以质贱”——重视人为、饰染；“经术深则高才者洞达，卤钝者醒悟，文梓干云，而不可名台榭者，未加班输之结构也”——重才学、技巧。《博喻》、《广譬》也普遍表述了葛洪对学识、文饰的崇尚。如《博喻》曰：“睹汪涉之文，则足以觉其人之渊邃”，“南威、青琴，姣冶之极，而必俟盛饰以增丽；回、赐、游、夏，虽天才隽朗，而实须《坟》、《诰》以广智。”

艳，则需丰富。葛洪在许多篇章中论及富艳与美的关系，《交际》云：“单弦不能发《韶》、《夏》之和音，孑色不能成衮服之玮烨。一味不能合伊鼎之甘，独木不能致邓林之茂。”《尚博》云：“群色会而衮藻丽，众音杂而《韶》、《濩》和。”《博喻》云：“华衮粲烂，非只色之功”，“妍姿媚貌，形色不齐，而悦情可均；丝竹金石，五声诡韵，而快耳不异。”又《广譬》云：“四渎辩源，五河分流，赴卑注海，殊途同归。色不均而皆艳，音不同而咸悲；香非一而并芳，味不等而悉美。”《喻蔽》亦云：“两仪所以称大者，以其函括八荒，缅邈无表也。山海所以为富者，以其包笼旷阔，含受杂错也”，“五色聚而锦绣丽，八音谐而《萧韶》美，群言合而道艺辨。”均以因丰富而丽、艳为美。他赞叹陆机作品“弘丽妍赡，英锐飘逸，亦一代之绝乎！”（佚文）他评价奇士的才华，有“文艳相（司马相如）、雄（扬雄），学优融（马融）、玄（郑玄）”（《交际》）之说。依这样的观点写出文章来，尤切赋体。

(二)求博、大

葛洪求博、求大,表现为:主张学问要博;阅读量求大;赞赏他人之文规模大、篇幅长,并认为文章(散文、辞赋等)需长篇方足以申明理志;评价他人才大;自己著述亦求博、大。

他主张学博才大,这正符合作赋的要求。赋,尤其大赋,需要义深辞美,这就要有相当大的阅读量和知识储备,如《北齐书·魏收传》载著名文士魏收与人云:"会须作赋,始成大才士。"葛洪感两仪函括八荒之广,山海包笼旷阔之大,立志做博学之人,便以包括宇宙之气量,自幼读书"近万卷",涉及经、史、子、集各类作品,以"正经为道义之渊海,子书为增深之川流"(《百家》),又"变化不系滞于规矩之方圆,旁通不凝阂于一途之逼促"(《尚博》),雅俗并蓄,奇正俱收,学艺兼通,故《晋书》本传说他"博闻深恰,江左绝伦"。观《抱朴子》,其思,博采众长;其学,兼取百家;对先秦汉魏乃至西晋子书猎采膏腴,既批判又吸纳;对社会生活,面面观照,所谓"言人间得失,世事臧否"。这都足以说明他对"博"的倡举。他认为,写文章一定要足够篇幅方能有足够的空间来说理,甚至"数千万言,虽有不艳之辞,事义高远,足相掩也"(《喻蔽》)。他认为人之才也要大。他往往以"才大"来评价文人,评扬雄"才高思远,英赡之富"(《酒诫》);赞叹王充"学博才大","冠伦大才"(《喻蔽》);赞陆机"旷世特秀,超古邈今"(佚文。《文选·刘峻·辨命论》李善注引)。他还说:"经术深则高才者洞达","高文不堕顽夫之笔"(《勖学》);"才不远,则其辞也不赡"(《广譬》);"《毛诗》者,华彩之辞也,然不及《上林》、《羽猎》、《二京》、《三都》之汪涉博富也"(《钧世》)。所有这些论述,均着眼于文才之大,学识之富。

而作赋正需此大才。张华曾赞左思《三都赋》为"班、张之流也"。陆云在《与兄平原书》中曾言自己"才不便作大文",而劝其兄陆机作"数大文(指《京都赋》)",且预言兄"作大赋必好"。葛洪叹"才大"的言论与他们异曲同工,反映出他辞赋观的一个侧面。可惜葛洪的赋作今已不存,我们只能从他的子书揣知其赋论和赋才。赏赋,才要大,他在《擢才》篇中说:“华章藻蔚,非矇瞍所玩,英逸之才,非浅短所识。”作赋,才更要大。它需要语言文字、典章名物、谋篇构思等方面的大才,但更需要大心。《西京杂记》载司马相如说:“赋家之心,苞括宇宙,总览人物。”葛洪有天地两仪囊括万物一样的能容之心,正是赋家之心。历览篇幅长大的单篇文学作品,多数是赋、论文体,葛洪文章实质是论文,就现行版本看,有长有短,但一般较长,动辄两三千言,且长篇作品又多用赋体写成,可见他是在有意识地糅合赋、论这两种文体。

二、子书创作中的辞赋化倾向

关于葛洪的辞赋论,材料太少,又多为佚文,而真正能说明葛洪对辞赋之吸纳态度的是他创作子书时流露出的辞赋化倾向。这种倾向表现在本以说事明理的子论文章中,却具有赋的典型体态、表现方法和风格神韵。

(一)问对之体式和宏大之气势

葛洪作论立言,既受骚赋沾溉,也受抒情、咏物之小赋影响,但主要是受大赋影响。葛洪之文的部分篇章,虽不名之为“赋”,但实际上可以视作赋,如同东方朔的《答客难》、《非有先生论》,扬雄的《解嘲》。在体式上往往设问对以说理。这一点,有两大源头,其一为诸子论说和汉魏辩议清谈的影响,如《庄子》、扬雄《法言》、王充《论衡》等;其二为汉大赋主客问对结构。也就是说,用问对结构者,未必都属于大赋体式。《抱朴子》内、外篇普遍运用问对体,而全书运用大赋主客问答体式的共约十篇,其中《外篇》九篇,《内篇》一篇。

汉大赋多数由首引、主体、结尾三部分构成。第一,大赋往往

“遂客主以首引”，葛洪则往往于论说之前，构设人物，或有名或无名，或虚构或真人。《抱朴子外篇》中，《嘉遁》虚拟怀冰先生、赴势公子，《逸民》虚拟逸民、仕人，《任命》虚拟居泠先生、翼亮大夫，《安贫》虚拟乐天先生、偶俗公子，《守堉》虚拟潜居先生；而《应嘲》中的客与抱朴子，《吴失》中的师、师祖，《正郭》、《弹祢》中的抱朴子与嵇含等，则都属于现实人物。第二，大赋中间部分是主体内容，一般由主或客的高谈阔论构成，而《抱朴子》中多篇亦有此特点：或一个人大段独白，一气呵成，如《弹祢》；也可由主客二人大段夸谈组成，如《嘉遁》；也可边问边对，如《逸民》。第三，结尾，许多赋以一方诚服终篇；有的赋，可以诗或乱或其他表达作者的情感态度的语句来结束全篇。葛文亦往往如此，前者很多，如《嘉遁》、《逸民》、《任命》、《安贫》、《守堉》等皆是；后者如《应嘲》，以直接引用“丘不与易也”作为结尾，表达作者强烈的情感和鲜明的态度。

《抱朴子外篇》首卷《嘉遁》中的人物，除“抱朴子”之外，还有“怀冰先生”、“赴势公子”，共三人。“抱朴子”起到标示、引领、开篇的作用。虽只一见，但不可无，因为葛洪所著为子书，便习从了先秦诸子著述的古老习惯和形式。在体态上，本文“抱朴子曰”只起标示子书性质的作用。于怀冰先生、赴势公子对话之上，叙述人“抱朴子”实为第三者身份，对二人谈话实笔全程直播，记其言，写其神。而怀冰先生凡三见，第一次乃抱朴子介绍、评赞之；赴势公子亦三见，而最后一次为被说服之后、自失之语，与抱朴子评介怀冰先生处，一终一始；二人中间二见，即为主体，是思想交锋的战场。这些都深得汉赋机巧。

而运用这种大赋问答体式，自然使得作品篇幅变长。文章气势，首先就来自作品的篇幅。一般大赋均在千言以上，因葛洪又主张长篇大论，其作论动辄两三千言。篇幅较长者，也多是运用主客问答体的，如《嘉遁》长达 2 839 余言，虽在葛文中尚不是最长，但给人一种大赋般的辞藻富赡、气势宏大之感。在诸文体中，赋、论最长于渲染气势。葛洪用赋体作论文，则倍增其文势。赋论结合，使文思清晰，层层深入，更富逻辑力量；又铺采摛文，兼有阴柔和阳刚之美，更能以气势和灵动吸引、感染读者。当然，文章的气势主要产生于内涵。汉赋能容纳天地间万种意象、情态，作为体物大赋，着力于物类的铺陈；而葛洪作论说理，容纳的则是丰富的事例、繁复的比喻。内容虽不一致，可同样能使作品内涵深宏，以事理激荡人的心灵，不唯纯视觉的感官刺激。

另外，葛洪受"赋体之旁衍"连珠的影响也较大。他承自扬雄《连珠》和陆机《演连珠》，尤其是陆机《演连珠》50首，可谓才多矣。而葛洪则作有《博喻》96首、《广譬》84首。因为将二篇纳入子书，故将扬雄、陆机连珠之"臣闻"换成了"抱朴子曰"。义明理新，既赡且富。这也使他的论文更加精美化。

（二）辞赋表现方法之运用

葛洪撰作论文，往往运用辞赋的表现手法与技巧，如偶对押韵的句式语词，排比、比喻、用典等，铺陈辞藻，并灵活巧妙地运用叙事、描摹的方法，以申明事理。

首先是对偶。辞赋之对偶强化了铺张夸饰，葛洪写论文，多数运用对偶方式连缀成篇，用以说理，整练畅达。《四库全书简明目录》指出《抱朴子外篇》"多作排偶之体"。以《博喻》一节为例：

> 身与名难两济，功与神鲜并全。支离其德者，苦而必安；用以适世者，乐而多危。故鸷禽以奋击拘絷，言鸟以智慧见笼，琼瑶以符采剖判，三金以琦玩冶铄，兰茝以芬馨剪刈，文梓以含音受伐。是以翠虬睹化益而登玄云，灵凤值孟戏而反丹穴。子永叹天伦之伟，漆园悲被绣之牺。

此节共十六句，有正对有反对，有言对有事对。首二句为正对，次四句为反对；再次六句，为正对；次末二句，为正对；末二句，又为反对。《文心雕龙·丽辞》说："言对为易，事对为难；反对为优，正对为劣。”综观例文，就有“双比空辞”的言对，如：“身与名难两济，功与神鲜并全。”但葛洪笔下，主要形式不是言对，而是事对，或语典或事典，往往成对而出，“难”者不难。此节文字，正对与反对相错杂，其中正对逞辞气，反对貌离神合，确实是“反对”为优。同时，语气、句式随情感、事理而调配其中。此节，语句“修饰”正得益于对偶。“散朗修饬”①不唯是《抱朴子序》的特点，也是整部《外篇》在俪对上的一个特点。其文于剖毫析厘中玉润双流，在“魏晋群才”中，可谓“契机者入巧”(《文心雕龙·丽辞》)之类了。

葛洪文章随处可见用韵的段落，也是其辞赋化趋向的一种表现。无论是《内篇》，还是《外篇》，多有音韵琅琅之辞闪烁其间者。如《外篇·嘉遁》：“且夫安贫者以无财为富，甘卑者以不仕为荣。故幼安浮海而澄神，胡子甘心于退耕。逢、比有令德之罪，信、布陷功大之刑……然后咀嚼芝芳，风飞云浮；晞景九阳，附翼高游；仰栖梧桐，俯集玄洲。”但葛洪为文，更多的是追求音调的轻重相间。行文中往往从同义词或反义词中挑拣、选用音节相近者，便可押韵；实在没有选择的可能，退而求其次，选用声调不同的字词，便组成起伏有致、悦耳爽口的句子来。葛洪的这种努力，在《内》、《外》各自开篇的第一大段表现尤为突出，简直就可以“不歌而诵”了。兹节录于此：

《内篇·畅玄》第一段：

抱朴子曰：玄者，自然之始祖，而万殊之大宗也。眇昧乎其深也，故称微焉；绵邈乎其远也，故称妙焉。其高则冠盖乎九霄，其旷则笼罩乎八隅。光乎日月，迅乎电驰。或倏烁而景逝，或飘泮而星流，或滉漾于渊澄，或雰霏而云浮。因兆类而为有，托潜寂而为无。沦大幽而下沉，凌辰极而上游。金石不能比其刚，湛露不能等其柔。方而不

---

① 李兆洛：《骈体文钞》，415页，中州古籍出版社，1990年。

矩，圆而不规；来焉莫见，往焉莫追。乾以之高，坤以之卑，云以之行，雨以之施。胞胎元一，范铸两仪，吐纳大始，鼓冶亿类，回旋四七，匠成草昧，辔策灵机，吹嘘四气，幽括冲默，舒阐粲尉，抑浊扬清，斟酌河渭。增之不溢，挹之不匮，与之不荣，夺之不瘁。故玄之所在，其乐不穷；玄之所去，器弊神逝。夫五声八音，清商流徵，损聪者也；鲜华艳采，彧丽炳烂，伤明者也；宴安逸豫，清醪芳醴，乱性者也；冶容媚姿，铅华素质，伐命者也。其唯玄道，可与为永。不知玄道者，虽顾眄为生杀之神器，唇吻为兴亡之关键。绮榭俯临乎云雨，藻室华绿以参差。组帐雾合，罗帱云离。西毛陈于闲房，金觞华以交驰；清弦嘈哢以齐唱，郑舞纷纭以逶迤；哀箫鸣以凌霞，羽盖浮于涟漪，掇芳华于兰林之囿，弄红葩于积珠之池；登峻则望远以忘百忧，临深则俯揽以遗朝饥；入宴千门之焜煜，出驱朱轮之华仪。然乐极而哀集，至盈必有亏；故曲终则叹发，燕罢则心悲也。寔理势之攸召，犹影响之相归也；彼假借而非真，故物往若有遗也。

《外篇·嘉遁》第一段：

抱朴子曰：有怀冰先生者，薄周流之栖遑，悲吐握之良苦。让膏壤于陆海，爰躬耕于斥卤，秘六奇以括囊，含琳琅而不吐。谧清音则莫之或闻，掩辉藻则世不得睹。背朝华于朱门，保恬寂乎蓬户。绝轨躅于金张之间，养浩然于幽人之仵。谓荣显为不幸，以玉帛为草土。抗灵规于云表，独违今而遂古。庇峻岫之巍峨，藉翠兰之芳茵。漱流霞之澄液，茹八石之精英。思眇眇焉若居乎虹霓之端，意飘飘焉若在乎倒景之邻。万物不能搅其和，四海不足汩其神。

其次，偶对的另一趋势是走向铺排。我国文学的发展，由《诗经》、《尚书》、《周易》、诸子论说、行人辞令中的对偶句，再到极于铺陈、多用排比句式的汉大赋，这种艺术上的演进就是印证。葛洪之文，正是如此。虽是说理，却常常极力排比，比如《逸民》，连数唐尧、虞舜、夏禹、成汤、魏文、晋平古今六位君王，以说明对逸民“复而肆之（误作‘服而师之’，从杨注改），贵而重之”的正确态度。

葛洪有时还对人物、事件、某一个体物象和事理作叙述、描摹，这是赋在铺陈时常用的方式。在主客问答时，往往对一个或两个人物予以勾勒，着墨不多，但形神毕现。《嘉遁》中写怀冰先生“萧然暇眺，游气天衢，情神辽缅，旁若无物。俯而答曰……”，写赴势公子先“慨然而叹”，后“勃然自失，肃尔改容曰……”，这种手法，大赋常见。葛洪远学《楚辞》的《远游》中诗人与王子乔的心灵对白，《卜居》中诗人与卜师的问对，以及《卜居》中“乃释策而谢曰”，《渔父》中“渔父莞尔而笑，鼓枻而去，乃歌曰”，和宋玉《对楚王问》“始造”的“对问”结构、手法；近学《七发》中吴客与楚太子，《子虚》中子虚与乌有，《答客难》中客与东方先生，《解嘲》中客与扬子等，始以问对、终以叹服的谋篇艺术。东方朔《答客难》中“东方先生喟然长息，仰天而应之”；《非有先生论》中“于是吴王惧然易容，捐荐去几，危坐而听”，“于是吴王穆然，俯而深惟，仰而泣下交颐”；扬雄《解嘲》中“扬子笑而应之”，此皆为葛洪所效仿。能够充分展示葛洪描摹情态、揣测心理以说理之能力的，以《酒诫》最为经典。《酒诫》一文共 22 小节，中间连续用 8 节描摹醉酒者的丑态，既绘其形又画其神，限于篇幅，略引为例：

> 然而俗人是酣是湎。其初筵也……日未移晷，体轻耳热……醉而不止（当作“出”），拔辖投井。于是口涌鼻溢，濡首及乱。屡舞跹跹，舍其坐迁；载号载呶，如沸如羹。或争辞尚胜，或哑哑独笑，或无对而谈，或呕吐几筵，或偵蹶良倡，或冠脱带解。贞良者流华督之顾眄，怯懦者效庆忌之蕃捷；迟重者蓬转而波扰，整肃者鹿踊而鱼跃……或奔车走马，赴阬谷而不

> 惮，以九折之阪为蚁封；或登危踏颓，虽堕坠而不觉，以吕梁之渊为牛迹也。或肆忿于器物，或酗蓄于妻子；加枉酷于臣仆，用刻锋乎六畜；炽火烈于室庐，掊宝玩于渊流；迁威怒于路人，加暴害于士友。

虽依经据史，铺张其事，刻写神态，至于穷形尽相，却也令人捧腹忍俊。该篇又有善于揣拟心理者，如："及其闷乱，若存若亡，视泰山如弹丸，见沧海如盘盂，仰嚾天堕，俯呼地陷，卧待虎狼，投井赴火，而不谓恶也。"通过动作写心理，将深度醉酒者痴憨傻愣的状态，写得惟妙惟肖，入木三分，笔者读之不觉盛叹作者揣摩心态、心理描写的高超艺术。

同时，在铺采摛文、叙写摹绘中，语词自然就丰富而妍丽起来。葛洪用富赡的语词进行文饰的才力，时时可见。以《崇教》中一处为例：

> 或建翠翳之青葱，或射勇禽于郊坰；驰轻足于崄峻之上，暴僚隶于盛日之下；举火而往，乘星而返；机事废而不修，赏罚弃而不治。或浮文艉于滉瀁，布密网于绿川，垂香饵于涟潭，纵棹歌于清渊，飞高缴以下轻鸿，引沉纶以拔潜鳞；或结罝罘于林麓之中，合重围于山泽之表，列丹飙于丰草，骋逸骑于平原，纵卢猎以噬狡兽，飞轻鹞以鸷翔禽，劲弩殪狂兕，长戟毙熊虎。

本节极写汉、吴季世之风习，游玩务虚之情状。刘勰将"文"分做形文、声文、情文三大类。由此观之，此节可谓兼之。"形文，五色是也。"即青、黄、赤、白、黑五色。文中的青、翠、绿、丹，即为色形，轻足、文艉、密网、涟潭、清渊、高缴、轻鸿、沉纶、潜鳞、丰草、平原、轻鹞、翔禽、劲弩、长戟等，写物之形状，举火、乘星，写人之形状，皆为形文。勇禽、逸骑、狡兽、狂兕，摹物之神态，为情文；盛日，诉诸触觉；香饵，诉诸味觉；棹歌，诉诸听觉。写人摹物，穷形尽神，口有余香，耳有余音，目为之而眩，心为之而动，堪称佳构。至于一节之内“轻”字三见，从纯美文的角度看，可谓美中不足，碧玉微瑕；从文附于质、辩理达辞角度看，无碍大功，且不在一联之内，并用以形容三物，不致影响文意表达和审美效果。

辞藻的繁富，可以从数量上得到直观体现。此节文字中，有名词、动词、形容词、连词，而以名词为主，其中有实物名词 40 个，方位名词有上、下、中、表 4 个。虚词共用或、之、于、而、以等 28 次，也是辞赋体作品最常见者。动词共 30 个，是构思、表达的骨架。形容词 30 个。从所用词性上看，此节是符合中国语言发展和艺术原则的，也使汉语的表现能力和表达效果得到充分展现。郭绍虞先生曾说：“大抵最初造的多是名词或动词，至于状形象声之词则双音节词为多。”[①]并指出，名词产生最早，为体；随后产生动词和静词(即形容词)，为用。就选录本节看，确实如此。按构词方式，复音名词中，有联合式 10 个，偏正式 30 个。也就是本节由 30 个“动词＋偏正复音名词(形容词＋名词)”结构而成。这是本节的最大特点。据统计，《抱朴子》内外篇共计 18 万多字，人名、地名、职官、篇名、虚词等之外，共有复音词 5 408 个。从语法结构看，葛洪所用复合词主要有联合、偏正、动宾、主谓、动补、附加和综合式七种，分别有 1 721、2 285、760、75、44、115 和 225 个。联合式、偏正式共占总数的 74％[②]。可见，这两种构词方式不仅是所引一节，也是全书“联辞结采”(《文心雕龙·情采》)的主要手法。这样的作品非赋而何？

再者，由于讲求对偶、排比史事，而引发用典的问题。用典分为造语、用事，《外篇》语典、事典均很繁密。笔者仅对《外篇》事典作了大体统计，最少约 1 560 处。笔者薄陋，定有遗漏。50 篇中，最多者为《博喻》，有 160 余处。语典已不可胜计，大多取自五经、

① 郭绍虞：《照隅室语言文字论集》，392 页，上海古籍出版社，1985 年。
② 董玉芝：《抱朴子复音词构词方式初探》，《古汉语研究》，1994 年第 4 期。

百家、文集，部分出自史传。事典，则兼取各类典籍。《嘉遁》开篇，葛洪描述“怀冰先生”之精神追求、生活处境，其中有周公、孔子、金日磾、张汤等史事，有（项曼都）漱流霞、（冯夷）茹八石登仙等传闻；有膏壤、躬耕、括囊、琳琅、朱门、蓬户、绝轨躅、养浩然、思眇眇、意飘飘等语典。葛洪用典，更像做大赋者那样，既求切合文章，几于化工，如盐入水，又求一定的数量，使足够展开说理，不但“据事以类义，援古以证今”（《文心雕龙·事类》），还用来表现情感。

然后，大量排比、典故的运用，使得葛洪的子书善于类比。比喻是大赋的一个特征，类比则又是子论的常规武器，葛洪将两者结合运用到自己的创作之中，予以形象说理。其《抱朴子外篇》，比喻可以说得到了淋漓酣畅的运用。这以连珠体的《博喻》、《广譬》表现得最为集中。薛梦得所编《中外比喻词典》，仅“读书篇”中就援引葛洪的比喻 18 例，“教育篇”、“人才篇”则多达 80 例。其中，又以《博喻》、《广譬》两篇为主。葛洪笔下比喻繁富，往往多角度地“假物取譬”，联想丰富，使说理显露可识，形象可感。如《弹祢》以“犹枭鸣狐嚾，人皆不喜，音响不改，易处何益?”来弹评祢衡由曹操到刘表到黄祖三易其主，而不改其“言行轻人”的性格。以鸟兽喻人，颇为切至。

（三）用语选词所受辞赋之影响

略举《抱朴子外篇》开篇《嘉遁》三例，说明葛洪在用语选词上所受辞赋影响之一斑。

例句一：“思眇眇焉若居乎虹霓之端，意飘飘焉若在乎倒景之邻。”眇眇、飘飘，乃辞赋之惯用词语之一。眇眇，见于《九章·悲回风》及《九歌·湘夫人》，又见张衡《思玄赋》和陆机《文赋》。“飘飘”语与司马相如作赋有关，又见枚乘《七发》、曹植《七启》。虹霓，见严忌之《哀时命》（《楚辞》）。倒景，见于扬雄《甘泉赋》、张衡《思玄赋》及张协《七命》等。按《七命》开篇有“冲漠公子，含华隐曜，嘉遁龙盘，玩世高蹈”之语。葛洪《嘉遁》之篇名，远取自《易·遁卦》“九五，嘉遁，贞吉”，近则对张协之赋似有资取和改造。篇幅上，葛洪

《嘉遁》唯张协《七命》堪比。枚乘《七发》"首制"，不过2 377字，曹植欲抗手枚生，《七启》也仅有2 150字，而仿此二文的张协《七命》则2 440字。葛洪对魏晋以来的作家、作品都很熟悉，对三张、二陆、两潘、一左，大都有过评点，虽未见评张协之语，但通过他对《七命》的改造可窥知一二。《七命》乃张协蹈袭枚乘《七发》、曹植《七启》之作，李兆洛《骈体文钞·七命》题下谭献注曰："回溪小阜，境渐平夷。"步趋东施，受嗤难免矣。其所虚拟人物为冲漠公子、徇华大夫，有曹植《七启》玄微子、镜机子之辙迹，但对葛洪造设怀冰先生、赴势公子不无启发和垂鉴。葛洪反其道而用之，将人物"命运"进行了易位。《七命》、《七启》丽则丽矣，其意不足，其理亦无醒玄觉道之力，镜机子、徇华大夫之言辞根本不足以令对方叹服，有如牛身马尾；而葛洪之文则因其子论体式长于论说，便觉信服、透辟，赴势公子自失亦很自然，文思通畅，首尾圆合。因此，葛洪借其形，用其体，反其意，亦可谓自铸新格了。

例句二："深愿先生不远迷复哉。"语出《离骚》："回朕车以复路兮，及行迷之未远。"（又《重言》有："不远迷复，乃觉有以也。"）

例句三："夫群迷乎云梦者，必须指南以知道。"兼取司马相如《子虚》、张衡《二京》中"云梦"、"指南"语。葛洪此处，已化用二家，融为一体了。《嘉遁》对怀冰先生的描写语句："庇峻岫之巍峨，藉翠兰之芳茵。漱流霞之澄液，茹八石之精英。"显然得益于屈原《离骚》"香草美人"传统，又兼有其神韵。由此可见葛洪行文所受辞赋的影响，更见创新，融合会通，遂有新作。

结　语

关于葛洪文风，刘师培判以"繁缛"①。刘勰《文心雕龙·体性》

① 陈引驰：《刘师培中古文学论集》，65页，中国社会科学出版社，1997年。

云："五曰繁缛……繁缛者，博喻酿采，炜烨枝派者也。"刘师培用来概括葛洪子书风格，正说明其具有"博喻酿采，炜烨枝派"之辞赋文学特点。

基于上述分析，从子论系统考察，《抱朴子》内、外篇确实很"繁缛"，而"书论宜理"（曹丕），以明快畅达为宗。《抱朴子》本是学者论文，却具有明显的赋化特征。这是大赋艺术生命力的扩张和蔓延，也是作者自觉择取的结果。而作者自觉迎合择取大赋艺术来进行子书的写作，体现出他的辞赋观。虽然葛洪的辞赋专论很少，但其自觉的大量的创作足以与之相发明。葛洪在创作中对大赋艺术手法的自觉吸收运用，使得他在继陆机诗赋走向繁缛之后，子论也走入"繁缛"一格。

散文的辞赋化并非从葛洪开始，汉文就已经赋化了，尤其是论体文。钱钟书先生在《管锥编》中指出贾谊"作论而似赋"。葛洪的《抱朴子》就是汉魏以来论体文辞赋化的延续，他在《钧世》篇中也说："且夫《尚书》者，政事之集也，然未若近代之优文、诏策、军书、奏议之清富赡丽也。"连这些文章都讲究清富赡丽，说明葛洪时代散文的辞赋化倾向已非常普遍，只不过大部头的子书辞赋化到繁缛者，尚属少见；这也正是不久之后骈文便大行其道的必由之路。

"遂初"系谱的形成

——孙绰《遂初赋》影响力探原

曹 虹

历史上某些赋篇之题，往往以其思想性的新锐或独特性，积淀为后代乐于引用的典故。赋题吸引诗家文人的因缘，这应当可以纳入赋体的思想与审美辐射的范围。孙绰《遂初赋》就十分有代表性，此赋正文已佚，但赋题的影响力却相当活跃。这一现象值得回味总结。

一、说"遂初"

在中国思想传统中，"初"是一个重要的文化概念；在人生进路上，"初"往往是"退"守的结果。屈原和老、庄分别作出了思想性的探索，具有一定的原型意味。

先看屈原。《离骚》曰："进不入以离尤兮，退将复修吾初服。制芰荷以为衣兮，集芙蓉以为裳。"变"进"为"退"的状态，王逸释作"修吾初始清洁之服也"①。既然"初服"的特征是"清洁"，也有注家

① 《楚辞章句》，洪兴祖《楚辞补注》本，17页，中华书局，1983年。

将之解作“未仕时之服”①。无疑，“初服”所象征的是初志或本心；穿戴“芰荷”、“芙蓉”等自然界的香草，喻示着一种道德修养，即如王逸所注：“被服愈洁，修善益明。”②从屈原的整体思想素养来看，其所坚持的“初服”，是“余独好修以为常”的人格表现，正如蒋骥所揭示：

> 盖始之事君以“修能”，其遇谗以“修姱”，其见废而誓死则“法前修”，即欲退以相君，亦“修初服”，固始终一“好修”也。③

可见，屈原一以贯之的是“好修”的精神。当他退而“修初服”之际，仍然不能忘却君国，希冀以纯粹的善心理想获得知遇。显然，屈原的退修初服，仍然意在修身淑世，并不强调退隐之意。这种择善如一、九死无悔之意，在后世也有直接予以承用的。如张衡《思玄赋》曰：“修初服之娑娑兮，长余佩之参参。”尽管吉凶无定，命运难测，但赋中验证了“诚心固其如结”的心路历程④。那么，“修初服”的道德光华，不仅体现在“初服”的道德定位之高，而且还体现在永葆初志的“修”的过程之坚韧，这样的追求显然具有儒家价值观的意趣。曹植在两篇辞赋中，发挥了这些意趣。其一为《七启》，篇中设镜机子与玄微子两个人物，镜机子最终通过“敷道德之弘丽”，使“飞遁离俗”、“与物无营”的玄微子走出隐居生活，“愿反初服，从子而归”，即回归到以道德为准则的社会。其二是《出妇赋》，篇中对出妇的刻画意味深长：“痛一旦而见弃，心忉忉以悲凉。衣入门之初服，背床室而出征。”⑤与遗弃她的朝秦暮楚者相对，她却在接受遭

① 蒋骥：《山带阁注楚辞》，39页，中华书局，1962年。
② 《楚辞章句》，17页。
③ 蒋骥：《山带阁注楚辞》，39页。
④ 张震泽：《张衡诗文集校注》，196、237页，上海古籍出版社，1986年。
⑤ 赵幼文：《曹植集校注》，6、12、35页，人民文学出版社，1984年。

弃被逐的命运之际,仍然“衣人门之初服”而离去。这始终如一的服装,不是简单的外貌描写,而是凝聚了曹植对出妇心志的道德赞美。

不过,如前所析,“初服”的“清洁”容易使人联想到“未仕”,且“芰荷”、“芙蓉”之衣又可引申为归于自然,因此后人也有拾掇屈原词句而点染隐逸情境的,例如齐梁时期的孔稚珪《北山移文》,嘲讽心怀魏阙的假隐士“焚芰制而裂荷衣”,就以典出《离骚》的“芰制”与“荷衣”为隐士装束①。再如李白《送贺监归四明应制》诗曰:“久辞荣禄遂初衣,曾向长生说息机。”②这样的表达将“初衣”与“荣禄”对峙,赋予“初衣”以道家隐逸之趣。

再看老、庄。与屈原以“好修”为特征的入世型的情操砥砺有所不同,老、庄赋予“初”、“始”、“本”、“一”等概念以更大的本体论或人性论的意义。《老子》中尽管没有出现“初”字,但用到“古始”的表述:“能知古始,是谓道纪。”(十四章)张尔岐注:“人能知古初无物之始矣。”③所谓“古始”,是对无形无名之“道”的形容,与其说是时间概念,不如说是哲学概念。与此相类,《老子》中还有“归根”之说,其十六章曰:“致虚极,守静笃,万物并作,吾以观复。夫物芸芸,各复归其根。归根曰静,是谓复命。”关于“归其根”,王弼注:“各返其所始也。”④又有“食母”之说,其二十章曰:“我独欲异于人,而贵食母。”王弼注:“食母,生之本也。人背弃生民之本,贵末饰之华,故曰‘我独欲异于人’。”⑤还有“抱一”之说,其十章曰:“载营魄抱一,能无离乎?”其二十二章曰:“圣人抱一,为天下式。”正如河上公注曰:“一者,道始所生。”⑥苏辙更为明晰地释曰:“抱一者,

① 《文选》,卷43,李善注此句时,径引《楚辞》曰:“制芰荷以为衣,集芙蓉而为裳。”《六臣注文选》本,818页,中华书局,1987年。

② 王琦注:《李太白全集》本,797页,中华书局,1977年。

③ 《老子说略》上篇,《文渊阁四库全书》本。

④ 《老子道德经注》,楼宇烈:《王弼集校释》本,36页,中华书局,1980年。

⑤ 《老子道德经注》,49页。

⑥ 旧题河上公注《老子道德经》卷上“能为十章”,《文渊阁四库全书》本。

复性者也”(《老子解》曲则全章第二十二)[1]。这样才能最大限度地获得性命之根本。不难看出,在老子以“观复”为方法的思辨体系中,初始的虚静浑成最值得终焉游处。所以,《庄子·田子方》记“老聃曰:‘吾游于物之初。’”这句话有“重言”即借重老子之名而托言的倾向[2],却颇为神合于老子的本旨。具有道家修养的初唐诗人王绩《独坐》自咏怀抱曰:“托身千载下,聊游万物初。”[3]即是妙用《庄子》之典。庄学抨击世俗“浇淳散朴”,痛心于“无以反其性情而复其初”(《庄子·缮性》),这里的“初”是人性的理想,郭象注曰:“初谓性命之本。”[4]可见“复其初”其实也是庄学论道宗旨所在。北宋王雱《杂说》曰:“庄子之书,载道之妙也。盖其言救性命未散之初而所以觉天下之世俗也。”已指明此意[5]。只是庄学富于“和以天倪”的理趣,例如《齐物论》篇有一段名言:“有始也者,有未始有始也者,有未始有夫未始有始也者。”以不执于“始”之名的方式,表达了对原“始”的神往。那么不妨说,正是道家思想体系使“初”的概念具有了返本归真的复性之义。

总之,“初”的价值指向,根基于道家思想。将屈原“初服”牵合为隐逸之志,是后人灵活引申。这样看来,浦铣的判断就失之含混了:

> 孙兴公作《遂初赋》,盖即《离骚》“复修初服”之意。[6]

屈原的“复修初服”与道家的“归根”、“复初”,在思想框架上是不同的。孙绰作《遂初赋》,致意于“止足之分”和归隐生活,其对“遂初”的向往显然秉承于道家。

---

① 《三苏全书》本,语文出版社,2001年。

② 《庄子·寓言》曰:“寓言十九,重言十七,卮言日出。”陆德明释:“重言谓为人所重者之言也。”郭庆藩:《庄子集释》本,947页。

③ 王国安:《王绩诗注》,52页,上海古籍出版社,1981年。

④ 《庄子集释》本,554页。

⑤ 见焦竑:《庄子翼》附录,《文渊阁四库全书》本。

⑥ 《复小斋赋话》,卷上,69页,何沛雄编著:《赋话六种》本,三联书店,1982年。

二、刘歆与孙绰

从现有文献看,历史上以"遂初"为题作赋,始于西汉刘歆,完篇可见。①与之媲美甚至后来居上的,是东晋孙绰,今仅存赋序部分。耐人寻味的是,后人对这个题目的记忆,更偏爱孙绰,反而淡化了刘歆的初撰之功。这可以从作为典故存在的《遂初赋》之题,来稍资说明。

南宋陆游《老学庵笔记》卷七载北宋时孙少述与王安石友情甚深,但在王安石握有治国之柄的数年间,却与其断绝音问。在这个事态中,旁观的刘贡父有诗曰:"不负先公《遂初赋》,更传中散《绝交书》。"②这里的《遂初赋》即指孙绰之作,因为孙绰与孙少述同姓,故诗中称之为"先公"。又戴表元诗《春溪恶寄孙常川》有句曰:"溪水犹能作吴语,似续君家《遂初赋》。"③寄讽孙常州有约不至,类似于同宗孙绰决绝世情的《遂初赋》。以上两例,都能因宗姓关系而判别所特指的作者。以寄赠双方宗姓所属,而嵌用典故以述意明志,这种写作手法并不罕见,如唐代张说《伯奴边见归田赋因投赵侍御》曰:"尔家叹穷鸟,吾族赋归田。莫道荣枯异,同嗟世网牵。"他投赠的对象是赵冬曦,后者作《奉酬燕公见归田赋垂赠之作》④。张说由对方先人汉代赵翼《穷鸟赋》,匹配本宗汉代张衡《归田赋》,颇有历史纵深感,且加深了彼此酬酢之情。

再看南宋陈造《至喜铺》诗曰:"残年《归来引》,他口《遂初赋》。是役固已劳,端复酬夙素。"⑤他的《薄薄酒》亦有"他年《遂初赋》,老盍歌《归去》"⑥之句,向往的是魏晋时代孙绰《遂初赋》、陶渊明《归去来兮

---

① 《太平御览》卷184还载有东汉龚友《遂初赋》佚句:"考天文于兰阁,览群言于石渠。"见《居处部·阁》,录在张衡之后,约是汉末人。

② 《老学庵笔记》,卷7,93页,中华书局,1979年。

③ 《剡源文集》,卷28,《文渊阁四库全书》本。

④ 见《张燕公集》,卷7,《文渊阁四库全书》本。

⑤ 《江湖长翁集》,卷5,《文渊阁四库全书》本。

⑥ 《江湖长翁集》,卷7。

辞》所歌咏的归隐生活。金代张澄《和林秋日感怀寄张丈御史二首》之一:“田园政忆《遂初赋》,冰雪莫吟《行路难》”[1],将《遂初赋》与“田园”联系起来,以隐居为指归,可知是指的孙绰之作。

从对后世的影响力来看,孙绰是更为成功的。究其原因,似可从两个方面来考察。

其一,孙绰的题旨富于开拓性。这种开拓性得力于魏晋玄学和隐逸风潮的滋养。与此相比,刘歆的道家素养及其所处的思想背景就不如孙绰那么新锐。刘歆赋的首句出现了“遂初”之词,但只表时态而并无哲学内涵:“昔遂初之显禄兮,遭阊阖之开通,蹠三台而上征兮,入北辰之紫宫。备列宿于钩陈兮,拥大常之枢极。总六龙于驷房兮,奉华盖于帝侧。”顶峰般的荣名显禄,未免令人戒惧,故下文一路远游,反思历史上的种种人事教训,构成“行旅”赋的题材[2],并归结为“大人之度,品物齐兮;舍位之过,忽若遗兮。求位得位,固其常兮;守信保己,比老彭兮。”[3]这里试图以庄子齐物论之旨看待升沉显晦,得位固然相宜,失位则以仙人彭祖为比;但如何达到“守信保己”,这里没有进一步的思索。

《世说新语·言语》载:“孙绰赋《遂初》,筑室畎川,自言见止足之分。”刘孝标注引孙绰《遂初赋叙》曰:“余少慕老庄之道,仰其风流久矣。却感于陵贤妻之言,怅然悟之。乃经始东山,建五亩之宅,带长阜,依茂林,孰与坐华幕击钟鼓者同年而语其乐哉!”[4]“老庄之道”经过魏晋玄学的复兴,其价值观的力量深入人心,孙绰的“少慕老庄之道”,就是一例。《晋书》本传称他年少时“有高尚之志,居于会稽,游放山水十有余年,乃作《遂初赋》以致其意”[5]。能

① 元好问:《中州集》,卷8,434页,中华书局,1959年。书中小传称作者“泰然以闭户读书为业”。

② 案:关于此赋的题材类型,龚克昌等《全汉赋评注》指出:“此赋《历代赋汇》编入‘言志’类,自然是不错的;但如果我们把它移入‘行旅’类,似乎更合适。”432页,花山文艺出版社,2003年。

③ 严可均:《全上古三代秦汉三国六朝文》,《全汉文》,卷40,中华书局,1958年。

④ 余嘉锡:《世说新语笺疏》,140页,中华书局,1983年。

⑤ 房玄龄等:《晋书》,卷56,中华书局,1974年。

将"游放山水"当作体悟心性本原的过程,并从中体悟一种审美之境,这是具有时代新义的。虽然此赋的正文佚失,但仍可从序文的情调以及孙绰的其他创作中获取线索。如其《游天台山赋》写道:"游览既周,体静心闲,害马已去,世事都捐。"自觉地以老庄思想为指导,经历了以山林为媒介的悟道过程,因而在他的笔下,出现了"嗟台岳之所奇挺,寔神明之所扶持"①的新鲜的审美空间。又如其《聘士徐君墓颂》是这样表彰墓主的:"岩岩先生,迈此英风。含真独畅,心夷体冲,高蹈域表,淑问显融。昂昂五贤,赫赫八俊,虽曰休明,或婴险愆。岂若先生,保兹玉润,超世作范,流光遐振。"晚清谭献对这篇墓表的评语是:"亦《遂初》之微言,亦清言本色。"②那么,虽然《遂初赋》正文已佚,这篇墓颂却也可以当作《遂初赋》的投影。所谓"五贤"、"八俊",基本上是儒家社会价值标准激励出来的品目,代表积极入世的范型,但在政治浊流面前,往往难免玉碎结局。孙绰对"高蹈"者的歌颂,显然体现了思想归宿上的一种选择。

孙绰善于适应新的思想而改造传统的题材题旨。以写山而言,这种题材当然不始于孙绰。东汉班固《终南山赋》虽写到山中"若鬼若神"的气氛,本可供"彭祖宅以蝉蜕,安期飨以延年",但作者更关注皇权的神圣,"唯至德之为美,我皇应福以来臻"③,这时的山岳仍受到儒家德政理念的统摄。东汉杜笃与魏晋之际的阮籍都有《首阳山赋》,借伯夷、叔齐穷饿采薇的故事,表达对政局无常的愤世之意,尤其是阮籍"秽群伪之射真","宁高举而自宾",而笔端的山景无不投射"二老穷而来归"④的凄厉之情。建安七子之一的刘桢所写《黎阳山赋》,仅纪随军南征行程而已,看不出背后的个人思想⑤。西晋潘岳《登虎牢山赋》也重在纪行,受"眷故乡之辽隔"之情

① 《文选》,卷11;《张衡诗文集校注》,210、212页。
② 李兆洛选、谭献评:《骈体文钞》,卷22,清光绪八年刊本。
③ 《全上古三代秦汉三国六朝文》,《全后汉文》,卷24。
④ 《全上古三代秦汉三国六朝文》,分别见《全后汉文》,卷28,《全三国文》,卷44。
⑤ 吴云主编:《建安七子集校注》,422页,天津古籍出版社,1991年。

的牵动，故登临之际，充溢着“劳者之咏事”：“彼登山而临水，固先喆之所哀，矧去乡而离家，邈长辞而远乖”①，继承的是宋玉《九辩》“登山临水送将归”的感伤情调。到了孙绰赋天台山，才带来了以玄理与山水融合的新面貌，这种处理山水题材的创造性，是应该占有变古开新的赋史地位的。此后刘宋支昙谛所写《庐山赋》的“包灵奇以藏器”，谢灵运《山居赋》以乐道之心“叙山野水石谷稼之事”等②，都顺承了这一审美新趋势。

其二，孙绰为人的真率之风较易得到好评。当他爱赏隐逸之乐时，他是一往情深的，有史料记载道：“绰有高节，尝鄙山涛而谓人曰：‘山涛吾所不解，吏非吏，隐非隐。’”③山涛虽位列“竹林七贤”，但在出处之际最为游移，史实俱在，无庸多述。孙绰还把清玄之心视为文学创作的本源条件，故以长于“风韵”而见称。《世说新语·赏誉》载：“孙兴公为庾公(亮)参军，共游白石山。卫君长在坐，孙曰：‘此子神情都不关山水而能作文。’庾公曰：‘卫风韵虽不及卿诸人，倾倒处亦不近。’孙遂沐浴此言。”④神情关乎山水，这是一种外现形态，所要究底的是精神玄远。孙绰在追求“风韵”的深度上，有着积极的姿态。他还在《法汰赞》中叹赏僧人法汰“事外潇洒，神内恢廓”；在《庾亮碑》中表彰墓主“方寸湛然，故以玄对山水”。不难看出，这种精神视野的自觉磨砺，对于创作主体与自然山水的深层沟通，也是大有好处的，并有利于在审美成就上得到适当体现。

关涉《遂初赋》，还流传着一则作者的故事，也可看出他的另一种真率。据《晋书》本传载，当孙绰后来在朝廷任职时，权倾主上的大司马桓温执意于“移都洛阳”的计划，“朝廷畏温，不敢为异，而北土萧条，人情疑惧，虽并知不可，莫敢先谏”。在无人敢立异议的情

---

① 《全上古三代秦汉三国六朝文》，《全晋文》，卷90。

② 《全上古三代秦汉三国六朝文》，分别见《全晋文》，卷165，《全宋文》，卷30。

③ 此据《册府元龟》，卷872。《晋书》、《建康实录》本传中叙孙绰鄙山涛事，未见“有高节”之语。

④ 余嘉锡：《世说新语笺疏》，487页。

况下，孙绰上表直谏，陈述种种条件不成熟的理由，“桓温见绰表，不悦曰：‘致意孙兴公，君何不寻《遂初赋》，而强知人家国事！’”① 明代张溥在《汉魏六朝百三家集·孙廷尉集题辞》中，对孙绰的表谏之举赞扬备至，谓其“一封事足不朽矣”！②写过《遂初赋》的孙绰，似乎应该是恬淡逍遥的，但他却在抵制桓温的政治野心上，勇于表达独立政见。恼羞成怒的桓温，试图以这篇《遂初赋》为把柄，逼使孙绰缄口，但桓温也许更应明白，“少慕老庄之道，仰其风流久矣”的孙绰，在思想上容易成就一种自由风范，这种自由风范其实是具有它的批判功能的。后人就这一事端也发表过比较性的看法，不妨作为人物品评的参照，如清代姜宸英认为：“刘歆作《遂初赋》，自以朝政多失，作《遂初赋》以叹往事而寄己意……其言颇似旷达，而为莽佐命，终至夷灭。视孙绰之义正桓温，相去何啻霄壤。”③创作了富有隐逸趣味的《遂初赋》，这样的作者还能有向政治大野心家抗谏的事迹，很能增加正面评价的分量。

如果以上分析的两个原因可以成立，就不难理解孙绰此赋的影响力为何独能胜出了。

三、用典与再造典范——尤袤的“遂初堂”及其他

“遂初”作为一种思想资源的传承，孙绰《遂初赋》的创作所起到的作用，实在是不可轻视的。这是哲学借文学载体或文学家的人生而焕发思想魅力的佳例。

有趣的是，受孙绰此赋的影响，后世不乏以“遂初”为室名堂号者，最著名的是南宋尤袤。

---

① 此一叙事本之《世说新语·轻诋》，余嘉锡：《世说新语笺疏》，839页。
② 殷孟论：《汉魏六朝百三家集题辞注》，157页，人民文学出版社，1981年。
③ 《湛园札记》，卷3，清光绪七年见山楼刊本。

在尤氏之前，据南宋初年葛胜仲《钱氏遂初亭记》一文，其乡贤钱持道"作遂初亭于梁谿居第之东偏"，后大半毁于兵燹，其子钱绅再度"改筑"，两代人所效法的，就是晋朝孙绰写于隐居生活中的《遂初赋》。在葛胜仲笔下，孙绰在出处之际颇有可观："君子之出处，视时与道，亦何常之有。彼安山林而不知出，狃荣利而不知返，皆一曲之士也。昔晋孙兴公隐居会稽，游访山泽累年，作《遂初赋》以寄意，《天台山赋》亦云'世事都捐'，若无经世意矣。及大司马温欲徙洛阳，众恟惧不敢为异，独兴公上疏极论之。"①这样看来，孙绰不仅以隐逸之趣令后人向往，而且他的隐居作赋与上疏桓温之举也在儒家的出处之义中得到诠释。孔子曰："所谓大臣者，以道事君，不可则止。"(《论语·先进》)儒家对于出处进退的原则在于是否合"道"。孟子说孔子是"可以仕则仕，可以止则止，可以久则久，可以速则速"的"圣之时者"(《孟子·万章下》)，"久速因时"是对"进退合道"根本原则的灵活运用②。葛胜仲所采取的"君子之出处，视时与道"的观点，其实是出于儒家的视角，这里他把孙绰基于老庄之道的隐逸观儒家化了，可谓是巧用了孙绰的故事，从而构成对钱氏两代建亭人的理解或勉励。

通过寓所建筑物的命名，体现主人的雅怀，这是古来的习惯。尤袤的"遂初堂"，所明心志引来了更大的反响，据《宋史》本传，他是常州无锡人，"尝取孙绰《遂初赋》以自号，光宗书扁赐之"③。这已是在整体人生意义上的用典了。他的这一重要举动，除了宋光宗为之题匾，在友朋间也引发了诗歌酬酢，如陆游《尤延之侍郎屡求作遂初堂诗，诗未成，延之去国，因以奉送》曰："遂初筑堂今几时，年年说归真得归。异书名刻堆满屋，欠伸欲起遭书围。舍之出游公岂误，绿发朱颜已非故。请将勋业付诸郎，身践当年《遂初赋》。"④诗中对尤氏与孙绰的精神联系，作了

① 《丹阳集》，卷 8，《文渊阁四库全书》本。

② 参见严佐之：《〈近思录〉与儒家"出处之义"》，《中华文史论丛》第 58 辑，200 页。

③ 《宋史》，卷 389，中华书局，1977 年。

④ 钱仲联：《剑南诗稿校注》，1587 页，上海古籍出版社，1985 年。

生动的表述。杨万里作有两首《题尤延之右司遂初堂》，其一曰：“漫仕风中絮，归心水上鸥。把茅新结屋，藜杖旧经丘。花底春勾引，灯前夜校雠。何如添我住，二老更风流。”尤袤藏书达三万卷，著有《遂初堂书目》传世，诗中流连于春光与书册的生活，凸显出遂初堂主人萧散自乐的人生意趣。诗末将这样的人生意趣称为“风流”，寓示了其与魏晋风度之间的历史联系。“风流”一词在《世说新语》中专用来形容名士风度，如当有人问东晋袁恪如何看待殷仲堪与韩康伯的高下时，他回答说：“理义所得，优劣乃复未辨；然门庭萧寂，居然有名士风流，殷不及韩。”[①]杨万里受到尤袤吸引的，正是一种“门庭萧寂”的雅致。尤袤除了以《遂初赋》作为自号典据，他还曾取孙绰《游天台山赋》中“凝思幽岩，朗咏长川”之语而榜其所筑之亭为“凝思”[②]，凡此均可见他对孙绰隐逸之赋的喜爱。

尤袤的学统有理学背景，他师从喻樗、汪应辰，上接师祖杨时以及更上代的洛学宗师二程[③]。理学自有其对社会、对心性的理念，尤袤重视儒家价值理想在经世层面的实践性。《宋史》本传载：

> 光宗即位甫两旬，开讲筵，袤奏：“愿谨初戒始，孜孜兴念。”越数日，讲筵又奏：“天下万事，失之于初，则后不可救。《书》曰：‘慎厥终，惟其始。’”

他强调政治性的操作要“谨始戒初”，并以《尚书》作为思想依据，这些方面正是儒学优长之处；尤袤的自号取意于孙绰的《遂初赋》，显然也是青睐于道家在个人修养上的超脱气度的。据同篇传记资料，他早年虽负“颖异”之才，但赋性恬淡，并曾几度因“靖退”之风而得到贤者举荐为官，如当时“大宗正阙丞，人争求之，陈俊卿曰：

---

① 余嘉锡：《世说新语笺疏》，见《品藻》，543～544页。

② 《霞起堂记》，《梁谿遗稿》，卷2，《文渊阁四库全书》本。

③ 《宋元学案》将尤袤列为湍石（喻樗）门人（982页）、玉山（汪应辰）门人（1461页）。又在“龟山（杨时）门人”条下有喻樗传，叙“玉山汪氏应辰，其婿也。门人知名者，有程迥、尤袤”（969页）。中华书局，1986年。

‘当予不求者。’遂除袤”。从儒学的“谨始戒初”到玄学的“遂初”，尤袤作出了一种左右逢源的沟通。

这里有必要稍事说明在理学结构中是如何看待恬淡的。理学从儒学元典的精神出发，以治国平天下为道德理想所在，故以入世的态度为理所当然，不过，士人以怎样的心境步入仕途，则大有讲究。程颐提出的一个重要原则是：“贤者在下，岂可自进以求于君？苟自求之，必无能信用之理。古之人必待人君致敬尽礼而后往者，非欲自为尊大，盖尊德乐道之诚心不如是，不足与有为也。”[①]这里否定主动求仕干禄，一方面是为了确保待聘的贤者能与“尊德乐道”的王者相遇，从而实现“用之则行”(《论语·述而》)、“邦有道则仕”(《论语·卫灵公》)；另一方面，更是为了保证士人社会责任感的纯粹性，避免富贵利禄之欲念的侵蚀。这后一个方面，尤其能反映程朱思想的“新儒学色彩”[②]。在出处之际的这种恬然无欲的心性状态，与道家捐弃世事式的寡欲之心，可以有局部的相通。尤袤在仕途上，以“不求”而为时论所重，他的诗风也以平淡见长[③]，似乎是其人生修养在文学上的自然流露。总之，理学的无欲与道家的寡欲局部可通，但各自的学理结构不同。尤袤似乎是更多着眼于两者可以相通，所以，他沿用孙绰“遂初”之名时，并不觉有出于理学的强烈的修正感。

当然，接过“遂初”的概念而赋予一种理学的修正意味的，则首先要数时代稍早的南宋理学家张栻的《遂初堂赋》。据赋序，其友石伯元筑遂初堂，张栻特为之阐发命名之义：

皇降衷于下民兮，粤惟其常。猗于穆而难免兮，维生

---

① 江永注：《近思录集注》，卷7，上海书店，1987年。

② 严佐之：《〈近思录〉与儒家“出处之义”》，《中华文史论丛》，第58辑，195页。

③ 杨万里：《千岩摘稿序》：“余尝论近世之诗人，若范石湖(范成大)之清新，尤梁谿(尤袤)之平淡，陆放翁(陆游)之敷腴，萧千岩(萧德藻)之工致，皆予之所畏者云。”(《诚斋集》卷八二，《文渊阁四库全书》本)方回《读张功父南湖集》：“梁谿之槁淡细润，诚斋之飞动驰掷，石湖之典雅标致，放翁之豪荡丰腴，各擅一长。”(《桐江续集》卷八，《文渊阁四库全书》本)

> 之良。翕众美而具存兮，不显其光。彼孩提而知爱亲兮，岂外铄系中藏？年华逝而寖长兮，纷事物之交相。非元圣之生知兮，惧日远而日忘。缘气禀之所偏兮，横流始夫滥觞；感以动兮不止，乃厥初之或戕……倪矍然于中道，盍反求于厥初！厥初如何，夫岂远欤！彼匍匐以向井，我恻隐之拳如。验端倪之所发，识大体之权舆……惟自反兮于理，兹日新兮不穷。逮充实而辉光，信天质之本同。极神存而过化，亘万古以常通。①

作者的一番"演妙理以旁陈"，对"遂初"的诠释别出心裁。他从儒家性善论出发，将人人本性所具的恻隐之心视为"厥初"，值得为之"反求"。不难看出，"遂初"从玄学的框架成功转入理学的框架，可惜的是篇中"演理"的色彩过于抽象化了。对于自己的立论依据，作者相当自得："探上古之眇微，得斯说于遗经。谓匪迂而匪异，试隐几而一听。然则兹其为遂初也，又岂孙兴公所能望洋而瞠尘者乎！"这里有意把孙绰的《遂初赋》作为立异的对象，类似于写了一篇《反遂初赋》，也是从另一个方面见出孙绰原作的历史反响之大。

与张栻相比，对"遂初"之义的解释较为折中于理学与玄学之间的，是南宋理学家黄榦的《刘正之遂初堂记》。这篇记体文的写作缘起，是承多年知交刘学雅（字正之）之请而作。文中回忆了作者与刘止之数十年间的交往，着力写到了最近的一次相访：

> 癸亥之秋，予复访正之于屏山，正之与余言曰："予少时尝以'遂初'名其所居之堂，晦庵朱先生尝为予书之。子能为我记之乎？"予曰："若先生固望以遂其初，予固有以知子之果能遂其初也。富贵之毒人也甚于鸩，惟其嗜之美也，而其毒愈深。蝍蛆甘带，鸱鸦嗜鼠，彼岂知为臭腐哉！播间之余、嗟来

① 《南轩集》，卷1，《文渊阁四库全书》本。

之食，盖有妻妾之所泣、乞人之所不屑者，而士大夫不顾廉耻而冒求之。今子生于公相之家，狃于富贵之乐，而能遗外声利，不改其度如此，是岂不甚可敬哉！”[①]

刘正之的父辈与朱熹就有交谊，朱子为少年刘正之题写“遂初堂”之际，显然寄予厚望；伴随着人生的风风雨雨，作者因见证了友人的“果能遂其初也”而感到敬佩。刘正之遂初堂与朱子的因缘自然带有理学氛围。呼应着堂主的意趣，黄榦对“遂初”的定义也是着眼于理学依据的：“天地之初，太极是也；人物之初，性善是也；圣贤之初，赤子之心是也。”只是他在行文之中，并不觉与孙绰基于道家的玄旨有何对立，例如在讥讽嗜利者时，活用《庄子·秋水》中“鸱得腐鼠”之典，理学与玄学在这里显然可以同调。

那么，像尤袤这样有理学学统之士，还能对孙绰的“遂初”之义更多顺承之趣，这是不奇怪的。加上他“取孙绰《遂初赋》以自号”之举曾震耀当世，博得皇帝为之书匾。这个故事成为孙绰之赋引申出来的新记录，后继者的光彩也烛照出孙绰原作的一定地位。明代归有光为尤袤十四世孙尤质所写《遂初堂记》一文，就是一个例证。尤质距尤袤之殁已400年，先人堂构遗址已“莫知所在”，故为之建新堂，“仍以遂初为扁”。记文追溯孙绰“尝隐会稽，放浪山水，有高尚之志，故为此赋”，接着赞美尤袤的“高世遐举之志”[②]。可见在“遂初”观念的流衍历程中，孙绰与尤袤前后辉映的地位非比寻常，因此也特别受到后代瞩目。

从“遂初”思想的来历与演化，互证赋家对思想资源和时代风尚的敏悟，这也是赋史与思想史交叉研究的一种景观吧。

---

① 《勉斋集》，卷19，《文渊阁四库全书》本。

② 《震川先生集》，373页，上海古籍出版社，1981年。

唯真情者能赋深情

——读陶渊明的《闲情赋》

周广璜

东晋大文学家陶渊明(365—427)不仅是一位诗歌圣人,而且也是一位杰出的散文家,更是一位才华横溢的辞赋家,前人谓之"兼善众体"①,信然。陶渊明传世的辞赋虽然只有三篇(《闲情赋》、《归去来兮辞》、《感士不遇赋》),但写情体物,曲尽其妙,可谓字字珠玑,篇篇精妙。他的《归去来兮辞》、《感士不遇赋》分别抒写归耕田园的闲适心情和士人生不逢时的感慨,自是千古绝唱,兹不多论。而被前人誉为"古今独步"②的《闲情赋》则通过丰富而奇特的想象,表达了作者对美好爱情的渴望和追求,反映了陶渊明人生的另一侧面:他不仅是一位温文尔雅、恬淡寡欲的人伦楷模,而且也是一位有着火一般激情、最能参透人间真情的伟丈夫。

一

读《闲情赋》,首先要搞清此赋的题旨、写作时间及所咏对象。

---

① 张溥:《汉魏六朝百三家集题辞·陶彭泽集》。

② 瞿退之:《中国骈文概论》,见刘麟生主编:《中国文学八论》,世界书局,1936 年。

作为陶集中唯一一篇描写爱情的作品,《闲情赋》的主旨历来备受世人关注,尽管各家观点不一,但基本上归于爱情赋中的"闲情"、"定情"一类,所谓"发乎情,止乎礼义"[①]是也。这既可以从赋题看出("闲",防闲也,有限制、约束之意),也可从自序"检逸辞而宗澹泊,始则荡以思虑,而终归闲正。将以抑流宕之邪心,谅有助于讽谏"和赋末的"尤《蔓草》之为会,诵《邵南》之余歌"见出。但是细读此赋,不难发现,作者的创作动机显然不止于此,那隐藏在字里行间的激情却不是一个"闲"字所能约束、限制得了的。他不过是仿张衡、蔡邕等人《定情》、《静情》或者王粲《闲邪》、应玚《正情》之题来赋自己的真情而已,至于"抑流宕"、"助讽谏"云云,实乃辞赋家惯用的曲终奏雅之技法,是作者的一种托辞。因为在陶渊明那个时代,对于他那样一个重声名气节的人来说,这样做,实在是一种无奈的选择。这一点,梁昭明太子萧统似乎看得很清楚:"余爱嗜其文,不能释手;尚想其德,恨不同时。……白璧微瑕者,惟在《闲情》一赋。扬雄所谓劝百而讽一者,卒无讽谏。何必摇其笔端?惜哉,无是可也。"[②]萧统是站在儒家礼教的角度来看待《闲情赋》的,自然会认为它是"卒无讽谏"的"白璧微瑕"之作了,因而他在编次《文选》时,收有陶渊明的《归去来兮辞》,而把《闲情赋》拒之门外,这也从反面说明了《闲情赋》是一篇地地道道的爱情赋。宋代大文豪苏东坡反对萧氏对《闲情赋》的讥讽,认为《闲情赋》与"好色而不淫"的《诗经·国风》一样,是难得的描写爱情的佳作[③]。应该说,苏轼的评价是独具慧眼的。鲁迅先生更一针见血地指出:"又如被选家录取了《归去来辞》和《桃花源记》,被论客赞赏着'采菊东篱下,悠然见南山'的陶潜先生,在后人的心目中,实在飘逸得太久

---

① 除"言情说"以外,尚有"寄托说",以明张自烈,清邱嘉穗、刘光蕡为代表。见张自烈辑:《笺注陶渊明集》,卷5;邱嘉穗:《东山草堂陶诗笺》,卷5;刘光蕡:《陶渊明〈闲情赋〉注》。

② 萧统:《陶渊明集序》。

③ 苏轼:《东坡题跋》,卷2,《题文选》。

了。但在全集里，他有时很摩登，‘愿在丝而为履，附素足以周旋；悲行止之有节，空委弃于床前’，竟想摇身一变，化为‘哎呀呀，我的爱人呀’的鞋子，虽然自说因为‘止乎礼义’，未能进攻到底，但那些胡思乱想的自白，究竟是大胆的。”[①]综合上述各家评论，再结合《闲情赋》的文本，不难看出，《闲情赋》虽然袭着“定”情、“静”情和“闲”情的字眼，但实际上却是一篇极为出色的爱情赋，是作者激情燃烧的一种外在表现。

关于此赋的写作时间，郭维森、包景诚定为晋太元十六年（公元 391 年）[②]，王瑶先生定为晋太元十九年（公元 394 年）[③]，清人邱嘉穗、今人逯钦立定为彭泽致仕以后，即渊明 41 岁以后所作[④]，也有人认为是渊明青年时期的作品[⑤]，等等，但均无确据。我们由渊明自序“余园闾多暇”和赋文“悼当年之晚暮”，可知两点：其一，此时渊明在家闲居。其二，年已届壮年之末，即三十八九岁。《礼记·曲礼上》云：“三十曰壮，有室。”古人称三四十岁为壮年，四五十岁为中年。按“当年”，丁壮之年，即壮年。丁福保《陶渊明诗笺注》卷二云：“晋人多以壮年为当年。张华赋‘惟幼眇之当年’，是也。”陶渊明《饮酒二十首》其二“九十行带索，饥寒况当年”，《庚子岁五月中从都还阻风于规林二首》其二“当年讵有几，纵心复何疑”可证。又，诗中所说的“庚子岁”即晋安帝隆安四年（公元 400 年），时渊明 36 岁，而说自己壮年，则《闲情赋》中“当年”、“晚暮”云云，似为三十八九岁也。考渊明生平，自隆安五年（公元 401 年）冬因母丧辞官回家，直到元兴三年（公元 404 年）六月受辟赴京口做镇军将军刘裕的参军，其间一直在家闲居，符合上文所说的“园闾多

① 鲁迅：《且介亭杂文二集·“题未定”草（六）》，三闲书屋，1937 年。

② 郭维森、包景诚：《陶渊明集全译》，274、357 页，贵州人民出版社，1992 年。

③ 王瑶注：《陶渊明集》，104 页，人民文学出版社，1956 年。

④ 邱嘉穗：《东山草堂陶诗笺》，卷 5；逯钦立校注：《陶渊明集》，153 页，人民文学出版社，1979 年。

⑤ 孟尔冬：《陶渊明集译注》，280 页，吉林文史出版社，1996 年版；陈俊山：《陶渊明》，14～31 页，百花洲文艺出版社，1994 年。

暇”和“当年晚暮”两个条件，由此可知，此赋应作于元兴元年（公元402年）或二年（公元403年），而以元兴二年渊明39岁时的可能性较大。

至于赋中所咏对象亦即那位“瑰逸令姿”、“旷世秀群”、“神仪妩媚，举止详妍”的美人，有人认为是渊明好友张野的亲戚，自河南来浔阳避难的少女柔桑[①]，也有人认为是作者的前妻陈氏[②]，愚以为大可不必如此凿会，而将其视为作者理想爱情的化身，似乎更合乎情理，文学作品本来就是源于生活而又高于生活的。此道理至简，毋庸赘述。

二

陶渊明是一个感情极其丰富的人，其立身行事，出处进退，本乎一个“情”字；其诗文辞赋，托兴写怀，怀亲、教子、笃友之意，恳恳殷殷，亦本乎一个“情”字。其胸怀旷达闲远，其情感至真至纯，其性格率直任真，其诗文率然天成，因而具有无与伦比的人格魅力和艺术魅力。

陶渊明是一个任情的人。他出身于没落的贵族家庭，他的曾祖陶侃是东晋的开国元勋，官至大司马，封长沙郡公。祖父陶茂，做过武昌太守。外祖父孟嘉为东晋名士。渊明少有高趣，博学，善属文，颖脱不群，任真自得。他自称“少年罕人事，游好在六经”（《饮酒二十首》其十六），“少时壮且厉，抚剑独行游。谁言行游近，张掖至幽州”（《拟古九首》其八），“忆我少壮时，无乐自欣豫。猛志逸四海，骞翮思远翥”（《杂诗八首》其五），可见，青少年时代的陶渊明有着“大济苍生”的远大抱负。为了实现这一理想，他于晋太元十八

① 陈俊山：《陶渊明》，14～31页，百花洲文艺出版社，1994年。

② 丁福林：《不为五斗米折腰——陶渊明全传》，63～71页，长春出版社，2000年。

年(公元393年)开始步入仕途,担任江州祭酒之职,但没过多久,就因不堪忍受小吏生活的繁琐和拘束而辞官回家。多年后,他还对此耿耿于怀,认为这次出仕对他来说是“志意多所耻”(《饮酒二十首》其十九)。他仕途的最后一个驿站是义熙元年(公元405年)八月被委任为彭泽令,终因不愿“为五斗米,折腰向乡里小儿”而解绶归田,此后再不出仕。

从29岁初入仕途,到41岁挂印归田,13年间,时仕时隐,内忧外患的时局和兵连祸结的现实,终于击破了陶渊明“大济苍生”的梦想,官场的庸俗和黑暗也与他清高孤介的天性格格不入。率性自然的陶渊明早已厌倦了这种庸俗虚伪的官场生活,更不愿意在那“尘网”和“樊笼”中违背心志地随波逐流,正像他在《归去来兮辞序》中所说,“质性自然,非矫厉所得;饥冻虽切,违己交病”。义熙元年十一月,适值同父异母、相依为命的程氏妹病逝于武昌,闻此噩耗,便促成了他在“情”与“仕”、富贵和贫穷之间迅速地作出了选择,仅仅做了八十余日彭泽县令的陶渊明“自免去职”①。这种选择对陶渊明来说,是他一生中最重要的一个转折点,从而使他的人生进入了一个全新的境界。尽管他的晚年生活在物质上很是清贫,但重返自然的喜悦却给了他精神上莫大的安慰,他的心灵得到了净化,他的感情得到了升华。

陶渊明又是一个深情的人,其怀亲、教子、笃友、忠君爱国之情在他的诗文中随处可见。渊明八岁丧父,十二岁庶母(既程氏妹之母)去世,有着很高文化修养的生母孟氏将其教育培养成人。为报答母亲养育之恩,29岁时,为改善贫穷的生活条件,让老母安度晚年,他违心地出任江州祭酒。晋隆安五年(公元401年)冬,母亲逝世,渊明哀痛难当。次年在为他已故外祖父,东晋名士孟嘉所写的传,即《晋征西大将军长史孟府君传》中,情不自禁地插入了对母亲养育之恩的追念。而在义熙三年(公元407年)为程氏妹所写的祭

① 陶渊明:《归去来兮辞序》。

文中，又专门用了一大段文字，声情并茂地叙写了母亲去世时兄妹二人崩号泣血、悲痛欲绝的情景，读之令人断肠。义熙元年（公元405年）十一月，程氏妹病逝于武昌的噩耗传来，渊明立刻辞去彭泽县令之职，火速赶赴武昌奔丧。18个月后的义熙三年五月，他还专门撰写了《祭程氏妹文》，字字句句浸透着哀痛，令人不忍卒读。在《癸卯岁十二月中作与从弟敬远》和《祭从弟敬远文》中，渊明将兄弟二人志同道合、亲密无间的深挚感情，写得质朴平实、情深意浓。其《责子》诗中表达的对诸子似责实爱的期望和关怀之情，一往情深；而在《与子俨等疏》中，其眷眷父子之情，殷殷劝勉之意，溢于言表，其"少学琴书，偶爱闲静，开卷有得，便欣然忘食。见树木交荫，时鸟变声，亦复欢然有喜。常言五六月中，北窗下卧，遇凉风暂至，自谓是羲皇上人"一段，尤为绝妙，遂传为千古绝唱。清林云铭评曰："与子一疏，乃陶公毕生实录，全副学问也。穷达寿夭，既一眼觑破，则触处任真，无非天机流行。末以善处兄弟劝勉，亦其至情不容已处。读之惟见真气盘旋纸上，不可作文字观。"[①]可谓的论。

在《与殷晋安别》、《酬丁柴桑》、《于王抚军座送客》、《答庞参军》等诗中，陶渊明念友怀远之情亦表现得淋漓尽致，令人掩卷长想。

作为东晋名臣的后裔，陶渊明的忠君爱国思想也深为后人嘉许。身当晋宋易代之际，他对刘裕欺君罔上、篡晋弑君的行径极为痛恨，这在《岁暮和张常侍》、《述酒》等诗中多有表现；而在《五柳先生传》、《桃花源记》中则表明了自己不愿与刘宋统治者合作的决心。史臣称其说："自以曾祖晋世宰辅，耻复屈身后代，自（宋）高祖王业渐隆，不肯复仕。所著文章，皆题其年月，义熙以前，则书晋氏年号，自永初以来，唯云甲子而已。"[②]渊明故国之情，于此可见。

至于《闲情赋》中的爱情描写，愚以为绝非无病呻吟的模仿之

---

① 林云铭评注：《古文析义》，卷4。

② 《晋书·隐逸传》。

作，而是真切爱情体验的自然流露，尤其是中间一段的“十愿”，那如此神妙的传情辞句，“可谓一往情深，淋漓尽致，在华艳中流露出真情，带有几分天真，几分痴呆”①，是陶渊明理想爱情的真实写照。

三

由上文我们可知，陶渊明是一个感情丰富且至真至纯的人，其诗文创作本乎一个“情”字，以情运文，率然天成。对此，前人多有论述。萧统谓之“语时事则指而可想，论怀抱则旷而且真”②，黄庭坚谓之“直寄”③，元好问则赞其“一语天然万古新，豪华落尽见真淳”④，称他是“直写胸中天”⑤，这些评论，都集中地指出了陶渊明诗赋的独具特色：以胸中自然流出的感情，以简洁平淡的语句，生动传神地创造出一种意境，从而达到言有尽而意无穷，于平淡中见真淳、见风范的审美效果。这一特点，集中地反映在描写田园生活的一系列诗作中，从而使他成为我国诗歌史上田园诗的开创者。而他的一些咏怀诗，如《饮酒二十首》、《杂诗八首》、《咏贫士七首》、《读山海经十三首》等，也是直抒胸臆，表现出对时政的关注，对现实的愤懑，对荣利的蔑视，对理想的追求，对小人的讥讽，等等。而他的散文和辞赋，如《五柳先生传》、《祭程氏妹文》、《自祭文》、《与子俨等疏》、《感士不遇赋》、《归去来兮辞》等，也都是直写胸中之妙，深意真情自然流泻，毫无矫饰做作之感，故其感人也深，发人也重。

而最能体现这一特色的还是《闲情赋》。作为中国辞赋史上描

---

① 袁行霈：《陶渊明研究》，129页，北京大学出版社，1997年。
② 萧统：《陶渊明集序》。
③ 葛立方：《韵语阳秋》，卷3引。
④ 元好问：《论诗三十首》，其四。
⑤ 元好问：《继愚轩和党承旨雪诗四首》，其四。

写爱情题材的扛鼎之作,《闲情赋》继承了此前诸多婚恋爱情辞赋的一切优秀的创作手法,如宋玉《高唐赋》、《神女赋》、《登徒子好色赋》,司马相如《美人赋》,蔡邕《青衣赋》和曹植《洛神赋》对美女体态的描写和男主人公对美女的思念与倾慕,张衡《定情赋》、蔡邕《静情赋》、王粲《闲邪赋》、应玚《正情赋》、陈琳和阮瑀的《止欲赋》、曹植《静思赋》、张华《永怀赋》等赋作的布篇命意等等,《闲情赋》对其都有所借鉴,并有所创新。此外,前代佳作的奇语妙句也对《闲情赋》的创作产生了直接的影响,如《闲情赋》"瞬美目以流眄,含言笑而不分",直接化用《楚辞·大招》"嫮目宜笑"和宋玉《神女赋》"含然诺其不分兮",其描写刻画更加细致。而张衡《同声歌》"思在莞蒻席,在下蔽匡床;愿为罗衾帱,在上卫风霜"和《定情赋》"思在面为铅华兮,患离尘而无光",蔡邕《检逸赋》"思在口而簧鸣,哀声独而不敢聆",王粲《闲邪赋》"愿为环以约腕",应玚《正情赋》"思在前为明镜,哀既往于替□",则是《闲情赋》的"十愿"之所本,只不过"十愿"一段想象更为丰富,笔墨更为酣畅,描写更为集中而已。

总之,《闲情赋》是一篇具有浓厚的浪漫主义色彩的抒情之作,其对美人形象的刻画描写,优雅从容,不同凡响;其对人物心理的描写刻画,构思奇特,细致入微,写得十分传神,不愧为爱情辞赋中的绝妙篇章。这除了作者高超的艺术技巧外,更重要的是作者是以至真至深的情感自然而然地融于其中,故能自铸伟辞,独咏高调,这在玄风炽盛的东晋文坛,弥足珍贵。何沛雄先生在谈到辞赋创作时曾说:"立赋之道,必本乎情志。情之所系,索之而愈深,穷之而愈妙。'情'、'志'之于赋,犹形体而树骸,建屋之构架也……其工者,穷究精微;其妙者,思极入神。"[1]读陶渊明《闲情赋》,益信斯言之精警。

---

① 何沛雄:《赋话六种》,142页,香港万有图书公司,1975年。

鲍照辞赋研究(节选)①

苏瑞隆

一、刘宋之辞赋

在中国文学史上,鲍照以乐府诗闻名诗坛,正因如此,辞赋在其作品中是最为传统及当代学者所忽视的。其实在研究六朝文学时,只有将辞赋韵文全部纳入考虑,才堪称全面研究。因为辞赋不仅在汉代是最主要的文体,直到六朝仍是一种主要的文学形式。这种单一文体的文集的出现,显现出当时对此文学形式极大而稳定的兴趣。刘宋王朝的诸皇帝,如文帝、孝武帝、明帝都是文学的提倡及赞助者。而在其文学沙龙中的文人也常常应要求在不同场合作赋,当时赋的地位正如唐宋时的诗一样。根据《隋书·经籍志》,谢灵运(公元385—433)、萧衍(公元464—549)、崔浩(公元381—450)及其他许多同时期的文人都编纂了赋集:"赋集九十二卷,谢灵运撰。梁又有赋集五十卷,宋新渝惠侯撰;赋集四十卷,宋明帝撰;乐器赋十卷;伎艺赋六卷。"②此外赋占了《昭明文选》将近三分之一的篇幅,这更证明了六朝文人对这种文体的重视。在中国文学史上,

① 本文所引鲍照诗赋,均见钱仲联:《鲍参军集注》。

② 见《隋书》,卷32,1082～1083页。

辞赋的创作从未中断，甚至在20世纪还有学者写作赋体。我们可以从传统的个人文集中清楚地看出赋体深远的影响力：即使作者并非赋家，历来文人别集总以赋为卷首。

在陆机的《文赋》中，如此定义诗与赋：

诗缘情而绮靡，赋体物而浏亮。[①]

根据陆机的观点，赋的语言应是经修饰的，精美而华丽的，而其主要功能是用来描绘事物的。这种结论是根据作家对汉文学主流——铺陈大赋这种文体的体验而得来的。在汉代，赋作为一种文学表现形式而日益兴盛，铺陈大赋占据整个文坛，其特点是夸饰、繁言缛辞，以及广泛的罗列。许多诸如苑囿、宫殿、校猎的题材常常在赋中出现，因为这些题材为作者提供了可大肆描绘的理想布景。通常一位杰出的赋家也必定是一位杰出的文字学家，如司马相如(公元前179—公元前117)和扬雄(公元前53—公元18)[②]。赋家的语言极端华丽，充满着对于现代读者来说相当难懂的描绘性的双声叠韵字。同时在理论上，这些极度修饰的汉赋的背后必然有一个道德的目的，也就是说，要劝统治者改正错误。

刘宋文人并没有全心全意进行大肆、客观的描写，也没有像汉代的前辈赋家那样利用赋来进行政治讽谏，对他们来说较有吸引力的反而是表达个人感情的短赋。从美学角度来说，这一时期，汉赋对空间排列的重视逐渐转化为时间性的、抒情的表达。另一方面，汉代大赋并未全面消亡，刘宋诗人也偶尔沿袭汉魏晋文学传统继续创作长篇骋辞大赋，但其大赋的题材有所转变，由京都之赋转为行旅之赋，如谢灵运的长篇巨著《山居赋》和《撰征赋》[③]等。其他著名传统题材

---

① 李善注：《文选》，卷17，766页。

② 司马相如作《凡将篇》，扬雄作《方言》。见简宗梧：《汉赋源流》，51～52页。

③ 这两篇作品原文见于《宋书》，卷27，3744～3771页。分析见苏瑞隆：《论谢灵运的〈撰征赋〉》，《文史哲》，1990年第5期，48～52页。

的赋包含《籍田赋》,描绘了皇帝亲率百官所举行的耕种仪式①;又如谢灵运的《江妃赋》最受到了传为宋玉所作之《神女赋》与曹植《洛神赋》的启发而作②;又如刘宋袁淑的《正情赋》祖述陶潜的《闲情赋》③。一些赋的支流文体或赋体文(如七体)在这一时期也继续有创作出现,例如孔欣的《七诲》④,张委的《九愍》⑤,还有一些颂和赞等。另一方面,虽然大部分的作家仍创作传统题材,他们似乎已对前辈的作品中的那种铺陈风格和博学的展现失去兴趣,代之而起的是更注重表达个人情感的抒情及咏物小赋。刘宋时期赋的普遍内容不是铺陈,而是抒情,并常以骈体行之。谢惠连(公元407—433)的《雪赋》和谢庄(公元421—466)的《月赋》⑥等著名篇章都展现了这种流派进一步抒情化的倾向。上述两篇赋采用了虚拟人物代言法(prosopopoeia),创造了一个抒情的气氛与环境。主客之间的争论是传统赋的开篇形式。这种设计在汉代非常流行,其特点是虚构人物针对特别问题展开争论,通过优美、雕饰的语言来解决争论,许多汉大赋都运用这种形式。这类赋大都不属于抒情作品,其实际目的是为道德讽谏而作。六朝时期,铺陈大赋渐渐过时,这种对话体也经历了变革。谢惠连和谢庄想象古时的诗人聚集一堂,以

① 如徐爰(公元394~475),任豫(生卒年不详)的《籍田赋》,见徐坚:《初学记》,卷14,340页;欧阳询,《艺文类聚》,卷39,704页。《文选》只选了潘岳(公元247—300)的《籍田赋》,潘岳的作品已被译成英文。见 David R. Knechtges, *Wen Xuan*, vol. 2, 39~52。

② 文见《艺文类聚》,卷79,1353页。宋玉《神女赋》的英译,见 Knechtges, *Wen Xuan* Ⅲ, 339~349。曹植《洛神赋》的英译,见 K. P. K. Whitaker, *Tsaur Jyrs Luohshern Fuh*, *Asia Major* 4(1954):36~56。

③ 袁淑之赋作片段见引于李善对江淹(公元444—505)《恨赋》的注解,见《文选》,卷16, 237页。陶潜的作品最早见于《艺文类聚》,卷18, 331页。《闲情赋》已被译为典雅的英文,见 James R. Hightower, *The Fu of Tao Chien*, 169~230。

④ 见李昉:《太平御览》,卷351, 1654页。颜延之也写了一篇《七绎》(收于《艺文类聚》,卷57, 1034页)。枚乘(约卒于公元前140年)的《七发》是七体最早的作品。英译见 David R. Knechtges and Jerry Swanson, *Seven Stimuli For the Prince*: *The 'Chi-fa' of Mei Cheng*, *Monumenta Serica* 29(1970—1971):99~116。

⑤ 见《太平御览》,卷358, 1684页。九体占据了楚辞的一部分篇章,为中国文学传统上自我哀叹题材的典型。

⑥ 以上两篇收于《文选》,卷13, 591~596页,598~602页。

古人作为他们的代言人，塑造一个典雅精美的布景。这与长期以来汉赋传统中纯粹采用虚构人物非常不同。司马相如《上林赋》的子虚和乌有是虚拟人物最典型的例子。在赋中不用真实人物，而选择用虚构人物作为代言人，其原因是直接进行政治讽谏，就有得罪当权者的危险。以虚构人物取代真实的统治者，这在效果上既没什么差别，又可以保护自己。这种设计为加强辩论效果创造了一个没有感情、严格的理性环境。但到了南朝，汉代这种虚构人物的对话形式已被改变来加强赋的抒情效果，显示出这些作者已了解这种方式的美学作用，也显示出赋的抒情化自东汉抒情赋兴起以来的进一步发展。[①]

在大赋越来越失去其吸引力的同时，短赋、抒情赋或即兴之赋，经三国（公元220—280年）至晋朝（公元265—420年）逐渐占据较为重要的位置。那种认为汉赋只包含铺陈大赋的想法是一种误解。其实自汉代以来，赋除了大赋之外还有两个支流，第一是不同场合下即兴而作的短赋，第二则是表达个人感情的抒情赋，但这两类赋被主流的骋辞大赋的光芒掩盖了。[②]在汉朝有许多幽默甚至猥亵的即兴之作，不幸的是大部分已散佚，部分原因是由于儒家学者认为这些作品不符合他们的道德规范。例如班固就批评汉代最多产的赋家之一枚皋（公元前153年在世）的作品猥亵不堪。[③]汉朝的咏物短赋留存的不多，汉朝的抒情赋也只有极少数得以保留。这些散佚的篇章在赋史上留下一个空白，给人一个错误的印象，即那些长赋是汉朝文坛的唯一作品。事实上，汉朝宫廷诗人的支持者——封建诸侯等，经常召集诗人，让他们在不同的场合下以奇特的、有异国情调的事物为题来写作辞赋。魏晋时期的许多作品也

---

① 关于对话体抒情化的研究，见苏瑞隆：《魏晋六朝赋戏剧对话形式的转变》，《文史哲》，1995年第3期，89～93页。

② 例如，赋体游记乃是汉代赋家用来表达个人感情的媒介。对这种题材的详细研究，见 David R. Knechtges, *Poetic Travelogue in the Han Fu*, 127～152。

③ 详见《汉书》，卷51，2367页。枚皋的作品据说共有120篇，但已全部散佚。

是相同场合下创作的。在鲍照的时代,赋仍然是文学宴会中最受欢迎的文体形式,诗只有在南朝后期才逐渐取代了赋的这种社会功能。[①]

在鲍照现存的文集中,共有十篇赋,其中有两篇被收入《文选》。[②]在刘宋时期,就赋的创作量而言,鲍照仅次于谢灵运,居第二。值得一提的是,与同期作家的作品相比,鲍照的赋保存得相当完整,而其他同期作家的赋却只存片段而已。虽然鲍照现存的作品中并没有像与他同时的主要作家谢灵运那样的长篇大赋,但从其作品的写作技巧和品质来看,鲍照无疑是那个时代极重要的赋作家。[③]他的许多赋作反映了刘宋赋的特点:篇幅短小,文多骈对,内容抒情。这些赋或是直接抒发感情,或是借咏物来抒情。鲍照赋的这些特点可从两方面来分析:第一,他的主题呈现多元化倾向,如游记、水漏、花卉、昆虫与鸟兽等。许多标题在汉、魏、晋已有先例,但美学的出发角度却大不相同。例如,鲍照的《游思赋》是一篇赋体游记,但却忽略他旅程所经过的地方,纯粹是写意。而早期的行旅之赋如汉代刘歆的《遂初赋》则非常详细地描绘他所经过的地方。[④]刘歆借与那些历史遗迹种种有关的典故,表达了一己之怀和忧郁之情。班彪(公元 3—54)的《北征赋》和班昭(曹大家)(约公元 49—120)《东征赋》模仿了刘歆的写作技巧,列举一系列与地点相关的典故。[⑤]这种用典模式形成了赋体游记的传统。西晋的潘岳创作了中国文学史上

---

① 西方学者 William T. Graham, Jr. 评论六朝辞赋说:"当时短赋受到喜爱,正意味着短赋可和诗相同,用在一样的场合,赋已不再是逞辞的长篇巨制了。"见 William T. Graham, Jr., *The Lament for the South*, 44. 其实事实正好和他所说的相反,从汉代到刘宋,赋体被用来表达个人感情,文学集会、骚人墨客聚宴的即兴之作或奉命而作的都是辞赋,而不是诗。只有在刘宋之后,诗才逐渐取代赋体,成为文坛聚会的宠儿。

② 《芜城赋》和《舞鹤赋》分见《文选》,卷 11, 502~506 页;卷 14, 631~634 页。

③ 谢灵运作《撰征赋》与《山居赋》两篇都是著名的长篇。文见《宋书》,卷 67, 1744~1753 页、1754~1771 页。

④ 文见章樵:《古文苑》,卷 5, 114~125 页。

⑤ 见《文选》,卷 9, 425 ~ 430 页、432 ~ 436 页;Knechtges, *Wen Xuan*, vol. 2, 164~180 页。

最长最博学的赋篇《西征赋》,这篇赋正是这种传统的体现。鲍照与其前辈赋家在创作此类赋上的不同,乃源于美学观点的不同。基本上,鲍照不以一连串的典故来装饰其辞赋,这正表示他不在乎炫耀其博学和描绘准确的地理位置,而以抒情为其主要的美学特征。

首先,这一时期的很多赋作与汉赋一样,大都是作家在文学宴会上奉命而作的。这种现象也显示出统治阶层对赋创作的一些鼓励。例如,孝武帝刘骏(公元 430—464)曾作《华林清暑殿赋》,而江夏(湖北武昌)王刘义恭(公元 413—465)和何尚之(公元 382—460)都曾受命以同题目创作。①鲍照的赋作中,《芙蓉赋》、《野鹅赋》和《舞鹤赋》可能同属这一情况。虽然这些赋看起来像咏物赋,但实际上都含有自传的成分。值得注意的是,鲍照没有以宫殿、苑囿、河流等宏伟景观为题创作,而似乎喜欢选择以普通事物为题抒发情怀,譬如《园葵赋》、《飞蛾赋》和《尺蠖赋》,鲍照利用这些细微的事物传达个人的观点。

其次,鲍照的赋也呈现刻意创作新诗语的倾向。在他的作品中,很少用陈词滥调或现有的典故,因此鲍照赋的难读之处不是找寻其典故的出处,而是如何分析其句子的意义。他的语言风格可被形容为“crabbed”,结构复杂。根据英国《牛津大辞典》,这个字原来是指螃蟹那种横行逆走的姿态和乖张刚愎的脾气;在形容文体时,就指一种蓄意创造出来的困难句法,错综繁复,诘屈聱牙的风格。在这一点上,鲍照的唐代继承者就是杜甫(公元 712—770)。在《文心雕龙·通变》中,刘勰形容刘宋早期的文学形式充满着“讹而新”(指语法谬误,追求新奇)的风格。②对刘勰来说,文章除非是依据古典格式制作,否则任何的革新都是不正规的。刘勰在《文心雕龙》中完全没有提到鲍照是可以理解的,因为鲍照的语言总体上

---

① 见严可均:《全宋文》,卷 5, 2465 页;卷 11, 2497 页;卷 28, 2587 页。华林清暑殿又称为华林园,坐落于建康(今南京)鸡鸣山南。

② 见《文心雕龙注释》,卷 29, 569 页。

被认为是一种新体,不但避用陈腔滥调,同时也避免古典诗语。对刘勰而言,这就非雅正之作。鲍照的诗语千变万化,例如,鲍照乐府诗的语言既直接,又口语化,而山水诗却精雕细琢。在其赋中,鲍照代表了一种刻意修饰的风格,这种风格鼓励自铸新词,用骈体形式,而不是从经典作品中借用词句。这种美学的自觉是要摆脱已被用滥的传统形式与风格,创造新形式,从而抓住读者的视线。

虽然有这种新的艺术自觉,鲍照仍显示出其喜爱借用《楚辞》词句及意象的倾向。[①]在风格上,他大部分的赋篇是六言体,偶有五言体、七言体,反复使用的“兮”字,出现在五言诗句的第三个音节或六言诗句的第四个音节上。其他诸如“之”、“而”、“其”、“以”等连词,出现在六言诗句的第四个音节或七言诗句的第五个音节上。这在汉赋中是很寻常的句式,是沿用《楚辞》中《九歌》的风格。与汉赋相比很明显可看出句子的规律化,并且多用骈文。例如,《芜城赋》[②]是以严格的骈体写成,经常被收进传统骈体文集中,成为骈体文的典范。

除了赋之外,鲍照还写了一些不以赋为题,却实际上属于赋体支流的文章,如《河清颂》。这篇润饰华丽的颂文得到很多传统批评家的称赞,但文章的内容却因过度的奉承而遭到批评。正因如此,虽然沈约在《宋书》中全文选录,表示对这一作品极度的赞扬,这篇文章却仍常常被忽视。如果要全面了解这篇文章的历史意义及赋与其支流的关联,的确应仔细分析这篇文章。在本文中,首先我将对这些赋篇进行历史性的介绍,尝试分析鲍照创作每一篇赋的写作背景,然后分析个别的作品。希望能通过这种研究,解除对鲍照辞赋的一些误解,相对地增进对鲍照辞赋成就的了解。

---

① 在《游思赋》、《伤逝赋》、《芙蓉赋》、《观漏赋》中可以找到很多例证。

② 此文收在《文选》,卷 11,166～168 页;姚鼐:《古文辞类纂》;王志坚:《四六法海》和许琏编的《六朝文絜》之中。

二、以赋体游记作家书

《游思赋》创作日期及背景

本篇因没有注明确切日期，所以无法肯定此赋的创作时间。鲍照诗文的注解者钱仲联教授指出，此文应是公元439年，鲍照至豫章（今江西南昌）加入江州刺史刘义庆的幕僚时所作。将此文的内容、形式与《登大雷岸与妹书》相比，钱认为这两篇文章“以寒冰的银白色，加上清冷的月光来对比宫殿的丹墀金阁，更突出羁鹤的凄凉”。它居住在如此美丽的地方，却永远失去自由，甚至被迫在宫廷中表演。此时，我们来看赋中最为精彩的段落——舞鹤的描写：

> 始连轩以凤跄，终宛转而龙跃。踯躅徘徊，振迅腾摧。惊身蓬集，矫翅雪飞。离网别赴，合绪相依。将兴中止，若往而归。飒沓矜顾，迁延迟暮。逸翮后尘，翱翥先路。指会规翔，临岐矩步。态有遗妍，貌无停趣。奔机逗节，角睐分形。长扬缓骛，并翼连声。轻迹凌乱，浮影交横。众变繁姿，参差洊密。烟交雾凝，若无毛质。风去雨还，不可谈悉。

鸟类的动作是很难描绘的，但鲍照以精湛的修辞技巧精确鲜明地将鹤的舞姿描绘衬托出来。鹤舞翻飞，来如风雨，去如烟雾，雪飞影乱，不能名状。这也展示了鲍照赋的一个特点，即这篇文章以抒情为中心，同时又完全符合咏物赋的原则。在结构上，此赋围绕鹤舞创作，以鹤舞结束，戛然而止，韵味无穷：

> 既散魄而盪目，迷不知其所之。忽星离而云罢，整神容而自持。仰天居之崇绝，更惆惕而惊思。当是时也，燕姬色沮，巴童心耻；巾拂两停，丸剑双止。虽邯郸其敢伦，岂阳阿之能拟？入卫国而乘轩，出吴都而倾市。守驯养于千龄，结长悲于万里。

美丽优雅的鹤与宫廷中的其他表演者格格不入，这一事实更加令人沮丧，正因为仙鹤的无与伦比的曼妙舞姿，它将永远被监禁在皇宫之中。我们不能肯定这篇赋是否包含作者的自传式的陈述，但鲍照创造了一个被捕的仙鹤的神话，并使用细密的文字精致地描写了仙鹤复杂的舞姿。这种浪漫想象和现实成分的结合正反映出中国赋传统的特征，这篇作品是中古中国文学中最具体典雅的舞鹤描写。

三、时光与死亡的沉思

《芜城赋》写作时间及背景

传统的诠释认为，公元 459 年刘诞(公元 433—459)据广陵(今江苏扬州)起兵反叛，孝武帝派遣沈庆之(公元 386—465)征讨广陵，而使广陵城惨遭杀戮毁灭。[①]鲍照于是创作此赋以讽刺刘宋政权之残暴。《文选》注家李周翰(生卒年不详)认为鲍照必定已察觉到太子刘子顼的反叛意图，因而写作此赋劝诫刘子顼不要步汉朝刘濞(公元前 215—前 154)的后尘。[②]但这个看法已被推翻，因

① 《宋书》，卷 6，123 页。

② 《六臣注文选》(四部丛刊本)，卷 11，212 页。关于此篇赋的批评历史，见 Knechtges, *Wen Xuan*, vol. 2, 253～259。镇守广陵的刘濞，造成了七国之乱。见《汉书》，卷 35，1903～1918 页。

为刘子顼年仅 11 岁，实际为手下官吏所控制，本身并无实权。此外，我们也无法肯定公元 459 年城市被毁之时，鲍照是否在刘子顼麾下。

另一个解释来自清朝学者何焯(公元 1661—1722)，他认为这篇赋是为了哀悼因刘诞反叛而导致广陵的毁灭。钱仲联先生赞成何焯的解释，这种诠释已经在学术界得到普遍的认可，许多批评家因而也跟从这一传统观点。如果仔细阅读文章内容，研究当时的政治情势，我们就会发现这种假设是非常不可能的。首先，没有任何文献记载鲍照在公元 454 至 464 年间去过此城；其次，孝武帝因刘诞反叛而大发雷霆，假如没有沈庆之将军的劝阻，他必下令将整个城市毁灭。在一位如此多疑、无情的统治者的手下，有谁胆敢对反贼刘诞表示任何同情呢！另外，鲍照不曾在刘诞麾下为官，所以两人并无个人感情可言，又何必干冒大不韪！

美国康达维教授与中国曹道衡教授都曾作出独立的结论，他们认为此赋较可能是鲍照游广陵古城的古迹后有感而作的，广陵古城与刘宋的广陵是两个不同的地方。[①]赋中描绘的荒芜城市，看起来更类似汉朝广陵古城，而非刚刚被战乱毁灭的广陵。《芜城赋》与王粲(公元 177—217)的《登楼赋》和孙绰(公元 314—371)的《游天台山赋》同被收录于《文选》中的“游览”部。这表明此类题材在当时相当受欢迎，而《文选》的编者也认为此赋与上述两篇赋性质相同，即此三篇赋同为作者游历风景或历史古迹所作。[②]李善(？—689)引用鲍照的作品指出，这是鲍照所去的广陵古城，而不是刘宋的广陵。[③]康达维教授认为，“登广陵古城”可能是鲍照文集的编者

---

① 见 Knechtges, *Wen Xuan*, vol. 2, 257；曹道衡:《鲍照》，477～478 页；Knechtges, *Bao Zhao's 'Rhapsody on the Ruined City', Date and Circumstances of Composition*, 319～329。

② 虽然孙绰的《游天台山赋》含有想象性的描写，但是其写作原因可能是由于孙绰游览天台山的真实经验而起。此赋描写游览一个名山的经过，与其他二赋没有不同。

③ 《文选》，卷 11，502 页。

虞炎所写,或是鲍照自己写的副题。现代考古学家将文中广陵的所在地定为现今的蜀岗,即现今扬州西北两公里的地方。[①]

个人管见则认为,根据《芜城赋》标题中的"芜"字面的意义,也可看出这是一篇游记文。在《说文解字》中,"芜"即是"萝"。东汉王逸(约公元125在世)在《楚辞补注》中指出:"不治曰芜,多草曰秽。"[②]在著名的《归去来兮辞》中,陶渊明在类似的情景下用了同样的字:"田园将芜胡不归!"[③]陶渊明归乡,不是因为他的家被毁,而是因为很久没人整修了。同理可证,鲍照以此为题,目的是要描绘一个长期被废弃的、杂草丛生、野兽出没的遗址。这正是此赋的写作缘由——对历史遗迹的怀想及感叹引人感伤的世事变幻。

如果这篇赋是因鲍照个人游历有感而作,那写作时间当在何时?鲍照早在公元440年至刘义庆封国上任时曾去过广陵。后来,鲍照于公元449至451年间在南兖州刺史刘濬手下任职时,很可能去过此城。[④]大概在这几次的游览中,鲍照游古遗址,有感而发,创作此赋。

即使鲍照是描绘一座古城,他会不会同时通过描写古城暗指当时的广陵城呢?这就是见仁见智的问题了。汉学大师饶宗颐教授在一篇文章中将此赋的政治典故列举出来[⑤],他的解释完全根据个人的猜测,当然我们可以大略将文章的段落与当时的政治事件联系起来,但是这些联系都是主观的猜测。事隔多年,饶先生事实上也表示他不再坚持这种政治的诠释。笔者则认为文章并无明显的讽刺暗示,所以无法根据文章本身确定作者的意图。

---

① 参阅 Knechtges, *Wen Xuan*, vol. 2, 253。

② 见《楚辞补注》,卷9,2页。

③ 逯钦立:《晋诗》,卷16,987页。

④ 南兖州治所在广陵。从鲍照的年谱和赋中所写冬天的景色来看,陈伟强指出这篇赋应该是作于公元451年的冬天。见陈氏著《鲍照芜城赋写作时间考定及补说》,《北京大学研究生学刊》,1991年第2期,80～81页。

⑤ 见饶宗颐:《芜城赋发微》,《东方杂志》,1945年第41期,58～61页。

【评析】

《芜城赋》是鲍照最著名的文学作品。对此赋的赞誉大约可用英国学者 William Graham 的话来加以总结:"此赋的目的在于营造一种气氛,通过描绘景物,深深地感染读者。"[1]这类似爱伦·坡(Edgar Allan Poe,1809—1849)的"效果理论",他认为效果即是短篇故事的重心,作品中的一切都围绕着此一目的来运作。[2]表面上,鲍照的文章达到了这一目标,他所塑造的那种今昔消长之感深深地震撼了读者,我仍怀疑鲍照的目的只是为了达到那种特定的气氛。美国科罗拉多大学 Paul W. Kroll 教授指出,鲍照此赋与英国古英文诗歌《废墟》(The Ruin)的中心主题十分相似,当人们面对有历史意义的古迹,几乎都有着类似的反应。[3]

因为已有很多前辈学者对此赋作出详细的分析,所以本文就不再赘述,只想指出这篇辞赋形式上的一个特点,就是此赋的形式与汉乐府中的琴曲十分相似,即以故事起头,以诗歌结尾。[4]在传统的琴曲中,经常含有令人伤感的悲剧性故事情节。鲍照本人熟识琴理,自然懂得琴曲的文学传统。关于传统的琴曲,扬雄在《琴清英》中描绘《雉朝飞》的来源:

卫女傅母之所作也。卫侯女嫁于齐太子,中道闻太子死。

① 见 William. T. Graham Jr., *The Lament for the South* (Cambridge: Cambridge University Press, 1980), 38. Graham 指出这篇赋意欲创造一种情绪氛围,并利用这种气氛制造对读者感情最大的冲击。

② 见 Edgar Allan Poe, "Hawthorne's 'Twice-Told Tales'", in Robert L. Hough, *Literary Criticism of Edgar Allan Poe*, Lincoln: University of Nebraska Press, 1965, 133～136。

③ 见书评 Paul W. Kroll, rev. of *Wen Xuan or Selections of Refined Literature Volume Two: Rhapsodies on Sacrifices, Hunting, Travel, Sightseeing, Palaces and Halls, Rivers and Seas*, by David R. Knechtges, *Journal of the American Oriental Society* 109.3 (1989): 492. 英诗《废墟》收于 Charles W. Kennedy, *Old English Elegies*, Princeton: Princeton University Press, 1936, 67～69。

④ 见许建:《琴史初编》,22 页,人民文学出版社,1982 年。

问傅母曰:"何如?"傅母曰:"且往当丧。"丧毕,不肯归,终之以死。傅母悔之,取女所自操琴于冢上鼓之。忽有二雉俱出墓中,傅母抚雌雉曰:"女果为雉邪?"言未毕,俱飞而起,忽然不见。傅母悲痛,援琴作操,故曰"雉朝飞"。①

在这种叙述性的汉琴曲中,另一个值得注意的特点是这些作品常常有今昔之比,或繁荣与没落的强烈对比。例如,在《琴清英》中,扬雄选录了晋王和孙息的一个故事:

晋王问孙息曰:"子鼓琴,能令寡人悲乎?"息曰:"今处高台邃宇,连屋重户,藿肉浆酒,倡乐在前,难可使悲者。乃谓少失父母,长无兄嫂,当道独坐,暮无所止,于此者,乃可悲耳。"乃援琴而鼓之,晋王酸心哀涕曰:"何子来迟也。"②

另一篇与鲍照《芜城赋》的结构更相近的是桓谭(公元前20—公元56)《新论》中的《琴道》,鲍照可能借鉴此文。在《琴道》中,一位琴师雍门周拜访齐国孟尝君,雍门周和孟尝君之间的谈话十分类似孙息和晋王,而后者的描绘则更为具体。孟尝君问雍门周是否能鼓琴令他感到悲伤,雍门周回答时,首先列举出被他琴声感染的不同的人:

臣之所能令悲者,先贵而后贱,昔富而今贫,摈压穷巷,不交四邻;不若身材高妙,怀质抱真,逢谗罹谤,怨结而不得信;不若交欢而结爱,无怨而生离,远赴绝国,无相见期;不若幼无父母,壮无妻儿,出以野泽为邻,入用掘穴为家,困于朝夕,无所假贷。若此人者,但闻飞鸟之号,秋风鸣条,则伤心矣。臣

---

①② 见严可均:《全后汉文》,卷54,421~422页。

一为之援琴而太息，未有不悽恻而涕泣者也。

今若足下，居则广厦高堂，连闼洞房，下罗帷，来清风，倡优在前，谄谀侍侧，扬激楚，舞郑妾，流声以娱耳，练色以淫目。水戏则舫龙舟，建羽旗，鼓钓乎不测之渊；野游则登乎平原，驰广囿，强弩下高鸟，勇士格猛兽；置酒娱乐，沉醉忘归。方此之时，视天地曾不若一指，虽有善鼓琴，未能动足下也。①

在此，雍门周所用的第一个方法是列举出不同层次背景的不幸人物，这一叙述包括一步一步的比较，然后再将享尽荣华富贵的孟尝君和那些家道中落的不幸人家作对比。对比就是这段对话和鲍照整篇赋的技巧的关键所在。孟尝君听完雍门周的解释，完全同意，而后者则继续叙述他的故事：

窃为足下有所常悲。夫角帝而困秦者，君也；连五国而伐楚者，又君也。天下未尝无事，不从即衡。从成则楚王，衡成则秦帝。夫以秦楚之强而报弱薛，譬犹磨萧斧而伐朝菌也。有识之士，莫不为足下寒心酸鼻。

天道不常盛，寒暑更进退，千秋万岁之后，宗庙必不血食。高台既已倾，曲池又已平。坟墓生荆棘，狐兔穴其中，游儿牧竖踯躅其足而歌其上，行人见之凄怆曰："孟尝君之尊贵，亦犹若是乎？"②

孟尝君听完这段感伤的叙述，涕泪纵横道：

先生鼓琴，令文立若亡国之人也。

---

① 见严可均《全后汉文》，卷 15，552～553 页；Timotheus Pokora，*Hsin-Lun*（*New Treatise*）*and Other Writings by Huan Tan*（20 B. C—56 A. D. ），186～187。

② 英文翻译见 Timotheus Pokora，*Hsin-Lun*，187～188。可注意的是扬雄和桓谭是好友，并且同时喜好弹琴，正如鲍照与谢庄相识，而都通晓音乐并写作琴曲。

我大胆猜测鲍照《芜城赋》的结构极有可能是取法于此琴曲的结构。《琴清英》中两个故事都是以光辉的过去和衰败的现在作对比,引起读者的感伤,而以琴师的表演作为总结,将听众内心的郁闷和哀情宣泄出来,与希腊悲剧的涤情作用(catharsis)如出一辙。

鲍照的《芜城赋》表现了琴曲传统中混合故事和歌曲的特点,故事的作用在于培养读者或听众的情绪,最后才以琴曲抒发情感,总结全篇。鲍照首先描写过去广陵的辉煌灿烂,然后衬托出现在的残破荒凉——他叙述的是一个古城的悲哀故事:

> 沵迤平原,南驰苍梧涨海,北走紫塞雁门。柂以漕渠,轴以崑岗,重江复关之隩,四会五达之庄。当昔全盛之时,车挂轊,人驾肩,廛闬扑地,歌吹沸天。孳货盐田,铲利铜山。才力雄富,士马精妍。故能侈秦法,佚周令,划崇墉,刳濬洫,图修世以休命。①

据上文,鲍照使用了铺陈和对比的技巧,他将广陵过去的财富与成就一一列出,从各种不同的角度来描绘。但在这一段叙述之后,紧接着就是城市的急速衰亡,数百年来,广陵的繁华已成过去,曾经盛极一时,人口紧密的古城也成为一座废墟。所有曾沸腾在城中的人声车声都无声无息地沉埋黄土之下,因为世间万物无论如何繁盛富丽都抵挡不住时间的摧残。

> 是以板筑雉堞之殷,井干烽橹之勤,格高五岳,袤广三坟,崪若断岸,矗似长云。制磁石以御冲,糊赪壤以飞文。观基扃之固护,将万祀而一君。出入三代,五百余载,竟瓜剖而豆分。泽葵依井,荒葛罥途。坛罗虺蜮,阶闘麏鼯。木魅山鬼,野鼠

① 文见《鲍参军集注》,卷1,13~14。英文译文参看Knechtges, *Wen Xuan*, vol.2, 255。

城狐，风嗥雨啸，昏见晨趋。饥鹰厉吻，寒鸱吓雏。伏虣藏虎，乳血飧肤。崩榛塞路，峥嵘古馗。白杨早落，塞草前衰。稜稜霜气，簌簌风威。孤蓬自振，惊沙坐飞。灌莽杳而无际，丛薄纷其相依。通池既已夷，峻隅又已颓。直视千里外，唯见起黄埃。凝思寂听，心伤已摧。①

昔日高耸入云的巨楼，穿金戴玉的王公贵族如今安在哉？只剩一片荒芜，没有留下任何踪迹。那种野兽茹毛饮血的恐怖残酷衬托着白杨落叶边塞般的荒凉，鲍照极尽描写之能事，用尽了描写荒芜景象的字眼，不禁让人感叹广陵故城曾有过的辉煌历史。

若夫藻扃黼帐，歌堂舞阁之基，璇渊碧树，弋林钓渚之馆，吴蔡齐秦之声，鱼龙爵马之玩，皆薰歇烬灭，光沉响绝。东都妙姬，南国丽人，蕙心纨质，玉貌绛唇，莫不埋魂幽石，委骨穷尘。岂忆同舆之愉乐，离宫之苦辛哉？

最美好的人与物的毁灭才使人感到真正的惋惜，金阁玉台、无数的奇珍异玩、动人的音乐、倾城的美人，无不引人遐思，让人为之扼腕伤叹！在读者经历过广陵悲剧性的沧海桑田之后，鲍照以一首琴曲总结全篇，正如传统琴曲的表演：

天道如何？吞恨者多！抽琴命操，为芜城之歌。歌曰："边风急兮城上寒，井径灭兮丘陇残，千龄兮万代，共尽兮何言！"

时间的巨轮将有生万物带进衰亡的境地，尽管残酷无情，但万物终必衰败而复归于无物，这是自然千古不变的法则。然而人非

① 见 Knechtges, *Wen Xuan*, vol. 2, 257～258。

草木,情之所聚,又怎能忍受这种由生命归于空无的痛苦?综而言之,鲍照的《芜城赋》是一首哀悼人间有生万物的挽歌,这样的主题具有普遍性,触及了人类最基本也是最深层的悲哀,加以其完美的修辞技巧,所以能够传诵百代。

《观漏赋》创作日期及背景

本篇的著作年代无法确知,文本之中没有任何直接的证据说明其著作年月。"漏刻"或"刻漏"(希腊文刻漏 clepsydra,字根义为"有刻度的水漏")不是中国发明的[①],但是李约瑟指出古代中国人对刻漏[②]极有兴趣,逐渐使此器具达到完美的境地。南朝的君主对天文及刻漏的制造非常注意,因为这是重要的天文器材。刘宋时期有数本以《漏刻经》[③]为名的书出现。当时漏刻如此重要,无怪乎文人纷纷开始写有关这个题材的文章。例如陆倕(公元470—526)就因为宫中建造了一个新刻漏,在皇帝的命令下写下了他那篇著名的《新刻漏铭》,收藏在《昭明文选》中。[④]

与《河清颂》不同,鲍照的《观漏赋》并不是奉上司之命而作的,但他这篇赋极可能是在宫中见到水刻漏所作的:

历玫[⑤]阶而升隩,访金壶之盈阙。

① 关于刻漏的历史和功用,见 Joseph Needham, *Science and Civilization in China*, vol. 3, 313~331。

② 古代中国刻漏的每个刻度相当于 14 分 24 秒。见 Henri Maspero, Les Instruments astronomiques des chinois au temps des Han, *Mélanges chinois et bouddhiques* 6 (1938~1939):185~217。

③ 见《隋书》,卷 34, 1025 页。刘宋最著名的科学家何承天(公元 370—447)是这部经的作者。何承天传见《宋书》,卷 24, 1701~1712 页。

④ 《文选》,卷 56, 2425~2430 页。此事记载在《梁书》,卷 27, 402 页;《文选》,卷 56, 2425 页引《梁典》。

⑤ "玫"出现在司马相如的《子虚赋》的"玫瑰"一辞中。参看 Knechtges, *Wen Xuan*, vol. 2, 57。指的是红宝石(ruby)或者云母石(mica)。参看 Bernard E. Read and C. Pak, *Chinese Materia Medica: A Compendium of Minerals and Stones* 20 and 39。

玫阶是云母石建成的阶梯，这种宝贵的石板只有在大内之中才能见到，而鲍照在455年曾在刘宋朝廷担任太学博士兼任中书侍郎。从这篇赋中叹老伤悲的悲凉语气看来，这也应该是鲍照的晚年之作。

【评析】

虽然有些汉代的铭文提及了刻漏，但是现存最早以刻漏为主题的文章是晋朝陆机的《漏刻赋》[①]，这个题材似乎一直到六朝才逐渐流行起来。[②]陆机和其他梁代、唐代的作品都是集中在详细描写刻漏的咏物赋，而鲍照这篇赋却是表达个人感情的抒情赋。就形式和风格而言，这篇作品含有一篇序文，全篇采用六字句的句式及骈体，是一篇典型的南朝骈体赋。

在序文中，鲍照使用了一个近于英国形而上诗派（metaphysical poet）的微妙复杂的比喻（conceit）来说明其创作原因：

> 客有观于漏者，退而叹曰：夫及远者箭也，而定远非箭之功；为生者我也，而制生非我之情。故自箭而为心，不可凭者弦；因生以观我，不可恃者年。凭其不可恃，故以悲哉！况乎沉华密远，轻波潜耗[③]，而感神婴虑者，又自外而伤寿，以是思生，生亦勤矣！

这篇赋以箭的比喻为中心展开，箭指的就是刻漏的指针。以箭喻人巧妙地结合了咏物的主题和诗人因地制宜的想象。箭能及远，但发箭在弓，正如人生世间，经历一生苦与乐，但掌握自己的却是冥冥之中的力量。这个巧妙的比喻表达了鲍照无法控制自己命运的感叹，但他仍得继续活下去——这是他所必须面对的人生中一种进退两难的困境。观看着这个测量时间的机器，赋中的主人翁被吸入流水回旋转动的时间宇宙，在漏刻中流动的水正如我们生

① 《艺文类聚》，卷68，1198～1199页。

② 写这个主题的赋篇在这个时期逐渐开始流行起来，一直到唐宋都还很流行。见《古今图书集成》，卷98～99的《漏刻部》和《历法典》。

③ 所谓“潜耗”指水流出壶消耗了；“沉华”指的可能是水流出前造成的旋涡。

命的流逝,永不回头。在赋的开篇中,鲍照开始哀悼时光的消逝:

> 佩流叹于驰年,缨华思于奔月。结兰茗①以望楚,弄参差②而歌越。抚凝肌于迁滞,鉴雕容于仿佛。景有坠而易昏,忧无方而难歇。历玫阶而升陕,访金壶之盈阙。观腾波之吞写,视惊箭之登没。

全段采用入声韵,表现了作者沉郁顿挫的心情。第一行的用辞可能是《文心雕龙·通变》中所提到的"宋初讹而新"③的例子,其中的"佩"和"缨"两个动词的用法是超越传统的:试问如何将人生的感叹"佩"在飞驰的岁月之上?答案是否定的,因为时光飞逝,不可系住——他的文采(华思)也即随着奔月而枯萎了。这些不寻常的动词表现法华丽新奇,却将诗人对光阴流逝的沉痛感触深深地衬托出来,这便是这篇赋的主题。作者感到他的青春和才学都将随着岁月而沉埋,这是一种令人感到椎心刺骨的沉痛。时间与空间是并列的,鲍照终其一生都在南方,因此他使用《楚辞》中的兰草和洞箫的意象来创造一个与现实联系的象征。"望楚"是来自《诗经·定之方中》:"升彼虚矣,以望楚矣。望楚与堂,景山与京。"这首诗赞美卫文公(?—公元前635)迁于楚丘(今河南滑县)使百姓安居乐业的成就。④楚国与刘宋同样地处南方,因此以楚国来指当时的刘宋。如此一来,"结兰茗以望楚"就是鲍照描述他在诸王幕府或是皇帝宫廷中的文学活动;所谓"歌越",无非就是以他

---

① 兰草(thoroughwort)是《楚辞》中常见的香草,也是传统象征屈原才能和品格的植物。李善指出"兰茗"就是"兰秀",即兰草之花。郭璞(公元276—324)的《游仙诗》也使用了同样的词。见《文选》,卷21,307页;Jonathan Otis Pease, *Kuo Pu's Life and Five-colored Rhymes*, 219。

② "参差"第一次出现在《楚辞·九歌》,东汉王逸认为指的是洞箫(panpipe)。见《楚辞补注》,卷2,6页。

③ 见《文心雕龙注释》,卷29,569～571页。刘勰认为这是文学的堕落,"讹"指的是语法的错误,含有贬义。

④ 见《毛诗正义》,卷3,315页。凡有引用十三经的地方,出处都来自《十三经注疏》,中华书局,1979年,2册。英文译本见 Karlgren, *The Book of Odes*, no. 50, 33。

的文才来为皇室服务，有歌颂王朝之意。“参差”则是中国古代南方对洞箫的称呼，这一词出现在《楚辞·湘君》中：“望夫君兮未来，吹参差兮谁思！”描写湘夫人苦苦等候湘君。①鲍照委婉地将自己等候君主重用之心意，比喻成女巫对男神的久候，成为一种近乎宗教虔诚的等待。合两句之意，鲍照既是以文才等待幕主或皇帝的启用，又是以卫文公的贤明来形容幕主，可谓殷殷致意。然而事实上，鲍照年华逐渐老去，而不见启用。

鲍照从漏刻之中看到自己憔悴凋谢的容颜，他逐渐被卷进这个时间机器的微小宇宙中：

> 箭既没而复登，波长泻而弗归。注沉穴而海漏，射悬涂而电飞。②堘户牖而知天，掩云雾而测晖。创百龄于纤隐，积千里于空微。彼峥峥而行溢，此冉冉而愈衰。③抚寸心而未改，指分光而永违。

这一段对漏刻运作过程细致深入的描绘，写出了漏刻所产生的富有诗意的哲思。诗人惊讶于漏刻能在狭小受限的空间里创造亿万年的时间，他赞美漏刻的智慧，在密闭的室内，不见天日，或者在云雾漫天的日子，也能测知时间。而漏刻中水进水漏永恒不断，又令人想起人生的起落浮沉。至此鲍照开始回忆往事：

> 昔伤矢之奔禽，闻虚弦之颠仆。徒婴刃而知惧，岂潜机之能觉？惟生经之霍靡，亦悲长而欢促。恒证古而秉心，抱空意其如玉。波沉沉而东注，日滔滔而西属。落繁

① 参看《毛诗正义》。孙长叙提出许多证据证明其实“参差”不是“洞箫”，而是一个描写音乐高低、强弱、长短的术语。见孙氏著《吹参差非吹洞箫说》，《楚辞研究》，260～281页，齐鲁书社，1988年。但是鲍照此处明显地将“参差”理解为“洞箫”。

② 箭的意象来自漏刻的指示箭(indicator-rod)，在不同的时刻里指向不同的刻度。

③ 漏刻的水可能流入不同大小的容器，以减少因为水压逐渐减低而产生的误差。见 Joseph Needham，*Science and Civilization in China*，vol. 3，317。

> 馨于纤草，殒丰华于乔木。对昃离[1]而后歌，据穷蹊而方哭[2]。虽接薪之更传，宁绝明之还续！

如同一头受伤的野兽，鲍照对自己周遭政治环境的不稳定十分地自觉。南朝时期政治的变动使士大夫都感到危惧惊恐，更何况回想自己的人生，本就苦多乐少！望着这漏刻中滚滚的波涛，他所能做的就是秉持着一颗清净之心期待。天地万物的生命都有其极限，一如盛开的花朵终将凋落掩埋于黄土之下。面对着逼近的老年衰败，仍不放弃自己的诗歌，诗人感到像三国魏人阮籍一样无奈，只能在不满和无助中作穷途之哭罢了。

在这种绝望中，他的前程还有任何挽救的余地吗？在沮丧的心情下，鲍照挣扎着对生命中的磨难作出妥协：

> 贯古今而并念，信寡易而多难。时不留乎激矢，生乃急于走丸。既河源之莫壅，又吹波而助澜。[3]神怵迥而多虑，心错糅而尠欢。望天涯而伫念，擢雄剑而长叹。

生命奔流，一如黄河赴海，却充满了苦涩与苦闷。他忍不住想拔出宝剑一消胸中块垒。但他在此处的语调不像在《拟行路难》中

---

① “离”指的是《易经·离卦》，“日昃之离，不鼓缶而歌，则大耋之嗟，凶。”(“A lia bird at sunset: if you do not drum on an earthen vessel and chant, then greatly will elders go ‘Alas!’ Ominous”)英文翻译来自 Richard Alan Kunst, *The Original Yijing: A Text, Phonetic Transcription, Translation, and Indexes, With Sample Glosses*[Ph. D. diss, University of California, Berkeley, 1985]:299。这是一部很准确的翻译。高亨以为“离”指的可能是一种通灵动物。他指出在黄昏见到“离”兽，表示老人将有灾祸，因此必须唱歌以厌胜之。他也提到:“吾乡夜闻狼嗥，辄云，里将有丧亡，群击铜盆以厌之，盖亦古之遗俗也。”按高先生为吉林双阳人，可见鼓缶厌胜为东北旧俗。见高氏著《周易古经今注》，247～248页。鲍照对“昃离”的理解可能与王弼(公元 226—249)相似，主要表达了对年华老去的担忧，见《周易正义》，卷 3，43 页。

② 阮籍(公元 210—263)“时率意独驾，不由径路，车迹所穷，辄恸哭而反”。见《三国志·魏书》，卷 21，605 页。

③ 此句以夸张的修辞法描写漏刻水流若黄河奔流，不可阻挡。

那么悲愤强烈：

对案不能食，拔剑击柱长叹息！

诗人已经不再怀有雄心壮志，而只想面对生命的苦楚，找出妥协之道：

嗟生民之永迷，躬与后而皆恤。死零落而无二，生差池而非一。理幽分于化前，算冥定于天秩。与艾骨而招病，犹刳肠而兴疾[①]。情用殊而俱尽，事离方而同失。聊弭志以高歌，顺烟雨而沉逸。

尽管人生命运遭遇悬殊，人人终究难免一死，这一点似乎是对诗人的一种安慰。鲍照指出一切事物在冥冥之中都已有安排。大夫使用艾骨治病，开刀割肠，也为治病，但却有可能引起更多病，其原因都在天数已定，世人难逃。认清了这一点，他决定自然放任，如不系之舟。顺天时烟雨以浮沉，作诗高歌以养志。诗歌往往是中国古代士大夫沮丧时的归宿，鲍照表现出同样的心态：

于是随秋鸿而泛渚，逐春燕而登梁。进赋诗而展念，退陈酒以排伤。物不可以两大，时无得而双昌。薰晚华而后落，槿早秀而前亡。姑屏忧以愉思，乐兹情于寸光。从江河之迂直，委天地之圆方。漏盈兮漏虚，长无绝兮芬芳[②]。

---

① 指华佗的手术："若疾发结于内，针药所不能及者，乃令先以酒服麻沸散，既醉无所觉，因刳破腹背，抽割积聚。若在肠胃，则断截湔洗，除去疾秽，既而缝合，傅以神膏，四五日创愈，一月之间皆平复。"《后汉书》，卷82，2736页。

② 此处"芬芳"意为"纷纷"。《汉语大辞典》，9册，309页。

在这一段里,他展现出一种妥协达观的态度,将自己从彻底的绝望中拯救出来。从今而后,他将自己融入四季与自然天地之中。鲍照在此用了一个很巧妙复杂的比喻,"随秋鸿而泛渚,逐春燕而登梁"与后面的"从江河之迂直,委天地之圆方"遥相呼应。实际上鲍照暗用了《楚辞·惜誓》的典故和意象:

> 惜余年老而日衰兮,岁忽忽而不反。登苍天而高举兮,历众山而日远。观江河之纡曲兮,离四海之霑濡……黄鹄之一举兮,知山川之纡曲。再举兮,睹天地之圜方。黄鹄后时而寄处兮,鸱枭群而制之。神龙失水而陆居兮,为蝼蚁之所裁。夫黄鹄神龙犹如此兮,况贤者之逢乱世哉!①

鸿燕翱翔的意象,将诗人的眼界带向高空,他将自己化为《惜誓》中的黄鹄,俯看人间大地。贾谊在《惜誓》中以黄鹄自喻,并以鸱枭喻小人,如此对比,方知鲍参军之用意。他紧扣《观漏赋》的时间主题,模仿贾谊篇章的叹老伤悲,最后以道家哲学思想改造贾谊宏观天地的意象,他的赋没有贾谊的愤愤不平,而是带着淡淡的哀伤,"从江河之迂直,委天地之圆方"说明了他顺应自然、无所不适的哲思,毕竟只有融合于自然之道,才能逃离残酷的时间压迫。

《伤逝赋》写作年代与场合

这篇赋的写作年代也无法断定,因为不知鲍照的妻子卒于何年。在鲍照的《请假启》中,他提到:"天伦同气,实为一妹。存没永诀,不获计见,封瘗泉壤临送。私怀感恨,情痛兼深。臣母年老,经离忧伤,服麄食淡,羸耗增疾。"在这篇公文中,他只提到老母亲需要照顾,并未提到他的妻子,而鲍照的妹妹鲍令晖在刘宋孝武帝

① 《楚辞补注》,卷11,2b页;David Hawkes, *The Songs of the South*, 240。

(公元 454—464 年在位)时尚在人世[①],因此极有可能他的妻子在鲍照写这篇公文之前已经亡故。当然这也只是猜测之词,唯一可以确定的是鲍照在其妻死后一个月写下了这篇赋:

燧[②]既迁而礼革,月既逾而庆[③]通。

所有丧葬事宜那时应该已经完成,换言之,这篇赋是怀念妻子的悼亡之作。

【评析】

自魏晋以来,悼念自己的亲友的诗文成为一种普遍的主题。可能与这个时期社会动乱,人口大量死亡有关,因而诗人们对死亡的主题特别的敏感。曹丕(公元 187—226)在《与朝歌令吴质书》和《与吴质书》中哀悼他的好友建安七子。[④]稍后,西晋(公元 265—317 年)的潘岳和陆机的悼亡之作更使这个主题成为显著的文学类别。潘岳以《悼亡诗》成就其文名,他特别专注描绘丧葬礼的细节和礼仪。相对而言,陆机的诗却集中表现人生如蜉蝣般的朝生暮死。与潘岳不同的是,鲍照的悼亡赋并未大量使用《礼记》和《仪礼》中的典故及文字来描写丧礼[⑤],只是简短地提到葬礼的一些仪式,以加强表现其个人的悲伤。在对死亡的回应上,鲍照也不像陆机一样,使用过度华丽的语言,而缺乏个人的情感。

秋天为肃杀之气,万物凋零,宋玉悲秋,良有以也,而鲍照正以秋季怀想亡妻开展他的赋篇:

---

① 据《诗品》,鲍令晖在刘宋孝武帝时仍在人世。见曹旭:《诗品集注》,卷下,444 页。

② "燧"与"隧"同音假借,意为埋葬棺木的墓穴通道。

③ "庆"与"吊"为反义词。既然丧葬礼成,正常的生活又可重新开始。

④ 《文选》,卷 42,590～591 页。

⑤ 参看 Chiu-Mi Lai, *River and Ocean*: *The Third-Century Verse of Pan Yue and Lu Ji*, 273～332。她详细翻译和分析了潘岳和陆机的主要作品。

晨登南山,望美中阿。[1]露团秋槿,风卷寒萝。悽怆伤心,悲如之何!

正如《观漏赋》中的文字,鲍照此处运用了《楚辞》描写秋景的语言并融入真实景物的描写。这显示出对《楚辞》典故的喜好,这一点和同时代诗人谢灵运的山水诗是一致的。灵运也常以《楚辞》山水入诗,造成一种象征效果。《楚辞·九歌·少司命》:"望美人兮未来,临风怳兮浩歌"表现的是整个《九歌》中巫师等待神明的降临,美人即佳人,在古代未必为女性专用语,可用来指男神或女神。鲍照借着这种宗教的情怀来表达他对妻子的怀念,他的妻子正如巫师苦等不至的女神,是一个永远不再回来的美人。这种椎心刺骨的沉痛形成了这首哀祭悲歌的基调:

尽若穷烟,离若剪纮。如影灭地,犹星殒天。弃华宇于明世,闭金扃于下泉。永山河以自毕,眇千龄而弗旋。思一言于向时,邈众代于古年。逝稍远而变体,浸幽明而改时。

他的妻子已如雅琴弦断,难以再续,又如轻烟过眼,人影消逝,这些轻盈飘忽的意象将逝者和蔼静谧的形象暗暗地刻画出来。诗人想要回忆她的话语,但却已经遥不可及了。妻子的躯体已被黄土永久掩埋,永远沉浸在幽明中,声音也随之阴阳两隔。这种个人缠绵悱恻的情思就是这篇赋的骨架:

览篇迹之如旦,婉遗意而在兹。忽若谓其不然,自惆怅而惊疑。循堂庑而下降,历帏户而升基。服委襟而褫

① 开头两句,结合《诗经》和《楚辞·九歌·少司命》的语言。见 Karlgren, *The Book of Odes*, 176, 119;《楚辞补注》,卷 2, 16 页。

带，器蒙管而韬丝。志存业而遗绩，身先物而长辞。岂重欢之可觏？追前感之无期！

鲍照重新观览妻子的笔迹篇章，其妻应是一个受过良好教育，懂得文学的女子。鲍照的《游思赋》的最后，以她作为倾诉心事的对象。[1]此时鲍照已成为一个寂寞的鳏夫，他试图去捕捉过去夫妻间美好的时刻，但最后只陷入完全失望的境地。他甚至开始怀疑这整个事件是否曾经发生过，惆怅失落。读者的眼光跟随着鲍照的赋，寻遍了整个闺房，看尽了其妻的遗物。尽管伤心，也无法越过死亡的障碍，死者已矣，生者堪哀：

寒往暑来而不穷，哀极乐反而有终。燧已迁而礼革，月既逾而庆通。心微微而就远，迹离离而绝容。白日霭而回阴，闺馆寂而深重。冀凭灵于前物，伫美目乎房栊。徒望思于永久，邈归来其何从？

礼仪之设计不外乎安葬死者、安慰生者。丧事结束，入殓礼成之后，生者又回到正常生活，然一切已人事全非，诗人企望妻子的魂魄能够附在她生前用过的器物上，美丽的目光能够停伫在窗棂之上，然而这一切都是徒然。人去楼空，闺房显得重重阴影，白日也失去光芒，生者就在这种希冀与绝望之间永远徘徊：

结单心于暮条，掩行泪于晨风。念沉悼而谁剧？独婴哀于逝躬！草忌霜而逼秋，人恶老而逼衰。诚衰耋之可忌，或甘愿而志违。彼一息之短景，乃累恨之长晖。寻生平之好丑，成黄尘之是非。将灭耶而尚在，何有去而无归？

① 《鲍参军集注》，卷1，2页。

妻子的去世和死后的凄凉让诗人想起老年将至。人值暮年，妻子弃世，老来无依，为之怅然。此时此刻他不得不想起人生的无常：

> 惟桃李之零落，生有促而非夭。观龟鹤之千祀，年能富而情少。反灵质于二途，乱感悦于双抱。[①]日月飘而不留，命倏忽而谁保？譬明隙之在梁，如风露之停草。

人死并非夭折，但却如桃李一般，曾盛开过似锦的繁花，终将凋落。尽管想起龟鹤有千年寿命，但却缺乏情感，鲍照仍然眷爱人生的多情。人就因为有情，才能与禽兽区别开来；也因有情，才感到苦痛。鲍照能征服这种失落、进退两难的情绪吗？陆机在他悼亡赋篇的结尾中，也经常展示一种百无聊赖而与自然妥协的态度，取得一种暂时的情绪解放。在其《叹逝赋》中，他说："解心累于末迹，聊优游以娱老。"[②]但鲍照赋中的悲伤似乎太深，而无法看破人生不变的残酷铁律——生老病死：

> 发迎忧而送华，貌先悴而收藻。共甘苦其几人？曾无得而偕老！拂埃琴而抽思[③]，启陈书而遐讨。自古来而有之，夫何怨乎天道！

用花草的枯荣形容自己的白发和憔悴的容貌，更显示鲍照对妻子的款款深情。这种强烈的追寻，使他不断地寻找任何能够唤起对亡妻回忆的东西——蒙上尘埃的雅琴和过去的手书都使他魂牵梦萦，使他能在回忆中得到暂时的安慰。这篇赋的结尾，没有像陆

① 前句意为灵魂与身体分离，而后句则不知何解。

② 《文选》，卷16，232页。

③ 《抽思》是《楚辞·九章》中的一节。见《楚辞补注》(四部备要本)，卷4，19页。

机与命运妥协的态度，而是向天地发出愤恨不平的控诉。结尾以反问的手法，强自压抑自己心中的怨气，明知自古无有不死，却忍不住要仰天长啸！这种哀怨的传统一反儒家主张情感中和平静的态度，而是完全继承了《楚辞》的传统。

四、结　论

在分析鲍照的辞赋之后，我们面临的最后问题应是如何评价其辞赋成就。在整个中国辞赋史中，我们如何来给鲍照定位呢？大约在东汉之后，辞赋已经不再被朗诵，刘宋的宫廷之中也没有朗诵辞赋的记载。虽然失去了朗诵的文学功能，但是辞赋仍然被当成是一种表现个人才能和思想感情的社交工具，例如鲍照的《野鹅赋》就是奉某皇子之命所写的，而同时这篇赋也被用来向皇子表达鲍照自身在官场中的困境与窘迫以及对皇子的感激之情。这些辞赋的双向功能从汉朝以来一直持续着。鲍照的赋作可说是站在巨人的肩膀上，受到汉代辞赋传统的滋润，且加以发扬光大，加进了他个人对辞赋形式内容的创意。

检验鲍照的赋篇，我们就会发现其中有些是传统的题材，有些是创新的题目。在扩充题材方面，鲍照贡献至少有几项：尺蠖、芜城、野鹅、园葵、舞鹤。这些题目可能在六朝之前的诗歌中可以找到，但是就辞赋的传统而言，却是完全创新的。虽然鲍照之前的赋家曾以鹤为题作赋，但是鲍照却是第一个以描绘舞鹤为主的作家，别出心裁。这些只是鲍照对扩展赋题的一些贡献。

就技巧而言，鲍照在许多方面都展现了他的创新手法。例如，飞蛾在中国文学传统中本来就被用来比喻有勇无谋、缺乏远见的人，但在他的《飞蛾赋》中，他巧妙地利用飞蛾的本性，将飞蛾写成一个为了追寻理想而不惜牺牲自己生命的生物，让人联想到悲剧英雄。另一个例子是他的《舞鹤赋》，他在赋中创造了一个美丽的故事,将白鹤描写成原来居住在天宫之中,因飞翔凡界误中猎人罗网,落入皇宫大内,从此失去自由,形成一种凄绝美绝的境界。鲍照之前,在赋的传统中以鸟类为题材最有名的莫过于东汉祢衡(公元 173—198)的《鹦鹉赋》,在这篇赋中,作者告诉我们鹦鹉被猎人捕捉,因而自西域漂流万里,落入人家。

但鲍照在类似的题材上加上独具巧思,将白鹤说成厌倦了天宫,而浪迹人界,落入罗网之中。白鹤出身天界,使它更显高贵,创造了一种悲剧性的高度,就如亚里士多德所说,只有高贵的人才有悲剧,因为悲剧对他而言,就是一种从高处坠落到低处的悲惨。普通人不具有悲剧性高度,因此即使遭受悲惨的遭遇,也无法造成悲剧的效果。那种曾是天际云间的娇客,如今堕落红尘,更能衬托出仙鹤的凄凉与孤寂。此外,祢衡赋中的鹦鹉被视为宠物供养,但其羽翼被剪,永远丧失了飞翔的能力;而鲍照则将仙鹤写成光彩辉煌、炫人耳目、善于舞蹈的天禽,其他禽鸟与其相较之下,都失去了光彩。尽管羽翼未剪,它仍然沦为阶下囚。这种戏剧性的张力是鲍照迈越前人之处。

另外,鲍照的创意还表现在他创造了一种新颖的赋类。最突出的例子是他的《园葵赋》,自汉朝以来,没有人写过文人隐居农村生活的赋篇,张衡的《归田赋》[①]是以老庄哲学为依归写隐士的心情,赋中只是大略提及农村风景山水,与鲍照细腻描述乡村生活的赋篇极不相同。比鲍照稍早的潘岳作有《闲居赋》[②],也谈退官闲居的生活,但缺乏鲍照赋的那种乡土气息。陶渊明写了许多田园诗,开创了田园诗派,而鲍照的赋正是一种田园赋,他个人对陶渊明的仰慕和其出自寒门的背景可能使他对这种为贵族文人所轻视的乡土题材不加避讳。[③]

---

① 张衡赋见张震泽编:《张衡诗文集校注》,242～246 页。

② 《闲居赋》见《文选》,卷 16, 697～707 页。

③ 鲍照和其好友王僧达是第一个模仿陶渊明诗歌的作家。

总的来说，鲍照典型的写作技巧，就是使用一个物体作为象征，然后经由这个象征来表现他的描述技巧，表达个人感情。《野鹅赋》和《舞鹤赋》都是这类赋的例子。他的十篇赋作中，多数的题目看来都像是咏物赋，但其实内容无一例外地都是抒情之作。他直接表达感情，不迂回曲折；典故的运用也极为有限，不像汉赋那样罗列历史典故。例如，在他的《游思赋》中，他集中在抒发感情，极少运用典故，甚至也没有提到他究竟在何处游览。

另一个值得注意的是，鲍照赋的抒情性比他同时期的诗人都来得强烈。他大概是继潘岳之后第一个公开写文章悼念自己妻子的诗人，他的《伤逝赋》是一篇动人的悼亡之作。鲍照的赋作没有京都或校猎这种汉代大赋驰骋辞藻的题材，这显示了南朝初期赋逐渐走向抒情化。而他的赋题大都是咏物之作，这也预示了齐梁之间咏物赋的发达。

鲍照在赋作方面的创新并不局限在主题和形式方面。挑选作品十分讲究的《昭明文选》收入了鲍照的《芜城赋》和《舞鹤赋》；而同时代的文豪谢灵运却一篇也没有入选。这已足见鲍照是六朝时期最杰出的赋家之一，他的文字风格惊才绝艳，自铸新辞，锦心绣口，是骈文大家。在前曾提到，鲍照的文字风格有时迂回曲折(crabbed)，十分难读，从而也形成一种“险”的风格。可惜我们不知道当时的语言如何影响了他的文字。即使博学如钱仲联先生，在注解鲍照的诗文之时，也留下了许多未加解释的疑点。鲍照的险俗风格与其同时代的文人迥异，使读者想起唐代的杜甫(公元712—770)。基本上鲍照的诗文极力避免前人用语以及古代历史典故。此外，骈体也是他的赋作的一大特色，骈赋在刘宋时期尚不多见，鲍照的骈赋可说是六朝骈赋的开端。

总的来说，鲍照不仅善于描摹事物，在咏物之际，还能够从穷貌极物中超脱出来，抒发个人感情。他在辞赋上的创新，展现在形式、题材和语言多方面。

我们应该理解辞赋在刘宋时期，就像诗在后代的地位，是一种重要的社交工具,也是文人在席间宴上表现才气的文类。鲍照用赋来写对家人的思念与愁思,描写乡村的隐居之乐,表现他的愤愤不平,也用赋来悼念逝者。在这时期赋的作用如此广泛,其地位似乎比诗更为重要。以他赋作的造诣之深,鲍照继承了汉代大赋家的技巧,同时也勇敢地作出了创新。无论从主观或客观标准来看,鲍照无疑都是当时最突出的赋家。他独特的风格和形式使其独立于当时的其他赋家之外,然而他大胆的创新和成就只有将之放置在辞赋传统之中,才能显示出来。

刘勰赋学观新解

——从魏晋赋首谈起

于浴贤

刘勰对汉赋的评价观点，学术界多有研究，但对魏晋赋的态度则少有人作专题探讨。人们似乎认为，刘氏对汉赋态度若明，则对魏晋赋的观点不言而喻。其实不然，二者之间并非简单、直接的联系。本文以《文心雕龙·诠赋》所举“魏晋赋首”八家为窗口，探讨刘勰对魏晋赋的观点和评价，以期较全面地认识刘勰的赋学观。

一

《文心雕龙·诠赋》是刘勰评析赋体文学发展与流变，诸代创作特点与得失，标举名家名作，表达作者赋学观的一篇文体评论文。在此文中，刘勰推举了周秦至两汉十家“辞赋之英杰”和八家“魏晋之赋首”。“辞赋之英杰”是：荀况、宋玉、贾谊、枚乘、司马相如、王褒、扬雄、班固、张衡、王延寿等十位；“魏晋之赋首”为：王粲、徐幹、左思、潘岳、陆机、成公绥、郭璞、袁宏等八家。“辞赋之英杰”中，荀况、宋玉为辞赋的奠基者，贾谊为骚体赋代表作家，王褒为咏物抒情赋名家；而此外的六位，则全是大赋名家，可见刘勰对大赋的推崇。就战国至汉代这段辞赋形成与繁荣时期，推此十位为辞赋之英杰，确是令人信服的不刊之论。那么，"魏晋赋首"八家的推举，又是以怎样的标准，表现了刘勰怎样的赋学观呢？

《诠赋》中的有关记载曰：

> 及仲宣靡密，发篇必遒；伟长博通，时逢壮采；太冲安仁，策勋于鸿规；士衡子安，底绩于流制；景纯绮巧，缛理有余；伯彦梗概，情韵不匮：亦魏晋之赋首也。

首先，让我们对此八家"魏晋赋首"的创作作一番巡视，以便认识、理解刘勰称举的标准。

王粲，刘勰称其"靡密"、"发篇必遒"，推之为魏晋赋首第一家。王粲现存赋25篇，题材包括军旅纪行、田猎登览、神女思妇、咏物抒怀、游艺宴享等，涉及面广，内容丰富，且赋作构思巧妙，思绪缜密，抒情性强，是作者丰富的社会生活经历和人生体验的写照。尤其是代表作《登楼赋》一篇，在情景交融的意境中，抒写异乡羁旅，功业无成之痛，感情浓郁，凄怆悲凉，为历代学人所赞赏。王粲是建安文坛上第一位大量写作抒情小赋的作家，他的创作体现了建安时期赋体文学从两汉体物大赋向魏晋抒情小赋转型的特点，对建安新赋风的形成具有积极的推动作用。曹丕《典论·论文》中对王粲极为推崇，说："王粲长于辞赋……如粲之《初征》、《登楼》、《槐赋》、《征思》……虽张、蔡不过也。"刘勰推他为魏晋赋首第一家，颇有眼力。

徐幹，刘勰称曰："伟长博通，时逢壮采。"据严可均《全后汉文》所录，徐幹赋今存8篇，多残缺不完整，难睹全貌。从篇名和部分残文看，徐幹赋的题材包括怀人、伤别、咏物、纪行、都邑等，均入时风之流，但未见名篇力作传世，作为魏晋赋首之选，颇嫌逊色。曹丕于《典论·论文》中曾赞誉徐幹曰："王粲长于辞赋，徐幹时有齐气，然粲之匹也……幹之《玄猿》、《漏卮》、《圆扇》、《橘赋》，虽张、蔡不过也。"将徐幹与张衡、蔡邕、王粲并举，实在言过其实了。当然，在建安七子中除王粲外，就数徐幹较多倾力于赋的创作了，所以，若就建安七子的辞赋而论，推举王粲、徐幹是不错的，但作为“魏晋赋首”之选，徐幹颇难称此誉。

左思，刘勰将他与潘岳并举，称誉二人“策勋于鸿规”，在鸿篇巨制上作出成就。确实，左思《三都赋》，潘岳《西征赋》、《籍田赋》在西晋赋坛出现，使汉末三国以来已经衰落、萧条的散体大赋和叙事长赋再次彰显雄姿。左思今存赋3篇，但仅《三都赋》一篇，已耗费作者十年功力，而此赋一出，即有“洛阳纸贵”之轰动效应，并令当时的文坛领袖陆机深为叹服，左思因此一举成名。

潘岳今存赋22篇。他不仅有巨制鸿文《西征赋》、《籍田赋》，而且有大量的抒情小赋。这些抒情小赋从各个角度抒写悼亡伤旧、思亲念土、羁旅悲情、人生苦短、进退忧危等种种情感，表达对社会人生的深切体验和哲理思考，并以善叙哀情而著名。左思、潘岳为“魏晋赋首”，毫不逊色。

“士衡子安，底绩于流制”，刘勰称许陆机和成公绥作赋，在讨论流品和体制上作出了成绩，此乃就陆机《文赋》、成公绥《啸赋》而言。

陆机《文赋》是一篇文学理论作品。赋中论述了文章体制、风格特点、写作技巧、创作原则，尤其集中地论述了创作中的艺术构思问题，有许多理论建树和精到见解。因此，刘勰称他在讨论文章体制上作出了成绩。陆机赋今存30篇，在西晋赋坛上当属高产优质者，除《文赋》之外，全部是咏物抒情小赋。其题材内容，有述祖德家风，叙故国家世之悲的；有写羁旅行役，抒思亲念土之愁的；有写生离死别，叹人生短暂的；有写隐逸列仙，寄林泉之趣者；或咏宇宙人生，悲世路无常；或咏禽鸟草木，节令名物，以寄慨抒怀。这些作品从多个角度抒写了极浓的生命感伤情绪，是魏晋士人强烈生命意识的反映。陆机为一代赋首当之无愧。

成公绥《啸赋》写魏晋士人的一种口技活动——啸。作品通过种种不同的情境，描写了啸声的千变万化，惟妙惟肖，表现了吟啸者的高超技巧，传递出吟啸者丰富复杂的内心情感。刘勰称他在讨论物象流品方面作出成绩，的确。此外成公绥尚有赋22篇，有咏琴、咏琵琶的音乐赋，咏节候、天象之赋，描写袚禊、嘉宴之赋，以及各类咏物赋。其中《天地赋》一篇，以天地为描写对象，题材崭新，意象宏博广大，且意含颂美，是西晋赋坛的一篇佳作。无论从数量质量看，成公绥为魏晋赋首都是令人信服的。

“景纯绮巧，缛理有余。”此言郭璞辞赋结构巧妙，富有文采，条理清晰。此乃就郭璞的代表作《江赋》而言。《江赋》写长江源远流长，奔腾决荡的壮观气势，以及浩瀚的水域美丽富饶的景观。作品采用大赋的铺叙手法，通过多角度的描写，层层推进，条清理畅地展示出长江的胜景。此外，郭璞尚有赋9篇，大多涉及故乡风物名胜，并时有小制佳作出现。郭璞亦堪称魏晋赋坛高手。

“伯彦梗概，情韵不匮”，刘勰称袁宏赋叙事概括，且富有情韵。此乃针对袁宏《东征赋》、《北征赋》而言。据《晋书·袁宏传》载：“宏有逸才，文章绝美……从桓温北征，作《北征赋》，皆其文之高者。尝与王珣、伏滔同在温坐，温令滔读其《北征赋》……谓滔曰：‘当今文章之美，故当共推此生。’”“后为《东征赋》，赋末列称过江诸名德，而独不载桓彝……温知之甚忿……”《东征赋》、《北征赋》今已失传，仅在《世说新语·文学》和《晋书》本传中保存以上片段。从以上有关记载可窥见几点信息：

（一）《北征赋》、《东征赋》均属“历叙于纪传”的长篇纪行赋，《北征赋》当时在士大夫文士中广为传诵并深受推重，人们确信“此赋方传千载”，是“其文之高者”。

（二）仅存的一段《东征赋》佚文，记叙作者东征路上所见所闻所想，集中咏颂在江南之地立国兴霸的诸代贤君良臣。“赋末列称过江诸名德”的内容虽已看不见了，但将两部分内容联系起来，则该赋内容题旨清晰可见：将咏叹先贤与赞颂为东晋建国立下丰功伟绩的贤臣良将结合起来，咏史鉴今，赞颂江南悠久璀璨的历史文化，人杰地灵、英雄辈出，为东晋立国江东树立信心，表达了对东晋王朝的拥戴。故刘勰称袁宏赋“梗概”，“情韵不匮”。

袁宏赋今虽已残缺，但根据有关记载可见，袁宏在东晋赋坛享有很高声誉，《东征》、《北征》二赋在当时影响极大。

二

通过以上对“魏晋赋首”八家创作的巡礼，刘勰对魏晋赋的评价和观点可见一斑：

（一）刘勰重视文学的革新与通变，肯定魏晋赋家的创新与开拓性的成就。“魏晋赋首”大多是在魏晋赋体制的发展、演变，题材的开拓，思辨内涵的揭示等方面作出了积极贡献，创造出优秀篇章者。王粲是建安时期第一位大量写作抒情小赋的作家，是建安新赋风的积极开创者。左思《三都赋》，潘岳《籍田赋》、《西征赋》是魏晋赋坛上少有的京都、典礼大赋和纪行长篇，因此颇令人注目。陆机用赋的形式表达文学批评观点，反映了魏晋人对辞赋题材的积极开拓和对赋体创作的大胆实践。成公绥《啸赋》乃是魏晋音乐赋的新题材，啸，非丝非竹，而是“肉”，却能表现出丝竹难以企及的妙音，实为别具一格之音乐。郭璞《江赋》是第一篇以浩瀚奔腾的长江为对象的作品，也是东晋江海赋的奇构。袁宏《北征》、《东征》二赋，当时影响极大，时人称誉曰：“当今文章之美，故当共推此生。”由此可见，刘勰推举的“魏晋赋首”乃各擅胜场，在魏晋赋坛上都具有开创之功。刘勰在《文心雕龙·通变》中说“夫设文之体有常，变文之数无方，何以明其然耶？凡诗赋书记，名理相因，此有常之体也；文辞气力，通变则久，此无方之数也。名理有常，体必资于故实；通变无方，数必酌于新声；故能骋无穷之路，饮不竭之源。”正是从通变的角度、从发展的眼光来看待不同时期的文学，他论诗、骚、赋、论等各体文学，均能揭示出文体发展之特征，给予各个时代的创作以准确的概括和把握。“酌于新声”，“骋无穷之路”，“饮不竭之源”，这就是刘勰的通变观。这种通变观在魏晋赋首的标举评价中同样有明显表现。

（二）刘勰对魏晋赋首创作的推崇，尤重宏大题材和体制，他追求赋的宏丽美。刘勰所推崇的魏晋赋首的作品，从题材上看有汉赋传统题材：都邑、籍田、纪行、音乐；有新题材：江海、登览、论文。它们的共同特点就是题材宏大广博，或物象宏大，如都邑、江海；或场景宏大，如籍田、典礼；或活动空间广阔，时间悠远，如纪行、登览；或思维空间阔大，驰骋想象自由，如音乐、文论。由于题材的宏大广博加以铺叙手法的运用，这些作品多体制规模庞大，表现出对汉大赋的继承。魏晋时期乃是赋体文学从散体大赋繁荣时期走向抒情小赋发展的新阶段，虽仍出现一批体物大赋和长篇抒情赋，且颇引时人的注目，但它们毕竟不是魏晋赋的主流，而不过是两汉大赋的余绪。最能体现魏晋赋坛创作风貌的是那些形式多样、情感内容丰富、体制短小活泼的咏物抒情小赋。然而，刘勰在标举魏晋赋首之名篇佳作时，却专注于大题材和巨制长篇上。事实上魏晋名赋家们大多在抒情小赋的创作上取得了远比他们的长篇大赋更为突出的成就，从以上对魏晋赋首八家的创作巡礼中，即可看到。王粲、曹植、阮籍、向秀、陆机、陆云、潘岳、成公绥、张协等都是抒情小赋名家，他们创造性的劳动大大推动了赋体文学的发展，在大赋衰落之时，魏晋赋家们以振起一代新赋风为己命，开创了一个生机勃发的抒情小赋繁荣局面。但刘勰对魏晋赋坛、赋家抒情小赋的突出成就却少予关注。这种现象正好说明，刘勰持有以汉大赋为正宗的观点，对大赋从题材到体制情有独钟。刘勰推崇徐幹，或者可以从这点上得到解释。在建安赋坛上，无论从题材的开拓、内容的创新、名篇佳作的特出诸角度看，徐幹均难有“赋首”之高誉。旁人勿论，曹植的成就即远高出徐幹，为什么刘勰推崇徐幹而不是曹植，或阮籍，或向秀？或者可以这么说，徐幹曾作《齐都赋》，颇有齐地舒缓纡徐之风，刘勰出于对传统都邑题材的重视和以汉大赋为宗的观念，因此推举徐幹。

（三）刘勰对魏晋赋首作品的推举，瞩目于作品的政教讽喻之义，刘勰重讽喻的赋学观也是明确的。《文心雕龙·诠赋》中鲜明地表达了刘勰对赋讽谏内容的强调，曰："逐末之俦，蔑弃其本，虽读千赋，愈惑体要；遂使繁华损枝，膏腴害骨，无贵风轨，莫益劝戒。"反对徒有华美的形式而缺乏讽喻意义的作品，这一观点在魏晋赋首各家代表作的推举上再一次得到表现。《诠赋》中所推举的魏晋赋首各家作品都具有大题材、大体制且富有讽喻性和经世致用的特点。请看，《三都赋》赞美晋之贤君依先王制度，以仁义礼乐治国的精神；《籍田赋》歌颂晋武帝行籍田礼，劝稼穑、重农事，勤政爱民。《西征赋》写作者赴任长安令时一路所见所闻所感，表达了"积德延祚，莫二其一"的治国思想和忠于职守、取信于民的为官从政之道。郭璞《江赋》描写长江宏博富赡、多姿多彩的状貌，表现了对江南美丽富饶山川的赞美和热爱。《文选·江赋》李善注引《晋中兴书》曰："璞以中兴，王宅江外，乃著《江赋》，述川渎之美。"其服务于政治的目的是明显的。袁宏赋歌颂江南人杰地灵、悠久的历史文化，立意与《江赋》同，旨在为东晋立国江东服务。王粲虽失意伤世而功业之志为泯，"冀王道之一平兮，假高衢而骋力"，执著于建功立业的追求。成公绥的《啸赋》，仍不离"独善兼济之志"。十分清楚，刘勰对魏晋赋的举荐，讽喻内容是重要的一个条件。

可见，从"通变"的精神出发，刘勰对魏晋优秀赋家的创造性劳动以及辞赋成果加以肯定，但由于"尚宏丽"、"重讽喻"赋学观的作用，使他更多关注巨制鸿篇且富有讽喻意义的作品，对魏晋抒情小赋则缺乏应有的肯定和重视。

三

从刘勰对魏晋赋首及其代表作的推举中，可以清楚地看到，"尚宏丽、重讽喻"正是刘勰评价魏晋赋的标准，也是其赋学观的核心。这一赋学观特异于魏晋而与汉人同趣。

我们知道，汉人赋学观的基本内容是“巨丽”和“讽喻”。诚如司马相如在《上林赋》中的夸耀：“君未睹夫巨丽也，独不闻天子之上林乎？”“巨丽”是汉人作赋的追求。汉代是一个大赋的时代，一代士人大多倾其才学于大赋的创作，司马相如、扬雄、班固、张衡等一代名赋家无不以宏丽博达的大赋饮誉于世。为写作大赋，他们呕心沥血，苦心经营，耗尽才思。司马相如作《子虚》、《上林》二赋，乃是“忽然如睡，焕然而兴，几百日后乃成”（《西京杂记》卷二）。张衡作《二京赋》，“精思傅会，十年乃成”（《后汉书·张衡传》）。扬雄称时人作赋“极丽靡之辞，闳侈巨衍，竞于使人不能加也”（《汉书·扬雄传》）。司马相如总结作赋经验曰：“合纂组以成文，列锦绣而为质，一经一纬，一宫一商，此赋之迹也。赋家之心包括宇宙，总揽人物，斯乃得之于内，不可得而传。”（《西京杂记》）这些记载说明了巨丽宏博之美正是汉代赋家创作的自觉追求。而汉武帝初读《子虚赋》有恨不与作者同时之叹，读《大人赋》则“飘飘有凌云之状”；司马相如因献《子虚赋》、《上林赋》而得官等等，则又说明了此类赋在汉代是受到何等的推崇与重视！它不仅为士林所倾心热衷，而且深得统治者之青睐。巨丽宏衍之赋因适应了汉帝国的国势声威，契合于昂扬豪迈的时代精神和世人心理，因此深受重视，故“繁积于宣时，校阅于成世，进御之赋千有余首”（《文心雕龙·诠赋》）。

讽喻，汉赋往往曲终奏雅，寓讽于劝，形成了“巨丽”、“讽喻”相联系的形式内容两大特点。司马迁评相如赋曰：“相如虽多虚辞滥说，然其要归引之节俭，此与《诗》之讽谏何异？”班固《两都赋》序曰：“或以抒下情而通讽喻，或以宣上德而尽忠孝，雍容揄扬，著于后嗣，抑亦雅颂之亚也。”讽喻是汉赋创作的指归，扬雄“奏《甘泉》以讽”，“因《校猎赋》以讽”。王延寿《鲁灵光殿赋》序曰：“物以赋显，事以颂宣，匪赋匪颂，将何述焉。”两汉赋家都带着很强的用世精神来写赋，赋作巨丽弘衍的体制形式，在很大程度上也是为颂圣、讽喻服务的。

与汉人尚宏丽、重讽喻的赋学观相比，魏晋南朝人的赋学观发生了巨大的变化。建安三国时期，当汉帝国大厦在军阀混战的兵爇烈焰中轰然坍塌之际，人们在反思、怀疑两汉经学的神圣和权威的同时，一种思想解放思潮悄然涌起，人性开始觉醒，文学开始走向自觉，新的文学观念和创作风尚倏然产生。曹丕“诗赋欲丽”（《典论·论文》）的主张，陆机“诗缘情而绮靡，赋体物而浏亮”（《文赋》）的观点先后提出，标志着文学作为经学附庸的角色开始转变，其独立的价值和地位开始确立，文学美的形式及抒情功能已为人们所接受。诗、赋可以不必汲汲于讽喻、教化，赋的根本功能、作用在于抒情，这是魏晋赋学观对汉代赋学观的一大超越和根本性的突破。

在曹丕“诗赋欲丽”观点提出的同时，曹植提出“辞赋小道”之说：“夫街谈巷说，必有可采；击壤之歌，有应风雅。匹夫之思，未易轻弃也。辞赋小道，固未足以揄扬大义、彰示来世也。昔扬子云，先朝执戟之臣耳，犹称壮夫不为；吾虽志薄，位为藩侯，犹庶几戮力上国，流惠下民，建永世之业，流金石之功，岂徒以翰墨为勋绩、辞赋为君子哉！”（《与杨德祖书》）曹植认为，辞赋的作用、功能，并非在于“揄扬大义、彰示来世”，否定了赋的讽喻教化作用。他认为，辞赋乃“小道”，并非经书一类崇文高论，因此其表现范围应广阔得多，“街谈巷说”，“闾里风谣”，以及庶士匹夫之情思均可以成为表现内容，这就从文体性质、题材、内容方面，为赋的发展指出了一条崭新的道路。“辞赋小道”的观点，是对两汉以来赋学观贵族化、宫廷化和政教化特征的否定和冲击，而表现出新赋学观的平民化、通俗化和情感化的特点。正是“缘情”和“辞赋小道”观点的结合形成了魏晋人具有大众化特征的赋学新观点。在新的文学风尚和赋学观念下魏晋赋风大变，体制宏丽的讽喻大赋已十分罕见，咏物抒情小赋大量涌现，魏晋人视作赋为一种即兴咏叹，抒怀叙志的个体活动，而非庄重严肃的崇高事业；赋不是一种崇文高论，而是一种亲切灵便的抒写工具，情感寄托的载体，它贴近人生，走近人们社会生活的方方面面。因此魏晋赋表现为体制短小，题材丰富且趋于小化细化，描绘细腻，抒情性浓的特点。魏晋之后，从刘宋至齐梁，此风相沿并愈趋绮靡。

魏晋赋风与两汉迥异，魏晋人的赋学观亦有别于汉人。刘勰认同并接受汉人“尚宏丽、重讽喻”的赋学观，以此标准看待评价汉赋，故中肯而切合时宜。《诠赋》中称司马相如《上林赋》“繁类以成艳”，王褒《洞箫赋》“穷变于声貌”，张衡《二京》“迅发以宏富”，扬雄《甘泉赋》“构深玮之风”，王延寿《鲁灵光殿赋》“含飞动之势”；刘勰对这些汉大赋作家及其宏丽之赋一并加以肯定和推崇，举为“辞赋之英杰”。虽然，刘勰对汉赋宏博的形式也有过批评，称“相如好书，师范屈宋，洞入夸艳，致名辞宗。然核取精意，理不胜辞，故扬子以为‘文丽用寡者长卿’，诚哉是言也”(《文心雕龙·才略》)。但总体而论，刘勰肯定和推崇汉大赋的态度是明确的。然而，他却未能以通变的精神去看待魏晋赋，去认同魏晋人的赋学观，而仍用“巨丽”、“讽喻”的标准来衡量评价魏晋赋，局限和偏差必然出现。刘勰赋学观的偏执而缺乏通变的局限是明显的，而这种偏执则因其反对齐梁文风而导致。

四

中国文学自建安进入了自觉阶段，经晋、宋、齐、梁诸代作家学者的努力，在艺术上得到了长足的进步和发展，文学的各种表现技巧和方法，如对仗、声律、炼字、辞藻、比兴、熔裁等，都得到进一步探索和提高，诗、文、赋各体文学创作，均展示出艺术形式美的特征，因此形成了前所未有的绮艳华美的文风。伴随文学艺术形式的进步和发展，所付出的代价是与此风相联系的作品内容的狭窄和苍白。

刘勰生当齐梁之际，目睹绮艳文风弥漫，深感不满而大加挞伐。他在《文心雕龙·丽辞》篇说：“至魏晋群才，析句弥密，联字合趣，剖毫析厘。然契机者入巧，浮假者无功。”对魏晋时期诗文描绘的细腻，文字的对偶，遣词造句的精密，情感表达的巧妙而体现出雕琢痕迹多予批评。其《指瑕》篇曰：“晋末篇章，依稀其旨……斯实情讹之所变，文浇之致弊。而宋来才英，未之或改，旧染成俗，非一朝也。”批评自晋宋以来，作品情感意旨模糊空虚，文风空泛浮夸，相沿不改。《史传》篇曰:“今之才颖之士,刻意学文,多略汉篇,师范宋集。”《通变》篇曰:“搉而论之,则黄唐淳而质,虞夏质而辨,商周丽而雅,楚汉侈而艳,魏晋浅而绮,宋初讹而新。从质及讹,弥近弥淡。”认为近世文学的发展愈加浮艳,缺乏质实的内容,真乃一代不如一代了。总之,刘勰批判的矛头直指晋宋以来的文风,遍及“魏晋群才”、“宋来才英”、“今之才颖之士”。并认为普宋齐梁辞赋乃此种绮靡颓败文风之典型,《情采》篇曰:“而后之作者,采滥忽真,远弃风雅,近师辞赋,故体情之制日疏,逐文之篇愈盛。”这种一概否定、贬斥的态度,实际上与他的艺术修养和文学观又是矛盾的,但为除绮艳文风,就不能给它以应有的地位,此乃“除恶务尽”,或曰“矫枉过正”吧。刘勰以变革齐梁文风为己任,反对绮丽的文风,并认为形式美的追求始自魏晋——“魏晋浅而绮”,且源于辞赋。那么,魏晋辞赋大有始作俑者之嫌了,自然不为刘氏所重视。

面对浇薄文风,刘勰志在救弊起废。他倡导“征圣”、“宗经”,他说:“论文必征于圣,窥情必宗于经”,“然则圣文之雅丽,固衔华而佩实者也”(《文心雕龙·征圣》)。他又说:“故练青濯绛,必归蓝蒨,矫讹翻浅,还宗经诰,斯斟酌乎质文之间,而檃括乎雅俗之际,可与言通变矣。”(《文心雕龙·通变》)主张向古圣先贤之文学习,向经书学习。诗文如此,赋亦当如此。当然,汉赋算不得“经”,但当刘勰引导人们向后去寻找规矩范式之时,于赋自然首推富含颂圣颂美的汉大赋了。

由此可见,正是从变革齐梁文风的目的出发,刘勰推崇汉赋而批评魏晋以来的抒情小赋。因此,刘勰不是以魏晋人的赋学观,而是以汉人的赋学观,不是尊重魏晋新赋风的特点,而是以汉赋为标准来观照评价魏晋赋,也就可以理解了。毋庸置疑,刘勰具有深厚的文学艺术修养,杰出的理论才华,他对文学艺术的体悟和把握是相当深入的,论及艺术技巧、手法之种种,他津津乐道,并多有精辟独到的见解。另一方面,儒家的思想及诗教观又给他以深刻的影响,为政教之用,他又必须强调宗经征圣。在艺术和政教两方面,他常常顾此失彼,捉襟见肘,使其文学观常表现出龃龉和矛盾。他希望寻找一个最佳结合点，形成艺术与政教之合力，实现“矫讹翻浅，还宗经诰，斯斟酌乎质文之间，而檃括乎雅俗之际”(《文心雕龙·通变》)，但如此“中庸”、“中和”之美，似乎未易达到：而或“绮”或“艳”，或“侈丽”，或“浮夸”，处处有之。于是，刘勰对晋宋之文就大加贬斥了。应该看到，晋宋齐梁之文对艺术美的追求，一方面造成了“为文造情”、“采滥忽真”之弊，尤其是齐梁贵族及宫廷文人的作品，大多绮艳浮靡而缺乏充实的内涵，但与此同时，也产生了一批华实相符、情采兼美之作。且晋、宋、齐、梁诸代文风未可一概而论，魏晋之际乃尚丽求巧之始，华美的形式尚未能掩其质实的内容，宋齐以下乃愈发“富艳”、“绮靡”，并流风不返。另一方面，晋、宋、齐、梁诸代作家学者，致力于文学艺术技巧的探索和追求，大大推进了文学艺术形式的进步和发展，使文学形式之美得到了充分展示，文学艺术的表现力得到了极大的发掘；其艺术创造及开拓之功，对后代文学的发展，产生了深远的影响。

刘勰曾说过：“摛文必在纬军国，负重必在任栋梁。穷则独善以垂文，达则奉时以骋绩。”(《文心雕龙·程器》)在他看来，文学与政教，二者并非平行关系，士人的文学艺术修养及才华终须为经世致用服务，这也是中国传统知识分子修齐治平人生理想的最根本体现。明白这一点，则刘勰文学思想之矛盾，以汉大赋为宗而缺乏对魏晋抒情小赋的认识，也就不难理解。当时作者之必然，而后世读者则未必所以然。

律赋论体

邝健行

题目中的“体”,指体式言。

什么是律赋体式?我从前先后写过两篇文章作探讨:一是《唐代律赋与律》,载于1998年出版的《唐代文学研究》第七辑;一是《初唐题下限韵律赋形式的观察及引论》,载于2000年出版的《唐代文学研究》第八辑。[①] 二文后来收入《诗赋合论稿》书中。[②] 拙文综合出律赋特点有四:(一)讲究对偶;(二)重视声音谐协,避免病犯;(三)限韵,以八韵为原则;(四)句式以四六为主(所谓四六句式,更明白说,包括隔句四六对联句式;即一联四句,每半联分成四、六句子两截)。四点之中,尤以二、四两点为要。而二、四两点,又以第二点声音谐协、避免病犯为主。二文虽已指说声音的重要,我在这里还想再强调。律赋一名的“律”字,要这样去理解,才能明白而具体。

不过声音病犯,还可以作进一步的说明。所谓声音谐协,应指一句之中,或者两句一联之内,或者隔句一联之间,甚至是两联或超过两联之间的声音和谐。至于病犯,则是从谐协的反面立说,指由于不谐协而引生的龃龉。由南齐沈约等人提倡声律说开始,直

① 两书均由广西师范大学出版社出版。

② 《诗赋合论稿》,江苏古籍出版社,2002年。

至隋末唐初，这期间学者作家都极力探求两句十字之中的宫羽低昂和浮声切响的准则。就事实看，应该承认，人们尝试了各种声响配搭的方式，所谓“十字之文，颠倒相配”①；可是一联之内怎样的声音平仄安排才算完美，始终未有定论，更不必说通篇的声音谐协了。五言诗两句十字间平仄用字以及联与联之间黏对适当配合方式的制定，从而使得整篇声音和谐，要在初唐沈佺期、宋之问稍前的时候才完成。②

然而声音谐协，不仅是诗句或联语间平仄下字的恰当，还应该包含四声递用恰如其分的意思，这样才能达到声音最好的效果。《文镜秘府论》西卷《文二十八种病》章第十三列有“龃龉病”：

> 龃龉病者，一句之内，除第一字及第五字，其中三字有二字相连，同上去入是。

书中另引崔氏说，崔氏当即初唐的崔融。③崔氏名此病为“不调”，认为是“巨病”，并举三例。第一例云：“晨风惊叠树，晓月落危峰。”小字注云：“‘月’次‘落’，同入声。”按二句从平仄调声看，是“平平平仄仄，仄仄仄平平”，完全是符合近体诗平仄谱要求的联语，可是崔氏不满意句中“月”、“落”二字同为入声，觉得诵读起来不顺畅，也就是“不调”。另外二例，每联下句分别为“日下远山红”及“终悲塞上翁”。前句“下”、“远”二字相次，同上声，后句“塞”、“上”二字相次，同去声，都犯同一毛病。如果说“晓月落危峰”句中的“落”字改为“下”字，不论其他，只从声音着眼，“下”为上声，倒能避免相连

① 沈约：《答陆厥书》，载《全梁文》，卷28，见严可均：《全上古三代秦汉三国六朝文》，中华书局，1985年。

② 拙文《初唐五言律体律调完成过程之观察及其相关问题之讨论》有说明，载拙著《诗赋与律调》，中华书局，1994年。

③ 近代学者王梦鸥及王利器均持是说，见王梦鸥：《初唐诗学著述考·总论》及第三章《崔融诗学著述》，台湾商务印书馆，1977年；又见王利器：《文镜秘府论校注》原序注，中国社会科学出版社，1983年。

二字同声龃龉之病的。

二十八病的第一到第四病：平头、上尾、蜂腰、鹤膝，主要讲的是四声处理不当的毛病。《文镜秘府论》论平头："五言诗第一字不得与第六字同声，第二字不得与第七字同声。同声者，不得同平上去入四声。"论上尾："五言诗中，第五字不得与第十字同声"，"唯连韵者非病。"论蜂腰云："五言诗一句之中，第二字不得与第五字同声。"论鹤膝云："五言诗第五字不得与第十五字同声。"所谓"同声"，不是指同平声仄声，而是指同平上去入四声，书中讲得明白，好像鹤膝诗例："拨棹金陵渚，遵流背城阙。浪蹙飞船影，山挂垂轮月。"第五字"渚"和第十五字"影"同属上声，是病。如果说"渚"改为"岸"，"岸"为去声，问题便解决了。

凡此见出由初唐起，人们论诗，不只顾及平仄，还细入探求四声的分配。律赋是采用诗律入赋的作品，赋对声律的要求，其实跟诗没有分别，起码没有重大分别。《文镜秘府论》往往诗赋并提，或者由诗引到赋。平头又云："四言七言及诗赋颂，以第一句首字，第二句首字，不得同声，不复拘以字数次第也。"上尾又云："其赋颂，第一句末不得与第二句末同声。"蜂腰又云："其诸赋颂，皆须以情斟酌避之。"鹤膝又云："凡诸赋颂，一同五言之式。"我们明白这些，才能明白为什么白居易在《赋赋》中特别提出要"谐四声，祛八病"和"文谐宫律"。我们只有了解了这个，才能了解及分析《文镜秘府论》所引赋作的病犯。

（一）曹植《洛神赋》："荣曜秋菊，华茂春松。"书中引此为平头病例，未作解释。按"荣曜"、"华茂"二词都是上去声，故犯平头。

（二）张然明《芙蓉赋》："潜灵根于玄泉，擢英耀于清波。"书中引此为上尾病例，未作解释。按"泉"、"波"二字，既不连韵（古诗"青青河畔草，绵绵思远道"，"草"、"道"二字虽同属上声，但相连同韵），又同属平声，故犯上尾。

（三）阮瑀《止欲赋》："思在体为素粉，悲随衣以消除。"书中引此为蜂腰病例，释云："即'体'与'粉'、'衣'与'除'同声是也。"虽有解释，仍可补充："体"、"粉"二字上声，"衣"、"除"二字平声，故犯蜂腰。按四字分处句中三、六位置，和五言诗句强调的二、五位置不宜同声有别。但赋句是六言句，句末"粉"、"除"二字为节奏重点所在，等同五言诗句的末字，这不用说。赋句的第三字"体"和"衣"，"以情斟酌"结果，应该也像五言诗的第二字，为句中节奏重点所在。诗句二、五位置字同声犯蜂腰，则所引赋句三、六位置字同声，也就等同诗句犯例，有蜂腰之病了。

(四) 潘岳《闲居赋》："陆擿紫房，水挂赪鲤。或宴于林，或禊于汜。"书中引此为鹤膝病例，未作解释。按第一句末"房"字、第三句末"林"字，同属平声。虽然不是诗句的第五字、第十五字，而是第四字、第十二字，但"房"、"林"二字同在句末，也就等于五言诗的鹤膝了。

另外，《太平广记》卷349引晚唐宣宗时李玫所撰《纂异记·韦鲍生妓》载两鬼月夜作赋论赋一段文字，也值得我们注意。这段文字我在《唐代律赋与律》中分析过了，本来不该再讲；不过文中意见，却可以在一定程度上看成代表中晚唐之际对赋作声音的见解，可以摘要简述。

文中两鬼要"赋今之体调"，以"妾换马"为题，以"舍彼倾城求其骏足"为韵，可见准备要写律赋。今体调的赋或后人所称的律赋[①]，似乎是二鬼关注的所在。稍后一长须鬼自述他入都堂，看举子考试，"于烛下窥能者制作，见属对颇切，而赋有蜂腰鹤膝之病"。这几句话表明了：中晚唐人写律赋，注重属对，注重避免蜂腰鹤膝等病累。然后长须鬼再进一步，指出另一鬼赋句的"纰缪"，又指出自己的赋句有问题；两人"俱遭黜退"。赋句的纰缪和问题何在，长须鬼不曾讲出。我分析的结果，认为另一鬼犯蜂腰，长须鬼犯鹤膝，都跟四声运用分配不得法有关。长须鬼赋句云："紫台稍远，燕山无极；凉风忽起，白日西匿。"[②]他自认"稍远"、"忽起"之声有问

① 小说撰写时，"律赋"一名仍未见用。此说详见前引拙文。

② 四句实江淹《恨赋》中句子。

题，却是没有说下去。按“远”、“起”二字同是上声，犯了鹤膝。另一鬼赋句云：“洞庭始波，木叶微脱。”①长须鬼谓“洞庭”、“木叶”之对为纰缪，也没有说下去。《文镜秘府论》论赋颂的蜂腰，解释过正常情况以后，补充说：“又第二字与第四字同声，亦不能善。此虽世无的目，而甚于蜂腰。”“洞庭始波”句，二、四位置的“庭”字、“波”字都是平声；“木叶微脱”句，二、四位置的“叶”、“脱”字都是入声；同样犯上蜂腰的另一种形式。

以上所论是律赋声音病犯的具体内容。可以见出：律赋的声音谐协跟南朝骈赋的声音谐协，实质上有很大的不同。沈约以下诸人作赋，只能根据南朝人对声律认识的水平进行，尽量安排一联两句之间的浮声切响。就是怎样才算标准的浮声切响，恐怕还没有准则可循；至于唐人所讲究的种种声音细微之处，他们应该无法达到。沈约《郊居赋》“驾雌霓之连蜷，泛天江之悠永”两句，“霓”有平（五鸡反）仄（五激反）二读。《梁书》卷33《王筠传》载筠读约赋时，“霓”字读成仄声，沈约“抚掌欣抃”。按上句“霓”如平读，则除“驾”字外，以下五字连续平声，读起来声响单调，欠缺起伏，也跟下句相对的平声“江”字同声，没有做到“两句之内，角徵不同”②的效果。王筠读“霓”为仄，符合声律说原则，沈约因此高兴。但是这类一句或两句间平仄字适当安置的情况，对唐人来说，恐怕已是显浅的常识，不足深论了。我注意到一些学者，往往引述这一段文坛故事，以见南朝人“对音韵谐美的追求之切”③，同时总结南朝骈赋特点之一是“讲究谐调声律”④或“音韵和谐”⑤。这些话原则上还是对的，问题在于：学者们论述到律赋其中一项特点时，也用上相同或接近的字眼，却又不再作进一步的判别。譬如韩晖说“律赋是一种格律

① 二句实谢庄《月赋》中句子。
② 沈约：《答陆厥书》语。
③ 韩晖：《隋及初盛唐赋风研究》，第四章，126页，广西师范大学出版社，2002年。
④ 王琳：《六朝辞赋史》，第五章，204页，黑龙江教育出版社，1998年。
⑤ 黄水云：《六朝骈赋研究》，第六章，298页，文津出版社，1999年。

赋，讲究平仄”，又说“律赋产生乃是基于骈赋属对精工和音韵谐调基础上的”①；这便不免使人产生误会，觉得骈赋和律赋对声音的讲究毕竟差异不大，而且要想具体而清晰地分别骈赋和律赋，又不可能。个人认为：只有明白了南朝人和唐人对声音认识有粗浅与精微之别，骈赋和律赋的具体区分才办得到。至于像尹占华在其《律赋论稿·前言》中说：“什么是律赋？律赋就是限韵的赋，这是一个‘硬’标准。当然律赋还有诸如偶俪、藻饰、用典等特征，但那些都是‘软’条件，是可以不具备或不全具备的。”又在上编第三章第五节《对偶》说：“律赋就是骈赋，只不过其韵脚是预先确定而已。所以，偶俪也是律赋最主要的特征。”②除了题下限韵一点，他基本上把骈赋等同律赋，完全不考虑为什么会有“律”字出现，也不探论限韵又怎样和“律”字拉上关系。他是另外一种意见，跟我在这里谈声论律无涉。

有的学者认为：“初唐作家在实践中把其（按：“其”指南朝作者）四声律逐渐发展为平仄律。”因而律赋是一种“讲究平仄”的“格律赋”。③这是说，初唐以后的律赋，发展成舍四声律而用平仄律。这样的说法，我以为大可商榷。上文论述表明：成熟期的律赋，正是要细致地判辨四声的使用的。初唐一些作家也许还不曾清晰地理解到四声谐协的问题，但律赋声调逐渐朝向“四声”发展，却是明显不过的。学者引王勃《寒梧栖凤赋》几句，末字平仄如下：

理符有契（仄·去）
谁言则孤（平）
游必有方（平）
哂南飞之惊鹊（仄·入）

① 《隋及初盛唐赋风研究》，第四章，125页。
② 《律赋论稿》，巴蜀书社，2001年。
③ 《隋及初盛唐赋风研究》，第四章，125、126页。

音能中吕(仄·上)

嗟入夜之啼乌(平)①

"孤"、"方"黏接,"鹊"、"吕"黏接,这是对的。此外其实还可注意:"鹊"、"吕"二字仄声黏接,但有入、上之分,所以音调抑扬可取。如果在"鹊"字位置上放一个上声字,中晚唐人会有意见的。

清人探论唐诗声音之美,其中一项意见是四声递用。朱彝尊提出他朋友李天生的论点,认为杜甫在一、三、五、七句末字用仄字上、去、入三声,"必隔别用之,莫有叠出者",这是杜甫自称"晚节渐于诗律细"的"诗律细"具体表现②。董文涣进一步指出这种情况"初盛唐诸家皆然,不独少陵"。还有,仄声三声递用,"不独句脚为然,即本句亦无三声复用者",故"令人读之……音节铿锵,有抑扬顿挫之妙"③。清人赞许的,正在于诗作句中四声轮用的事实;清人警惕的,是"律诗止论平仄,终身不得入门。既讲律调,同一仄声,须细分上去入"④。清人观点,既可供我们参考,也可给我们作旁证,因为律赋声调,受律诗的影响极大,讲律诗的意见,尽可通到律赋去的。

唐人进士试写作的赋篇,我们习见的都有限韵规定,人们便据此指出唐代考试用限韵律赋,而且限韵成为律赋其中一项标志,甚或如尹占华所称,是有别于其他软条件的非有不可的"硬标准"。徐松《登科记考》卷五引宋人吴曾《能改斋漫录》卷二"试赋八字韵脚"条,同意玄宗开元二年(公元714年)试《旗赋》定"风日云野军国清肃"八字韵脚为"用八韵自此年始"。

试赋用韵其实不始于唐开元二年,起码在初唐时已经出现。又律赋虽然限韵,但缺少题下限韵的赋也可能是律赋。上述两点,拙

---

① 《隋及初盛唐赋风研究》,第四章,126页。去、入、上等声调,是我补注上去的。

② 《曝书亭全集》,卷32,《寄查德尹编修书》。

③ 《声调四谱》,卷11。

④ 李重华:《贞一斋诗话》。

文《初唐题下限韵律赋形式的审察及引论》已有说明。[①] 我在这里想补充的是：唐代限韵试赋，有些固然是标准律赋，有些却不尽合律赋体式，能否称之为律赋，仍可商榷。这就是说：题下限韵的试赋一方面会是律赋，一方面也可能不像是律赋。我从前把开元及以后的试赋基本上全看成律赋，说法虽大致可以，现在看来，总还有稍欠周详稳妥之处。兹举代宗大历十二年（公元 777 年）黎逢《通天台赋》为例分析。《唐摭言》卷五"以其人不称才试而后惊"条：

黎逢气貌山野。及第年，初场后至，便于帘前设席。主司异之，诮其生疏，必谓文词称是；专令人伺之，句句来报。初闻云："何（或作'行'）人徘徊。"曰："亦是常言。"既而将及数联，莫不惊叹，遂擢为状元。

"何人徘徊"是当年所试《通天台赋》首句，黎逢凭此赋考中进士首名，可见此赋既切合当时的赋风，也切合试场的要求与准则。赋曰：

行人徘徊，登秦原而游目，见汉右之荒台。清风穆其尚在，翠华归而不回。对古情至，临高思来。披蔓草以遐想，睹离宫而兴哀。试问薪者，乃秦人也。云汉之兴，兹台之下。驰道通乎中禁，周墙绕于平野。经逝川而不息，抚环堵而殊寡。昔汉皇帝，幸甘泉宫。肆目将远，筑台基中。高居物外，若与天通。祈列仙之戾止，致圣寿之延洪。绎绎凭云，蹲蹲捧日。干元气以直上，倚长空而迥出。危槛岧峣，回途郁律。植承露之盘，开肃神之室。将以接上元，朝太一。乘大君之登降，访总真之摭实。於戏！郊祀之

① 试赋限韵不始于唐开元二年，韩晖书中第四章第三节所论与鄙见完全相同，征引资料也无甚差别。前两年发表的拙文，他也许不曾参考过。

义，志而可采；鸿纷之状，望而已改。哀壮丽之都失，想威灵其如在。徒野鸟之飞来，何真人之可待。且白日可以精贯，玄珠难乎力求。虽层台巘巘，磴道周流。秦畤乎西面，齐宫乎上头。仰通苍昊，俯瞰皇州。宁不死之可致，谅其生也若浮。我国家立太平，尚清静。偃宸居以自整，绝仙台之望幸。虽丹槛栖于列宿，飞梁历于倒景。有唐虞之允恭，无汉武之游骋。化由其衷，居慎其独。有仪可象，无思不服。自然为域中之大，获天下之福。等南山之不骞，何高台之是筑。

此赋限韵。《文苑英华》题下注，以"洪台独存浮景在下"为韵①。细读黎赋，除了"郊祀之义，志而可采；鸿纷之状，望而已改"之外，整篇句子均两两对偶，全是骈赋格式。而"郊祀"四句，虽说四四隔句（这便属于四六句式范畴），声音却很不谐协。试分析如下：

郊祀之义	平去平去	—｜—｜
志而可采	去平上上	｜—｜｜
鸿纷之状	平平平去	———｜
望而已改	去平上上	｜—｜｜

一、三句末字不是押韵所在，但"义"、"状"同为去声，犯鹤膝。三、四两句第二字"纷"和"而"同为平声，破坏了两句之内角徵不同的原则，即诗中的失对。兹引稍后德宗贞元十二年（公元796年），李程考中状元所写的《日五色赋》中同样的四四隔句对作比对：

① 大历十二年进士赋，黎逢赋外，尚有任公叔、杨系二赋传世。检三赋用韵，有"洪台独浮景在下"七个字的韵部，限韵字出现在每部之中；可是没有"存"字韵部，代之者如下：

黎赋：日、出、律、室、一、实；任赋：秩、日、一、跸、出；杨赋：疋、轶、日、逸、出。三赋相同韵脚字为"日"和"出"。限韵字必为两字其中一个。这两字应和"洪台独"三字相连。"洪台独日"费解，"洪台独出"意顺；看来"存"字为"出"字之误。

懿彼日升	去上入平	｜｜｜—
考兹礼斗	上平上上	｜—｜｜
因时而出	平平平入	———｜
与圣为偶	上去平上	｜｜—｜

李程赋句和黎逢赋句不同的是：(一)一、三两句末字分别为平入，自无鹤膝之病；(二)“时”、“圣”二字平去不同，自然宫徵相异，无所谓失对。

所以黎逢赋符合律赋要求的只有限韵和对偶两项，但这两项不是判别作品是否律赋的主要点。像黎逢赋那样体式的赋，南朝作品不少，尽管没有限韵。

杨系考试的名次不如黎逢高，他的赋在四六隔句方面却比黎逢赋为多，有以下几联：

(甲)赫兮烜兮，独出烟云之表；
壮矣丽矣，迥标天地之中。
(乙)中邃窅窕，入之者当昼而居昏；
上跂崚蹭，登之者先曙而观日。
(丙)谓四夷不遐，将拓迹以开统；
见百神咸在，则祈禠而禳灾。

不但这样，而且还有如李调元在《赋话》中所说的股对。按《赋话》卷二“新话二”：

白居易《动静交相养赋》云：“所以动之为用，在气为春，在鸟为飞，在舟为檝，在弩为机；不有动也，静将畴依？所以静之为用，在虫为蛰，在水为止，在门为键，在轮为柅；不有静也，动奚资始?”……通篇局阵整齐，两两相比，此调自乐天创为之。后来制义分股之法，实滥觞于此种。

杨系赋中云：

粲粲彩彩，灵仙兮所在，若瑶台之云驭，冠鳌山于溟海；

炳炳彪彪，天子兮共游，若琼楼之云蔚，照龙烛于昆丘。

显然和白居易赋同调，写作时间远比白居易写作的时间早，白居易生于代宗大历七年（公元772年）。杨系考试时，白居易才六岁。

至于声音，仍旧不无疵病，好像乙例中“昼”、“曙”二字同仄，“居”、“观”二字同平，丙例中“夷”、“神”二字同平，失对。而丙例“夷”、“遐”二字同平，犯蜂腰。不过鹤膝之病，倒是没有。

倘使往更前的年代检索，我们会发现一些试赋，简直连隔句对也没有。就是骈句对偶，声调也不很谐畅。包佶中天宝六载进士，当年试赋为《罔两赋》，以“道德希夷仁美”为韵①。佶赋曰：

罔两谓形，岂伊天造。试一商榷，此焉探讨。谓之小入乎无间，谓之大达于苍昊。虽则名参于异物，抑亦齐理于至道。今将议其旨，穷其色。为涅而不缁，为系而不食。或托之于鳞介，或生之于羽翼。谓子有回日之役，谓子有戴山之力。向若执盈似虚，大白若黑。黾黾有难名之称，乘乘有可尚之德。苟不然者，人将奚则。彼逐者影，动每相依。既不可逼，又不可违。凌青冥而对举，投汗漫而双飞。鉴秋叶而逾静，临夕阳而蹔微。彼何事而相托，此何心而所希。罔两曰：我形子影，我应子追。我凭子之状，子假我之威。宁论立兮与坐，夫何操而不持。似都捐于视

① 据《登科记考》卷九《天宝六载》则。当年试赋，今存者五篇。分析各赋韵脚，无出“美”字的，但都出“义”字，疑“道德希夷仁美”当作“道德希夷仁义”。

听，宛冥合于希夷。未识形为影之主，影亦形之宾，讵可责之于动息，又何怒之于因循。使恶迹者止其足，厌影者荫其身。子之意兮焉适，唯此求而得仁。更忆班固丽藻，漆园清真。述幽通于前烈，继逍遥于后尘。沉吟染翰，顾慕书绅。于是稽乎古，陈乎义。常未得其一端，固多惭于明试。

无隔句对，一诵即知。至于像“谓之小人乎无间，谓之大达于苍昊”的“小人”、“大达”，像“为涅而不缁，为系而不食”的“涅”、“系”，像“讵可责之于动息，又何怒之于因循”的“责”、“怒”，都是同平同仄，声响可议。至于句调，若“太白若黑”之四仄，若“使恶迹者止其足”之仅有一平(“其”)，也是古拙而远离于律的。像包佶这篇赋，要说是律赋，很难说得过去。

综合上文论述，我有以下几点意见：

（一）我们所说律赋体式，那是指律赋成熟期的标准体式来说的。标准体式虽分几项，重要的应该是声音，这样才能扣紧“律”字。声音不仅指平仄，还深入讲四声病犯，这才是律赋的主要特征。其他如隔句对之类，属于较为次要的部分。个人认为：隔句对又要比限韵和对偶更能显示律赋的特色。这方面认清了，则律赋和其他赋体的分别再不模糊。

（二）律赋是唐代的新文体。一种新文体以其最完整的形式呈现时，前此必定经历一段演变的过程：开始时旧文体渐生变化，中间是新文体略具雏形，最后是新文体完整地呈现。律诗演变过程可供我们参考，由沈约至何逊，至上官仪，至沈佺期、宋之问，就是这样的发展路线。沈、宋以前一些五言八句之作说是古体，不是，说是律体，也不全似，我们或称之为“永明体”①，用这个词表示律诗

① 沈约以后一些近乎律诗的作品，或称之为永明体，或称之为齐梁体。严羽：《沧浪诗话·诗体》有二体名称。姚范：《援鹑堂笔记》，卷44：“称永明体者，以其拘于声病也；称齐梁体者，以其绮艳及咏物之纤丽也。”本文主要谈声音形式，故用“永明体”一词。

在发展中段时的作品形式。律赋发展过程其实差不多。赋体形式符合本文开始时提出的特点,起码是中唐代宗以后的事。代宗及代宗以前,律赋仍在变古向前发展,出现好些不尽符合四种特点的作品,然而我们可没有像律诗那样,有“永明体”一词去表示律诗的前期形式。① 我们注意到题下限韵这个新规矩,于是凡有此规矩的赋,都称之为律赋,倒把作品本身的文字和声音形式忽略了,因此也就把开元年间的试赋统称之为律赋,跟中晚唐的试赋不加区别,然后再概括说:唐人进士试考律赋。

(三)律赋一名的出现,恐怕会迟至唐五代之际。前此中唐到晚唐间,或称甲赋,或称新赋,或称今体调。② 所谓“新”,相对于传统的旧赋言。就常情推想,唐人最初可能隐约感到传统旧赋和新赋之间,有声音上和句式上的差异,可是一时还不能把差异准确地用一字或一语共同表述,后来才用一“律”字。命名由“新”或“今”到“律”,中间已经历一个时段。“新”不是一下子全新,而是逐步地“新”,最后达到合“律”的地步。在所经历的那个时段内,新旧或半新旧形式赋作并存。检察唐人现存资料,以新贬旧或以旧贬新的言论,个人浅陋,未有所见。人们也许会拿文宗开成二年(公元837年)出题考试一事,尝试作复古贬新的证明,然而这回事还是需要分析的。《云溪友议》卷上“古制兴”条及《唐诗纪事》卷五十二“李肱”条载开成元年秋,文宗命高锴复司明年贡籍,诏曰:“所试赋则准常规,诗则依齐梁体格。”二年春进士试,帝自出题:《琴瑟合奏赋》及《霓裳羽衣曲诗》。高锴选李肱等五本优等诗赋卷进呈,评曰:

---

① 这不等于说代宗及以前的赋都不合标准形式。好像沈、宋以前的诗,也尽有合律之作的。胡应麟《诗薮·内编》卷四《近体上·五言》举阴铿《安乐宫诗》五言十句,论曰:“气象庄严,格调鸿整。平头上尾,八病咸除,切响浮声,五音并协,实百代近体之祖。考之陈后主、张正见、庾信、江总辈,虽五言八句,时合唐规,皆出此。”赋也不排除这种情况。

② 拙文《唐代律赋与律》有所述论。

进士李肱《霓裳羽衣曲诗》一首，最为迥出，更无其比。词韵既好，去就又全。臣前后吟咏近三五十遍，虽使何逊复生，亦不能过……次张棠诗一首，亦绝好……其次沈黄中《琴瑟合奏赋》，又似《文选》中《雪》、《月》赋体格。①

按开成元年春，文宗已自出诗赋题，宰臣李石试后对文宗说："陛下改诗赋格调，以正颓俗。"文宗也说了："从来文格非佳，昨试进士题目是朕自出，所见诗赋似胜去年。"②可见文宗对流行的考试文体是有意见的。从"颓俗"、"非佳"二语推测，文宗大抵不满意试文格调的卑靡近俗，要以古正今，所以《云溪友议》标题作"古制兴"。不过细看文宗诏书，他不满意的恐怕是诗，对赋似乎没有特别意见。"诗则依齐梁体格"，齐梁体诗和流行的六韵律诗不同，要比六韵律诗古朴些，那不用说。"所试赋则准常规"，表示试赋形式可以照旧，不必从古。再看高锴评语，他评李肱、张棠诗的话，跟本文无关，不论。他评沈黄中赋似《文选》中《雪》、《月》赋体格。《雪》、《月》二赋为南朝骈赋，体格和标准律赋实有不同；但二赋体格仍被承认为常规试赋，可见那时考官心中并无特定的律赋体格的要求。在此之前，情况想来也是一样。正因这样，举子可以根据个人的写作习惯和兴趣，新成分或者多用些，或者少用些。所以有些试赋体式接近律赋，或者就是典型律赋，有些试赋则离律赋标准体式比较远。尽管这样，试赋还是以趋向律赋为主流的，中唐以后尤其如此。皇甫湜《答李生第二书》："既为甲赋矣，不得称不作声病文也"③，说出了事实。

---

① 引文用王仲镛：《唐诗纪事校笺》本文字，巴蜀书社，1989年。

② 《登科记考》，"开成元年"条，引《册府元龟》。

③ 《全唐文》卷六八五。

论欧阳修对赋境赋艺的开拓

刘　培

作为诗文革新运动的主将,欧阳修在北宋中期的赋坛相当活跃,他以自己的创作实践,确立了文赋的地位。在经世致用思潮的影响下,他的辞赋积极反映现实,针砭时弊;同时,对抒情功能的重视和多样化的风格又突出了辞赋作为文学作品所应具有的审美价值。

欧阳修(1007—1072),字永叔,庐陵(今江西吉安)人。宋天圣八年(1030 年)进士,因支持范仲淹而被贬为夷陵县令。"庆历新政"期间,他以充沛的政治热情投入到这场变革运动中,新政失败后,被贬滁州。嘉祐二年(1057 年)权知贡举,力黜"太学体",为宋代文学的发展指示了正确的方向。欧氏早年坚持政治革新主张,屡遭贬斥,又多次受到谗臣诬陷,备历宦海沉浮,晚年虽官位渐隆,意志却渐趋消沉。欧阳修著述丰富,今本《欧阳文忠集》系南宋绍熙、庆元年间由周必大约请孙谦益、胡柯等 12 人编定,存赋及赋体文、骚辞共计 24 篇,其中律赋 11 篇。

一

宋代古文的兴起以复兴儒学为目的。欧阳修少年时就钦服韩愈古文，进士及第后，又在洛阳与尹洙、苏舜钦等文章名士切磋酬唱，鼓吹并致力于古文创作。他与柳开、王禹偁、穆修等人一样，在理论上强调“道”与“文”的联系，主张文以载道，通经明古。欧阳修的律赋畅言古道。《大匠诲人以规矩赋》指出：“载考前文，爰稽哲匠，伊作器以祖善，必诲人而攸同。有模有范，俾从教之克精；中矩中规，贵任材而必当。诚以人于道也，非学而弗至；匠之能也，在器而攸施。”认为人们立身行事，当以古道为规矩，而古道则通过学习以陶冶情操来获得。在《思天者保其国赋》、《鲁秉周礼所以本赋》中，他阐发为政当以古道为本之理；《祭先河而后海赋》则阐述古礼祭祀先河后海的奥义：为政应寻流讨源，以德为本。

欧阳修所主张的文以载道并非空言论道，而是将通经明古与经世致用结合起来，明古是为了探究古今治乱之源，以古为鉴，干预现实，具有极强的现实性。他的所谓道，乃是切于现实的、具有实际意义的百事之道。在《读李翱文》中，他把韩愈的《感二鸟赋》与李翱的《幽怀赋》进行比较之后说：“愈尝有赋矣，不过羡二鸟之光荣，叹一饱之无时尔。此其心使光荣而饱，则不复云矣。若翱独不然。”①指出李翱的赋系念天下，忧悯苍生，过于韩愈赋远矣。欧氏的许多赋均体现着与李翱赋一致的现实精神。庆历二年（1042年）仁宗诏令御试“应天以实不以文”，表达了革新的愿望，欧阳修立刻写了一篇《进拟御试应天以实不以文赋》，鼓吹变法。他首先指出变革是天经地义的事：“臣闻天所助兮，惟善则降祥；德苟至兮，虽妖而不胜。皆由人事告召，然后天心之上应。若国家有阙失之政，则当频见于众灾，欲人主知戒惧之习，所以保安于万乘。”虽然立论颇涉阴阳灾异，但是顺人事而变革以应天道的主旨是明确的。赋的主体部分历数往古变法之举，劝仁宗效法古圣先贤力行变法。赋又直陈当今积弊：“方今民疲赋敛之苦，又值饥荒之年。赀财尽

---

① 《欧阳文忠公集》，卷73，四库全书本。

于私室，苗稼尽于农田。劫掠居人，盗贼并起；流离道路，老幼相连。”作者殷切地希望仁宗弃弊维新：“一言出兮，谁敢不从，百事责实兮，自然无旷。发号施令，在圣意之必行；变灾为祥，则太平之可望。”这篇赋通览古今，切于现实，有为而作，体现出欧阳修的经世致用、以百事为道的文学观。像这样切于时事的作品在宋代律赋中是很少见的。

在欧阳修通经明古的思想中，杂有复归往古淳朴民风的思想。他认为当今天下之积弊乃智巧机心所为，复归古道可救时弊。在《啄木辞》中，欧阳修盛赞往古朴实的民风，否定后世的尚巧智、纵私欲。《诗话总龟》卷一载：“范文正公言劲节，知无不言，仁庙朝数出外补，梅圣俞作《啄木诗》以见意。”欧阳修的这篇辞可能与梅诗是针对同一事件的同时同题之作。欧阳修以病树比喻积弊深重的当世，以啄木鸟喻改革者：“物赖皇兮荣以欣，翳有虫兮甚不仁。穴皇木兮群以聚，穴不已兮又加咀。皇木病兮窾将深，皇心恻兮伤尔蝎。彼翌鸟兮善啄吾，利汝喙兮饥汝腹。飞以鸣兮啄且食，虫不尽兮啄莫息。”梅尧臣的《啄木鸟》诗云：“啄尽林中蠹，未肯出林飞，不识黄金弹，双翎堕落晖。”只写出改革者的遭遇，与欧赋旨趣不大一致。欧赋自出机杼，指出积弊顽固，翌鸟日苦。他认为就事论事地变革政治可能用力勤而收效微，应该从根本上治理积弊产生的原因——私欲、智巧，复兴上古的淳朴之风。因而赋的结尾写道：“工蠹则大兮虫蠹则小……与其啄蠹能尽死，不如得啄匠手，使不堪于斧斤。”对于树木来说架木为屋的工匠和山藻栉兑的世风才是它最大的危害。对于现实政治来说，人心不古、工于智巧才是一切危机的根源。

欧阳修赋的现实性更表现在他重视抒发基于现实政治的内心感受。他在《本末论》中赞美《诗经》说：“《诗》之作也，触事感物，文之以言，善者美之，恶者刺之，以发其揄扬怨愤于口，道其哀乐喜怒于心，此诗人之意也。”①他重视文学的怨刺功能，重视抒发弊政给

① 《欧阳文忠公集》，卷42，四库全书本。

文人心灵带来的苦闷怨愤。在《梅圣俞诗集序》中他说:“凡士之蕴其所有而不得施于世者,多喜自放于山巅水涯之外,见虫鱼草木风云鸟兽之状类,往往探其奇怪,内有忧思感愤之郁积,其兴于怨刺,以道羁臣寡妇之所叹,而写人情之难言,盖愈穷则愈工。”①他给韩愈不平则鸣的理论注入了丰富的现实内容,使经世致用的文学观更具抒情色彩。

景祐三年(1036年),范仲淹因与宰相吕夷简发生冲突,被贬外放,欧阳修激于义愤,慷慨陈词,亦被贬为峡州夷陵县令;但他并没有消沉,而是以坦荡的胸怀和忧悯天下的态度面对逆境,《黄杨树子赋》即是此时的明志之作。这篇赋以生长于绝崖的黄杨树子自况,表达了固穷守志的信念。赋中着重描写了黄杨树子顽强的生命力:“上临千仞之盘薄,下有惊湍之渍激,涧断无路,林高暝色,偏依最险之处,独立无人之迹。”表现出傲岸不群的气质。赋中感叹道:“嗟乎!日薄云昏,烟霏露滴。负劲节以谁赏,抱孤心而谁识?徒以窦穴风吹,阴崖雪积……节既晚而愈茂,岁已寒而不易。”慷慨抒怀,有凛然不可犯之气。这篇赋作于早年,当时欧阳修初涉仕途,锐意革新,锋芒毕露,因而此赋虽有牢骚之词,却充溢着昂扬向上的精神,格调明快、苍劲。

庆历五年(1045年)到至和元年(1054年),欧阳修三次受到小人恶毒的人身攻击,这使他受到极大的精神伤害,进取之心日渐消沉。治平年间“濮议”之争兴起,又有一些人乘机想诋毁他。他的作于治平三年(1066年)的《憎苍蝇赋》从自身遭遇出发,谴责党争中一些卑鄙小人不择手段地陷害他人,极具现实意义。赋首先指出小人贪欲膨胀,败度失德:“尔形至眇,尔欲易盈,杯盂残沥,砧几余腥,所希杪忽,过则难胜。苦何求而不足,乃终日而营营?逐气寻香,无处不到,顷刻而集,谁相告报。”其次,赋中还写到小人造谣生事,陷害异己。这一内容在赋中是以苍蝇烦扰人的安眠来表现

① 《欧阳文忠公集》,卷61,四库全书本。

的："委四支而莫举，眊两目其茫洋，惟高枕之一觉，冀烦歊之暂忘。念于尔而何负，乃于吾而见殃？寻头扑面，入袖穿裳，或集眉端，或沿眼眶，目欲瞑而复警，臂已痹而犹攘。"再次，赋还写到小人乱政的危害："又如峻宇高堂，嘉宾上客……或集器皿，或屯几格。或醉醇酎，因而没溺；或投热羹，遂丧其魄。谅虽死而不悔，亦可戒夫贪得。尤忌赤头，号为景迹，一有沾污，人皆不食。"欧阳修在《朋党论》中痛斥小人之党败德乱政，此赋与之同调，只是此赋以苍蝇喻小人，更具艺术感染力。据《避暑余话》载，"濮议"之时，欧阳修因有感于谗人乱国，还曾作《憎蚊赋》，此赋今已不存，其内容可能与《憎苍蝇赋》是一致的。

二

经世致用的思想一方面造就了作家的社会责任感和历史感，另一方面也助长了文学重理智轻情感的倾向，从而削弱了文学的抒情特征。欧阳修的赋却能力避经世致用的思想给文学带来的负面影响，高扬文学的抒情传统，充分展示丰富复杂的情感世界，这也是他倡导的诗文革新运动取得成功的原因之一。

庆历五年（1045 年），欧阳修因谗被贬为滁州太守，滁州三年是他一生当中尤为值得重视的时期。在滁州优美的山水中，他也发现了另一番天地，进取之心趋向收敛而濠濮归隐之情转笃。他的《醉翁吟》作于嘉祐元年（1056 年），表现了忘情山水，远离仕途的愿望。这篇赋是他追忆滁州生活的作品，曾引起许多人附和酬唱。在赋中，他巧妙地借用孔雉圭《北山移文》的手法，描写了醉翁去后滁州山水的寂寞："水潺潺兮，翁忽去而不顾；山岑岑兮，翁复来而几时？风嫋嫋兮山木落，春年年兮山草菲。嗟我无德于其人兮，有情于山禽与野麋。"醉翁是仕途的过客，山林才是他真正的家园。这篇赋字里行间流露着对山林的眷恋和身不由己的无奈。《山中之乐》是送一个和尚南游之作，在构思上模仿淮南小山《招隐士》，而明送实留的巧思又是对韩愈《送董邵南游河北序》的继承，在格调上则近似王维的《山中人》。虽然赋的结尾称："山中之乐不可久，迟子之返兮谁同?"希望游者早日归来，但作者的着眼点却是对优游山水的生活的向往。此赋共三章，赋的第一章描写了与世隔绝的桃花源境界："崖悬磴绝兮险且穷，穿云渡水兮忽得路，而不知其深之几重。中有平田广谷兮与世隔绝，犹有太古之遗风。"作者早年返璞归真的政治理想在幻想的桃源仙境中找到了归宿，在远离浊世、倾心上古这一点上，欧阳修远嗣陶渊明之逸响。第二章作者以充满企求之情描绘了人与自然亲和的境界："朝日出兮林间，涧谷纷以青红。千林静兮秋月，百草香兮春风。"读来使人有遗世之情。

宋初以来的赋呈现出向内收敛的趋势，情感的抒发趋于平和，甚至长于议论而情感苍白。欧阳修是一位感情丰富、细腻敏感的作家，他的许多赋以其浓郁的抒情色彩重新确立了六朝以来辞赋导泄人情的功能。悲情极易唤起人们的共鸣，具有感动人心的艺术感染力。汉末魏晋时期，以悲为美的审美倾向即已确立。欧阳修的赋善于描写悲情，这一方面继承了六朝赋惯写悲情的传统，另一方面也是由于作者深于情，具有悲悯人世的情怀。同时，欧阳修的赋还能突破经世致用思潮的樊篱，突出赋的娱乐功能。

欧阳修有几篇以辞的形式写成的祭文，充分表现了他善写悲情的特点。《哭女师》是他悼念亡女而作。天属缀人心，作者以善感的慈肠追念亡女的音容笑貌："暮入门兮迎我笑，朝出门兮牵我衣。戏我怀兮走而驰，旦不觉夜兮不知四时。"然而一旦撒手人寰，留给亲人的是无尽的思念和难挨的空虚："忽然不见兮一日千思，日难度兮何长，夜不寐兮何迟！暮入门兮何望，朝出门兮何之？恍疑在兮杳难追，髧两毛兮秀双眉。不可见兮如酒醒睡觉，追惟梦醉之时。"欧阳修以简约之笔传神地刻画了思念爱女的痴狂状态和不复聊赖的空虚心理，便收到言情务尽而又含蕴无穷的艺术效果。

《祭石曼卿文》是欧阳修以辞写成的一篇祭文。石曼卿为人襟怀磊落，意气豪壮，有古君子遗风。其文风亦雄奇奔放，独拔流俗之外。欧阳修对其为人和文风十分仰慕。曼卿死于康定二年(1041年)，他的死对欧阳修触动很大。从明道二年(1033年)到康定年间，欧阳修长期外放，革新的志向无法实现，内心相当愤懑，曼卿的死又给他阴郁的心情抹上一层浓重的悲凉色彩。作者长期郁积于胸中的忧愤之情通过这篇祭文倾泻而出。赋中写道："呜呼曼卿！吾不见子久矣，犹能仿佛子之平生。其轩昂磊落，突兀峥嵘，而埋藏于地下者，意其不化为朽壤，而为金玉之精。不然，生长松之千尺，产灵芝而九茎。奈何荒烟野蔓，荆棘纵横，风凄露下，走磷飞萤。但见牧童樵叟，歌吟而上下，与夫惊禽骇兽，悲鸣踯躅而咿嘤。今固如此，更千秋而万岁兮，安知其不穴藏狐貉与鼯鼪?"欧阳修感怀石曼卿，着眼于他伟岸的人格力量。因此，赋中突出他"轩昂磊落，突兀峥嵘"的气质。在石曼卿身上，凝聚着欧阳修高远的革新志向，石曼卿的人格美体现着欧阳修拔出流俗、变革现实的信念。他的《哭曼卿》诗亦写道："嗟我识君晚，君时犹丈夫。信哉天下奇，落落不可拘。轩昂惧惊俗，自隐酒之徒。一饮不计斗，倾河竭昆墟。"曼卿的傲岸气质与少年欧阳修的壮志深相契合，曼卿的死，使涉世不深的欧阳修感悟到追求理想的悲壮和无奈，赋中铺写墓地的景象具有壮阔悲凉的色彩，正是作者此时心境的写照。曼卿的死使欧阳修感悟到了某种人生的真谛，在永恒的时空中，人是那样的微不足道和无可奈何，赋中写道："此自古圣贤亦皆然兮，独不见夫累累乎旷野与荒城！"对于欧阳修来说，这种人生的体悟似乎来得太早了。在《哭曼卿》诗中，他还写道："胸山倾岁出，我亦斥江湖。乖离四五载，人事忽焉殊。归来见京师，心老貌已癯，但惊何其衰，岂意今也无?"此诗正可作为赋中这种思想的注脚。这篇赋悼念亡友之情与个人身世之叹融会贯通，一唱三叹，内蕴丰富，不失为祭文之佳作。在欧阳修的众多祭文中，《祭梅圣俞文》、《祭资政范公文》亦以韵文写成，继承了楚辞感伤悲悼的传统，亦可视为赋体文章。

欧阳修为赋并没有囿于载道、抒愤的功能,他很看重其娱乐功能。他的《述梦赋》作于明道二年(1033年),明道年间是他一生中相对安定而又文思郁勃的时期。赋中以寡妇的口吻倾诉对亡夫的思念,着重渲染了寡妇的空寂心境和深重的思念之情,其中写梦遇亲人一段尤为传神:"或十寐而一见兮,又若有而若无,乍若去而若来,忽若亲而若疏。杳兮倏兮,犹胜于不见兮,愿此梦之须臾。"于空虚之中,自有情思缠绵。有的论者认为此赋是为悼念亡友而作。以男女比君臣在古典文学中较为常见,而以男女之情比朋友之道只有南朝文学中较为常见,唐宋以来则很少出现。据目前文献所见,这一年欧阳修并未有过从甚密的友人亡故,因此,悼友之说似可存疑。这篇赋以寡妇梦遇亡夫来表现其孤寂之情,这与建安辞赋中曹植等人《寡妇赋》的手法基本相同,因此,很可能是受到建安辞赋的启发而创作的。赋中表现的悼亡之思也许是出于审美目的的心理体验,似乎并没有具体的现实内容。

三

欧阳修艺术上的造诣极深,这也是他辞赋取得极高成就的重要原因之一,正如韩琦《欧阳公墓志铭》说他的文学成就:"得之自然,非学所至,超然独骛,众莫能及……于是文风一变,时人竞为模范。"[①]其辞赋艺术上的成就主要表现在以下几个方面。

(一)辞赋风格的多样性

总的说来,欧赋偏于阴柔之美,具有和婉曲折、丰约中度的特点。但就具体作品而言,早年的辞赋偏于雄豪,以贬知滁州为转

① 《欧阳文忠公集》附录,四部备要本。

折，渐趋平淡隽永。欧阳修早期立志革新，积极进取，其赋中具有一股俊逸奔放之气，如《述梦赋》、《祭石曼卿文》均以感情深挚、风格峭劲横放见长，《黄杨树子赋》亦格调苍凉奇峭。当然，这种豪健并不等同于阳刚的格调，其慷慨之情是通过纡余委备、一唱三叹的和缓节奏表现出来的，仍然具有阴柔的特点。备历宦海沉浮之后，欧阳修意志渐趋消沉，辞赋风格也趋向平淡，其对人世沧桑的种种感慨沉潜内转，除去了一时冲动的情绪，化而为经过沉淀后的平静，将经过深层思考的心理感受用一种冷静的、不动声色的平淡风格表现出来，于平淡中寓奇峭。如《醉翁吟》、《秋声赋》，在平易自然中寓有壮志难酬的深沉悲愤，但这种悲情在乐天知命、优游自得中化解了。总之，平易而多样的风格是欧阳修的自觉追求。在《答徐无党书》中他说："然作文之体，初欲奔驰，久当收敛，使简重严正，或时放肆以自舒，勿为一体，则尽美矣。"[①]用这段话来概括欧阳修辞赋风格的演变是十分恰当的。

（二）重视理趣韵致

宋初以来辞赋渐趋议论化，但议论往往过于枯涩、苍白，成为"理障"。欧阳修则以丰富的阅历、敏锐的感受、深邃的洞察力使议论充满睿智，给人以妙悟人生的美感，言约旨丰，有理趣而无理障。如《鸣蝉赋》发挥韩愈《送李愿归盘谷序》不平则鸣之理而不落俗套，赋先由远处落墨，写蝉鸣，写万物莫不好鸣，逶迤道来，水到渠成，然后突起转折："忽时变以物改，咸漠然而无声。"在永恒的"道"面前，万类之鸣似乎毫无意义，终归于为运化否定。作者由此引出人事之理："呜呼，达士所齐，万物一类，人于其间，所以为贵。盖已巧其语言，又能传于文学，是以穷彼思虑，耗其血气，或吟哦其穷愁，或发扬其志意。虽共尽于万物，乃长鸣于百世。"得出发人深思的关于声名价值的哲理。苏轼《居士集序》称欧阳修的文章："其言

① 陈模：《怀古录》，卷下，中华书局，1983年。

简而明，信而通，引物连类，折之于至理，以服人心。”[①]指的就是欧文善于通过文学形象以寄寓充满睿智的理趣的特点。

作于嘉祐四年(1059 年)的《秋声赋》尤其能体现欧阳修重视理趣韵致的特点。望秋生悲是中国文学古老的题材，大抵表达盛极而衰、穷愁漂泊的悲叹。在欧氏以前，刘禹锡就写过《秋声赋》，以铺叙秋色为主。欧阳修对刘赋有所继承，开头部分对秋声的描写，是由刘赋“如吟如啸，非丝非竹，当自然之宫徵，动终岁之别离”铺衍而成。欧赋由对萧瑟峭厉的秋声描写入手，转入描摹对秋的感受：“盖夫秋之为状也，其色惨淡，烟霏云敛；其容清明，天高日晶；其气栗冽，砭人肌骨；其意萧条，山川寂寥。”这种对“秋声”、“秋状”的感受既是作为“秋”的具有普遍意义的概括，也是作者对秋深切玩味的诗情，这就与过去悲秋赋作浓烈的主观色彩有所不同，它是传神写照与写心寄意的统一。接下来，作者又从天道运行的哲学高度来阐发秋的哲理内容：“夫秋，刑官也，于时为阴；又兵象也，于行用金。是谓天地之义气，常以肃杀而为心。天之于物，春生秋实。故其在乐也，商声主西方之音，夷则为七月之律。商，伤也，物既老而悲伤；夷，戮也，物过盛而当杀。”这段话所表达的是古老的天人感应的哲学思想，又是由眼前凄惨的秋景引发出来的，是对秋声、秋状的哲理性深化。作者用秋的景象来比况人生，用秋所蕴涵的哲理来反观人生，面对人生奋斗与自然规律的悖论，流露出深深的无奈。这篇赋与其他悲秋赋显著的不同之处就在于：一、写景与缘情两重致意，主观与客观水乳交融；二、通过议论深化了秋景的特征和对秋的感受，给人以拈花而笑般的睿智愉悦。《古文观止》卷十评此赋曰：“秋声，无形者也，却写得形色宛然，变态百出。末归于人之忧劳自少至老，犹物之受变自春而秋，凛乎悲秋之意溢于言表。”道出了此赋由景入情入理，又以人生的悲叹作为归宿的特点。

① 《苏轼文集》，卷 10，中华书局，1986 年。

（三）意绪飞动，想象丰富

苏轼在《居士集叙》中曾指出欧阳修的诗赋似李白，这一方面是说欧阳修简练明快的文风与李白诗歌清水芙蓉般的“清真”之美有相通之处；另一方面也指欧阳修飞动的意绪和丰富的想象接近于李白的天才自放。的确，欧阳修的一些赋呈现出精骛八极、想象瑰丽奇伟的特点，宋代文学总的倾向是偏重于对内心幽微意绪的开掘与展现，追求细美，欧赋的这一特点拔出流品，弥足珍贵。欧阳修作于嘉祐四年（1059年）的《病暑赋》有意学习屈《骚》神游天上的境界，想象神游于天地四方的奇异境界，如写神游西方：“吾将西登乎昆仑兮，出于九州之外。览星辰之浮没，视日月之隐蔽。披阊阖之清风，饮黄流之巨派。羽翰不可以插余之两腋兮，畏举身而下坠。”确实想出天外，出人意表，体现出欧阳修不同凡响的想象力和感受力。不过，欧阳修丰富的想象与李白的横放不同，在丰富的想象中往往浸透着作者的学力与睿智，呈现出自出机杼而又超悟通明的境界。丰富的想象体现的是作者意绪的至广大而尽精微。

（四）传神写照，曲尽情状

欧阳修虽然有出众的想象力，但他的赋与屈原、李白的浪漫主义传统是不同的。欧阳修更关注于现实人生的景象，并能用传神入画之笔刻画其神韵，做到随物婉转，与心徘徊。如《荷花赋》写荷花凌波摇曳的媚态道：“迫而视之，靓若星妃临水而脉脉盈盈；远而望之，杳如峡女行雨而朝朝暮暮。其妖丽也，其闲丽也，香荃桡兮木兰舟，澹容与兮怅夷犹。”富于瑰丽色彩的典事给荷花绰约动人的形象抹上一层亦真亦幻的情调，曲尽荷风之情韵。

（五）纡徐委备、容与简易的行文特色

欧阳修的赋以浅近之文传要妙之情、深刻之理，无艰难劳苦之状，而变化开阖，风神独妙。欧阳修善于以散御骈，在流畅中见整

齐，其骈赋整丽的对句往往清丽自然，毫无骈赋惯有的深芜滞涩之病。欧阳修不喜堆垛僻字冗词，过分渲染，因而往往简练而传神。如骈赋《黄杨树子赋》写黄杨树子的姿态："岂知绿藓青苔，苍崖翠壁，枝蓊郁以含雾，根屈盘而带石。"寥寥几笔勾勒出断崖悬树的形象，文字非常简易。他的赋即使用典，也是人们习见之典事，用典疏落，从而呈现出流转自然的文风，如《荷花赋》："发燕脂于此土，生异香于西域。匪江妃之小腰，即广陵之清骨。尔乃曲沼微阳，横塘细雨。逐桥上之归鞍，笑堤边之游女。堕虹梁而窥影，倚风台而欲舞。覆翠被以薰香，然犀灯而照浦。"浅显的事典与整齐的句式、清丽的文辞、流畅的文气互相映发，摇曳生姿。

综上所述，欧阳修的辞赋从内容到形式均进行了极为有益的探索，特别是他重视辞赋的抒情功能和娱乐功能，重新确立了辞赋作为文学作品的审美价值；在散体文风向各种文体浸透的背景下，他以简练传神、以散御骈的行文风格树立了适应时代的美文标准，确立了文赋的地位。

饮食·困境·辞赋

——苏轼饮食赋之困境观照及其文类策略

许东海

一、绪论:苏轼饮食赋情志与语言之互涉视界

苏轼乃中国文学史上一代文豪,兼擅诗、词、辞赋、古文等众体文类,并且具有重要地位。其中辞赋即为苏轼重视的代表性创作园地之一,从他自许平生功业三部曲之始黄州时期来看,传诵千古的前、后《赤壁赋》即为作者的经典力作。就今存苏轼的近 30 篇辞赋而言,他的辞赋创作,终其一生,未曾间断。然则辞赋固为苏轼所重视之一种书写文类。

中国文士的饮食文化史上,苏轼诚为后世美谈的重要典范与焦点之一。其中不乏推崇为美食家、养生家与品酒师者。而他今存的饮食诗文之作,亦颇为丰富,约近百篇。亦可见苏轼颇有意于饮食文学之书写。然则就作者而言,这类创作的真正旨趣及其深层底蕴,究竟何所指涉?从过往的相关研究来看,大体多就其中饮食美学与养生之道等主要面向加以探究。至于专门针对苏轼自请外任或贬迁等不同形态之放逐本质出发,从而依据此后蔚为苏轼辞赋创作大宗的饮食书写现象,进一步深究其攸关困境论述与人生

况味的重要书写底蕴，则大体付之阙如。其间偶见涉触此一命题者，亦如凤毛麟角，难得一见。且常不免雪泥鸿爪，稍纵即逝，未得驻足观照，深入剖析。故本文乃尝试依据苏轼自我放逐或被迫放逐的心灵困境为原点，并参酌前代相关篇章，探索苏轼饮食赋中，表层看似缤纷烂然的梦幻铺陈及其辞赋话语之书写策略下，攸关困境论述与人生况味的书写底蕴。

苏轼饮食赋的吊诡与趣味，实乃根植于游移于放逐与自由、梦幻与真实、谐谑与严肃、焦虑与安顿等主要二元对照的情志对话建构，并从而营造其深堪玩味的辞赋语言艺术；其次，苏轼此一辞赋语言艺术所映现的饮食书写意蕴，及其延展滋生的创作意趣，既上契屈《骚》、《远游》放逐与自由之情志质素，亦复互有出入。至于运用梦幻、谐谑、安顿等辞赋语言艺术及其内在意蕴，则俨然重现先秦两汉辞赋家创作的精神困境。然则两相对照之下，苏轼以饮食为题的辞赋书写又映射出如何之心灵困境？基于上述之思考，本文乃尝试探索苏轼饮食赋与楚骚、汉赋之间，从语言艺术到情志实质所对照映现与牵系互涉的重要困境意蕴。

苏轼饮食赋的书写现象，不仅展现出异于与前代赋家传统书写面向之外的变创意涵，更重要的是这类作品亦与苏轼从自我到被动之放逐相终始。其中具有攸关精神困境之丰富深层意蕴，而他这一系列的饮食辞赋，亦别具文类策略上的书写考虑；同时亦巧妙地映射其中源自楚骚、汉赋所召唤的辞赋艺术图腾。

二、苏轼饮食赋之困境变创与辞赋传统

困境书写是苏轼饮食赋的创作基调，然则不同作者困境取向常有歧异。从晚唐以前的历代饮食赋来看，或者借酒寄寓处世之难，如扬雄《酒赋》；其后曹植以“扬雄《酒赋》，辞甚瑰玮，颇戏而不雅，

聊作《酒赋》"①,则大体与困境无涉。晋代名士刘伶《酒德颂》以纵酒放浪,指涉当世的名教浮虚。唐代皇甫湜《醉赋》则针对刘伶《酒德颂》作逆向思考,意图在酒醒时分远离困境,自惕与喻友之义兼具:

昔刘伶作《酒德颂》以折搢绅处士。余尝为沉湎所困,因作醉赋,寄嘲任山君,君嗜此物,亦以警之耳。②

至于晚唐陆龟蒙《中酒赋》则借酒浇愁自宽,书写仕途不遇之人生困境。而他另一饮食之作《杞菊赋》亦借饮食本身之困境,指涉作者虽潦倒不遇,却傲然自恃的士人风骨。愤世嫉俗之意隐约可见。故困境取向毕竟因人而异,而且代有嬗变。

上述饮酒赋篇所映现的困境取向,其中陆氏借饮食困境隐喻仕途及其人生困境的书写特质,与苏轼饮食赋最为契合。此中具体原委,苏轼在赓续陆氏之作的《后杞菊赋序》即有所陈述。③然则前、后《杞菊赋》二赋固然皆以饮食困境指涉仕宦困境,然则苏轼之异于陆龟蒙者,乃在后者源自仕途不遇,深寓不如归去以闲居慎独之愤。其《中酒赋》之意绪颇似宋玉《九辩》之悲,而《后杞菊赋》则离群索居以愤世嫉俗;至于东坡初入仕途,年少得志,迥异陆氏命运。然则终究不免陷入近似陆氏饮食及其生活困境者,乃源自朝政新法之刚愎无当,因此借由密州仕宦之饮食困境,反讽时政,从而映现苏轼忧国悯世的胸襟,因此以小喻大,非陆赋仕途不遇退而隐世之旨,其中所书饮食之困,所寓则治国之弊。而此赋亦与他同年所撰《次韵贡父李公择见寄二首·其二》相互印证。④

---

① 参见曹植:《酒赋序》,赵幼文校注《曹植集校注》,124页,明文书局,1985年。

② 参见皇甫湜:《醉赋》,《御定历代赋汇》,卷100,1394页。

③ 参见苏轼:《后杞菊赋》,《苏东坡全集》,卷19,231页,世界书局,1996年。

④ 参见曹慕樊:《东坡后杞菊赋解》,《东坡文论丛》,92～95页,四川文艺出版社,1986年。

何人劝我此间来，弦管生衣甑有埃。绿蚁濡唇无百斛，蝗虫扑面已三回。

磨刀入谷追穷寇，洒涕循城拾弃孩。为郡鲜欢君莫叹，犹胜尘土走章台。[1]

诗中除反映民不聊生外，亦提及东坡饮酒之匮乏，并反讽当朝权贵之耽于宴乐，无视苍生之苦。然则此为苏轼饮酒、饮食赋困境书写迥异前人关键之一，因此苏轼赋之饮食困境书写，不仅跳脱前代这类赋篇之传统框架，甚至超越陆龟蒙《杞菊赋》里囿于士不遇的自苦与自傲格局，并进一步扩大咏物赋"拟诸形容，则言务纤密；象其物宜，则理贵侧附"[2]的传统书写程式，从而展现近似汉代京殿苑猎大赋"体国经野，义尚光大"的饮食书写变创。其中既有苏轼自嘲自解的情志轨迹，亦复重现赋乃古诗之流的讽喻精神。然则对照苏轼三年后乌台诗案中"谤讪朝政"、讥切时事的主要罪由[3]，《后杞菊赋》此一重要困境意蕴应是事出有因。

苏轼赋对于君子立身及其仕宦进退之道，好以饮食为喻，亦可验诸其他文类作品，例如撰于元丰二年(1079年)诗案稍前的《灵璧张氏园亭记》谓：

古之君子，不必仕，不必不仕。必仕则忘其身，必不仕则忘其君。譬之饮食，适于饥饱而已。然士罕能蹈其义，赴其节。处者安于故而难出，出者狃于利而忘返。于是有远亲绝俗之讥，怀禄苟安之弊。[4]

---

① 参见苏轼：《次韵贡父李公择见寄二首》，《苏东坡全集》，卷7，82页。

② 参见刘勰著，陆侃如、牟世金译注：《文心雕龙·诠赋》，163页，齐鲁书社，1996年。

③ 参见孔凡礼：《苏轼年谱》，卷18，446～451页，中华书局，1998年。

④ 参见苏轼：《灵璧张氏园亭记》，《苏东坡全集》，卷32，358页，世界书局，1996年。

当时朝中新政权贵，视苏轼诗赋之作为谤讪朝政之罪，因可商榷，然则苏轼借饮食诸赋寄寓困境讽喻微旨，大体应为信而有征。[①]其借由赋体结合饮食困境之书写，在看似微不足道的咏物铺陈之下，进行古诗流亚恻隐微讽之义，从而展现饮食书写“体国经野，义尚光大”的困境观照及其变创策略。《后杞菊赋》即为典型的具体注脚。

其次，苏轼借由饮食困境本身的相关铺陈，展现其迥异前代饮食赋借饮食或醉酒书写指涉困境的书写程式。这一深具变创意义的书写策略，基本上仍源自苏轼充分运用赋体在“铺采摛文，体物写志”之外，正言若反与寓讽于颂的传统谲谏策略。[②]其中具体关键主要乃在梦幻或拟梦形态之书写策略奏效。于是身陷实际饮食困境的苏轼，宛如文学舞台上大肆释放七彩烟雾的魔法大师，诱引读者恍如置身神仙美食乐园般，陶然忘机，浑然不识人间烟火的真实困境况味。例如苏轼同时撰于贬居海南儋州的《老饕赋》与《菜羹赋》两篇，前者就饮食者的贪恋形象立题，后篇则自饮食之物着墨。然则就其实际撰写背景来看，《老饕赋》撰于元符二年(1099年)，儋州大旱，作者有绝粮之忧；[③]至于《菜羹赋》苏轼于《序》中曾自述：“东坡先生卜居南山之下，服食器用，称家之有无。水陆之味，贫不能致，煮蔓菁、芦菔、苦荠而食之。”可见二赋皆出于苏轼晚年贫困所作，然则作者笔下却极尽梦幻设色之能事。例如《老饕赋》之仙境虚拟与《菜羹赋》之美食风情：

① 据朋九万《东坡乌台诗案》引《御史台检会送到册子》谓：“据审刑院尚书刑部状，御史台根勘到祠部员外郎、直史馆苏轼，作为诗赋并诸般文字，谤讪朝政及中外臣僚。”中华书局，1995年。

② 参见简宗梧先生：《从专家赋家的兴衰看汉赋特性与演化》，《汉赋史论》，221～223页，东大图书公司，1993年。

③ 参见孙民：《东坡赋译注》，48页，巴蜀书社，1995年。

婉彼姬姜，颜如李桃。弹湘妃之玉瑟，鼓帝子之云璈。命仙人之萼绿华，舞古曲之郁轮袍。引南海之玻黎，酌凉州之蒲萄。愿先生之耆寿，分余枥于两髦。候红潮于玉颊，惊暖响于檀槽。忽累珠之妙唱，抽独茧之长缫。闵手倦而少休，疑吻燥而当膏。倒一缸之雪乳，列百柂之琼艘。各眼滟于秋水，咸骨醉于春醪。①

登盘盂而荐之，具匕箸而晨餐。助生肥于玉池，与五鼎其齐珍。鄙易牙之效技，超傅说而荣勋。沮彭尸之爽惑，调灶鬼之嫌嗔。②

赋篇正文所铺陈的美食梦幻，不仅远游仙界，抑且上傲古人，与苏轼的真实生活显呈天壤之别。从作者的文类书写策略而言，早已是汉赋前贤，如司马相如《大人赋》等所惯用，这对于同为出身蜀地一代文豪的苏轼而言，固宜如数家珍。亦如汉赋之于成长于蜀地之前贤诗仙李白所形成的另一种文化意蕴的乡愁召唤。③因此不论对于司马相如的推誉，或对于扬雄赋论的有所不满④，其实皆反映出苏轼对于蜀地前贤赋家的重视与深思。因此运用赋体，商榷古今，以作为谪居异乡荒岛的困境反思及其书写策略，固然与他一向重视辞赋相关。⑤其次，从苏轼的学养而言，除擅长诗、赋、词等类韵文外，古文亦为其重要创作文类代表。其中策略一类文章，早从年少参与科举考试时即勤下工夫，仕宦之后亦时有创作，展现其辅世

① 参见苏轼：《老饕赋》，《苏东坡全集》，卷19，94页。

② 参见苏轼：《菜羹赋》，《苏东坡全集》，卷19，95页。

③ 参见许东海：《诗情赋笔话谪仙：李白诗赋交融之多面向考察》，文津出版社，2000年。

④ 参见简宗梧：《苏轼赋观及其相关问题》，《千古风流——东坡逝世九百年学术研讨会》，811～813页，洪叶出版社，2001年。

⑤ 参见顾易生：《苏东坡与赋》，《顾易生文史论集》，333页，复旦大学出版社，2002年。

济时的深思熟虑。[1]因此苏轼不一而足地密集运用饮食赋作为生命困境省思的重要隐喻与文类策略。而两者之间的终极底蕴则共同导向超越困境之深思与商榷。其中策略之文出于为国立计,饮食赋则主要植根于自我困境及其生命出路之探索。其间映现兼济天下与独善其身的策略异趋。因此苏轼饮食赋经常出现的梦幻取向及其困境书写之正言若反等,乃至篇章结构上以梦醒时分的旷达省悟等等,都不乏汉赋曲终奏雅的具体身影。[2]

再者,这一借由梦幻虚拟形态的赋笔铺排及其曲终奏雅,苏轼亦经常出之以自嘲自解的谐谑口吻。例如《老饕赋》之篇末指归谓:

> 美人告去已而云散。先生方兀然而禅逃。响松风于蟹眼,浮雪花于兔毫。先生一笑而起,渺海阔而天高。[3]

春梦无痕之际,以茶醒酒,俨然以旷达笑傲之姿挥别梦幻虚拟之境,从而映现其心灵困境之超越想望;《酒子赋》所谓"先生既醉而醒",在酒乡中既品茗"若婴儿之未孩"、"又若时女之方笄"之不同饮酒况味,又复领略"味盎盎其春融兮,气凛冽而秋凄","暾朝霞于霜谷兮,濛夜稻于露畦"[4]的四季朝暮不同风情。然则赋篇之"出妙语而琼瑰",不免终将跌返"遂讽诵以忘食兮,殷空肠之转雷"的现实困境。其中酒境的梦幻书写,适为作者困境观照的自嘲自解。因此像《洞庭春色赋序》,苏轼于篇首既称"戏作赋",赋文又大肆"醉梦纷纭"之铺设,然则篇末曲终奏雅则有"觉而赋之,以授公子曰:呜呼噫嘻,吾言夸矣,公子其为我删之"。然则所指此赋言夸,不即反映出苏轼对于赋体浮夸的充分认知,并且有意识地运用此一文类特性作为其困境观照的书写策略。至于梦幻虚拟与曲终奏

---

① 参见苏轼:《应诏集·策略》,《苏东坡全集》,卷1,736页。

② 参见司马相如:《大人赋》,《全汉赋》,91页,北京大学出版社,1993年。

③ 参见苏轼:《老饕赋》,《苏东坡全集》,续集3,94页。

④ 参见苏轼:《酒子赋》,《苏东坡全集》,后集卷8,511页。

雅的书写本为汉赋代表名家如司马相如、扬雄等人惯见的写作特色。至于出之戏谑虽可见苏轼之旷达自适，然则扬雄《解嘲》固亦名篇，以苏轼与扬雄的文学对话来看，《解嘲》之于苏轼赋或亦不无牵动关系。其次，喜好出之以谐谑滑稽的口吻，固然惯见于汉赋名家如东方朔等人篇章，即使如重视讽喻之扬雄亦有《逐贫赋》这样的寓庄于谐之作。乃至于苏轼饮食赋如《洞庭春色赋》之自述"言夸"及其耽于使典逞才，皆一一具现汉赋的重要语言艺术特色。[①]可见苏轼饮食赋确不乏浓厚的汉赋书写身影。至于苏轼之好谈梦幻，如其诗文中颇不乏《记梦》、《梦与人论神仙道术》、《夜梦》、《梦中作寄朱行中》、《梦斋铭》等说梦篇章，此固然与其佛思禅悟深契。[②]然则从文类书写的历史而言，赋体与魂梦的密切融合，对于苏轼文学世界之研究而言，故宜值得重视。[③]

苏轼饮食赋另一值得注意的是作者撰写当时的处境。饮酒诸篇中《酒隐赋》的年代较早，为乌台诗案后谪居黄州时期的元丰年间。[④]《后杞菊赋》撰于熙宁八年（1075年）密州太守任上。此外，除《服胡麻赋》撰于熙宁四年（1071年），《老饕赋》与《菜羹赋》皆迟至贬居岭海时期之作。上述苏轼饮食诸赋年代，最早的《服胡麻赋》性质较为特殊，乃苏轼赴陈州与弟苏辙酬赠之作，兄弟赋篇主要借

---

① 参见简宗梧：《赋体语言艺术的历史考察》，《汉赋史论》，193页，东大图书公司，1993年。

② 参见黄启方：《古今如梦，何曾梦觉——东坡的梦里乾坤》，159页，学生书局，2002年。另参见朱靖华：《天地精境——评苏轼岭海时期的人生反思》，《苏轼论》，449页，京华出版社；谢建忠：《论佛教哲学与苏轼的人生如梦思想》，《西南民族学院学报》，卷21第6期，54～58页，2000年。

③ 参见许东海：《登高与追梦：李白〈梦游天姥吟留别〉的辞赋身影及其体物写志》，《另一种乡愁》，211页，新文丰出版社，2004年。

④ 《酒隐赋》虽收入《御定历代赋汇》之"旷达"类，非如《洞庭春色赋》、《酒子赋》等赋，归入"饮食"一类，但究其攸关饮酒，不妨亦归入饮酒赋一并讨论。据孙民考述《酒隐赋》约撰于元丰三年（1080年）至七年（1084年）间；《洞庭春色赋》约撰于元祐六年（1091年）作者出知颍州；《中山松醪赋》撰于绍圣元年（1094年）作者贬知英州；《酒子赋》撰于绍圣元年（1094年）贬惠州时；《浊醪有妙理赋》撰于晚年贬海南儋州时期。参见孙氏撰《东坡赋译注》，巴蜀书社，1995年。

由道士之梦论述养生之道。由于此时苏轼尚未明显遭朝中新贵排挤,大体无涉困境,故暂不论述外,《后杞菊赋》是其余诸篇最早撰写者。然则此时固未遭元丰二年(1079 年)乌台诗案,却已是苏轼感受朝中新党诬陷,故自请外放之时。至于《老饕赋》、《菜羹赋》与饮酒诸赋,则皆为乌台诗案贬谪各地所作。因此从这些苏轼饮食赋的撰写背景而言,大体皆属作者身陷仕宦及其人生困境时期。于是借由饮食困境指涉仕宦及其人生困境省思的书写旨趣,便成为苏轼饮食赋困境观照的主要重心。然则无论自请外放或被动迁谪,就其精神层面而言,皆不免被迫置身于一种放逐的客观状态,从而此一放逐本质形成苏轼饮食赋困境观照的重要依据。

放逐困境延展而为饮食困境,固无庸论。然则被迫置于放逐困境的苏轼,饮食之窘迫基本上着重身体观照,但借由苏轼饮食赋困境观照之检视,却不难发现作者企欲以精神幻游的书写策略,建构并进行其由放逐到反放逐的自我困境超越意图。于是源自屈《骚》的“忧”、“游”范式[①],并出之以汉赋梦幻铺陈、寓讽于颂、谐谑解嘲等等辞赋书写艺术,遂融会而为苏轼放逐时期一连串饮食赋困境观照的文类策略及其重要底蕴。

三、苏轼饮食赋困境观照之嬗变及其辞赋书写意蕴

从放逐到反放逐的困境超越之路,对于素以旷达著称的苏轼,似乎是理所当然。但从其饮食赋的实际内容而言,其间固有起伏历程如其宦海风波者。其中大体可以苏轼谪贬岭海为界,作为前后期困境观照嬗变之考察。

前期之作如《后杞菊赋》、《酒隐赋》、《洞庭春色赋》、《中山松醪赋》等,后期则有《酒子赋》、《老饕赋》、《菜羹赋》、《浊醪有妙理赋》等篇。前

---

① 参见李丰楙:《忧与游》,学生书局,1996 年。

期饮食赋大体以梦幻神游为主,然则终究难以完全逃脱屈《骚》困境的终极制约,形成亦游亦忧的困境底蕴,《中山松醪赋》即为其中典型。此赋以“始予宵济于衡漳,车徒涉而夜号……郁风中之香雾,若诉予之不遭”开宗明义,赋篇内容先借松树“嗟构厦其已远,尚药石之可曹。收薄用于桑榆,制中山之松醪”指涉苏轼仕宦困境之观照及其转折。接着则以“曾日饮之几何,觉天刑之可逃。投拄杖而起行,罢儿童之抑骚。望西山之咫尺,欲褰裳以游遨”之幻游书写,他选择以“幽姿之独高”超越困境的人生策略。而《中山松醪赋》篇末归旨于“漱松风于齿牙,犹是以赋《远游》而续《离骚》也”[①],具体说明苏轼以游移于《离骚》与《远游》之间,映现其亦忧亦游的困境观照及其旨趣取向。《书松醪赋后》之自述即为最直接的注脚:

> 予在资善堂,与吴传正为世外之游……始予尝作《洞庭春色赋》,传正独爱重之,求予亲书其本。近又作《中山松醪赋》,不减前作,独恨传正未见……今将适岭表,恨不及一别,故以此赋为赠,而致思于卒章,可以超然想望而常相从也。[②]

据本文,此赋大体可以代表苏轼谪往岭海前的得意赋篇。其中所谓“致思于卒章”即明白指陈“赋《远游》而续《离骚》”的创作底蕴。而此前《后杞菊赋》之自嘲自解;《酒隐赋》之“眇万事于一瞬,孰能兼忘而独游”[③]之省思惕励;《洞庭春色赋》充满《离骚》、《九歌》情采的饮食幻游,乃至于借古人愁颜以浇胸中块垒的书写取向。大体皆可归旨于这一建构于《离骚》与《远游》之间亦忧亦游的困境本质。因此,综观苏轼前于岭海时期的这类饮食赋,实际乃继承并运用辞赋之祖屈《骚》及《远游》的原始书写图腾,作为前期饮食赋困

① 此段以上三处引文,参见苏轼:《中山松醪赋》,《苏东坡全集》,卷8,510页。
② 苏轼:《书松醪赋后》,《苏东坡全集》,卷8,510页。
③ 苏轼:《酒隐赋》,《苏东坡全集》,卷1,50页。

境观照与书写文类策略，应是不言而喻。

有别于谪迁岭海前饮食赋游移于屈《骚》及《远游》二者的文类书写策略，《老饕赋》等篇撰于惠州、儋州时期的饮食赋，则大体呈现交集之外的异趋书写取向，屈《骚》色彩已然渐次褪淡。相对而言，《远游》乃至《渔父》的辞赋身影及其意蕴益形彰显。

其中较早撰于惠州时期的《酒子赋》以"自我皤腹之瓜罂兮，入我凹中之荷杯。噉朝霞于霜谷兮，濛夜稻于露畦"[①]之饮食况味，追寻"游物初而神凝兮，反实际而形开"的太初幻游，深刻映现《远游》中服食养生及其形释神游的仙境风情。其次，所谓酒子，据苏轼赋序所说乃"南方酿酒，未大熟，取其膏液，谓之酒子"，并以"醅之漓，以蕲予一醉"。于此一未滤之酒，苏轼则甘之如饴，并且大肆闳衍，津津乐道，又继之以既醉而醒之歌。其中又隐然映现《渔父》里餔糟歠醨、醉游而歌的隐士风标。[②]前述将贬岭南之际的《中山松醪赋》虽已略兆其转折端倪，然而屈《骚》身影仍为其主调。然则，苏轼《酒子赋》里渐形淡出的屈《骚》身影，大体已呈现出《远游》与《渔父》为情志取向的书写嬗变。

屈《骚》身影之渐次抽离，如于儋州所撰的《菜羹赋》亦已有迹可寻。此篇虽首揭"嗟余生之褊迫，如脱兔其何因"，隐喻其屡遭放逐困境，但借由饮食书写的困境观照，及其所悟的远游拟想，苏轼前期饮食赋中始终难以释怀的屈《骚》放逐情结已然消解转换。其中作者旷达安顿之姿可见于篇末指归所述：

> 先生心平而气和，故虽老而体胖。忘口腹之为累，似不杀而成仁。窃比予于谁欤？葛天氏之遗民。[③]

从始以"嗟余生之褊迫"至"先生心平而气和"，其中指涉即为对于过往屈

---

① 此段引文参见苏轼《酒子赋》，《苏东坡全集》，卷1，50页。

② 参见《渔父》，洪兴祖：《楚辞补注》，179页，长安出版社，1991年。

③ 苏轼：《菜羹赋》，《苏东坡全集》，卷19，95页。

《骚》不遇之情的焦虑消解，因此晚年心宽体胖，全然不见愁怨郁结的屈《骚》情怀。然则屈《骚》情怀指涉君国，为圣君子民，此赋篇末则在“窃比子于谁欤？葛天氏之遗民”的身份归属上，转为远古“葛天氏之遗民”。其中由身份归属的自我确认，其实即间接映射苏轼饮食赋原有的屈《骚》身影已而渐次告退，然则《远游》书写主调则代变方滋。且在此一崭新精神国度之下，俨然形塑另一座饮食乐园及其指涉的世外桃源，于此化外之民自得自适的美丽新世界中，深刻揭示苏轼饮食赋由放逐到反放逐的困境观照及其心路历程。然则苏轼岭海时期明显流露《远游》“悲时路之迫隘兮，愿轻举而远游”，“参六气而饮沆瀣兮，漱正阳而含朝霞”以追求无见无闻，“与泰初而为邻”的精神指归与书写阴影，与其《远游庵铭》所谓“归于南海之上，必将俯仰百世，奄乎万里，有得于屈原之远游者”颇为深契。[①]此外，上引《渔父》中餔糟歠醨、醉游而歌的渔父形象，乃至以饮酒为乐、寄羲皇上人之想的陶潜，乃一一深入苏轼岭海时期饮食赋的书写世界，展开古今辞赋中隐喻的心灵对话。因此屈《骚》、《远游》之外的创作，尤其《和桃花源记》、《和归去来兮辞》、《书归去来兮辞赠卓契顺》等尤能映现苏轼此一时期，从屈《骚》告退到渔父方滋，从而在《远游》与陶潜《桃花源记》的心灵转折里渐次朗现之旷达自适。然而从放逐黄州前后到岭海谪迁的饮食书写，大体展现楚骚文学对于东坡辞赋世界的深刻启发，其中屈《骚》、《远游》对于他晚年发出“九死南荒吾不恨，兹游奇绝冠平生”自具重要意义。[②]然则若进一步借由上述辞赋典范如《离骚》、《远游》、《渔父》等攸关屈《骚》情志的饮食指涉，应更可洞烛苏轼饮食赋的书写笔调；而其以回归田园并面对生命，从而勇敢抉择自由的饮酒前贤陶渊明为式[③]，并以唱和形态展开其与《归去来兮辞》、《桃花源记》之

---

① 参见《楚辞·远游》，《楚辞补注》，163～175 页；又参见苏轼：《远游庵铭》，《苏东坡全集》，卷 20，235 页。铭文谓：“悲哉，世俗之迫隘也，愿从子而远游。问道于屈原，借车于相如。”

② 参见杨胜宽：《笔势仿佛离骚经——东坡赋考论》，《西南师范大学学报》，第 2 期，73～75 页，1994 年。

③ 参见方瑜：《抉择、自由、创造——试论苏东坡笔下的陶渊明》，《台大中文学报》，259～284 页，2000 年。

历史心灵对话，亦应是苏轼岭海时期饮食赋向辞赋经典借力的另一重要书写策略。因此就南方谪迁为具体取向的苏轼而言，以屈《骚》、《远游》为代表的辞赋经典，原就具备浓厚的南方地理意涵；至于惠、儋二州的历史与地理意蕴，其实即构成苏轼生命困境的两大重要质素。至于《远游》对于岭海地区，自是苏轼生涯蓝图未曾意想的生命远途。结合二者分别映现的苏轼困境观照的具体揭示，首在精神世界舍忧取游的可能出口。然则这一弥漫梦幻神游氛围的生命启示，必有待落实于《渔父》、《归去来兮辞》里安贫自适的饮食人生，且水到渠成地成为苏轼岭海时期另一重要的生命启示录。于是借由《远游》、《渔父》、《归去来兮辞》等辞赋经典的文类召唤，从而呈现别于岭海之前饮食赋，游移于屈《骚》与《远游》取向的情志异趋。于是在逐渐褪去屈《骚》忧愁基调之外，一如发现邂逅世外桃源者般体味所谓奇绝之游，并且在忧、游彼此转换中，展现为苏轼饮食赋由放逐欲掩弥彰到反放逐之旷达自适的重要嬗变及其精神底蕴。于是像《浊醪有妙理赋》"在醉常醒，孰是狂人之药。得意忘味，始知至道之腴"之饮困观照下，"独醉者，汨罗之道也"的屈《骚》背离，昭然若揭。至于篇末指归：

> 故我内全其天，外寓于酒。浊者以饮吾仆，清者以酌吾友。吾方耕于渺莽之野，而汲于清泠之渊，以酿此醪，然后举洼樽而属予口。①

则以海外耕读及其清浊歌饮之桃源虚拟自我安顿，其中《归去来兮辞》与《渔父》之身影，呼之欲出。这一具足自适的世界正如同陶潜笔下的《桃花源记》是不容外力介入并加以破坏的。然则独立自足的桃源世界亦成为苏轼借由饮食乐园书写，抗衡与消解放逐困境的重要隐喻。若从文类转换的另一情志载体而言，其中即一一体

① 苏轼：《浊醪有妙理赋》，《苏东坡全集》，卷8，511页。

现为岭海诗《四月十一日初食荔支》里所谓：

我生涉世本为口，一官久已轻莼鲈。

人间何者非幻梦，南来万里真良图。①

于是岭海终成为苏轼“不辞长作岭南人”等诗句所指涉。苏轼身份认同与乡愁新变②，然则此一随遇而安的困境观照固未必等同于陶潜《桃花源记》之避世本质③，却适成为苏轼饮食赋反放逐意蕴的重要书写隐喻。故既异前期赋里屈《骚》之放逐阴影，亦复有别于陶渊明遗世独立之旨趣。此中异趋关键乃在苏轼并未能浑然忘却源自朝中权贵之庙堂惊梦。此种潜意识即具现于他在儋州《食蚝》所谓“每戒过子慎勿说，恐北方君子闻之，争欲为东坡所为，求谪海南，分我此美也”④，以海南风土食物，反讽北方权贵之汲汲倾轧，从而映现苏轼以饮食之书写隐喻其恬然自适的困境安顿。然则岭海远游，无入而不适的饮食隐喻所映射的反放逐意蕴，却也不免同时泄露苏轼长期谪居所指涉的放逐焦虑，其实始终并未自其心灵深处廓然一空，但却也成就东坡旷达任真的傲岸风骨。此即其饮食赋借由屈《骚》、《远游》、《渔父》、《归去来兮辞》等辞赋图腾，进行其困境观照书写，却又能独立机杼，形塑苏轼自我风格的重要精神底蕴。

四、结论：雕虫小技下的壮夫困境隐喻

苏轼晚年自述平生功业，主要在“黄州、惠州、儋州”。这三个

---

① 苏轼：《四月十一日初食荔支》，《苏轼诗集》，《苏东坡全集》，卷 39，2121 页。

② 前句参见苏轼：《食荔支二首》，《苏东坡全集》，卷 40，2192 页；此外苏轼有“海南万里真吾乡”、“我本儋耳民”等类似诗句。

③ 参见朱靖华：《论苏轼晚年诗词中的野性》，《苏轼新评》，136 页，中国文学出版社，1993 年。

④ 苏轼：《食蚝》，《苏东坡全集》，卷 93，5284 页。

时期集中体现他的生命困境。然则，上述时期苏轼较之过往密集地撰写多篇饮食赋，从而成为他放逐困境下的重要书写特色，并且借由这些饮食困境本身之丰富论述，观照身体困境之下的生命困惑及其安顿之道。这对于善于以饮食生活隐喻生命之道的苏轼[①]，固然驾轻就熟。然则从饮食赋所展现的文类书写策略而言，源自屈《骚》、《远游》、《渔父》等辞赋重要图腾中的饮食书写，原就蕴涵精神困境之主要指涉，后代赋家醉酒、饮食等相关赋为立身处世或家国社稷等主要观照，实际上未跳脱屈《骚》等篇饮食指涉下，游移在自我与大我间的困境本质。其次，从苏轼饮食赋善于营造梦幻情境，并出之以正言若反、戏谑解嘲，乃至曲终奏雅等等书写范式，亦可一一远溯楚骚、汉赋的传统手法及其特色。对于屈原与汉代赋家而言，这些书写特征的形成，本质上即根基于创作困境下的策略运用。然则，这一文类书写策略，除了可以再现辞赋书写的传统困境意蕴外，对于饱受乌台诗案文字之累的苏轼而言，这一出之以饮食戏谑的雕虫小技，不仅应与他谪贬黄州词多诗少[②]的文类抉择及其书写策略相契外，岭海时期更为困蹇的南谪际遇自然使他不能不益趋谨慎，因此借由看似无关痛痒的饮食之道，寄寓壮夫忧士之思，大体应即是苏轼必须面对的书写课题及文类策略。苏轼在辞赋观上对于前贤扬雄不无微辞，或则亦与苏轼认为诸如饮食赋等雕虫小技寄寓壮夫之思的见解有关。苏轼赋从放逐困境出发，到后期渐趋明朗的反放逐之思，固然深刻映现苏轼之生命困境及其焦虑，以及探索消解与安顿的精神历程，从而在《远游》与陶潜《归去来兮辞》交融的饮食乐园下映现并重构其心灵桃花源。其次，在《远游》的传统框架里，苏轼饮食赋以落实人间烟火的变创之

① 按苏轼之论述饮食，并不限于一般论述所揭养生之道的关注面向，如苏轼：《问养生一首》，《苏东坡全集》，前集卷23，263页。实则苏轼好以饮食观照人生哲理，例如前文所述《灵璧张氏园亭记》即为其例。

② 参见王兆鹏：《苏轼居黄州期间词多诗少探因》，《全国第八次苏轼研讨会论文集》，225～262页，四川大学出版社，1996年。

姿，跌宕出生命困境观照下的自适与安顿，并延展而为源自屈《骚》、《远游》辞赋图腾之另类远游形态及其新变桃源隐喻。同时以马、扬等为代表之汉赋借由梦幻铺陈、谐谑解嘲、正言若反及其辞夸典富的赋语言艺术皆一一运用于苏轼赋里，并且共同映现为一种困境隐喻及其观照符码。这些不仅成苏轼饮食赋的创作特色，同时也一一映现苏轼融合饮食、困境、辞赋三者的困境观照及其文类书写策略，亦为苏轼其他饮食文类创作无可取代的重要精义所在；然则却又是与他类饮食诗歌、杂文等作品相互发明苏轼人生困境观照的重要书写依据。①

① 参见王水照:《苏轼散文艺术美的三个特征》,《苏轼论稿》,282～284 页,万卷楼图书公司,1994 年。

论苏轼《昆阳城赋》

汤　君

一

苏轼《昆阳城赋》作于宋仁宗嘉祐五年(1060年)正月。初,嘉祐二年(1057年)四月,正当苏洵父子三人名动京师时,苏轼兄弟之母程氏突然病故。苏氏父子仓促出京,丁忧守丧。嘉祐四年(1059年)九月,苏轼兄弟守制期满。十月深秋,父子三人再赴京师。次年正月,途经河南昆阳,感于历史上赫赫有名的昆阳之战,遂写下了一篇独具特色的《昆阳城赋》。昆阳在今河南省叶县。战国时属魏地,汉置昆阳县,属颍川郡,有昆水经由西南。王莽末年,赤眉起义,四方响应。刘秀与兄齐武王伯升、宛人李通等率春陵子弟数千人,攻拔枣阳,乘胜围宛。新莽地皇四年[①](23年)三月,平林、新市、下江兵将王常、朱鲔等共立刘秀族兄春陵戴侯曾孙刘玄为帝,改更始元年。四月,刘秀与王常等攻颍川,下昆阳、郾师、定陵。莽遣大司空王邑至洛阳,与司徒王寻发郡兵百万,号曰"虎牙五威兵",多赍珍宝、猛兽、州郡精兵,牧守自将,会者四十二万人,

① 王莽地皇年号,或繁称"建国地皇"、"始建国地皇上戊"者,参见李崇智编著:《中国历代年号考(修订本)》,7、8页,中华书局,2001年。

余在道不绝。六月，道出颍川，过昆阳。严尤、陈茂与王寻、王邑会合，兵围昆阳。昆阳已降汉，城中唯有八九千人，忧念欲散。刘秀使王凤与廷尉大将军王常守昆阳，而他自己夜与五威将军李轶等十三骑出城南门，于外收兵。王寻、王邑兵到城下者十万，自以为是，不以军事为忧。刘秀至郾师、定陵，晓以利害，悉发诸营兵。汉兵乘锐前进，杀死王寻。昆阳城中鼓噪而出，里外合势，莽兵大溃。王邑、严尤、陈茂轻骑渡水逃去。昆阳大战，刘秀以极少兵力，力破强敌，大败王莽主力部队，一时关中震恐，海内豪杰翕然响应，皆杀其牧守，自称将军，用汉年号，旬月之间，遍于天下。新莽王朝从此走向崩溃。关于我国历史上这一次著名的以少胜多的战例，古往今来，历代文人骚客歌颂、志士仁人感慨者，不胜枚举，然多集中对战事的直接评价或战场怀古。苏轼这篇《昆阳城赋》却构思精巧，别有寄意。

作者按照怀古题材的常规处理办法，描述了东汉古战场的今日面貌：平野霭淡，孤城如块；风沙苍莽，楼橹不在；横门豁达，故道宛存。赋文极其简洁，于看似写实处，着力虚写一种空旷怅惘的心绪。接着，作者以主要笔墨集中描写昔日刘秀孤军奋战的壮烈场面；想当初王寻、王邑之来对阵，好像驱云拥海一般。那些从四方招募的猛士扶着车轮，在杂草遍野的战场中横冲直闯。他们还驱赶凶猛的老虎、豹子、犀牛、大象，四处猖狂践踏，以助威风，满心指望倾尽天下强兵来决胜这一战，再也不用多费兵力。当此之时，昆阳守卫者恐惧不已，哀求乞降，而王寻、王邑断然拒绝，城中人一度惊悔变色。可是当刘秀率领的千骑外援，忽然猛冲，杀入骄傲无比的敌阵时，刚刚还在把轼狂笑的王莽军队，却转瞬间土崩瓦解，丢弃战鼓，纷纷缴械投降。此段文字不仅很好地将古昆阳之战的惊险、奇变、迅猛、惨烈的场景复现了出来，而且本身亦是令人斯须之间，而有旷古快意的酣畅笔墨。此诚如这文字未始之时，作者的由衷慨叹：“昆阳之战，屠百万于斯须，旷千古而一快。”然而苏轼的这篇怀古之作，其目的当然不仅仅在于激扬文字，夸饰辞藻。其对昆阳之战的选材，根本目的还在于抒发自己对历史的反思：

> 纷纷藉藉死于沟壑者，不知其何人。或金章而玉佩，彼狂童之僭窃。盖以旋踵而将败，岂豪杰之能得？尽市井之无赖。贡符献瑞一朝而成群兮，纷就死之何怪？

原来，作者想要表达的不是一般意义上的对失败者的同情或对胜利者的歌颂，他别出新意，谴责那些为王莽效命的市井无赖之徒：他们曾经不过是些疯狂愚昧、寡廉鲜耻之辈。在西汉王朝衰微的时候，他们鼠目寸光，为了个人私欲去向王莽新朝贡符献瑞，博取名利，本是一群乌合之众。史载王莽得到无赖狂生哀章的启示，找到了篡权契机，遂还归即真天子位，定有天下，号曰"新"，大封谀臣，凡十一公。王兴本为故城门令史，王盛本卖饼的。王莽案符命求得此姓名十余人，两人应卜，布衣登用。是日王莽封拜卿大夫、侍中、尚书官凡数百人。如王寻、王邑者，皆与哀章、王兴、王盛等同流，这些人朝登华堂，暮死荒郊，自然死不足惜，故苏轼对他们加以鄙弃和谴责。

行文至此，苏轼的这篇《昆阳城赋》无论是在命意，还是在构思上，都已经与众不同。他超出了一般凭吊之作的常规写法，撇开对将士谋略高低的直接评价，也撇开了对战争历史意义的思索反省，而是从庸碌之辈的鲜才寡德、贪欲谄谀上，讥笑他们必然的可悲下场。这样就发人疑问了：那么，难道百万就死的大军中，真正没有一个令人同情的人吗？至此，苏轼笔锋一转，卒章显志，绕到赋作的真正主题：

> 独悲伤于严生兮，怀长才而自浼。岂不知其必丧？独徘徊其安待！过故城而一吊，增志士之永慨！

原来，作者此前所有精彩之文字，无不是在为严尤这个历史人物的出场作精心蓄势。严尤本姓庄，字伯石，避明帝讳改之。①尤为王莽武建伯、讨秽将军，精通兵法、历史，论战往往精妙。曾奏高句丽事、谏立匈奴须卜当、谏伐匈奴，莽皆不用，故著《三将军论》，讲述名将乐毅、白起、王翦不被任用及边防之事。②班固曾赞叹说："若乃征伐之功，秦汉行事，严尤论之当矣。"③昆阳战前，严尤就曾建议王邑："称尊号者在宛下，宜亟进。彼破，诸城自定矣。"邑不能听从。后王凤等乞降，严尤又曰："'归师勿遏，围城为之阙'，可如兵法，使得逸出，以怖宛下。"建议于城下网开一面，以使逃者散布恐怖气氛，亦不被听从。④苏轼在《昆阳城赋》末，曾经加过一段注语："严尤最晓兵法，为莽谋主。昆阳之败，弃轻骑，践死人而逃。"流露出对严尤其人的无比惋惜。昆阳之战后，同年八月，前钟武侯刘望起兵汝南，严尤往归，望即帝位，以严尤为大司马，陈茂为丞相。⑤九月东海人公宾就斩王莽于渐台，十月更始帝使奋威大将军刘信击杀刘望于汝南，严尤、陈茂并被诛杀。

严尤并不在依赖献符供瑞而取得仕途的无聊之徒之列。苏轼非常欣赏严尤的才华，视其为王莽的主要谋士。然而这样一个特立的将才，却由于先是错误地为"冒天下之大不韪"的王莽效命，而不被任用，后又错误选择投靠缺乏威望和实力的刘望作为退路，而最终树倒猢狲散，不仅没有能够成就一番功业，反而落得个身败名

① 范晔：《后汉书·光武帝纪》注引桓谭《新论》，参见顾炎武：《日知录》，卷25，《四库全书》，"子部·杂家类·杂考之属"。

② 严尤：《三将军论》一卷，《旧唐书》，卷47，《经籍志》下，《新唐书》，卷59，《艺文志》三均著录，宋以后不存。刘勰《文心雕龙》"论说第十八"："及班彪王命，严尤三将，敷述昭情，善入史体。"评价甚高。《太平御览》437；《北堂书钞》，卷115引补；《世说新语·言语篇》注等皆录有逸文。

③ 班固：《汉书》，卷94，《王莽传》。

④ 范晔：《后汉书·光武帝纪》，第一上。

⑤ 范晔：《后汉书·刘玄刘盆子列传》，第一。据唐房玄龄《晋书》卷103载记第三"刘曜"条刘曜书云"是以世祖草创河北，而致封于严尤之孙"之语，严尤死后，其后代似乎受到晋世祖的同情而得到过封赠。

裂、死于非命的可悲下场。这在年轻的苏轼看来,无疑是很可惜的。然而,这是否就是本赋所要表达的全部思想呢?这就涉及了苏轼早年对士大夫去取出处问题的思考。

二

苏武早年已注重人生出处取舍问题。写这篇《昆阳城赋》之前,他在其《屈原庙赋》中就曾喟然长叹:"悲夫!人故有一死兮,处死之为难。"对于"生不能力争而强谏兮,死犹冀其感发而改行"的屈原,既深表同情、钦佩:"嗟子区区,独为其难兮。虽不适中,要以为贤兮。"又不免质疑、反诘:"呜呼!君子之道岂必全兮,全身远害亦或然兮。"他悲观地发现,自从屈原去世之后,世道愈加狭隘,令人难以存生。贤能之人或纷纷改变初衷,随俗变化,苟且乱世,或为臣佐,混迹于市,所以从保全生命、珍惜自我的角度上看,屈原的做法无疑是"非智"、"不适中",而理应受到质疑和反思。苏轼在此赋中明确表示对所谓儒家士人所一贯坚持的"君子之道"的怀疑,他认为人生的正确选择应该是全身远害。他明确表示:"夫我何悲?子所安兮。"认为如果屈原自己觉得以死相谏的做法很好的话,那么后人也就不必要为这位执著的诗人而一味地悲伤了。显然,即使是在刚刚步入锦绣前程的青年时代,作者那种天生的特立独行的反思精神已经发生。这就明显兆示出他中晚年所奉行不贰的豁达通脱的生活态度来。因此,作者在《昆阳城赋》里,尤其对严尤这个人才的结局感到惋惜,这不能不说是苏轼对屈原等诸多历史人物的去取出处问题思考的再延续。就在写这篇《昆阳城赋》的同时,苏轼还有一首《浉阳早发》诗,明确提到了"出处"二字:"人生重意气,出处夫岂徒?"[①]表面上看,苏轼所追求的是儒家的理想人

---

① 苏轼:《东坡全集》,卷27,《四库全书》,"集部·总集类"。

格，但就此诗而言，恐怕不尽然。它更主要的表达了苏轼对于功名利禄的参透，对孜孜以求富贵荣达的否定。“不能便退缩，但使进少徐”，“自进苟无补，乃是懒且愚”（《浰阳早发》），其实恰好是后来仕途屡遭挫折后苏轼人格的真实选择。因此，年轻的苏轼实际上已经不是单纯的儒家“志士仁人，无求生以害仁，有杀生以成仁”①思想的简单信奉者。相反，在他看来，个体的保全，意气的注重才是最主要的。这也应该是本篇《昆阳城赋》所体现的真正主题。因为在我们今天看来，严尤最初为王莽效力亦是当时无可奈何的时势。而昆阳大败，王莽被诛，以严尤的眼界，该不难见到刘秀的实力和前途。据史所载，他和刘秀亦可以说是旧交：“初，光武为春陵侯家讼逋租于尤，尤见而奇之。及是时，城中出降尤者言光武不取财物，但会兵计策。尤笑曰：‘是美须眉者邪？何为乃如是！’”②可见他也是很欣赏刘秀的。但是他没有选择投靠刘秀所在的更始帝，而是投靠了汉皇室之后的刘望，最后亦难逃一死，可见选择“出处”的艰难。就这一点而言，“岂不知其必丧？独徘徊其安待！”苏轼所慨叹的应该不是简单的严尤追随哪个主人的问题，而是惋惜这样一位怀抱“长才”的人，居然无力自拔于“嚣嚣好名心”，而使自己才华受到玷污。其语气和态度，也的确“颇多哀怜之意，这又可见苏轼天性纯厚宽容、爱才重才的一面”③。

苏轼一生赋作，较其诗文而言，并不算多，只有 27 篇；但很多都是为人们所传诵不已的佳作，如他的前后《赤壁赋》、《屈原庙赋》、《黠鼠赋》、《服胡麻赋》、《酒隐赋》等等。可是他的这篇《昆阳城赋》却仅仅被极少数人所留意过，但是这些少数的“知音”者是否就真正全部领会了苏轼某种悲天悯人的情怀了呢？

南宋理学家朱熹为了捍卫其新儒学的道统学说，几乎一生都在不

---

① 《论语·卫灵公第十五》。

② 范晔：《后汉书·光武帝纪》，第一上。

③ 孙民：《东坡赋译注》，13 页，巴蜀书社，1995 年。

遗余力维护二程为首的洛学。他不仅竭力攻击苏轼所代表的蜀学，而且常常对苏轼的诸多文学作品进行挑剔的批评。但是，在他晚年的时候，却情真意切地关注苏轼这篇鲜为人瞩目的《昆阳城赋》。南宋庆元四年(1198年)，他在《跋韦斋书〈昆阳城赋〉》里回顾：

> 绍兴庚申(1140年)，熹年十一岁，先君罢官；(阕)行朝来寓建阳，登高丘氏之居，暇日手书此赋以授熹，为说古今成败兴亡大致，慨然久之。于今忽忽五十有九年，病中因览苏集，追念畴昔，如昨日事，而孤露之余，霜露永感，为之泫然流涕，不能自已。复以此以示儿辈云。①

其父朱松非常欣赏此赋，不仅为朱熹讲述古今兴亡成败之大概，而且还在手书此赋的同时，又撰题记以记录自己的良苦用心：

> 为儿甥读《光武纪》至昆阳之战，熹问何以能若是，为道梗概，欣然领解，故书苏子瞻《昆阳赋》畀之。子瞻作此赋时，方二十一二岁，笔力豪壮，不减司马相如也。②

朱松对苏轼的这篇赋作的高度评价，理应值得重视。朱松、朱熹父子果真是《昆阳城赋》的最早知音吗？

据朱熹跋文，朱松替年幼的朱熹讲述昆阳之战及古今兴亡大概，是绍兴十年(1140年)，朱松寓居建阳之时，时距其死仅三年。其实，就在此前的绍兴七年(1137年)八月，时任左从事郎的朱松以荐得召，特改左宣教郎为秘书省校书郎，建言自昔中兴之君唯汉光武可以为法，晋元帝、唐肃宗可以为戒。③其对南宋王朝光复大业所寄厚望，以高宗直拟汉光武帝，可见其对昆阳之战的思考和关注由来已久，感慨遥深。朱松

---

①② 朱熹：《晦庵续集》，卷4，《四库全书》，“集部·别集类”。

③ 李心传：《建炎以来系年要录》，卷113，《四库全书》，“史部·编年类”。

是坚决的抗战派。绍兴八年(1138年)十一月王伦入见,高宗假意诏云金国遣使入境,欲屈己就和。命侍从台鉴详细条奏。朱松与曾开、张焘等众人皆力反秦桧,极言不可和。①遂以此忤逆秦桧,出知饶州,未上而卒。朱松手书苏轼《昆阳城赋》,正在被秦桧黜贬之后。则其对光武昆阳之事的思考、对汉室中兴的歆慕,始终未曾衰减。他之所以慎重手书,留赠后代的一个重要原因,似乎应该从这个角度寻找原因。至于他对苏轼所流露出的对严尤的同情,态度应该也是赞许的。但是,在儒家去取出处人生选择的理解上,朱松却未必完全理解苏轼对个人人生价值更为肯定和珍惜的委曲情怀。朱松"少以诗文名,从豫章先生罗某游,则闻龟山杨氏所传伊洛之学"②。因他受罗从彦、杨时洛学的影响,故坚持严格的儒家人才取舍观。他的《上李丞相书》就曾特别强调君臣大义、死难风节,而极力斥责那些以"私义"而"徇生",安坐谈笑而取富贵功名的"士大夫":

> 今世之所患者,非乏材也,君臣之大义不明于天下,而学士大夫缺于徇国死难之节,岂非今日之患甚急,而至大者欤?盖父子主恩,君臣主义,是谓天下之大戒,无所逊于天地之间。譬如有生之类,食息呼吸于元气之中,一息之不属理,必至于死。③

朱松由于自己特定的历史背景,所以在经过整个北宋一代士人们对个体人格,个体生命意识的主动寻觅、追求的文化观念的变革后,又倒转回来强调绝对意义上的"君臣大义":"一息之不属理,必至于死。"他所认同的显然是屈原式的以死相谏,所以他不可能察觉或欣赏苏轼《昆阳城赋》中的别样叹惜。

---

① 冯琦原编,陈邦瞻增辑:《宋史纪事本末》,卷17,《四库全书》,"史部·纪事本末类"。

② 罗从彦:《豫章文集》,卷14,附录上《事实》,《四库全书》,"集部·别集类"。

③ 朱松:《韦斋集》,卷9,《书》,《四库全书》,"集部·别集类"。

朱熹同样也不可能觉悟到《昆阳城赋》的全部深意。作为融濂、洛之学为一体，而形成新儒学的南宋正宗派别的“程朱理学”的创始人，朱熹在与新儒学内部陆九渊心学和陈亮的事功派反复斗争的同时，也从来未曾忘记对南宋以来贬抑王学，而推崇苏学的现象的批判。在他看来，王安石和苏轼的学说本质都是立足佛老之学，或支离破碎，或败坏名检的异端邪说，只能害乱天理人心，妨碍“道术”发展。其《答汪尚书》之一云：

> 至于王氏、苏氏，则皆以佛老为圣人，既不纯乎儒者之学矣。非恶其如此，特于此可验其于吾儒之学无所得。而王氏支离穿凿，尤无义味。至于甚者，几类俳优……至若苏氏之言，高者出入有无，而曲成义理；下者指陈利害，而切近人情。其智识才辩，谋为气概，又足以震耀而张皇之；使听者欣然而不知倦，非王氏之比也。然语道学，则迷大本。论事实，则尚权谋。炫浮华，忘本实，贵通达，贱名检，此其害天理，乱人心，妨道术，败风教，亦岂尽出王氏之下也哉？……若苏氏则其律身已不若荆公之严，其为术要未忘功利，而诡秘过之。其徒如秦观、李荐之流，皆浮诞佻轻，士类不齿，相与扇纵横捭阖之辨，以持其说，而漠然不知礼义廉耻之为何物。虽其势利未能有以动人，而世之乐放纵、恶拘检者，已纷然向之。使其得志，则凡蔡京之所为，未必不身为之也。世徒据其已然者论之，是以苏氏犹得在近世名卿之列，而君子乐成人之美者，亦不欲逆探未形之祸以加讥贬，至于论道学邪正之际，则其辨有在毫厘之间者，虽欲假借而不能私也。今乃欲专贬王氏，而曲贷二苏道术，所以不明异端所以益炽，实由于此。①

① 朱熹：《晦庵集》，卷30，《四库全书》，“集部·别集类”。

朱熹对苏轼这些措辞异常激烈的批评，显然是为了确立理学的道统。其道统的核心亦是其父朱松的君臣节义的维护和发展。朱熹对苏轼贵通达、贱名检、乐放纵、恶拘检的剖析，却无疑是抓住了苏轼人格、人性上的去取出处的本质一面：在纯真个性与盲目节义之间，他永远会选择前者。正因为此，我们推测其《昆阳城赋》对严尤的质疑，应该不会是简单君臣节义的谴责，而是更有着对怀抱长才者在纷乱的政治风云里无可全生的深刻同情与沉思。而恰是这一点，却又没有被一贯机敏严厉的朱熹所看透，岂不正是他所谓苏轼之文"高者出入有无，而曲成义理"，"为术要未忘功利，而诡秘过之"之高明之处吗？则朱熹可谓苏轼本性之"知音"，然独不可谓《昆阳城赋》之"知音"了。

由于苏轼善于"曲成义理"的艺术特性，所以历史上对《昆阳城赋》主题的误解者又岂止朱松父子呢？明代孙承恩《使郢昆阳城吊古》声色俱厉地谴责云："严尤小竖非英才，委身篡逆胡为哉？留芳不能乃遗臭，千年唾骂谁为哀！"[①]此更是曲意误读苏轼及其《昆阳城赋》的典型了。不唯恪守封建君臣大义的士大夫们容易有着这样的误解，现代学者们或者根本就不注意这篇《昆阳城赋》，或者偶尔提到者，亦难免曲解之辞。马积高先生《赋史》云："此外一些赋，大多文辞流利清畅，描写生动，而思想比较浅。如《昆阳城赋》描写决定新、汉兴亡的一次战役，是很生动的，但结意却归到为严尤惋惜，这就是所见者小了。"[②]对《昆阳城赋》的深婉意旨，也难免作出过于简单的评价。

三

苏轼《昆阳城赋》还有一点也是值得注意的：朱松除了从故事

① 孙承恩：《文简集》，卷21，《四库全书》，"集部·别集类"。

② 马积高：《赋史》，429页，上海古籍出版社，1987年。

本身剖析昆阳之战的成败原因，还最早从赋体本身来评价它：“子瞻作此赋时，方二十一二岁[①]，笔力豪壮，不减司马相如也。”这直接涉及到了此篇赋作的本体和风格问题的研究。显然，朱松所欣赏的，首先是它无疑的和司马相如更为接近的赋风，即豪壮风骨。这其实是从赋体的角度上高度评价了这篇赋的意义。我们从前文的解析中不难见出，它的确气势豪壮，文笔简捷，故元代刘壎云：“东坡先生有《昆阳城赋》，殊俊健痛快。”[②]事实上，苏轼本人一贯喜爱和肯定司马相如之赋。其《与谢民师推官书》云：

> 扬雄好为艰深之词，以文浅易之说。若正言之，则人人知之矣，此正所谓雕虫篆刻者。其《太玄》、《法言》皆是类也。而独悔于赋，何哉？终身雕虫，而独变其音节，便谓之“经”，可乎？屈原作《离骚经》，盖风雅之再变者，虽与日月争光可也，可以其似赋而谓之雕虫乎？使贾谊见孔子，升堂有余矣，而乃以赋鄙之，至与司马相如同科，雄之陋如此者甚众！可与知者道，难与俗人言也。[③]

针对扬雄以来对司马相如赋的否定，苏轼看重司马相如的赋，其赋作中自有一种浩荡豪壮的文气贯注其中。从这个意义上说，朱松对《昆阳城赋》风格的把握，要远比他对《昆阳城赋》主题的把握深刻得多，也准确得多。较有意思的是，对于其父的这种认定，朱熹没有进行直接的评论；但我们从他的另外一些言语中却可以遗憾地发现，他至少没有完全领会或赞同这样的看法。朱熹《楚辞后语》卷二《哀二世赋注》云：

---

① 苏轼《昆阳城赋》，据孙民说，当作于嘉祐五年(1060年)正月，《东坡赋译注》，10页。按苏轼生于景祐三年(1036年)十二月，则其时苏轼当24岁。朱松所云，盖估计之辞，本非确指。

② 刘壎《隐居通议》，卷5“昆阳城”条，《四库全书》，“子部·杂家类·杂说之属”。

③ 苏轼：《东坡全集》，卷75，《四库全书》，“集部·别集类”。

> 盖相如之文能侈而不能约，能谄而不能谅。其《上林》、《子虚》之作，既以夸丽而不得入于楚辞，《大人》之夸远游，其渔猎又泰甚，然亦终归于谀也。①

朱熹此处对司马相如的赋作，几乎采取了全部否定的态度，并且以为其“低徊局促”，“阿意取容”，甚至斥为“可贱”，而其主要的依据就在于相如不能“倾意极言，以寤主听”，完完全全站在道学立场上，带着有色眼镜的偏激目光，未免迂苛狭隘。本此，则知其对苏轼《昆阳城赋》真正主题的领会，亦当不如其父，实在是很有限。再者，我们从朱松“不减司马相如”之“不减”二字，可以看出，朱松肯定此赋艺术成就的根本所在，还不仅仅是其与司马相如赋风的接近，而在于它对司马相如赋作艺术成就的超越。这种超越的本质所在，当然也在于其“笔力豪壮”的关键点上。关于司马相如赋风的评价，自扬雄以来大体就有如苏轼、朱熹这样的两种截然不同的看法。究其缘故，肯定者乐其气势浩大，文辞雄美；否定者厌其夸丽不实，劝多于讽。要言之，皆能中其肯綮，故两说竟一直并行不悖，不相上下。正因为此，我们有理由，也有必要重视朱松所谓“不减”二字：他显然认为苏轼的这篇《昆阳城赋》之豪壮笔力，不仅追步相如的夸饰宏伟、驰骋文字的体制风格，而且更在其思想内涵上，体现出苏轼的敏锐和卓识，尽管其所赞叹的方向距离苏轼本意可能还有着难免的差距！

苏轼《昆阳城赋》的赋学意义，还不仅限于朱松对它的发掘上。我们今天来评价它，还在于其在苏轼赋作中的特殊意义。苏轼赋作不多，然而名作不少。如前、后《赤壁赋》，更是脍炙人口，久为称道。然而众所周知，前、后《赤壁赋》写于苏轼的中年时期，受北宋整个赋坛的影响，它们已经是典型的文赋了；而《昆阳城赋》是苏轼

---

① 朱熹集注：《楚辞后语》，卷 2，《哀二世赋第十四》，《四库全书》，“集部 · 楚辞类”。

早年的作品，它有着独特的体格：就整饬和谐韵而言，它应该算是律赋；可是就它通篇只押一韵而言，它又有与律赋不大一样的变异特点。北宋初期，沿袭唐制，科举试赋，其所考试之赋，当然是标准的律赋。苏轼早年为应付科举，必然要练习这样的赋体。今存苏赋，最早的作品如《滟滪堆赋》、《屈原庙赋》等皆基本上是律赋。可是从本篇《昆阳城赋》的体格来看，年轻的苏轼的确正以他不同凡俗的天性，试图在赋体上突破陈规。无独有偶，其大约作于熙宁八年（1075 年）秋天的《后杞菊赋》亦全是这种通篇一韵的作品。这种变体律赋，可以算是他成功转向文赋创作的一个前期的铺垫。但是令人深思的是，晚年的他居然又回到了写作律赋的道路上来，创作了大量严格的律赋，如大致写于元祐年间，侍讲哲宗时期的《明君可以为忠言赋》、稍晚的《通其变使民不倦赋》、大约作于元祐初年的《三法求民情赋》，他如《六事廉为本赋》、《延和殿奏新乐赋》等等，皆此类。这些律赋全部作于元祐更化之后，典型反映了当时对科举改革的一项重大内容：恢复王安石所废除的诗赋取士制度。苏轼是坚决的诗赋取士制的拥护者。苏轼《议学校贡举状》云：

> 自文章而言之，则策论为有用，诗赋为无益。自政事言之，则诗赋策论均为无用矣。虽知其无用，然自祖宗以来，莫之废者，以为设法取士，不过如此也，岂独吾祖宗？
>
> 自唐至今，以诗赋为名臣者，不可胜数，何负于天下，而必欲废之？近世士人，纂类经史，缀辑时务，谓之策括。待问条目，搜抉略尽，临时剽窃，窜易首尾以眩有司，有司莫能辨也。且其为文也，无规矩准绳，故学之易成。无声病对偶，故考之难精。以易学之士，付难考之吏，其弊有甚于诗赋者矣。①

苏轼既然对诗赋取士报绝对赞成的态度，他就不可能不在实践

① 苏轼：《东坡全集》，卷 51，“奏议四首”，《四库全书》，“集部 · 别集类”。

上身体力行，作出表率，遂创作出大量的律赋。不唯如此，他还在理论上为律赋的制作进行辩护，特意作了《复改科赋》进行鼓吹：

> 赋之兴也，本于两京之世，迤逦陈齐之代，绵邈隋唐之裔。故遒人徇路为察治之本，历代用之为取士之制。近古不易，高风未替。祖宗百年而用此，号曰得人。朝廷一旦而革之，不胜其弊。谓专门足以造圣域，谓变古足以为大儒。事吟哦者皆童子，为雕篆者非壮夫。殊不知采摭英华也，簇之如锦绣。较量轻重也，等之如锱铢。韵韵合璧，联联贯珠。稽诸古，其来尚矣；考诸旧，不亦宜乎。特令可畏之后生，心潜六义，伫见大成之君子。名振三都，莫不吟咏五字之章，铺陈八韵之旨。字应周天之日兮，运而无积；句合一岁之月兮，终而复始。过之者成疣赘之患，不及者贻缺折之毁。曲尽古人之意，乃全天下之美。遭逢日月，忻欢者诸子百家；抖擞历图，快活者九经三史。议夫赋，曷可已？义何足非？彼文辞泛滥也，无所统纪。此声律切当也，有所指归。巧拙由一字之可见，美恶混千人而莫违。正方圆者，必借于绳墨。定檃栝者，必在于枢机。所以不用孔门，惜扬雄之未达；其逢汉帝，嘉司马之知微。①

在苏轼看来，律赋本身的严格规则，恰好成为考试学生的基本功和才华的有效得力的工具。他的这种主张，无疑为律赋在北宋赋坛上的回光返照起到不小的作用。并且此后，宋人的科举似乎再也没有明确地废除过诗赋，当然，所考试的赋体也只可能是律赋。

然而，文体的发展必然有着其自身的不可抗拒的规律。依靠诗赋取士的政策，也并不能带来律赋本质上的复兴。苏轼本人的律赋，除开其政治观点和艺术手段上的娴熟外，的确也不见得有好的

---

① 本赋引文选自孙民：《东坡赋译注》，83页，文字处理暂从孙校。

文采。比起他的文赋来，这些律赋的影响小得多。这的确是件无可奈何的事情。所以自元代祝尧提出以来，赋体格变，每况愈下的说法愈加盛行和明确。宋代文赋以后，赋体在我国的赋史上再也没有作出新的突破，所以虽然代有作者，然传者益少，名篇愈寡，这实在不是人力所可挽回的，苏轼的努力也是历史注定的失败了。即使是苏轼本人，在元祐更化以后，其《中山松醪赋》、《酒子赋》、《菜羹赋》、《沉香山子赋》等大部分赋作，亦难免回复到《昆阳城赋》类的律赋变体了。

秦观《游汤泉记》与《汤泉赋》虚词运用比较

——论“赋体”句法与“文体”句法之异同

陈韵竹

一、绪　论

“赋”作为一种文类，方其诞生便同时绍承《诗经》与《楚辞》的基因，刘勰所谓“赋也者，受命于诗人，拓宇于楚辞”①。《诗经》与《楚辞》同为中国文学之源头，沾溉百代文人。《诗经》年代较早，《楚辞》固然有所取法于《诗经》，但自其异者观之，无论情志内涵，或谋篇造句，二者都是“南辕而北辙”。《诗经》是不语怪力乱神的，《楚辞》则河伯山鬼，迷离光怪；《诗经》是哀而不怨，温柔敦厚的，《楚辞》则流连哀思，悲愤激切；《诗经》以规整的四言为主，《楚辞》则多采六七言，带“兮”折腰“骚体句”。《诗经》与《楚辞》神髓气质的差异矛盾，往往“此是则彼非”，“彼是则此非”。若是“温柔敦厚”就不能是“悲愤激切”，若是“神灵靡曼，想象奔驰”，就难以“实际理智”，故表现于赋作上，不是调和折衷，冶炼重塑，而是依人因时，各自取舍。然而另一方面，句法形式，却是可以互相渗透的，“汉大赋

① 刘勰:《文心雕龙·诠赋》。

的出现，则尤以散文化的特质加大了诗、赋的疏隔”[①]。随着时代文化的发展，语言的变化，律诗形式的确立，四六骈体的成熟，“赋”的句形，时而诗式，时而骚式，时而骈式，时而散文式，时而律式，时而通篇齐言，时而长短言，时而杂错数式，有主有从，或不分主从。更因内容题材与句法类型的搭配，并无必定的程序规范，于是纵横交错，“赋”一身兼祧二祖，历千余年而百变其貌。

“赋”之面貌多变，然“赋”与“文”的沟通纠葛可谓最深，“赋”所以自附庸成大国，与“诗”划境，“散文化”是重要关键。自汉以来，“赋”与“文”便互相跨越踩踏对方的疆界，例如有一类文章，形式兼具俳与韵，直可视为赋，如扬雄《解嘲》、韩愈《进学解》者，扬雄与韩愈以“文”命之，而不令其侧于“赋”列；相反的，欧阳修《秋声赋》、苏轼《赤壁赋》，也押韵，但诚然是“一片之文但押几个韵尔，赋于何有”[②]。欧阳修与苏轼，却都以“赋”命之，而不令其侧于“文”列。若是说欧、苏立意以“破体”为创新，则扬雄与韩愈又何其不然。论议至此则“赋”与“文”的界域似乎泯灭不可辨了，赋的面目已然模糊了。

“赋”体在功能上的“讽喻劝谏”、“体物写志”；修辞上的“夸饰声貌”、“铺陈采滥”，结构上“客主问对”，若行之于“文”体，似乎都可视为写作风格之一种，较严肃地看待，或者可称为“文”体的一种“歧出”或“特殊”现象，但并非绝对不可跨越的文类领域标界，更加上“赋”体内容气质的嬗变无方，若是剥落“赋”体必须押韵的这一层限制，是否“赋”与“文”便无可区分？有些文论家却由另一视角来看待问题，如刘祁《归潜志》曰：

---

① 许结、郭维森：《中国辞赋发展史》，26页。

② 祝尧：《古赋辩体》，卷8：“宋时名公于文章必辩体，此诚古今的论。宋之古赋往往以文为体，则未见其有辩其失者……后山谓：‘欧阳公以文体为四六。’但四六对属之文也，可以文体为之，至于赋若以文体为之，则专尚于理，而遂略于辞，昧于情矣。俳律卑浅固可去也，议论俊发亦可尚，而风之优柔，比兴之假托，雅颂之形容，皆不复兼矣。非特此也，赋之本义当直述其事，何尝专以论理为体邪。以论理为体，则是一片之文但押几个韵尔，赋于何有。今观《秋声》、《赤壁》等赋，以文视之，诚非古今所及，若以赋论之，则教(坊)雷大使舞剑，终非本色……本以恶俳，终以成文，舍高就下，俳固可恶，矫枉过正，文亦非宜……脱于对偶之俳，而不自知，又入于散语之文。”

> 文章各有体，本不可相犯欺，故古文不宜蹈袭前人成语，当以奇异自强，四六宜用前人成语，复不宜生涩求异，如散文不宜用诗家语，诗句不宜用散文言，律赋不宜犯散文言，散文不犯律赋语，皆判然各异，如杂用之，非惟失体，且梗目难通。然学者暗于识，多混乱交出，且互相诋诮，不自觉知此弊，虽一二名公不免也。①

若由作家创作的心理层面观之，作家选择一种文类从事创作，同时是选择自己服从的种种约束，其中既包括文体类别的机能，如书、记、论、序、跋等不同功用区分，也包括形式上的语言模式，如语义、语汇、语法结构等特征规范。刘祁由语言句式的观点谈文章各有体，判然各异，不宜相犯，是个人对文章广博深细地咀嚼之后，凭乎感觉的体会理解，刘祁并未能将其所谓“律赋语”、“诗家语”、“散文言”加以具体描述，比较讨论，仍停滞于“熟读百遍，其义自见”的层次。“句法”之于文章，犹如人体的骨骼肌肤，男女或者穿戴装饰可以相同，举止动作可以无别，但骨骼肌肤的形构粗细却不容锉磨改塑的，或者由于不是外在可拆卸、可涂抹、可伪装的部分，以致学者暗于识，不自觉知此弊，刘祁纵然有觉于各体有异，却也未明白清楚地指陈其所以异。

就文法而论，相较于其他语言，汉语属孤立语，不具形态变化，于是所谓代词、副词、介词、连词及助词等“虚词”承负了组合限定意义的重要责任，“虚词”本身并不具实质意义，却是决定句法的枢纽，检视虚字的运用，是观察句法行为的重要窗口。尝试由“虚词”出发，借重统计的原理，建立一套严密精确的研究方法，以明确且系统的方式，将以往凭乎感觉的体会理解，客观如实地整理，以掌握构成“文体”与“赋体”句法行为的基础。“让数字来说话”，让统计资料揭露现象，并对现象背后的成因，提出周延合理的诠释，是本研究课题的核心。然而即使将先秦时期赋体草创阶段略而不计，仅自汉至清两千年，“赋”及“文”之作品，是浩如烟海，作家则灿如繁星，比较两种文类，取样当考虑周密深远，样本

① 刘祁：《归潜志》，卷12。

选取之恰当与否，直接关系研究结果之可信度及说服力。本文以秦观《游汤泉记》与《汤泉赋》两篇文章作为“文”与“赋”的对照，一则基于作者的考量，一则基于文本的考量。作者秦观是一位文类意识极清晰，又谨守格法的文人，其反复申述“赋中作用与杂文不同”的主张，不仅是“论赋至悉，曲尽其妙”的赋论家，同时也是“用意作赋”，“用心于赋，甚勤而专”的赋作家。①其次是文本的斟酌，《游汤泉记》与《汤泉赋》乃秦观在同一时间地点，本于同一事件背景分别以“赋”与“文”两种文类创作的两篇文章，文类区辨的意义特别凸显；更为关键的因素是，《汤泉赋》虽也点缀零星骚体句，并有为数不少的骈句，但既非以带“兮”之骚体句为主的“骚体赋”，又非以对偶精切为诉求的“骈体赋”，更非科考应制的“律体赋”，依学术传统《汤泉赋》归类于“文体赋”②，“文体赋”与真正“文体”之间的句法比较，方是同质的比

---

① 周义敢等编：《秦观资料汇编》引李廌《济南先生师友谈记》，39～40页。

“秦少游论赋至悉，曲尽其妙，盖少时用心于赋，甚勤而专，常记前人所作一二篇，至今不忘也。”“少游言：‘赋中作用与杂文不同，杂文则事词，在人意气变化，若作赋则惟贵炼句之功，斗难、斗巧、斗新。借如一事，他人用之，不过如此，吾之所用，则虽与众同，其语之巧迥与众别，然后为工也。’”

“少游言：‘赋家句脉，自与杂文不同。杂文语句，或长或短，一在于人。至于赋则一言一字，必要声律。凡所言语，须当用意，屈折斲磨，须令协于格调，然后用之。不协律，义理虽是，无益也。’”

“少游言：‘凡赋句全藉牵合而成。其初，两事甚不相侔，以言贯穿之，便可为吾所用，此炼句之工也。’”

“少游言：‘今赋乃江左文章雕敝之余风，非汉赋之比也。’”

“少游言：‘赋之说虽工巧如此，要之，是何等文字？’廌曰：‘观少游之说，作赋正如填歌曲尔。’少游曰：‘诚然，夫作曲虽文章卓越，而不协于律，其声不和。作赋何用好文章，只以智巧饤饾为偶俪而已。若论为文，非可同日而语也。朝廷用此格以取人，而士欲合其格，不可奈何尔。’”

② 明人徐师曾：《文体明辨序说》将赋分为四体：一曰古赋，二曰俳赋，三曰文赋，四曰律赋。《文体明辨序说》，101页，长安出版社。何沛雄则将汉赋分为“骚体赋”与“散体赋”。详见《略论汉代骚体赋及散体赋特点》，政治大学文学院编：《第三届国际辞赋学学术研讨会论文集》，559～581页，1996年，及《汉代骚体赋及散体赋的发展》，南京大学中文系主编：《辞赋文学论集·第四届国际辞赋学学术研讨会论文集》，240～254页，1999年。詹杭伦主张按照“约定俗成”的学术惯例，将辞赋分成骚体赋、文体赋、骈体赋、律体赋四种体裁，详见《宋代辞赋辨体论》，《逢甲人文社会学报》，2003年，第7期，1～16页。另外在《秦观的赋论与赋作初探》一文中，詹杭伦明确将《汤泉赋》划归于“文体赋”类。

较，由同中见异，方具意义。

宋之后，自元以来“以文为赋”已成为后人对宋赋的整体印象①，本文尝试跨越文类内容、功能、修辞及结构间汇通浸染的背景追溯及理论申辩，直接观察比较所谓“文体赋”与真正“文体”之间句法行为的异同，让“文”与“赋”两种文类的辨析，不再停留于容貌神态、穿戴妆点的印象，而深入骨骼筋络，比较体质的根本差异，必有助于清楚了解古人对“赋”与“文”两种文类的掌握与区辨。探究秦观《游汤泉记》与《汤泉赋》两篇文章中的句法表现所呈现的结果，虽不能扩大类推于所有赋体与文体作品，或者其他作家，但应是极具代表性与启发性的。

二、作者、写作背景与“句子”之界定

在进入虚词运用的深细的比较前，首先对作者秦观及其《游汤泉记》及《汤泉赋》写作之时间、背景简单交代，并说明本文所谓“句子”之认定原则。

作者秦观（1049—1100），为苏门四学士之一，乃北宋著名文人。《游汤泉记》及《汤泉赋》乃秦观与孙觉、参寥子同游历阳之汤泉所作。周培均《淮海集笺注》曰：“熙宁九年与孙莘老、参寥子同游历阳（今安徽省和县）之汤泉，得诗三十首、赋一篇（见《游汤泉记》）”，“游记作于游汤泉之明年，因署‘熙宁十年九月’，则此赋之作，当在九年，《秦谱》系之于熙宁九年，是。”②周义敢、程自信、周雷编注《秦观集编年校注》曰：“此赋作于熙宁九年八月，其时作者随孙觉游历阳汤泉山。汤泉山在历阳城北四十里处，为鸡笼山之

① 如元人祝尧所言：“宋之古赋往往以文为体”（《古赋辩体·卷八》）。明人徐师曾：“三国、两晋以及六朝，再变而为俳，唐人又再变为律，宋人又再变为文。”“故今分为四体：一曰古赋，二曰俳赋，三曰文赋，四曰律赋。”（《文体明辨序说》，101页，长安出版社）。清人王芑孙：“以古文为路，由是而赋。”详见《读赋卮言·总指》，收录于何沛雄《赋话六种》，23页，1982年，发行地：香港。

② 周培均：《淮海集笺注》，5页。

分支，一名香泉山。胡永成《香泉志·形胜·香泉山》：'距郡北四十里，自鸡笼山分派从西北来，突服峻麓，至是中断，崛起一小山，状如鼎盂，赤土顽石，草木不茂。'"①据周培均等之考定，《汤泉赋》作于宋神宗熙宁九年，《游汤泉记》则是熙宁十年(1077年)追叙之作，秦观时年分别是28及29岁。

中文所谓句读之"句"，与西洋文法中所谓的句子意义虽相近，但仍存在许多歧异，并不相当。关于本文所界定的"句子"，则是依循中文的传统习惯，并不一定是文法上所谓语意完足的句子，而比较接近朗诵时语气停顿的单位；但若遇到结构复杂的词组，语气虽有顿歇，仍必须顾及词组的完整性，不宜将词组割裂。例如，《汤泉赋》："其羡流冗浸捐弃于沟壑者，犹能灌蔬稻之畦，已牛马之暍"一段，其中"其羡流冗浸捐弃于沟壑者"，周培均《淮海集笺注》、周义敢《秦观集编年校注》及四川大学编纂之《全宋文》，三家断句标点便互有出入，罗列如下：

其羡流冗浸捐弃于沟壑者　(《淮海集笺注》)

其羡流冗浸，捐弃于沟壑者　(《秦观集编年校注》)

其羡流冗浸、捐弃于沟壑者　(《全宋文》)

"羡流冗浸"与"捐弃于沟壑"之间，《淮海集笺注》不穿插标点，《秦观集编年校注》则以"，"断开，而《全宋文》用"、"稍作停顿。依笔者之认定："其羡流冗浸捐弃于沟壑者"本身为一偏正名词组，担任"犹能灌蔬稻之畦，已牛马之暍"之主语，"羡流冗浸捐弃于沟壑"被拘束于"其……者"之间，"者"乃词组的中心词，本文依维护词组的完整性之原则，仅将其视为一个"句子"，而不分为两句。又如《游汤泉记》："岂所谓'无出而阳，无入而藏，柴立乎其中央'者欤！"一段，开头"岂所谓"与结尾"者欤"两相呼应，中间包孕"无出而阳，无入而藏，柴立乎其中央"一串引言，若依照引言中语气的顿歇，一一断开，则破坏"岂所谓……者欤"句子的完

① 周义敢等注：《秦观集编年校注》，卷1，11页。

整，极不妥当，故将此段视为一句。

“赋”体有韵脚作为语气停顿的参考标志，故断句较少犹疑不决处，“文”体则不然，没有韵脚作为符号，故并不是那样清晰、易于指辨，但反复诵读，也不难体认；虽不免受读者主观影响，以致因人而微有异同，但若是断句原则明确且一致，应无害于整体分析。

三、篇幅、句长与句数

借由统计资料，对这两篇文章之轮廓作一描写，有助于对文章整体的掌握，更是深入比较讨论的基础。首先对两篇文章篇幅、句子长短及句子数量，计算整理列表，见表一，并将《游汤泉记》与《汤泉赋》句子长短分布以柱形图（图一、图二）分别呈现，而句子长短所占百分比以折线图两相对照呈现，如图三。

表一 《游汤泉记》、《汤泉赋》句长分布表

篇章 \ 句中字数		1言	2言	3言	4言	5言	6言	7言	8言	9言	10言	11言	12言	13言	19言	总计
游汤泉记	数量	1	6	14	71	39	39	27	15	6	4	5	0	2	1	230句 1271字 平均每句5.53字
	百分比（%）	0.4	2.6	6.1	30.9	17	17	11.7	6.5	2.6	1.7	2.2	0	0.9	0.4	
	频率高低排序	12	8	6	1	2	2	4	5	7	10	9	13	11	12	
汤泉赋	数量	0	2	2	45	9	18	6	2	0	0	1	0	0	0	85句 412字 平均每句4.85字
	百分比（%）	0	2.4	2.4	52.9	10.6	21.2	7.1	2.4	0	0	1.2	0	0	0	
	频率高低排序	9	5	5	1	3	2	4	5	9	9	8	9	9	9	

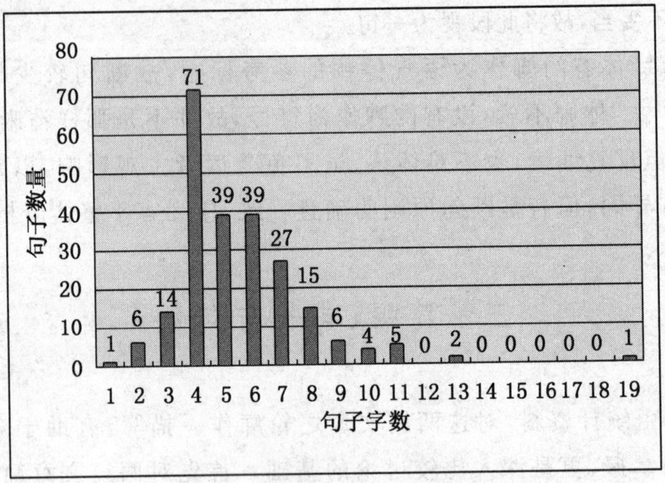

图一 《游汤泉记》句长分布图

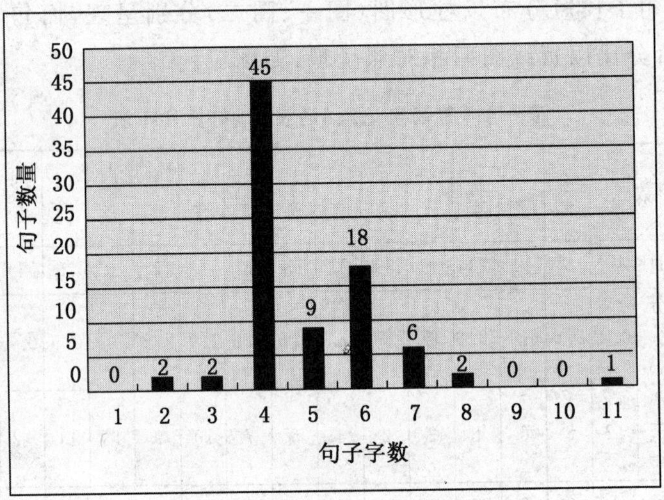

图二 《汤泉赋》句长分布图

依据表一的统计，秦观《游汤泉记》总计 1 271 字，230 句，平均每句 5.53 字，《汤泉赋》总计 412 字，85 句，平均每句 4.85 字。二者相较，《游汤泉记》篇幅约为《汤泉赋》的 3 倍长，总计多 859 字。句数约为《汤泉赋》的 2.7 倍，平均每句字数较《汤泉赋》多0.68字。

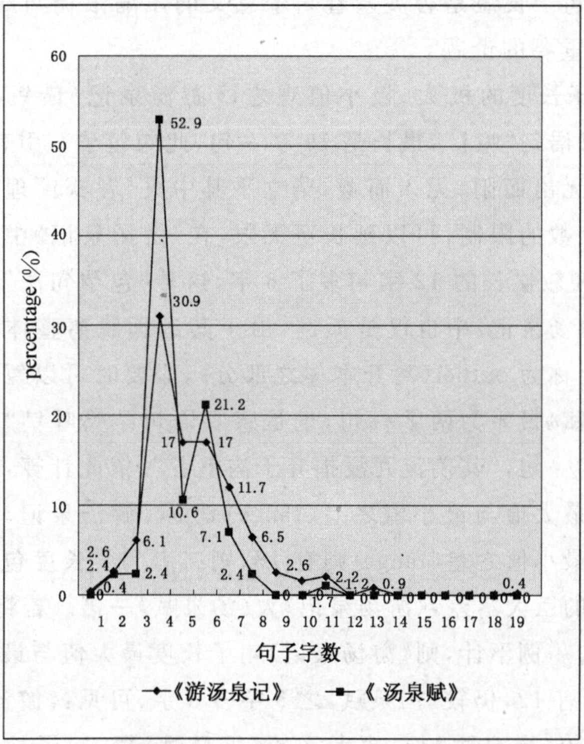

图三 《游汤泉记》、《汤泉赋》句长所占百分比折线图

以篇幅长短论，一般长篇较之短篇，或者其内容涵摄较为周广，或者描述较为详密，或者句式较清疏。两篇文章有 859 字的差距，若检视比较二者布局规划，材料去取之异同，对于不同文类的机能与内容性质，应有清楚的呈现，这虽然不属于讨论重点，但也须掌握概要。由于文章内容性质与句法运用并不是绝对不相关涉，亦即必须考虑，因内容之不同而有不同句法表现之可能性；然而相反而言，句法表现之差异，固然可能与文章的机能、内容性质有关，但文类之不同仍是最原始之初因，若现为因文类不同而导致的句法行为的差异，并无太大争议。此外，每个句子平均字数之多少，乃文章整体句法结构分析之基础，依计算，《游汤泉记》的 230 句每句的长度，较《汤泉赋》的 85 句每句的长度，平均多出

0.68 字，句子长短是否关系着句子意义的压缩浓稠与疏散清淡，亦是一个重要的论题。

就句子长度的极大、极小值观之，《游汤泉记》最短为一字一句，是感叹语句“噫!”，最长是 19 字一句，此句包孕一引言于其中：“岂所谓‘无出而阳，无入而藏，柴立乎其中央’者欤!”理论上，“引言”并无字数的限制，可以延长至无限，在《游汤泉记》中这最长的 19 字句，便较次长的 13 字句多了 6 字，这种“包孕句法”属于罕见情况。《游汤泉记》中也仅是孤例，由于其远远脱离整体的分布趋势，统计上称为 outlier(离开本体之部分)，必要时可以暂时删略不计；《汤泉赋》最短为两字一句，也是感叹语句：“呜呼!”“善乎!”最长是 11 字一句，“其羡流冗浸捐弃于沟壑者”，依此计算，《汤泉赋》句子长度最大值与最小值之差(range)是 9，《游汤泉记》句子长度最大值与最小值之差(range)则有 18，则二者句子长度包括范围大小有 9 字的巨大落差，《游汤泉记》大《汤泉赋》一倍。若将属 outlier 的 19 字句一例不计，则《游汤泉记》句子长度最大值与最小值之差(range)也有 12，仍较《汤泉赋》之 9 字多 3 字，可见：《游汤泉记》的句式长者较《汤泉赋》长，短者又较《汤泉赋》短，句子长短悬殊较《汤泉赋》大。

就句子长短分布而论，参见图一、图二与图三：《游汤泉记》以四言句数量最多，约占全文总句数的 30.9%，其次是五言与六言，同样占全文总句数的 17%，再则依序是七言、八言，分别占 11.7%、6.5%，三言句亦有 6.1%的比率，其余二言以下及九言以上，所占百分比都低于 3%，甚而低于 1%。《汤泉赋》也以四言句数量为最多，全篇一半以上是四言，所占比率近 53%，其次则是六言，占 21.2%，再则是五言与七言，各占 10.5%与 7.1%；此外，二言、三言与八言都各有两例，各占 2.4%，不见九言与十言句，又有十一言句一例，占 1.2%。

对比参照《游汤泉记》与《汤泉赋》句子长短分布情况，不难发现，二者互有异同。自其异者观之：《游汤泉记》句式趋近常态性分布(normal/distribution)，而《汤泉赋》则截然不同，四言与六言双峰突起，仅将四言与六言合计，便几乎含括了全文总句数的四分之三，再将五言与七言并入，则涵括了全文总句数的91.7%，其余二言、三言、八言及十一言，均属一或二例零星散见。统计上句子长短分布趋近常态所代表的意义是：在《游汤泉记》，秦观并不曾用力于修整句式，乃随意气变化而短长，故长短参差错落；而《汤泉赋》四言、六言的两个偏峰则透露了刻意裁剪的痕迹。总体而言，相对于《游汤泉记》的参差错落，《汤泉赋》的句式是相当规整的。若自其同者观之：依各句式数量多少排序，《游汤泉记》与《汤泉赋》的表现则十分一致，二者都以四言运用最为普遍，比率上都与其他句式有显著的落差；而四言之后，极其巧合，依序又都是六言、五言及七言，《游汤泉记》虽六、七言句数相当，但大底不违离这个趋势。若将《游汤泉记》与《汤泉赋》合计，两篇文章共有句子315句，其中四、五、六及七言句共254句，约占全部句子总数的81%。以上资料之呈现，透露几项讯息：

第一，由于《游汤泉记》与《汤泉赋》都以四、五、六及七言句数量最多，四种句式合计占全部句子总数之81%，若根据本文划订“句子”的标准——“朗诵时语气的停顿”，则可知在秦观两篇文章中，语气以四字一停顿、五字一停顿、六字一停顿或七字一停顿最为自然，三字以下或八字以上，比率锐减，仅属于奇零的穿插运用。

其次，有关四言句的运用。无论刻意或无意于整齐句式，四言句所占比率都远高于其他句式，是秦观个人风格所致，或是超越时代与个人，属于“文”体与“赋”体的普遍共相？若以学术研究审慎严谨的态度而言，只能指称秦观这两篇文章存在这样的现象，至于秦观之其他文章，乃至其他文人，其他世代作品，数据阙如，仍不可知。然而学术研究之所关注，不仅在于现象的揭露，更在于现象之成因与背景之诠释。四言句式的运用，若由文学历史宏观的角度而论，可远溯《诗经》，然而四言句式运用的频繁，与其远溯《诗经》传统的影响，毋宁说是四言结构的平衡稳定，已成为我们“脱口而出”、“信手拈来”习惯使用的句式，两千多年前诗人的创造，镕冶灌注于民族语言的血液，形塑了民族语言的风貌，在后人自然而然，唇吻笔端之间流露展现。由秦观两篇文章的观察，推及民族语言风格的讨论，以统计学的立场视之，是“过度诠释”了；然而由今日汉语四字成语、格言的丰富精彩，乃至一般民间四字联句的运用，可感受四言句的生命仍在平常日用的生活中活泼跃动。

再则论六言句、五言句及七言句。《汤泉赋》之六言句低于四言句有31.7个百分点，二者落差巨大；但较数量更低的五言，多出近11个百分点，仍然是明显突出于其他句式。至于《游汤泉记》中的六言与五言，数量不相上下，同样占全文总句数的17％，与四言的差距也仅约14个百分点，不如《汤泉赋》之悬殊，对此现象，我们的质疑是：何以《汤泉赋》不随言而长短，而用力修裁以求规整？又何以刻意突出四言与六言，而不是五言或七言？就赋史发展观之，或者可远溯魏晋南北朝，当时多种族文化的碰撞冲击融合，导致语言的迅速剧烈变化，旧有的文学样式已不能承载当时人们所欲表达的情感思想，正如今日我们难以强行将现代的语汇措辞，嵌入旧有的诗、词、曲格律规范之中，来宣抒迥然不同于古人的人生经验。当时各种文类，无论“诗”、“赋”或“文”都在寻求一种新的表现形式，而这三种文类亦相互纠缠、影响与渗透。经由魏晋南北朝作家的摸索、尝试、琢磨，到了唐朝臻于成熟，诗的五言、七言句式确立，四言诗逐渐消逝，骈文则以四言、六言为主。“赋”介于“诗”、“文”之间，既作为“诗”之苗裔，又与骈文有极深厚的渊源，骈文的孕生漫衍得之于辞赋极大的益助①，而辞赋的发展流变亦得之于骈文之回馈②。在六朝诗、赋、文发展未臻成熟稳定之际，“赋”若仅就“铺

① 简宗梧《赋与骈文》曰：“从文类发展的角度加以观察，骈文其实只是散文赋体化的结果。”第一章第二节，231页。

② ［日］铃木虎雄《赋史大要》曰：“此期（六朝）文章，骈文中主四六体，多用隔对。然赋于初则四字六字之单对为多，隔对则否……赋中四六，宁人唐而后多。即庾信赋序，虽多四六，然于赋之本部，亦不必篇篇用之。”第四篇第二章，107页。据铃木虎雄之见，六朝四六隔对先见于骈文，赋仍多四字六字单对，人唐之后，四六隔对方普遍行于赋，就此而论，赋的四六隔对是受骈文影响。

陈其事"的原始宿命而论，与"比"、"兴"同为诗作中的一种技巧呈现，究竟应向五七言的诗靠拢，或归依四六言的骈文，似乎并没有必然的"可"或"不可"，以至由魏晋到唐初，产生了一类所谓诗化的赋，经历一段诗、赋合流的过程①，宋以后却又走上"以文为赋"的另一极端。《汤泉赋》是不乏骈句，但并不以对偶精切为主要特色，然而在句子长短运用上，仍惊然发觉此赋与"骈文"是如此靠近，而与"诗"相远，即便是赋中的五言、七言句，句法结构也迥异于诗家的五言、七言句，"赋句"与"诗句"的比较，属另一个重要的研究主题，有待日后别撰专文阐论。

四、虚词字的运用

本文着眼于作品内向的语言结构关系，但作品的语言层次有"用字"及"语法"两个层次，语法的目的在限制"字"的可能关系。汉语语法缺少形态变化，不讲时式，人称单复数也较其他语言要松散，"虚词"与"词序"便承负了组合限定意义的重要责任。在词类中，名词、动词、形容词都含有实质意义，至于代词、副词、介词、连词及助词等，往往仅具有语法功能，在句子组织中有其作用，但并不具实质意义。这些表示文法关系的虚词，是本身不能独立的字，但却是决定句法的枢纽，组词成句，经常依靠虚词来决定。就句法而论，虚词的运用，直接关系语义的是否指涉明确，检视虚字的运用，是观察句法行为的重要窗口。本书首先整理比较《汤泉赋》与《游汤泉记》虚词用"量"上的差异，其次再进入内在"质"的分析，论述二者用法之分歧。

在此有关于"虚词"是指词类中代词、副词、介词、连词、助

① 详见许结、郭维森：《中国辞赋发展史》，第一章第二节，19～32页及第三章第六节，324～328页。

词及语气词等。汉字发展过程中，由于字义的扩充、引申，以至一字多义，分属不同词类的现象极普遍，尤其许多虚词是由实词演变而来，还保留实词的词性。譬如：《汤泉赋》“已牛马之暍”之“已”字当动词，有“停止”义，是一实词；而《游汤泉记》“是庵始基，已为贤士大夫所瞩”、“漳南去几时已甚久”，二例之“已”字，作“已经”解，为副词；故本文所收虚词“已”，不包含《汤泉赋》之“已”字，仅纳《游汤泉记》二例，立于《游汤泉记》独用之虚词表。其次，即便同一字都作“虚词”用，语法上亦可能扮演多种角色功能，或有一些细致的行为差异，如“与”字作为一个虚词，既可充当介词，《游汤泉记》“与之言，心如其貌，盖有道者也”之“与”，即是介词；“与”又具连词功能，《游汤泉记》“余与道人参寥请从之”之“与”，是担任连词。凡此，为避免割裂繁琐，在数量统计时，不另别裁分立，然而在下文之各类虚词表中将清楚区分，若《汤泉赋》与《游汤泉记》同一虚词用法有显著差异者，在下文也将逐一指陈，探讨阐述。以下分三表，对比罗列《汤泉赋》与《游汤泉记》虚词运用状况及数量，表二为《游汤泉记》与《汤泉赋》同用虚词表，表三为《游汤泉记》独用虚词表，表四为《汤泉赋》独用虚词表。

表二　《游汤泉记》与《汤泉赋》同用虚词表

	1	2	3	4	5	6	7	8	9	10	11	12	13	14	15	16	17	18	19	20	21	22	23	24	25	26	27	28	总计
虚词	之	其	而	耶	所	于	以	不	者	则	莫	此	焉	又	然	或	余	是	必	相	乎	岂	彼	非	欤	也哉	呜呼(巇)	至于(于)	
类别	代助	代	连	助	助	介	介连	副	代助	副连	副	代	代助	副	助	代	代	代	副	副	助	副	代	副	助	助	助(叹)	连	
记	42	23	28	1	8	16	17	7	21	4	3	2	9	4	6	5	4	3	3	2	2	2	1	1	1	1	1	1	218
赋	18	6	6	6	6	5	4	4	3	3	3	3	2	2	2	1	1	1	1	1	1	1	1	1	1	1	1	1	86

表三 《游汤泉记》独用虚词表

	1	2	3	4	5	6	7	8	9	10	11	12	13	14	15	16	17	18	19
虚词	自	也	与	无	皆	遂	至	盖	为	矣	然后	夫	既又	今	且	甚	乃	已	尝
类别	介代	助	介连	副	副	连	介	副助	介	助	连	代	副	副	副	副	副	副	副
记	9	9	8	5	4	4	3	3	3	3	3	2	2	2	2	2	2	2	2

	20	21	22	23	24	25	26	27	28	29	30	31	32	33	34	35	36	总计
虚词	未	独	于是	因	兹	盍	尔	复	凡	昔	始	尤	从	及	虽	故	噫	
类别	副	副	连	连	代	代	代	副	副	副	副	副	介	介	连	连	助(叹)	
记	2	2	2	2	1	1	1	1	1	1	1	1	1	1	1	1	1	91

表四 《汤泉赋》独用虚词表

	1	2	3	4	5	6	7	8	9	10	11	12	总计
虚词	兮	吾	何	厥	咸	亦	斯	唯	犹	其他	其余	若夫	
类别	助	代	代	代	副	副	副	副	副	代	代	助	
赋	4	2	2	1	1	1	1	1	1	1	1	1	17

依据以上三表，合计《游汤泉记》有 309 条虚词用例①，其中“呜呼”、“至于”、“然后”、“既……又……”及“于是”皆一词两字，故共有虚词 318 字，平均约每一句有 1.38 字（318 字/230 句）；《汤泉赋》有 103 条虚词用例②，其中“呜呼”、“至于”、“其他”、“其余”及“若夫”皆一词两字，共虚词 108 字，平均约每一句有 1.27 个虚字（108 字/85 句）。二者相较，《游汤泉记》比《汤泉赋》每句平均多 0.11 个虚字（1.38 字－1.27 字），依据本文第三小节之计算，《游汤泉记》每句的长度较《汤泉赋》平均多出 0.68 字，若 0.68 字减去 0.11 字，仍有 0.57 字的差距，是可知，《游汤泉记》平均句长之所以较《汤泉赋》平均句长为长，仅有微少的 0.11 个字是导因于《游

① 《游汤泉记》与《汤泉赋》同用虚词 218 例，加上《游汤泉记》独用虚词 91 例，共计 309 例。

② 《汤泉赋》与《游汤泉记》同用虚词 86 例，加上《汤泉赋》独用虚词 17 例，共计 103 例。

汤泉记》虚词之运用较频繁,其余占绝大比率的0.57字,并不能归因于虚词,是另有其他的原因。在虚词的计量上,《游汤泉记》与《汤泉赋》有0.11字的差距,《游汤泉记》的确用了较多的虚字。排除了不同作者、不同写作背景以至于有不同写作风格之因素,虽然仍不能偏颇地认定,虚词运用的多寡是语义明确度唯一的指针,但却可以说,语法的严谨周密及语义的指涉清晰,与虚词运用的多寡是相关的。

在虚词种类方面:"《游汤泉记》与《汤泉赋》同用虚词表"所列,是《游汤泉记》与《汤泉赋》选用虚词之交集部分,二者同用虚词有28种,计218条用例;"《游汤泉记》独用虚词表"所列,是见于《游汤泉记》,不见于《汤泉赋》之虚词,也有36种,计91条用例;而"《汤泉赋》独用虚词表"所列,是见于《汤泉赋》,不见于《游汤泉记》之虚词,仅有12种,17条用例。总计《游汤泉记》使用了64种虚词(28+36),《汤泉赋》则用了40种虚词(28+12),明显地,《游汤泉记》所用虚词较《汤泉赋》多样丰富,由于虚词本身帮助实词表达意义,配合实词造句的功能,若是虚词使用种类的繁富或单纯,意味句式变化的繁富或单纯,则可以归结:较之《汤泉赋》,《游汤泉记》句式是较变化多样的。

在"量"的分析之后,虚词"质"的呈现,是对"量"所显示资料的印证、描写及补充。两篇文章"此有彼无"、"彼有此无"不相交集的独用部分固然是考察重点之一,但由于独用部分有四分之三的虚词仅一或两条用例,各别所占比率微少,而二者同用且出现频率极高的虚词,营构了文章的整体风格,若句法行为表现有所差异,则尤其值得关注。以下则依循代词、副词、介词、连词及助词次序,逐一探讨。"功能意义相同,却使用不同虚字"的情况,及"使用相同虚词,但功能意义却相出入"的情况,是检视剖析的两个相反而相成的视角;此外,透过虚词观察实词,在相同虚字、相同意义功能的范限之下,比较两篇文章的实词搭配,自虚词而实词而句构,由同见异,去同存异,不仅凸显《汤泉赋》与《游汤泉记》各自虚字用法之特质，并延伸至句法行为的辨析。

甲、代词

表五　代词表

	1	2	3	4	5	6	7	8	9	10	11	12	13	14	15	16	17	18	19
代词	之助	其	者助	此	焉助	或	余	是	彼	自介	夫	兹	盍	尔	吾	何	厥	其他	其余
记	13 29	23	18 3	2	5 4	5	4	3	1	3 6	2	1	1	1	0	0	0	0	0
赋	0 18	6	3 0	3	1 1	1	1	1	1	0	0	0	0	0	2	2	1	1	1

凡是能够指示、称代名物以及名物的性质、状态、动作甚至句子的叫作代称词，也叫指称词或代词，见于《汤泉赋》与《游汤泉记》者，如上面《代词表》所列。

（一）“其”、“厥”的运用

“其”在《汤泉赋》及《游汤泉记》都是出现频率最高的代词。①“厥”则仅见于《汤泉赋》，“其”、“厥”都作代词，“其”之功能有二，一是在名词前代“领有者”，扮演定语的功能，另一个是在主谓结构中代“主事者”，担任主谓结构的主语。扮演定语的功能部分如：

（1）a. 其名汤泉　（《汤泉赋》）

　　b. 其色深碧沸白　（《游汤泉记》）

在动词前代“主事者”，担任主谓结构的主语部分如：

（2）a. 其羡流冗浸捐弃于沟壑者　（《汤泉赋》）

　　b. 其僻昧不闻于世者　（《游汤泉记》）

“厥”仅能在名词前代“领有者”，换言之，“厥”字的功能可以被

① “之”是《汤泉赋》或《游汤泉记》使用次数最多的虚词，但“之”可作助词，亦可作代词。“之”扮演代词角色，不见于《汤泉赋》，独见于《游汤泉记》，有用例 13 则，就代词而论，数量远不如“其”。

“其”字所含括，若有“其”字，“厥”字并没有非用不可的必要性，在《游汤泉记》有“其”字用例 23 则，但无一“厥”字用例，《汤泉赋》有“其”字用例 6 则，却另有“厥”字用例一条：“吾闻天下之水，厥类寔繁”，虽仅是孤例，却颇为特殊。就字质而言，“其”字较通用普遍，“厥”字则罕见艰深。

（二）“吾”、“余”的运用

“吾”、“余”二词，如“其”、“厥”二词，属于“功能意义相同，却使用不同虚字”的情况。“吾”、“余”都是自称代词，“吾”有担任主语二例，仅见于《汤泉赋》，“余”则两篇文章互见，在《汤泉赋》作宾语，在《游汤泉记》则分别作为主语、宾语及领格，罗列如下：

（3）a. 吾闻天下之水（主语）（《汤泉赋》）

b. 吾唯灌沐兮，不知其他（主语）（《汤泉赋》）

c. 野老告余（宾语）（《汤泉赋》）

d. 余与道人参寥请从之（主语第一人称单数）（《游汤泉记》）

e. 余三人者既嘉泉之近于道，又贪其有功于尘垢疾病也（主语第一人称复数）（《游汤泉记》）

f. 求仁，余乡友也（领格）、余又独从西寥西驰七十里（主语）（《游汤泉记》）

“吾”、“余”功能有重叠之处，“吾”仅有主语功能，“余”的功能较为全面，既可作为主语，又可作宾语及领格，何以《游汤泉记》仅用“余”不用“吾”，而《汤泉赋》又“余”、“吾”并用，局限于资料，无法深入讨论，然而发现“吾”、“余”在这两篇文章里的运用状况，与屈原辞赋中“吾”、“余”的运用状况颇为一致。①

① 廖序东：《楚辞语法研究》之《论屈赋中人称代词的用法》一章，比较“吾”、“余”的用法时言：“‘吾’、‘余’也颇有不同处，‘余’是全面发展的，而‘吾’则主要用于主格；其次用于领格，不带‘之’字；再次用于否定句中的宾格，置动词前；不大用于动词后的宾格，不用于介词后的宾格。”14 页。

（三）"之"的运用

无论是《汤泉赋》或《游汤泉记》，"之"都是使用次数最多的虚词，是两篇文章同用之虚词，但在两篇文章中行为表现却有差异。"之"字用法复杂，既可作为助词，类似现代汉语之定语标志，也可扮演代词角色。"之"字作为助词乃《汤泉赋》与《游汤泉记》互见用例，"之"扮演代词角色，极其特殊，不见于《汤泉赋》，独见于《游汤泉记》，并且有用例 13 则之多。"之"用作代词既可代替人，也可以代替物和事，担任动词与介词的宾语。《游汤泉记》中用例如下：

（4）a. 集贤孙公谓其游曰："……盍往访焉。"余与道人参寥请从之

b. 六合馆寿圣寺之香积院，院有厖眉老僧主之

c. 院有厖眉老僧……与之言

d. （泉）浴之则愈

e. 望建业江山，蟠龙踞虎之状，皆依约而得之

f. 龙洞……仰而视之，或突然傲岸而出

g. 龙洞……疑生于鬼神，虽智者造谋，而巧者述之，未必能尔也

h. 惠济有庵二。一在太子泉南百步崦中，隐者陈生居之

i. 必待夫至诚笃好之士，然后与之接耶

j. （孙公及其游）相率作诗以约之

k. 庵之成久矣，其地迫遽无水流，非枯槁自谋之士，莫能居之

l. 漳南自汤泉来，会于高邮。追叙去年登临之美……因撰次之

m. 因撰次之，以备汤泉故事，时与同好者览之以自择焉

无论"之"所指代是"人"还是"物"，还是"事"，无论担任动词或介词的宾语，在阅读时都必须回溯前面文章内容，并确切掌握其意旨，方能清楚其所指代的是何人、何事、何物。如（4）f 及（4）g 中的

"之"字,或代指"龙洞",或代指"龙洞鬼斧神工之状",与"龙洞"中间相隔有数十字,甚而百字。试举描述"龙洞"一段,以见其详:

> 自山椒转而西南,盘纡径复,又二里,而至龙洞。其上茏嵷崟岑,不可穷竟。门则大穴也,渐下十数丈,窅然深黑,日光所不及,揭炬然后可行。腹中空豁,可储粟数万斛。屏以青壁,而泉啮其趾,盖以乳石,而鼠家其窦。仰而视之,或突然傲岸而出,若有恃者;或侵寻而却,若有畏者。云挠而鸟企,鼻口呀而断腭,露其陬牙,横谲卒愕之变,疑生于鬼神,虽智者造谋,而巧者述之,未必能尔也。

前后百余字,组成一个完整的片段,然而关键不仅在描写的长或短,而是在句与句之间的联系,其前呼而后应,环扣贯穿,不可随意去取删节,否则代词之所指代便不明确。譬如若少了"或突然傲岸而出,若有恃者;或侵寻而却,若有畏者。云挠而鸟企,鼻口呀而断腭,露其陬牙,横谲卒愕之变,疑生于鬼神"一节,则下文"虽智者造谋,而巧者述之"的"之"字,便不知所指。试与《汤泉赋》两相参照,譬如《汤泉赋》也颇费笔墨写汤泉:

> 大江之滨,东城之野,有泉出焉。直回峰,负深谷,分埒引源,迤逦相属。晨夜有声,涵云注玉,薄为虎须,洑为鱼目,鳞介莫潜,遇者斯浴。

同样对"物"之摹写,然而在"有泉出焉"之后,若任意删去其中一句或数句,或前后句子次序调换,全然不妨碍其他文句意义的了解,但势必破坏对偶、声律或押韵上的修辞诉求。如"直回峰,负深谷","薄为虎须,洑为鱼目","鳞介莫潜,遇者斯浴"都属骈句,"谷"、"目"、"玉"皆用韵,可见《汤泉赋》句与句之间对偶声韵十分严密,意义衔接却十分松散。在"之"字的指代作用中,揭露了

“赋体铺陈”不同于一般“散文描述”，在虚词运用特征上的一些差异。

除以上所论述，还能由“动作”的角度来探讨“之”的代词作用。“之”与出现次数最多的代词“其”同样作为代词，不同在于“其”只能在名词前代“领有者”扮演定语的功能，或在主谓结构中代“主事者”，担任主谓结构的主语，而“之”却是作为动词与介词的宾语。就语法意义而言，“宾语”全然是针对动词，在于表明与动作行为有关的事物，“定语”则是一种限定修饰语，“主语”是“谓语”的陈述对象，“定语”的限定修饰功能固然与动作无关，在汉语里，主语与谓语之间也不一定是动作者与动作的关系[①]，如在《汤泉赋》与《游汤泉记》中，以“其”担任主谓结构的“主语”仅有以下三例：

(5) a. 其或燥湿外干，精气散越，肤革疮疡，惫筋淫血　（《汤泉赋》）

b. 彼汝水、骊山……方其盛时，绮疏璇题　（《游汤泉记》）

c. 其有功于尘垢疾病也　（《游汤泉记》）

三则用例中的谓语部分，或用短语来说明事物的特征，如(5)a；或以形容词来描写事物的性质状态，如(5)b，但都无关乎动词；而(5)c中“其有功于尘垢疾病也”之“有”虽类归为动词，但不具动作性。《游汤泉记》中独用“之”，“之”作宾语所彰显的意义在于它必须与“动作”搭配，“宾语”之功能是使动词所表示的动作行为更为具体明确，是动词的连带成分，而“动作”是表示一种生命体，人或物的存在，文章中若缺乏动词表现力的联系，文章便往往仅剩名词的陈列。在“之”的指代作用中，可发现《汤泉赋》中的动作性极弱，《游汤泉记》则显著是较具动感的，无论是“余与道人参寥请从之”、“院有厖眉老僧主之”、“蟠龙踞虎之状，皆依约而得之”……都

---

① 刘月华《实用现代汉语语法》：“在汉语里，不仅可以用动词作谓语来叙述人或动物的动作或行为，也可以用形容词作谓语来描写人或事物的性质、状态以及变化，或者用体词（短语）来说明人或事物的特征、数量，还可以用主谓短语来说明或描写人或事物。”242页。

展现一种生命体的活动。褚斌杰在《中国古代文体学》中谈及对山水游记与山水苑林辞赋的比较时曰："山水游记，是一种模山范水，专门记游的文章……可以描写，可以抒情，可以议论，只是必须是作者亲身游历的记录，书写的是自己对山川风物的切身感受；正是这一点，它区别于那些只凭耳闻或专凭虚构而写的山水苑林辞赋。"①《游汤泉记》是作者亲身游历的记录，书写自己对山川风物的切身感受，透过虚词的运用看见人物动作的开展，而《汤泉赋》是也写山水，却多耳闻虚构，鲜少人与人或人与山水间的互动。

（四）"是"字的运用

现代汉语中"是"字普遍是担任"系词"，"系词"看似及物动词，可用于两名词之间，不具动力的转移作用，只是联系两个名词。唐人近体诗已有"是"当系词用的诗句，如陈陶《陇西行》"可怜无定河边骨，犹是春闺梦里人"；李白《静夜思》"床前明月光，疑是地上霜"。在秦观这两篇文章中，不见"是"做系词，仅有代词的用法，但同样作为代词，在句中位置次序却不相同，《游汤泉记》有三例如下：

（6）a. 独是泉出无亢满之累

b. 是日风暄，望建业江山

c. 是庵始基，已为贤士大夫所瞩

《汤泉赋》仅有一例：

（7）a. 酒墨所发，胶盐是滋

《游汤泉记》中"是泉"、"是日"、"是庵"若译为语体，则是"这个泉"、"这一日"、"这座庵"，名词"泉"、"日"、"庵"在代词"是"之后，而《汤泉赋》"酒墨所发，胶盐是滋"一句，"酒墨所发"为"胶盐是滋"的主语，"滋"应解为"滋生"，当动词用，名词"胶盐"为宾语。在语序上，宾语"胶盐"反而被置于动词"滋"之前，并在宾语

① 褚斌杰：《中国古代文体学》，370页。

前置的同时，于宾语之后用代词“是”再次复指。这类“宾语前置”句，依廖序东所言：“屈赋中前置宾语以‘是’为助的用例很多，而《诗经》此种用例也不少……王逸时代——后汉，这种宾语前置句已经消失，如果当时仍有这种宾语前置句，王逸就不必一一作注了……不过这种宾语前置的结构是全面的消失，还是仍保留在某种文体中（如《后汉书·王逸传》载王逸写的《外戚箴》就有‘诸父是杀，孕子是刳’的句子），还可深入地讨论。”①廖序东仅指出《诗经》、屈赋有这类用例，其实先秦典籍中类似句法并不少见，如：《左传》“将虢是灭，何爱于虞”（《左传·僖公五年》），“今吴是惧而城于郢”（《左传·昭公二十三年》）。今日常用成语中亦尚可寻其遗迹，如“唯命是从”、“唯利是图”等，但仅见于成语。秦观后于王逸约有八九百年之久，却仍用“酒墨所发，胶盐是滋”这样的句构，若是王逸时这种宾语前置句已经不是平常普遍，则可以推测：或者是因为秦观刻意仿古，独树风格，或者是承续风、骚，基于辞赋构句的传统，故将宾语前置。目前并无足够研究资料以资判定，尚有待于赋体句式之系统研究，然而这类句型，《游汤泉记》中不用，是肯定的。

乙、副词

表六　副词表

	1	2	3	4	5	6	7	8	9	10	11	12	13	14	15	16	17	18	19	20	21	22	23	24	25	26	27	28	29	30
副词	不	则连	莫	又	必	相	岂	非	无	皆	盖助	既又	今	且	甚	乃	已	尝	未	独	复	凡	昔	始	尤	咸	亦	斯	唯	犹
记	7	40	3	4	3	2	2	1	5	4	12	2	2	2	2	2	2	2	2	2	1	1	1	1	1	0	0	0	0	0
赋	4	21	3	2	1	1	1	1	0	0	0	0	0	0	0	0	0	0	0	0	0	0	0	0	0	1	1	1	1	1

凡是能够对动词的动作、形容词的性质、状态，或其他副词给予修

① 廖序东：《楚辞语法研究》中《论屈赋中的宾语前置句》，210页。

饰、限制的词称为副词，依《游汤泉记》与《汤泉赋》实际运用状况，大致又可分为六类：一是范围与数量副词，如："皆"、"咸"、"斯"、"相"、"凡"、"独"、"唯"、"亦"；二是肯定与否定副词，如："不"、"无"、"莫"、"未"、"非"、"必"；三是时间副词，如："昔"、"始"、"今"、"已"、"既……又……"、"乃"；四是频率副词，如："犹"、"且"、"又"①、"尝"、"复"；五是语气副词，如："岂"、"盖"；六是程度副词，如："甚"、"尤"。

关于功能意义相同，却使用不同虚字部分，如范围副词"皆"、"咸"、"斯"三种，《游汤泉记》与《汤泉赋》选词便有所差异：

（一）"皆"、"咸"、"斯"②三词都属于范围副词，相当于现代汉语"都"、"尽"的意思，同样意义与语法功能，《游汤泉记》与《汤泉赋》却分别选用了不同的虚词去担任。《游汤泉记》共有用例四则，皆用"皆"字，《汤泉赋》仅有用例两则，分用"咸"、"斯"两字，分别列举如下：

（8）a. 咸受命于元精，亦各私其所遇 （《汤泉赋》）

b. 鳞介莫潜，遇者斯浴 （《汤泉赋》）

（9）a. 惠济三泉旁，皆甃石为八方斛 （《游汤泉记》）

b. 其僻昧不闻于世者，又皆蔽于丛薄，堙于土涂 （《游汤泉记》）

c. 二者皆有恨焉 （《游汤泉记》）

d. 蟠龙踞虎之状，皆依约而得之 （《游汤泉记》）

就用字的平易或古奥而论，"皆"是较通用普遍的，"咸"、"斯"是罕见艰深的，恰巧与上文"其"、"厥"选词情况一致，就此而言，《游汤泉记》选词是趋尚平易通常，《汤泉赋》则有古奥偏僻的

① 不少副词具有连接作用，吕叔湘以形式位置标准区别副词或连词。吕叔湘《汉语语法分析问题》："可以出现在主语前边，也可以出现在主语后边的是连词，如虽然，如果等；不能出现在主语前边（指没有停顿的），只能出现在主语后边的是副词，如又，越，就，才等。"在此从吕叔湘说法，将"又"归于副词。

② "斯"作"尽"解。如《书·金縢》："周公居东二年，则罪人斯得。"疏："二年之间，罪人尽得"。

倾向。

（二）本文共举“虚词”76 种[①]，而副词便有 30 种，但《游汤泉记》与《汤泉赋》同用副词仅 8 种，《汤泉赋》独用副词 5 种，《游汤泉记》独用副词却多达 17 种，虽然副词种类之多，居各类虚词之冠，但两篇文章选用副词差异显著，交集部分少。若就所分细类而论，时间副词类与程度副词类是《游汤泉记》独用，不见于《汤泉赋》的两类。《游汤泉记》有程度副词“尤”、“甚”两种，共有计三例：

（10）a. 弃马而徒步，山形斗起，蒙茏曲道尤难登

b. 神居高不逾三四引，而服趾盘薄甚大，旁占数墟，俗呼土山

c. 漳南去几时已甚久，且闻其所寓富山水，盍往访焉

就文章风格而言，思维理论的传知与意境的营构创造虽同样以语言为媒介，然而两类文章语言的内容、结构既不相同，其功能亦殊。传知的目的在于概念的传递建立；意境的创造，是形象的描述在捕捉美感经验，撩拨读者情绪。以程度副词来修饰形容词以说明性状程度的高低，如“尤难”、“甚大”、“甚久”等，是作者将其所领略、所感受直接传知读者，属于作者的说明论断，是解释性语言的灌输，并不是营构一种形象，描写一种情境，引领读者经历作者所经历，感受作者所感受的现象呈现，这类用法不见于《汤泉赋》。若广泛就副词整体的性质而论，无论是“修饰”或“限制”动词的动作或形容词的性质、状态，既是“修饰”与“限制”，就意谓是作者主观的评价论断，不是形象的呈现。《游汤泉记》运用了 25 种副词，《汤泉赋》有 13 种，虽不能反推《汤泉赋》着重于意境的营构，或《游汤泉记》欠缺意境的营构，但却能反映《游汤泉记》叙述说明的文体气质。此外，《游汤泉记》有时间副词 6 种：“昔”、“始”、“今”、“已”、“既……又……”及“乃”等，是《汤泉赋》所无，用例如下：

① 《汤泉赋》与《游汤泉记》同用虚词有 27 种，《汤泉赋》独用虚词有 13 种，《游汤泉记》独用虚词有 36 种，共计 76 种。

(11) a. 昔老姥炼丹于此,功成仙去,今寺有石药臼者,乃其遗物也

b. 是庵始基,已为贤士大夫所瞩

c. 余三人者,既嘉泉之近于道,又贪其有功于尘垢疾病也

d. 汤泉之事既穷,余又独从西寥西驰七十里

e. 复还惠济,翌日乃归

《游汤泉记》是作者亲身游历的记录,其中看得见时间的流动、事件发生的层次;然而在《汤泉赋》中,由于不是记载事件,时间的向度似乎是消逝了,这也可以视为是因为内容不同而导致的用词差异。

丙、介词

表七 介词表

	1	2	3	4	5	6	7	8
介词	于	以 连	自 代	与 连	至	为	从	及
记	16	9 8	6 3	5 3	3	3	1	1
赋	5	2 2	0	0	0	0	0	0

句子中固然有副词来说明谓语中心词发生的时间、处所、频率、程度等,然而有时副词仍不能完全清楚指陈,必须由介词所组成的"介宾结构"来承担任务。譬如《游汤泉记》:"院有厖眉老僧主之……与之言,心如其貌,盖有道者也。"此叙述句中有一个与主语共同完成述语动作或行为的人物对象,用介词"与"来介系;又如《游汤泉记》:"彰南自汤泉来",及"乌江令阎求仁来……遂与俱行,东南驰八里,至龙洞山下"。以上两句分别用介词"自"和"至"来交代述语动作、行为由何处所发生,到达何处。能够介系、引进名词、代词,或者是名词性单位给句子里的动词或形容词,表示时间、对象、处所、方向、范围、目的、工具、比较等的种种关系称为介词。

《汤泉赋》所用介词十分单纯，仅有“于”、“以”两种，《游汤泉记》则种类丰富，除“于”、“以”之外，尚有“自”、“与”、“至”、“为”、“从”和“及”等。即便就仅有的两种同用介词“于”、“以”观之，也显示出《汤泉赋》用法的简单，《游汤泉记》用法的复杂。以下分别条列说明：

（一）“于”的用法

文言介词中，“于”、“以”运用极普通。“于……”在《游汤泉记》中有表处所、表对象、表所从及表被动等用例。《汤泉赋》仅见表处所与表所从两种。

（12）“于……”表处所：

a. 荧惑莅于上、烛龙隐于中、其羡流冗浸捐弃于沟壑者、行歌于涂　（《汤泉赋》）

b. 昔老姥炼丹于此、遂浴于汤泉之墟、泉之近于道、发二奇石于山松之下、甲于一方、憩于虚乐亭、会于高邮　（《游汤泉记》）

（13）“于……”表对象：

若无意于世者、其三则隶于惠济、又贪其有功于尘垢疾病也、莫或稍试于用　（《游汤泉记》）

（14）“于……”表所从：

a. 咸受命于元精　（《汤泉赋》）

b. 疑生于鬼神　（《游汤泉记》）

（15）“于……”表被动：

其僻昧不闻于世者、蔽于丛薄、堙于土涂、惜乎闷于龛岩复绝　（《游汤泉记》）

文言表被动，另有“为”字用法，“为”也是《游汤泉记》独用虚字。“为”与“于”同为介词，功能相近，“为”表被动必在动词前，“于”表被动必在动词后，两类句型可以相互转换。《游汤泉记》中“为”字被动用例有二则，如下：

(16) a. 彼汝水、骊山，尝为乘舆后宫之所临幸

b. 是庵始基，已为贤士大夫所瞩

(二)"以"的用法

至于"以"作介词也有多种功能。[1]但《汤泉赋》仅有在谓语前作状语，当"用"解，一式两例：

(17) a. 以(泉)沐则发泽

b. 以(泉)颒则肤悦

《游汤泉记》介词"以"之表现也较《汤泉赋》为活泼，既有与《汤泉赋》相同，在谓语前作状语者，又有在谓语后作补语，解作"用"、"拿"者，还有引介原因，在句中作状语，解作"因"、"因为"者，分别罗列如下：

(18) 在谓语前作状语，如：

a. 独是泉出无亢满之累，其仁足以(之)及物

b. 日不一至，再日必至焉，率以(之)为常

(19) 在谓语后作补语，解作"用"、"拿"者，如：

a. 屏以青壁，而泉啮其趾

b. 盖以乳石，而鼠家其窦

c. 藩以齐筱

d. 闳以双松

e. 孙公爱其地胜，欲寄以老焉

(20) 引介原因，在句中作状语，解作"因"、"因为"者，如：

a. 从者以雨告止焉

---

① 李科第：《汉语虚词词典》，572～574页，将"以"之介词功能分为六项：1. 引介动词行为发生的时间，可解作"在"；2. 引介动词行为的处所，可解作"从"；3. 引介方式、方法、根据，由"以"组成的介宾词组可用在谓语前作状语，也可用在谓语后作补语，可解作"用"、"拿"等；4. 用在谓语前后，引介事物的根据，可解作"凭"、"据"、"按照"等；5. 引介原因，在句中作状语，可解作"因"、"因为"；6. 引介动作行为直接涉及的对象，可解作"把"或"带领"、"率领"之意。

b. 于是环山数百里，尝以游观名者，迁延辞避，推寄老焉

杨如雪谈介宾结构在叙述句中的功能曰："介宾结构在叙述句里，可以对句子的谓语中心，也就是'述语'，作对象方面的说明，如：受事或授事对象、关切对象、交与对象等；也可以说明动作、行为使用的凭借工具，或动作、行为、事件等发生的时间、处所；还可以对述语动作、行为发生的原因、目的作修饰、限制，这些说明、修饰，无非是要使句子的意思表达得更具体，更清楚。"①杨伯峻、何乐士《古汉语语法及其发展》从语义、语法上看介词的功能曰："从语义上看，介词的功能在于引出与动作（或状态）相关的时间、处所、人物、工具、方式、条件等，使句义的表达更为具体、准确、生动"，"从语法上看，介宾短语的增添是句子结构扩展的重要手段"。②根据杨如雪、杨伯峻、何乐士等的见解，可以归纳推论，相对于《汤泉赋》的简单，《游汤泉记》介词使用的种类丰富而形式繁复，同时也意味着《汤泉赋》中，有关时间、处所、人物、工具、方式、条件、目的等各方面的说明更为周详、明确、生动，句子结构也更为变化多姿。

丁、连词

表八　连词表

	1	2	3	4	5	6	7	8	9	10	11
连 词	而	以 介	至于 （于）	则 副	与 介	遂	然后	于是	因	虽	故
记	28	8 9	1	0 4	3 5	4	3	2	2	1	1
赋	6	2 2	1	1 2	0	0	0	0	0	0	0

可以连接两个或两个以上词、词组、句子，甚至两个段落之间的关系叫连词。《汤泉赋》仅有"而"、"以"、"则"及"至于"四种连

① 杨如雪：《文法 ABC》，373 页。

② 杨伯峻、何乐士：《古汉语语法及其发展》，376 页。

词，其中“而”、“以”及“至于”三种都与《游汤泉记》同用，唯“则”有一例乃《汤泉赋》独用，《游汤泉记》却另有“与”、“遂”、“然后”、“于是”、“因”、“虽”、“故”，共十种连词。《游汤泉记》不仅数多而类众，更重要的是同一连词在两篇文章中句法行为的区别：如就以出现频率最高的“而”字观之，《汤泉赋》全数六例都只连接词或词组，《游汤泉记》28 例，则不只限于连接词及词组，并有连接句子与句子的用例六则。《汤泉赋》全数用例如下：

(21) 不火而燠、惠公而浃、病饮而瘳、横金丝而径度、听然而笑、曳杖而去

《游汤泉记》中连接句子与句子的用例六则：

(22) a. 神居高不逾三四引，而服趾盘薄甚大，旁占数墟，俗呼土山

b. 其三则隶于惠济，而惠济三泉旁，皆甃石为八方斛

c. 屏以青壁，而泉啮其趾

d. 盖以乳石，而鼠家其窦

e. 虽智者造谋，而巧者述之

f. 悠然与耳目谋，而适然与心遇者，盖不可胜计

在《汤泉赋》中“而”字不曾跨出句子，仅在单句中作词与词或词组与词组的联系，《游汤泉记》则跨出句子，借由“而”字联系两个子句，成为复句。除此，就其他连词的表现观之，《汤泉赋》仅有“至于”与“则”两例是句子之间的转折连接：

(23) a. 吾闻天下之水，厥类寔繁。至于弱水储阴，投羽必沉……

b. 诡品缪名，纷莫为数，咸受命于元精，亦各私其所遇……则汤泉之中，又有显晦者焉

而《游汤泉记》连词“至于”、“则”、“遂”、“然后”、“于是”、“因”、“虽”、“故”都是连接句子与句子。若以语意完足作为论断句子的标准，而理论上一般复句长度又比单句长，则《游汤泉记》往往要用较长的句子来表达一个完整的语意；或者换一种方式说，《汤泉赋》罕见用连词来贯穿联络句子与句子，是因为在一次语气停顿之间，

便已语意完足；而《游汤泉记》却常要一次以上的语气停顿，方能完足表达意思。

戊、助词(附叹词)

表九　助词(叹词)表

	1	2	3	4	5	6	7	8	9	10	11	12	13	14	15	16
助词(叹词)	之 代	耶	所	焉 代	然	乎	欤	也 哉	呜呼(曬)	也	者 代	矣	盖 助	噫	兮	若夫
记	29 13	1	8	4 5	6	2	1	1	1	9	3 18	3	2 1	1	0	0
赋	18 0	6	6	1 1	2	1	1	1	1	0	0 3	0	0	0	4	1

助词是附着在词、词组及句子前后，起辅助作用，表示某种结构关系以及时态、语气等作用的词。另有“叹词”一类，表示呼唤、感叹、响应等声音的词，这类词原是标音性质，主要用来表示感情色彩，通常单独使用，不与其他语言成分产生关联，由于《汤泉赋》与《游汤泉记》中，仅“呜呼(曬)”、“噫”两种三例，数量极少，故侧附于助词类，一并讨论。《汤泉赋》与《游汤泉记》助词种类十分相近，同用有“之”、“所”、“焉”、“然”、“乎”、“欤”、“也哉”共七种，《汤泉赋》独用有“兮”、“若夫”两种，《游汤泉记》独用有“也”、“盖”、“矣”、“者”①四种。

(一)“之”的运用

首先，“之”字作为助词，用例之多不仅是助词之首，也是其他各类虚词之冠，《游汤泉记》“之”字除去作为代词的13例，仍有作助词用者29例，《汤泉赋》则18例全数作助词用。“之”字助词用

---

① “者”主要作为代词，一般是代替词组的中心词，此乃《汤泉赋》与《游汤泉记》同用部分。此外“者”也可作为助词，表示提示的语气，助词用法仅见于《游汤泉记》，中有三例：“今寺有石药臼者，乃其遗物也”及“余三人者，既嘉泉之近于道，又贪其有功于尘垢疾病也。”二例之“者”，表示有待于解释或申明；而“泉之为汤者众矣”之“者”，表示主语的着重提出。

法可细分三类，其一是用于偏正结构，其二是用于主谓结构，其三则用于名词与方位词之间，此三者乃《汤泉赋》与《游汤泉记》互见用例。由于用例最多，用法一致，其词汇搭配结构上的差异十分显著而值得注意。

1. “之”作助词，用于偏正结构

组成词组的两个部分，有修饰与被修饰关系，前面一部分是修饰语，后面一部分是中心语，两部分之间用“之”相衔，类似现代语法中的定语标志：

(24) 大江之滨、东城之野、金石之气、蔬稻之畦、牛马之暍、天下之水、罥蔓之饰、聱取之游、齐给之士 （《汤泉赋》）

(25) 漳南道人昭庆隐汤泉山之八月、神居山之悟空寺、六合馆寿圣寺之香积院、汤泉之墟、爬搔委顿之病、蟠龙踞虎之状、横逷卒愕之变、亢满之累、人迹罕至之地、天下之奇胜、至诚笃好之士、大丘之原、枯槁自谋之士、浮游之胜、山水之胜、山林云物之变、溪濑潺湲之音、故墟荒落晨汲暝舂之状、登临之美、日月之速 （《游汤泉记》）

2. “之”作助词，用于主谓结构

谓语主要是对主语加以说明、描写或叙述，在主谓词组之间也往往加“之”。

(26) 日御之所经、酷悍之所激、沛汨之蹔游、幽忧之永脱、王孙鸟隼之所娱、专宠靡曼之所占 （《汤泉赋》）

(27) 漳南之所寓、泉之为汤者、乘舆后宫之所临幸、泉之近于道、西庵之成、兹游之所得、盛游之难再也 （《游汤泉记》）

3. “之”作助词，用于名词与方位词之间

东、西、南、北、上、下、中等方位词，在名词之后，常和“之”结合。

(28) 匡庐汝水之旁、尉氏骊山之下、汤泉之中 （《汤泉赋》）

(29) 履舄之下、山松之下 （《游汤泉记》）

以上借由两篇文章用例的罗列对照，二者搭配词汇结构的差异显而易见。以用例最多的偏正结构为例，在例(24)中，《汤泉赋》偏

正结构，一色四字为一词组，“之”字后，作为中心语的被修饰部分都仅有一个字，如“滨”、“野”、“气”、“畦”、“暍”、“水”、“饰”、“游”、“士”等，“之”字前，作为修饰部分都是两个字，如“大江”、“东城”、“金石”、“蔬稻”、“牛马”、“天下”、“罥蔓”、“聱取”及“齐给”，无一例外，十分规整。在例(25)中，《游汤泉记》相对便参差错落，“之”字后，作为中心语的被修饰部分可以是一个字、两个字，乃至三个字，如“八月”、“奇胜”、“悟空寺”、“香积寺”，“之”字前，作为修饰部分，则更是变化不拘，有两个字、三个字、四个字，甚至八个字、十个字，如“漳南道人昭庆隐汤泉山之八月”的“漳南道人昭庆隐汤泉山”是个完整的句子；“六合馆寿圣寺之香积院”的“六合馆寿圣寺”与“香积院”组成一个具有层层套叠，限定关系的名词组，比较清楚的结构解析是：“六合馆”的“寿圣寺”的“香积院”；“山林云物之变”中的修饰部分“山林云物”是四个名词“山”、“林”、“云”和“物”所组成的并列词组；又如“故墟荒落晨汲暝舂之状”的“故墟荒落”与“晨汲暝舂”，各自分别是词性声律十分工整的当句对，彼此又可视为一组双句对。凡此种种，不胜枚举，其自由活泼可见。上文在句子长度比较中，得到《游汤泉记》平均句子长度较《汤泉赋》长的结论，在虚词“量”的比较中，又清楚《游汤泉记》所以平均句子长度较《汤泉赋》长，不完全是虚字使用频繁所导致，还另有原因。借由相同虚词、相同的文法功能的限定，以烘衬虚词之外“名词”、“动词”及“形容词”等实词的搭配结构差异，可知实词组织运用的修裁拘束或活脱自在，尤其是影响句子的长短以及句子整练或参差的因素。

（二）“耶”的运用

此外疑问语气词“耶”字的运用，《汤泉赋》中有六例，《游汤泉记》仅一例，是同用虚词中，《汤泉赋》中唯一数量较《游汤泉记》多的虚词，情况特殊。所以如此，主要是导因于，秦观在《汤泉赋》中对于“汤泉”之成因，连续用了五个带“耶”字的问句来铺陈：

(30) 野老告余曰:"泓泓涓涓,莫虞岁年。不火而燠,其名汤泉。"

a. 呜呼!岂非荧惑莅于上耶?

b. 烛龙隐于中耶?

c. 旁通咸池,日御之所经耶?

d. 幽精沉魄,阴偿其负耶?

e. 丹砂黄硫,金石之气,酷悍之所激耶?

以上可视为五个独立的是非问句,或可视为有一个有种五选项,省略选择连接词,仅有语气助词"耶"的选择问句。无论如何看待,这种"排比铺陈"的形式,正是赋体修辞特征的呈现。

(三)"矣"的运用

"矣"为《游汤泉记》独用,有用例三则。"在古代汉语的语气助词中,'也'与'矣'是相对的一组词,'也'是静性语气词,'矣'是动性语气词。'也'不表时态变化,'矣'表时态变化,在一般情况下,'矣'总是把事物发展的某一阶段的变化,作为一种动态告诉别人,其中包括已然与将然两种时态。'矣'经常用在叙述句末,也用在描写句、祈使句或感叹句、疑问句末。"①见于《游汤泉记》三例如下:

(31) a. 泉之为汤者众矣,彼汝水、骊山,尝为乘舆后宫之所临幸

b. 西庵之成久矣

c. 兹游之所得,可谓富矣

例(31)a"众矣"、b"久矣"及c"富矣",都是以形容词为谓语的描写句。"矣"接形容词"众"、"久"、"富"之后,"矣"若勉强在现代汉语中找一个对应词,(31)a与c可解作"啊",b可解作"了"。"西庵之成久矣","矣"在此具有动态性,表示状态由"不久"到"久"的

① 许仰民:《古汉语语法新编》,144页。

变化，状态的变化常涉及时间；在上文副词一小节中，发现唯有《游汤泉记》方才感受到时间的流动，《汤泉赋》中时间是静止的，助词“矣”的运用，与副词部分的观察结论一致，前后呼应。

（四）“也”的运用

《游汤泉记》独用助词，数量最多的是“也”，有用例九则。虽然《汤泉赋》与《游汤泉记》都有“也哉”用例一则，但“也哉”表示感叹或反问的语气，不同于单一“也”字的用法，故将“也”与“也哉”别裁分立。“也哉”用例如下：

(32) a. 此何水也哉？（《汤泉赋》）

b. 物之兴固自有时也哉！（《游汤泉记》）

例(32)a 的“也哉”表反问的语气，b 的“也哉”表示感叹语气，与单一“也”字用法有所出入。“也”字用例如下：

(33) a. 今寺有石药臼者，乃其遗物也

b. 院有庬眉老僧主之，应客淡然，若无意于世者，与之言，心如其貌，盖有道者也

c. 至汤泉馆惠济院，院则漳南之所寓也

d. 刘梦得《和州记》云“地有沸井”，即此泉也

e. 余三人者，既嘉泉之近于道，又贪其有功于尘垢疾病也

f. 求仁，余乡友也

g. 门则大穴也，渐下丨数丈，窅然深黑，日光所不及，揭炬然后可行

h.（龙洞）疑生于鬼神，虽智者造谋，而巧者述之，未必能尔也

i. 追叙去年登临之美，且叹日月之速，盛游之难再也

语气词“也”可用在句中①，也可用在句末，《游汤泉记》九例，都用在句末。同样置于句末，或在名词性谓语的后面，表示判断的语气，如

① 如《诗经 · 陈风 · 墓门》：“夫也不良，国人知之。”韩愈《师说》：“师道之不传也久矣。”

(33)a、b、c、d、f、g,或在动词或形容词性谓语的后面,表示陈述的肯定语气,如e、h、i。

(五)“兮”的运用

其次是“兮”字的运用,韵文如《诗经》、《楚辞》,尤其是《楚辞》,表示停顿的语气词用“兮”,赋中的所谓“骚体赋”,正是以“兮”字的使用为主要特征,《汤泉赋》中有四例:

(34)a. 寒凝海兮不冰
b. 旱焦山兮不竭
c. 奋此泉兮,被彼山阿
d. 吾唯灌沐兮,不知其它

“兮”或置于句中,如:“寒凝海兮不冰”,“旱焦山兮不竭”,或置于复句之上一句的句末,如:“奋此泉兮,被彼山阿”,“吾唯灌沐兮,不知其它”,都是典型骚体“折腰式”的句法。“兮”是表停顿的语气词,类似于今日口语中的“啊”,虽然仅有四例,却是“赋”体的标志象征,《游汤泉记》是不用的。

《汤泉赋》独用“兮”,《游汤泉记》独用“也”、“矣”,“兮”用在句中,“也”、“矣”则用在句末,用法迥然有别,就意义而言,语气情态也有轻重缓促之分。然而本文之所关心,乃秦观两篇文章不同表现的背后所透显的文类区辨意义。许仰民分析归纳语助词“也”的运用时提及:“(也)用在句中表示顿宕,表示语意未完,兼有提示作用,以使语句舒缓,增加了语言的感情色彩。用在句末,往往表示确定的语气。”①笔者认为“兮”用于句中,一如“也”用于句中,只是语音的自然顿煞或曼声延宕,借以疏达其气,增助感情的渲染摇荡,这或者是“赋”体中得自“诗”基因的侧面展现,而“也”之用于句末,则多陈述、判断、解释的意味,这也衬托出“文”体的叙述气质。《氓》是《诗经》中较少见的一首“叙事”诗,其中

① 许仰民:《古汉语语法新编》,141页。

"士之耽兮，犹可说也；女之耽兮，不可说也"一段，一句中同时用了"兮"与"也"，既有属于"诗"的语气延宕，也有属于"叙事"的说明论断，是"兮"、"也"运用极佳的对照。又如欧阳修《醉翁亭记》连用21个"也"字：

> 环滁皆山也……琅琊也……酿泉也……醉翁亭也……山之僧智仙也……太守自谓也……故自号醉翁也……在乎山水之间也……得之心而寓之酒也……山间之朝暮也……山间之四时也……而乐亦无穷也……滁人游也……太守宴也……众宾欢也……太守醉也……太守归而宾客从也……游人去而禽鸟乐也……而不知太守之乐其乐也……太守也……庐陵欧阳修也。

朱弁《曲洧旧闻》记载曰：

> 《醉翁亭记》初成，天下莫不传诵，家至户到，当时为之纸贵。宋子京得其本，读之数过，曰："只目为《醉翁亭赋》，有何不可！"①

陈师道《后山诗话》记载曰：

> 少游谓《醉翁亭记》亦用赋体。②

《醉翁亭记》21个"也"字都用于句末，就文法意义而言，都属于陈述、判断、解释的语气，是"知性"的传递，不是"感性"熏染。然而，21个"也"又上下承接如意，委婉多姿，具有赋体排比铺陈之情

---

① 见《宋诗话全编》，第三册，2961页，引朱弁《曲洧旧闻》，卷一。

② 见陈师道：《后山诗话》，309页。

致。若将“也”字视为韵脚，的确“只目为《醉翁亭赋》，有何不可！”值得关注的是，最终欧阳修仍命之曰“记”，不称其为“赋”，除了文类内容、功能的区隔外，是否有某部分是基于句法表现差异的认定？换言之，欧阳修是否认为“赋”与“文”的句法运用应当有所分别，“……也”之类的句型，独适用于“文”，不宜用于“赋”？凡此尚有待进一步探讨。在秦观《游汤泉记》及《汤泉赋》助词选择运用中，可以看见二者同异互见，但泾渭分明处，各具面目，不相犯扰。

五、结　　论

透过“虚词”的窗口，在秦观《游汤泉记》与《汤泉赋》比较中发现，两篇文章就整体“量”的呈现而言，《游汤泉记》篇幅长、句子多、句子平均长度长，句子长短相差大，句子长短接近常态分布，虚词种类多、量多、用法复杂；相较而言，《汤泉赋》篇幅短、句子少、句子平均长度短，句子长短规整，“四言”、“六言”数量凸显于其他句式，虚词种类少、量少、用法单纯。就“质”的解析而言，《游汤泉记》用字平易，用词活泼自由，句与句之间前呼而后应，意义环扣贯串，衔接紧密，人、时、地、物等的互动频繁；《汤泉赋》则用字古奥，用词裁修拘谨，句法古典，句与句之间对偶声韵十分严密，意义衔接却十分松散，时间停滞，不见空间的移动，人与事物缺少联系，二者句法表现存在显著的差异。

将秦观《汤泉赋》及《游汤泉记》界定为所谓“文体赋”与“文体”是本研究之前题，最终发现“‘文体赋’与‘文体’之间，句法表现呈现巨大差异”，然而这个发现又彰显了什么意义？就赋学研究而言，笔者认为可以有两种思考方式，一种是逆向思考，推翻前题，即由结论反证“秦观《汤泉赋》并不是文体赋”；另一种是将“文体赋”之“文体”另作诠释，即不由作品内向的语言结构关系来论所谓“文体”，而由作品的内容、功能来谈所谓“文体”。

若是推翻前题，否认"秦观《汤泉赋》是文体赋"，则《汤泉赋》这类非骚、非骈、非律的赋作又该何所从属？秦观本身的认定又是如何？秦观生于有宋一代，彼时尚无所谓"文赋"名目，赋家作赋只分"近体赋"与"古赋"，"'近体赋'与'古赋'之类分，犹如唐诗之有'近体诗'与'古诗'，南朝四声八病说，至唐促成崭新之绝句和律体，因为是新发展之诗歌体裁，故称'近体诗'，而依循前法旧式之诗作概纳归于'古诗'，四声八病说之影响并及于赋，'近体赋'即律赋，因作为抡才考试工具，又名'试赋'，律赋本是应制文体，别于一般文学创作，由此推论，凡不属'近体赋'者一概统摄于'古赋'类。后人虽依其体制又细别为骚体、散体、骈体等，然宋人、元人皆视为'古赋'"①。《汤泉赋》不属于"近体赋"，自然类归于"古赋"，秦观基于文类区辨的认知，行之于笔端的"古赋"句法大别于"文体"句法，是自然且当然的。宋人作赋原不曾存着一个要写"文体赋"、"骚体赋"或"骈体赋"的心念，故多见骈散兼行，骚散同用，骈骚并融之作，时而通篇齐言，时而长短言，时而杂错数式，有主有从，或不分主从，甚而有赋体独用，不行于其他文类的句式，一如《汤泉赋》之"非文体"、"非骚体"、"非骈体"，又有"文体"、有"骚体"、有"骈体"。其于始初，本是一片混沌不清，后人研究必须归纳典型以概括描述，情非得已，强立以名目，是以无论所设之名目定义如何精密周全，总有涵盖不尽，无从归属，或模棱两可者，老子曾言曰："道可道，非常道；名可名，非常名"，诚因一旦"名"立，即有分别，即成概念，必须有一个清楚明确的界定，然而所谓"清楚明确"，相对是遗忘了原始浑然不分的模糊状态，也失落了事实的真相。

若不由作品内向的语言结构，而由作品的内容、功能来谈所谓"文体赋"之"文体"意义，是缺乏严格的依据的。拙著《宋代文赋性质辨析——文赋几乎等同于说理赋》一文曾以具有"文体之议论说

① 详见陈韵竹：《宋代文赋性质辨析——文赋几乎等同于说理赋》，635 页。

理”性质来诠释“文赋”①，十分巧合，《汤泉赋》及《游汤泉记》都有所谓“议论”部分，正可互相参照对比。《游汤泉记》议论部分如下：

> 噫！泉之为汤者众矣，彼汝水、骊山，尝为乘舆后宫之所临幸。方其盛时，绮疏璇题，鱼龙飞动，眩人目睛。势徂事变，鹿豕得而辱焉。其僻昧不闻于世者，又皆蔽于丛薄，堙于土涂，抱清怀洁，历千百年，莫或稍试于用。二者皆有恨焉。独是泉出无亢满之累，其仁足以及物。岂所谓“无出而阳，无入而藏，柴立乎其中央”者欤！

《汤泉赋》议论部分如下：

> 吾闻天下之水，厥类寔（实）繁。至于弱水储阴，投羽必沉；火井萃阳，烂石灼金。祥摽醴泉，病饮而瘳；异纪滋穴，神瀵以流。焦溪乏胃蔓之饰，沸潭谢鳌取之游。其余酒墨所发，胶盐是滋，啜怀千金，饮狂一国。哀玉乳以中涵，横金丝而径度。诡品缪名，纷莫为数，咸受命于元精，亦各私其所遇。若夫匡庐、汝水之旁，尉氏、骊山之下，烟菲掩褥，王孙乌隼之所娱，金穴椒房，专宠靡曼之所占，则汤泉之中，又有显晦者焉。

同样以泉水之属类众多为发端，《汤泉赋》接着极尽能事，将古今“泉水”典故搜罗其中，假象尽辞，堆砌敷布，最后简单以“则汤泉

① 《宋代文赋性质辨析——文赋几乎等同于说理赋》，644 页。“赋乃‘古诗之流’，而宋代赋家将原本属于‘文体’之议论说理特质，贯注于‘赋体’铺采摛文、体物写志之传统成规中，新创一类有‘文体’气质、‘文体’化的赋作，祝尧命之为‘文赋’。故不拘其语言形式为散体、骈体或骚体，凡具‘文体’以议论为宗，饶富理趣气质者，皆尽含括于‘文赋’之内。‘文赋’，望文生义，多作‘散文赋’解，‘散文赋’意指形式上多行散句，若作‘文体’化解，则‘文体’化固然可以是外在面貌的改异，更重要的是内在气质的变化。”

之中，又有显晦者焉”句收束全文。严格说既无所谓“议”，也没有“论”，而仅是“归纳说明”：“众汤泉，显晦际遇有别”，勉强稍具慨叹意味。《游汤泉记》显然不同：落笔先写汝水、骊山，煊赫一时，势徂事变，鹿豕得辱，而僻昧不闻于世者，又抱清怀洁，历千百年，却莫或稍试于用，二者皆有憾恨，由此带出汤泉山之汤泉。不过分表露显扬，又不太深入潜藏，如柴木无心而立于动静之中，出于自然，并无机心。不同于《汤泉赋》之“归纳说明”，《游汤泉记》有论据，有评议，有哲思。若秦观《汤泉赋》是“文体赋”，则可见“文体赋”似乎并不全然以“议论说理”为其特点。苏轼有跋《汤泉赋》一段文章，曰：

> 余之所闻汤泉七……皆弃于穷山之中，山僧野人之所浴，麋鹿猿猱之所饮。惟骊山当往来之冲，华堂玉甃，独为胜绝。然坐明皇之累，为杨、李、禄山所污，使口舌之士援笔唾骂，以为亡国之余，辱莫大焉。今惠济之泉，独为三子者咏叹如此，岂非所寄僻远，不为当涂者所慁，而为高人逸士、与世异趣者之所乐乎？或曰：明皇之累，杨、李、禄山之污，泉岂知恶之？然则幽远僻陋之叹，亦非泉之所病也。泉固无知于荣辱，特以人意推之，可以为抱器适用，而不择所处者之戒。

虽是跋《汤泉赋》，但观其内容却与《游汤泉记》相呼应，全然是议论说理文字，不似针对《汤泉赋》而发。而笔者之前认为“文体之议论说理”乃“文赋”之所以称之为“文”之理由，尚待商榷。

再则，由本研究之发现，也启发了笔者对于前人赋体分类的另一番体认与理解。关于赋体分类，明人徐师曾《文体明辨》之主张影响最为广大深远，徐氏将赋分为四体：一曰古赋，二曰俳赋，三曰文赋，四曰律赋。[①]若执著于名称字面所谓的“古”、“俳”、“文”、“律”，则或者以为“俳赋”、“文赋”、“律赋”都是以句型作为辨体的

① 徐师曾：《文体明辨序说》，101 页。

标准，唯“古赋”之“古”是以时代的古今作为辨体的标准，是分类失当。詹杭伦更全面疏理徐氏之说，并提出独到的见解曰：

> 徐氏赋体分类说明……并未能理清赋体分类的源流正变，反而造成了两点混乱：一是徐氏所谓的古赋，包括三种赋体：贾谊的骚体赋，司马相如、扬雄的文体大赋，《长门》、《自悼》之类文体抒情小赋，若混合不分不免将骚体赋与文体赋混为一谈；二是文赋本来包含在古赋之中，但是按照徐氏的分类法，我们需要在古赋、俳赋、律赋之外，来找文赋，仿佛宋人的文赋是一种在前此赋体之外开创的一种全新的赋体。这就给宋赋辨体造成很大的困惑。考察起来，徐氏这种分法，其实是对元人祝尧《古赋辩体》之误读……祝尧《古赋辩体》卷八（宋体）还说：“宋时名公于文章必辨体，此诚古今的论。宋之古赋往往以文为体，则未见其有辩其失者。”祝尧这段论述把所谓宋人以文为体之赋列入古赋之中，徐师曾便视而不见，反而另外列出文赋的名称。①

就本文分析探讨所得之结果，笔者推测徐氏并不一定是误读祝尧《古赋辩体》，有可能是换一个视角，不从赋体历史发展之源流正变鸟瞰，而从句法形式着眼，徐氏敏锐洞察到欧阳修、苏东坡《秋声赋》、《赤壁赋》之类作品去“古赋”甚远，诚然是以“文体”为之，“古赋”有其独特的句法形式，与“文体”的句法形式显著不同，一如《汤泉赋》与《游汤泉记》中所见，徐氏遂刻意分别，命之曰“文赋”，就徐氏之认定，“文赋”的确是“在前此赋体之外开创的一种全新的赋体”。然而“推测”有赖证据的支持方能成立，寻找证据可由两方面着手，一则将徐氏所列举之贾谊骚体赋，司马相如、扬雄文体大赋，及《长门》、《自悼》之类文体抒情小赋，整合分析归纳，寻绎“古赋”的句法特

① 詹杭伦：《宋代辞赋辨体论》，《逢甲人文社会学报》，第七期，169页。

征，证明“古赋”句法自成面目；再则以《秋声赋》、《赤壁赋》为文赋典型，与欧、苏其他“文体”作品对照比较，证明欧、苏《秋声赋》、《赤壁赋》诸赋与“文体”句法表现一致，与“古赋”句法相远，欧、苏确实以“文体”句法行之于赋，如此或者可以得到足以支援笔者“推测”的证据。此外，假若转换观念，不以时代的古远来界定古赋，而由句法着眼，以句法形式的差异，解读徐师曾“古赋”、“俳赋”、“文赋”、“律赋”的划分，则徐氏持以区辨赋类的性质标准是统一的，并无错乱失当处，这是否可谓“善解”徐氏，也更贴近徐氏的本意？

晁补之的辞赋学

郭建勋　杨　赛

晁补之(1053—1110),字无咎,济州钜野人。他曾任宋神宗国史编修官,故称晁太史;慕陶渊明,晚年葺归来园,又号归来子。晁补之出身于学术、藏书世家,其五世祖晁迥,官至礼部尚书,精于释家,著述丰盛。[①]宋朝王古编其所著为《道院集要》三卷,序云:"文元晁公,得观内书,不徒力行,复勤于课述,以开导后学。"[②]四世祖晁宗懿,为参知政事。曾祖父晁宗简,赠特进吏部尚书。祖父晁仲偃,为尚书库部员外郎。[③]父端友,工于诗,有《晁君成集》十卷,《别集》一卷,东坡为之作序。[④]《宋史·艺文志》有《晁端友诗》十卷。晁补之禀其家学,聪明强记,很小就显示出写作才能,得到王安石的称许。17岁那年,他作《钱塘七述》拜谒时任杭州通判的苏轼。苏轼读了他的作品,就打消了写杭州风物的念头,感叹说:"吾可以阁笔矣!"晁补之于宋元丰二年(1079年)举进士,试开封及礼部别

---

① 《宋史·晁迥传》载晁迥著有《翰林集》30卷,《道院集》15卷,《法藏碎金录》10卷,《耄智余书》、《随因纪述》、《昭德新编》各三卷。《宋史·艺文志》刑法类另著其《礼部考试进士敕》一卷。

② 赵希弁:《昭德先生郡斋读书志·后志》,卷五,《四部丛刊》收上海涵芬楼影印北平故宫博物院藏宋淳祐袁州刊本。

③ 张耒:《晁补之墓志铭》,《张耒集》,900页,中华书局,1998年。

④ 陈振孙:《直斋书录解题》,卷20,武英殿聚珍本,卷15,李逸民、常振国编:《中国历代书目丛刊》,现代出版社,1987年。

院，皆为第一名。神宗阅其文曰："是深于经术者，可革浮薄。"元祐中（1086—1093年），晁补之自辑所作，名为《鸡肋》，取"衷而藏之"之意，但并未编订成集。直到绍兴七年（1137年），其弟晁谦之才缀合他在元祐以后所作，"得者古赋、骚辞四十有三，古律诗六百三十有三，表、启、杂文、史评六百九十有三"[①]，编定为《济北晁先生鸡肋集》70卷。此外，陈振孙《直斋书录解题》还著录有《晁无咎词》一卷[②]。晁补之的学问袭晁迥一系，精术数，通佛、老，"既于书内外无所不观，下至于阴阳术数，皆研极其妙，其祸福往来先言之。……公少好读庄、老书，通其说，即自以为未至，学于佛，而求之其心泰然若有得也，及属纩，精爽不乱"[③]。其治史之作有《左氏春秋杂论》一卷[④]，其治《易》之作有《杜舆子师字说》，被苏东坡评为"富于言而妙于理者"[⑤]。他突出的学术成就体现在楚辞研究上。《宋史》本传称他"尤精《楚辞》，论集屈、宋以来赋咏为《变离骚》等三书"。

晁公武《郡斋读书志》著有晁补之《重编楚辞》16卷、《续楚辞》20卷、《变离骚》20卷。尤袤《遂初堂书目》著《重定楚辞》、《续离骚》、《变骚》三书，不著卷数。陈振孙《直斋书录解题》著《重定楚辞》16卷，《续楚辞》20卷，《变离骚》20卷。《宋史·艺文志》著《续楚辞》20卷，《变离骚》20卷。宋陈造认为三书可能作于晁补之学力既定之后。[⑥]诸书除《重编楚辞》现存二三卷之外[⑦]，其余早已亡

---

① 晁补之：《济北晁先生鸡肋集·跋》，《四部丛刊》收上海涵芬楼影印明诗瘦阁仿宋刊本。

② 陈振孙：《直斋书录解题》，卷21；《晁无咎词》，卷1。晁补之撰，晁尝云：今代词手，惟秦七、黄九，他人不能及也。然二公之词，亦自有不同者，若晁无咎佳者，固未多逊也。

③ 张耒：《晁补之墓志铭》，《张耒集》，900页，中华书局，1998年。

④ 见《宋史·艺文志》，《济北晁先生鸡肋集》亦收《春秋杂论》46篇、《西汉杂论》53篇、《旧唐书杂论》110篇，《五代杂论》15篇。

⑤ 苏轼：《书无咎所作〈杜舆子师字说〉后》，《苏轼文集》，2056～2057页，中华书局，1986年。

⑥ 陈造：《题〈变离骚〉》，见《江湖长翁文集》，卷31，《四库全书》收山东巡抚采进本。

⑦ 据姜亮夫：《楚辞书目五种》，《重定楚辞》有晁氏待学楼刊丛书本，北京图书馆藏有二、三两册，27页，上海古籍出版社，1993年。

佚。《济北晁先生鸡肋集》卷36载《离骚新序》(上、中、下)、《续楚辞序》、《变离骚序》(上、下),论其编撰之由甚详。朱熹《楚辞集注》、《楚辞后语》、《楚辞辩证》、祝尧《古赋辩体》①、《朱文公校昌黎先生集》②、《增广注释音辩唐柳先生集》③、《柳河东集》④、《经进东坡文集事略目录》⑤诸书注中亦多有引述,我们能从中了解晁补之辞赋学的基本情况。考诸官私书录,由隋及唐,楚辞学衰微。至宋代,受时局及士人心态影响,关注楚辞的学者日益增多。据陈振孙《直斋书录解题》载,洪兴祖补注楚辞,就曾参校十四五家藏本,姚廷辉、欧阳修、苏东坡、孙莘老、苏子容诸家都曾手批过《楚辞》。但真正对《楚辞》进行系统研究的,晁氏当推宋代第一人。

《楚辞》本指屈、宋辞作,最早以单篇流传,刘向合时贤所作,编订成书,辑《离骚》、《九歌》、《天问》、《九章》、《远游》、《卜居》、《渔父》、《九辩》、《招魂》、《大招》、《惜誓》、《招隐士》、《七谏》、《哀时命》、《九怀》和《九叹》为《楚辞》,共16卷。当时,刘向奉命校经、传、诸子、诗、赋,不过是“条其篇目,撮其指意,录而奏之”⑥而已,并没有对楚辞16篇进行认真地编次。王逸作《楚辞章句》,另于篇末加《九思》一编,为17卷,其编次也不得而知。直到宋代,楚辞的编次问题才引起学者们的关注。洪兴祖从吴郡林虙德祖处得古本无名氏《离骚释文》一卷⑦,于《楚辞补注》中附录《释文》篇次为:《离骚》、《九辩》、《九歌》、《天问》、《九章》、《远游》、《卜居》、《渔

① 祝尧:《古赋辩体》,复旦图书馆藏成化本。

② 韩愈:《朱文公校昌黎先生集》,朱熹校,《四部丛刊》收上海涵芬楼影印元刊本。

③ 柳宗元:《增广注释音辩唐柳先生集》,《四部丛刊》收上海涵芬楼影印元刊本。

④ 柳宗元:《柳河东集》,上海人民出版社,1974年。

⑤ 苏轼:《经进东坡文集事略》,《四部丛刊》收上海涵芬楼影印吴兴张氏、南海潘氏藏宋本。

⑥ 班固:《汉书·艺文志》,中华书局标点本。

⑦ 陈振孙:《直斋书录解题》,武英殿聚珍本,卷15。李逸民、常振国编:《中国历代书目丛刊》,现代出版社,1987年。

父》、《招隐士》、《招魂》、《九怀》、《七谏》、《九叹》、《哀时命》、《惜誓》、《大招》、《九思》。[①]洪氏据王逸《九章》注中有“皆解于《九辩》中”一句，而《释文》本《九辩》列于《九章》前，故推定《释文》的篇次出自旧本。陈振孙也认为《释文》本篇次为旧本，旧本原来没有编序，洪兴祖所补王逸本编序是后人根据作家出现先后重新排定的。朱熹则推测洪兴祖《楚辞补注》编次来自陈说之。[②]观洪补《楚辞》，基本上以“作者先后次序之”。但对同属屈原所作的八篇作品，洪氏却没有说明其排序根据。晁补之不满此前《楚辞》诸本的编目，作《重编楚辞》，按照自己的标准对楚辞的顺序和篇目都进行了调整。

> 今迁《远游》、《九章》次《离骚经》，在《九歌》上，以原自序其意近《离骚经》也。而《九歌》、《天问》乃原既放，览楚祠庙鬼神之事以摅愤者，故迁于下。《卜居》、《渔父》，其自叙之余意也，故又次之。《大招》古奥，疑原作，非景差辞，沉渊不返，不可如何也，故以终焉。为《楚辞》上八卷。《九辩》、《招魂》皆宋玉作（或曰《九辩》原作），其声浮矣。《惜誓》弘深，亦类原辞，或以为贾谊作，盖近之。东方朔、严忌皆汉武帝廷臣，淮南小山之辞不当先朔、忌。王褒，汉宣帝时人，皆后淮南小山，至刘向最后作。故其次序如此，此皆西汉以前文也，为《楚辞》下八卷。凡十六卷，因向之旧录云。[③]

晁补之将十六卷楚辞分为上下两部，上部集屈原遭忧所作八卷，下部集宋玉以下作家作品八卷。上八卷按作品内容分为四大块，一

① 屈原：《楚辞》，刘向集，王逸章句，洪兴祖补注，《四部丛刊》收上海涵芬楼借江南图书馆藏明翻宋本影印本。

② 朱熹《楚辞辩证》：天圣十年（1032 年），陈说之“以为旧本编第混并，首尾差互，乃考其人之先后，重定其篇”。见《楚辞集注》，168 页，上海古籍出版社、安徽教育出版社，2001 年；余嘉锡：《四库提要辩证》，卷 20 推考《释文》为南唐王勉所作，社会科学出版社，1958 年。

③ 晁补之：《离骚新序》下，《济北晁先生鸡肋集》，《四部丛刊》收上海涵芬楼影印明诗瘦阁仿宋刊本。

是政治抒情意味较浓的《离骚》、《远游》和《九章》，二是带有地方宗教色彩的《九歌》和《天问》，三是有自我解脱意味的《卜居》、《渔父》，最后以沉渊不返的《大招》结尾。这是在中国楚辞学史上首次对屈原作品进行如此严谨的分类。如摒除作品归属上的纠葛，从内容上看，这种分类标准统一，切实可行。下八卷集屈原以外其他作家相关作品八篇：《九辩》、《招魂》、《惜誓》、《七谏》、《哀时命》、《招隐士》、《九怀》、《九叹》。下八卷都是西汉以前的作品，却并未完全按作者先后排序。淮南王刘安于元狩元年（公元前 122 年）即因谋反罪被汉武帝赐死，其家臣淮南小山应先于东方朔和严忌。晁补之认为东方朔、严忌为汉武帝廷臣，淮南小山为淮南王家臣，廷臣应在家臣之前，所以将三者按尊卑排序。这是以礼序文，与以时序文的标准不合。朱熹批评晁补之的编序为"徒能移易用其篇次"，一笔抹杀晁氏在《楚辞》编次上的贡献，无疑是不当的。

此前《楚辞》注本对 16 篇之间关系的理解各有不同。据洪兴祖所记，《释文》本无经传之分，一本《九歌》至《九思》下皆有"传"字。而朱熹《楚辞辩证》却言晁补之《重编楚辞》下八卷篇目下都有"传"字，以明"非正经"之意。①可见，晁氏用经和传来比拟上八卷与下八卷。《左传·隐公元年》曰："经者，常也，言事有典法可常遵用也。传者，传也，博释经意，传示后人。"据王逸章句，宋玉"闵惜其师忠而放逐，故作《九辩》以述其志；至于汉兴，刘向、王褒之徒咸悲其文，依而作词，故号为《楚辞》"；《惜誓》旨在"刺怀王有始而无终"；《招隐士》为淮南小山之徒"闵伤屈原"之作；《七谏》是东方朔"追悯屈原，故作此辞，以述其志，所以昭忠信、矫曲朝也"；《哀时命》是严忌"哀屈原受性忠贞，不遭明君，而遇暗世，斐然作辞，叹而述之"。元人祝尧说："晁氏《续骚》，《九辩》、《招魂》、《大招》、《惜誓》、《吊屈原》、《鹏赋》、《哀时命》、《招隐士》凡八题悉谓之传，盖屈原为作者，玉乃述者尔。"较之他著：洪兴祖补注《楚辞》只称《离骚》为经；

① 《楚辞辩证》，见《楚辞集注》，167 页。

朱熹《楚辞集注》称《离骚》为经，屈作为离骚，屈作以外为续离骚。洪氏此说未指明屈作与其他作家作品之关系，朱熹"续离骚"一称来自晁补之，但又不能指明刘向所录《楚辞》与其他骚体之关系，故其《楚辞集注》篇目略显混乱。刘向为西汉人，贾谊《吊屈原赋》、《鹏鸟赋》为刘向所经见而不入《楚辞》，朱氏擅自补入。更有甚者，朱氏以深切疾痛为标准，删东方朔《七谏》、王褒《九怀》、刘向《九叹》，使向辑《楚辞》面目有失，亦非谨慎之举。"深于经术"的晁补之认为王逸是东汉人，刘向所录为西汉以前作品，为禀刘向旧录，《重编楚辞》不收《九思》，而将其编入《续离骚》中。显然，晁氏的做法比朱熹更为谨严。明人毛表曰："其《九思》一篇，晁补之以为不类前人诸作，改入《续楚辞》，而紫阳并谓《七谏》、《九叹》、《九怀》、《九思》平缓而不深切，尽删去之，特增贾长沙二赋，则非复旧观矣。"①

晁补之从知人论世的角度肯定了屈原的人格。他没有像王逸、刘勰那样以文论人，纠缠于屈作与《诗》之间寻章摘句式的比较，他认为"《诗》虽亡，至原而不亡"的原因就是"原爱君如此，是原有力于诗亡之后也"，"世是所以贤原者亦由其忠死，故其言至于今不废也。而后世奈何独窃取其辞以自名，不自知其志不类而无愧?"(《续楚辞序》)洪兴祖接着指出屈原："忠臣之用心，自尽其爱君之诚耳，死生毁誉所不顾也。"(《楚辞总论》)朱熹作《楚辞集注》，就对以上观点大加阐发，说屈原一切不合中庸之道的言行"皆出于忠君爱国之诚心"(《楚辞集注·序》)。从晁补之的"爱君"说到朱熹的"忠君爱国"说，宋人终于完成了对屈原精神的重构，并使之成为宋代以来士大夫的精神品格之一。

不仅如此，晁补之还从学统上论证了屈原的历史地位，其《变离骚序下》云：

> 并以时考之，知原虽不纯乎荀、孟，于其中间，非异端

① 《楚辞补注》，见《楚辞集注》，238页。

也。孟子与梁惠王、齐宣王、鲁平公同时，而司马迁《史记》表问："何以利吾国"，盖梁惠王之三十五年也。是岁齐宣王之七年，楚威王之四年，后七年而楚怀王始立，立三十年而原谏王无入秦，卒入秦死。襄王初年而迁原，原迁九年，无几何死矣。推而上之，去梁惠王问利国与齐宣王七年时，盖四十七年矣。而鲁平公元年则楚怀王之十五年也，若孟子见平公在其初年，则至原迁之九年，盖二十四年矣。虽《史记》不言孟子见宣王之年，以其时考之，远者盖四十七年，近者二十四年，又其近者，同时也。孟子见梁惠王乃在楚威王时，惠王曰："叟不远千里而来"，于是称"叟"，孟子已老矣。而原不及事威王，故孟子与原接而原后于孟子。又《史记》荀卿五十始来游学于齐，齐襄王时，荀卿最为老师。而刘向叙荀子云："齐宣王时聚学士于稷下。荀卿十五始来游学，至襄王时，最为老师。"按宣王立十九年卒，至襄王元年，四十一年矣，而稷下之学乃在孟子、淳于髡时。使荀卿游学时已五十，顾与孟子并，安得至襄王而尚存哉？故刘向云"十五始来游学而老而为襄王师"，是也。楚顷襄王迁屈原，屈原迁九年，无几何亦死矣。又五年，齐襄王始立。计屈原之死，卿尚幼也。至楚考烈王立二十五年而李园杀春申君，荀卿始废。自此推而上之，至原之死，盖五十余年矣。故原与荀卿接而后于原。又《孟子》载《孺子歌》曰："沧浪之水清兮，可以濯我缨；沧浪之水浊兮，可以濯我足。"孔子曰："清斯濯缨，浊斯濯足。"自取之也。而屈原辞曰："渔父莞尔而笑，鼓枻而去。乃歌曰：'沧浪之水清兮，可以濯吾缨；沧浪之水浊兮，可以濯吾足。'遂去不复与言。"则屈原此歌，盖言孟子事也。《渔父篇》曰："新沐者必弹冠，新浴者必振衣，安能以身之察察受物之汶汶者乎？"而荀子《不苟篇》曰："故新浴者振其衣，新沐者弹其冠，其谁能以己之僬僬受人之掝掝者哉？"则卿此书，盖因原辞也。凡言语文章之相祖述，多其当时口所传诵，从古而然。此皆古诗楚辞之流也，其习而传者，虽至于今可知也。

韩愈《原道》理儒家之学统曰："尧以是传之舜，舜以是传之禹，禹以是传之汤，汤以是传之文、武、周公，文、武、周公传之孔子，孔子传之孟轲。轲之死，不得其传焉。荀与扬也，择焉而不精，语焉而不详。"①晁补之续韩愈之论，博考史子，系之于诗文，认为屈原并非异端，而是处在孟子、荀子之间，为儒家学统不可断绝的重要环节。他的论证在刘安、司马迁、王逸纯以文论屈原之外开辟了另一条道路——以学统论屈原，在更深层次上回击了班固、刘勰对屈原的批驳。

自《楚辞》流传以来，历代都有祖其体式的作品问世。晁补之认识到这种体裁不同于诗。他不同意班固与刘勰依诗立意，对《离骚》进行批评，他说二人："所论必诗之正，如无《离骚》可也。"于是，晁补之"尝试自原而上，舍《三百篇》，求诸《书》、《礼》、《春秋》他经，如《五子之歌》、《狸首之斑》"（《变离骚序上》），以探其源；又辑荀卿、宋玉以下至王令类骚之作，编为《续楚辞》、《变离骚》共40卷，收录诸家作品共156篇。这是继刘向之后，首次对后代楚辞体作品进行大规模辑录。《郡斋读书志》云："《续楚辞》二十卷，右族父吏部公编。择后世文、赋与楚辞类者编之。自宋玉已下至本朝王令，凡二十六人计六十篇，各为小序以冠其首，而最喜沈括，以为辞近原，盖深探其用意，疾徐其步骤而与之偕，然亦暇而不迫也。""《变离骚》二十卷，右族父吏部公编，公既集《续楚辞》，又择其余文、赋或大意祖述离骚，或一言似之者为一编，其意谓原之作曰《离骚》，余皆曰《楚辞》，今《楚辞》又变，而乃始曰《变离骚》者，欲后世知其出于原也，犹服尽而系其姓于祖云。所录自楚荀卿至本朝王

① 韩愈：《原道》，《朱文公校昌黎先生集》，卷11。

令凡三十八人，通九十六首。”①可见，《续楚辞》所辑60篇，或为文，或为赋，都是与楚辞类似的作品。《变离骚》所收96首，则是与楚辞更为疏远一点的作品。《续楚辞序》、《变离骚序》（上、下）二序所及作家作品为：荀卿《成相》、《佹诗》、《礼》、《知》、《云》、《蚕》、《箴》，宋玉《高唐》、《大言》、《小言》、《登徒子》，汉武帝刘彻《瓠子之歌》，贾谊作品不详，刘向作品不详，息夫躬《绝命辞》，司马相如《子虚赋》、《上林赋》、《大人赋》、《李夫人赋》、《长门赋》，扬雄《反离骚》、《广骚》、《畔牢愁》、《甘泉》、《羽猎》，班固《幽通赋》，曹植《洛神赋》、《九愁》、《九咏》，王粲《登楼赋》，陆机作品不详，陆云作品不详，挚虞《思游赋》，鲍照《芜城赋》，江淹作品不详，李白《鸣皋歌》，王维作品不详，元结作品不详，顾况作品不详，刘禹锡《问大钧赋》，独孤及《招北客文》，柳宗元作品不详，韩愈《琴操》四首，杜牧《阿房宫赋》。

晁序云：“至于京都、山海、宫殿、鸟兽、笙箫众器指事名物之作，不专于古诗恻隐规诲，故不录。”《文选》赋有京都、宫殿、江海、鸟兽、音乐（收王褒《洞箫赋》、潘安《笙赋》等作）诸目，可知晁氏所录梁以前作品，大多以《文选》为本。参以《文选》，则二书应录陆机《叹逝赋》、《文赋》，潘岳《籍田赋》、《射雉赋》、《西征赋》、《秋兴赋》、《闲居赋》、《怀旧赋》、《寡妇赋》，班彪《北征赋》，班昭《东征赋》，孙绰《游天台山赋》，谢惠连《雪赋》，谢希逸《月赋》，张衡《思玄赋》、《归田赋》，向秀《思旧赋》，江淹《恨赋》、《别赋》。朱熹作《楚辞后语》，自言“以晁氏所集录《续》、《变》二书刊补定者”②，以之推考晁氏所辑有《易水歌》、《越人歌》，项羽《垓下帐中歌》，刘邦《大风歌》、《鸿鹄歌》，贾谊《吊屈原赋》，汉武帝刘彻《秋风辞》、《天马歌》，刘细君《乌孙公主歌》，司马相如《哀二世赋》，班婕妤《自悼赋》，张衡《思玄赋》，蔡琰《悲愤诗》、《胡笳》，陶渊明《归去来兮辞》，元结

① 晁公武：《昭德先生郡斋读书志》，卷4，四部丛刊本，《四部丛刊》收上海涵芬楼影印北平故宫博物院藏宋淳祐袁州刊本。

② 朱熹：《楚辞后语》，见《楚辞集注》，206页，上海古籍出版社、安徽教育出版社，2001年。

《引极》，王维《山中人》、《望终南山》、《鱼山迎送神曲》，顾况《日晚歌》，韩愈《复志赋》、《闵己赋》、《别知赋》、《讼风伯》、《吊田横文》、《享罗池》、《琴操》（《将归操》、《龟山操》、《拘幽操》、《残形操》），柳宗元《招海贾文》、《惩咎赋》、《闵生赋》、《梦归赋》、《吊屈原文》、《吊苌弘文》、《吊乐毅文》、《乞巧文》、《憎王孙文》，李翱《幽怀赋》，王安石《书山石辞》，苏轼《服胡麻赋》，黄庭坚《毁壁》，刑居实《秋风三叠》。朱熹序《寄察氏女》曰："晁氏录其少作两赋而独遗此"，考诸《临川先生集》①，王安石骚赋三首，少作应为：《历山赋》、《思归赋》。考《柳河东集》注文，二书录柳宗元《骂尸虫文》、《憎王孙文》、《宥蝮蛇文》、《瓶赋》、《晋问》，扬雄《酒箴》。考《经进东坡文集事略》注文，二书尚录苏轼《前赤壁赋》、《屈原庙赋》、《秋阳赋》、《中山松醪赋》。另《郡斋读书志》载，二书以王令收轴，未著篇目，殊不可考。

综上所述，《续楚辞》、《变离骚》二书所收作品，先秦以荀卿、宋玉为中心，两汉以司马相如、扬雄为中心，三国六朝以潘岳为中心，唐以韩愈、柳宗元为中心，宋以苏东坡为中心。唐以前作品取格偏宽，多从《文选》。唐以后作品取法稍严，重在骚怨之情。朱熹评之曰："凡词之如骚者已略备矣。"由于晁氏过多参照《文选》，往往偏离以体录文的原则。他说宋玉《高唐》、《大言》、《小言》、《登徒子》诸赋靡甚，不类原作，但仅以作者为楚人而录入，这是以人录文；《子虚》、《上林》、《甘泉》、《羽猎》、《大人》、《反离骚》诸篇辞虽闳阔，然终归之于正而录入，这是以义录文；《李夫人赋》、《长门赋》非义理之正，但因其词浑丽不可弃而录入，这是以辞录文。陈振孙批评说："《续》、《变》二篇皆楚辞流派，其曰'变'者，又以其类《离骚》而少变也。《新序》三篇序其意甚详，然其去取之际，或有不可尽晓者。"朱熹说："晁书《新序》多为义例，辨说纷挐而无所发于义理。"

① 王安石：《临川先生文集》，《四部丛刊》收上海涵芬楼藏明嘉靖三十九年抚州刊本。

故裁去三分之二，删补成52篇，以时为序，编成《楚辞后语》。元人祝尧在晁氏三书的基础上撰成《古赋辩体》八卷，录屈原《离骚》、宋玉《九辩》、荀卿《礼》等12篇入楚辞体，录贾谊《吊屈原赋》、司马相如《子虚赋》、扬雄《甘泉赋》等14赋入两汉体，录王粲《登楼赋》、陆机《文赋》、潘岳《籍田赋》等15赋入三国六朝体，录李白《大鹏赋》、韩愈《闵己赋》、柳宗元《闵生赋》等13赋入唐体，录宋欧阳修《秋声赋》、苏轼《屈原庙赋》、苏辙《黄楼赋》等15赋入宋体。祝氏所收除加入山海、鸟兽类数篇赋作外，其余大体从《续楚辞》、《变离骚》中来。与之不同的是，祝氏更能剪除繁芜，增补精要，辨为五体，"欲因其时代之高下而论其述作之不同"①。从所收文体来看，有赋、文、诗、操、曲、骚、问、辞、箴等。晁氏以史家眼光看文体演变，认为："诗之流至楚而为离骚，至汉而为赋，其后赋复变而为诗，又变为杂言、长谣、问、对、铭、赞、操、引，苟类出于楚人之辞而小变者。"②陈造曰："归来子之于《楚》、《骚》古今正变之意，备且尽矣。"③元人祝尧在此基础上，选取后骚、文、辞、操、歌五体，录入《古赋辩体》外集二卷，以辨辞赋之正变源流。从所选作家来看，有所谓"非愧原者"，如荀卿、贾谊、扬雄、韩愈等；有所谓"愧原者"，如息夫躬、柳宗元、刘禹锡等。但晁氏论人颇为通达，如论扬雄曰："又扬雄为《反离骚》，反与变果异乎？曰《反离骚》，非反也，合也。盖原死，知原惟雄。雄怪原文过相如，至不容而死，悲其文，未尝不流涕也。以谓君子得时则大行，不得则龙蛇，遇不遇命也，何必沉身哉？乃作书，往往摭其文而反之。虽然，非反，其纯洁不改此度也，反其不足以死而死也。则是《离骚》之义待《反离骚》而益明。"晁氏虽不赞成扬雄保身之议，但能以意逆志，深窥其用心。朱熹因扬雄曾为王莽大夫而讥之曰："雄乃专为偷生苟免之计，既与原异

① 祝尧：《古赋辩体·目录》。

② 晁补之：《离骚新序》，见《济北晁先生鸡肋集》，卷36。

③ 陈造：《题〈变离骚〉》，见《江湖长翁文集》，卷31。

趣矣，其文又以模拟掇拾之故，斧凿呈露，脉理断续，其视宋、马犹不逮也”，“雄固屈原之罪人，而此文乃《离骚》之谗贼矣”。[1]朱氏更带移世论人，影射时局之偏颇。晁补之论息夫躬、柳宗元、刘禹锡诸人，亦不以其不忠之过而贬斥其文。

晁补之仿王逸《楚辞章句》之例，在《续楚辞》、《变离骚》二书中所收诸作前都置一小序，略述作者撰述之由，往往言简而意赅，显示了作者的史才与史识。如《汉书·武帝纪》载汉武帝于元封二年四月祠泰山还，“至瓠子，临决河，命从臣将军以下皆负薪塞河堤，作《瓠子之歌》”。晁补之序曰：“先是帝封禅，巡祭山川，殚财极侈，海内为之虚耗。及为此歌，乃闵然有吁神忧民、恻怛之意云。”可谓直笔写事，褒贬其中。李善注张衡《思玄赋》，言其为“汉和帝侍中”，李周翰亦言：“诸常侍皆恶直丑正，危衡，故作是赋。”晁氏序曰：“《思玄赋》者，汉侍中张衡之所作也。顺帝引在帏幄，讽喻左右，尝问衡天下所疾恶者，宦官惧其毁己，皆共目之。衡乃诡对而出。犹共危衡。衡常思图身之事，以吉凶隐伏，幽微难明，乃作《思玄赋》，以宣寄情志云。”此段改和帝为顺帝，改“常侍”为“宦官”，与《后汉书·张衡传》所载相合。《悲愤诗序》亦隐括《后汉书·董祀妻传》及诗中内容曰：“悲愤诗者，汉中郎蔡邕女琰之作也。琰嫁为卫仲道妻，遭乱，为胡骑所获，没于南匈奴左贤王者十二年，为生二子。曹操素善邕，痛其无后，以金币重赂赎之，而重归于董祀，琰自伤失节，而不能忘其二子，为作此辞。”晁补之对柳宗元、韩愈作品的序言尤为详赡。《惩咎赋序》总括《新唐书·柳宗元传》来说明柳宗元的写作意旨，《闵生赋序》、《梦归赋序》则引用柳宗元给萧俛、许孟容的书信来深析其内容。韩愈《吊田横文》、《复志赋》、《别知赋》、《闵己赋》、《亨罗池》等篇前的序文都能于新、旧唐书中考其本末，征引书信，以明其撰述之由。

朱熹作《楚辞后语》，自《思玄赋》、《悲愤诗》、《复志赋》至《幽怀

[1] 朱熹：《楚辞后语·晁录》。

赋》共19篇都别无他序，作《朱文公校昌黎先生文集》往往撷取晁氏所序，由此可见晁氏考订之精要。《乞巧文》、《吊屈原文》的序言能考诸经史，参校前文，以释题意。如："《乞巧文》者，柳宗元之所作也。传曰：周鼎铸倕而使吃其指，先王以见大巧之不可为也。故子贡教抱瓮者为桔槔，用力少而见功多，而抱瓮者羞之。夫鸠不能巢，拙莫比焉，而屈原乃曰：'雄鸠之鸣逝兮，吾犹恶其佻巧。'原诚伤世浇伪，固诋拙以为巧，意昔之不然者，今皆然矣，甚之也。柳宗元之作，虽亦闵时奔骛，要归诸厚，然宗元愧拙矣。"晁补之序也有品评高下之语。《长门赋序》："此讽也，非《高唐》、《洛神》之比。"《登楼赋序》："粲诗有古风。《登楼》之作，去楚词远，又不及汉，然犹过曹植、潘岳、陆机等咏闭居怀旧众作。盖魏之赋极此矣。"他序顾况《日晚歌》曰："可与王维相上下。"晁补之以讽喻为准的，认为曹植赋文胜于质，"赋之卑弱自植始"；又以时代为度衡，认为曹植赋不及汉赋，陆机、陆云赋不及曹植赋，愈流愈远，梁文更加卑弱。晁补之的这种认识，直接影响了祝尧的赋论。祝氏《古赋辩体》论古赋之流变，由古赋而及俳赋，由俳赋而及律赋，由质趋文，渐失古赋之体。明代徐师曾作《文体明辨》、清康熙作《历代赋汇序》都袭用之，遂成赋论正宗。他追讨赋作的体格源流，也颇见其敏锐的洞察力。如，他论《骂尸虫文》、《憎王孙文》、《宥蝮蛇文》、《讼风伯》取意于《离骚》；《瓶赋》衍扬雄《酒箴》之意；《晋问》取法《七发》；《招海贾文》出自《大招》；《囚山赋》反《招隐士》而言之。有些论作品风格的序言，更是情致盎然。如《引极序》："结性耿介，有忧道悯俗之意。天宝之乱，或仕或隐，自谓与世聱牙，故其见于文字者，亦冲淡而隐约。譬古钟磬不谐于里耳，而词义幽渺，玩之悠然，若有尘外之趣云。"

晁补之《重编楚辞》、《续楚辞》、《变离骚》三书对辞赋学的许多问题进行了有益的探索。他充分肯定了屈原的忠君品格，并在学统上论证了屈原的正统地位，为宋代后代学者重构屈子精神导夫先路。他是辞赋史上第一个大规模辑录骚体作品的学者，所收作品纵贯先秦及宋诸代，横括赋、文、诗、操、曲、骚、问、辞、箴各体，朱熹在此基础上剪除繁芜，由粗转精，编成《楚辞后语》；祝尧在此基础上依时代品其高下，别文体，辨其异同，辞赋研究格局豁然开朗。他的序文或征史传，或引书信，或析文章，深究作者撰述之由，精辨作品渊源流别，其品评之语，亦博而可采。晁补之注《楚辞》，不但移易其篇次，还对王逸注中某些“浅陋非原本意”的部分“删而存之”，是继南朝宋何偃《楚辞》删王逸注 11 卷[①]之后对王逸注的修正。稍后的洪兴祖作《楚辞补注》，全遵王注而补之。[②]朱熹作《楚辞集注》，于增删之中抒性情，正义理，隐括成篇。较之晁、洪二人，晁补之为宋代辞赋学风的先导，洪兴祖为汉代辞赋学风在宋代的终结；较之晁、朱二人，朱熹完成了将宋代辞赋学纳入理学思想的整体构建，晁氏对以祝尧为代表的元、明后以辨体为务的辞赋学风产生了深远影响。

---

① 郑樵：《通志·艺文略》，卷 69，中华书局，1987 年。

② 朱熹批评他说：“顾王书之所取舍，与其题号离合之间，多可议者，而洪皆不能有所是正。”见朱熹：《楚辞集注序》。

明代汉赋辑录的文献考察

踪　凡

明代的学术研究，常常被后人指责为点窜古籍、剽窃旧说、空疏浅陋、无甚精义①。但仔细研究就不难发现，明代尤其是明代中后期，文艺上出现了个性解放的新思潮，影响所及，学术研究中也出现了许多新的气象，在思想观点、治学方法及研究成果等方面都对前人有很大的发展与超越，为清代学术研究的繁荣积累了丰富的经验。明人对汉赋文献的抢救性搜集与整理，就是一个突出的例子。

一

汉赋是两汉400余年间最具代表性的文学样式，具有很高的文化价值和文学史意义。据《汉书・艺文志》，西汉末年刘向、刘歆父子在校理群籍时，曾搜罗、整理汉赋900余篇（包括楚辞体、

① 见顾炎武《日知录》中的《书传全选》、《别字》、《窃书》、《改书》、《朱子・周易本义》等条目。后之全祖望、王鸣盛、钱大昕、章学诚、崔述、江藩、龚自珍、王光谦、罗振玉、梁启超等亦作如是观，而以纪昀等《四库全书总目》影响最大。

颂体、七体等)[①]。可惜这些作品大都毁于王莽之乱。东汉所产生的汉赋作品远远多于西汉,只不过没人统计罢了。我们认为,两汉赋作起码有三四千篇之多,但大都被历史的尘沙所掩埋。不过,我们在考察唐宋时的类书《北堂书钞》、《艺文类聚》、《初学记》和《太平御览》时发现,四部书所摘录的汉赋作品至少有248篇[②],这说明唐宋时可以见到的汉赋作品尚有数百篇之多;但其中有不少作品也正是在这时候才完全走向了泯灭。宋代王应麟撰《汉书艺文志考证》,所见汉赋已经不多。降至元明,人们所能读到的汉赋除了《文选》所录外,实在是寥寥无几了。对此,明人胡应麟长声浩叹:

> 汉人赋冠绝古今。今所共称,司马、扬、班十余曹而已。余读《汉·志》,西京以赋传者六十余家,而东汉不与焉。总之当不下百家。范史不志《艺文》,东汉诸人制作,遂概湮没无稽,志之所系如此。(《诗薮·杂编》,卷一,遗逸上)

陈山毓亦悲慨不已:

> 至汉赋千首,存者特百之二三。所为云蒸霞蔚,呕心析胆者,俱灰飞烟灭,而不可复见,岂不悲哉!故录古来高文大篇,《艺文》所载者著于此。建安以后,一时纸贵,本史著录者亦附焉。尝意天地间奇宝,终当在天地间,或者名山大都,荒烟野草之处,一旦复出,使还旧观,或亦事之不可知乎!(《赋略·绪言》)

---

① 参见班固:《汉书》(六),1747～1756页,中华书局1962年校点本;踪凡:《刘向父子的汉赋研究》,《文献》,2002年第一期。

② 踪凡:《唐宋类书对汉赋的摘录与编类》对此有详细论述。

与其抱着佚籍复出这样一种一厢情愿的梦想，不如马上行动起来，抢救那些尚未完全佚失的汉赋文献。明代学者自觉担当起了搜罗汉赋文献的历史使命，为汉赋作品的保存作出了具有时代意义的贡献。

其实，对汉赋文献的整理，宋元时已有人在零零星星地进行。例如宋人楼昉《崇古文诀》选汉赋 7 篇，陈鉴《东汉文鉴》选汉赋 12 篇，朱熹《楚辞集注》、《楚辞后语》选汉赋 7 篇，元祝尧《古赋辨体》选汉赋 14 篇。尤其是宋代末年的陈仁子，他不满足于《文选》所录 29 篇汉赋，另外搜集了《文选》未录的汉赋作品凡 21 篇，编成了《文选补遗》一书，可视为抢救汉赋文献的先行者。但这些整理工作规模很小，成果有限。只是到了明代，才出现了大量的搜集、整理、编录汉赋文献的诗文总集，并且成为一种学术风尚。他们的学术成果非常值得我们重视和研究。

二

明人对汉赋文献的发掘、整理与编录，从明代初年就开始了，至明末万历、崇祯年间，此项工作空前兴盛。经过考察，我们可以把明人的工作归纳为以下几种类型：

（一）以辨别文体为目的的总集，在书中赋目下选录若干汉赋，如明初吴讷（1372—1457）的《文章辨体》和徐师曾（1517—1580）的《文体明辨》。

《文章辨体》凡 55 卷，分文章为 59 体。其中“古赋”一体分为楚、两汉、三国六朝、唐、宋、元、国朝（指明代）凡七个时期，每期都有序论，序论下选录若干赋作。该书选录汉赋有贾谊《吊屈原赋》、《鹏鸟赋》，司马长卿《子虚赋》、《上林赋》、《长门赋》，班婕妤《自悼赋》、《捣素赋》，扬子云《甘泉赋》，班孟坚《两都赋》，祢正平《鹦鹉赋》，王仲宣《登楼赋》，凡 7 家 12 篇。其序论多引录元人祝尧之语，所选篇目也与祝氏《古赋辨体》略同。徐师曾《文体明辨》凡84卷，分文体为127类，超出吴氏一倍多。该书体例略仿吴氏，每体之前有序说，尔后选录若干作品，以辨其体格。徐氏将历代赋划分为古赋、俳赋、律赋、文赋四体，在“古赋”下选汉赋12篇，“文赋”下选1篇，再加上“楚辞体”中的贾谊《吊屈原》，所选共14篇。其序论及选赋皆与祝尧、吴讷大同小异。

（二）不以辨体为目的，但又分类编选的历代诗文总集，也在赋目下选录若干汉赋，如明初朱升（1378—1448）的《文章类选》和李伯玙（1406—1473）、冯原的《文翰类选大成》。

《文章类选》凡40卷，将前人各种选集所选之文章分类辑录，凡58体。该书首列赋体，选录了司马相如《子虚赋》、《上林赋》、《长门赋》，扬雄《长杨赋》，班固《西都赋》、《东都赋》，扬雄《甘泉赋》，王粲《登楼赋》，张衡《思玄赋》和祢衡《鹦鹉赋》，共有七家十篇。但祢衡赋杂入唐人诸赋中，可见其粗略。《文翰类选大成》163卷，也是一部分体编选的诗文总集。该书卷一至卷六选录赋作，其中卷一共选录汉赋14家32篇。作者年代大致不差，所选篇目亦远远超过了《文章类选》。

（三）编录汉代文章的断代文纪、文钞，在辑录经世之文时兼而及赋，如梅鼎祚（1553—1619）的《东、西汉文纪》、顾锡畴的《秦汉鸿文》、冯有翼的《秦汉文钞》等。

《西汉文纪》24卷和《东汉文纪》32卷是梅鼎祚“历代文纪”丛书中的两种。二书选录两汉时期的诏告、书、记、文、铭、奏议等多种文体，无意选赋，但却选录了七体、答难体赋和一些赋序。其中《西汉文纪》选录了枚乘《七发》，司马相如《难蜀父老》，东方朔《答客难》，扬雄《甘泉赋序》、《羽猎赋序》、《长杨赋序》等共6篇；《东汉文纪》选录冯衍《显志赋序论》，班固《答宾戏》、《两都赋序》等共20篇作品。对于所选各赋，梅氏概未作注。但有些赋作有作家小传、题解或校勘记，可以参考。顾锡畴《秦汉鸿文》凡25卷，亦选入七体及答难体赋作，包括枚乘《七发》、司马相如《难蜀父老》等9篇作品(其中《达旨》一篇有目无文,实际上只有8篇),不及梅氏所选。但顾氏对所选各赋大都作了眉批、夹批,赋末有集评,更为我们保存了一些汉赋研究资料。冯有翼《秦汉文钞》凡12卷,选录贾谊《吊屈原赋》、《服赋》,枚乘《七发》以及司马相如、东方朔、扬雄、班固、崔骃、张衡、蔡邕的答难体赋作,总数为11篇。赋前有题解,赋上有眉批,赋中有语词训诂,赋末有集评,很有参考价值。此外,倪元璐辑有《秦汉文尤》12卷,所选汉赋与冯氏《文钞》完全相同。陈继儒曾辑录《先秦两汉文脍》五卷,仅选汉赋9篇(少贾谊两赋),且不加注释评说,价值又不及《文尤》。此类文集对两汉的七体和答难体赋作进行了较为充分的诠释,尽管其中有粗疏不当之处,亦值得后人借鉴和参考。

(四)汇总经史子集的大型文集,在贪多求全时也看到了汉赋,如陈仁锡(1581—1636)的《三续古文奇赏》和《奇赏斋古文汇编》。

陈仁锡曾辑录《古文奇赏》、《续古文奇赏》、《三续古文奇赏》等大型系列文集,汇刊经、史、子、集各类文献。其中《三续古文奇赏广文苑英华》凡26卷,中有先秦至唐代的赋作150篇,分为25类,排列次序为:天、岁时、地、都、宫殿、苑囿、礼、乐、符瑞、治理、仙、文学、志、闲适、游览、纪行、哀伤、情、器用、茶、宝、丝帛、虫鱼、鸟兽、草木。这些类别乃是对宋人李昉等《文苑英华·赋》的42类赋作加以归并调整而成。该书仅选汉赋36篇,纳入12类之中,显然对早期赋作不甚重视。所选汉赋一概无注,偶有眉批,亦甚简略。天启年间,陈仁锡又辑录《四续古文奇赏》53卷。此选补入汉赋两篇:班婕妤《捣素赋》和路乔如《鹤赋》,但将路乔如标为唐人,大误。后来,陈仁锡又将正、续《古文奇赏》及《明人辑贤》汇为一集,名为《奇赏斋古文汇编》,洋洋236卷,按经、史、子、集四分法编排,然混乱讹误颇多。其131至140卷选有汉赋27篇,分类及排列顺序,大致是按照天、岁时、地、山水、京都、游览、纪行、闲适、人事、志、草木、鸟兽、虫鱼、器用、杂技、杂赋的先后次序，对《三续》之类别及排序有所调整。但类别或标在目录中，或标在正文中，丛杂不一，体例混乱，让人不得要领。以杂赋收尾，似乎吸收了《汉书·艺文志·诗赋略》的分类思想，但将司马相如《大人》、《美人》、《长门》、《子虚》、《上林》等著名赋作全部归入此类，显然过于粗略。

（五）增补《文选》的诗文总集，在赋目下选有汉赋，如刘节(1476—1555)《广文选》、周应治《广广文选》。

刘节《广文选》60卷旨在补《文选》之遗，其编选旨趣与宋人陈仁子《文选补遗》略同，而在编选规模、体例与选文质量方面都胜而过之。但据该书之末所附明陈蕙之《重刻广文选序》，今见之《广文选》已非刘节原书，而是陈蕙的删改本。刘节原书尚有司马相如《美人》、张衡《髑髅》、傅毅《七激》等赋，陈蕙以为淫靡浅薄，无大意义而予以删除，反不如原书见解之高。今见《广文选》赋类共选汉赋30家，42篇，分为17类，始于天地、京都，终于情、杂赋，对《文选·赋》的类别有所调整。《广文选》设问类选录扬雄《解难》、崔骃《达旨》、张衡《应间》、蔡邕《释诲》与陈琳《应讥》，再加上被陈蕙删去的数篇(实际篇目应有7篇左右)，刘节《广文选》实际上辑录汉赋至少有33家50余篇。《广文选》的出现，标志着明人对汉赋的全面抢救已经开始。

据《四库全书总目·总集类存目》，明周应治有《广广文选》23卷，是增广刘节《广文选》的诗文总集。既然是“拾(刘)节之遗”，也应选录了一些汉赋，编纂体例与旨趣应大致相同。因未见原书，姑录以备查。

（六）以作家为单位辑录的跨代诗文总集，包含了汉代赋家赋作，如李宾《八代文钞》、张燮《七十二家集》、张溥(1602—1641)《汉魏六朝百三家集》。

《八代文钞》凡106卷，编录先秦至明代著名作家的诗文，大致以时代先后为序。其中汉代赋家凡七家，各家文钞皆首列辞赋，再列记、文、赞、铭、颂、论、书等文体。其选赋情况如下：

《司马长卿文钞》：子虚、大人、美人、长门、与蜀父老诘难

《董仲舒文钞》：士不遇

《东方曼倩文钞》：答客难

《班孟坚文钞》：终南山、竹扇、两都赋序、答宾戏

《扬子云文钞》：逐贫、解难、解嘲

《蔡中郎文钞》：琴、弹棋、胡栗、短人、释诲

《王仲宣文钞》：浮淮、羽猎、大暑、柳

共23篇。司马相如赋选《子虚》而不选《上林》，扬雄赋选《逐贫》而不选《甘泉》、《羽猎》、《河东》、《长杨》，班固《两都赋》只选赋序而不选正文，去取不可谓当。张燮的《七十二家集》346卷和张溥的《汉魏六朝百三家集》118卷，体例与《八代文钞》相同，但选赋数量大增。《七十二家集》汉代部分共辑录了12家95篇赋作，其选赋数量远远超过以前各家。在各家集开端，张燮皆撰《小引》或《题辞》，综论作家的一生行事及其文学创作，其编纂体例及具体篇目都对张溥颇有影响。《汉魏六朝百三家集》以张燮《七十二家集》为根柢，又取冯惟讷《诗纪》、梅鼎祚《文纪》书中"其人著作稍多者"排比附益而成。该书辑录汉赋凡20家，131篇，包括许多断篇逸句，且态度谨慎，不加删改，其学术价值颇高。后人辑录汉赋，亦颇多取资于此，或以此书作重要校本。对于所录各赋，张溥概未作注，但他为每位赋家撰写了题辞。这些题辞往往能"知人论世"，联系赋家生活的社会背景、人生经历及诗文创作来品评其人其赋，观点深刻独到，常为后人征引。

（七）专门的赋文学总集辑录汉赋，如周履靖《赋海补遗》、李鸿《赋苑》等。

明代出现了一批专门的辞赋总集，这些总集选录汉赋的规模大都胜过元祝尧《古赋辨体》的 14 篇，这说明辞赋的编录工作已在明代末年渐趋兴盛。如周履靖《赋海补遗》28 卷、附录 2 卷，收汉赋凡 19 家，30 篇。从选目来看，大致是补《文选》之遗，凡《文选》入录之各篇皆不复选录。此书将历代赋按其内容分为天文、时令、节序、地理等，共 23 部，类别及排序均近似《艺文类聚》、《太平御览》等类书；但不见京都、苑囿、祭祀、行幸、讽喻、军旅诸类，草木鸟兽却析为八类，看来比前人更重视生活题材及咏物题材的编选，有淡化社会政治的倾向。所选各赋概不加注，只是偶有解题，亦仅仅引述史书，交代创作背景而已。周氏选录蔡邕（5 篇）、曹大家（3 篇）之赋最多，且有简要评论，可见其称赏之意。

李鸿《赋苑》8 卷，收先秦至唐赋 875 篇，其规模大大超过《赋海补遗》。大抵以时代先后为序，如卷一收荀、宋赋，卷二、卷三、卷四分别收西汉、东汉、三国赋，每一时代皆以赋家为单位，力求尽录其赋。其中汉赋诸家所辑得 51 家，178 篇（含建安诸家，不含误收的闵鸿赋两篇）。《赋苑》是清以前收录汉赋最为完备的一部巨著。广稽各类典籍，吉光片羽悉予汇纳，细加比勘，则知《赋苑》录文之精不及《百三家集》，而选赋规模则胜而过之，其在汉赋编录史上的贡献实不逊于张书。《赋苑》的编纂体例比较纯净，不录楚辞体，只录以“赋”名篇的作品，所以不含屈、宋楚辞及汉代拟骚之作，这是很可贵的。但他将七体、答难体赋也摈而不录，则表现出重名轻实的倾向。此外，有些赋作标注了出处，颇便检核。

《赋珍》8 卷，题芝山施重光庆徵甫撰。《赋珍》选录战国以至明代的赋作及相关资料。该书无目录，大致是按天地、山川、典礼、文艺、宫殿、衣饰、田猎、鸟兽的顺序编排，明显吸收了唐以来类书的分类编辑的观念。其中选汉赋 21 家，26 篇，杂见于各卷之中。对于所选各赋，《赋珍》一概不作语词训释，只是偶有题注，个别赋作有眉批，在某些赋作之末还有赏评。该书最值得注意的地方，就是编者不失时机地汇聚了大量的有助于赋之创作的资料，并且用小字排印在各赋或一组赋之后。如在公孙乘《月赋》之后，以双行小字排印了一些关于月亮的材料，接下来又以同样的方式编排了陈陶《望月》，朱华《中秋》、《十六夜》、《十七夜》，刘禹锡《洞庭夜月》等诗歌。这对于学习作赋者甚有帮助；但可惜制作粗糙，不标类目，所以影响不大。

俞王言《辞赋标义》凡18卷。卷一至卷六选楚辞，以贾谊《吊屈原》入之；卷七至卷十七编选汉魏六朝赋，皆以赋名篇，大致按京殿、神仙、畋猎、纪行、登览、江海、物色、鸟兽、志、哀伤、论文、艺术、情的顺序排列，与《文选》排序略同而稍加调整（将宫殿类提前至京都之后），但不标类目；卷十八选录不以赋名篇而近乎赋者，包括《七发》、《封禅文》等。以今天的观点看来，该书所选汉赋共36篇。其中以赋名篇者除《文选》所录外，又增补了12篇，哀伤一类就增加了4篇，这恐怕是继承了朱熹、祝尧以来重视抒情赋的传统。《辞赋标义》的排印格式比较特殊：宽行与窄行并行排列，宽行以大字排印赋之正文，右侧窄行则以小字排印注释。正文与释文随处可以对照，这样既不妨碍文气的贯通，又有必要的释语以解决语言疑窦，设计颇为巧妙。俞氏对汉赋有题解及眉批，对读者理解赋意颇有帮助。其批语与孙钅广相比稍显粗略。不过，俞王言善于挖掘赋作的思想内容及感情底蕴，这是他胜于孙氏之处。

《赋略》34卷，绪言1卷，列传1卷，外篇20卷，明陈山毓辑。该书卷首有陈山毓《赋略序》，接下来有《绪言》1卷，《列传》1卷。《赋略》选赋始于先秦，迄于"国朝"（即明代）。其卷五至卷十三专选汉代辞赋，凡51篇（剔除楚辞体及颂体作品22篇，《两都》、《二京》各计两篇，加上被列入魏代的王粲《登楼赋》，实选汉赋32篇），皆为名篇，大致按年代先后排列。外篇20卷，亦选录战国迄明代之赋，大概是为了弥补正编之遗。其中卷二、卷三选录汉代辞赋，共30篇（剔除《九怀》和《九思》各9篇，则所选汉赋为12篇）。该书正文中有题注、眉批、夹批，对汉赋进行了综合研究，价值颇高。

除此之外，明代曾选录汉赋的典籍起码还有如下数种：黄佐《六艺流别》选汉赋5篇，皆为"《文选》所弃"而能得古诗之义者；刘祐《文章正论》选录汉赋9篇，多为答难体赋；邹迪光《文府滑稽·文部》主要选录滑稽之文，入选汉赋有14篇；汪廷讷《文坛列俎》旨在指导创作，选汉赋16篇；方孝岳《历代古文国玮集》选答难体汉赋六篇；刘士鏻、王宇增《删补古今文致·赋》选汉赋3篇……这些书籍都促进了汉赋在明代的接受、研究与传播，并且为清人全面研究汉赋作了较为充分的准备。

三

下面，即以明代几部最具代表性的研究成果为例，探讨明代汉赋编录的基本特点。

首先，辑录的汉赋作品渐趋完备。这从搜罗汉赋作品的数量及编辑的质量上可以明显地看出来。明代前期吴讷《文章辨体》，所选汉赋仅7家12篇，且大多为《文选》已录之赋。后来李伯玙等编的《文翰类选大成》，辑录汉赋已达14家32篇，其中有7篇来自《文选》之外。明中叶刘节辑录《广文选》，专门搜讨《文选》之外的篇什，所辑汉赋有33家，约50篇（含七体、答难体）。若与《文选》所选29篇相合，则刘节实际所目验的汉赋作品已达80篇左右。自此以后，学者们渐渐把注意力转移到汉赋佚篇的搜寻上，并且取得了一系列可喜成果。如万历以后的张燮《七十二家集》辑录汉赋凡12家，95篇；张溥《汉魏六朝百三家集》又扩大战果，辑录汉赋凡20家，131篇。万历年间，李鸿还曾编纂大型赋文学总集《赋苑》。该书《凡例》称："兹编或录之诸集，或搜之艺文，或止载片词，或仅摘小序，务存成目，不计阙文。”不论赋家是否有名，赋作是全是残，悉予汇纳，其辑录汉赋作品多达51家，178篇（全部是以“赋”名篇的作品），远远超过以前各家，这在当时的历史条件下，是一项非常了不起的工作。清人陈元龙辑《历代赋汇》，号称完备，其于汉赋也仅仅增加十篇而已。当然，李鸿有可能借鉴了前人的研究成果，但其用功之勤、辑录之全、贡献之大，的确是空前的。从前面的介绍我们还可以看出，在李鸿之前或稍后，还出现了大量的选录或搜辑汉赋作品的文集、赋集，它们与《赋苑》一起为汉赋文献的保存立下了汗马功劳。

从辑录汉赋的绝对数量上来讲，《赋苑》当之无愧地为明代之冠。但仔细比较就不难发现，每部书都有自己的编纂体例，如《七十二家集》的两汉部分只辑录12位著名作家的赋作，一般赋家如枚乘、刘向、赵壹、祢衡等皆不与其列，这就大大限制了其辑赋的绝对数量。不过，我们若根据明代五部最具代表性的文集（赋集）对汉赋四大家赋作的辑录情况加以比较，它们的精粗优劣就自然明朗了。

赋家、赋作		广文选	赋苑	赋略	七十二家集	汉魏六朝百三家集
司马相如	子虚赋		○	○	○	○
	上林赋		○		○	○
	哀二世赋		☆	☆	☆	☆
	大人赋	☆	☆	☆	☆	☆
	美人赋	☆	☆	☆	☆	☆
	长门赋		○	○	○	○
	难蜀父老		○		○	○

续表

赋家、赋作		广文选	赋苑	赋略	七十二家集	汉魏六朝百三家集
扬雄	蜀都赋	☆		☆	☆	
	甘泉赋		○	○	○	○
	河东赋	☆	☆	☆	☆	☆
	羽猎赋		○	○	○	○
	长杨赋		○	○	○	○
	太玄赋	☆	☆	☆	☆	☆
	逐贫赋	☆	☆	☆	☆	☆
	酒赋		☆		☆	☆
	解嘲				○	○
	解难				☆	☆
班固	西都赋		○	○	○	○
	东都赋		○	○	○	○
	幽通赋		○	○	○	○
	竹扇赋		☆		☆	☆
	终南山赋(残)	☆	☆		☆	☆
	览海赋(残)		☆		☆	☆
	答宾戏				○	○
张衡	思玄赋		○	○	○	○
	西京赋		○	○	○	○
	东京赋		○	○	○	○
	南都赋		○	○	○	○
	归田赋		○	○	○	○
	冢赋	☆	☆		☆	☆
	髑髅赋(残)	☆	☆		☆	☆
	温泉赋(残)	☆	☆		☆	☆

续表

赋家、赋作		广文选	赋苑	赋略	七十二家集	汉魏六朝百三家集
张衡	定情赋(残)				☆	☆
	舞赋(残)	☆	☆		☆	☆
	羽猎赋(残)		☆		☆	☆
	扇赋(残)				☆	☆
	应间	☆			☆	☆
	七辩				☆	☆
总计增加篇数		12	15	7	21	20

注1:"〇"为《文选》已录之赋,"☆"为《文选》之外的赋作。

注2:《广文选》的编者刘节(1476—1555)为明代中期人,此书当编于1555年之前。《赋苑》、《赋略》、《七十二家集》的编者生卒年不详,但都活动于明末万历年间。据《赋苑》凡例,该书始辑于甲午年,应当是万历二十二年(1594年),则是书之刻板当在1600年左右或稍晚。陈山毓《赋略序》撰于万历四十六年(1618年),当为此书完成之年,但刊刻于16年之后。据张燮《七十二家集·王谏议集》所署日期,该书当完成于明熹宗天启甲子年(1624年)。《汉魏六朝百三家集》最晚,当编于张溥(1602—1641)中进士(1631年)之后的十年间。五部总集的编定时间可大致作如下排序:《广文选》——《赋苑》——《赋略》——《七十二家集》——《汉魏六朝百三家集》。

从上表统计的数字看,对于司马相如、扬雄、班固、张衡四大家的赋作,刘节《广文选》搜集《文选》之外的赋作12篇,《赋苑》得17篇,《赋略》得7篇,《七十二家集》和《汉魏六朝百三家集》分别辑得21与20篇。《赋略》属赋选性质,我们不以"全"责之,其他诸书辑录所得大致呈递增之势:12—17—21—20。显然后者有可能借鉴甚或抄录了前者的成果。如张溥《汉魏六朝百三家集》所录四家赋20篇,全部已见载于张燮的《七十二家集》,但不知为何遗失了扬雄《蜀都赋》一篇。《七十二家集》将相如《难蜀父老》标为"难"类,将扬雄《解嘲》、《解难》,班固《答宾戏》,张衡《应间》标为"设难"类,《百三家集》亦全部因袭;《七十二家集》误以班彪《游居赋》(又名《冀州赋》)入班固集中,误将隋李播《周天大象赋》入张衡集中,《百三家集》皆照样搬来而未加纠正。不过,"前修未密,后出转精"毕竟是一条不可改变的规律,后来的著作能够也必须对前人有所突破，才能把学术研究向前推进。这不仅表现为辑录数量的递增，也体现为编辑质量的提高。周履靖《赋海补遗》、李鸿《赋苑》皆误将司马迁《悲士不遇赋》标为司马相如作，《七十二家集》等皆加以纠正；李宾《八代文钞》误将扬雄置于班固之后，《赋苑》误将贾谊《吊屈原赋》置于《鹏鸟赋》之后，后来诸书皆加以更改……明人对汉赋的辑录工作，正是在这种坎坎坷坷的道路上不断前进、渐趋完善的。总的看来，《七十二家集》与《汉魏六朝百三家集》出现较晚，编录转精。所以，要想了解两汉赋创作的全貌，当读《赋苑》；要想重点考察著名赋家的辞赋创作，就不能不参考《七十二家集》和《汉魏六朝百三家集》。

其次，明人在编辑汉赋时，时序排列法与分类排列法并行不悖。所谓时序排列法，就是按时代先后顺序，“人因世次，文沿人集”式编排。其中又可细分为两种方式：一种是在某些诗文总集的赋目下或专门的赋集中集中排列两汉赋作，并且依时代先后为序，如吴讷《文章辨体·古赋》、李伯玙《文翰类选大成·赋》、李鸿《赋苑》、陈山毓《赋略》等。其中《赋苑》对汉代各家赋作的排列顺序为（括号内为辑赋篇数）：

西汉：贾谊(4)　枚乘(2)　邹阳(2)　羊胜(1)　路乔如(1)　公孙乘(1)　公孙诡(1)　汉武帝(1)　董仲舒(1)　司马相如(7)　中山王(1)　刘安(1)　孔臧(4)　王褒(1)　班婕妤(2)　刘歆(3)　扬雄(7)

东汉：班彪(1)　班大家(4)　冯衍(1)　杜笃(4)　崔骃(3)　傅毅(3)　黄香(1)　班固(7)　李尤(5)　张衡(10)　马融(4)　王逸(2)　王延寿(3)　蔡邕(11)　崔寔(1)　边韶(1)　赵壹(1)　边让(1)　祢衡(1)　侯瑾(1)　闵鸿(2，误收)　张安超(1)　苏顺(1)　赵岐(1)　桓谭(1)　张纮(1)

建安：陈琳(5)　徐幹(3)　杨修(5)　王粲(22)　应玚(11)　刘桢(5)　繁钦(7)　丁仪(1)　丁廙(3)

这52家174篇赋作，严格按照西汉—东汉—建安的先后顺序排列。其中个别赋家的排序似乎还可尚榷(如孔臧应置于司马相如之前，汉武帝应置于相如之后)，但总的来说是贯彻了“人因世次，文沿人集”的编辑原则，使读者览此，足以“视气格厚薄”，“验世代升降”(《赋苑·凡例》)，对两汉400余年间赋文学的演变之迹一目了然。

另一种方式是按时代先后辑录各家诗文时兼而入赋，如李宾《八代文钞》、张燮《七十二家集》、张溥《汉魏六朝百三家集》。三书的共同之处在于：它们都是人自为集，依时代为序；各家集均先录赋体，再录诗、骚及其他文体。下面拟将后两书的编排次序及选赋篇目作一比较(含七体及答难体)：

《七十二家集》：贾谊(4)　司马相如(7)　董仲舒(1)　东方朔(1)　王褒(2)　扬雄(10)　冯衍(1)　班固(7)　张衡(14)　蔡邕(15)　王粲(23)　陈琳(10)

《汉魏六朝百三家集》：贾谊(4)　司马相如(7)　董仲舒(1)　东方朔(1)　王褒(1)　刘向(1)　扬雄(9)　刘歆(3)　冯衍(1)　班固(6)　崔骃(4)　张衡(15)　李尤(6)　马融(4)　蔡邕(15)　王逸(2)　陈琳(10)　王粲(23)　刘桢(6)　应玚(11)

在两书同选的12名赋家中，《汉魏六朝百三家集》的编录顺序及各家赋篇目大都因袭《七十二家集》，它之所以在辑赋总数上超过后者36篇，是因为它增补了刘向、刘歆、崔骃等八家诗文集的缘故。当然，这种增补工作使该书的内容更为充实，也更能详尽地展示汉赋创作的演进过程。

所谓分类排列法，在古代主要体现为题材上的分类。如南朝梁萧统《文选》将早期赋分为京都、郊祀、耕籍、田猎等15类，即为题材上的分类，影响颇为深远。降至明代，随着赋文学创作题材的扩展和创作数量的增加，《文选》的分类方法已不能适应新的学术研究的需要。明人刘节《广文选·赋》就将先唐赋分为17类,周履靖《赋海补遗》分为23类,陈仁锡《三续古文奇赏》分为25类。俞王言《辞赋标义》、施重光庆徵甫《赋珍》亦分类编录,前者近于《文选》,后者近于《补遗》,但因未标类目,不便考察。下面试将《广文选·赋》与《赋海补遗》的分类情况略作比较(括号内为汉赋篇数):

《广文选·赋》:天地(0) 京都(2) 郊祀(1) 畋猎(1) 纪行(2) 游览(1) 宫殿(2) 江山(5) 物色(2) 鸟兽(2) 草木(3) 志(6) 哀伤(3) 论文(1) 音乐(1) 情(3) 杂赋(7)

《赋海补遗》:天文(2) 时令(0) 节序(0) 地理(1) 宫室(3) 人品(1) 身体(0) 人事(6) 文史(0) 珍宝(1) 冠裳(0) 器皿(3) 伎艺(0) 音乐(1) 树木(2) 花卉(0) 果实(1) 芝草(0) 饮馔(0) 飞禽(6) 走兽(1) 鳞介(0) 昆虫(2)

《三续古文奇赏》的分类始于天、岁时、地,终于虫鱼、鸟兽、草木,与《赋海补遗》近似,都明显吸收了唐宋类书《艺文类聚》、《初学记》、《太平御览》的分类思想。《广文选》亦受类书影响而以天地为开端,但因考虑到人事类赋作卷帙过重,于是在草木类之后又效法《文选》而分列出志、哀伤、论文、音乐、情诸类;有些赋作不便归类,于是又效法《汉志·诗赋略》而另列杂赋一门。但杂赋中收有刘安《屏风》、马融《围棋》、赵壹《疾邪》等七篇汉赋,实在过于庞杂,明显与《汉志》旨趣不同,似乎尚可析出若干门类,或与其他门类合并。《广文选》的尝试得到了清人陈元龙的借鉴和发展,陈氏在《历代赋汇》正编中将赋之题材扩大为30类,而将"人事"诸类置于外编中,析为八类,成为古代赋学分类史上的压卷之作。可见,明人在汉赋分类上的探索虽有诸多不完善之处,但也是很有意义的。

第三,明代学者还将编辑汉赋作品与汇录历代研究资料、发表个人研究成果有机结合，从而使这项工作具有鲜明的立体性和更大的学术含量。明末张燮辑录《七十二家集》时，在各家集之末以"附录"的方式提供了关于赋家生平、历代评论等方面的资料。例如在《司马文园集》之末，除附有《司马相如传略》（汉司马迁）、《司马相如传》（魏嵇康）两篇传记材料外，还附有《长卿诔》（汉卓文君）、《祭司马相如文》（康陈子良）等历代题咏凡13篇，然后又从《汉武故事》、《西京杂记》等典籍中辑录相如遗事11条，从《法言》、《桓子》、《文心雕龙》等书中辑录历代评论13条。这些资料都是非常珍贵的，对读者的阅读、欣赏、研究很有帮助。陈山毓《赋略》在选赋之前，还辑有《绪言》一卷，《列传》一卷。《赋略·绪言》辑录历代赋论资料，并将这些资料分成源流、历代、品藻、志遗、统论凡五个部分来加以编排，从中可见编者的赋学思想。"源流"主要探讨辞赋的起源、文体范围及流变；"历代"描述了楚汉时期辞赋创作的盛况（建安以后"阙而不录"）；"品藻"辑录了前人对屈原、司马相如以至明人刘凤等历代辞赋家的评论；"志遗"研究那些失传的佳作；"统论"分析赋的体裁、讽喻、情文、气、比兴、夸饰、物色、迟速等诸多方面的问题。这五部分都大量征引了前人的论述，如"品藻"部分论司马相如，征引《西京杂记》一段，刘辰翁语一段，王元美（世贞）语竟达六段，显然对王氏评论十分信服。陈氏还"述而兼作"，不时以"按语"或直接论述的方式来申述己见。《列传》一卷则专门辑录历代赋家的传记资料，其中汉代部分就从《史记》、《汉书》、《后汉书》中钩稽了关于贾生等20名赋家的资料，这无疑为读者提供了很大的方便。

不少汉赋辑录者还以题辞、题注、眉批、夹批、尾批等多种形式来发表自己的汉赋观。"题辞"的撰写始于张燮，张溥又对其发扬光大。如张溥在《司马相如集》之前作"题辞"云：

> 《子虚》、《上林》非徒极博，实发于天材，扬子云锐精揣炼，仅能合辙，犹《汉书》之于《史记》也。《美人赋》风诗之尤，上掩宋玉，盖长卿风流放诞，深于论色，即其所自叙传。

> 琴心善感，好女夜亡，史迁形状，安能及此？他人之赋，赋才也，长卿，赋心也，得之于内，不可以传。彼曾与盛长通言之，歌《合组》，赋《列锦》，均未喻耳……抑其文，皆赋流也。生赋《长门》，没留《封禅》，英主怨后，思眷不忘，岂偶然乎？

这段话不仅评论相如之赋，还品评其人、其文、其赋论、其影响，最大的特点就是善于比较：1. 将两司马相比，认为相如之赋与司马迁之史皆“发于天材”，为扬雄、班固辈所弗及，但两人性格迥异，相如风流放诞，琴挑卓氏，为史迁所不及；2. 马、宋相比，以为相如《美人赋》最得《国风》之遗韵，成就高于宋玉《登徒子好色赋》；3. 马、扬相比，指出扬雄作赋模拟相如，但才气不足，反复锤炼揣摩，也只能勉强合格；4. 将相如之赋与其文相比，认为相如之文皆为“赋流”，这又打破文体限制，论及汉赋对其他文体的旁衍、渗透与影响；5.《长门赋》与《封禅文》之创作动机、社会效果相比，以为《长门》使陈后复幸，《封禅》令武帝深思，其文采足以使英主怨后感动怀念。通过这种种对比，使司马相如赋的杰出成就及其艺术感染力，相如其人的多才多艺、风流潇洒的个性特征，愈益显得鲜明生动。至于相如的“赋迹”、“赋心”说，实为其创作经验的总结，张溥也兼而论及。其论述之全面、观点之深刻、语言之精练，都远远超过了张燮及其他各家。陈山毓《赋略》是一部将选赋、论赋、批赋与辑录赋学资料相结合的专著。该书自序其实是一篇精粹的赋学论文，从裁（体裁）、轴（个性）、气（气势）、情（感情）、神（神思）五个方面探讨赋学的基本理论问题。书中还有不少批注，或在赋家名下交代其赋作篇数及存佚情况，或在赋题下节录史传，交代作赋缘由，或在句旁用、或○的符号揭示句读与妙句，或在页眉处注音、辨字、校勘。最精彩的就是赋首与赋中的点评。如陈氏为王褒《洞箫赋》作眉批云：“原本《七发》而宏衍之，展转效颦，遂成可厌。子渊为文，方汉盛时，辄有六朝萎苶之气，其于赋亦然，是亦文章一大升降也。”（卷七，10 页上、下）既考察了同一题材的渊源传承关系，又表达了对因袭模仿、体气萎靡之赋风的厌倦，这对于明赋创作朝着健康的方向发展，无疑有着积极的意义。至于赋中批点，或注于页眉，或注于赋中，皆因地制宜，十分灵活。如祢衡《鹦鹉赋》“尔乃归穷委命，离群丧侣”诸句眉批云：“寄意申情，颇切悲叹。”（卷 13，23 页下）贾谊《服赋》“忽然为人兮，何足控抟”句旁夹批云：“语甚达而意则悲矣。”这两处揭示赋句中内蕴的身世之悲。这些点评，大都具有针对性，从中可见编者的鉴赏评判能力。

四

明人对于汉赋文献所做的辑录、整理工作，历来没有得到学术界的重视。从以上考察不难看出，明人不仅对当时所存的汉赋作品进行了一番抢救性的搜寻与编录，而且还汇辑了不少汉赋研究资料，并对汉赋作品施以评注。这些工作都是具有创造性的，是元代及其以前的学者们所未能做到的。毋庸讳言，明代的汉赋辑录工作还存在着不少缺点与失误。比如所辑各赋很少注明出处，读者无从检核原书，这是明代学术研究的通病。辑得的赋作也有不少漏收、误收以及颠舛之处。如东汉张衡有《温泉赋》，刘节《广文选》却误标为魏张衡；闵鸿本为由东吴入晋的赋家，《赋苑》却标为东汉。在《赋苑》中，黄香《九宫赋》与张超《诮青衣赋》已见于东汉，又见于南北朝，题其名曰黄文疆、张子並；班固《竹扇赋》原载《古文苑》卷五，却误标为“载《文选》”。这是几部编录较精的总集。至于像《秦汉鸿文》、《三续古文奇赏》之类杂凑的文集，选赋不多，错误却不少。如顾锡畴《秦汉鸿文》批点《七发》时引用所谓邹东廓“丽旨腴辞，上薄骚些，文章领袖”之语，其实是节录宋人洪迈《容斋随笔》卷七的论述；陈仁锡《奇赏斋古文汇编》甚至还将司马相如《上林赋》置于《子虚赋》之前，尤为可笑。明人对汉赋的分类也有许多不恰当的地方，已见前述；但这些缺点与失误毕竟是次要的，并不能掩盖明代学术对前人的重大突破。事实上，汉代刘向父子的汉赋编录，主要依赖业已奏御的现成作品，搜罗之功不大；萧统《文选》功在筛选佳作，并对汉赋进行题材上的分类；唐宋类书编入汉赋，旨在为读者提供生活常识，无意于搜罗或编集。只是到了明代，在汉赋作品十不存一的情况下，才出现了这么多有意识地寻觅、辑录汉赋的总集，这是明人的一项创举，是汉赋研究史上的一桩盛事，也标志着古代的汉赋研究正在走向集成总结的阶段。明代虽没有出现大师级的人物，但明末学者却以集体的力量铸造了汉赋研究的兴盛局面，为清代汉赋研究的深化开辟了道路。可以毫不夸张地说，没有张燮《七十二家集》和张溥的《汉魏六朝百三家集》，就没有清代严可均的《全上古三代秦汉三国六朝文》；没有刘节的《广文选》和李鸿的《赋苑》，就不可能有清代陈元龙的《历代赋汇》；没有张燮、陈山毓对赋学资料的辑录，就没有清代李调元的《赋话》和浦铣的《历代赋话》；没有俞正言、孙钅广、陈山毓等对汉赋的评点，就没有清代何焯、刘熙载等人对汉赋的精彩论述。汉赋研究是如此，其他学术领域也不例外，"近儒之学，多赖明人植其基"（《国学发微》），刘师培早就指出了这一点。所以，我们应该重视明代的学术研究，肯定其在中国学术发展史上的地位和作用。

论《雨村赋话》对《律赋衡裁》的沿袭与创新

詹杭伦

引言

在中国赋论史上，“赋话”一词出现很早，在宋代就已经出现了，王铚《四六话·序》云：“诗话、文话、赋话各别见。”①不过，以“赋话”为名的专书却没有像诗话、词话、文话那样早早地呈现在世人面前。尽管唐代有《赋谱》，宋代有《声律关键》那样成熟的赋格专书，但是以赋话为名的专书却出现在清代。乾隆年间，四川学者李调元撰《雨村赋话》十卷，这部书是中国赋话的开山之作，也是流传最广、影响最大的一部赋话类著作，在赋学研究上有着极其重要的价值，因而受到学术界极大的重视。李调元的《赋话》，是《中国大百科全书·文学卷》介绍的唯一赋话专著。②当代赋学家要研治律赋，也不得不利用《雨村赋话》。比如铃木虎雄《赋史大要》，李曰刚的《辞赋流变史》，马积高的《赋史》，郭维森、许结的《中国辞赋发展史》，其中论及唐、宋律赋的章节，基本上都是依据《雨村赋话》写成的。

---

① 王铚：《四六话·序》，丛书集成初编本。

② 见《中国大百科全书·文学卷》，164 页“赋话”条。

笔者于1992年出席在香港召开的"第二届国际辞赋学研讨会"时，曾发表《李调元和他的雨村赋话》一文①，嗣后编撰成《雨村赋话校证》一书，于1993年由台湾新文丰出版公司出版。拙著有幸得到台湾辞赋学界较多关注，近年笔者在台湾看到有专门研究李调元《赋话》和清代赋话的硕士论文、博士论文、升等论文发表，对拙著中的观点、材料多所采用。对这种局面，作为始创者，笔者一方面感到欣慰，另一方面也有所担心。主要担心的是，学术是不断发展的，笔者原来掌握的材料不一定充分，看法也不一定正确，后学者如果不加修正直接采用，恐怕会出现以讹传讹的状况。因此，有必要把笔者对《雨村赋话》与《律赋衡裁》一书关系的新看法报告如下。

一、《雨村赋话》对《律赋衡裁》的沿袭

笔者早先在《李调元和他的雨村赋话》一文中认为：

"《雨村赋话·新话》部分的评论资料，来源于两个方面。据李调元《雨村赋话·序》云：'因于敝簏中见杭郡汤稼堂前辈刻有《律赋衡裁》一书，颇先得我心。爰出予少时芸窗所艺习者，并列案头，以日与诸生相指示。时用纸条摘录其最典丽者各数联以教之，使知法；而又间以稼堂所评骘者拈出之，以定其归。'这说明此书是汤稼堂《律赋衡裁》与李调元少时所学二者的结合体。笔者根据《律赋必以集》所载《律赋衡裁·余论》作了一个统计，《雨村赋话·新话》一至六卷共215则，其中出自《律赋衡裁·余论》者为41则，所占比例不到五分之一；且二者结合相当紧密，不用原书核对，便无

① 载《新亚学术集刊》，335～347页，香港：新亚书院版，1994年第13期。

从分辨。因此认为来自《律赋衡裁》的评论资料已完全融合在《雨村赋话》之中，可以作为李调元本人的观点或其赞同的观点来予以评述。”

上述观点只是笔者未曾见到《律赋衡裁》原书以前的看法。笔者在作《雨村赋话校证》时，曾经多方查找《律赋衡裁》一书，但当时只发现原杭州大学图书馆线装书目有著录，托人在该图书馆里找，却找不到书，说是在“文化大革命”中损失了。后来笔者只是在顾莼编选的《律赋必以集》中发现了转引的《律赋衡裁·余论》，可以用来与《雨村赋话》作比对，因此，产生失误在所难免。

笔者近在北京图书馆见到《律赋衡裁》一部，封面署《历朝赋衡裁注释》，“太史汤稼堂鉴定，仁和周辰吉、周生山编次，杭州蒋佩朝考典，瀛经堂藏版”。书内中缝上端皆署“律赋衡裁”四字，卷首称“律赋衡裁卷一”，下署“仁和汤聘评骘，钱塘周嘉猷、周鋆搜辑，仁和汤三省复审”。显然正是李调元所指的那部书。《律赋衡裁》卷首有《例言》，卷尾有《余论》，中间分“天时、地理、人事、物类、别录”五类选载唐宋律赋和六朝小赋，每首赋后有一段《尾评》。《例言》、《余论》和《尾评》三部分皆为李调元《雨村赋话》所采录，构成其《新话》部分之主要内容。因此，需要重新评估《律赋衡裁》对《雨村赋话》的重大影响。

(一)《律赋衡裁》编者汤聘生平小考

《律赋衡裁》卷首载周雷《序》云：

> 赋者，古诗之流亚，六艺之附庸。昉乎荀宋，始造椎轮；亦越扬马，先驱别派。楚风竞扇，率以瑰丽为宗；汉制称先，亦擅雄奇之目。靡不鞭霆走电，骖风乘虬；抽擢肺肝，洞骇心目。迨潘陆以降，渐就平夷；江鲍而还，益工声偶。粤在三唐，厥有八韵，揆其体制，亦有取焉。
>
> 昔者，平子赋《都》，给笔劄者数年；太冲研《京》，搜故

实者十稔。故能牢笼百态，摇劈群言。既征博以逞奇，亦积迟而造险。若乃扃闱相士，限晷程材，临以主文，处之席舍。杂文并试，则兼擅为难；一昔（夕）为期，则覃精莫及。鸿笔丽藻，且思踬于巧迟；讽说铨材，益心惮乎迫速。才多者泛滥而无纪，体弱者脔卷而不尽。奚决取舍于一朝，辨妍媸于寸目哉？

是则韵由官赋，字以数稽。削墨而引绳，除繁而就简，题本僻书，尤征博洽；篇多俪句，悉费钳锤。左骥右驽，固偏引而必败；始蛇终蚓，亦衰竭之可虞。遂使斫蛇之才，范其驰驱；謇乞之流，砺其唇吻。音辞韶令，微响叶乎笙簧；步武雍容，雅度中乎齐夏。故取清妃白，虽见哂文豪；戛玉锵金，益有声文苑。人文极盛于唐宋，炳厥鸿规；功令莫肃于圣朝，沿斯茂制。诚以体骈则藻密，旨约则虑精。横骛则难稽，兼综则易核也。

余同年友稼堂汤先生，旬宣休暇，漱涤艺文，度支余闲，渔猎坟籍。爰与二三儒彦，家门俊英，讨律赋之源流，作士林之矩矱。简求珠玉，罗异宝以毕陈。别曰淄渑，引清波其若镜。骈罗千载，吐论纵横。贯串百家，搜才绮密。于以齐踪南楚，方响西京。则诚雅颂之胾羹，骚选之僪泛也夫。

乾隆庚辰（二十五年，1760 年）仲夏之月，同里年弟周雷谨序。

从这篇序文可知，《律赋衡裁》乃汤稼堂集合“二三儒彦，家门俊英”而作，其编撰目的在于“讨律赋之源流，作士林之矩矱”，此书之刊布时间是乾隆二十五年。考察目录书，笔者发现清人丁丙的《善此书室藏书志》中有《仪象法纂·提要》，其中提到汤稼堂：

《仪象法纂》一卷，明抄本，汤稼堂藏书。光禄大夫吏部尚书兼侍读上护军武功郡开国侯臣苏颂上……(书)成于绍圣初,殆《遂初堂书目》与《宋艺文志》所称《绍圣仪象法要》一卷是也。今四库著录《新仪象法要》三卷,乃元祐间重修、乾道壬辰施元之刻于三衢、钱曾影写之本,虽图说增多,中有元之据别本补入者,转不若此之初进本矣。有汤聘印。聘字莘来,号稼堂,仁和人,乾隆丙辰(元年,1736年)进士。

从这则提要中,我们可以了解到汤聘的字、号、籍贯和登第时间。再查清人传记,笔者发现由台湾东方学会编印的《国史列传·满汉大臣传》卷55有汤聘的传记,但这篇传记引用了许多汤聘的奏疏和皇帝的批复,文繁难以全部转录,故仅摘录与其生平仕履相关的记载如下:

汤聘,浙江仁和人,乾隆元年进士。分吏部,补考功司主事。荐擢郎中。十年十月,授陕西道监察御史。十二年二月,充翻译乡试内帘监试。十三年,转刑科掌印给事中。十五年六月,充陕西乡试正考官。八月,提督江西学政。十八年,授湖南辰沅永靖道。十九年正月,特擢湖南布政史。二十年二月,丁父忧;二十二年五月,服阕。命以布政史衔署陕西按察使,未赴任,授江西布政史。二十六年八月,授湖北巡抚。二十八年五月,经刑部指驳,以狥庇盗犯罪革职,罚修孝感县城堤。二十九年十月,工竣,授湖南按察使。三十年三月,擢西安布政史。十一月,再擢湖北巡抚。三十一年二月,调云南巡抚。以边陲事知情不报得罪,朝审拟斩;乾隆帝以汤聘本一庸懦书生,军旅非其所娴,改为缓决,于三十四年三月卒于狱中。

就此传记可知,汤聘卒于乾隆三十四年(1769年)。汤聘一生虽然晚年得罪,其实可算一介循吏,并且在官位上颇关心民生疾苦。如乾隆二十二年(1757 年),时任陕西道监察御史的汤聘在《请禁囤当米谷疏》中指出:"近闻民间典当,竟有收当米谷一事,子息甚轻,招来甚众,囤积甚多。在典商不过多中射利,而奸商刁贩,遂恃有典铺通融,无不乘贱收买。"[1]这段话,生动地描述了商业资本和高利贷资本彼此结合、共牟其利的景况。本传未载其生年,若以其 30 岁中进士推断,汤聘大约享年六十余岁。意其在乾隆十五年(1750 年)有"提督江西学政"经历,于是产生"讨律赋之源流,作士林之矩矱"的念头,加之二十年至二十二年丁忧在家,富有余暇,故有编纂《律赋衡裁》之举。

(二)《雨村赋话》对《律赋衡裁·例言》的采录

汤聘《律赋衡裁》卷首有八则例言,畅论律赋发展源流,并交代此书编写体例,李调元《雨村赋话》曾加以采录,有的照录原文,有的有所改写,下面先引录汤书原文,再用李书进行比对:

> 1. 律赋之兴,肇自梁陈,而盛于唐宋。唐代举进士者,先贴一大经及《尔雅》。经通而后试杂文,文通而后试策。杂文则诗一、赋一,及论赞诸体也。进士选集有格限,未至者试文三篇,谓之宏词。其选尤重,且得美仕。而天宝十一载以后,制科取士亦兼诗赋命题。赋皆拘限声律,率以八韵,间有三韵至七韵者。自五代迄两宋,选举相承。金起北陲,亦沿厥制。迨元人易以古赋,而律赋寖微。逮乎有明,殆成绝响。国家昌明古学,作者嗣兴,巨制鸿篇,包唐轹宋,律赋于是乎称绝盛矣。

伦按:此条汤聘叙述律赋与历朝科举考试之关系,颇为明晰;而李调元可能以为是时人常识,故未加采录。

---

① 乾隆二十二年,汤聘上《请禁囤当米谷疏》,载《皇清奏议》,卷 30。

2. 宋承唐旧，徐铉等集唐人及宋初律赋为《赋苑》二百卷。《英华》纂辑，率本是书。厥后，李鲁有《赋选》五卷，杨翱有《典丽赋》六十四卷，又唐仲友有《后典丽赋》四十卷，马偁有《赋门鱼钥》五卷，类皆收罗试帖，以为应举之资。元明之世，寖废不行。故诸书日就朽蠹，无一存者。亦越我朝，复崇斯制。海昌陈文简公，奉敕编纂《赋汇》，最称该备。而王修倩、顾茂伦诸君，间有采掇，大率原本《英华》。兹集取裁，颇为矜慎，正变略具，华实兼收。故取陆平原《文赋》中语，以为编目。

伦按：此条中的材料，为李调元《雨村赋话·序》所取资。然而原文有一些错误，如“徐铉”当作“徐锴”。《宋史》卷一六二《艺文志》载：“徐锴《赋苑》二百卷。”《崇文总目》卷五同。《宋史》卷四百四十一《徐铉传》附载徐锴所著书亦有《赋苑》。又如马偁有《赋门鱼钥》“五卷”，当作“十五卷”。陈振孙《直斋书录解题》卷三十三：“《赋门鱼钥》十五卷，编集唐蒋防而下至本朝宋祁诸家律赋格诀。”《文献通考·经籍考》、《宋史·艺文志》所载卷数悉同。李调元在引述以上资料时，未加检查考证，直接采用，造成以讹传讹的结果。我以前在作《雨村赋话校证》时，曾以为这是李调元“记忆偶误”。因为李调元与明代四川学者杨慎相类，自恃记问淹博，著述每凭腹笥，才气横溢，信笔所之，往往造成差误。现在看来，主要是一个轻信前人，未能复核引录资料的问题。

3. 唐初进士，试于考功，尤重帖经、试策，亦有易以箴论表赞，而不试诗赋之时，专攻律赋者尚少。大历、贞元之际，风气渐开。至大和八年，杂文专用诗赋，而专门名家之学，樊然竞出矣。李程、王起，最擅时名，蒋防、谢观，如骖之靳。大都以清新典雅为宗。其旁骛别趋而不受羁束者，则元白也。（贾悚之工整，林滋之静细，王棨之鲜新，黄滔之生隽，皆能自树一帜，蹀躞文坛。而陆龟蒙以沉博绝丽之词，独开奥突，居然为有唐一代之殿。）下逮周繇、徐寅辈，刻酷锻炼，真气尽漓，而国祚亦移矣。抽其芬芳，振其金石，琅琅可诵，不下百篇。斯律体之正宗，词场之鸿宝也。

伦按：此条李调元摘录为《新话》卷一第十四条，但“贾竦”至“陆龟蒙”一段失录，这导致后人据《雨村赋话》描述唐代律赋发展史时造成脱节之弊。失录的原因恐怕不是李调元本人有意加以删削，而可能是抄手或刻工不慎的缘故。

4．宋人律赋篇什最富者，王元之、田表圣及文、范、欧阳三公，他如宋景文、陈述古、孔常父、毅父、苏子容之流，集中不过一二首。苏文忠较多于诸公，山谷、太虚仅有存者。靖康、建炎之际，则李忠定一人而已。南迁江表，不改旧章，赋中佳句，尚有一二联散见别集者，而试帖皆湮没无闻矣。大略国初诸子，矩矱犹存，天圣、明道以来，专尚理趣，文采不赡。揆诸“丽则”之旨，固当俯让唐贤；而气盛于辞，汪洋恣肆，亦能上掩前哲，自铸伟辞。裒和两朝，都为四卷，事以类从，便于省览。

伦按：此条李调元摘录为《新话》卷五第二十条，成为后人据以描述宋代律赋发展史的主要参考。“自铸伟辞”以下，乃汤聘自述其书编纂体例，故李调元未录。

5．金自大定建元，颇重进士。历年所命诗赋题及壮头名氏，徐梦莘《三朝北盟汇编》记载甚详，而赋罕有流传者。元承金制，赋不限韵。观杨廉夫集中所附试帖，元之赋体可知矣。大率平衍朴遬，不足观览。律赋至元中息矣。有明馆阁课试，率由学士命题，未有定式。于是八韵之作歇绝者几四百年。自郐无讥，姑从阙略。

伦按：此条李调元引作《新话》卷六第一条，常为后人观察金、元试赋变化所取资。然而，“金自大定建元”当作“金自大定改元”，徐梦莘《三朝北盟汇编》中亦无金朝“历年所命诗赋题及壮头名氏”。雨村录此而不加考证，亦以讹传讹也。

6. 国家文治覃敷，英儒辈出。我皇上金声玉振，兼综而条贯之。飞缨髟组之士，掞藻天廷，炳焉与三代同风矣。钟黄门岱峰《同馆课选》，沈宗伯归愚《和声集》，固已家置一编，奉为丹鼎，故断自前朝，先河后海，俾学者知所津逮焉。

伦按：此条乃汤聘自述其前选清代律赋者已经有钟岱峰编选《同馆课选》（一名《同馆课艺》）、沈德潜编选《和声集》，所以他自己编选这部赋选以前朝为断限。李调元编写《雨村赋话》未涉及清朝，故未采录此条。

7. 扬马之赋，语皆单行。班张则间有俪句。如“周以龙兴，秦以虎视”、“声与风游，泽从云翔”等语是也。下逮魏晋，不失厥初。鲍照、江淹，权舆已肇。永明、天鉴之际，吴均、沈约诸人，音节谐和，属对密切，而古意渐远。庾子山沿其时尚，引而伸之，无语不工，无句不偶，激齐梁之余波，开隋唐之先躅，古变为律，子山其枢纽也。故自隐侯以迄开府，略存数首，以志滥觞。自唐以降，其有体俳辞俪而不合八韵格律者，亦附见于此编，为别录一卷。

伦按：此条李调元摘录为《新话》卷一第三条，仅将“子山其枢纽也”改为“子山实开其先”。“故自隐侯”以下为汤聘自述体例，故未录。后人常引此条为骈赋演变为律赋之例证。然而汤聘所举赋句，实有差误。如“声与风游，泽从云翔”出张衡《东京赋》，“游”、“翔”二字误倒，当据《昭明文选》改正。李调元征引时未能校改，留下遗憾。

8. 赋诗有断章之意，论诗者亦有摘句之图。盖一篇之中，玉石杂糅，弃置则菁英可惜，甄采则瑕病未除。不得不掇砾搴稂，略存去取。爰仿殷璠、高仲武之例，撮其佳语，别加论列。又恐杂而不贯，复以己意错综其间。勾心斗角之奇，选声征色之巧，虽非完什，悉属妍辞。亦文囿渔猎之资，艺苑笙簧之佐云尔。

伦按：此条李调元采录为《新话》卷一第一条，并加以改写，论说详下。

(三)《雨村赋话》对《律赋衡裁》正文的采录

《律赋衡裁》是一部按照题材分类的律赋选本，卷一至卷四按照天时、地理、人事、物类分为四卷，卷五《别录》则收录六朝“古变为律”的作品与唐以后不甚合律的作品。所选每首赋后汤聘都写有一段尾评，这些尾评皆为李调元所采录，为省篇幅，仅选列目如次：

《律赋衡裁》卷一《天时》类

唐·贾悚《日月如和璧赋》(以天地交泰，日月贞明为韵)尾评，伦按：此条李调元录为《新话》卷二第二条。

唐·李程《日五色赋》(以日丽九华，圣符土德为韵)尾评，伦按：此条李调元录为《新话》卷二第三条。

唐·郑锡《日中有王字赋》(以题为韵次用)尾评，伦按：此条李调元录为《新话》卷二第四条。

唐·阙名《庆云抱日赋》(以云日晖映,精彩相耀为韵)尾评,伦按:此条李调元录为《新话》卷二第五条。

唐·蒋防《姮娥奔月赋》(以一升天中,永弃尘俗为韵)尾评,伦按:此条李调元录为《新话》卷二第六条。

唐·卢肇《天河赋》(以太空色际,宁见浮槎为韵)尾评,伦按:此条李调元录为《新话》卷二第七条。

唐·王损之《曙观秋河赋》(以寥天晓清,景耀昭晰为韵)尾评,伦按:此条李调元录为《新话》卷二第七条,与卢肇赋合论。

唐·元稹《郊天日五色祥云赋》(以题为韵)尾评,伦按:此条李调元录为《新话》卷二第八条。

唐·侯喜《秋云似罗赋》(以兰亦堪采为韵)尾评,伦按:此条李调元录为《新话》卷二第九条。

唐·陈章《风不鸣条赋》(以天下和平则如此为韵)尾评,伦按:此条李调元录为《新话》卷二第十条。

唐·王棨《凉风至赋》(以律变新秋,肃然遂起为韵)尾评,伦按:此条李调元录为《新话》卷二第十一条。

唐·林滋《小雪赋》尾评,伦按:此条李调元录为《新话》卷二第十二条。

唐·王棨《江南春赋》尾评,伦按:此条李调元录为《新话》卷二第十三条。

唐·黄滔《秋色赋》尾评,伦按:此条李调元录为《新话》卷二第十四条。

宋·苏颂《历者天地之大纪赋》(以圣人以通天地之数为韵)尾评,伦按:此条李调元录为《新话》卷五第十四条。

唐·顾况《黄钟宫为律本赋》(以究极中和,是为天统为韵)尾评,伦按:此条李调元录为《新话》卷三第三十四条。

唐·萧颖士《至日圜丘祀昊天上帝赋》(以题为韵)尾评,伦按:此条李调元录为《新话》卷二第二十四条。

《律赋衡裁》卷二《地理》类

唐·黄滔《融结为河岳赋》尾评，伦按：此条李调元录为《新话》卷二第二十五条。

唐·丁春泽《日观赋》（以斜对杳冥，中宵见日为韵）尾评，伦按：此条李调元录为《新话》卷二第二十六条。

唐·蹦悚《仙掌赋》（以指掌极赡，峨然秋碧为韵）尾评，伦按：此条李调元录为《新话》卷二第二十七条。

唐·王棨《芙蓉峰赋》（以风势孤异，前望似之为韵）尾评，伦按：此条李调元录为《新话》卷二第二十八条。

唐·周针《登吴岳赋》（以崇峦险固，永镇西疆为韵）尾评，伦按：此条李调元录为《新话》卷二第二十九条。

唐·周针《海门山赋》（以峭立如门，终古无易为韵）尾评，伦按：此条李调元录为《新话》卷二第二十九条，与上条《登吴岳赋》合论。

唐·陈山甫《禹凿龙门赋》（以利济生人，功存圣德为韵）尾评，伦按：此条李调元录为《新话》卷二第三十条。

唐·王棨《曲江池赋》（以城中人日，同集池上为韵）尾评，伦按：此条李调元录为《新话》卷二第三十一条。

唐·林滋《扬冰赋》（以海上沙前，光耀清景为韵）尾评，伦按：此条李调元录为《新话》卷二第三十二条。

唐·李子卿《驾幸九成宫赋》（以顺时出豫，观风展义为韵）尾评，伦按：此条李调元录为《新话》卷二第三十三条。

唐·阙名《望春宫赋》（以春望郊野，顺时布和为韵）尾评，伦按：此条李调元录为《新话》卷二第三十四条。

唐·郑渎《吹笛楼赋》（以时平故事，有吹笛楼为韵）尾评，伦按：此条李调元录为《新话》卷二第三十五条。

唐·黄滔《馆娃宫赋》尾评，伦按：此条李调元录为《新话》卷二第三十六条。

唐·王棨《墨池赋》（以临池学书，水变成墨为韵）尾评，伦按：

此条李调元录为《新话》卷二第三十六条。

《律赋衡裁》卷三《人事》类

唐·郑锡《正月一日含元殿观百兽率舞赋》尾评，伦按：此条李调元录为《新话》卷四第一条。

唐·陆贽《冬至日陪位听太和乐赋》（以文德光宅，天敬万寿为韵）尾评，伦按：此条李调元录为《新话》卷四第二条。

唐·石贯《籍田赋》（以复收坠典，以期农祥为韵）尾评，伦按：此条李调元录为《新话》卷三第三十三条。

唐·李君房《献茧赋》（将以给宗庙之服为韵）尾评，伦按：此条李调元录为《新话》卷四第二十三条，与石贯《籍田赋》合论。

唐·裴度《铸剑戟为农器赋》（以天下无事，务农息兵为韵）尾评，伦按：此条李调元录为《新话》卷四第二十四条。

唐·刘禹锡《平权衡赋》（以昼夜平分，钧铢取则为韵）尾评，伦按：此条李调元录为《新话》卷四第二十五条。

宋·欧阳修《藏珠于渊赋》尾评，伦按：此条李调元录为《新话》卷五第十一条。

唐·元稹《观兵部马射赋》（以艺成而动，举必有功为韵）尾评，伦按：此条李调元录为《新话》卷三第七条。

宋·范仲淹《用天下心为心赋》尾评，伦按：此条李调元录为《新话》卷五第八条。

宋·欧阳修《畏天者保其国赋》（以祗畏天道，能保其国为韵）尾评，伦按：此条李调元录为《新话》卷五第十三条。

宋·苏轼《明君可与为忠言赋》（以明则知远，能顺忠告为韵）尾评，伦按：此条李调元录为《新话》卷五第十八条。

唐·谢观《周公朝诸侯于明堂赋》（以九向垓序，外方同心为韵）尾评，伦按：此条李调元录为《新话》卷四第四条。

唐·白敏中《息夫人不言赋》（以此人不言，其意安在为韵）尾评，伦按：此条李调元录为《新话》卷四第五条。

唐·浩虚舟《行不由径赋》（以处心行道，有如此焉为韵）尾评，伦按:此条李调元录为《新话》卷四第六条。

唐·宋言《渔父辞剑赋》(以济人之急,取利诚非为韵)尾评,伦按:此条李调元录为《新话》卷四第六条。

五代·梁嵩《倚门望子赋》尾评,伦按:此条李调元录为《新话》卷四第三十三条。

唐·宋言《学鸡鸣度关赋》尾评,伦按:此条李调元录为《新话》卷四第九条。

唐·贾悚《庄周梦为蝴蝶赋》(以昔者庄周梦为蝴蝶为韵)尾评,伦按:此条李调元录为《新话》卷四第十条。

唐·白居易《汉高祖斩白蛇赋》(以汉高皇帝亲斩白蛇为韵)尾评,伦按:此条李调元录为《新话》卷四第十一条。

唐·王棨《沛父老留汉高祖赋》(以愿止前驱,得申深意为韵)尾评,伦按:此条李调元录为《新话》卷四第十三条。

唐·王起《宣尼宅闻金属丝竹之声赋》(以圣德千祀,发于五音为韵)尾评,伦按:此条李调元录为《新话》卷四第十四条。

唐·康僚《汉武帝重见李夫人赋》(以神仙异术,变化通灵为韵)尾评,伦按:此条李调元录为《新话》卷四第十五条。

唐·李远《题桥赋》(以望在云霄,居然有异为韵)尾评,伦按:此条李调元录为《新话》卷四第十九条。

宋·李纲《折栏旌直臣赋》尾评,伦按:此条李调元录为《新话》卷四第二十一条。

唐·黄滔《汉宫人诵洞箫赋赋》(以清韵独新宫娥讽诵为韵)尾评,伦按:此条李调元录为《新话》卷四第八条。

唐·阙名《鹤归华表赋》(以去家千载今始归为韵)尾评,伦按:此条李调元录为《新话》卷四第二十条。

唐·王损之《饮马投钱赋》(以好善驰名,叶乎前志为韵)尾评,伦按:此条李调元录为《新话》卷四第二十一条。

唐·蒋防《萤光照字赋》(以能励躬,必大成为韵)尾评,伦按:此条李调元录为《新话》卷四第二十一条。

宋·秦观《郭子仪单骑见虏赋》尾评，伦按：此条李调元录为《新话》卷五第十九条。

唐·黄滔《明皇回驾经马嵬赋》（以程及晓留，芳魂顾迹为韵）尾评，伦按：此条李调元录为《新话》卷四第十六条。

唐·黄滔《送君南浦赋》（以越空绵目，伤妾是君为韵）尾评，伦按：此条李调元录为《新话》卷四第十七条。

《律赋衡裁》卷四《物类》

唐·王棨《一赋》（以为文首出，得数之先为韵）尾评，伦按：此条李调元录为《新话》卷三第一条。

唐·韩愈《明水赋》（以元化无宰，至精感通为韵）尾评，伦按：此条李调元录为《新话》卷三第二条。

唐·王起《庭燎赋》（以早设王庭，辉映群辟为韵）尾评，伦按：此条李调元录为《新话》卷三第三条。

唐·柳宗元《披沙拣金赋》（以求实之道，同乎选才为韵）尾评，伦按：此条李调元录为《新话》卷三第四条。

唐·白行简《金跃求为镆铘赋》（以大冶无私，祥金乃跃为韵）尾评，伦按：此条李调元录为《新话》卷三第五条。

唐·李程《金受砺赋》（以圣无全功，必资辅佐为韵）尾评，伦按：此条李调元录为《新话》卷三第六条。

宋·范仲淹《金在镕赋》（以金在良冶，求助成器为韵）尾评，伦按：此条李调元录为《新话》卷六第九条。

唐·贾竦《太阿如秋水赋》（以如彼秋水容色为韵）尾评，伦按：此条李调元录为《新话》卷三第八条。

唐·元稹《镇圭赋》（以王者端拱，四维镇宁为韵）尾评，伦按：此条李调元录为《新话》卷三第九条。

唐·王起《蒲轮赋》（以安车礼贤者为韵）尾评，伦按：此条李调元录为《新话》卷三第十条。

唐·郑锡《长乐钟赋》（以长乐钟赋一首为韵）尾评，伦按：此条李调元录为《新话》卷三第十一条。

唐·白居易《鸡距笔赋》(以中山兔毫,作之尤妙为韵)尾评,伦按:此条李调元录为《新话》卷三第十二条。

唐·吴融《古瓦砚赋》尾评,伦按:此条李调元录为《新话》卷三第十三条。

唐·陆环《曲水栖赋》(以曲水同醉,乐如之何为韵)尾评,伦按:此条李调元录为《新话》卷三第十四条。

宋·苏轼《浊醪有妙理赋》(以神圣功用,无捷于酒为韵)尾评,伦按:此条李调元录为《新话》卷三第十五条。按照《雨村赋话》以作者时代为序之体例,此条本当移置卷五。为何将苏轼赋作混杂在唐人之中,笔者在作《雨村赋话校证》时百思不得其解,现在明白是照抄《律赋衡裁》的缘故。

唐·陈章《水轮赋》(以汲引之道,成于运轮为韵)尾评,伦按:此条李调元录为《新话》卷三第十六条。

唐·浩虚舟《盆池赋》(以积水盈器,如望深池为韵)尾评,伦按:此条李调元录为《新话》卷三第十七条。

唐·张莒《紫宸殿前樱桃树赋》(以日月所照荣华先发为韵)尾评,伦按:此条李调元录为《新话》卷三第十八条。

唐·崔镇《尚书省梧桐赋》(以托根得地,藏器待时为韵)尾评,伦按:此条李调元录为《新话》卷三第十九条。

唐·温岐《再生桧赋》尾评,伦按:此条李调元录为《新话》卷三第二十条。

唐·白居易《荷珠赋》(以弃珠之鲜莹为韵)尾评,伦按:此条李调元录为《新话》卷三第二十一条。

唐·陆龟蒙《书带草赋》尾评,伦按:此条李调元录为《新话》卷三第二十二条。

唐·白居易《黑龙饮渭水赋》(以出为汉祥,下饮渭水为韵)尾评,伦按:此条李调元录为《新话》卷三第二十三条。

唐·王起《蜃楼赋》(以海旁蜃气象楼台为韵)尾评,伦按:此条李调元录为《新话》卷三第二十四条。

唐·王损之《汗血马赋》(以绝足方驰,流汗如珠为韵)尾评,伦按:此条李调元录为《新话》卷三第二十五条。

唐·王维《白鹦鹉赋》(以容日上海,孤飞色媚为韵)尾评,伦按:此条李调元录为《新话》卷三第二十六条。

唐·皇甫湜《鹤处鸡群赋》尾评,伦按:此条李调元录为《新话》卷三第二十七条。

唐·谢观《越裳献白雉赋》(以周德方兴,远夷入贡为韵)尾评,伦按:此条李调元录为《新话》卷三第二十八条。

唐·张仲素《反舌无声赋》(以气感声尽,取以候时为韵)尾评,伦按:此条李调元录为《新话》卷三第二十九条。

唐·王棨《延州献白鹊赋》(以圣德遐及,灵禽表祥为韵)尾评,伦按:此条李调元录为《新话》卷三第三十条。

宋·田锡《雁阵赋》(以叶落南翔,云飞水宿为韵)尾评,伦按:此条李调元录为《新话》卷四第四条。

宋·文彦博《鸿渐于陆赋》(以鸿在于陆,为世仪表为韵)尾评,伦按:此条李调元录为《新话》卷四第五条。

唐·李远《蝉蜕赋》(以变化逢时,飞鸣有日为韵)尾评,伦按:此条李调元录为《新话》卷三第三十五条。

唐·陈硎《螳螂拒辙赋》(以怒臂当车,生不知量为韵)尾评,伦按:此条李调元录为《新话》卷三第三十六条。

唐·陈章《腐草为萤赋》(以积腐有光,可名为萤为韵)尾评,伦按:此条李调元录为《新话》卷三第三十七条。

《律赋衡裁》卷五《别录》

梁·沈约《高松赋》尾评,伦按:此条李调元录为《新话》卷一第十二条。

梁·沈约《桐赋》尾评,伦按:此条李调元录为《新话》卷一第十三条。

梁·吴均《入(八)公山赋》尾评,伦按:此条李调元录为《新话》卷一第九条。"八"字原误作"入",可据《雨村赋话》所引录校改。

陈·张正见《石赋》尾评，伦按：此条李调元录为《新话》卷一第十条。

周·庾信《三月三日华林园马射赋》（有序）、《小园赋》（有序）尾评，伦按：此条李调元录为《新话》卷一第四条。

唐·许敬宗《麦秋赋》尾评，伦按：此条李调元录为《新话》卷一第十九条。

唐·许敬宗《掖庭山赋》尾评，伦按：此条李调元录为《新话》卷一第十九条，与上条《麦秋赋》合论。

唐·王勃《九成宫东台山池赋》尾评，伦按：此条李调元录为《新话》卷一第二十条。

唐·杨炯《浮沤赋》尾评，伦按：此条李调元录为《新话》卷一第二十一条。

唐·张说《奉和圣制喜雨赋》尾评，伦按：此条李调元录为《新话》卷一第十七条。另外，《律赋衡裁·余论》亦有论此赋之条目，则录为《新话》卷四第三条。

唐·张说《蜀江春日文君濯锦赋》尾评，伦按：此条李调元录为《新话》卷一第十八条。

唐·郑遥《初月赋》尾评，伦按：此条李调元录为《新话》卷三第三十二条。

唐·王泠然《新潭赋》尾评，伦按：此条李调元录为《新话》卷二第十五条。

唐·阙名《七夕赋》尾评，伦按：此条李调元录为《新话》卷二第十六条。

唐·阙名《驾幸芙蓉园赋》尾评，伦按：此条李调元录为《新话》卷二第十六条，与《七夕赋》合论。

唐·白居易《动静交相养赋》尾评，伦按：此条李调元录为《新话》卷二第十七条。

唐·刘允济《明堂赋》尾评，伦按：此条李调元录为《新话》卷二第十八条。

唐·贾悚《蜘蛛赋》尾评，伦按：此条李调元录为《新话》卷二第十九条。

唐·杨誉《纸鸢赋》尾评，伦按：此条李调元录为《新话》卷二第二十条。

唐·陆龟蒙《采药赋》尾评，伦按：此条李调元录为《新话》卷二第二十一条。

唐·陆龟蒙《中酒赋》尾评，伦按：此条李调元录为《新话》卷二第二十二条。

唐·司空图《春愁赋》尾评，伦按：此条李调元录为《新话》卷二第二十三条。

宋·欧阳修《黄杨树子赋》(有序)尾评，伦按：此条李调元录为《新话》卷五第十五条。

宋·苏轼《老饕赋》尾评，伦按：此条李调元录为《新话》卷五第十六条。

元·赵孟頫《修竹赋》尾评，伦按：此条李调元录为《新话》卷六第二条。

(四)各家著作对《律赋衡裁·余论》的采录

汤聘《律赋衡裁》卷六载《余论》四十八则，多为其后辞赋著作所采录。笔者所知除《雨村赋话》之外，尚有数家采录。

清嘉庆年间，云南学政顾莼(1765—1832)编选《律赋必以集》卷首选载汤稼堂《律赋衡裁·余论》四十一则，加有少量批语。《律赋必以集》今知有三种刻本，以嘉庆十八年(1813年)云南刻本为最早。

清同治年间，四川新繁县令程祥栋编选《东湖草堂赋钞》四集，卷首选载四家赋论，一为汤稼堂《律赋衡裁·余论》，二为吴锡麒《论律赋》，三为浦铣《复小斋赋话》，四为侯心斋《律赋约言》。

据许结《历代赋集与赋学批评》一文披露，潘世恩编《律赋正宗》采录《律赋衡裁·余论》十则，杨泗孙增辑《唐律赋抄》采录十则，两录略异，多出两则，皆为李调元《赋话》所录，仅文字略有增减。①

笔者在作《雨村赋话校证》时，曾加以对比，发现顾莼《律赋必以集》所采《律赋衡裁·余论》四十一条皆为李调元《雨村赋话》收录，仅据原书，知顾氏所采不全，《律赋衡裁·余论》四十八条，当全部被《雨村赋话》采录。

综上所述，《律赋衡裁·例言》八条，《雨村赋话·新话》采录六条；卷一《天时》类三十一条、卷二《地理》类十四条、卷三《人事》类三十一条、卷四《物类》三十五条、卷五《别录》二十六条、卷六《余论》四十八条，皆为《雨村赋话·新话》所采录。以上合计共达一百九十一条。根据笔者统计，《雨村赋话·新话》一至六卷共计二百一十五条，只有区区二十余条可能由李调元自撰，其余全都采录自《律赋衡裁》！比对的结果是令人吃惊的，如果按照今人的标准，《雨村赋话》很有可能会被判定是一部“抄袭”的著作。然而，历史常常会开学术的玩笑，李调元这部疑似抄袭的《雨村赋话》名扬天下，而汤聘的原创著作《律赋衡裁》却湮埋不彰。学术的公理何在呢？其实，平心静气思考，书籍的传与不传，除了所谓“幸与不幸”的命运因素之外，还同李调元开创赋话著作的体例，以及精心编排，及时出版很有关系。

二、《雨村赋话》对《律赋衡裁》的创新

(一)《雨村赋话》是赋学史上第一部以“赋话”命名的专书

考察赋学史，赋的评论伴随着赋的创作而兴起，形成了源远流

① 许结：《历代赋集与赋学批评》，《南京大学学报》，2001年第6期，36页注1。

长的传统。但是,在唐以前,只有零星的谈赋言论(如司马相如、扬雄论赋),或单篇论文(如刘勰《文心雕龙·诠赋》),没有专书。根据目录书的记载,中晚唐至宋初,产生了一大批《赋格》、《赋诀》、《赋要》、《赋枢》、《赋门》之类的著作,但这些书大都已失传,今人莫究其详。唯有唐钞《赋谱》一卷,尚存日本,详见拙文《唐钞本〈赋谱〉初探》[①]。宋人文集、笔记中有大量的论赋资料,如王禹偁《律赋序》,载《小畜集》卷二;范仲淹《赋林衡鉴序》,载《范文正公别集》卷四;以及秦观论赋,载李廌《师友谈记》;洪迈论韵,载《容斋续笔》卷一三,等等,意见都非常精彩,可惜还不是系统的专书。南宋郑起潜《声律关键》虽是专著,但只能视为与《赋谱》一类的赋格著作。元代祝尧的《古赋辩体》,是一部重要的赋学专书,不过它仍属赋选性质,难以视为赋话。明代吴讷《文章辨体》、徐师曾《文体明辨》,以及王世贞《艺苑卮言》、胡应麟《诗薮》等书中,都有相对集中的论赋、话赋文字,只是尚未能独立成专书。清初吴景旭《历代诗话》八十卷,其中丙集九卷皆论赋,只是多属考订文字,且未独立成书。彭元瑞《宋四六话》沿用来人王铚《四六话》"诗话、文话、赋话各别见"[②]的体例,于卷十专载其辑录的宋人笔记中的赋话,且附注出处,极便读者。孙梅的《四六业话》中,也有占相当比重的赋话内容,故孙福清《复小斋赋话·跋》称:"文之有话,始于刘舍人之《文心雕龙》;诗之有话,始于钟记室之《诗品》;下至四六话、词话、曲话,话曰出而不穷,从未有话及赋者。有之,自近人孙梅始。"从文学批评论著中话赋文字日渐增多的趋势来看,到了清代乾隆年间,一部专门的赋话著作已经呼之欲出了,李调元的《雨村赋话》便应运而生。除了赋学批评自身发展的需要之外,导致《雨村赋话》的产生,还有一个关键的促进因素,那就是科举考试的需要。正如顾莼《律赋必以集·序》所云:"我朝承前明之制,取士以制义,而仍不

① 詹杭伦:《唐钞本〈赋诸〉初探》,《四川师范大学学报》1993年,增刊第七期。
② 王铚:《四六话·序》,丛书集成初编本。

废诗赋。自庶起士散馆、翰詹大考,以及学政试生童,俱用之。其体固不拘一格,而要之以律为宜。盖律者,法也。有对偶、有声病。古赋可以伪为,而律非富于涉猎、揣摩有素者,不能为也。”[①]又如陶福履《常谈》所云:“国朝专为翰林供奉文字、庶起士月课散馆、翰詹大考皆试赋,外如博学鸿词及召试,亦试赋,而学政试生员亦用诗赋。”[②]因此,律赋作为考试文体的重要性尽管在八股文之下,但也是重要的考试文体之一。李调元在《雨村赋话·序》中曾谈到他这部书的产生经过,明确声明这部书是他“视学粤东”期间,“岁试月课之余”的一个附产品,足见《雨村赋话》的产生与科举试赋有着密切的联系。

以上笔者论述了《雨村赋话》的产生不是一个偶然的、孤立的事件,而是赋学发展和社会需要的结果。在这样的背景下,必然会有其他的赋学家也在编著赋话,其中最著名的是浦铣(字柳愚)所辑《历代赋话》正续集二十八卷。浦铣此书体例与李调元《雨村赋话》后四卷《旧话》部分相仿,而搜采更博、规模更大。书前有浦铣《自序》、《后序》和袁枚、孙士毅、杨宗岱三人之《序》。浦铣《自序》署“乾隆阏逢涒滩”,当乾隆二十九年,说明其书初稿编撰时间甚早。但其《后序》又说:“一则观书不多,一则无力付梓,迄今一纪。”说明其初稿成后,一面不断修订补充,一面等待有力者经济资助。袁《序》称:“柳愚创赋话一书。”是其以为浦书为赋话的首创之作。杨《序》称其得见浦书之“乙稿(即修订稿)”。按袁《序》、杨《序》署年为“戊申”,当乾隆五十三年(1788 年);孙《序》署年为“乾隆强圉协洽”,当乾隆五十二年(1787 年);是其书最后完成在孙《序》之前,刻印出版在袁《序》、杨《序》之后。[③]今上海古籍出版社影印《历

① 顾莼:《律赋必以集》,清嘉庆二十五年(1820 年)广东菊坡精舍重刻本。

② 陶福履:《常谈》,清光绪十六年(1890 年)刻本;又台湾:商务印书馆,《丛书集成简编》影印《豫章丛书》本。

③ 参见拙作《浦铣生平著述新考》,载南京大学:《中国古代文学文献学国际学术研讨会论文汇编》,477~493 页,2004 年 8 月。

代赋话》(《续修四库全书》本)署年为乾隆五十五年(1790年)。而李调元《雨村赋话·序》署年为“乾隆四十三年”(1778年),当早于浦书约十年光景面世。又袁枚与李调元虽先后同馆,但袁枚居吴,李调元居蜀,天各一方,无由谋面。直到嘉庆元年(1796年),才互通书信,互赠著作(详《雨村赋话》卷十六)。此前袁枚未能见到《雨村赋话》,故序浦铣书时,有“创为赋话”之论,无足怪也。其他赋话作家,如王芑孙(1755—1817),行辈更晚于浦铣。因此,我们完全可以认定《雨村赋话》为我国第一部正式出版的赋话专书。

(二)《雨村赋话》奠定了赋话这种文学批评样式的体制格局

《雨村赋话》分成《新话》、《旧话》两个部分。《新话》六卷,从汉至明代赋作中“撮其佳语”,加以评骘。浦铣的《律赋衡裁·例言》第八条原文云:“赋诗有断章之意,论诗者亦有摘句之图。盖一篇之中,玉石杂糅,弃置则菁英可惜,甄采则瑕病未除。不得不掇砾搴稂,略存去取。爰仿殷璠、高仲武之例,撮其佳语,别加论列。又恐杂而不贯,复以己意错综其间。勾心斗角之奇,选声征色之巧,虽非完什,悉属妍辞。亦文囿渔猎之资,艺苑笙簧之佐云尔。”李调元采录为《新话》卷一第一条,并加以改写,成为:“论诗有摘句之图,选赋亦有断章之意。盖一篇之中,玉石杂糅,弃置则菁英可惜,甄采则瑕病未除。不得不掇砾搴稂,略存去取。爰仿殷璠、高仲武之例,撮其佳语,悉属妍辞。亦文囿渔猎之资,艺苑笙簧之佐云尔。”这样改写是有特殊意义的,盖汤聘原句“赋诗有断章之意”,语本《左传·襄公二十八年》:“宗不余辟,余独焉辟之?赋诗断章,余取所求焉,恶识宗?”原指截取《诗经》中某篇诗的某一章,以表达己意。只取所需,而不顾原诗的意思。而李调元改写为“选赋亦有断章之意”,明确声言自己的赋话著作采用与诗话一样摘句品评的方式,采用一种摘句品评的办法,为此书确立了与一般赋选不同的体制。这是从赋选著作向赋话著作转变的关键所在。

《旧话》四卷,从历代正史、杂史、笔记、诗话、文话、别集、总集、赋选、类书中，采录赋家轶事、赋作本事，赋坛佳话，间附考辨。《旧话》按时代编排，卷七为汉、魏，包括陆机、刘勰等各家论赋；卷八涉及晋、宋、齐、梁、陈、隋及北朝赋家；卷九为唐五代；卷十为宋、金、元、明。编次得法，井然有序，历代重要赋家大都网罗其中，可谓洋洋大观。《旧话》与《新话》互相配合，遥相呼应，《新话》见其赋作，《旧话》见其本事，二者共同反映出我国历朝赋学概况，形成纵横交错的宏伟格局。

总之，《雨村赋话》确立了赋话记载本事、考辨疑误、探析源流、品评赋作、讲解作法等项主要内容，影响了有清一代赋话著作的大量产生。比如浦铣的两种赋话著作，其《复小斋赋话》以品评律赋为主，不少意见很精到，相当于《雨村赋话》的《新话》部分，但是编排尚属随笔漫录式，不如《新话》井然有序。浦氏的另一著作《历代赋话》，则相当于《雨村赋话》的《旧话》部分，而且规模更大、搜采更博、考证更详，具有"述而兼作"的特色（详孙士毅《历代赋话·序》），只可惜流传未广，鲜为人知。王芑孙也有两种赋话著作。其《读赋卮言》是赋学专论，虽然篇幅不大，但理论价值较高。其《古赋识小录》八卷，则兼及赋选和评论。另处，孙奎有《春晖园赋苑卮言》两卷①，上卷辑录赋家生平、赋作本事，下卷评论赋作，阐述作赋之旨，体例与《雨村赋话》相类。其实，仔细比对，恐怕是对《雨村赋话》的沿袭。

三、《春晖园赋话》对《雨村赋话》的沿袭

孙奎（？—1806），字敦五，号斗泉，通州（今江苏南通）人。少

---

① 孙奎：《春晖园赋苑卮言》，嘉庆庚午（1810年）广东刻本，道光丙申（1836年）书有堂刊本。《清史稿·艺文志补编》、《贩书偶记》著录。《贩书偶记》称有"道光丙子孙长纪校刊本"，按道光无"丙子"，当是"丙申"之误。

工诗赋。以优贡入太学,但久试不第,乾隆中两次召试均列二等。遂闭户著书,舌耕养亲,布衣终身。著有《春晖园集》、《春晖园赋钞》、《春晖园赋话》等。生平略见王继祖等修《直隶通州志·文苑传》[①],以及李道南《春晖园赋钞·序》和胡长龄《春晖园赋苑卮言·序》。

《春晖园赋话》又名《春晖园赋苑卮言》,为作者遗稿,据孙奎弟子胡长龄《序》云:"余幼时当从学为诗赋。试辄冠军,而卒不得一第,以优贡入太学。岁壬戌(1802年),予奉讳南归,已老且病矣,犹朝夕过从,谭艺若往时。乙丑(1805年)服阕赴都,明年遂下世。予妇为经纪其丧,复挈其嗣孙来粤,出所著《赋苑卮言》相示。把卷黯然,盖即向时尊酒论文,口谭而笔录之者。因付剞劂,以广流传。"按此序署嘉庆庚午年(1810年),此书初刊当在此时。

此书两卷,上卷一百二十二条,多记述历代赋事;下卷一百一十三条,多赏析唐宋赋句。当代赋论家如叶幼明《辞赋通论》[②]、许结《论清代的赋学批评》[③]都对此书评价颇高。

其实经比对,此书约三分之二条目皆摘抄自李调元《雨村赋话》,甚至李书之错误亦照样抄录。如卷上辨析张衡《天象赋》为伪作条,李氏原书即误"殷馗"为"殷堪",而此书亦照录为"殷堪"。又如卷下"许浑诗、李远赋"条,李氏原书即误以"求古"为许浑之号、"丁卯"为李远之号,而此书亦照样张冠李戴。

此书摘抄李书,一律删去原书出处,字句也有少量的修改。有改对的,如李书卷九《腐草为萤赋》条,误引俗书《一夕话》以为是唐时之事,而此书改为宋人黄致一事。考施德操《北窗炙輠录》,知此书所改是正确的。也有改错的,如李书卷一引无名氏《仁寿镜赋》,此书改为张说赋,乃毫无根据之臆改。

此书作者也偶有所见,如卷上一条云:"孟坚之《两都》、张平子

① 王继祖等:《直隶通州志》,台湾:学生书局,1968年。
② 叶幼明:《辞赋通论》,湖南教育出版社,1991年。
③ 许结:《论清代的赋学批评》,北京:《文学评论》,1996年第4期,28~38页。

之《两京》及《南都赋》，留原本《子虚》、《上林》加以充拓，肴皇伟丽，为一代巨制；又杜笃字季雅，有《论都赋》一首，源渊扬、马，亦见采于范史。”此条指出大赋之间的承接关系，稍有见地。

总之，《春晖园赋话》本是一部主要摘录李调元《雨村赋话》而编写的赋学讲义，并无多少独立特出的学术见解，实在难以承受当今学者过高的评价。

四、《雨村赋话》版本的新说明

成复旺认为：“《赋话》乾隆间瀹雅斋校刻本只有《新话》，故为六卷。后编入《函海》时加入《旧话》，合成十卷。《丛书集成》本又据《函海》本排印。”①

笔者认为对此还可作进一步探讨，据笔者所知《雨村赋话》共有七种版本：1.乾隆四十四年广东刊本；2.乾隆末年《函海》万卷楼刊本；3.嘉庆十四年李鼎元重校《函海》本；4.道光五年李朝夔补刊《函海》本；5.光绪七年瀹雅斋重刊单行本；6.光绪八年广汉钟登甲乐道斋重刊《函海》本；7.《丛书集成初编》排印本。以下即对此作一简要说明：

《雨村赋话》自序于乾隆四十三年(1778年)六月，书成之后，当即付梓。李调元晚年自订年谱《童山自记》于乾隆四十四年下著录：“是年，《赋话》十二卷成。”后来，清光绪间刊印的《皇朝续文献通考》亦著录：“李调元《赋话》十二卷。”因此，这个广东刊本有可能是个《新话》、《旧话》各六卷的十二卷本。李调元出任广东学政，为独当一面之朝廷大员，刻书乃轻而易举之事，观其在《雨村赋话》卷十六中声称：“余视学广东时，刻其(袁枚)诗五卷，以示诸生。”既然《雨村赋话》亦为训导诸生而作，焉有不刻足本之理？如果这个十

① 见《中国大百科全书·文学卷》，第164页，“赋话”条。

二卷本属实，那么就应当是在收入《函海》时，将后六卷《旧话》合成了四卷。但是，笔者在比较《函海》各本时，对此产生了疑问，又有了一个新的看法。乾隆本《函海》中《雨村赋话》的字体与其前后各书均不同，《雨村赋话》为楷体，其他各书则为仿宋体。这就完全有可能是李调元自广东离任时，将书板带回来，其后合并入《函海》中。如果真是这样的话，那么就有可能是，李调元的《赋话》稿本为十二卷，在广东瀹雅斋初刻时，便将后六卷《旧话》合并成了四卷，合并的原因大概是便于按朝代分段，今《旧话》各卷的篇幅明显大于《新话》各卷（《新话》各卷为 40 则左右，《旧话》各卷为 100 则左右，便是曾经拼合的明证）。当然，这一推论是否正确，尚有待于广东刊《雨村赋话》足本的发现。

李调元《函海·总序》撰于乾隆四十九年（1784 年）十二月初六日，《函海》编刻竣工，也当在此时。但《函海》乾隆甲辰本目录注明："《赋话》嗣补。"因此，《赋话》在乾隆末年始收入《函海》万卷楼本。其后嘉庆本、道光本中的《雨村赋话》，皆是同一板刻的翻印。乾隆本是每半页九行，每行二十字；单鱼尾，白口；板框高约十八点五公分，宽约二十六点五公分。封面为黄底，署"雨村赋话"四个大字，各页中缝上顶格有"赋话"二字。嘉庆本、道光本与乾隆本只有板刻漫漶程度不等的差别。

光绪七年（1881 年）夏瀹雅斋重刊本。此本为单行十卷足本，版框高十八公分，宽十二公分，正文为刊刻整齐的仿宋体，每半页九行，每行二十字，版心下有"瀹雅斋校刊"字样。此本无字迹浸漶，可据以补足乾隆《函海》本的一些缺字；但乾隆本的误字，此本大多相沿未改，而且新增刊刻误字，如卷一"殷堪识曹公"即误作"设堪识曹公"，故仅有少量的校勘价值。

光绪八年广汉钟登甲乐道斋刊本。此本为丛书本，与乾隆本相较，有五点不同：一是字体换成整部丛书统一的仿宋体；二是板框缩小为高十四公分，宽二十一点二公分；三是每半页十行，每行二十字；四是双鱼尾，中缝上有"赋话"二字，下有"二十九函"字样；五是封面正面仅署有“赋话”二字，背面有“光绪壬午年锓于乐道斋”字样。

《丛书集成初编》本为排印本。《丛书百部提要》“函海”条称：“道光五年，其子朝夔重修补刊，于是复为完璧。”[①]由此可知，《丛书集成初编》本是据道光本排印出版。

综上所述，《雨村赋话》现存六种版本实际上可以归并为四种不同的版本：即乾隆《函海》本（嘉庆本、道光本皆此本之翻印），光绪年间两种重刻本，《丛书集成初编》排印道光本。乾隆本为今存最善之足本，因此，整理《雨村赋话》应当选择乾隆本为底本。光绪重刻本、丛书集成本在重新校刻、排印的过程中，补充了原本板刻漫漶不清之处，并改正了个别明显的错字；但重刻、重排本对原本的错误，不仅大多数相沿未改，而且在校刻、排印之中，又新增加了一些错字，故重刻、重排本只可用来对底本作辅助性参校，不可用做底本，也不可用做主要的校勘依据。

李调元晚年曾计划对《雨村赋话》有所修订增补，其《雨村诗话》记载：“仁和姚申甫（成烈），乾隆乙丑进士，由吏部郎历官广西中臣。余视学岭南，公为方伯。时余方撰《赋话》，公亟称之，曰：‘再得广搜古今赋事，便成大著作矣。’至今未尽此志，每忆其言，未尝不以为恨也。”[②]

结　语

以上，我们既考察《雨村赋话》对《律赋衡裁》的沿袭与创新，又考察了《春晖园赋苑卮言》对《雨村赋话》的沿袭，还对《雨村赋话》的版本作出近一步的说明，希望能对拙著《雨村赋话校证》有所修

① 见北京：中华书局版《丛书集成初编目录》。
② 见《雨村诗话》（清嘉庆刻十六卷本），卷11。

正补充。最后，拟对《雨村赋话》的整理研究和利用提出几点意见。

其一，既然我们已经知道《雨村赋话》在上有对《律赋衡裁》的沿袭关系，在下又有被《春晖园赋话》沿袭的关系，因此，有必要将《雨村赋话》与《律赋衡裁》和《春晖园赋话》进行对比分析，看看在摘录和改写中到底有多少是各位赋论家本人的建树，从而对赋论赋话发展史作出正确恰当的描述。

其二，《雨村赋话》在摘录《律赋衡裁》时，一方面对赋家作品按照时代先后重新编排，调整了次序；另一方面又尽量保留了原书按照题材分类的特色。明白这一点是很重要的，因为按照时代编排与按照题材分类各有优势，时代顺序可以展示赋作发展变化的历史，分类则有助于平面比较赋作处理题材的表现方法。我们发现《雨村赋话》卷二几乎全录自《律赋衡裁》卷二《地理》类，这就有助于我们把研究赋学理论批评与研究律赋作品结合起来，可根据赋论家的提示去研读《文苑英华》、《全唐文》中所保留的地理类辞赋作品。这是研究《雨村赋话》与《律赋衡裁》关系得到的新收获。

其三，《雨村赋话》的版本并不复杂，各版本之间的文字差异也不是很大，所以进行版本校对并非整理《雨村赋话》应该采用的主要方法。《雨村赋话》产生的时代距今并不十分久远，李调元所引用的大多数资料，今天仍能看到原书。因此，整理《雨村赋话》的主要方法应该是：一一覆检原书，彻底纠正讹、脱、衍、倒；同时，对李调元所引用的二手、三手资料，尽可能地追溯原始出处，并注明原书篇卷，以提高《雨村赋话》的品质，增强其利用价值，让它在当今的赋学研究中起到更好的作用。笔者的《雨村赋话校证》作了一些这方面的工作，但还不尽完善，有再加修订的必要。

从诗学的角度切入

——评朱光潜《诗论》中的赋论

何新文

《诗论》①，是朱光潜先生自己认为在他的著作中“用功较多”也较有“独到见解”的学术论著。在《诗论》中，朱先生用西方诗论来解释中国古典诗歌，尤其对中国诗的形式因素，如诗的音律，后来为什么会走上律诗的道路等问题进行了理论性的探索分析。而朱先生认为“赋本是诗中的一种体裁”，因此，他不仅把赋纳入了其诗学论著《诗论》的研究范围，从诗学的角度来论赋，而且在对赋的特征、赋对律诗的影响诸方面，发表了许多具有独创性、富于启发性的见解。

正是有鉴于此，笔者十余年前曾在拙著《中国赋论史稿》(开明出版社 1993 年 4 月版)中述及朱光潜《诗论》中的赋论，认为朱光潜是现代赋学研究史上一位不专治赋而对赋有独到认识的批评家，从一定程度上说，朱光潜、闻一多等人的赋学理论，“真正体现着新赋学研究的精神、特质，对现当代科学的赋学研究的形成发展具有重要意义”。但由于篇幅及研究精力的局限，《史稿》对于朱光潜的赋论并未能详细述介。而《诗论》全书十三章中，除主要在第十一章《中国诗何以走上“律”的路(上)：赋对于诗的影响》中论赋外，还在第二、三、五、七及第十二章等章

① 朱光潜：《诗论》，三联书店，1984 年。

节中有不同程度的涉及，赋论内容颇为丰富。

故本文拟在《史稿》所述的基础上，试从赋的特征、起源、演化和影响等四个方面，对朱先生《诗论》所阐发的赋学理论，作进一步的概括和论述。

一、赋的特征："赋本是诗中的一种体裁"，"是大规模的描写诗"

关于赋的体裁特征，或者说赋究竟是一种怎样的文体，长期以来，众说纷纭，各家的看法不一。乃至于有赋史专家曾叹谓"要对它的文体特征作出精密而无例外的概括几乎是不可能"[①]。但是，如果不对赋的基本文体特征作出某种近似的界定，说明什么是赋的问题，关于赋的研究就无法进行。

因而历来的论赋者几乎都试图对这个最基本也最棘手的问题作出自己的解释。朱光潜当然也未能例外，他在论述赋对于诗的影响的过程中就赋的特征进行过相当深入的探讨。

在《诗论》第十一章第二节里，朱光潜提出：

> 什么叫做赋呢？班固在《两都赋》序里说的"赋者古诗之流"和在《艺文志》里所说的"不歌而诵谓之赋"，是赋的最古的定义。（203页）

这两条关于赋的"最古的定义"，可以说是汉代人对赋体特征的两点基本概括。汉人认为赋是"古诗之流"，与《诗》有渊源、源流关系；同时，在赋产生之前的"诗"是合乐可歌的，作为诗之流的赋则以"不歌而诵"而与可合乐而歌的诗有所区别。

---

① 马积高：《历代辞赋研究史料概述》，10页，中华书局，2001年4月。

朱光潜上承赋为“古诗之流”的“最古定义”，首先也认为：

> 赋本是诗中的一种体裁。
>
> 汉以前的学者都把赋看作诗的一个别类。《诗经·毛序》以赋为诗的“六义”之一，《周官》列赋为“六诗”之一。班固在《两都赋》的序里说，“赋者古诗之流”。据汉《周官》列赋为“六诗”之一。班固在《两都赋》的序里说，“赋者古诗之流”。据《汉书·郊祀志》，赋与诗同隶于汉武帝所立的乐府。到齐梁时，刘勰在《文心雕龙》里仍承认“赋自诗出”。
>
> ……就体裁说，赋出于诗，所以不应该离开诗来讲。(202、203页)

朱光潜认定“赋本是诗中的一种体裁”，或者说是“诗的一个别类”，“赋出于诗”，当然就“不应该离开诗来讲”赋。所以，他不仅在这部诗学论著《诗论》中用专门的篇幅来论赋，而且还尖锐地批评了那些“离开诗来讲”赋的现象。

他很不满意“后人逐渐把诗和赋分开，把赋归到散文一方面去。比如姚鼐的《古文辞类纂》原是一部散文选，诗歌不在内而‘词赋’却占很重要的位置”。他指出“近来文学史家也往往沿袭这种误解，不把‘词赋’放在‘诗歌’项下来讲”。他还点名道姓地批评说：

> 胡适在《白话文学史》里把词赋完全丢去，还可以说是因为着重“白话文学”的缘故；陆侃如、冯沅君著《中国诗史》却也不留一点篇幅给词赋，似未免忽略词赋对于中国诗体发展的重要性了。(202页)

在《诗论》所附《读胡适的〈白话文学史〉后的意见》一文中，朱光潜又一次指责胡适：

> 我们不惊讶他以全书五分之一对付《佛教的翻译文字》，而惊讶他讲韵文把汉魏六朝的赋一概抹煞，连《北山移文》、《荡妇秋思赋》、《闲情赋》、《归去来兮辞》一类的作品，都被列于僵死的文学。（229页）

从这些饱含愤激之情的文字中，不难体会到这位诗学家对“赋是诗中一体”观念的坚守；但朱光潜对“什么叫做赋”的思考并未就此停止。他在“赋本是诗中一种体裁”的前提下，又从赋体作品的实际出发，从赋的实质内容方面与一般抒情诗的比较分析中寻找赋区别于诗的某些不同点，得出了“赋是状物诗”、“赋是大规模的描写诗”的看法。他说：

> 赋是状物诗，宜于写杂沓多端的情态，贵铺张华丽……赋大半描写事物，事物繁复多端，所以描写起来要铺张，才能曲尽情态。因为要铺张，所以篇幅较长，词藻较富丽，字句段落较参差不齐，所以宜于诵不宜于歌。一般抒情诗较近于音乐，赋则较近于图画，用在时间上绵延的语言表现在空间上并存的物态。诗本是“时间艺术”，赋则有几分是“空间艺术”。
>
> 赋是一种大规模的描写诗。《诗经》中已有许多雏形的赋。例如《郑风·大叔于田》铺陈打猎的排场……以及《小雅·无羊》描写牛羊的姿态……如果出于汉魏以后人的手笔，这种题材就可以写成长篇的赋了。（203～204页）

赋虽然是诗之一体，但朱光潜以为还是“异于一般抒情诗”。他在总结刘勰《文心雕龙·诠赋》、刘熙载《艺概·赋概》等前人论述的基础上，更具体地分析了赋体的一些特点。比如：就内容而言，赋与重在“缘情”、“言志”、抒发创作主体内心情感的抒情诗不同，赋是“状物诗”，是一种大规模的“描写诗”，它更侧重于“描写事物”，描写客观外界“杂沓多端的情态”，更“偏重铺陈景物”；因为赋既以对外界事物情态的叙写描摹为内容，而客观事物繁复多端，纷纭复杂，描写起来就要“铺张”才能曲尽情态，所以赋“贵铺张华丽”；“因为要铺张，所以篇幅较长”，“在《诗经》中可以几句话写完的，到后来就非长篇大幅不可了”；又因为赋偏重描写、铺陈，而且是“侧重横断面的描写，要把空间中纷陈对峙的事物情态都和盘托出”，如班固、张衡及左思等人的都邑赋，“它们都从东西南北、上下左右、四面八方地铺张”和“渲染”。所以“赋则较近于图画”，与“本是‘时间艺术’”的诗相较“则有几分是‘空间艺术’”。朱光潜的这些分析，对于汉魏晋南北朝赋而言，可以说是深入而透彻的。其间透露出来的别开生面的卓见新意，既显现了一个著名诗学、美学家特有的敏感和艺术造诣，又对现当代的赋学界别具启迪意义。

在进行了赋与抒情诗的比较后，朱光潜又进一步作了赋与散文的比较研究。

他在第五章《诗与散文》里，既承认“诗宜于抒情遣兴，散文宜于状物叙事说理”的大体区别，又指出要真正“说明诗是什么、散文是什么”却“不是易事”，因为诗与散文在形式及实质上的区别都不是绝对的：“诗和散文两国度之中有一个很宽的叠合部分做界线，在这界线上有诗近于散文……也有散文近于诗的。”

在此基础上，朱先生进而论道：

> 中国文学中最特别的一种体裁是赋。它就是诗和散文界线上的东西：流利奔放，一泻直下，似散文；于变化多端之中仍保持若干音律，又似诗。（115 页）
>
> 赋是介于诗和散文之间的。它有诗的绵密而无诗的含蓄，有散文的流畅而无散文的直截。（第十一章，204 页）

在20世纪三四十年代，以赋为“亦诗亦文”之特殊文体的认识颇为流行。较早者如曹聚仁于1925年7月在《文学百题》上发表专文，提出“赋到底是诗还是散文”的问题；此后有郭绍虞于1927年6月在《小说月报》第十七卷号外《中国文学研究》上发表《赋在中国文学史上的位置》一文，说赋是一种“特殊的体裁”，“既不能归入于文，又不能列入于诗”；到后来，刘大杰初版于1941年的《中国文学发展史》说赋“非诗非文”又“有诗有文”，“是一种半诗半文的混合体”。朱光潜亦持类似的认识。他分析赋自诗出，是“不歌而诵”之诗，有押韵、骈句、对仗及丽辞与用典等诗的形式特点，但赋又偏重于体物、描写叙事，“赋是韵文演化为散文的过渡期的一种联锁线，所以历来选家对于‘词赋’一类颇费踌躇”(205页)，因为它是中国文学史上“最特别的一种体裁”，它“是诗和散文界线上的东西”。朱光潜这样的分析不仅符合赋的实际，同时也体现了他关于“诗和散文在形式上的分别也是相对而不是绝对的”思考。朱先生认为：“我们不能画两个不相交接的圆圈，把诗摆在有音律的圈子里，把散文摆在无音律的圈子里，使彼此壁垒森严，互不侵犯。”(116页)而在这诗和散文界线上活跃着的文体，就是赋。

朱先生甚至还预言：

> 现在白话文运动还在进行，我们不能预言中国散文将来是否有一部分要回到杂用音律的路，不过想起欧战后起来的“多音散文”(polyphonic prose)，这并非不可能……在多音散文里，极有规律的诗句，略有规律的自由诗句以及毫无规律的散文句都可以杂烩在一块。我想这个花样在中国已“自古有之”，赋就可以说是最早的“多音散文”。
>
> 看到欧美的“多音散文”运动，我们不能断定将来中国散文一定完全放弃音律，因为像“多音散文”的赋在中国有长久的历史，并且中国文字双声叠韵最多，容易走上“多

音”的路。(115、116页)

如果真如朱先生的预言,诗与散文之间的界限越来越模糊,那么,这种“介于诗和散文之间”的赋体文学的影响将会更深入,对于赋的研究也更会呈现出一种如花似锦的崭新局面。

纵观朱光潜关于赋体特征的论述,其思想的脉络特别清晰:“赋本是诗中的一种体裁”,这是他立论的基础和前提;然后是在此前提下与诗、文进行比较研究,逐步得出的看法:“赋是状物诗”,“是大规模的描写诗”,“赋是介于诗和散文之间的”;最后,朱先生还总结、归纳出了赋体的三个特点,得出了他总体性的结论:

> 班固在《两都赋》序里所说的“赋者古诗之流”和在《艺文志》序里所说的“不歌而诵之赋”,是赋的最古的定义。刘勰在《诠赋》篇说:“赋者,铺也。铺采摛文,体物写志也。”刘熙载在《艺概》里《赋概》篇说:“赋起于情事杂沓,诗不能驭,故为赋以铺陈之,斯于千态万状层见叠出者,吐无不畅,畅无或竭。”
>
> 赋的意义和功用已尽于这几段话了。归纳起来,它有三个特点:一、就体裁说,赋出于诗,所以不应该离开诗来讲;二、就作用说,赋是状物诗,宜于写杂沓多端的情态,贵铺张华丽;三、就性质说,赋可诵不可歌。(203页)

上述归纳的三点,既总结了历史上几种有代表性和有价值的观点,更融入了朱光潜自己的研究心得,几乎概括了古代赋体作品在体裁方面的主要特点。即使是放在现当代赋学界关于赋体特征的专门研究成果中整体来衡量,朱先生对赋体特征的归纳和分析,也可以说是系统、全面而有新见创意的。

二、赋的起源："赋源于隐"

朱光潜论艺，很重视探讨它的起源。他在《诗论》首章即开宗明义："想明白一件事情的本质，最好先研究它的起源；犹如想了解一个人的性格，最好先知道他的祖先和环境。诗也是如此。"其实，他论赋也是如此。他在《诗论》第二章《诗与谐隐》里，就着重探讨了赋的起源问题。

关于赋的起源，朱光潜仍然是从诗学的角度切入的。朱光潜受西方美学思想的影响，与一般文学史家只注意从历史与考古学入手，只努力搜罗在历史记载中最古的诗的方法不同，他认为"诗的起源实在不是一个历史的问题，而是一个心理学的问题"。要明白诗的起源，首先要明白"人类何以要唱歌做诗"。朱光潜引述中国诗论如"诗言志"、《诗·大序》中"诗者志之所之也，在心为志，发言为诗"的说法，以及古希腊哲学家亚里士多德《诗学》中诗的起源"根于人类天性"等观点，然后总结说："诗，或是'表现'内在的情感，或是'再现'外来的印象，或是纯以艺术形象产生快感，它的起源都是以人类天性为基础。"而"人对文字游戏的嗜好是天然的、普遍的。凡是艺术都带有几分游戏意味"。

朱光潜指出，人们天然嗜好的所谓"文字游戏"，不外乎"谐"、"谜"或"隐"等三种形式。"从心理学观点看，谐趣（the sense of humour）是一种最原始的普遍的美感活动。凡是游戏都带有谐趣，凡是谐趣也都带有游戏"；"诗和艺术都带有几分游戏性，隐语也是如此"；在古代中国，"谐偏重人事的嘲笑，隐偏重于文字的游戏"。

循着上述思路，朱光潜提出并阐发了关于"赋源于隐"①的观点。他承刘勰《文心雕龙·谐隐》所说，认为"隐"即后世所称之"谜

① 清末学者王闿运《湘绮楼论诗文体法》中曾提出："赋者，诗之一体，即今谜也，亦隐语，而使人谕谏……庄论不如隐言，故荀卿、宋玉赋因作矣。"见徐志啸编：《历代赋论辑要》，114页，复旦大学出版社，1991年。但王氏并未论赋源于隐。

语”，并且指出“隐常与谐合”、“谐与隐有时混合在一起”的情形，提醒人们“别要小看隐语”，要知道“它对于诗的关系和影响是很大的”；然后，他着重论述了隐语与赋的关系。他说：

> 但是隐语对于中国诗的重要还不仅此，它是一种雏形的描写诗。民间许多谜语都可以作描写诗看。中国大规模的描写诗是赋，赋是隐语的化身。战国秦汉间嗜好隐语的风气最盛，赋也最发达。
>
> 荀卿是赋的始祖，他的《赋篇》本包含《礼》、《知》、《云》、《蚕》、《箴》、《乱》六篇独立的赋，前五篇都极力铺张所赋事物的状态、本质和功用，到最后才用一句话点明题旨，最后一篇就简直不点明题旨。例如《蚕》赋，全篇都是蚕的谜语，最后一句揭出谜底。（35 页）
>
> 总之，隐语为描写诗的雏形，描写诗以赋规模为最大，赋即源于隐。（40 页）
>
> 赋源于隐，隐是一种谐，含有若干文字游戏的成分。（206 页）

据史籍记载，隐语在春秋时已经流行。有名的例子，如《左传》宣公十二年载楚师围萧时，萧国大夫还无社向楚大夫申叔展求救，两人就在萧城上下呼喊“麦麴眢井”、“河鱼腹疾”的隐语为号；《左传》哀公十三年载吴国大夫申叔仪，亦以隐语形式乞粮于鲁大夫公孙有山氏；还有，《史记·楚世家》载伍举以隐言入谏楚庄王。到战国时代，齐、楚等国宫廷内隐语也很盛行。《史记·滑稽列传》载有齐威王喜隐语，好为淫乐长夜之饮，优人淳于髡则以隐语谲谏；又《汉书·艺文志》“诗赋略”在“杂赋”类著录有“《隐书》十八篇”，刘向《新序》也有齐宣王“立发《隐书》而读之”的记载。

这类在先秦、秦汉间民间和宫廷俳优中流行的隐语、隐书，或“图象品物”，描写事物，或有“以问答构篇，韵散配合”的形式，它们与早期赋篇的基本要素相当接近。如淳于髡谏齐威王的隐语，以齐威王“先生能饮几何而醉”和“其说可得闻乎”之问启篇，接以淳于髡“臣饮一斗亦醉”、“不过一斗径醉”至“饮可八斗而醉”等数层之对，不仅句式大体整齐，而且用韵频繁。“观其整篇结构和体式，与《卜居》、《渔父》和宋玉的《风赋》完全相同，故章太炎《国故论衡·辨诗》谓淳于髡《谏长夜饮》一篇纯为赋体。”①

综如上述，从隐语本身所具有的“描写诗”的某些特点和隐语在先秦、秦汉间广为流行的实际情形来看，隐语对于早期赋篇的形成，如荀卿、宋玉等人的赋作带来影响是可能的。历代学者如刘勰《文心雕龙·谐隐》、元祝尧《古赋辨体》卷二、明徐师曾《文体明辨序·赋》、清王闿运《湘绮楼论诗文体法》，乃至现代文学家鲁迅《汉文学史纲要》等，也都指出过荀况用隐语写《赋》篇的事实。但是，朱光潜从心理学的角度来论述诗的游戏性及隐语与赋的关系，从而提出“赋源于隐”的主张，似较有说服力。

大致与朱光潜提出“赋源于隐”同时，与他在学术上交往颇密切的朱自清先生亦有过类似的观点。如朱自清在其《经典常谈·辞赋第十一》中说：“荀子的《赋篇》最早称‘赋’。篇中分咏‘礼’、‘知’、‘云’、‘蚕’、‘箴’(针)五件事物，像是谜语；其中颇有讽世的话，可以说是‘隐’的支流余裔。”

朱光潜“赋源于隐”的观点作为赋体起源的一家之言，也受到了当代学者的注意。如1981年出版的徐北文著《先秦文学史》，就有专论“谐隐”的文字。著者承袭并发挥了朱光潜的观点，如说：“描绘物体的形状和特征，正是隐谜的主要写作方式”，“从荀子的作品中，可以看到渊源于原始社会的民间隐语游戏，在东周的礼崩乐坏之时，逐渐在贵族中间盛行，后来又发展为宫廷的一种流行的文娱活动。在宫廷中侏儒、俳优，甚至妃妾等也经常用隐来取悦作

① 关于淳于髡谏齐威王的论述，可参阅曹明纲《赋学概论》第二章，41页，“赋出俳词”的论述，上海古籍出版社，1998年。

乐。这种势头又反转来影响到士大夫，推动他们从事隐语的写作、加工，导致他们推展出新文体——辞赋。荀子的《赋篇》就是新兴文体的嚆矢”。从徐北文的论述中，我们可以看到朱光潜“赋源于隐”说的影响。

三、赋的演化：“可以分为三个阶段”

《诗论》论赋，对赋的发展史似未系统论述；但若将散见于相关章节的有关言论理出，则可见出所描述的一部赋史演化发展的大致轮廓来，同时也可以看到朱光潜对某些有名赋家赋作风格成就的评述。

从大体上说，朱先生的赋史观是传统的，但却有着不少独到、精当的见解。

首先，朱先生从“赋源于隐”的认识出发，将“楚辞”与“赋”区别开来，排除屈原是“赋体作品第一个重要作家”之类的说法，确认了“荀卿是赋的始祖”的地位。

这一说法，前承刘勰《诠赋》篇所说：“观夫荀结隐语，事数自环”；“于是荀况《礼》、《知》，宋玉《风》、《钓》，爰锡名号，与诗画境，六义附庸，蔚成大国。遂述客主以首引，极声貌以穷文，斯盖别诗之原始，命赋之厥初也。”这说明，朱先生所论，虽非其创始，却其来有自；同时也是符合赋史实际的，尤其值得现当代赋学界重视。

其次，对于古代赋史的发展，朱先生虽然只论述战国秦汉至隋唐，而未及宋元以后，认为“战国秦汉间嗜好隐语的风气最盛，赋也最发达”，“汉魏时代赋最盛”，“赋的鼎盛时代是从汉朝到梁朝”，甚至也说过“隋唐以后虽然代有作者，已没有从前那么蓬勃”的看法，但却没有“汉以后无赋”或“唐以后无赋”一类的偏颇。

对于重点论述的汉及魏晋南朝赋，他不是简单地贴标签、排先后，而是真正从文学、从诗学的角度分析各阶段的特点，探寻赋体演化发展的轨迹。如朱先生说：

> 总观词赋演化的痕迹，可以分为三个阶段：
>
> 一、放大简短整齐的描写诗为长篇大幅的流畅富丽的韵文。就形式说，赋打破诗和散文的界限，或则说，它是诗演变为美术散文的关键。在这个阶段里，赋虽偶作骈语而不求精巧。在音调方面，它还没有有意求对称的痕迹。它的风格还保持古代文艺的深厚质朴。例如汉赋。
>
> 二、技巧渐精到，意象渐尖新，词藻渐富丽。作者不但求意义的排偶，也逐渐求声音的对称和谐。例如魏晋的赋。
>
> 三、技巧成熟，汉魏古拙朴直的风味完全失去，但是词句极清丽，声音极响亮，声音臭味的渲染极浓厚，四六骈俪的典型成立，运用典故及比喻格的风气也日盛。在这个阶段里，古赋已变为律赋。例如宋齐梁陈诸代的作品。
>
> （209、210页）

这些分析，既没有空洞的理论式的说教评判，也不是支离破碎的品赏评点，而是在感性基础上的理性概括，是美学和历史的透辟分析，故往往能切中肯綮，入木三分。

再次，《诗论》在简括地描述出线性的赋史轮廓之时，也不乏面的展开和点的深入，有对重要赋家或赋家群体的分析评述。例如对于荀况，除了在《诗与谐隐》章内肯定其为“赋的始祖”、分析其《赋》篇“极力铺张事物”和“以谜语状事物”的写作特色外，还在第十一章里写道：

> 荀子的文章大半都很富丽，《赋篇》、《成相》虽用赋体，实在还和他的其他论文差不多。周秦诸子里有许多散文是可以用赋体写的，例如《庄子·齐物论》（举“夫大块噫

> 气，其名为风……”一段），这段散文在宋玉的手里就可以写成《风赋》，在欧阳修的手里就可以写成《秋声赋》了。（205页）

这则文字，又概评了荀况文赋文字“富丽”的特色及赋体作品对后世文学的影响。

再看他对两汉魏晋赋的述评：

> 文字排偶不过是翻译自然事物的排偶。我们如果把班固的《两都赋》、张衡的《两京赋》和左思的《三都赋》的写法略加分析，便可明白这个道理。它们都从东西南北、上下左右、四面八方地铺张，又竭力渲染每一方的珍奇富庶（如其东有什么什么，其西又有什么什么之类）。这样“双管齐下”，排偶是当然的结果。（205页）
>
> 汉人虽重词赋，而作者司马相如、枚乘、扬雄诸人都只在整齐而流畅的韵文中偶作骈语，亦不求其精巧，例如枚乘的《七发》：“龙门之桐，高百尺而无枝。中郁结之轮菌，根扶疏以分离。上有千仞之峰，下临百尺之溪。湍流溯波，又澹淡之。”这一段虽然也见出作者有意于排偶，但整齐之中仍寓疏落荡漾之致，富丽而不伤芜靡，排比而不伤板滞。后来班固、左思、张衡诸人乃逐渐向堆砌雕凿的路上走，但仍不失汉人浑朴古拙的风味。（209页）

在这两段文字里，朱光潜评论了司马相如、扬雄、班固、张衡、左思诸汉晋代表赋家，尤其论述了他们的都邑大赋多从不同的方位、空间竭力铺排事物，乃至有意排偶、骈俪，可最终仍不失“浑朴古拙”风味的特点及其可能演进变化的趋势，都颇中肯贴切。

接下去，论述南朝的赋说：

> 魏晋以后，风气变更，就一天快似一天了。例如鲍照的《芜城赋》(举“若夫藻扃黼帐，歌堂舞阁之基，璇渊碧树，弋林钓渚之馆”一段为例)，就有几点与汉赋不同。第一，它很显然在炼字琢句，尤其是比喻格用得多，例如“璇渊碧树”、“玉貌绛唇”、“埋魂”之类；第二，它着重声色臭味的渲染，如“藻”、“黼”、“碧”、“绛”、“薰”、“烬”、“光”、“影”、“歌”、“声”之类，词赋的富丽就是由这种渲染起来的；第三，句法逐渐趋向四六的类型，这就是说，句的字数四六相同，上下相排偶；第四，声音方面也渐有对仗的趋势，尤其是句末的字，例如“基”与“馆”、“声”与“玩”之类。这几点都是“律赋”的特色。齐梁时律诗仍不多见，而律赋则连篇皆是。
>
> 梁元帝、江淹、庾信、徐陵诸人的作品，不但意精词妍，声音也像沈约所说的“前有浮声则后有切响”了。(209页)

朱光潜从“声律”等的形式因素研究入手，以发展的眼光探寻魏晋以后的赋，并以重点剖析鲍照《芜城赋》为例，说明此期赋如何与汉赋(古赋)的不同，即说明了赋如何由古赋渐变为讲究辞藻、句法、声律的律赋的过程，而企图最终证明“中国诗何以走上‘律’的路”。

四、赋的影响：“同时流灌到诗和散文两方面”

由于赋是我国古代文学史上继《诗经》、《楚辞》之后即诞生问世了的一种源远流长的文体，它拥有众多的作者、读者和丰富的作品，对于各种文体创作都发生了不同程度的影响。朱光潜先生充分注意到了赋的这一影响，朱先生认为：

> 赋是韵文演化为散文的过渡期的一种联锁线……它本出

于诗，它的影响却同时流灌到诗和散文两方面。(205 页)

《诗论》述“赋对于诗的影响”，可以概括为三个方面：

第一，是赋在“意象”方面对诗的影响。

在《诗论》第三章《诗的境界——情趣与意象》中，朱光潜逐步地论述了这一点。他认为，“情景相生而且契合无间，情恰能称景，景也恰能传情，这便是诗的境界。每个诗的境界都必须有‘情趣’(feeling)和‘意象’(image)两个因素。情趣简称‘情’，意象即是‘景’”。或者说“诗的境界是情趣与意象的融合”。

但是，“中国古诗大半是情趣富于意象”。如果从情趣与意象的配合看中国古诗的演进，则可以分为三步：第一步是因情生景或因情生文；第二步是情景吻合，情文并茂；第三步是即景生情或因文生情。就大略而言，汉魏以前是第一步，在自然界所取之意象仅如人物故事画以山水为背景，只是一种陪衬；汉魏时代是第二步，《古诗十九首》、“苏李赠答诗”及曹氏父子的作品中意象与情趣常达到混化无迹之妙，到陶渊明手里，情景的吻合可算登峰造极；六朝是第三步，从大、小谢滋情山水起，自然景物的描绘从陪衬地位抬到主要地位。

而中国诗的发展，之所以会由“情趣富于意象”转变到有“意象富于情趣”的一脉，朱先生以为：

> 转变的关键是赋。赋偏重铺陈景物，把诗人的注意渐从内心变化引到自然界变化方面去。从赋的兴起，中国才有大规模的描写诗；也从赋的兴起，中国诗才渐由情趣富于意象的《国风》转到六朝人意象富于情趣的艳丽之作。
>
> 汉魏时代赋最盛，诗受赋的影响也逐渐在铺陈词藻上做功夫，有时运用意象，并非因为表现情趣所必需，而是因为它自身的美丽，《陌上桑》、《羽林郎》，曹植《美女篇》都极力铺张明眸皓齿艳装盛服，可以为证。六朝人只是推演

这种风气。(68页)

朱光潜《诗论》的主要理论核心是“诗的境界”,而诗的理想境界是诗人主观情趣与客观意象的契合无间。这正是中国传统诗论的基本命题,如明谢榛《四溟诗话》卷三即云:“作诗本乎情景,孤不自成,两不相背。”但在实际上,古人诗不可能都达得到这种境界,批评家不应高悬一个绝对的标准去衡量所有的诗。朱先生以为:古诗有许多从“‘情’出发而不十分注意于‘景’的,魏晋以后诗有许多专从‘景’出发,除流连于‘景’的本身外别无其他情趣借‘景’表现的”,“这两种诗都不能算是达到情景忻合无间的标准,也还可以成为上品诗”。因持着这样相对开放多元的评价标准,朱光潜才肯定了六朝“意象富于情趣”的艳丽之作,才能够肯定铺陈景物、唯美尚丽之赋对于中国诗的积极影响。

第二,是赋在声律方面对诗的影响。

中国诗的体裁中最特别的是律体诗,它不仅为西方诗体中所没有,在中国也是魏晋以后才起来的。在《诗论》的第十一、十二两章里,朱光潜将律体诗放在整个中国诗歌发展演变的历史中加以考察,去论述律诗的意义和赋对律诗形成的影响。这是《诗论》论赋最为详切的部分,也最具学术创意。

朱光潜认为中国诗的转变有两个大关键。第一个是乐府五言的兴盛,从《古诗十九首》起到陶渊明止;第二个转变的大关键就是律诗的兴起,从谢灵运和“永明体诗人”起,一直到明清止,词曲只是律诗的余波。在这两大转变之中,律诗的兴起更为重要,它是古代诗歌由“自然艺术”到“人为艺术”的大的转变,是由民间诗到文人诗、由不加雕琢到有意刻画、由浑厚淳朴到精妍轻巧的大的进化。

那么,为什么会发生这样大的变化,也就是说为什么中国诗会走上“律”的路呢?朱光潜认为:“最大的影响是‘赋’。”而最值得注意的有以下三点:

1.“意义的排偶,赋先于诗。”诗很早时就有对句,但它们不是从有意刻画得来的。拿赋和诗比较,赋有意地追求排偶比诗要早。汉人作赋,接连数十句用骈语已是常事,枚乘《七发》、班固《两都赋》等作品都是骈句多于散句。但汉人的诗则骈句仅为例外。魏晋赋如曹植《洛神赋》和《七启》是何等纤丽,而他的诗却仍有几分汉诗的古朴。此后,从赋家兼诗人的谢灵运和鲍照起,诗用赋的写法日渐其盛,他们的诗也向排偶路上走。

2.“声音的对仗,赋也先于诗。”曹丕在《典论》里已辨明声音的清浊,陆机在《文赋》里已倡“声音迭代”之说,都远在沈约提出的“前有浮声则后有切响”之前。但是在陆机的时代实行“声音迭代”理论者只有辞赋,而诗歌则除韵脚以外不拘于平仄的对称。陆机《文赋》、鲍照《芜城赋》,都大体已用平仄对称的声调,至于诗则“已用全篇排偶”写法的谢灵运和鲍照诸人也只计较句尾一字的平仄,句内尚无有意求平仄对称的痕迹。

3.“在律诗方面和赋方面一样,意义的排偶也先于声音的对仗。”赋在汉朝已重排偶,而到魏晋以来才注意声律平仄的对称;诗也是如此,诗歌中全篇意义对仗工整的作品在宋初谢灵运集中已常见,如其《登池上楼》就近似排律,但全篇意义排偶又加上声音对仗,俨然成为律诗的作品直到梁代才出现,如梁何逊集中工整的五律诗如《铜雀伎》、《夕望江桥》,稍后还有阴铿等人。所以杜甫有“熟知二谢将能事,颇学阴何苦用心”之句。

对于上述几点分析,朱光潜总结说:

> 律诗有两大特色,一是意义的排偶,一是声音的对仗。我们在上文里所得的结论是:一、意义的排偶与声音的对仗都起于描写杂多事物的赋。二、在赋的演化中,意义的排偶较早起,声音的对仗是从它推演出来的……三、诗的意义排偶和声音对仗都是受赋的影响。(218 页)

第三，是赋对于诗的声律研究方面的影响。

除上述两个方面外，朱光潜还论到声律的研究之所以特盛于齐梁，也与赋的影响有关。历史上对韵的考究似乎先于对声的考究，中国自有诗即有韵；至于对声的考究，则以为它起于齐永明，至齐梁时才有论声律的专著，如周颙《四声切韵》、沈约《四声谱》；至齐梁，诗人才在作品里讲求声音的对仗。于是，朱光潜写道："声律的研究何以特盛于齐梁时代呢？上篇所讲的赋的影响是主因之一。赋到齐梁时代达到它的精妍的阶段，于意义排偶之外又讲究声音对仗。诗赋同源，声律的推敲由赋传染到诗，自是意料中事。"（219页）

关于赋对于散文的影响，朱光潜以为主要表现为散文的骈俪化。他说：

> 诗和散文的骈俪化都起源于赋，要懂得中国散文的变迁趋势，赋也是不可忽略的。（205页）
>
> 文章的排偶在汉赋中规模大具。魏晋以后，它对于散文本来已具雏形的排偶又加以推波助澜。六朝散文受词赋的影响是很显然的……我们只略翻阅当时的文集或选本，就可以知道散文的骈俪化——或者说"词赋化"——到了什么程度。（217页）

赋对散文的影响是多方面的。与朱光潜同时，且与他有着密切交往的朱自清先生也持类似的看法。朱自清在写于1942年的《经典常谈·文》中亦说："汉代简直可以说是赋的时代。所有的作家几乎都是赋的作家。赋既有这样压倒的势力，一切的文体，自然都受它的影响。赋的特色是铺张、排偶、用典故……所谓'骈文'或'骈体'，便这样开始发展。骈体出于辞赋，夹带着不少的抒情成分；而句读整齐，对偶工丽，可以悦目，声调和谐，又可悦耳，也都助人情韵。"

朱光潜先生作为海内外享有盛名的美学家，其美学成就主要是介绍和研究西方美学，他的思维方式和表述方式也更偏向于西方学术。但是，朱光潜与他同时代的许多学者一样，他在接受西学之前就已经具有了较为深厚的中国传统文化的学术基础。他幼读私塾，后来又入著名的桐城中学学古文，他熟读《诗经》、《楚辞》、《庄子》、《列子》、《史记》、《汉书》、唐宋诗词、《古文辞类纂》、《经史百家杂钞》等传统文史著作，受传统美学和历代诗论如《乐记》、《毛诗大序》、《诗品》、《沧浪诗话》、《人间词话》等的影响很深。诗歌，尤其是朱光潜至为喜爱的文学种类，以《诗论》为代表的对诗的研究也是他整个学术研究中最具有独创性的部分。而朱光潜认为赋是诗中的一体，当然赋也是他论诗所关注的内容。因此，他才有可能在这部“自认为用功较多，比较有点独到见解的”《诗论》中，用较多的篇幅来论赋，并且取得了具有重要参考价值的成果。

古典文体的现代命运①

——以20世纪赋体文学观念及创作为中心的思考

程章灿

在中国文学中，赋是一种很特别的文体。它的起源很早，历史很悠久。在漫长的发展过程中，这种文体走过先秦、两汉、魏晋南北朝、唐、宋等多个各具风貌、各有特色的发展阶段，从而展现了在语言形式、艺术风格以及表现手法等方面的广泛的开放性与包容性，展现了令人震惊的对于不同的时代环境和语言文学环境的适应能力，展现了它极为强大的生命力。这种开放性、包容性以及适应能力，与文体的生命力之间并不是一种简单的相互促进、相辅相成的关系，相反，它所导致的最终结果有时候也让人产生"成也萧何，败也萧何"的无奈的感觉。一方面，在先秦两汉时代，甚至可以说在唐以前，赋是一种强势文体，对各种有利于自身发展的资源能够兼收并蓄，能够吸收其他文体的艺术特色或形式手法等长处，促使这一文体从先秦两汉历六朝至唐宋长盛不衰，长时期处在文学家重点关注的目光之下；但另一方面，这种没有节制的吸收，这种"变色龙"似的多变性，这种几乎没有原则的调适能力，也在延长其生命的同时，斫伤了文体的自尊，剥夺了文体自身的个性。换句话

---

① 本文写作中曾与刘俊兄讨论，并蒙刘兄提供港台作家"赋"作线索，谨此鸣谢。

说，赋在扩张自身的文体生存空间的同时，也丧失了自身的独立性，模糊了文体的界限。“你中有我，我中有你”，固然可以赢来与其他文体的“和平同处”，但同时也变得越来越“和光同尘”，丧失自我。在这种条件下，文体即使得以苟延生命，其独特价值也已经不可与往昔同日而语。

实际上，赋在宋代所面临的就是这样一种十分尴尬的生存环境。赋体发展到宋代的文赋阶段，在艺术表现方面可以说获得了空前大的自由度，但同时也面临着危机和挑战。欧阳修《秋声赋》以及苏轼前、后《赤壁赋》等名篇的产生，并不能自然证明赋体进入了一个新的有着广阔发展空间的历史阶段；相反，倒是昭示了赋体发展不可回避的挑战和危机。虽然就章法结构讲，《秋声赋》以及前、后《赤壁赋》都采用了传统赋体中主客问对、扬主抑宾的结构因素，但这里的主客是实在的而不是虚构假设的，其抒情表意方式并没有突出地体现赋体“铺采摛文，体物写志”(《文心雕龙·诠赋》)的特点，而与其他文体的散文越来越接近。留意苏轼其他文体的创作，就会发现前、后《赤壁赋》实质上与他的很多非赋作品并没有本质的区别。另一方面，苏轼的很多“记”写得越来越像赋。他作《超然台记》，而苏辙及诸友作《超然台赋》，虽然有散体与骚体之别，但足见在他们眼里，记、赋二体原可通同为用。又如，《放鹤亭记》大讲隐者之乐，篇中假张山人之口作《放鹤》、《招鹤》之歌，与谢庄《月赋》中的《皓月》、《落月》二歌如出一辙；《喜雨亭记》和《凌虚台记》颇有一股纵横铺排之气；此类例子甚多，不能尽举。要之，以叙事为引子，以写景为抒情说理的门面，赋的写法越来越变成了很多非赋散文共用而且常用的手法，这样发展下去的结果必然是：赋写得越来越不像赋，而很多非赋体作品则写得越来越像赋，文体尴尬的背后就是文体的个性流失。宋代以前赋史发展的诸多渐进式的、积累性的量变，至文赋为止，将赋体推向了一个质变的紧要关头。从这种观点来看，宋代文赋的产生，可以说促成了在赋体内部酝酿已久的革命性的巨变。这个巨变的前面就是文体的质变，这个巨变的完成就是文赋的出现。作为一种文体来讲，赋到此时已经“穷其变相”，宋代以降，这个文体只能在题材内容上有所开拓，而在文体形式方面则鲜有全局性的变革，有之，也只能是局部的“改良”、“调整”。从这一点上说，赋体在宋以后可以说基本上停滞不前了。

值得注意并且应当强调的是，上文所说的赋体的种种发展变化，基本上是在以文言文为主要创作语言、以抒情文学为正宗的传统文学环境里进行的，也基本上是在以士大夫为文学创作主体的精英文化的社会环境里进行的。在整个古代文学的时空框架里，与赋体发展相对应的那些文学环境和社会环境在宋代以降没有发生根本性的改变，形成了一个“稳定结构”。在这个前提下，本文提出并进行思考的问题是：当与赋相应的文学环境和社会环境发生了变化，这个历来以“多变”、“善变”著称的文体是否还有新变的空间？是否还有再次焕发生机的生命力，成为新时代的一个文学“新宠儿”？如果没有，那是为什么？新的社会环境和文学环境是如何对它进行解释、重新定义(define)，并在新的条件下改造它或利用它的？

不用说，我这里指的是20世纪的社会环境和文学环境。随着中西文化思潮的猛烈碰撞，特别是随着五四新文化运动的展开，社会文化思想上激进的反传统主义裹挟着巨大的能量，“激浊扬清”，席卷了语言、文学以及学术的各个领域，封建社会和传统文学大厦中大大小小各个层次的架构几乎无一不受到震撼和冲击，白话文取代了文言文，新文学取代了旧文学，新诗取代了旧诗，成为20世纪文学无可置疑的主角。赋，甚至连它所从属及代表的古代文学中的赋颂传统，也多少被打上了宫廷文学乃至帮闲文学的印记，成为被冲击被扫荡的对象。在文学研究的学术领域，赋，主要是汉代大赋，也曾被视为统治阶级的“消遣品”，当然“没有活的生命”，“一般地说，汉赋没有什么价值”，“总之，坏的赋比好的赋多，赋的坏影响比好的影响大”。[①] 汉赋的兴盛，在很大程度上被看作是“文士们

① 李长之：《中国文学史略稿》，第二卷，29、31、32页，五十年代出版社，1954年。

的帮闲”的产物，“是一种应制趋时的文学”，大赋则是“靡丽夸张的宫廷式的文学”，其写作方法更明显有堆砌、模仿之病。① 自1963年出版以来社会影响极大的游国恩等先生主编的《中国文学史》，对汉赋的内容与形式也颇多批评。在批评的时候，大家不约而同地将主要矛头对准汉代骋辞大赋，而多少忽略了赋的其他体格，忽略了赋在其他历史阶段的发展。本段所列举的这些看法虽然都是出自五六十年代出版的几部文学史著作，但这种观点是五四以来文学与学术思潮的延续、沉淀与结晶，可以说是由来已久，很有代表性。这种观点的影响不只限于学术界，也波及于文学创作界，它塑造了一般人对于赋体的看法。这种观点的影响也不限于大陆，在海外也有相当大的影响，直到最近，还有一位台湾读者将世纪末现代诗中的新晦涩主义批评为“现代赋浪潮”，他将这种“现代赋浪潮”概括为“体制宏伟，笔调夸张，用字艰深”，是“形式至上的唯物主义”。② 简单地说，在五四以来相当长的一段时间之内，赋背负着形式主义的“恶名”，很少有“翻身”的机会，也几乎失去了“新生”的可能。难得的一些机会，都是在突进的狂飙过后，或者是在两次狂飙的间歇期出现的。

在这样一种大背景之下，再来“盘点”20世纪文学创作中以“赋”标题（暂时不考虑其是否属于赋体的问题）的作品“库存”，来观察反映在当代文学创作界眼中的赋是怎样一种“形象”，并思考这种文体在当代的命运，是饶有意味的。

应该指出，作为一种介于诗文之间、亦诗亦文的文体，赋可以言情，可以说理，可以叙事，可以咏物，可以通俗，可以典雅，可以巨丽闳衍，也可以滑稽调笑，有相当强的艺术表现力和相当广的题材适应面。就20世纪作家们的创作而论，有的人只是将赋作为一种

---

① 詹安泰、容庚、吴重翰编：《中国文学史》（先秦、两汉部分），207、223、226页，高等教育出版社，1957年。

② 陈去非：《缪斯的箭射向虚无——从两大报文学奖新诗得奖作品的坏影响谈起》，http://www.maillist.com.tw/maillist/file/pingchu/20000821032725.html。

诗体，有的人则将赋看作是一种散文文体，认识并不统一。就内容选择而言，则是以咏物、叙事为表，而以抒情为里；就主题选择而言，大抵上倾向于以典雅为主，而基本上不取通俗调笑一路。

五四那一代的作家很多都属于学者型的作家，他们大多具有很好的旧学根底，对赋体的了解比较全面、深入。与此形成强烈反差的是，在这一代作家的创作中，我们反而很少看到有什么赋体创作。郭沫若写过《太阳礼赞》、《匪徒颂》、《水牛赞》，闻一多写过《太阳吟》，都是白话诗，但似乎都没有写过"赋"。这几篇作品虽然分别题为"赞"、"颂"、"吟"，其实笔法颇有与赋相似之处。值得注意的是，郭沫若、闻一多没有使用"赋"的标题，这是不约而同，还是有意回避呢？与他们同时代的冯乃超写过一篇《古瓶赋》，不过也是诗体。这篇《古瓶赋》与济慈（John Keats, 1795—1821）《希腊古瓮曲》（*Ode on a Grecian Urn*）颇为相近，也是一篇体物抒情之作。按照冯乃超的命题思路，那么，济慈的这首《希腊古瓮曲》也不妨活译为《希腊古瓷赋》。济慈的诗题还使我联想到英国诗人雪莱（P. B. Shelley, 1792—1822）的名篇《西风颂》（*Ode to the West Wind*）。《西风颂》是大家所习见的译名。其实，这首诗闳放不羁、一泻千里之气势，正是骋辞大赋的典型作风，如果将诗题译为《西风赋》，或许更能照顾到其形式的特点。济慈和雪莱这两首诗题目中的"Ode"，当然可以译为"颂"，需要说明的是，这是"赋颂"的"颂"。这种文体与赋相近，就像在汉代赋、颂二者本来就是近亲，赋作之中也往往发出宏壮的颂声，汉代有些场合，赋、颂二字实际上没有区别。但是，就整个20世纪前大半段而言，中国社会文化思潮激荡，从激进的反传统到启蒙、救亡图存，到新中国的文化革命，波澜壮阔，一波未止，一波又起，处于这种时代环境里的作家对赋这种颇有"帮闲"意味和"谀颂"色彩的文体自然不屑一顾。

这些潮流中间也有两个短暂的间歇期，都在新中国成立后17年期间，具体说来，这两个间歇期一个是1956年初至"反右"前夕，一个是1961年初至次年。当代文学史家称，新中国成立后17年的散文创作在这两个时间段出现了“两度不大不小的‘崛起’”①。相对而言，这两个时期的政治气氛比较宽松，社会环境比较宽容，条条框框也有所减少，适合于被王蒙比喻作文学的“微笑”②的散文的发展。于是，五四以后出生成长的一代年轻作家重新拾起“赋”这种古老的文体，审视、发掘它所蕴涵的独特的文艺价值和社会意义——赋所具有的“颂德揄扬”和“润色鸿业”的特性，使新时代充满理想和激情的作家们对其刮目相看，使他们自认为发现了咏物抒情的适宜方式。以《茶花赋》著名的杨朔和以《秋色赋》著名的峻青便是最突出的例子。

杨朔(1913—1968)和峻青(1922—1991)都是在五四以后成长起来的，差不多是同一代人。在他们所受的教育中，文言文和古典文学都占有重要的成分。杨朔年轻时代曾钻研过古典诗文，写过一些旧体诗词；峻青也写过一些旧体诗词，直到晚年，他还谆谆勉励中小学生“要多读文言文，这对散文写作有好处”③。这两位作家都有较好的古典文学素养，他们在写作中借重传统文学文体资源，正是顺理成章的事。从时代大背景上看，杨朔的《茶花赋》和峻青的《秋色赋》也可以说是应运而生的。《茶花赋》作于1961年，《秋色赋》作于1962年，前后相距不过一年时间，这当然不是一个偶然巧合。这个时期正是新中国成立后17年散文创作昙花一现似的“黄金岁月”。

就杨朔来说，他在散文创作中的文体试验其实早在1956年就已经开始，只是到1961年前后才渐次成熟，形成其特有的散文风格和文体格式，发展成独特的抒情结构形式。《茶花赋》无疑是杨朔最有影响、最有代表性的散文作品之一，人民文学出版社1985年出版的杨朔散文集即以《茶花赋》为书名。除了《茶花赋》之外，

① 郭志刚、董健、曲本陆、陈美兰主编：《中国当代文学史初稿》，387页，人民文学出版社，1992年。

② 《中国当代文学史初稿》，390页，引王蒙语。

③ 《访峻青爷爷》，www.ywb.com.cn/gb'public/2003-04/17/content—9999z.htm。

能够体现杨朔这种独特抒情结构形式的散文还有《香山红叶》、《海市》、《荔枝蜜》、《雪浪花》等作品。当代文学史家或者以“以诗为文”，“卒章显志”，通过人物故事来抒情，有明显的“小说化倾向”等来界定他的风格特点①，或者说他“借用古典诗歌中借景抒情、托物言志等手法在现代散文中寻求诗的意境，形成了当时被人称道的‘杨朔模式’，即从写景入手，然后引出在风景中活动着的平凡人物，最后通过比兴象征将景物与人物联系起来，升华出人民性的颂歌这一抒情主题”②。如果将这些评论“翻译”成古典诗文评的语言，其实是说杨朔的文体像赋一样介于诗文之间，叙述结构中有小说式的假设人物，有曲终奏雅式篇末点题的写法，总之是体现了赋体的特点。杨朔的大多数散文并没有以赋命题，虽无赋体之名，而有赋体之实，所谓散文的“杨朔模式”，其实就是“赋体模式”，或者是诗中的“赋的模式”——这二者原本是相通的。

比杨朔更为年轻的峻青幸运地渡过了“文化大革命”，并以后来的创作实绩表明他对白话赋体散文并非心血来潮，而是一往情深。《秋色赋》是峻青的代表作之一，也是他的散文作品中最早以赋名篇，并且奠定他的散文风格的重要作品。文章通过写景来抒情，一反古典诗赋中的悲秋传统（赋中最有名的悲秋篇章是宋玉《九辩》和欧阳修《秋声赋》），而大声歌颂秋色。据作者自言，《秋色赋》的主旨是为了鼓舞经过“三年自然灾害”之后人们低落的情绪和信心。实际上，在《秋色赋》之前，峻青已经写过《狼山铭》、《登蓬莱阁》、《瑞雪图》等作品，在篇章结构上已经初步显示某些赋体的特点，赞颂的题旨也比较明显。“文革”结束后，峻青的散文创作进入了一个新的时期。在1983年以后，他连续创作了《雄关赋》、《三峡赋》和《沧海赋》等作品，赞颂之意如旧，而风格较《秋色赋》更为

① 《中国当代文学史初稿》，第八章《杨朔》，445～460页。

② 陈思和主编：《中国当代文学史教程》，第八章《对时代的多层面思考》第一节“时代的抒情与个人的思考”。

壮阔老成。对于这些“赋”，峻青本人显然是颇为看重的。从1963年开始，他出版的多种散文集都以赋命名：1962年作家出版社出版的散文集名为《秋色赋》；1978年人民文学出版社出版了同名的散文集；1982年峻青在河北花山文艺出版社出版的散文集题作《雄关赋》；1985年他在人民文学出版社出版的另一本散文集题作《沧海赋》。也许可以说，峻青是最重视“赋”体、最喜欢以赋命题的现当代作家。这既反映他对古典文体的态度，也反映他的创作受传统诗文的影响。

杨朔和峻青的“赋”体散文，其主题表现倾向是比较相近的，那就是明显具有传统赋所具有的歌德颂圣的倾向，虽然某些作品风格颇为雄强刚健，文章滋味终不免甜媚。据说王蒙曾把杂文比喻成文学的“牙齿”①，我想他的意思是说杂文要有一定“咬啮性”，读来给人鞭辟入里的辛辣的快感。在传统赋体文学中有一类抒情赋，以抒发愤世嫉俗之情为主，具有相当强的“咬啮性”，如赵壹《刺世嫉邪赋》。还有一类俗赋，以嬉笑怒骂的风格铺绘世象，诙谐谈笑，令人解颐，如《神乌赋》、《鹞雀赋》、《丑妇赋》、《晏子赋》等，虽然未必辛辣，却也在甜媚之外别有滋味。总的来看，这两种赋体在20世纪都鲜闻嗣音。

我在互联网上读到鹰蛇的新诗《秋风赋》。这篇以赋标题的诗可以说兼有诗赋二体的属性，不妨称之为散文诗，或者称为语体赋或白话赋。它用白话文写的，却充分发扬了传统骋辞大赋那种铺张扬厉的风格。全篇太长，这里只节录其片段②：

> 秋风啊闭了你的嘴，别在我耳旁絮叨你唯一知晓的死亡的秘密，更不要拖长你的嗓音如同拖曳而下的彗星。你这行将冻毙的怪兽，死神凶残的利爪，吸食尸脑的地虎，你凄惨的

① 《中国当代文学史初稿》，390页，引王蒙语。

② http://esnake.cn.gs/PoemBlood_Top.htm.

招魂幡那样猛烈地摇动，甚至乌鸦的聒噪也没有那般凶猛。

秋风啊你且用黑夜之黑地狱之黑死神牙齿之黑粉刷你蓝幽幽的脸庞。

秋风啊举起你的矛，把闪电的抽打联结到地上的秽物和垂死苍蝇的背上，把潮水的巨趾引领到人胃的酸气和植物的枯黄中。你乃是金属翅膀摩击的声音，刺痛了世界苍老辟钝充满秽物的耳鼓。因苏醒遭受死亡汽锤的锻打，直到变形为一副平展光滑描有彩绘而凉爽的玻璃，比汽车轮胎或者掌铁的鞋帮所烫平的诗人妻子平淡无奇的躯体还要令人兴奋。

秋风啊你且用你钻石的牙齿嚼碎砂砾和水泥，以及海滩、市场和书页中各种盐粒，嚼碎旧日女人的牙齿男人皮革的腰带，敷衍成秋季枯黄的果实。

秋风啊从岩石掏出一只鹰，从智者的前额掏出一块冰。啄食人体蠕动的经脉，冷却人体燃烧的热狂，或者从荒漠中掏出喧响，掩埋掉人的叫喊，从天空掏出利剑，斩断人的寸寸皮肤，从人体内掏出各种脏腑横披于人体外，被枯藤老树间的昏鸦争食。

既然秋风曾经是而且将来也永远是一柄利斧，你且翻耕大地的腹沟，劈开时空的堡垒，开凿一条流淌人性的河流，你且斩杀一切窝囊废与萎缩的性器、死驴的后蹄、人的尾部以及天神们绝望的仁慈。

秋风啊说出你的意愿，你撕裂的羊皮一样的词语。从干旱的大地吹沥出盐粒来，从碎玻璃的尖锐中折射出尖利的闪光，从黑夜的大树叶片间发出阵阵尖啸，从退潮的湖水面上堆砌沙漠的坟茔，从落日的血色里扭曲层叠的暗云，直到你撕裂羊皮的欲望消退如你衰落的语言。

……

显然，这是以骋辞大赋的语言风格构撰的现代诗或现代散文诗，或者说是现代语体赋，也可以说是一种特殊意义上的“大散文”。这种风格的现代语体赋似乎是在新时期以来的散文或散文诗创作中才出现的。[①] 从语言风格上看，刘再复的很多散文就属于这种“大散文”，是具有“大”的风格的散文或散文诗。收入刘再复散文集《读沧海》[②]中的《读沧海》、《朝露颂》、《慈母吟》等篇，都是这种风格的代表作。可以说，这是大赋体制在当代文学创作中“化装”后的“复出”，是古典文体在新时代的“粉墨登场”，其形式的铺张和题旨的赞颂特点依然保留。遗憾的是，这一历史动向似乎并没有引起足够多的作家和评论家的重视，即使兼具学者身份的刘再复本人也没有注意及此，他也没有以赋命名这些作品。

除了少数例外，大多数现当代作家有意回避以赋命篇，也许是要回避赋体几乎与生俱来的那种谀颂倾向[③]，或许也是要回避赋这个名称所带来的那种陈旧的气息。冰心的《樱花赞》和吴伯箫《菜园小记》都颇用赋的笔法，但都避免以赋命篇。吴伯箫“长于以‘赋’为文”，在《菜园小记》中，“种菜的‘乐趣’，被铺陈得多么富有诗意，多么赏心悦目。这类‘状物’散文，在写法上很像我国古代那些咏物抒怀的‘小赋’，简直可以说是散文化了的‘小赋’”。[④] 总的来看，新中国成立以后，大陆文坛以赋为体进行诗赋创作的人可谓寥寥无几，港台作家的情形也相去不远。

在港台作家中，余光中以诗文兼擅而为人所称，他也是当代作家中极具古典情怀的一位。1966 年，他根据自己登上 102 层 1472 英尺高的纽约帝国大厦的经历，写了一篇洋洋洒洒的散文《登楼赋》[⑤]。就题目而言，本篇一望而知是借用了王粲那篇名作的字面，

---

① 当代诗人中，昌辉的作品以其十分显著的赋体特点，而近于散文诗的外形。参考 http://www.booker.com.cn/gb/paper19/1/class001900006/hwz4535.htm。

② 刘再复：《读沧海》，安徽文艺出版社，1999 年。

③ 这种观念影响久远，秦援晋在 2000 年 3 月 20 日《北京青年报》发表《辞赋有别》，称赋是“弄臣文学”，“胎里带着阿谀本性”。平心而论，他的说法也并不是全然没有根据的。

④ 《中国当代文学史初稿》，421 页。

⑤ 余光中：《中国结》，220～226 页，长江文艺出版社，1993 年。

就主题而言，篇中所抒发的也是与王粲相类似的“虽信美而非吾土兮，曾何足以少留”的愁叹。尽管作者对进出纽约城的车流、对高踞楼顶的感受也有精细的描摹，但就笔法和结构而言，严格地说，这篇《登楼赋》并不是“赋”，而只是蒙上一层赋皮而已。1986年，台北洪范书店出版余光中诗集《紫荆赋》，其中收有他的一篇同名诗作，抒发了诗人对于香港的感情，虽近于体物抒情小赋之体，但基本上仍属于诗体。总的来看，这个极有古典情怀的诗人和散文家对古典文学中的赋体资源并没有给予足够多的文体注意。他的两篇“赋”并不那么像赋，至少不如张晓风像。

《生活赋》号称张晓风散文经典名篇。作者一开篇就说：“生活是一篇赋，萧索的由绚丽而下跌的令人惘然的《长门赋》。”表明了作者对赋体文学的亲近与熟悉的态度。全篇由《巷底》、《糯糬车》、《食橘者》三个部分组成，实际上是借三段故事表达对生活的感受。《巷底》叙述巷底住着一个还没有上学的小女孩和她的祖母，一个美得可爱，一个丑得惊人，最后感慨：“这不就是生活吗？一些稚拙的美，一些惊人的丑，以一种牢不可分的天长地久的姿态栖居在某个深深的巷底。”《糯糬车》描写糯糬车“陈旧的生锈的铁杆上悬着某些知名的和不知名的帝王将相，某些存在的或不存在的后妃美女，以一种绝情的速度彼此消长，在广漠的人海中重复着一代与一代之间毫无分别的乍起乍落的命运”，然后慨叹：“难道这不就是生活吗？以最简单的节奏叠映着占卜者口中的‘凶’、‘吉’、‘悔’、‘咎’。滴答之间，跃起落下，许多生死祸福便已告完成。”《食橘者》描写一个在阳光下剥橘子吃的老人，最后感叹：“难道这不就是生活吗？太阳割切着四季，四季割切着老人，老人无言地割切着一只只浑圆柔润的橘子。想象中那老人的冬天似乎永远过不完，似乎他一直还坐在那灰扑扑的街角，一丝不苟地，以一种玄学家执迷的格物精神，细味那些神秘的金汁溢涨的橘子。”三段文章结构单一，某些句式甚至复沓出现，写法上都是通过一件事或一个场景的描写来抒情，基本上属于传统赋体“体物写志”一脉，也与杨朔《茶花赋》的笔路相通。此外，港台作家中写有语体“赋”的还有简媜《隐形赋》、羊令野《红叶赋》、吴望尧《铜雀赋》以及白先勇《思旧赋》。除了简媜《隐形赋》是散文，白先勇《思旧赋》是一篇小说而借用了向秀的篇名之外[①]，其他各篇都是诗，以体物为出发点的抒情诗。

无论如何，现当代白话散文体的“赋”是传统赋体的又一次新变，不仅有文言与白话的根本不同，而且在篇章结构、表现方法上也有自己的特点。应该说，这些作家对诗赋传统的继承、对赋体文学资源的利用是片面的，在主题风格方面，片面着重咏物抒情传统，而忽视铺叙描写，片面强调歌颂甚至谀颂，而忽略讽刺批判和嘲戏的传统，作品数量既少，题材方面也相当有限，地域文化、都邑题材的作品也几乎没有人写。假设一个读者没有读过任何一篇古文辞赋，他只是根据的现当代白话散文赋来揣测古代赋体文学为何物，那一定与历史实际有很大的偏差。幸而自新时期以来，随着整个社会文化思潮的转变，随着对传统文化地位与价值的重估，一些作家开始尝试文言的赋体创作，并取得了值得注意的成绩，其中魏明伦的创作尤其引人注目。

戏曲文学家出身的魏明伦有较好的古典文学修养，在戏曲文学创作之余，近年来又颇致力于赋、记、碑、铭等各体散文创作。其文体大致以文言为主，参用白话新词，形成一种浅近易懂的文言，努力追求雅俗共赏，其结果也是比较好的。他的赋作颇多，举其要者，则有为深圳蛇口四海公园的金牛塑像而写的《盖世金牛赋》，为四川沱江撰写的《大洲广场赋》，为四川绵竹撰写的《绵竹赋》，为二滩水电站撰写的《二滩赋》，为重庆撰写的《山城轻轨赋》，还有《华夏陵园赋》、《会堂赋》、《中华世纪坛赋》等等。另外，《饭店铭——为巴国布衣题壁》题为铭，实与赋体无甚区别，篇末系四言诗八行，尤其是赋家惯伎。顾“题”思义，这些赋大多是魏明伦应约为各地

① 与《思旧赋》相类似，以叙述汉武故事为题材的今人新编历史京剧《秋风赋》也只是借用了汉武帝《秋风辞》篇名而已，而与赋体无涉。

的一些建设工程而设，在题材上属于古代赋体文学中的都邑、宫殿一类题材的变种，在主题上则反映了改革开放以来各地经济文化建设的成就，在歌颂中彰显地方文化的特色和骄傲，仍属于赋颂文学的范畴。

魏明伦赋写得最为精彩，也最有气势的是《盖世金牛赋》，这也可以说是魏明伦赋的成名作和代表作。因抄录如下：

壮哉！庞然大物从蛇口四海公园拔地而起，远望如巍峨建筑，近看乃高雅雕塑。特区千万广厦一派洋气之间，耸立土产盖世巨牛，乍闻讶然称奇，细思肃然起敬。

牛是人类忠实朋友，相伴创业，佳话如潮。遥想东方牛郎，西方牛仔；老子青牛过函谷，田单火牛冲敌阵，孔明木牛出祁山，藏王牦牛贡中原；牛渚泛月，以文会友；牛角挂书，以耕求学；鲁迅忧患，长夜低吟孺子牛之诗；卡门浪漫，舞台高唱斗牛士之歌；秉笔记兴亡，太史公自谦牛马走；防疫治天花，全人类遍种牛痘苗；宏观至太空牵牛星，微观至乡村小放牛……一部文化史，千年奋斗篇，多少可歌可泣之事与牛密切相关?!

吾友韩美林，一生勤奋如牛。历经浩劫，打入牛棚，然而始终不改牛脾气！年当鼎盛，志在牛斗，以其受伤之手，苦塑造福之作。古云庖丁解牛，游刃有余；今看美林塑牛，绕指柔成百炼钢矣。

纵观天下，无数耕牛与人为善，奉献甚巨而需求甚微。人有主人者，更有“人主”者，视宝犊良材为牛鬼蛇神，驱遣其埋着脑袋干活，呵斥其夹着尾巴作奴。割尾之灾惨痛，群牛不堪回首。

煌然巨变，新纪元之金牛，已非旧体制之牲口。头角依然开拓，尾却自由舒展，高翘云端矣！但高而不傲，大而得当，憨厚而不干蠢事，报国而不尽愚忠！披金缎，托明珠，耀神火，兆吉祥。满身殊荣，负重而再不忍辱！遍体财富，乐道而再不安贫！敢超越赵公骑虎，敢探索股市腾牛……观其创新闯关之势，岂牛乎？特区人也！

莫道蛇口长于经济，短于文化。焉知儒商之智商颇高，经理之哲理亦明。投巨资弘扬艺术瑰宝，引清泉灌溉文化绿洲。金牛开道，此风可长，祝愿后继者多如牛毛细雨。展望未来之特区，岂仅物质文明领先，于精神文明亦当执牛耳也！

应该承认，这篇赋体格相当纯粹：作者铺叙古今中外各种有关牛的典故，由历史而现实，因雕塑而及于雕塑家，从塑像到蛇口之经济文化发展，信手拈来，笔笔不脱离牛，而又笔笔不拘泥于牛，句式跳荡，笔意肆达，合乎《文心雕龙·诠赋》所谓“铺采摛文，体物写志”的标准。特别值得赞赏的是作者在雅与俗、文与白、骈与散、句式长与短之间折中适度，把捏得当，显露了他的文才和机智。魏明伦其他赋作的风格和写法基本上都与这篇赋相近，至于其文白融会、长短句式结合、骈散兼济、雅俗兼顾等方面，则有所不逮，不少文句仍带有较为明显的戏文腔调，雅俗文白之间甚至龃龉不和，不同句式之间过渡突兀，缺少承接，也损害了文气的自然流贯。包括他在 1999 年 12 月受中华世纪坛组委会委托而作的《中华世纪坛赋》，虽然颇有一些局度恢弘自铸新词的佳句，但也仍然存在文气节奏不相衔接的地方，句法上借重骈赋路数，但抛弃了音韵声律的种种讲究，遣词用字等走的是一条从俗的道路。

在魏明伦之外，另外一些作家选择了尊雅的道路。从历史上看，传统赋体本来也是可雅可俗的，虽然在文学接受史中它留给人们的印象基本上是一种雅文体。尊雅的理论实质是尊重赋的传统体性，用比较纯正的文言，用骋辞大赋或抒情小赋的体式进行创作。在这一方面应该一提的是颜其麟的创作。他的《香港赋》、《黄山赋》、《洛阳赋》、《威海赋》、《鄂州赋》等作品，继承传统都邑赋题材，迎合了改革开放以来地方经济发展和文化宣传的需要；也可以说适应了市场的需要，但这些赋往往篇幅较长，文字求雅，形式崇古，一般读者欣赏有一定困难，因而在社会影响上大打折扣。

尊雅，还是从俗，这是一个问题。问题背后的深层追问是：究竟要更多地尊重赋体的传统特征，还是要照顾当今的阅读习惯和欣赏趣味？如果这是相反相成、辩证统一的，那么，究竟有什么办法，或者掌握一个什么样的"度"，才能处理好雅俗之间的融合平衡？这是赋体发展在现当代语境中所面临的文体困境，也是任何一个作者所无法回避的。面对赋，魏明伦也曾感到文体的困惑。前文提到的《盖世金牛赋》作于 1994 年 6 月，后来收入作者名噪一时的文集《巴山鬼话》[①]。这本集子分为《杂文辑·神坛鬼辩》和《散文辑·人间鬼情》两部分。《盖世金牛赋》收在《杂文辑》中，而《散文辑》中则收入作者另一篇不大为人所知的《手绢赋》。同是赋体，一篇定为杂文，一篇定为散文，大概就是王蒙所谓"微笑"和"牙齿"的不同，也许只是按其风格而作的区分，其间分野并不明显，更未必矛盾。不过，作者在《手绢赋》的题记中却坦白了他面对这种文体的困惑："十几年前激情走笔，是散文，是散文诗，是叙事诗？抑或是诗化的散文，散文化的诗？作者不计体裁，读者自作界定。"这篇赋写于 1979 年 3 月，包含"1976 年天安门的手绢"、"1946 年雾重庆的手绢"、"1920 年夜天津的手绢"，以手绢串场，像戏剧中的三幕，也像赋中的三段铺叙，外加一段"未来还有多少手绢"，好比戏中的尾声，更像赋的曲终奏雅。魏明伦无法确定这篇他题名为"赋"的作品究竟属于什么文体，其实这正体现了赋的特征：它可以兼跨"散文"、"散文诗"、"叙事诗"、"诗化的散文"以及"散文化的诗"。古典文体范畴与现代文体范畴在这里发生了冲突，一时似乎没有彻底的解决方案。除了散文集之外，20 世纪还有一些旧体诗（集）、报告文学（集）甚至小说（集）以"赋"为名，也是两种文体范畴

① 魏明伦：《巴山鬼话》，上海人民出版社，1997 年。

冲突的表现。

回顾20世纪的文学发展历程，其内部环境和外部环境都发生了巨大的变化，文学的生产方式和接受方式也在急剧变化着，这些变化今天仍在持续。就文体而言，中国历来有文体代兴的观念，在现当代文学语境中，古典文体应当如何自处，是主动调整自身以应时，还是被动保守自身以自全？或是介于有意无意之间？就文学语言而论，文、白之间应该如何调停？赋的骋辞风格与铺叙手法是否还有生命力？如何继承与革新？文言文除了适用于古典诗体之外，是否在散文及小说创作领域也有可待开拓的发展空间？文体形式是否应该与时俱进？传统和现代的两种文体范畴如何协调才能和谐？本文只是围绕20世纪赋体文学观念及其创作作一些粗浅的思考，要回答这些问题则力不从心，因抛砖引玉，向学界同仁求教。

新时期的赞歌

——孙继纲先生“三赋”序

龚克昌

赋是在战国后期出现、汉代繁荣发展起来的一种文体，它为我国所独有，可谓国粹，甚至堪称国宝。赋曾统治两汉 400 余年文坛，并为封建王朝所垄断，“或以抒下情而通讽喻，或以宣上德而尽忠孝”，较好地完成了时代赋予的任务。这是中国赋史上最辉煌的一页。这时产生了许多著名的赋家和赋作。以司马相如为首的“汉赋四大家”及其主要赋作，可谓其中之佼佼者。

魏晋以后，随着历史的演进，朝代的更替，封建王朝已失去对赋作的控制。赋便渐渐为一般官吏和文人所掌握，其内容形式也渐由两汉以颂扬铺陈为特征的长篇转入以抒发个人情志为主调的短简。这时著名赋家和赋作有王粲的《登楼赋》，曹植的《洛神赋》，鲁褒的《钱神论》（赋体），阮籍的《大人先生传》（赋体），孙绰的《天台山赋》，陶渊明的《闲情赋》，鲍照的《芜城赋》，江淹的《恨赋》、《别赋》等等；而北朝庾信的《小园赋》、《枯树赋》和《哀江南赋》，则更把抒情小赋和叙事长篇推向极致，千百年来一直为人们所传颂。

唐是诗的天下，但也绝非某些人所说的“唐无赋”。唐以后历代统治者多实行以诗赋取士。写赋往往成为文人们猎取功名的工具。许多赋作因而沦为儒家经典的注脚，失去文艺作品不可或缺的灵性。这类赋佳作极少。但应试以外的赋作仍然不少，其中优秀赋作仍时有所见，尤其是唐后期出现的一批以揭露讽刺社会弊端为主调的小赋，更值得我们注意。鲁迅称唐末的小品文是“一塌糊涂的泥塘里的光彩和锋芒”，拿此时的讽刺小赋来作比，也不见得逊色。这类赋有柳宗元的《牛赋》、《囚山赋》，杜牧的《阿房宫赋》，李商隐的《虱赋》、《蝎赋》，皮日休的《忧赋》、《霍山赋》、《桃花赋》，陆龟蒙的《蚕赋》、《后虱赋》，罗隐的《秋声赋》、《市赋》，孙樵的《大明宫赋》，王周的《蚋子赋》等等。

宋代以文赋著称。明人吴讷在《文章辨体序》里，引元人祝尧讥刺文赋的话：“宋人作赋，其体有二，曰俳体，曰文体……若以文体为之，则是一片之文，押几个韵尔，而于《风》之优游，比、兴之假托，《雅》、《颂》之形容，皆不兼矣！”明徐师曾在《文体明辨序》里也说：“文赋尚理，而失于辞，故读之者无咏歌之遗音，不可以言丽矣！”朱熹也有类似的批评。在这些人的眼里，文赋几乎无甚可取。这些批评是以偏赅全，不正确，因而不可取。我们可以毫不含糊地说，在两宋，只要苏轼一家和他的师（欧阳修）徒（所谓苏门四学士）创作，就庶几可撑起两宋辞赋的大厦，如欧阳修的《秋声赋》，苏轼的《前赤壁赋》、《后赤壁赋》这类千古绝唱，在文学史上能找出几何！

金元入主中原，时间较短，社会不够安定，故成熟出色的赋家赋作较少。但金代的赵秉文、元好问，元代的赵孟頫、杨维桢等等，都还是很出色的赋家。《四库全书总目》卷一六八称，杨维桢有《丽则遗音》四卷三十二首。“丽则”是借用汉扬雄的话，即：“诗人之赋丽以则。”这话虽有偏颇的一面，但也正表现其赋文的刚健中正的一面。杨维桢另有《铁崖赋稿》两卷，未刊刻，另收赋四十八篇。可见杨的赋作是极为丰富的。他的赋主要表现元末文人愤激悲凉之态。其《吊陈了翁赋》、《骂虱赋》、《些马赋》、《乞巧赋》等等都写得极有特色。《四库全书总目》称他“才力富健，回飚驰霆激之气”。宋濂在《杨廉夫墓志铭》里称他：“挫之而气弥雄，激之而业愈精”，都可谓至论。

明、清两代，现存赋甚丰。单清赋估计就在万篇以上。明、清优秀赋篇也不欠缺，如明刘基《伐寄生赋》，方孝孺《友筠轩赋》，吴宽《哀流民辞》，徐献忠《布赋》，王守仁《太白楼赋》，李梦阳《钝赋》、《疑赋》，王廷相《猛虎赋》，何景明《东门赋》，杨慎《蚊赋》，王世贞《老妇赋》，汤显祖《感宦籍赋》，黄尊素《壮怀赋》等等，都是一时佳作。明清之交，还出现一大批抨击阉党乱政、反对异族侵掠的赋作，夏完淳《大哀赋》，是其中之佼佼者。

清代最高统治者对赋特别重视，康熙就说，唐宋以赋取士，“其时名臣伟人往往多出其中”，所以从他起，科举多要试赋。他要人收集古来赋作，编辑成书，亲加鉴定，并亲自为陈元龙的《历代赋汇》作序。所以此后写赋、注赋、编赋、研究赋的人很多，超过历史上任何一代。

清赋内容形式相当丰富。其中歌颂祖国大好河山，反对列强侵略的赋篇特别值得我们珍视，如乾隆时人和宁的《西藏赋》，嘉庆时人徐松的《新疆赋》（此赋包括《新疆南路赋》和《新疆北路赋》），新疆、西藏古来就是我国美丽辽阔的国土的一个组成部分；还有易顺豫的《哀台湾赋》，章炳麟的《哀山东赋》，杜德舆的《哀辽东赋》，写得很沉痛。大好河山沦入敌手，宁不哀乎！

新中国成立前后由于种种原因，辞赋创作与研究基本断绝。

20世纪80年代以来，随着人们思想的解放，认识水平的提高，辞赋的价值渐为人们认识，研究辞赋的人渐渐多起来了。经过六次国际辞赋学术会议的召开，辞赋研究渐渐具有国际性的规模。现在，全国参加辞赋研究的高级人员近百人，其中有部分辞赋专业毕业的硕士生、博士生。大陆出版辞赋研究专著上百种，发表辞赋论文上千篇，前景十分光明。

与辞赋研究相比，辞赋创作却相对落后了。写赋的人极少，倾全力作赋的人更少。在这方面，孙继纲先生可以说是其中的佼佼者，他从1993年以来，已先后创作了《白云山赋》、《龙门赋》、《牡丹赋》三篇大赋。

大家都知道,“赋兼才学”。在古代,没有极高的文化修养的人是不敢写赋的。晋陆机听说左思在写《三都赋》,即“抚掌而笑”,与弟陆云书曰:“此间有伧父,欲作《三都赋》,须其成,当以覆酒瓮耳!”左思是一位“博览名文,遍阅百家”的学者,陆机尚看不起,以为他没有资格写《三都赋》。又,赋可粗分为抒情小赋和铺陈大赋两类。从汉代起,写铺陈大赋很强调写实,不得随意虚构。司马迁、扬雄、张衡批评前人赋作重要的一点就是虚构太多太滥。所以左思写《三都赋》时,特别声明他写入赋中的事物都是有根有据的:“其山川城邑,则稽之地图;鸟兽草木,则验之方志;风谣歌舞,各附其俗;魁梧长者,莫非其旧。”这种看法当然不尽正确,但也可看出赋家写赋严肃认真的一面。持这种观点就必然给赋家们提出难题,为了写大赋,就得作调查,对描写对象作深入细致的考索。左思自己也正是这样做的。他为写《三都赋》,就趁妹妹入宫的机会,移家京师洛阳,“求为秘书郎”,以便查阅有关图籍文献,又“诣著作郎张载访岷邛之事”。以后又向皇甫谧、陆机等请教,反复修改。严可均在《左思别传》里注:《三都赋》“屡经删改,历三十余年,至死方休”。简直是花费毕生的精力。《文心雕龙》说:“张衡研《京》以十年。”《西京杂记》说,司马相如写《子虚》、《上林》赋时,“意思萧散,不复与外事相关,控引天地,错综古今,忽然如睡,焕然而兴,几百日而后成”。桓谭在《新论·祛蔽》里说:“余小时见扬子云丽文,不自量年少新进,而猥欲逮及,尝激一事而作小赋,用思太剧,而立感动发病,弥日瘳。子云亦言,成帝时,赵昭仪方大幸,上甘泉,诏令作赋,为之卒暴。遂困倦小卧,梦五脏出,以手内之。及觉,大少气,病一岁。由此言之,尽思虑伤精神也。”

从上述事例不难看出,写赋,尤其写铺陈叙事大赋,难度是相当大的,不仅要饱学,懂得训诂,要有文才,而且要付出巨大精力去作调查研究。孙先生写作三篇大赋,不知要花费多少心血!如《龙门赋》,在概括龙门全貌之后,先写龙门西岸石窟,“出潜溪而南行”,由北而南,由宾阳洞而万佛洞、奉先寺、古阳洞、药方洞;继而写龙门东岸,由南而北,从看经寺、万佛沟、观音龛、大万五佛洞,写到龙门十寺等等,面对每一洞中佛像,先要辨认它们各自身份,而后对其外形内心进行细致描绘,所有这些,肯定要付出巨大的劳动。这点我们从其评尽的注文中也可窥见一二。

在三篇赋中,我们随时可感受到作者饱含着对祖国山河景物的热爱,运用形象的思维,展开想象的翅膀,对描写的对象尽情地进行讴歌。三赋笔触灵活多变,或用俳句,或用骚句,或用散句,令人读来目不暇接,美不胜收。我们要感谢孙先生为我们创作了三篇壮丽美妙的大赋,我们也期待他为我们创作更多优秀的赋篇。

辞赋研究界的新成就

——读龚克昌先生新作《中国辞赋研究》和《全汉赋评注》

李美新

辞赋是我国古代文学中的五大文体之一，而为我国所独有，是真正的国粹。国外一些学者以为它是一种美的文学而倍加钟爱。但遗憾的是，在我国诸文体中，却没有一种文体像它那样受到如此漫长的无休止的严厉抨击，尤其在新中国成立初期30年中，它几乎被视为封建糟粕而遭到遗弃。就在辞赋受到一片责难的嘈杂声中，龚先生却反其道而行之，为辞赋中遭受责难最严厉的汉赋唱赞歌，人们认为他在为汉赋翻案。“文化大革命”中，其书稿被焚毁，研究被逼中断。1979年，国内政治形势稍有好转，龚先生又拾起旧题，并于1981年发表被认为是新中国成立后大陆第一篇正面肯定汉赋的论文，且从此一发不可遏止，于1984年出版《汉赋研究》，1988年建立山东大学辞赋研究所，同年底应邀赴美讲学，专讲辞赋，其讲稿被美国著名汉学家康达维译成英文在美出版。1990年自筹资金主办首届国际赋学会。以后又致力于促进香港、台湾和大陆历届国际赋学会的召开，并四出讲学，竭力为辞赋正名。2003年11月、12月，他又相继出版《中国辞赋研究》(79万字)和《全汉赋评注》(101万字)，更把其辞赋研究成果推向一个崭新的阶段。

龚先生现为山东大学博士生导师、洛阳大学特聘教授、全国赋学会会长。

《中国辞赋研究》凝结着龚先生四十余年的心血。此书内容相当丰富，涉及历代辞赋的许多方面；但其中最精彩的是，龚先生抓住辞赋中最有代表性的、也是人们抨击最集中的汉赋作为中国辞赋研究的突破口。龚先生运用历史唯物主义和辩证唯物主义的观点和方法，实事求是地、有说服力地推翻千百年来人们强加给汉赋的一些鄙薄之词，恢复它在中国文学史上应有的地位。

首先是所谓“歌功颂德”问题。这是近人抨击汉赋的要点。龚先生通过全面深入研究后认为，汉赋的歌功颂德主要表现在对大汉帝国国土的辽阔，国力的强盛，山河的壮丽，物产的丰富，城市的繁荣，科学技术的进步的颂扬，所谓振大汉之天声。大家都知道，在汉之前，中国一直是一个小国林立、争战不止的国家，是汉王朝建立起中国历史上第一个真正统一强大、繁荣昌盛的帝国。这是历史的大进步，歌颂它并没有错。

其次是所谓“靡丽之辞”与“劝百讽一”问题。这两个问题是连在一起的，以为汉赋写得太华丽，以致淹没了讽谏，起不到劝诫作用。龚先生从鲁迅赞扬曹丕的“诗赋欲丽”、“诗赋不必寓教训”，为“文学的自觉时代”中得到启示，以为汉赋正表现这种倾向，“靡丽之辞”不仅不是缺失，而正是优点。龚先生并据此而提出汉赋是“文学的自觉时代”的起点。

其三是所谓“虚辞滥说”问题。这个指责当极早，司马迁就曾提到，其后赋家扬雄、班固、张衡对此也多有微词。左思批得更厉害，他写作《三都赋》时，特加写一篇长序，对此加以全面声讨。但龚先生通过全面考察，认为所谓“虚辞滥说”，其实就是文学中的虚构夸张等浪漫主义表现手法的运用。在文、史、哲未分家前，此指责似乎难免，但其错误却是无疑的。

另外，还有嘲笑汉赋作家“有类倡优”，品位低下。这种指责更不值一驳，因司马迁在《史记》中早已为倡优们立传，称赞他们谈言微中，亦可以解纷。

总之，龚先生对古今人们抨击汉赋的几个关键性问题，都一一作了驳斥，为人们研究历代辞赋扫清了前进道路上的第一道障碍。

龚先生对魏晋以下辞赋的论述，也多有真知灼见，他所撰写的《谈魏晋南北朝赋风的转变》，深刻地揭示了这段时期赋风的变化及其原因。近年来学术界对魏晋玄学赞美有加，视之为真善美的总代表，时代精神的大发扬，在哲学史上具有划时代意义等等。先生接连撰写《玄学与竹林七贤赋作》等论文，对魏晋玄学及其对辞赋的影响进行深入的剖析，既揭示其积极意义，也指出其严重的消极影响，而非一味唱赞歌。龚先生还发表长文《古典文学艺术美发展的艰难历程》，总结了汉赋、南朝诗文、宋词千百年来因文辞艳丽而遭受非议及其在文学史上的贡献，以为艺术美从来就不应受到非议。龚先生在《在中国古代赋体文学简论》中，对古代辞赋的历史地位作了概括性的评价。

美国著名汉学家康达维教授在翻译龚教授的赴美讲稿的序里说："他（指龚）在论述时，不仅充满着学术权威对主题深厚的知识，而且也带着他对赋及汉朝文明坦然自若的热诚……对于龚教授在研究他所热爱的作家及文体时的奉献精神和勇气，我们只有为他喝彩。"此说可谓道出龚先生的心声。

龚克昌先生花费十年心血与他的硕士生、博士生们共同灌铸的百万字的《全汉赋评注》，也于 2003 年 12 月出版。这是一部极有学术价值的古代文学研究参考要籍，它的出版更是赋学研究界的一件盛事。

《全汉赋评注》系山东省古籍整理项目。花山文艺出版社出版时，又得到了全国古籍整理出版规划领导小组和河北出版总社拨巨资资助，有关部门对它是很重视的。

汉赋是汉代创造出来的一种崭新文体，在我国文学史上有重要的地位。但汉赋却极难懂，这与汉赋主要作家大都是文字学家、大学问家有关，所谓"赋兼才学"。当然与文学艺术发展的初始阶段，赋家们不大懂得选词造句、剪枝裁蔓也不无关系。所以在汉大赋篇章中，充斥着奇文怪字，堆砌夸饰的毛病，读来诘屈聱牙，十分难懂。东汉大文论家王充就曾惊呼："深覆典雅，指意难睹，惟赋颂耳！""世读之者，训诂乃下"，给后人阅读欣赏增加很大的困难。

大概也正是这个原因，近两千年来，汉赋除部分重要篇章被收入史书及《文选》等等而有简解外，余概未曾有人注解过。且简牍错乱，张冠李戴者比比皆是，未有人认真整理过。龚先生不避繁难，带着他的学生们毅然将全汉赋进行评注。在中国文学史上，全汉赋终于有了注本了。

龚先生《全汉赋评注》的一个重要特点是，汉赋评注与汉赋研究同时进行，在注解的基础上进行研究，在研究的指导下进行注解，互为依据，相互发明，因而使评注研究都显得扎实。如他在注孔臧的《谏格虎赋》时，发现《谏格虎赋》与司马相如《天子游猎赋》在人物的安排、篇章的结构和主题思想的取向等各方面都有极相似之处。又因一般史传都把孔臧放在司马相如之后，且《天子游猎赋》又长达5000字，《谏格虎赋》却只有500字，因而人们自然以为《谏格虎赋》抄袭《天子游猎赋》，不足称道。但龚克昌先生疑惑：作为圣人之后，且"少以才博知名"的孔臧，他会去写那种无足轻重、毫无意义的赋篇吗？经过一番深入细致的考索，龚先生发现：孔臧袭父爵封侯时，司马相如才降生（公元前172年），孔臧比相如大一二十岁，《谏格虎赋》最晚作于公元前140年，比《天子游猎赋》写作时间早五年以上。因此，龚先生得出结论：孔赋写作在前，相如赋创作在后。相如之所以能写出奠定他在赋史上崇高地位的《天子游猎赋》，不是偶然的、仅靠他的天才，而是有所依傍、有所继承的。因而孔臧在赋史上的功绩是不可抹杀的。龚先生把他的发现写入他的《全汉赋评注》中去，令人读后大感振奋。

又如人们常常援引张衡在《二京赋》中对角抵戏所作的生动描绘，而不知在张衡之前的李尤，在其《平乐观赋》里，对角抵戏已经有了比较细致的刻画。李尤写作《平乐观赋》早张衡《二京赋》十几年。可见李赋创作在前，张赋叙写在后。李尤之功不可没。类似这种情况还很多，龚先生在《全汉赋评注》中均加以梳理，使人看清赋作题材递变的过程，看清优秀作品产生的基础。

在评注过程中，龚先生发现后代赋家竞相批评前代赋家创作中的虚夸和靡丽的现象。如扬雄批评司马相如赋“劝而不止”，“非法度所存”；而班固又批评相如、扬雄等“竞为侈丽闳衍之词，没其讽喻之义”；同样，张衡也批评司马相如、扬雄等赋中“壮《上林》之观，骋《羽猎》之辞……卒无补于风规，只以昭其愆尤”；最后则是左思把相如、扬雄、班固、张衡等放在一起统统加以批评。后人批评前人创作中的缺点，为什么自己也重蹈前人覆辙不能自拔呢？龚先生认为，这是文学艺术发展规律在起作用，作为觉醒中的文学艺术，就是要顽强地表现自己夸张和靡丽的特点。所以到曹魏时期，曹丕才正式公开提出“诗赋尚丽”，把人们批评的缺点当特点加以肯定。文学的自觉时代终于最后完成。龚先生说，如果不对汉赋作认真的评注，就不大可能发现这种带有规律性的现象。

龚先生在评注中，还纠正了许多张冠李戴的赋作，如所谓张衡的《鸿赋》，其实是隋朝卢思道《孤鸿序》的一部分。所谓郑玄的《相风赋》，其实是晋傅玄的《相风赋》并序两部分，刘梁《七启》中容饰一大段，则录自曹植的《七启》，这些都是宋代大学问家李昉、徐铉、吴淑等在编辑《太平御览》时搞错的，后代陈陈相因，以致谬种流传，至今未得清理。类似这种情况还很不少。

龚先生在评注中，还修正了许多赋家的生平事迹和赋作的写作年代。

在文字注释中，龚先生不是查查字书、注出字面意思便罢，而是结合时代背景，深入进行剖析。如赵壹《刺世疾邪赋》中“女谒掩其视听”，“近习秉其威权”，龚先生并不只解女谒、近习为何种人，而是近一步指出，这是影射东汉后期外戚与宦官轮流把持国柄的事。公元 88 年章帝死，和帝继位，窦太后临朝，外戚窦宪专权。公元 92 年，和帝与宦官郑众密谋杀窦家。公元 105 年和帝死，安帝结合宦官，杀逐邓家人……又如赋中写道：“文籍虽满腹，不如一囊钱。”龚先生也认为不是放空炮，而是暗示汉灵帝时的卖官鬻爵事。灵帝“初开西邸卖官，自关内侯、虎贲、羽林，入钱各有差。私令左右卖公卿，公千万，卿五百万。”有的赋晦涩难懂，令人读后如坠云雾之中，如黄香的《九宫赋》，牵扯到天文星宿，龚先生则制出九宫图加以说明，令人一目了然。

总之，《全汉赋评注》是一部极有学术价值的图书，它将帮助广大读者了解我国文学史上至为重要的两汉辞赋。

韩国高丽朝辞赋综论

白承锡

一

韩国高丽王朝是继统一的新罗王朝后，在公元918年由太祖王建(公元877—943)成立，而公元1392年被朝鲜王朝所推翻，前后共470余年，大概是相当于中国的宋元时期。此时期并尊儒佛，且在国家的奖励之下，文风兴起，形成一时汉文学独盛之文坛。崔滋《补闲集》中曾综合论之，如：

> 我本朝，以人文化成，贤俊间出，赞扬风化。光宗显德五年，始辟春闱，举贤良文学之士，玄鹤来仪。时则王融赵翼徐熙金策，才之雄者也。赵景显数代间，李梦游柳邦宪，以文显，郑倍杰高凝，以词赋进，崔文献公冲，命世兴儒，吾道大行，至于文庙时，声明文物粲然大备，当时蒙宰崔惟善，以王佐之才，著述精妙，平章事李靖恭崔奭，参政文正李灵幹郑惟产，学士金行琼虚坦，济济比肩，文王以宁。厥后朴寅亮……星月交辉，汉文唐诗，于斯为盛。

由以上的记载，窥知这时期的文人学士之多，竞参诗文创作活动之盛,轰动一时,颇为惊人。这可说汉字传到古代韩国以后,汉文学形成了第一次高潮。

其实,15 世纪韩国发明自有的文字(Hangul)以前,汉字是唯一的书写工具。这汉字何时传入古代韩国,现无法考究确切的年代,但一般认定汉字早在箕子朝鲜时代开始传来,经汉四郡时代到高句丽、百济、新罗等三国时代,朝野皆利用汉文记录自己的历史及写作政治外交文书,汉字的使用完全普遍化了,因而也开始出现表达个人情感的汉文学了。若看《旧唐书》可得知,韩国人从小就学习经史及文学方面书籍,如:

> 俗爱书籍,至于衡门厮养之家,各于街衢造大屋,谓之扃堂。子弟未婚之前,昼夜于此读书习射。其书有五经及《史记》、《汉书》、范晔《后汉书》、《三国志》、孙盛《晋春秋》、《玉篇》、《字统》、《字林》,又有《文选》,尤爱重之。

这是《旧唐书》卷一九九《列传》一四九"高丽"条的记载。在此所言之高丽,就是指三国时代的高句丽。我们由此可窥知当时人特别爱读《文选》,因而可能深厚的影响到当时文士写作方面。诗、散文、辞赋等的文学创作,与《文选》流传有密切关系。

新罗统一三国以后,为培养人才,设立国家教育机关——国学,在其教学课程中,《文选》是作为最重要的学习对象。又为考核登用官僚,设置了读书三品科——这是按照读书的程度划分上、中、下三品的官僚等级。种种经史书籍当中,《文选》就是属于上品的最高官僚所必须熟读的书目。范文澜也说过:

> 新罗设国学,以经史及《文选》取士,不断出现擅长汉文的名家。初唐时,强首即以文章家著名,长安的新罗学生多登唐科第,长于诗文。

像强首这样的文章家和留学于唐而登科第的一批人，都各有诗文流传至今，但其数量为极少数，尤其现在能看到的辞赋只有崔致远的《咏晓》一篇。因此这篇被认为是韩国汉文学上第一篇辞赋作品。从文献的记载，不难看出高句丽、新罗等时代受《文选》的影响，文人学士以《文选》为创作的典范，而可能产生不少文学作品，不过我们现在无法窥知那个时期创作的全貌，这因有频繁的战乱，无法保存而传下来的缘故。再看《雅亭遗稿》一书：

又问胜国以上文献之无征，公叹曰：唐李勣，既平高句丽，聚东方典籍于平壤，忌其文物不让中朝，举以焚之。新罗之末，甄萱据完山，输置三国之遗书，及其败也，荡为灰烬，此三千年来二大厄也。

总之，现在唯一可欣赏的这时期辞赋作品《咏晓》，作者是崔致远（公元 857—?），他 12 岁时到唐朝留学，后来中进士，任宣州溧水县尉。唐黄巢作难时，为诸道兴马都统高骈写《讨黄巢檄》而颇受重视，文名驰于时。他有一本文集——《桂苑笔耕》传于后代。现看一看《咏晓》全文：

玉漏已滴，银河已回。仿佛而山川渐变，参差而物象将开。高低之烟景微分，认云间之宫殿；远近之轩车齐动，生陌上之尘埃。晃荡天隅，葱胧日域。残星映远林之梢，宿雾敛长郊之色。华亭风里，依依而鹤唳犹闻；巴峡月中，迢迢而猿啼已息。隐映青帘，村回而鹤鸣茅屋；熹微朱阁，巢空而燕语雕梁。罢斗刁于柳营之内，俨簪笏于桂殿之傍。边城之牧马频嘶，平沙漠漠；远江之孤帆尽去，古岸苍苍。渔笛声浏，蓬草露晞。千山之翠岚高下，四野之风烟深浅。谁家碧槛，鸡啼而罗幕犹垂；几处华堂，梦觉而珠帘未卷。是夜寰荣哕，天地晴。苍茫千里，曈昽八纮。潦水泛红霞之影，疏钟传紫禁之声。置思妇于深闺，纱窗渐白；卧愁人于古屋，暗棂才明。俄而曙色未分，晨光欲发。数行南飞之雁，一片西倾之月。动商路独行之子，旅馆犹扃；驻孤城百战之师，胡笳未歇。砧杵声寒，林峦影疏。断凄音于四壁，肃霜华于远墟。妆成金屋之中，青娥正画；宴罢琼楼之上，红烛空余。及其气爽清晨，魂澄碧落。蔼高影于夷夏，荡回阴于严壑。千门万户兮始开，洞乾坤之寥廓。

运用典故和华靡的修辞，极尽描绘了宫廷和市井的清晨情景，为一篇典型的唐末时期的律赋。中国律赋到了唐末，已经摆脱科举功名的约束，变成了抒情小赋的形式。崔致远的《咏晓》也真实地跟从当时律赋创作的倾向，其内容形式与唐末律赋毫无差别。他虽然是新罗人，但他创作辞赋的能力不逊色于当时中国文人，真不愧"海东孔子"之称号。

此外，他的文集《桂苑笔耕》里曾提到"私试今体赋五首"，但已散佚，现无法得知其赋的内容和形式。只是根据他自己表明"今体赋"，而知那些也是当时流行的律赋形式的作品罢了。

二

到了高丽时代，更多文人参与辞赋文学创作的活动。这与当时实施中国式科举制度有关系，在中国后周人双冀的建议下，国家由此开科举制度选拔人才。《高丽史·选举志》云：

光宗九年五月，双冀献议始设科举，试以诗、赋、颂及时务策取进士，兼取明经医卜等业。十一年，只试诗、赋、颂。十五年，复试以诗、赋、颂及时务策。

科举考试科目以诗、赋、颂、时务为主，这正与《文选》的编撰宗旨和内容相吻合。因此高丽时代实行此制度以后，如同中国文人应试中举必须“熟精《文选》理”一样，当时社会上读《文选》，学《文选》的风气更加兴盛起来。徐居正(1420—1488)《东人诗话》中提起而赞叹之曰：“高丽光显以后，文士辈出，辞赋四六骈纤，非后人所及。”可以说当时文士以《文选》为典范，吸收其营养而创作自己的辞赋和四六骈文。这有传下来少数作品为例证的。如崔滋(1187—1260)写的《三都赋》，此赋一般认为模拟左思《三都赋》之作。崔滋的《三都赋》共有两千五百余字，以假设问答的形式，描写高丽时代的西都(平壤)、北京(松都)、江都(江华岛)。这篇是蒙古军侵入高丽，而当时的武人政权将首都迁到江华岛前后时创作的。此篇一开首出现三个虚构人物，如：

> 西都辩生，与北京谈叟，来游江都，遇一正议大夫，大夫曰：蒙闻二国之名，未睹共制，幸今邂逅二客，请摅怀旧之情，弘我以两京。

西都的辩生(好辩论的青年)与北京的谈叟(好谈论的老人)为二客，江都的正议大夫(议论正直的大夫)为一主，假设三处三人，分为主客，引出本文问答。这种虚构人物全部在篇首出现的方式，不同于左思《三都赋》谋篇布局，反而同于司马相如《子虚》、《上林》主客篇首皆叙出的形式。由这一点形式可知，崔滋的《三都赋》并不是盲目地模拟左思的《三都赋》。假设主客问答的方式是汉赋的主要形式之一，崔滋这样的形式运用颇为灵活。

主客三人出场以后，本文就接受主体正议大夫的邀请，客体之一的辩生尽力描绘西都的开都神话故事，文云：

> 辩生曰：唯唯。西都之创先也，帝号东明，降自九玄，乃眷下士，此维宅焉。匪基匪筑，化城屹然。乘五龙车，上

天下天，导以百神，从以列仙。熊渊遇女，来往翩翩。江心有石，曰朝天台。恍兮盘陁，忽焉崃嵦，惟帝时升，神驭徘徊。灵祇所宅，平壤其祠。呼叱风伯，指挥雨师，怒则白日霰雷，木石交飞。又有木觅，稼穑是司，不耕而禾，积如京坻，荫公庇私，介以龙褫，若是何如？大夫曰：神怪茫诞，何以夸为。

此后通过主客二问二答，描写西都的地理环境和出产物。看本文的文意，这正议大夫和辩生的二问二答后面，应该还有二人的打圆场的对话，然后要有正议大夫和谈叟为引出的介绍北京的问答。但这些都残缺，不得而知。在没有转折的环节部分而直接出现谈叟描写北京的地理环境之谈论，文云：

作千载若符，先有崔孤云者尝曰：圣人之气，酝酿山阳，鹄岭松青，鸡林叶黄。紫云未起，预谶兴亡。铁原宝镜，堕自上苍。先鸡后鸭，斯言孔彰。及乎统合三土，卜开明堂，北崾牛卧，南峙龙翔，右怀左抱，案花相当。八头三尾，东岘西冈，隐嶙屈伏，臂角拳商，腾精降神，吐气产祥。五川灵派，源乎淼茫，万洞济集，流涨滂洋，箭驰轮走，朝湊中央，涵灵注德，滋养百昌。青松茂矣，三百余霜，中衰复盛，系于苞桑。自古如我应谶立国，有几帝王？

接这段落以后，通过主客四问四答，而描写北京的物产之盛及当时武人政权豪华奢侈、苛敛诛求的现状等，这些就是当时朝廷的武人集团不能防备蒙古军，而不得不迁都的理由。最后，为引出正议大夫之论，就辩生与谈叟二人为客体，发问主体为正议大夫。文云：

大夫曰：噫，旧都之流离盖以此。于是西北二客，奋髯作色，且怒且恧曰：走等终日言，而大夫皆折之，愿闻江都之说。

接下来通过四问四答，表明作者的救国之论，就是要终止武人政权的垄断，而恢复王道政治。最后以“歌曰”为总结，文云：

邈自陶唐兮，下至宋康，虽文质沿革之不同兮，靡不由奢俭而兴亡。西柳兮以淫而颠覆，北松兮由侈以流移。煌煌江都，惟德之基，顺天事大，风俗淳熙，于万斯年，安不忘危。

全篇阐述儒家的治国理念，颇为深刻；体制上前面有引文，然后为本文，最后有“歌曰”等之分，可说具备辞赋传统的三段结构形式。句式也以四言为主，全文共500余句中有350余句的四言句，几乎占七成。中间亦杂有五、六、七言，八言以上的长句也混用。

由于当时科举应试之故，一般流行创作科举律赋形式，但崔滋沿袭汉魏古赋形式而写作《三都赋》，这种格式若无《文选》的影响是不能有的。他这种创作的实践是对律赋有批判态度的表现。崔滋的《补闲集》中就有表明批评律赋的观点，他说：

及登第后，慕林宗庇郑知常之为四六，窃欲画虎焉，乃今反视从前所作，皆生涩荒虚，反类狗也，此亦文之骈对者。后因变为帘角音律之赋行于场屋，欲试其代言奏章之才也，由是辞蔓而不精实，意迂而不真切。

不过社会上一般创作的需求是以科举应试的律赋为主，注重讲究声律对仗的科举律赋，而《文选》中的古赋自然受冷落，不再成为文章的典范了。因此，到了成宗时，新罗以后官学的学习科目中占重要位置的《文选》就被冷落了。又《高丽史》卷三：

（成宗）十四年春二月己卯，教曰：观乎天文，以察时变，观乎人文，化成天下，文之时义大矣哉。予恐业文之士，才得科名，各牵公务以废素业。其年五十以下，未经知制诰者，翰林院出题，令每月进诗三篇、赋一篇，在外文官，自为诗三十篇、赋一篇，岁抄附计吏以进翰林院品题以闻。

由《高丽史》的记载可知，高丽时代辞赋文学的发展，既有科举的影响，又有国王的鼓励。故一般文士从事辞赋创作的风气更加兴盛起来，这是自然的现象。徐居正《东人诗话》中又提到这时期的盛况，云：

高丽光宗始设科，用词赋。睿宗喜文雅，日会文士唱和。继而仁明亦尚儒雅。忠烈与词臣唱酬，有《龙楼集》。有是俗尚词赋务为抽对。

由于时代的要求和国王的奖励，辞赋文学当然兴盛起来，而出现了大量的有关辞赋作品；但其形式和内容，和唐律赋一样，讲究声律对仗，使用冠冕正大的题材和主题。若举一篇，就是尹宣佐(1265—1343)的《高祖开设学校广阐道义惟新宝历赋》。

晋家开学，高祖剋神，阐道义而为理，致宝历之惟新。特辟贤关，廓著文明之化；更延国祚，奄临遐迩之民。大抵道惟适理之途，义乃为国之宝，苟圣人未能并叙，彼神器尚何长保。然则凡居天位，享基绪之弘延，宜设黉堂，搜典坟而讨论。故孝文化民由学，为政以文，虽未除猾夏之类，每旁求博学之群，敕修儒雅之官，优宣教化，益响灵长之业，蔚启陶薰。何则，欲保皇图，莫如文德，肆设校而施教，多历年以享国。立庠立序，播休风而允釐，有社有民，传景钟于罔极。议夫据义而志远者，须凭经术，遵道而垂裕者，盍借典谟。顾今景祚而可久，盖以交惠而诞敷。周世尤长，自辟雍而宣化，鲁邦有永，由泮水之崇儒。此际庙堂之上，定于君臣；闺门之内，笃于亲戚。以忠孝兼修妙化，宜社祚邈垂遐历。复兴儒于洙泗，世格休明；终定业于伊(洛)，邦无离析。方今剋明剋类，载谋载惟，纵庶事之无阙，念厥位之惟危。乐育贤才，以启成王之理；远垂鸿祚，敻超汉帝之时。小臣性本愚蒙，心无欺诞，愿为传说之霖，得救家之旱，今赴文场，美我皇履道坦坦。

以晋高祖的历史事实来做题材，勉励国王振兴文治。若看篇末的后段内容，就从“方今剋明剋类，载谋载惟”到“美我皇履道坦坦”的部分，可表明这明明是一篇有关科举的辞赋。另外，现存尹宣佐的赋，如《隋高祖非宴食不过一肉赋》、《太宗观览尚书庶几唐虞赋》两篇也和《高祖开设学校广阐道义惟新宝历赋》一样，是借中国历代帝王的行迹和事实，勉励当时国王的作品。从这种题材来看，这些作品不是科场应试或准备应考练习的私试，或国王下令的月课赋。现存的高丽辞赋作品当中亦有和尹宣佐的作品一样，以宫廷为中心的律赋，这从作品的题目可看出来，如《李勋应时扫云布唐阳春赋》(闵渍)、《道阅一和槐橘合为兄弟赋》(郑义)、《成王气禀胎教德与年丰赋》(姜影瑞)、《春雷作龙蛇不安于蛰户赋》(李坚)、《相如避廉颇以先国家之急赋》(崔滋)等作品。此外不知作者的，亦有《王者之兴必卜筮决天下赋》、《义于人者和于神赋》、《嗜欲皆同惟贤者节之赋》、《贾谊请猎猛敌不搏畜兔赋》、《汉成帝勿易折槛以旌忠臣赋》、《志士口兴心誓守死无二赋》等六篇。

这种律赋现存共有14篇，其数量在传下来的高丽赋四十余篇当中占的比例并不算太大，但当时几乎每个人都可能有此类的作品。且看李穑的《观鱼台赋》的后文：

> 余年十七岁，赴东堂赋和氏璧，二十一岁，入燕都国学月课，吴尚伯先生赏予赋，既归，赴癸巳东堂赋黄河，乡试赋琬玉，会试赋九章，今皆不录，非古文也，非吾志也，非吾志而出身于此，非此无阶于营养耳，呜呼悲哉。（《牧隐文稿》）

由此可知，当时文人已经认识到科体律赋束缚思想，难于表现自己真率的感情。李穑《辞辨》一文中又云：

> 赋近出也源于三纬，变而骚，所以后赋作矣。辞出于孔氏，所以易翼也，今读其文，韵语甚多，其亦本于载歌者欤。楚屈原作骚，变雅之流也，宋玉、景差、贾谊继起而赋之，源流于是备矣。汉兴，武帝作《秋风辞》，盖本于骚而词益简古。晋处士陶渊明赋《归去来辞》，又稍驰骋，而视赋则尚简，班马出而包络无余，至有十年且就之说，吁，盛矣！其亦可憾也已，非独文也。凡饰于外者日增，而适于中者日削，枝叶茂而本根弱，甚可怪也。使本根苟壮而扶疏其枝叶也，亦何伤哉！亦何伤哉！

由这篇文章，反映出李穑对辞赋的起源和流传的理解及看法，同时又窥知对当时辞赋的批评，指出疏忽真实的内容，而只讲究形式的倾向。李穑亦有传世辞赋作品，以赋为名的有《雪梅轩赋》、《观鱼台赋》两篇，以辞为名的有《山中辞》、《闵志辞》、《永慨辞》、《自讼辞》、《流水辞》、《东方辞》六篇。先看《雪梅轩赋》如下：

> 扶桑翁发深省道根，固心灰冷。萧洒出尘之标，幽闲绝俗之境。炯玉壶之冰出，森瑶台之月暎。尔乃谢语夺胎，宋句换骨。二赋流传，千载超忽。风人噤以不哗，骚客寂而弥郁。韩山子霜鬓萧萧，麻衣飘飘。思偶然之谈笑，嫌丁宁之唤招。叩剡溪之兰桨，驰庾岭之星轺。忽中道而

坎止，乃息牧之相邀。开竹房，俯风棂。展蒲团而加趺，烹露芽而解酲。吟载涂于周雅，想调羹于殷室。是惟无用之用，盖有则于有物。予于是知西域之有教，或于斯而甲乙。雨露均是泽也，农桑焉重；桃李均是花也，富贵焉宜。夫孰知雪也梅也吾师也，情境交彻，针芥相随，罔或须臾之离也耶。若夫一枝璨璨，千山皑皑。飞鸟自绝，游蜂不偕。消尘滓于气化，浩大极于心齐。实有助于所学，宜其扁于高斋。今岁月之几何，阻情境之俱佳。异日沉痾，去蹇步平。鸣蓝舆于石径，当一赏以忘情。

李穑在题目之下自注“为日本释息牧叟作”，就是以雪梅为喻，赞扬日本佛僧息牧叟的人品。全篇以四言、六言为主，但也杂六、七言及八、九、十言的散文句。他的另外一篇《观鱼台赋》，先有序文，云：“观鱼台在宁海府，临东海石崖下，游鱼可数，故以名之，府吾外家也，为作小赋，庶几传之小中原耳。”《观鱼台赋》或许是其后文中表明的“入燕都国学月课，吴尚伯先生赏予赋。”若看本文如下：

丹阳东岸，日本西涯。洪涛淼淼，莫知其他。其动也如山之颓，其静也如镜之磨。风伯之所橐籥，海若之所室家。长鲸群戏而势摇大空，惊鸟孤飞而影接落霞。有台俯焉，目中无地。上有一天，下有一水。茫茫其间，千里万里。惟台之下，波伏不起。俯见群鱼，有同有异。圉圉洋洋，各得其志。任公之饵夸矣，非吾之所敢拟。太公之钓直矣，非吾之所敢冀。嗟夫我人，万物之灵。忘吾形以乐其乐，乐其乐以殁吾宁。物我一心，古今一理。孰口腹之营营，而甘君子之所弃。慨文王之既殁，想于牣而难跂。使夫子而乘桴，亦必有乐于此。惟鱼跃之断章，乃中庸之大旨。庶沉潜以终身，幸抠衣于子思子。

全文共224字,四言、六言为主,杂糅七言六句及九言的散句,没有《雪梅轩赋》那么多。两篇都写景逼真,用语朴实,在写景中又融合着抒情和说理。

他的另外六篇辞作,都使用骚体而抒情,先看《闵志辞》,文云:

闵豫志之温蠖兮,非厥初之有常。慨因物以兴怀兮,惟是非之失当。滃云雾以昼晦兮,将宴息以在床。月皎皎而天净兮,将颠倒其衣裳。夫晨夜之截然有限兮,折柳樊圃而瞿瞿之狂。胡老大而入于幽谷兮,赧一揖于陈良。尔雅虫鱼之消耗兮,匪有损其何伤。胡诗书之膏腴兮,亦憔悴而无光。悲参商兮孔孟,想仿佛兮虞唐。若可续兮卒莫可续,颓乎将戢而复扬。竟不闻兮謦欬,杳不见兮羹墙。爰舒徐以视履兮,冈其旋于考祥。好色恶臭纷乎其不决兮,宜鬼域之彷徨。惟人天之大道显而不隐兮,胡求之于渺茫。岁月荏苒以相代兮,衰老侵寻而欲僵。甘草木之同腐兮,忽惊叹而内伤。贻音好兮春禽,送悲声兮寒□。谅须臾之闹耳兮,付一哂于亡羊。哀吾辞之匪足传兮,聊浇之以羽觞。忘形骸以放浪兮,泝冯翼之玄黄。天何言兮□物之形,文在兹兮圣道以彰。我辞芜兮翳天庭,誓删繁兮立良。

作者在作品中抒发出沉重的叹息,表达自己对高丽末混乱时期的苦闷。《永慨辞》、《自讼辞》、《流水辞》三篇也以同样的主题来抒发出作者忧国忧民的真率之情。《山中辞》是写处于田园中的闲情。稍有特色的是《东方辞》。此篇是送行郑梦周使日本的作品,借饯别的题材描写当时日本独特的民情和风俗,完全是叙事写实性质的作品。看其全文:

詹东方之有君兮,肇大始以自尊也。其人佩义而服仁兮,厥气劲而词温也。越世道之升降兮,尚刚烈而专门也。

> 其轻生而敢死兮，何北宫黝之足言也。仿周季之战国兮，凛凛乎使人毛竖而惊魂也。嗟来不食兮睚眦必报，上忘父兄兮下忘后昆也。矧妻与舆台兮，视之不啻犬豚也。盖此身兮澌尽，羌名誉兮求存也。士可杀不可辱兮，辱衣冠痛在国也。于民而陶俗兮，亦其宜而何责也。极而罔有不变兮，揖让或在于旦夕也。中华衣冠之几更制兮，我乃犹夫古昔也。舟车所至之必通兮，我乃不逾阈也。日出处之天子兮，奄宅扶桑之域也。惟万物之生育兮，谷风之习习也。惟下土之照临兮，乃阳乌之赫赫也。之二者之所出兮，信天下之无敌也。胡群凶之窃发兮，至于今其猖獗也。播恶名于天下而既稔兮，志士仁人莫不为东方惜也。是将动天下之兵端兮，不疑又何卜也。辅车相依兮虞虢是监，楚国亡猿兮祸林木也。既交聘兮或不以情，上有神明兮司正直也。今其权兮有所在，子其慎兮饮食也。少思虑兮兴居，保厥躬兮供厥职也。謇予词兮笔力衰，言有尽兮意无极也。

和李穑几乎同时期的作家有李达衷（？—1385），他有《思亭赋》、《础赋》两篇传于后世。《思亭赋》是四言、六言为主，但也杂糅七言，甚至十三言的散句式骚体。假设主客而采用问答形式表达自己生活的谨慎态度，若看其一段，云：

> 因举手而嘘噫曰：彼何山兮，大德之山，穹窿起伏，如往而还，云烟暗暗，松柏攒攒，吾考若妣，寿藏所安。吾之居是亭也，僾然如见其容止，肃然如承其指使，体不敢肆，言不敢易，饮不敢醉，食不敢旨，睦亲姻不敢弃，敬宾客不敢戏，穷不敢屈己，达不敢肆志。吾之身，吾父母之所赐也，何尝忽于造次。自吾之季若昆，暨后之子若孙。思吾所以名亭之义，世守而不谖焉，则可谓无忝尔家门也。吾扁之意止此，幸子无以为言。客怃然曰，美哉言乎。凡为人子之职者，登是亭而无赧色，则

吾国庶乎其国矣，因缀之辞，以自警饬。

他的《础赋》句法是四言最多，共有45句。次六言，有17句。也有七（1句）、八（1句）、九（1句）、十（2句）、十一（1句）言的散句。这是一篇寓意深刻的作品，形式是把础和楹拟人化，以础比喻平民百姓，以楹比喻王室君主，互相问答；最后借匠石之言，表达国家最基本的础，就是一般老百姓，此之重要是无法比拟的。若看最后段落，云：

适有匠石，闻而议之曰：谦能受益，高必易危，彼楹之寄，惟础是资，录础名于上面，且以楹而次之。乃赞曰：础乎础乎，磐然而安，安其如磐，王室之赖，帝王之完，础乎础乎，楹胡敢谩。

三

上述辞赋作品以外，高丽时期还有三个重要作家的辞赋传于后世，这就是金富轼（1075—1151）、李仁老（1152—1220）、李奎报（1168—1241）。

金富轼是一个非常崇拜宋代苏轼的作家，他的辞赋有《仲尼凤赋》、《哑鸡赋》两篇。《仲尼凤赋》全篇358字，采用句法以四言、六言为主，也使用12句七言，6句八言，2句九言，1句十一言等。全篇的内容是把孔子比拟凤凰而歌颂之，表达高丽文人对孔子及其儒家思想的敬仰。篇首破题云："仲尼乃人伦之杰，凤鸟则羽族之王。"然后，接着歌颂孔子仁义之德行，写得典雅恳切、条理明晰，把握了儒道的治国平天下的内涵：

何其名之稍异，舍厥德以相将。慎行藏于用舍之间，如知出处；正礼乐于陵迟之后，似有文章。夫子志在春秋，道屈季孟，如非仁智之物，孰肖中和之性。相彼凤矣，有一时瑞世之称；此良人何，作百世为师之圣。于以其文炳也，吾道贯之。

最后又云：

小儒青毡早传，镂管未梦，少年攻章句之雕篆，壮齿好典谟而吟讽，钻仰遗风，勃勃深期于附凤。

表达自己学孔、慕孔的志愿。《哑鸡赋》是一篇咏物而别有寄托、以物明志的小赋，共 183 字，篇幅较短，句法全部采用六言。赋云：

岁峥嵘而向暝，苦昼短而夜长。岂无灯以读书，病不能以自强。但展转以不寐，百虑萦于寸肠。想鸡埘之在迩，早晚鼓翼以一鸣。拥寝衣而幽坐，见窗隙之微明。遽出户以迎望，参昴滄其西倾。呼童子而令起，乃问鸡之死生。既不羞于俎豆，恐见害于狸猩。何低头而瞑目，竟缄口而无声。国风思其君子，叹风雨而不已。今可鸣而反默，岂不违其天理。兴夫狗知盗而不吠，猫见鼠而不追。校不才之一揆，虽屠之而亦宜。惟圣人之教诫，以不杀而为仁。倘有心而知感，可悔过而自新。

李仁老的辞赋作品有《红桃井赋》、《玉堂柏赋》、《和归去来辞》三篇。其中的《和归去来辞》在内容和形式上都刻意模仿晋代陶渊明，写得颇有意趣：

归去来兮，陶潜昔归吾亦归。得隍鹿而何喜，失塞马而奚悲。蛾赴烛而不悟，驹过隙而莫追。才握手而相誓，未转头而皆非。摘残菊以为餐，缉破荷而为衣……功名须命，迟宜归休。任浮云之无迹，若枯槎之浮流。已矣乎，天地盈虚自有时，行身甘作贾胡留，遑遑接淅欲安之。风斤思郢质，流水忆钟期。尿死灰兮奚暖，播焦谷兮何耔。第宽心于饮酒，聊遣兴于作诗。望红尘而缩头，人心对面真九疑。

赋中句式构造亦有创新，虽以四、六言为主，却又学习六朝赋，间用五、七言诗句的体例。

李奎报留传下来的辞赋作品较多，有《畏赋》、《梦悲赋》、《放蝉赋》、《春望赋》、《祖江赋》、《陶罂赋》、《命斑獒文》、《咒鼠文》、《驱诗魔文》、《异相者对》等十篇，题材和体制都较丰富。其《放蝉赋》名为咏物却寄寓了人生感慨，对社会的黑暗和官场的险恶作了深入揭露：

彼黠者蛛，厥类繁滋，孰赋雨以机巧，养丸腹于网丝。有蝉见结，其声最悲，我不忍闻，放之使飞。傍有人兮谁氏子，仍诘予以致辞，惟兹二物，等虫之微，蛛于子何损，蝉于子何裨，惟蝉之活，乃蛛之饥。此虽德君，彼必冤之，孰谓子智，胡放此为。予初瞑额而不答，俄吐一言以释疑，蛛之性食，蝉之质清，规饱之意难盈，吸露之肠何营。以贪污而逼清，所不忍于吾情，何吐绪之至纤，虽离娄独不容睛，矧兹虫之不慧，岂觇视之能精。将飞过而，翅拍拍以愈婴，彼营营之青蝇，纷逐臭而慕腥。蝶贪芳以轻狂，随风上下以不停，虽见罹而何尤，原厥咎本乎有求。独汝与物而无竞，胡为遭此拘囚，解尔之缠缚，嘱汝以绸缪，遡乔林而好去，择美荫之清幽。移不可屡兮，有此网虫之窥觎；居不可久兮，螗螅在后以尔谋，慎尔去就，然后无尤。

其《祖江赋》是贬官之后的作品，抒写自己的悲愤之情，序云："贞祐七年四月，予自左补阙被劾，寻除桂阳守，将渡祖江，江水本迅激，适值暴风，因而后济，为赋以悲之，卒以自宽。"可见作赋的心态。试看赋文：

> 浩浩江流，浊如江水，漆色而泓，惧难俯视。湍又激而迅兮，岂瞿塘之足譬，控百川之奔曾兮，若鼎汤之惊沸。蛟鳄呀呀以流涎，又安测毒龙之潜伏以伺，泝滩欲径进兮，船如行而尚止。不夕而暝，不风而波，雪浪礌石以崩腾兮，若秦晋战于彭衙，篙工狎玩灵胥兮，犹畏夫洄洑舆与盘涡……

限于篇幅，李奎报其他赋文兹不一一评介了。

综上所述，韩国高丽朝文人在中国传统文化的影响下，又结合自身的文化习惯特点，以高昂的兴趣创作了众多汉文辞赋作品，其内容有写景、记事、咏物、抒情、言志，其体式则有唐宋后的律赋及先秦、汉魏六朝的骚体赋、散体赋、骈体赋，风格多样而灵活。这既是韩国宝贵的历史文学遗产，又表明中韩文化交流的源远流长。

陶渊明《归去来辞》与申钦《和归去来辞》的比较研究

金周淳

一、序　　言

申钦(1566—1628)是朝鲜朝宣祖、光海君、仁祖时代的政治家、儒学者,是朝鲜"汉学四大家"①之一。

申钦生活的年代是朝鲜中期,在政治、社会上曾发生过壬辰倭乱(1592年)、丁酉再乱(1597年)、癸丑狱事(1613年)、仁祖反正(1623年)、李适之乱(1624年)、丁卯胡乱(1627年)等战争和政变,还有激烈的党争,可以说这一时期是内忧外患相杂的动荡岁月。②在这一时期,他作为一名卓越的外交家在与明朝的亲和过程中起到了重要作用,并一直活跃在政界。但是在癸丑狱事①事件之后,申钦被指为宣祖生前托付辅佐永昌大君的"遗教七人"

① 朝鲜"汉学四大家"是指象村申钦(1566—1628)、月沙李廷龟(1564—1635)、溪谷张维(1587—1638)、泽堂李植(1584—1647)。因他们在汉文学方面文笔功力深厚,所以后人称他们为"汉学四大家"。

② 李宣根:《大韩国史》,234～235页,汉城:新太阳社,1973年。"当时是政治上非常混乱的时期,对内接二连三地发生士祸,以及因分党而引起的党争;对外又因国力的衰微,经历了壬辰倭乱和丁卯胡乱等两次大战乱。"

中的一人，而被剥夺了官职，度过了十多年(1613—1623 年)的流放生活。随后，在 58 岁那年因仁祖反正从而回归仕途，并历任吏曹判书、大提学等官职，最后还担任了领议政这一最高官职。在度过了三十多年的仕宦生活后，于 63 岁那年结束了自己跌宕起伏的一生。在流放生活期间，他很欣赏陶渊明的超逸脱俗的生活方式，并模仿苏东坡的“和陶诗”，创作了 103 首和韵陶诗的“和陶诗”②。

此外，申钦还有两首《和归去来辞》。第一首《和归去来辞》③是在发生癸丑狱事时的 5 月被放逐到京畿道金浦时，在金浦的先茔前写的作品；第二首《和归去来辞》④是在 1617 年因台论再次被

---

① 1613 年(光海君五年)由大北派所引发的祸狱。郑仁弘和李瞻等人(小北派)以欲拥戴宣祖之子永昌大君(光海君的同父异母兄弟)为王的理由，赐死了当时任领议政的小北派领袖柳永庆，并放逐所有小北派人物，继而谋害了仁穆大妃之父金悌男。1613 年，由于在乌岭被抓获的朴应犀等人凭空捏造，说与金悌男一起逆谋政变，于是永昌大君被流配到江华岛，继而被江华府使郑沆杀害，金悌男也被赐死。

② 申钦的“和陶诗”虽然是以苏东坡的作品为模本而写出的和韵诗，但这些是了解他的精神世界必不可少的作品。

③ “归去来兮！今也不归何日归？任化机之推迁，胡戚戚而空悲？懔余齿之将暮，惧岁月之难追。伊浮荣之易谢，觉转头而已非。卜幽贞而得吉，搴蕙佩兮荷衣。缅前修之逸轨，贵知彰而知微。瞻彼交衢，车驰马奔，乃税余驾，众妙之门。道非远人，目击而存，不材者全，岂愿牺樽。守三田而毓灵，鍊九丹而悦颜。时曳履而商歌，虽终窭而亦安。攀丛桂而相羊，揖白云而为关。爱清净而恬漠，异夸毗之童观。惟正路之在兹，讵中途而告还。宁戚之饭牛兮，徒区区于齐桓。归去来兮！窃独乐夫天游，宁为迟之学稼，耻作宰之冉求。苟内省而无咎，那外患之足忧？至人遗余以秘诀，若农夫之易畴。惊涛纵险，未覆虚舟，哀雕笼之彩禽，敦放尔于林丘。览消息之同源，盍早退于急流。物以久而必敝，人奚老而莫休。已矣乎！季世纷纷而稠浊时，知止而止谁得留？胡为乎莽莽靡所之？清风兮明月，与我有幽期。况南陆之青阳，蔼宜耘而宜耔。或陟巘而寻芳，或提壶而咏诗。后元亮盖千祀，托神交而不疑。”(《和归去来辞》，《象村集》，卷 1)

④ “归去来兮，恭承嘉惠得放归。指松楸而柄息，瞻雨露而增悲。何风树之易摇，慨欲卷而难追。况世运之将穷，抑吾道之其非。曰余幼而修姱，初不志于食衣。灾固由于天妄，智岂渐于烛微。我行其蓬，我马其奔。迨余未暮，返我衡门。舍之则藏，性成而存。霜松雪竹，药炉瓢樽。欣外滑之去体，守内景而住颜。彼钟鼎兮何加，处环堵而犹安。山逶迤而成峡，山汩流而绕关。睿左图而右书，函万象而静观。逖三古之淳风，孰挽回而复还。怀纡轸其未舒，尚意气之桓恒。归去来兮，亦奚慕乎远游。阅一室而自娱，我于世兮焉求。矢乐天而无渝，曾不惧而不忧。文拘羑而演易，箕为奴而阐畴。爰命仆夫，爰驾我舟。值春和而景明，蔚卉木之贲丘。知物我之无间，与天地而(转下页)

放逐时，在春川昭阳江畔写的作品。

本稿以申钦在发生癸丑狱事之后的5月被放逐到京畿道金浦时写的第一首《和归去来辞》为研究对象，先考察一下陶渊明和申钦两个人所生活的时代背景和作品的创作动机，然后分析、比较一下两个人作品的异同之处。

二、东晋时期的陶渊明和朝鲜时期的申钦生活的时代背景

(一) 陶渊明生活当时东晋的政治、社会背景

陶渊明(365—427)是六朝时代的著名诗人，宋代时更名为潜。字元亮，又称靖节先生。他出生在世代居官的名门望族，除家塾之外没有师从过什么老师，全凭自学成才，并在29岁那年当上江州的祭酒，此后在13年的政治生涯中经历了五次出仕[①]和隐退。

陶渊明所生活的年代是东晋和刘宋的交替期，分裂和混乱十分严重。对外与占据了北中国的五胡相对抗，对内频频发生农民起义和军阀内乱。值此乱世，残暴无道的刘裕起兵占领首都建康，在掌握实权后弑杀了哀帝，并幽禁了东晋的末代皇帝恭帝，非法夺取了王权，建立了宋朝。在社会秩序和名分已紊乱的政治环境下，已

(接上页)同流。嗟量己之已审，分则甘于归休。已兮乎，百世在后宁可诬。古哲往矣那能留，胡为乎舍此欲他之。涉世乏良谟，藏身有素期。唯芸善而种学，冀日耘而日耔，伊良贵之谁争，喜女绩而男诗。庶大者之先立，免他岐之然疑。"(《和归去来辞》，《象村集》，卷21)

① 第一次出仕，29岁时当上了江州祭酒；第二次出仕，35岁时成为刘牢之的参军；第三次出仕，37岁时成为桓玄的幕下；第四次出仕，40岁时成为刘敬宣的参军；第五次出仕，41岁时当上了彭泽令。

无法正常履行官职公务的陶渊明毅然辞去彭泽令，回归田园，以农事和诗酒度日，63岁[①]那年悄然离开了人世。他所留下来的126首[②]田园诗成为中国田园诗的典范，被后代文人称之为“古今隐逸诗人之宗”[③]，田园诗的开创者。

(二) 申钦生活当时朝鲜的政治、社会背景

申钦字敬叔，号象村，象村之外还有玄轩、玄翁、放翁等别号。他自幼喜好读书，博览经书和诸子百家等书籍，无师自通，学问达到了很高境界。

申钦19岁(1585年)时通过进士考试，翌年及第别试文科的丙科，从此开始了其官宦生涯。宣祖25年(1592年)壬辰倭乱爆发，他跟随巡边使申砬将军参加了鸟岭战斗。在成为当时以诗歌文学久负盛名的都体察使郑澈(1536—1593)的从事官之后，从他那里深受诗歌文学的熏陶，文笔也得到其赞许。这与陶渊明35岁第二次出仕成为刘牢之的参军、37岁第三次出仕成为桓玄的幕下、40岁第四次出仕成为刘敬宣的参军等出仕经历相仿。其后申钦深得宣祖的信任，历任吏曹参议(1600年)，弘文馆副提学(1601年)，吏

---

① 有关陶渊明的年龄，在颜延之的《陶征士诔》、《宋书·隐逸传》、萧统的《陶渊明传》、《晋书·隐逸传》中都记载为63岁；《南史·隐逸传》里也记载陶渊明死于元嘉四年(公元427年)。根据这些记录可以推知陶渊明出生于晋哀帝兴宁三年(公元365年)。在朱子的《通鉴纲目》里也把陶渊明死亡的年代记录为元嘉四年，并特别注明“晋征士陶潜卒”，从而确认他的年龄为63岁。不过，在宋代张縯的《陶靖节年谱辨正》里记录为76岁，清代吴汝纶的《古诗钞注》里记录为51岁，梁启超的《陶渊明年谱》里记录为56岁，古直的《陶靖节年谱》里记录为52岁。逯钦立在他的《陶渊明年谱稿》里记录为52岁，但在后来的《逯钦立校注》中的《陶渊明集附录》里改为63岁。还有郭银田在他的《田园诗人与陶潜》里记录为61岁。关于陶渊明的年龄，学界还无定论，本稿仅按旧说，把他的年龄定为63岁。

② 方祖荣：《陶潜诗笺注校证论评》，21页，兰台书局，1977年。“陶潜的诗旧说有一百五十首左右，盖后代俗本每将陶诗首卷的四言诗一首分作数首，如将命子诗分作十首，归鸟诗分作四首，这种分法是不大妥当的。现在依据丁福保陶诗笺注所收的，计算它的篇目，除去几首是他人的作品掺入之外，还有一百二十六首，其中除九首是四言诗外，其余均为五言。”

③ 钟嵘：《诗品》。

曹参判(1602年),礼曹、兵曹参判兼艺文馆提学,世子右副宾客(1603年),东国诗文删正副提学兼世子左副宾客,成均馆大司成同知春秋馆事(1602年),都承旨,汉城判尹(1605年),上护军兼五卫都总府都总管(1607年),京畿观察使(1608年)等职。

申钦所生活的16世纪中期到17世纪是朝鲜朝最动荡的时期。对内因党争和仁祖反正、李适之乱等严重动摇了封建专制体制,对外因长达七年的壬辰倭乱和清国入侵等外患,国家已面貌全非,民众饱受煎熬。特别是因壬辰倭乱人口锐减,农村荒废,伴随的是饥馑和疾病①。这一时期又是以性理学的道学政治理念为武装的新进士林向朝鲜前期的支配层、已掌握中央政界的勋旧势力挑战的时代②。在与勋旧势力激烈的政治斗争中掌握中央政界的新进士林一掌握政权,内部就出现了党争分裂。宣祖八年分裂成东、西两党相互对峙,继而东人分裂成南人派、北人派,北人派再分裂成大北派和小北派。在大北派驱逐小北派和西人派的混乱时期宣祖去世,光海君登极,并发动了罢免宣祖代旧臣的癸丑狱事。他受此牵连,被放逐到金浦,三年之后又因受仁穆大妃废位事件的牵连,流配到春川。在春川流配地待了五年多后,重新回到金浦又待了两年。他在十多年的无聊而苦闷的流放生活期间,因欣赏陶渊明的人品和生活态度,开始了包括103首"和陶诗"的田园诗歌文学的创作活动。

1623年发生了西人派驱逐光海君及大北派执权势力,拥立仁祖的"仁祖反正",申钦得以重返政界,任吏曹判书兼大提学,其后又任右议政职位,丁卯胡乱时被任命为左相兼世子傅,李适之乱时与仁祖一起避难到公州,返朝后被任命为朝廷的最高官职领议政职位。在文章和政治上博学多识的象村因后背上的脓疮,于1628年6月29日离开人世,享年63岁。国王对他的死表示了惋惜,并

---

① 李基白:《韩国史新论》,245页,汉城:一潮阁,1975年。

② 禹应顺:《16世纪政治现实和诗歌文学》,《民族文学史讲座·上》,162页,汉城:创作与批评,1996年。

赐予其“文贞”的谥号。他一生留下了多达63卷20册的庞大的学术遗产，其艺术成果十分辉煌，他在韩国汉文学史上被称为“汉学四大家”之一。

三、《归去来辞》和申钦《和归去来辞》的比较

“和作诗”是指借他人的诗的题目和韵字而作的诗，题目里加意的叫和意，借韵字的叫和韵。和作诗中有和意并和韵[①]的，也有只借题目和韵而其内容跟原诗毫无关联的作品。申钦的“和陶诗”跟苏轼的“和陶诗”一样，都是借陶渊明的诗的题目押韵的，但其内容跟陶诗无关，纯粹吟咏的是象村自身的处境和情形。

（一）两部作品的创作动机

1.《归去来辞》的创作动机

《归去来辞》正如欧阳修所极赞的“晋无文章，惟陶渊明《归去来辞》一篇而已”[②]一样，是陶渊明的不朽名篇。这是一篇脍炙人口的作品，陶渊明在充斥着腐败与争斗的晋宋年间，表达了自己对田园生活的憧憬和重返自然本我的愿望。对陶渊明创作《归去来辞》的动机，《宋书·陶潜传》描述如下：

> 郡遣督邮至，县吏白应束带见之。潜叹曰：我不能为五斗米折腰向乡里小人。即日解印绶去职，赋《归去来》。

但在陶渊明本人写的《归去来辞序》里却说：

---

① 徐师曾：《诗体明辨》：一曰依韵，谓同在一韵中，而不必用其字也。二曰次韵，谓和其原韵，而先后次第皆因之也。三曰用韵，谓有其韵，而先后不必次也。

② 《李公焕笺注陶渊明集引》。

> 及少日，眷然有归与之情，何则？质性自然，非矫厉所得；饥冻虽切，违己交病。尝从人事，皆口腹自役；于是怅然慷慨，深愧平生之志。犹望一稔，当敛裳宵逝。寻程氏妹丧于武昌，情在骏奔，自免去职。仲秋至冬，在官八十余日。因事顺心，命篇曰《归去来兮》。乙巳岁十一月也。

由此可知，他的隐遁纯粹是出于个人的缘由，是其个人意愿的反映。

2. 申钦《和归去来辞》的创作动机

申钦籍贯平山，始祖是高丽太祖时的开国元勋——壮节公申崇谦的十二世孙。据家谱记载，其六代祖，晏是高丽末的宗簿令，高丽国灭亡之后，为了坚守节操，弃官隐居在黄仪山，朝鲜朝廷数次招其入朝而始终没有出仕。

五代祖晓状元及第后任司谏院的右正言，因与太宗政见不合而辞官，居住在幸州，并自称西湖山人。朝廷虽数次招其入朝也没有出仕，81岁时离开人世。

由此可以推知，在先祖家风的熏陶下，申钦幼时已不知不觉地领悟了士人高洁的隐遁精神。所以他的隐逸思想不一定是因现实生活的挫折而形成的，在他的内心深处始终隐藏着对隐逸生活的渴望，直至在现实中无法施展自己的才能，就以实际行动来实现隐遁时受到陶渊明《归去来辞》的很大影响。

1613年（光海五年）发生癸丑狱事，申钦被指为宣祖生前托付辅佐永昌大君的“遗教七人”中的一人，从而被罢官流放到金浦先茔处过起放逐生活。在这里，他住在一间草屋里，借刘禹锡的“何陋轩记”，把那间草屋取名为“何陋庵”①，并模仿苏轼作的《和归去来辞》，自己也创作了吟咏自身的处境、生活和思想的第一首《和归

① 《燃藜室记述》，卷6，404页，汉城：民族文化推进委员会，1967年。

去来辞》[①]。此后台论又起，1617 年他被流配到春川的昭阳江畔长达五年之久。在这段再次被放逐的谪居生活期间，他自称"放翁"，创作了包括第二首《和归去来辞》[②]在内的 102 首"和陶诗"，对自己被放逐的境遇进行了自嘲。

申钦把自己创作"和陶诗"的动机作了如下的解释：

> 余获戾于朝，一逐而归于田，再逐而累于窮峡，于世已赘疣矣。既无所事事，间取简策阅之，如梦境，已复置之。一日，见苏长公和陶诗，深有契于衷。盖苏翁之偃蹇折困于惠于儋，仿佛于余，而乃若陶翁之高标清节，余之景慕又不啻苏翁。兹故踵其和而继和之，凡一百二首。噫，九原可作，吾其丽泽于苏，而函丈于陶乎。

在上文中申钦道出了模仿与自己被放逐的境遇相同的苏东坡写的"和陶诗"，创作了除第一首《和归去来辞》之外的 102 首"和陶诗"的动机，阐明了自己仰慕陶渊明的禀性和节操，要以他为师的心境。

（二）两部作品的分析比较

下面把陶渊明的《归去来辞》与申钦的《和归去来辞》各自分成四节（起、承、转、结），分析作品的内容、结构及技巧，然后再考察两部作品的异同点。

1. 第一文段（起）

（1）分析

陶渊明《归去来辞》：

① 归去来兮　田园将芜胡不归

① 《和归去来辞》，《象村集》，卷 1。
② 《和归去来辞》，《象村集》，卷 21。

② 既自以心为形役　奚惆怅而独悲
③ 悟已往之不谏　知来者之可追
④ 实迷途其未远　觉今是而昨非
⑤ 舟摇摇以轻飏　风飘飘而吹衣
⑥ 问征夫以前路　恨晨光之熹微

上首诗句的前一段吟咏了自己远离世俗重返田园的正确性，后一段以轻松愉快的心情吟唱了重返旧园的情景。陶渊明在第一联吟咏的不是自己矛盾、苦闷的心情，而是由于田园一直闲置，所以只想归返田园的心情。“来”、“兮”是语助词，表示强调和咏叹，“胡不归”是要想归去的强烈的反语。从第二联到第四联吟咏了懊悔以往违背本性而做官的生活，决心以后决不再出仕。第五联吟咏了以轻快的心情回归故乡的情景。这里引用的拟态语“摇摇”、“飘飘”给人一种音律节奏的美感和淳朴质感的意境。第六联里抱怨急着回故乡而黎明还未来临。韵字为归、悲、追、非、衣、微共六字。

申钦《和归去来辞》：

① 归去来兮　今也不归何日归
② 任化机之推迁　胡戚戚而空悲
③ 懔余齿之将暮　惧岁月之难追
④ 伊浮荣之易谢　觉转头而已非
⑤ 卜幽贞而得吉　謇蕙佩兮荷衣
⑥ 缅前修之逸轨　贵知彰而知微

上首诗句的前一段描述了自己重返田园不是出于自身的意愿，而是因为自己被放逐不得不回去的情景；后一段写了现在的占卦要其隐逸，所以顺其自然是非常重要的。下面，对各联的具体分析如下：第一联描述了光海君五年（1613 年）因癸丑狱事被罢官而放逐到金浦，从而可以回归平时向往的田园的情景；第二联写了要学会随机应变的能力；第三联吟咏了随着岁月的流逝而衰老是没有办法的事情；第四联写了在政治、社会的现实中获得的荣华富贵一夜之间有可能会变得毫无意义；第五联写了平稳的心态可带来大吉，所以想平静地度过余生；第六联写了正如古代贤人按照“天下有道则见，无道则隐”①的儒家社会理念所实践的那样，乱世时隐遁安住是很好的。韵字为归、悲、追、非、衣、微共六字。

（2）比较

从两首诗的第一段描述情况来看，由于陶渊明的《归去来辞》把按照自己的意愿弃官回归田园的心境当做精神解脱来吟咏，所以它给我们勾勒的是一个重返田园的堂堂正正的儒者形象，整段诗给人一种积极向上、快乐生动的感觉；相反，申钦的《和归去来辞》吟咏的是被迫出仕而隐遁的处境，整段诗给人一种抑郁的心情和对现实绝望而备感人生无常的无奈。两首诗都以“微”字韵押韵。

2．第二文段（承）

（1）分析

陶渊明《归去来辞》：

① 乃瞻衡宇　载欣载奔
② 僮仆欢迎　稚子候门
③ 三径就荒　松菊犹存
④ 携幼入室　有酒盈樽
⑤ 引壶觞以自酌　眄庭柯以怡颜
⑥ 倚南窗以寄傲　审容膝之易安
⑦ 园日涉以成趣　门虽设而常关
⑧ 策扶老以流憩　时矫首而遐观
⑨ 云无心以出岫　鸟倦飞而知还

① 《论语·泰伯篇》。

⑩ 景翳翳以将入　抚孤松而盘桓

上首诗句的前一段表现了回到故乡受到家人和仆人欢迎的情景，后一段吟咏了恬静的田园生活的情趣和自然现象静中有动的画面。下面，对各联的具体分析如下：陶渊明在第一联吟咏了在赴任彭泽令八十多天之后辞官回到故乡家门前时的激动心情。第二联吟咏了仆人和孩子们在门外喜迎他的情景。第三联描述了曾经走过的三条小路虽然已荒芜，但象征着士人高尚情操的青松和表现君子高姿的菊花还依然如故。第四联吟咏了回到里屋看到夫人为他酿制的美酒之后的快乐心情。第五联写了瓢碗酒缸中的酒喝上一口，一切忧虑和孤独都烟消云散。第六联吟咏了安贫乐道的乐趣。第七联和第八联吟咏了成为隐逸之士之后一日逍遥的情景。第九联把摆脱世俗的超脱姿态比喻成云彩和飞鸟。第十联吟咏了永远与大自然为友而度过余生的意愿。韵字为奔、门、存、樽、颜、安、关、观、还、桓共十字。

申钦《和归去来辞》：

① 瞻彼交衢　车驰马奔
② 乃税余驾　众妙[1]之门
③ 道非远人　目击而存
④ 不材者全[2]　岂愿牺樽
⑤ 守三田而毓灵　鍊九丹而悦颜
⑥ 时曳履而商歌[3]　虽终窭而亦安
⑦ 攀丛桂而相羊　揖白云而为关
⑧ 爰清净而恬漠　异夸毗之童观

① 《老子·道可道章第一》："玄之又玄，众妙之门。"

② 《庄子·山水篇》："昨日山中之木，以不材得终其天年。"

③ 《淮南子·道应训》："宁戚欲干齐桓公，困穷无以自达。于是为商旅，将任车以商于齐，暮宿于郭门之外。桓公郊迎客，夜开门辟任车，爝火甚盛，从者甚众，宁戚饭牛车下，望见桓公而悲，击牛角而疾商歌，桓公闻之，抚其仆之手，曰：异哉！歌者非常人也，命后车载之。"

⑨ 惟正路之在兹　讵中途而告还

⑩ 宁戚之饭牛兮①　徒区区于齐桓

上首诗句的前一段描述了离开世俗而来到了道的世界的情景，后一段吟咏了心怀老庄思想过着清净的生活。下面，对各联的具体分析如下：第一联把为了满足自己无尽的欲望而在尘世忙忙碌碌的奔波比喻为奔跑的马车。第二联申明了自己欲摆脱尘世，与大自然为伍，走真正的人生之路的决心。第三联说道不是在远处，就在自己身边。第四联道出了对无能之辈能长久保存生命而正直的人却成为牺牲品的世道的恐惧心情。第五联写了要制作能使大脑、心情和精气长存的仙药，使自己能够快活地生活。第六联写虽因处境凄惨而用悲伤的音调吟唱着，但是由于选择了道之路，所以心情很平静。第七联吟咏了要与自然为友而生活。第八联写马屁精的生活怎么能跟如此清澈而平静的生活相比。第八联援用陶渊明吟咏的"今是而昨非"的诗句，决心要按现在所选择的正确的道路一直走下去。第十联写决不做出像宁戚那样为了向齐桓公求官，一边放牛一边唱悲歌的这一有损儒者形象的行为。韵字为奔、门、存、樽、颜、安、关、观、还、桓共十字。

(2) 比较

从两首诗的第二段描述情况来看，陶渊明的诗把回到思念的故乡受到家人欢迎的喜悦和定居在田园表现得详细而有序，给人一种平易而顺畅的感觉。相反，申钦的诗是在被放逐后寻找田园的心境下，为了说服自己而援用了《庄子》、《老子》、《淮南子》、《蒙求》中较难的典故，表现得很难解，感觉不到陶渊明的诗那样平易朴素的感觉。两首诗共以"寒"字韵押韵。

3. 第三文段(转)

---

① 《蒙求·三齐略记》："齐桓公夜出近舍，宁戚疾击其牛角，高歌曰，南山矸，白石烂云云，桓公召与语，说之，以为大夫。"

（1）分析

陶渊明《归去来辞》：

①归去来兮　请息交以绝游
②世与我而相违　复驾言兮焉求
③悦亲戚之情话　乐琴书以消忧
④农人告余以春及　将有事于西畴
⑤或命巾车　或棹孤舟
⑥既窈窕以寻壑　亦崎岖而经丘
⑦木欣欣以向荣　泉涓涓而始流
⑧善万物之得时　感吾生之行休

上首诗句的前一段吟咏了陶渊明回到平时向往的田园，与亲戚家人一起分享幸福的田园生活的喜悦心情，后一段吟咏了田园生活的逍遥和对它的赞美。下面，对各联的具体分析如下：第一联吟咏了回到田园之后，要断绝一切无谓的交往，与大自然为友。第二联里写自己决心决不再走违背自己本性的入仕之路。第三联吟咏了与不管任何时候都守候在自己身边的亲戚家人一起过幸福生活，弹玄鹤琴，念圣人之书，忘记一切烦恼。第四联写在田园里辛勤劳动，以此品尝一下流汗的价值和收获的喜悦。第五联和第六联吟咏了在农闲时坐着车和船畅游山水，以品尝旅游的快乐。第七联和第八联里道出了自然万物在无为的自然状态下也能成长、结果，所以自己也想把生死寄托给大自然。韵字为游、求、忧、畴、舟、丘、流、休共八字。

申钦《和归去来辞》：

① 归去来兮　窃独乐夫天游
② 宁为迟之学稼　耻作宰之冉求
③ 苟内省而无咎　那外患之足忧

④ 至人遗余以秘诀　若农夫之易畴

⑤ 惊涛纵险　未覆虚舟

⑥ 哀雕笼之彩禽　孰放尔于林丘

⑦ 览消息之同源　盍早退于急流

⑧ 物以久而必敝　人奚老而莫休

上首诗句的前一段吟咏了与其在十分艰险的官场上争权夺利，倒不如回到田园学做农活，过与大自然为友的生活；后一段写在田园中与大自然一起生活的话，任何人也不能陷害自己。下面，对各联的具体分析如下：第一联里象村宣告要隐居在田园，与大自然一起生活。第二联写通过辛勤劳动获得的收获比在朝廷里阿谀奉承更有意义。第三联和第四联写仕宦生活必定留下违背良心的污点，做不违背良心的事只有做农活一项，这是贤人留下的教诲。第五联描写无论怎么会阿谀奉承的人也不能陷害已心无旁骛的人。第六联里把自己比喻成鸟笼里的鸟，倾吐谁能把自己从这放逐的生活中解救出来。第七联里把人生比喻为塞翁之马，表达了一定要克服现在这种抑郁心境的意愿。第八联写自己身心虽已衰老，但为了探寻新的生活之路决不懈怠。韵字为游、求、忧、畴、舟、丘、流、休共八字。

(2) 比较

从两首诗的第三段描述情况来看，陶渊明的《归去来辞》展现了他摒弃复杂的仕宦生活，回到田园，享受田园生活的乐趣，过一种达观的、陶渊明式的田园生活的情景；申钦的《和归去来辞》表现的是虽然比起仕宦生活，田园生活会给自己的心灵带来喜悦，但现在还处在被放逐的境遇，所以希望在田园生活中克服这种悲痛心情。两首诗共以"尤"字韵押韵。

4. 第四文段(结)

(1) 分析

陶渊明《归去来辞》：

①已矣乎　寓形宇内复几时
②曷不委心任去留　胡为乎遑遑欲何之
③富贵非吾愿　帝乡不可期
④怀良辰以孤往　或植杖而耘耔
⑤登东皋以舒啸　临清流而赋诗
⑥聊乘化以归尽　乐夫天命复奚疑

上述段落是《归去来辞》的结尾部分。在人生的黄昏期，陶渊明面对以田园生活了此一生的结局，感到人生的无常。因为儒家并没有给予死后世界的答案，所以他曾经尝试在老庄的"神仙世界"中寻找答案。但从上面诗句中的"帝乡不可期"（并不期待生活在天帝生活的天国里）中，可知他完全否定了道家所谓的神仙世界。所以，陶渊明虽然受到了因当时政治、社会的混乱而蔓延在社会上的老庄思想的影响，但最终还是决心以儒家的生活方式好好地生活下去，最后投入到大自然的怀抱中。韵字为时、之、期、耔、诗、疑共六字。

申钦《和归去来辞》：

①已矣乎　季世纷纷而稠浊时
②知止而止谁得留　胡为乎莽莽靡所之
③清风兮明月　与我有幽期
④况南陆之青阳　蔼宜耘而宜耔
⑤或陟巘而寻芳　或提壶而咏诗
⑥后元亮盖千祀　托神交而不疑

上述段落是《和归去来辞》的结尾部分，吟咏了申钦既已实现自己向往已久的田园生活，决心要以陶渊明为榜样，享受田园生活的乐趣。下面，对各联的具体分析如下：第一联表现了对当时混乱的政治社会现实已断念。第二联写因深谙儒家的“天下有道则见，无道则隐”[①]的教诲，所以谁也不能阻拦自己(回归田园)，而且前程不一定就是黑暗的。第三联里说自然界已期待着自己的回归。第四联里联想陶渊明的“农人告余以春及，将有事于西畴”，说干农活是大自然赋予的完善自己生活的基石。第五联吟咏了陶渊明的“登东皋以舒啸，临清流而赋诗”的诗境。第六联说自己虽与陶渊明之间时隔千年，但在精神上有共鸣。韵字为时、之、期、耔、诗、疑共六字。

(2) 比较

从两首诗的第四段描述情况来看，陶渊明在人生的黄昏期，为竭力摆脱死亡的来临，暂时把视线转移到神仙世界中，但不久就醒悟到神仙世界是人类的虚构和幻想。于是，他下决心做一个安逸于老天赐予的寿命，以快乐的心情等待天命的儒者。反之，申钦申明忘掉浑浊的社会留给自己的不愉快的往事，遵循自然的推移，以达观的态度度过余生。他说自己的这种想法与千年前的陶渊明有种精神上的共鸣。两首诗共以“支”字韵押韵。

四、结　　论

申钦所生活的时代是政治、社会很不安定的动荡时期，对内屡次发生士祸和由于分党引起的党争，加上频繁地发生了如“李适之乱”等动摇统治根基的祸乱；对外还爆发了壬辰倭乱和丙子胡乱等两大战乱。还有，在思想上这一时期又是性理学的逐渐成熟期，学风以观念化的形而上学为主，是需要理念更新变化的时期。就在这一时期，申钦模仿苏轼和韵陶渊明的《归去来辞》而作的《和归去来辞》，创作了忠实地再现原作的构成、表现方式、

① 《论语·泰伯篇》。

文句和韵的《和归去来辞》。对两者的作品比较、分析的整理如下：

1. 陶渊明和申钦都是名门子弟，无师自通，通过家学在学问上都达到了很高的境界。前者在中国文学史上被称之为“古今隐逸诗人之宗”[①]和田园诗的开创者，后者在韩国汉文学史上被称为“汉学四大家”之一。

2. 申钦历经朝鲜朝明宗代至仁祖代四个朝代的内忧外患，其间度过了十余年的流放生活，时而高居国家的高官大吏，时而落拓为一般士人，其人生道路非常曲折。其间，他留下了多达63卷20册的庞大的学术遗产；而陶渊明在宦路历经五次的沉浮，最终辞掉最后的官职彭泽令重返田园，之后以诗酒和农事为业，并留下了126篇[②]作品，作品虽然不多，但篇篇都是不朽的名作，达到了田园文学的最高峰。

3. 申钦在壬辰倭乱时期，作为文人曾以幕僚的身份跟随申砬将军参加过鸟岭战斗，并做过都体察使郑澈的从事官；而陶渊明在35岁时做过刘牢之的参军，37岁时成为桓玄的幕下，40岁时做过刘敬宣的参军，从中可以看出二人在初仕时期有相似之处。

4. 二人天生喜欢大自然，都具有隐逸思想。不过，陶渊明在辞掉最后的官职彭泽令后，再也没有应召入朝，一直过着与自然为友的田园生活；相反，申钦因癸丑狱事的牵连被放逐后，在田园过了一段隐居生活，但仁祖反正后重新回到政界，一直升任到朝廷的最高官职领议政的职位。这说明二人的出仕观并不完全一样。

5. 陶渊明的《归去来辞》和申钦的《和归去来辞》是在政治、社会的混乱期间产生的时代产物，陶渊明吟咏的《归去来辞》是与

① 钟嵘：《诗品》。

② 方祖荣：《陶潜诗笺注校证论评》，21页，兰台书局，1977年。

个人问题相关的体现自己意愿的宣言书；而申钦平时就很欣赏陶渊明的人品和生活态度，在被放逐的生活期间，模仿苏东坡在相似境遇下写的《和归去来辞》，创作了自己的《和归去来辞》。

6．从两首诗的第一段描述情况来看，由于陶渊明的《归去来辞》把按照自己的意愿弃官回归田园的心境当做精神解脱来吟咏，所以它给我们勾勒的是一个重返田园的堂堂正正的儒者形象，整段诗给人一种积极向上、快乐生动的感觉；相反，申钦的《和归去来辞》吟咏的是被迫出仕而隐遁的处境，整段诗给人一种抑郁的心情和对现实绝望而备感人生无常的无奈。两首诗都以“微”字韵押韵。

7．从两首诗的第二段描述情况来看，陶渊明的诗把回到思念的故乡受到家人欢迎的喜悦和定居在田园表现得详细而有序，给人一种平易而顺畅的感觉；相反，申钦的诗是在被放逐后寻找田园的心境下为了说服自己而援用了《庄子》、《老子》、《淮南子》、《蒙求》中较难的典故，表现得很难解，感觉不到陶渊明的诗那样的平易朴素的感觉。两首诗共以“寒”字韵押韵。

8．从两首诗的第三段描述情况来看，陶渊明的《归去来辞》展现了他摒弃复杂的仕宦生活，回到田园，享受田园生活的乐趣，过一种达观的陶渊明式的田园生活的情景；申钦的《和归去来辞》表现的是虽然比起仕宦生活，田园生活会给自己的心灵带来喜悦，但现在还处在被放逐的境遇，所以希望在田园生活中克服这种悲痛心情。两首诗共以“尤”字韵押韵。

9．从两首诗的第四段描述情况来看，陶渊明在人生的黄昏期，为竭力摆脱死亡的来临，暂时把视线转移到神仙世界中，但不久就醒悟到神仙世界是人类的虚构和幻想。于是，他下决心做一个安逸于老天赐予的寿命，以快乐的心情等待天命的儒者。反之，申钦申明忘掉浑浊的社会留给自己的不愉快的往事，遵循自然的推移，以达观的态度度过余生。他说自己的这种想法与千年前的陶渊明有种精神上的共鸣。两首诗共以“支”字韵押韵。

从以上的考察中可以看出：申钦的《和归去来辞》不是盲目地模仿或追从陶渊明的《归去来辞》，而是借用《归去来辞》的题目和韵，在被放逐的境遇中，批判了当时黑暗的政治、社会现实，并吟咏了自己当时的处境。他的这一首诗属于自己的创作作品，应与他的作家精神一起给予高度评价。

关于《归去来兮辞》的“辞”

釜谷武志　潘务正译

陶渊明众多作品中最著名的恐怕要数《归去来兮辞》了，尤其是开篇“归去来兮，田园将芜胡不归”更是脍炙人口的佳句；但这篇《归去来兮辞》是陶渊明创作的唯一一篇属于“辞”之文体的作品，其他这种体裁的作品就再也没有。辞去彭泽令归居田园，这对陶渊明来说应该是具有极其重要意义的决策和行动。但是，为何要选择用“辞”这一文体来记录这些呢？对此，小尾先生是这样论述的：

> 总之可以说，陶渊明对辞赋文章没有表示出过多的关注。但是，他在吟咏回归故园的决心时，为何偏偏选择了辞赋？此中的真意已很难理解。也许是在言述“回归”之情时，他觉得自己喜爱的四言古诗和擅长的五言新体均不能充分表达那种感慨吧。也许是他认为像《归园田居》这首诗，用五言歌咏田园生活就已足够；《劝农》这首诗，用四言也能满足表达的需要；而发抒“回归”之情，则非辞赋不可了。①

① 小尾郊一：《〈归去来兮辞〉的意旨》，《东方学会创立四十周年纪念东方学论集》，203页，东方学会，1987年。

的确，辞去彭泽令返回乡里之后，陶渊明写了《归园田居》五首，都是五言诗。既然如此，陈述归乡决心时选择"辞"这种形式，也该有他的理由。即使我们不能明了其本意，但作为原因加以讨论，这在理解作品主旨上并非毫无意义之举。本文就此提出一些自己的想法。

一

《归去来兮辞》[①]附有序。序中记录了作品创作的经过，据此可知大致情形如下：

由于家贫，只靠耕种生活已十分艰难，因此在叔父的帮助下到小邑彭泽县为令。为官彭泽，是出于对不稳定时局的考虑而怕远行。彭泽离家仅百里，官田的收入又足够酒资；但即便如此，不久"归与之情"还是油然而生：

> 及少日，眷然有归与之情。何则？质性自然，非矫厉所得。饥冻虽切，违己交病。尝从人事，皆口腹自役。于是怅然慷慨，深愧平生之志。

这种情感的产生，出自他那种无意于官而有志于山林的与生俱来的性格，这很难改变。冻馁虽切，然若违心而行，只会徒增烦恼。加之为生计出仕，实在深愧平生志向。于是，下面叙述了更为直接的辞官经过：

> 犹望一稔，当敛裳宵逝。寻程氏妹丧于武昌，情在骏奔，自免去职。仲秋至冬，在官八十余日，因事顺心，命篇

---

① 译者按：本文引文均出自龚斌：《陶渊明集校笺》，上海古籍出版社，1996年。

曰《归去来兮》。乙巳岁十一月也。

本想忍耐一年，因嫁与程氏的妹妹在武昌去世，便借机辞职。结果，自八月至十一月，陶渊明在彭泽令任上只待了八十多天。

关于辞去彭泽令的契机，《宋书》本传和昭明太子《陶渊明传》是这样记载的：县衙的小吏提醒他拜见郡县的督邮时要正衣束带，陶渊明说“我不能为五斗米折腰向乡里小人”，于是即日解印辞官。《宋书》等描绘渊明形象时为了突出他高洁的人品而作了一定程度的夸张，不排除有虚构的可能。①辞任的真实动机尚未明确，其妹之死也许只是契机之一。然而正如《序》中所述，境遇所迫不得已出仕，违背了他与生俱来的遗弃世俗而追求在大自然中生活的初衷，这是原因之一，他始终没有停止寻找辞职的机会。这样，《归去来兮辞》的创作动机之一，很明显就是辞官归隐田园。

其次，再对作品的题目作些探讨。自序中说“命篇曰《归去来兮》”，也就是说作为题目的应该是《归去来兮》，而没有“辞”字。另外，《宋书》本传载：“即日解印绶去职，赋《归去来》，其词曰……”后面引用了作品正文（序除外）。这里所赋的是《归去来》。《晋书》、《南史》本传、昭明太子《陶渊明传》以及载录这篇作品的《文选》卷四十五，题目一律作“归去来”。由此可知，《归去来兮辞》这个题目大概是出自后人之手。

对此，松浦氏说，现行《陶集》诸本无一例外作“归去来兮辞”，作品名的简写并不少见，《文选》中不是将其分属于“赋”，而是将其归类于“辞”，渊明自己也并没有作“归去来兮赋”，等等。“至少渊明自己，以及在六朝时期的知识阶层中，这篇作品被视为是和狭义的赋不同的狭义的辞来创作、阅读的，这是不可动摇的。”②

也许可以这样理解。例如《宋书》本传引用《五柳先生传》时

① 参见冈村繁：《陶渊明——世俗与超越》，日本放送出版协会，1974年。
② 松浦友久：《陶渊明的辞赋》，《中国文学研究》，11～12页，1997年，第23期。

说:“尝著《五柳先生传》以自况曰”,引用《命子诗》时说:“又为《命子诗》以贻之曰”,但在引用《与子俨等疏》之际却道:“与子书以言其志,并为训诫曰”,不一定都与作品名一致。不过,《与子俨等疏》这个题目是否出自渊明之手,尚存在着很大的疑问,或许本来没有题目,而为后人所加。如果渊明自己加一个题目,《与子俨等疏》就非常妥当,至少极其符合“疏”这种文体。同样,我们会产生这样的疑问,渊明自己会不会加上《归去来兮辞》这样的题目呢？要是加的话,不作“归去来兮赋”,而作“归去来兮辞”,这一点应该没有异议。

再次,考察一下其他文体的作品。渊明文集中有《停云》和《时运》等带有自序性质的四言诗。“停云,思亲友也……”序中能看到诗题,但并不是作“停云诗”。《时运》也相同。当然这里即使不写“诗”,读者也一目了然,只是遵从惯例而没有加。

渊明还流传下来《感士不遇赋》和《闲情赋》两篇赋作,都附有自序。前者序中写道:“昔董仲舒作《士不遇赋》,司马子长又为之……遂感而赋之。”序中没有出现作品的题目。后者序中写道:“初张衡作《定情赋》,蔡邕作《静情赋》。……余园闾多暇,复染翰为之……”这“闲情赋”的名称也未出现。尽管如此,《感士不遇赋》、《闲情赋》的题目还保留着,这定是渊明亲自所加。如果二赋题目均是作者所为,那么,可以说《归去来兮》是《归去来兮赋》的可能性几乎为零。这是因为,要是作“赋”,就和前两赋相同,作者会在序中列举出此前类似题目的赋。但是,正如松浦氏所指出的那样,该篇并没有题为“赋”。

不用再作多余的论述,顺着以上的线索,再回到《归去来兮辞》。这篇作品的题目本来就有“辞”的可能性极大,纵然为后人所加,从文本也能清楚看出它属于“辞”这种文体。

二

“辞”是怎样的一种文体？它渊源于《楚辞》,这是不用说的。

但“辞”很少单独使用，多是以“辞赋”的形式和“赋”联成一体。二者都与《楚辞》的文体有共同之处，但“辞赋”重点却是倾向于赋的一方。例如曹丕《典论·论文》(《文选》卷五二)：“王粲长于辞赋，徐幹时有齐气，然粲之匹也。如粲之《初征》、《登楼》、《槐赋》、《征思》，幹之《玄猿》、《漏卮》、《圆扇》、《橘赋》，虽张蔡不过也。”这里的“辞赋”，从所举作品看，几乎是与赋同义使用的。

和《归去来兮辞》同被载录于《文选》卷 45 中的还有汉武帝的《秋风辞》。

> 秋风起兮白云飞，草木黄落兮雁南归。兰有秀兮菊有芳，怀佳人兮不能忘。泛楼船兮济汾河，横中流兮扬素波。箫鼓鸣兮发棹歌，欢乐极兮哀情多，少壮几时兮奈老何！

武帝于汾阴祭礼后土之后，在和群臣宴饮时作的这首附有自序的《秋风辞》，基本上是三言(或者四言)加三言，中间夹“兮”字的句式。作品除中间换韵，每句押韵之外，“欢乐极兮哀情多，少壮几时兮奈老何”集中抒发了作者自身富有个性的情感，这也是特征之一。但是不管怎么说，该文作为“辞”的最大特征，就在于句中含有“兮”的骚体句式。

《归去来兮辞》抒发了陶渊明回归故乡之际个人独特的情感，这一点和《秋风辞》相同；从形式上看，陶作以六言句为主体，并嵌入众多的四言句，总体上比较整齐。文章的开头这样写道：

> 归去来兮，田园将芜胡不归？既自以心为形役，奚惆怅而独悲。悟已往之不谏，知来者之可追。实迷途其未远，觉今是而昨非。

隔句押韵，这一点与《秋风辞》有所不同，就像七言诗从汉代发展到六朝，遵循了由每句押韵到隔句押韵的趋势一样，并没什么特别之处。而“兮”字文中仅三见，倒是个问题。也就是说，称其为辞，着眼点在于除了以三言加助词加二言的基本句式外，还有“复驾言兮焉求”以及用了两次的“归去来兮”中的“兮”字。如果将“归去来兮”等句从作品中省略，那么倒很难称其为辞，而可以说它是赋了。

与“兮”字一样透露其和《楚辞》有关系的还有“已矣乎”这个词。井上氏①在钱钟书《管锥编》研究的基础上，进一步考察了六朝时期辞赋的用例，提出《归去来兮辞》的“已矣乎”以下至结尾的段落，相当于辞赋的“乱辞”这一观点。根据这一论断，鲍照《游思赋》、简文帝《悔赋》等几篇刘宋以降的赋，在临近末尾之处，以“已矣乎”领起的段落，就具有乱辞的性质。井上氏还说，《归去来兮辞》的“已矣乎”作为乱辞起始的标志，作用很大，却没有思想性的倾向。这个句子是否只起标记的作用还有待研究，但认为“已矣乎”以下具有乱辞的性质倒很有意思。

“乱”最早出现在《楚辞·离骚》中：

乱曰：已矣哉，国无人莫我知兮，又何怀乎故都？既莫足与为美政兮，吾将从彭咸之所居。

王逸注：“已矣，绝望之词。”“乎”与“哉”虽有不同，然正如井上氏所言，“已矣乎”和“已矣哉”大体同义。乱的作用尚未明确，王逸注道：“乱，理也。所以发理辞指，总撮其要也。”由此看来，乱也许起总括全文主旨之用。

下面引文是“已矣乎”前后的一段文字：

农人告余以春及，将有事于西畴……木欣欣以向荣，泉涓涓而始流。善万物之得时，感吾生之行休。已矣乎！

① 井上一之：《陶渊明〈归去来兮辞〉的“已矣乎”》，《中国诗文论丛》，第13集，1994年。

寓形宇内复几时，曷不委心任去留？胡为乎遑遑欲何之？……聊乘化以归尽，乐夫天命复奚疑！

“已矣乎”在提示乱辞开始的同时，也含有“怎么做都不行”之意。具体地说，上一段描述春天让人感到自然万物生命的气息，与之形成鲜明对照的是，自己的生命正一步一步濒临死亡的边缘。换言之，春去春又来，冬季干枯的树木和井泉再次恢复了生命。自然界的时间周期性循环，而人类的时间却不可逆转，由生到老再到死，仿佛一条笔直的线。陶渊明定会有这种切实的感受，并将这种感受在“乱”中用“寓形宇内复几时”表达出来：人生在世，时日无多。

《归去来兮辞》的最后，以“聊乘化以归尽，乐夫天命复奚疑”来结束全文。任大自然的变换而生活，顺从天命又有何疑虑？用表达自身此后生活态度的语句作结，是陶渊明作品的常套。这让人想到《离骚》的“乱”中“吾将从彭咸之所居”，也是以主人公今后的生活态度结尾。《归去来兮辞》中受《楚辞》影响之处出乎意料的多。

上文探讨了《归去来兮辞》的“已矣乎”和《楚辞·离骚》乱辞“已矣哉”二者的近似之处。实际上渊明作品中也有言及《离骚篇》“已矣哉”的地方，在《感士不遇赋序》中陶渊明写道：“怀正志道之士，或潜玉于当年；洁己清操之人，或没世以徒勤。故夷皓有安归之叹，三闾发已矣之哀。”指的就是屈原《离骚》乱辞中的“已矣哉”。序中还写道：“悲夫！寓形百年，而瞬息已尽。”所悲的是寄形尘世，最长也不过百年，转瞬间死亡就将来临。这和《归去来兮辞》的“已矣乎！寓形宇内复几时”的情感不是极其相似吗？

陶渊明《感士不遇赋》和《归去来兮辞》类似，都是在六言句中夹杂了四言句式。六言句的第四字安置“而”、“之”、“以”等助词这一点也相同。该赋在叙述了有才能而终身不遇的历史人物之后，过渡到自身：“诚谬会以取拙，且欣然而归止。拥孤襟以毕岁，谢良价于朝市。”作品以谢绝官场的迁升，一意回归田园的生活态度结束全篇，和《归去来兮辞》有相通之处。

以上为说明《归去来兮辞》为辞，考虑了“兮”字的使用和“已矣乎”引导的极似乱辞部分的存在，也可以说，考虑了其与《楚辞》相似之处的存在。

三

陶渊明为什么选择“辞”这种极易使人联想到《楚辞》的文体？为考虑这个问题，还要再次回到《归去来兮辞》。

首先，“归去来”这一独特的表现方式，在流传下来的唐代念佛赞歌的资料中还保存着[①]。释法照《归去来》（宝门开）六首[②]，其中第一首如下：

归去来
宝门开
正见弥陀升宝座
菩萨散花称善哉
称善哉

其他五首基调相同，由三言、三言、七言、七言、三言五句组成。第五句重复第四句最后三字，因此第二、四、五句押韵。释法照还有《归去来》（归西方赞）十首[③]，第一首是：

① 吉冈义丰：《关于归去来之辞》，《中国文学报》，第六册，1957年。以念佛赞歌为线索讨论陶渊明和佛教的关系。

② 任半塘：《敦煌歌辞总编》，1063页，上海古籍出版社，1987年。

③ 《敦煌歌辞总编》，1066页。

归去来
谁能恶道受轮回
且共念彼弥陀佛
往生极乐坐花台

开头“归去来”之后，连接着整齐的七言句。此外还流传非释法照所作的以“隐去来”开篇的歌①：

隐去来
寻空空有有
毕竟两无名
二境安心欲何守
不长不短鉴空心
君见空心还是有
空有俱遣法无依
智者融心自安偶
隐去来
勿浪波波走

这些都是劝人舍弃现实，皈依佛道的歌谣。如此看来，《归去来兮辞》不是和佛教的赞歌有密切的关系吗？也许尚不能断言，因为还有类似下面含有“隐去来”形式的歌谣：

祈孔宾
祈孔宾
隐去来
隐去来

① 《敦煌歌辞总编》，1042 页。

修饰人世
甚苦不可谐
所得未毛铢
所丧如山崖

这里引的是《晋书·隐逸·祈嘉传》中的一节，接在“祈嘉，字孔宾，酒泉人也。少清贫好学。年二十余，夜忽窗中有声呼曰”之后。夜里祈嘉耳中忽然听到的就是上面的那首歌。“谐”与“崖”押韵，由此可推测“修饰人世”句后有脱文，本来后半部应该是四句整齐的五言。这一定是谣谚之类的歌词。

听到歌声的祈嘉“旦而逃去，西至敦煌，依学官诵书。贫无衣食，为书生都养以自给。遂博通经传，精究大义”。祈嘉耳中听到的“隐去来”，是劝其脱离俗世的“天之声”。不用说故事含有相当成分的虚构因素，令人感兴趣的是在谣谚和诗歌中能看到“隐去来”的形式，这在当时一定是被广泛使用。如此一来，流传至今的唐代佛教赞歌中的“隐去来”和“归去来”等语，与其说是佛教特有的表现方式，不如说是宗教利用民间广为人知的表现形式来劝人皈依佛道。

值得注意的是，与祈嘉同在隐逸传中的还有陶渊明。“隐去来”和“归去来”的表现手法，也许是在遁离俗世之际的惯用口语。这么说，陶渊明是能够大胆吸收口语、俗语入诗的诗人①。当时口语中频繁运用，而诗作中一般不用的表现方式，《归去来兮辞》中使用了。不管怎么说，“归去来”在叙述回归作为实际场所的园田的同时，也体现了对隐逸的生活方式的重新认识。

此后的梁昭明太子逝世前后，民间流传着这样一首俗谣：

鹿子开城门

① 参见釜谷武志：《六朝时期对陶渊明的评价》，《未名》第七号，1988年。

城门鹿子开
当开复未开
使我心徘徊
城中诸少年
逐欢归去来[1]

“鹿子开”反语为“来子哭”，指梁武帝哭昭明太子之事。“逐欢归去来”暗指太子长子萧欢为武帝嫡孙，合法的皇位继承人，由于不合帝意，被封为豫章王赴任一事。也许是为押韵而使用了“归去来”，但俗谣中这样运用却值得注意，作为口语中的固定用法这是不容怀疑的。

《归去来兮辞》的正文，“归去来兮，田园将芜胡不归”以下十二句，以六言为主，叙述了决心辞官的经过以及归乡的情景。其中值得注意的，是第三、四句“既自以心为形役，奚惆怅而独悲”。为口腹之欲而牺牲了情操，即悔恨自己违背信念而出仕，这是自发产生的反省。荒芜的田园，既是实际的田园，不用说也意味着陶渊明本真的生活方式。

以下八句是四字句，描述归乡的喜悦和家中的情况。“三径就荒，松菊犹存”二句，是说庭院中的三条小路开始荒芜，松和菊还保存着。东汉蒋诩辞官开始隐居生活，修了三条小路，以和隐士以外的人断绝来往。“三径”很显然是指隐者的居处。“就荒”意味着八十余日的为官生活已经很久，松菊依旧则暗喻恢复自身本来的状态。

接下来的十二句又回到原来六字句，视线从近景从容转向远景，描述了家庭情况、庭院样子以及外部情景。其中“门虽设而常关”一句，再次让人感受到和世俗的隔绝。下面的一段更加强调了这种情感：

① 《南史·梁武帝诸子传》。

归去来兮，请息交以绝游。世与我而相违，复驾言兮焉求。

以“归去来”领起的这一段，表明他断然和世俗绝交的态度。世俗和自己不能相容，再度为官又将何求？这不是说打算二次从政，而是满含着彻底隐居的决心。就此可以说《归去来兮辞》是表明其隐居决心的作品。

要说作者选择“辞”的文体是受《楚辞》影响，那么，具体是《楚辞》的什么地方触动了陶渊明呢？是《离骚》吗？如上所述，《离骚》乱中“已矣哉”和《归去来兮辞》末段的开头，有着不可忽视的共同点。另外陶渊明《感士不遇赋》序中“三闾发已矣之哀”，指的就是屈原《离骚》乱辞中的“已矣哉”，这一点也已作了论述。大概陶渊明觉得自己和怀才不遇而死的屈原命运极其相似吧。若是如此，他仿照《楚辞·离骚》的文体风格就没有什么不可理解之处了。

但是，从隐逸这个角度看，同在《楚辞》中的《招隐士》更为重要。王逸《楚辞章句》说：“招隐士者，淮南小山之所作也。昔淮南王安，博雅好古，招怀天下俊伟之士。八公之徒，咸慕其德而归其仁，各竭才智，著作篇章，分造辞赋，以类相从。故或称小山，或称大山，其义犹《诗》有《小雅》、《大雅》也。小山之徒，闵伤屈原，又怪其文升天乘云，役使百神，似若仙者。身虽沉没，名德显闻，与隐处山泽无异，故作《招隐士》之赋，以章其志也。”

该篇被认为是淮南王刘安门人小山所作（《文选》卷三三归为刘安作品）。如王逸之言，小山痛伤屈原，认为其身虽沉没，而名声益广，这点与隐者无异。故写下这篇召唤隐者出山的作品，以表其志；但内容上是召唤那些与屈原没有任何关系的隐者。

桂树丛生兮山之幽，偃蹇连蜷兮枝相缭。山气巃嵸兮石嵯峨，溪石崭岩兮水曾波。猿狖群啸兮虎豹嗥，攀援桂枝兮聊淹留。王孙游兮不归，春草生兮萋萋。

王逸在“王孙游兮不归”句下注曰：“隐士，避世在山隅。”隐士在猛虎咆哮的深山中隐居，而不返回人世。继山中茂盛的景色描写之后，“攀援桂枝兮聊淹留”这句再次出现，作品最后写道：

> 攀援桂枝兮聊淹留，虎豹斗兮熊罴咆，禽兽骇兮亡其曹。王孙兮归来，山中兮不可以久留。

后世白居易《赋得古原草送别》一诗就留有模拟《招隐士》的痕迹，这是广为人知的事例。山中非久留之地，呼唤隐士及早归来，作品的结尾无疑是重点。

《招隐士》和《归去来兮辞》表现上的相似之处，仅在于“王孙兮归来”，而且不是“归去来兮”，只是“兮归来”，回归的主体也不同。回归的方向一是从俗世向角落和田园，一是从角落和山中向俗世，正好相反。其实从《招隐士》的题目就可看出该篇和陶渊明回归田园的主旨完全对立。这样一来，二者的共同点仅在“兮”和“归来”之语而已。

四

《招隐士》因是《楚辞》中的一篇而为人所知，其后，自西晋时代出现了模拟《招隐士》的作品①。

左思《招隐》诗二首（《文选》卷二二）是其中的代表作。其一首句“策杖招隐士”虽有“招隐士”之语，实际上本诗不是写世俗中人召唤山中的隐士，而是主动去寻找隐士。诗中“非必丝与竹，山水有清音”一句，认为自然中的音乐比人工的管弦之音更美，由此直

① 参见小尾郊一：《中国文学表现的自然和自然观》，第一章第二节四《招隐》诗。岩波书店，1962年。

至结尾“聊欲投吾簪”，正意味着辞官的意趣。本是去招隐士，结果本人倒成了隐士，“显示了由招隐向寻隐的转变”①。

左思《招隐》诗其二接着其一往下说，陈述自己作“庐”“东山”开始真正意义上的隐栖。“爵服无常玩，好恶有屈伸。……惠连非吾屈，首阳非吾仁。相与观所尚，逍遥撰良辰。”否定了柳下惠、少连“降志辱身”（《论语·微子篇》）的生活方式，伯夷、叔齐虽“不降其志，不辱其身”（同上），然饿死首阳山，也非自己的理想。诗的结尾决定贯彻自己所贵之道，这就是诗题“招隐”，归结为隐士在山中的生活和思想。

诗中所见“屈伸”、“惠连”等语，张华《招隐》（《艺文类聚》卷三六）诗也出现过：

隐士托山林，
遁世以保真。
连惠亮未遇，
雄才屈不伸。

第三、四句叹息那些与少连、柳下惠遭遇不同的人，他们身怀异才而找不到施展的机会，此中尚可见出其“对现实的眷恋”②。很明显，这和《楚辞·招隐士》是大异其趣的。

“出处虽殊途，居然有轻易。山林有悔吝，人间实多累。”张载的《招隐》诗（《艺文类聚》卷三六）以陈述出处均不满意开篇，最后归结到“去来捐时俗，超然辞世伪。得意在丘中，安事愚与智”，不用说也是舍弃世俗栖隐山中。“去来捐时俗”之“去来”虽不完全和“归去来”一样，但还是脱离世俗归返山林。

陆机的《招隐》诗（《文选》卷二二）和张载之诗旨趣相同，诗的结尾明确写道：“至乐非有假，安事浇醇朴。富贵苟难图，税驾从所欲。”

① 小尾郊一：《中国文学表现的自然和自然观》。151～152页。
② 小尾郊一：《中国文学表现的自然和自然观》。12、155页。

但是，这个时期也有延承《楚辞·招隐士》的作品。例如闾丘冲《招隐》诗（《艺文类聚》卷三六）：“经世有险易，隐显自存心。嗟哉岩岫士，归来从所钦。”劝山中的隐士回归世间按自己理想的方式生活，或隐或显由自己的态度决定。

以“小隐隐陵薮，大隐隐朝市”这句熟悉的偶句开篇的王康琚《反招隐》诗（《文选》卷二二。“反”可能是模拟之意）也相同，小隐的例子举了伯夷，大隐的例子举了老子，认为古往今来隐居山中之人，作为人的本性还是期望出仕为官。诗最后写道：

推分得天和，矫性失至理。归来安所期，与物齐终始。

“归来安所期”和上面闾丘冲《招隐》诗结尾“归来从所钦”极为相似，都含有“归来”，都是以《楚辞·招隐士》的“王孙兮归来”为支柱的。“归来”当然就是从山中返回尘世。这样，从“归来”一语首先联想到的，大概就是《楚辞·招隐士》了。

东晋末，征辟隐士之风较前更盛。本来隐者的出仕，是证明当局如何治理国家的极好材料。东汉就已盛行此风，东晋至刘宋已达极至。正史隐逸传记载着这类事情，“招隐士”在当时一定是极有分量极有影响的话语。“王孙兮归来”这《楚辞·招隐士》中的一句，为在仕宦与隐居之间徘徊的陶渊明指明了一条相反的道路，那就是“归来”。

和招隐者使之“归来”为官不同，陶渊明在另一种相反意义上使用“归来”，而与之大唱反调。即：隐者对将来可能有的征辟一概不应，而用“归来”一语表明自己肯定和世俗相背的价值观。事实也是如此，以后他没有再度出仕。使用容易让人联想到《楚辞·招隐士》的“辞”这一文体，但又使“归来”的意味发生逆转，以明示其和仕宦的诀别，不是表明自身毅然的态度吗？①

东汉以来，在文学作品的创作中，属于同一类型的先行作品受

① 民间常用的“归去来”和“隐去来”等固定用法，应置于这一背景中考虑。

到非同寻常的关注。这一倾向在辞赋创作中更为显著,从所附序能窥其端倪。陶渊明也不例外。如前所述,《感士不遇赋序》列举了董仲舒和司马迁等作者的具体作品,以阐发自己的创作意图。《闲情赋序》也是一样。

要是陶渊明写作《归去来兮赋》的话,大概序中会引用班固《幽通赋》、张衡《思玄赋》或《归田赋》来说明创作的经过,但陶渊明并没有这样做。他选择的不是"赋"而是"辞",大概当时《楚辞》尤其是《招隐士》正浮上脑海吧。选择"辞"这一文体,并和处在《招隐士》延长线上劝人回归世俗为官的"归来"作品不同,价值观发生了逆转,表明他此后隐居终生的决定。当然在其底层,已经有西晋的左思和张载们对隐居赞美的《招隐》诗为其作了铺垫。

全国赋学会大事记

1984年　成立中国韵文学会，全国赋学会同时成立，黄君坦担任会长。

1988年　在湖南衡阳召开第一届全国赋学研讨会，赋学会改选，马积高担任会长，龚克昌担任副会长，万光治、康金声、高光复担任理事。

1989年　在四川江油召开第二届全国赋学研讨会，会议论文经万光治主编汇集，由巴蜀书社出版，题名《赋学研究论文集》。

1990年　在山东济南召开首届国际辞赋学研讨会，会议由山东大学主办，会议部分论文刊载于龚克昌主编《文史哲》1990年第5期。

1992年　在香港召开第二届国际辞赋学研讨会，会议由香港中文大学主办，会议论文经邝健行主编汇集，出版《新亚学术集刊·赋学专辑》。

1996年　在台北召开第三届国际辞赋学研讨会，会议由中国台湾政治大学与美国华盛顿大学联办，会议论文经简宗梧主编汇集，由政治大学文学院编印出版《第三届国际辞赋学学术研讨会论文集》。

1998年　在江苏南京召开第四届国际辞赋学研讨会，会议由南京大学主办，会议论文经许结主编汇集，由江苏教育出版社出版，题名《辞赋文学论集》。

2001年　在福建漳州召开第五届国际辞赋学研讨会，会议由漳州师范学院主办，会议论文经林继中、龚克昌主编汇集，由中国文史出版社出版，题名《辞赋研究论文集》。会议期间改选全国赋学会机构。选举龚克昌担任会长，万光治、许结、高光复、康金声担任副会长，许结兼任秘书长，韩晖担任副秘书长。选举龚克昌、万光治、许结、高光复、康金声、徐宗文、郭建勋7人担任常务理事；龚克昌、万光治、许结、高光复、康金声、徐宗文、郭建勋、程章灿、毕庶春、詹杭伦、刘毓庆、伏俊琏、章沧授、何新文、叶幼明、于浴贤、施榆生、曹明纲、韩晖、阮忠、孙纪纲21人担任理事。聘请学会顾问四名：康达维、简宗梧、何沛雄、林继中；特邀理事10名：朱晓海、游志诚、高桂惠、欧天发、白承锡、金周汉、谷口洋、彭深川、高德耀、苏瑞隆。

2002年　在辽宁大连召开第一次全国赋学会常务理事会，讨论召开第六届赋学会事宜。

2003年　在四川成都召开第二次全国赋学会常务理事会，讨论出版《中国赋学》事宜。

2004年　在四川成都召开第六届国际辞赋学研讨会，会议由四川师范大学主办。会议期间，召开了常务理事会，增补伏俊琏、于浴贤为常务理事；踪训国、刘朝谦、吴广平、曹虹、王晓卫、冯良方为理事；邝健行、李立信、金周淳、许东海为特邀理事。

书　　名　中国赋学
执行主编　许　结　徐宗文
责任编辑　徐宗文
出版发行　凤凰出版传媒集团
　　　　　江苏教育出版社(南京市马家街31号 邮编210009)
网　　址　http://www.1088.com.cn
集团网址　凤凰出版传媒网 http://www.ppm.cn
经　　销　江苏省新华发行集团有限公司
照　　排　南京理工出版信息技术有限公司
印　　刷　丹阳兴华印刷厂
厂　　址　丹阳市胡桥镇(邮编212313)
电　　话　0511-6212151
开　　本　787×1092毫米　1/16
印　　张　35.5
插　　页　1
版　　次　2007年8月第1版
　　　　　2007年8月第1次印刷
书　　号　ISBN　978-7-5343-8200-0/G·7837
定　　价　60.00元
盗版举报　025-83204538